J. Courtney Sullivan

DIE FRAUEN VON MAINE

ROMAN

Aus dem amerikanischen Englisch von
Monika Köpfer und Henriette Zeltner-Shane

Klett-Cotta

MIX
Papier | Fördert gute Waldnutzung
FSC® C014496

In diesem Roman kommt die Bezeichnung »Indianer« vor, die als diskriminierend und abwertend gilt und nicht mehr gebräuchlich ist. Sie wird an manchen Stellen dennoch verwendet, da sie zu der beschriebenen Zeit gebräuchlich war und dazu beiträgt, die Zeit und die Zustände zum Ausdruck zu bringen.

Klett-Cotta
www.klett-cotta.de
Die Originalausgabe erschien unter dem Titel »The Cliffs«
im Verlag Alfred A. Knopf, New York

Gesetzt von C.H.Beck.Media.Solutions, Nördlingen
Gedruckt und gebunden von GGP Media GmbH, Pößneck
ISBN 978-3-608-98824-6
E-Book ISBN 978-3-608-12348-7

Zweite Auflage, 2024

Für DONNA LORING,
mit Dankbarkeit und Bewunderung

und im Gedenken an
DEANNE TORBERT DUNNING

PROLOG

Das Haus, seit Langem verlassen, hatte Geschichten zu erzählen. Das Haus war ein Widerspruch in sich selbst. Gewiss einst geschätzt und geliebt, war es jetzt dem Verfall überlassen.

Jane hatte es zunächst vom Wasser aus erblickt. Sie war damals siebzehn und erzählte den Teilnehmern einer Sonnenuntergangstour an Bord von Adams' Hummerboot etwas über die Gegend.

Drei Monate zuvor, an einem Freitag Ende April, wurde sie zum ersten Mal ins Büro des Rektors gerufen. Mit Herzklopfen ging sie durch die verwaisten Flure. Ihre Schritte hallten auf dem Linoleumboden wider, auch wenn sie sich noch so bemühte, leise aufzutreten, und das war ihr peinlich. Damals hatte Jane die Angewohnheit, so wenig Raum wie möglich einzunehmen. Beim Gedanken an das, was sie womöglich falsch gemacht haben könnte, bekam sie rote Wangen.

Die Sekretärin, eine mollige Frau mit Kraushaar, die unter einer nackten Leuchtstoffröhre saß, grinste hinter ihrem Schreibtisch, als Jane eintrat. Aufmunternd deutete sie auf die offenstehende Tür des Schulleiterbüros, und Jane fragte sich, ob es ihr ein sadistisches Vergnügen bereitete, wenn sie durch die dünne Wand hindurch hörte, wie ein Teenager wieder einmal seine wohlverdiente Strafe bekam.

Dem Rektor gegenüber hatten Janes Englisch- und Sozialkundelehrer Platz genommen. Auch sie lächelten breit. Sie hätten sie herbestellt, sagte der Rektor, weil sie eine großartige Nachricht für sie hätten. Jane sei eine von fünfundzwanzig Prädikatsschülern im

Bundesstaat Maine, die ausgewählt wurden, um an einem Sommerprogramm am Bates College teilzunehmen. Sehr prestigeträchtig, sagte er. Eine unglaubliche Gelegenheit. Das würde ihr, wenn sie sich nächstes Jahr um einen Studienplatz bewerbe, einen enormen Vorteil verschaffen. Sie habe die Gelegenheit, ein Seminar zu besuchen, das ihr auf die benötigten Scheine an einem College angerechnet würde, und könne sich in ein Thema ihrer Wahl vertiefen, und zwar auf einem Niveau, das weit über einen Leistungskurs hinausgehe. An diesem oder am nächsten Tag werde ihre Mutter einen Brief mit weiteren Details erhalten. Aber sie hätten es einfach nicht erwarten können, es Jane persönlich zu verkünden.

Janes erster Gedanke war, sie wünschte, es ihrer Großmutter erzählen zu können. Doch stattdessen ging sie nach Hause und wartete darauf, dass ihre Mutter auf den Brief zu sprechen kam.

Fünf Tage vergingen, ohne dass das Thema angeschnitten wurde. Sobald Jane nachmittags von der Schule nach Hause kam, ging sie als Erstes die Post auf dem Küchentresen durch, fand jedoch keinen Brief von der Schule. Bange malte sie sich aus, wie ihre Mutter ihn vor ihr verbarg oder ihn verbrannt oder weggeschmissen hatte.

Als Jane es nicht länger aushielt, fragte sie ihre Mutter, ob sie den Brief bekommen habe.

»Ach ja«, sagte diese in beiläufigem Ton. »Ich weiß nicht, Jane. Das kostet bestimmt einen Haufen Geld. Für mich klingt das nach einem Schwindel.«

Jane erklärte ihr, dass das Programm kostenlos sei, die Bücher, ja selbst die Busfahrten und alles andere würden bezahlt.

»Nichts ist je kostenlos, Jane. Sie nützen dich aus.«

»Inwiefern?«, fragte Jane empört.

»Du müsstest dir trotzdem einen Sommerjob suchen. Du kannst dich nicht davor drücken.«

»Habe *ich* mich je vor etwas gedrückt?«, sagte Jane und fügte, vor sich hinmurmelnd, hinzu: »Ich kann es nicht erwarten, von hier wegzukommen.«

»Ach ja, wo willst du denn hin? Gib mir einen Stift, dann skizziere ich eine Landkarte, und du zeigst es mir.«

Jane ging in ihr Zimmer, das sie mit ihrer älteren Schwester teilte, und schlug die Tür hinter sich zu. Holly lag auf dem Bett und blätterte in einer Zeitschrift. Sie sah nicht auf.

Janes beste Freundin Allison backte für sie Glückwunsch-Brownies und schenkte ihr ein Set mit ihren Lieblings-Tintenrollern. Die Freundschaft mit Allison bewies, dass sehr viel im Leben auf Glück hinauslief. Vermutlich hätte Allison nie einen Grund gehabt, mit Jane zu sprechen, wäre ihnen in der neunten Klasse nicht ein gemeinsamer Spind zugewiesen worden, dem Jahr, in dem Janes Großmutter gestorben und Jane mit ihrer Mutter und Schwester in deren Haus in Awadapquit gezogen war.

Davor hatten sie in einer Mietwohnung in Worcester, Massachusetts, gewohnt, zusammen mit dem Exfreund ihrer Mutter. Eine unangenehme Wohnsituation. Die beiden hatten einige Monate zuvor Schluss gemacht, aber keiner von ihnen wollte ausziehen. Jane und Holly mussten quasi auf Zehenspitzen um ihn herumschleichen, wenn er auf dem Sofa saß, das er fast rund um die Uhr für sich vereinnahmte. Zwar war ihre Mutter froh, als sie dieser Situation endlich entkommen konnte, schien aber trotzdem mit dem Haus zu hadern. Es war ein Geschenk, das sie nicht zurückweisen konnte, das sie jedoch an den Heimatort fesselte, dem sie für immer den Rücken hatte kehren wollen.

Jane war es schleierhaft, warum Allison sich bemühte, sie aus der Reserve zu locken, ihr so viele Fragen stellte und sie sogar zu sich nach Hause einlud. Alle auf der Schule kannten einander von Kindesbeinen an, schien es, und alle wollten Allisons beste Freundin oder bester Freund sein. Doch aus irgendeinem Grund entschied sie sich ausgerechnet für Jane, den Nerd, die Neue, die schon morgens an der Bushaltestelle Romane las, nicht nur, weil sie Romane liebte, sondern auch um zu vertuschen, wie einsam sie war.

Allisons Eltern hatten ein gutgehendes Bed and Breakfast. Sie saßen in jedem Gremium, jedem Komitee des Städtchens. Dienstagabends luden sie zu Bingo-Abenden im Feuerwehrhaus ein und halfen im Winter beim Pfannkuchen-Frühstück in der Schule mit. Allisons Vater trainierte eine Baseball- und eine Hockey-Mannschaft. Sie waren überaus aktiv. Und dennoch gaben sie sich immer erfreut, Jane zu sehen. Sie erkundigten sich nach ihrer Familie, vor allem Betty, Allisons Mutter, die im Gegensatz zu Janes eigener Mutter stolz auf sie zu sein schien.

In den drei Jahren, die sie einander schon kannten, hatte Jane öfter bei Allison zu Hause zu Abend gegessen als bei sich zu Hause. Nie hielten sie sich bei Jane zu Hause auf, eine unausgesprochene Abmachung, für die sie zutiefst dankbar war.

Ihre Mutter behauptete immer, überlastet zu sein, wobei Jane schleierhaft war, wovon. Anscheinend war sie unfähig, mit den Anforderungen des Lebens zurechtzukommen, die andere Erwachsene ganz selbstverständlich meisterten. Wenn die Leute sie fragten, welchen Beruf ihre Mutter ausübe, log Jane. Sie sagte, ihre Mutter sei Buchhalterin, denn das war sie tatsächlich einmal gewesen, wenngleich vor vielen Jahren, in einer Zeit, an die sich Jane nicht erinnern konnte. Noch immer redete ihre Mutter bisweilen davon, als könnte sie ihren früheren Beruf jederzeit wieder aufnehmen.

Ihr gegenwärtiger Job, sofern man es so nennen konnte, bestand darin, dass sie Garagen-Flohmärkte abklapperte, um die Sachen, die sie dort aufstöberte, anschließend mit einem winzigen Gewinn wiederzuverkaufen. Samstags und sonntags ging sie auf Stöbertour. Am Montag brachte sie ihre Schätze dann zu verschiedenen Secondhandläden und Händlern, in der Hoffnung, Profit zu machen. Den Rest ihrer Zeit verbrachte sie damit, auf dem schnurlosen Apparat mit dem jeweiligen Mann zu telefonieren, den sie gerade datete, Bier dabei zu trinken und in der Zeitung die Termine der kommenden Flohmärkte einzukringeln. Oder am Küchentisch den Plunder, den sie gekauft hatte, zu sortieren.

Das Zeug, das sie nicht verkaufen konnte, hortete sie in Küche und Wohnzimmer, sodass alles heillos vollgestopft wurde. Jede Arbeitsfläche war zugestellt mit Schüsseln voller alter Wahlkampf-Buttons, Ohrclips, Baseballkarten, Batterien und Netzkabeln, die zu keinem Gerät passten. Auf dem Rasen vor dem Haus lagerten unter blauen Plastikplanen dreibeinige Couchtischchen und Fahrräder ohne Ketten und weiß Gott, was noch alles.

An ihrem ersten Tag begleitete Allison sie mit dem Bus nach Bates, weil Jane so aufgeregt war. Danach absolvierte sie jeden Werktag allein die neunzigminütige Busfahrt zu dem vornehmen Campus mit den roten Backsteingebäuden und dicht belaubten Bäumen. Auf der ganzen Strecke hin und zurück las Jane, und ein so intensiver Stolz erfüllte sie, dass sie bisweilen fürchtete, andere könnten es wahrnehmen wie einen Geruch.

Sie hatte sich für das Seminar mit dem Titel »Frühe Schriftstellerinnen« entschieden. Die Dozentin, eine Frau um die sechzig mit Bubikopf, schrieb in der ersten Stunde an die Tafel: *Die meisten Leben gehen an die Zeit verloren.* Sie nannte die Namen von Frauen aus der Vergangenheit, bis ins sechzehnte Jahrhundert zurück, die ihre Lebensgeschichten zu einer Zeit aufgeschrieben hatten, als es für Frauen verpönt war, überhaupt zu schreiben. Indem sie das taten, lebten sie in ihren Werken fort.

Dieser Gedanke gab Jane Auftrieb. Sie verschlang die Gedichte von Lucy Cavendish und die detailreichen Tagebücher von Anne Clifford.

In ihrer vierten Woche des Sommerprogramms gab es mittwochnachts ein schweres Gewitter. Jane liebte Blitz und Donner. Das Bettlaken über den Kopf gezogen, las sie bis Mitternacht und lauschte dem Regen. War glücklich. Zweimal fiel der Strom aus, ging aber kurz darauf wieder an.

Am nächsten Morgen sah sie auf dem Weg zur Bushaltestelle mehrere umgestürzte Bäume, die dem Unwetter zum Opfer gefallen waren. Aber der Himmel war strahlend blau, als hätte es nie ein Gewitter gegeben.

An diesem Morgen kam sie recht früh in Bates an. Auf dem Weg zum Klassenzimmer hörte sie, wie ihre Dozentin mit jemandem redete.

»Dieses Mädchen, Jane, ist viel klüger und neugieriger als die meisten meiner Studenten im zweiten und dritten Studienjahr«, sagte sie. »Aber alle Schülerinnen und Schüler in meinem Seminar beeindrucken mich. Ich bin froh, dass ich mich dazu bereit erklärt habe, es zu halten. Es geht dabei ja darum, Jugendlichen aus prekären Verhältnissen mit guten schulischen Leistungen die Möglichkeit zu geben, rechtzeitig College-Luft zu schnuppern, sodass sie hoffentlich die Ersten in ihrer Familie sind, die ein Studium absolvieren. Die den Teufelskreis durchbrechen.«

Davon hatte niemand ein Wort zu Jane gesagt. Am liebsten hätte sie dieser Aussage widersprochen, der Dozentin mitgeteilt, dass sie falschliege, von ihr eine Erklärung verlangt, inwiefern sie als jemand identifiziert worden war, der aus prekären Verhältnissen stammte. Aber sie kannte die Antwort natürlich. Sie hatte eine alleinerziehende Mutter mit einem Alkoholproblem und notorischen Geldnöten. Und eine ältere Schwester, die es in die Abendnachrichten geschafft hatte, weil sie betrunken mit anderen Jugendlichen ein Boot gestohlen hatte, ein Vorfall, an den sich Holly, als sie am nächsten Morgen in einer Gefängniszelle aufgewacht war, nicht erinnern konnte, wie sie felsenfest behauptete.

Jane hatte gedacht, ihre Teilnahme an diesem Sommerprogramm sei Beweis dafür, dass sie es geschafft hatte, sich von ihrer Familie abzuheben. Doch nun wurde ihr klar, dass das Gegenteil der Fall war. Die Familie, aus der sie stammte, definierte sie, und das würde immer so sein.

An diesem Nachmittag las sie im Bus nicht, sondern starrte die ganze Zeit aus dem Fenster. Das Allerschlimmste wurde ihr erst da bewusst: Ihre Mutter wusste, warum Jane ausgewählt worden war.

Deswegen hatte sie den Brief nicht erwähnt. Plötzlich fühlte sich Jane schuldig dafür, dass sie ihre Mutter in eine Lage gebracht hatte, in der ihr Scheitern ihr wie ein Spiegel vorgehalten wurde. Und sie war wütend auf ihre Mutter, weil sie eine solche Versagerin war.

Zu Hause stellte sie sich unter die Dusche und weinte, bis nur noch kaltes Wasser kam. Dann zog sie die Uniform für ihren Abendjob an – Khakihose und weißes Button-down-Hemd. Wie immer traf sie fünf Minuten vor dem Ablegen des Sieben-Uhr-Cocktail-Ausflugsboots am Kai ein und begrüßte Abe, ihren Chef, mit einem Lächeln.

In den beiden vorangegangenen Sommern hatte Jane tagsüber gearbeitet und Kinderwagen schiebende und mit Sonnencreme und Kaffeebechern bewaffnete Eltern willkommen geheißen, während diese mit ihrem aufgeregten Nachwuchs an Bord gingen. Jane sprach fröhlich in ein knacksendes Kabelmikrofon, sprudelte viermal täglich die gleichen Informationen hervor und erhielt jedes Mal nahezu identische Reaktionen von den Touristen.

Zum Beispiel sagte Jane: *Awadapquits Fußgänger-Zugbrücke ist die einzige ihrer Art in den Vereinigten Staaten.* Woraufhin die Passagiere einander zunickten – hm, interessant.

Oder sie sagte: *Früher gab es so viele Hummer in Maine, dass Häftlinge sie zu jeder Mahlzeit bekamen. Fortschrittliche Reformer wetterten gegen diese Gepflogenheit, nannten sie grausam. Und so darf per Gesetz bis zum heutigen Tag Gefängnisinsassen nur noch zwei Mal die Woche Hummer vorgesetzt werden.* Auf diese Information hin lachten die Passagiere leise in sich hinein, hatten sie selbst doch gerade erst fast zwanzig Dollar für ein gekochtes Exemplar und ein Viertelpfund Hartschalenhummer hingeblättert.

Wenn sich das Boot weit genug von der Küste entfernt hatte, holte Abe eine seiner Fallen ein, und Jane zog das beeindruckendste Exemplar hervor und hielt es hoch, sodass alle es sehen konnten. Sie wedelte mit der glitschigen Kreatur mit ihren sich krümmenden Beinen und Antennen vor den Augen der Kinder. Manche von ihnen wollten den Hummer unbedingt anfassen, andere kreischten und drückten das Gesicht an die Brust der Mutter. Eine andere Reaktion gab es nicht.

Weil Jane in diesem Sommer tagsüber Seminare besuchte, hatte ihr Abe die begehrte Abendtour angeboten, bei der es mehr Trinkgeld gab und weder Hummer noch Kinder an Bord waren. Stattdessen nippten Paare aus durchsichtigen Plastikbechern an ihren schwachen Wodka-Cranberry-Cocktails, und Abe hielt sich nahe der felsigen Küstenlinie, damit sie die größten ans Ufer grenzenden Anwesen bestaunen konnten sowie die etwas weiter zurückversetzten, die hinter Bäumen und langen gewundenen Zufahrten versteckt und nur von einem Boot aus zu sehen waren. An diesem Abend färbte sich der Himmel fünfzehn Minuten, nachdem sie abgelegt hatten, atemberaubend orange, und Jane konnte den Gedanken an das, was die Dozentin gesagt hatte, noch immer nicht abschütteln.

Trotzdem spulte sie ihr Programm wie gewohnt ab.

Wie jeden Abend lenkte sie die Aufmerksamkeit ihrer Zuhörerschaft auf eine winzige Insel, ungefähr eine Viertelmeile vor den Klippen, wo Seehunde auf den Felsen ausruhten. Der geografische Name war Saint George's, aber Jane hatte noch nie gehört, dass jemand sie so nannte. Die Insel schien einfach nicht groß genug zu sein, um einen Namen zu haben. Bei starkem Sturm verschwand sie gänzlich unter den Wellen.

»Die Insel zu Ihrer Linken wurde vom britischen Forschungsreisenden Archibald Pembroke, der diesen Teil der Welt 1605 entdeckte, Saint George's getauft«, erklärte sie.

Jane war sich nicht ganz sicher, ob das stimmte. Irgendwann einmal hatte sie eine Karte von Pembrokes Reise gesehen, und der zufolge lag der weiteste Punkt, bis zu dem er gekommen war, etwa dreihundert Meilen südlich. Sie hatte Abe danach gefragt, und der meinte, Pembroke sei möglicherweise an verschiedenen Orten angelandet. Jane vermutete, Abe wollte der Sache nicht weiter auf den

Grund gehen, weil er dann womöglich das Skript für seine Tour ändern müsste.

Ob Pembroke nun seinen Fuß in diese Gegend gesetzt hatte oder nicht, jedenfalls hatte der örtliche Geschichtsverein, die Antiquarian Society, 1930 auf der Insel zum 325. Jahrestag seiner Entdeckungsreise einen kleinen Gedenkstein errichtet.

Der Stein stand noch immer dort. Aus dieser Entfernung wäre er von den natürlichen Felsen nicht zu unterscheiden gewesen, wäre nicht er allein ständig einem Sperrfeuer aus Möwenausscheidungen ausgesetzt gewesen, die sich wie weiße Farbe darüber ergossen und die Inschrift unlesbar gemacht hatten.

Als Jane jetzt den Gedenkstein gegenüber den Passagieren erwähnte, stieß eine Frau in der vordersten Reihe ihren Mann mit dem Ellbogen an und deutete in die andere Richtung, zu den Klippen.

»Beim Anblick von dem da krieg ich Gänsehaut.«

Ihre Stimme war so laut, dass Jane innehielt und sich zu der Stelle umdrehte, zu der die Frau gedeutet hatte. Ihre Augen ahnten, was sie erwartete, wusste sie doch, was gegenüber der Insel zu sehen war – eine Felszunge, auf der zwei riesige Kiefern standen und die auf dramatische Weise spitz ins Meer ragte, während die Klippen zu beiden Seiten von Hecken überwuchert waren.

Doch einer der Bäume war vom Sturm gefällt worden. Die Wurzeln ragten wie lange Finger in die Luft. Durch die Lücke, die er hinterlassen hatte, konnte Jane ein Haus erkennen, sehr alt, mit blasslila Mauern, Türmchen und einer umlaufenden Stuckleiste, die an manchen Stellen grün, an anderen blau gestrichen war. Ein Fensterladen im ersten Stock hing nur noch an einem Scharnier. Das Fenster daneben war zerbrochen. Eine weiße Gardine blähte sich im Wind.

Die Frau hatte recht. Das Haus war unheimlich. Sofort spürte Jane den Drang, hinzugehen und es zu erkunden. Sie fühlte sich von verlassenen Orten magisch angezogen. Orte, wo man noch das Leben spüren konnte, das einmal dort stattgefunden hatte, jetzt aber nicht mehr. In New England gab es unzählige solcher Orte. Fabriken mit zugenagelten Fenstern und Türen und ehemalige staatliche Irrenanstalten. Ein aufgegebener Vergnügungspark, wo sie und ihre Schwester einmal die Sprossen der Wasserrutsche bis ganz oben hinaufgeklettert waren.

Jane betrachtete sich als überaus gesetzestreu. Nie würde sie in einem Laden etwas stehlen, ja nicht einmal bei Rot über eine Ampel gehen. Sie hatte noch nie auch nur einen Schluck Bier getrunken. Aber unerlaubt in solche Gebäude einzudringen, fühlte sich für sie nicht wie eine Straftat an. Vielmehr, als würde sie etwas, das einmal existiert hatte, ihren Respekt erweisen.

***

Als sich Jane am nächsten Morgen fürs College fertig machte, dachte sie wieder an das lila Haus und dass es niemand bemerken oder interessieren würde, wenn sie dieses eine Mal nicht nach Bates führe.

Ihre Mutter schlief auf dem Sofa, der Fernseher eingeschaltet, auf dem Couchtisch vier leere Bierdosen. Jane hatte sie spät nach Hause kommen hören.

Sie betrachtete sie einen Moment lang. Sie war noch immer schön, aber nicht auf eine Weise, wie eine Frau ihres Alters es sein sollte. Sie trug die gleichen tief ausgeschnittenen Tops und Push-up-BHs wie die zwanzigjährigen Mädchen, die in Charlie's Chowder House hinter der Bar standen. Sie benutzte zu viel Eyeliner und rosa Lippenstift und rauchte, was ihre Haut kreppig hatte werden lassen.

Nicht zum ersten Mal malte sich Jane ein *Freaky-Friday*-Szenario aus, wie in dem Film *Ein voll verrückter Freitag*, bei dem ihre Mutter mit Betty Crowley, Allisons Mom, die Rollen tauschte. Dann könnte Jane endlich einmal erleben, wenn sie eines Morgens aufwachte, wie sie in einem geschmackvollen Sommerkleid und Dr.-Scholl-Sandalen am Herd stünde und Spiegeleier briete.

Ihre Mutter bewegte sich.

Jane schnappte sich schnell den Rucksack und ihr Fahrrad und fuhr los.

Sie radelte die Shore Road entlang und fuhr vorsichtig in jede private Zufahrtsstraße hinein, um, wenn etwas darauf hindeutete, dass das Anwesen bewohnt war – etwa ein Kombi oder eine Frau, die sich im Garten zu schaffen machte –, schnell umzudrehen und es bei der nächsten Einfahrt zu versuchen. Das lila Haus konnte unmöglich bewohnt sein.

Nachdem sie vierzig Minuten lang gesucht hatte, fand sie es. Zuerst verpasste sie die Abzweigung. Ein verrosteter Briefkasten an der Ecke der Küstenstraße war der einzige Hinweis darauf, dass da überhaupt ein Haus war. Jane folgte einem langen Schotterweg unter einem schattigen Dach aus Baumkronen, bis sie auf einem großen offenen Grundstück direkt auf der Klippe, mit Blick aufs Meer, anlangte. Und da war das lila Haus und daneben eine Scheune in der gleichen Farbe. Der ehemalige Rasen war jetzt eine wild wuchernde Wiese. Die Rhododendren vor dem Haus reichten bis zu den Fenstern im ersten Stock und bildeten eine blickdichte Hecke.

Jane verspürte einen herrlich kindischen Nervenkitzel, so als könnte jeden Moment jemand hinter den Bäumen auftauchen. Eine Angst, die sie elektrisierte, obwohl sie wusste, dass keine Gefahr drohte.

Sie stieg zur vorderen Veranda hinauf und achtete darauf, auf keines der verrotteten Bretter zu treten. Neben der Tür befand sich eine Tafel mit dem Namen des ersten Besitzers und dem Datum, wann es erbaut worden war: 1846. Jane spähte durch ein Fenster ins Wohnzimmer. Fast an jeder verfügbaren Stelle an den Wänden hing ein abstraktes Gemälde. Über dem Kamin befand sich ein Porträt mit zwei säuerlich dreinblickenden jungen Frauen. Auf einem eleganten Teppich standen zwei zusammenpassende grüne Samtsofas. In der Ecke ein Puppenhaus.

Durch ein Fenster auf der anderen Seite der Haustür sah sie einen Esstisch mit Stühlen und einen Kristallkerzenleuchter darauf. Auch die Diele konnte sie ausmachen. Das Geländer vom Flur im ersten Stock war heruntergefallen und lag wie ein Bahngleis auf dem Boden. Ein deckenhohes Wandgemälde zeigte einen Sonnenuntergang über dem Ozean.

Jane spazierte eine Weile auf dem Anwesen herum. Auf einer Seite des Hauses gab es eine Kieferngruppe, an deren hinterem Ende sie einen kleinen Friedhof entdeckte – nur eine Handvoll Gräber, die Grabsteine alt und zerbröckelnd.

Irgendwann setzte sie sich mit dem Rücken zu der umgestürzten Kiefer auf den grasbewachsenen Felsvorsprung, der wie ein dicker Daumen ins Meer ragte, und überließ sich der Aussicht auf die Insel, St. George's, direkt gegenüber im Meer. So nah, dass sie hätte hinüberschwimmen können. Jane fuhr mit den Händen über das Wurzelgeflecht. Sie dachte, dass ein umgestürzter Baum etwas Trauriges und zugleich Heiliges hatte. Was ein solcher Baum nicht schon alles erlebt hatte!

Jane kramte ein Buch aus ihrem Rucksack hervor und begann die ihnen für den kommenden Tag aufgegebene Lektüre. Sie blieb den ganzen Nachmittag. In den folgenden Wochen las sie jeden Titel, der auf dem Lehrplan stand, auf diese Weise: Sie saß im Gras vor dem lila Haus, bis es an der Zeit war, für ihren Abendjob nach Hause zu radeln. Nach Bates ging sie nicht mehr.

Als Jane Allison mitnahm, um ihr das Haus zu zeigen, hatte sie bereits herausgefunden, dass die Hintertür nicht verschlossen war. Durch die Gesellschaft ihrer Freundin ermutigt, wagte sie sich zum ersten Mal hinein.

»Ich kann es kaum erwarten, in den ersten Stock hinaufzugehen«, sagte Jane. »Aber ich hatte Angst, dass der Boden zu morsch ist und ich mir die Beine breche.«

»Und dass ich dabei bin, macht das weniger wahrscheinlich … irgendwie?«, erwiderte Allison.

»Nein, aber du könntest wenigstens Hilfe holen.«

»Könnte sich als die schlechteste Idee erweisen, die du je hattest.«

Allison folgte Jane dennoch hinein, und gemeinsam machten sie sich daran, sämtliche Küchenschränke zu öffnen. Sie waren voller Geschirr, alles ordentlich gestapelt. Da waren Lebensmittel, deren Haltbarkeitsdatum 1968 abgelaufen war, also vor fünfundzwanzig Jahren. Tiere hatten sich durch die Kartons mit Haferflocken und Reis und Dosen mit Kaffee und Keksen genagt. Die Schränke waren von Tierexkrementen und zerfetztem Papier und Bröseln übersät.

In der Vorratskammer neben der Küche reihten sich in den Regalen Kristall- und Glasgegenstände jeder erdenklichen Form und Größe – Schüsseln und Kelchgläser und Platten und Salzstreuer.

»Puh, irgendwie ist es gespenstisch hier«, sagte Allison. »Ganz unheimlich, lass uns wieder rausgehen.«

»Nein, komm bitte zuerst noch mit nach oben«, erwiderte Jane, aus irgendeinem Grund flüsternd.

»Und was, wenn wir *beide* durch die Decke krachen und uns die Beine brechen?«, sagte Allison, während sie in die Diele hinausgingen, wo das hölzerne Treppengeländer von oben auf dem Boden lag.

Daran hatte Jane noch gar nicht gedacht. Sie wagten sich trotzdem nach oben. Nur die unteren Elemente der Geländersprossen waren stehen geblieben, zerklüftete, zersplitterte Stümpfe. Der Flurboden war mit Murmeln und Glasscherben bedeckt.

»Was zum Teufel ist das denn …«, sagte Allison.

Sie betraten eines der Schlafzimmer. Das Bett war ungemacht. In den Schränken hingen Kleider. Auf einem Nachttisch lag ein aufgeschlagenes Hardcover und auf dem Boden ein Stapel *Life*-Magazine.

Der Hausbesitzer musste ganz plötzlich gestorben sein. Aber warum war seitdem niemand mehr hier gewesen? Die Worte ihrer Professorin hallten in Janes Kopf wider: Die meisten Leben gehen an die Zeit verloren.

»Ich kann nicht glauben, dass du allein hierhergekommen bist«, sagte Allison. »An diesem Ort herrscht eine gruselige Energie, spürst du es nicht auch?«

Nein. Im Gegenteil spürte Jane hier einen Frieden wie seit dem Tod ihrer Großmutter nicht mehr. Fühlte sich irgendwie behütet.

Wie die meisten Dinge, in denen sie und Allison sich unterschieden, schob sie es auch diesmal auf eine Unzulänglichkeit ihrerseits. Vielleicht fühlte es sich für sie nicht gruselig an, weil die Alternative zu diesem Ort ihr Zuhause war – das laut und überfüllt und unvorhersehbar war. Also das genaue Gegenteil von diesem.

Das kleine Häuschen ihrer Großmutter zwang ihr eine ungewollte Intimität mit ihrer Mutter und Schwester auf. Überall im Haus konnte man den Fernseher, das Brummen des Kühlschranks, Telefongespräche und alle möglichen Badezimmergeräusche hören. Wenn ihre Mutter Speck briet, haftete der Rauchgeruch tagelang ihren Anziehsachen an.

Nur einmal machte sie den Fehler, ihre Schwester in das lila Haus mitzunehmen. Während sie nebeneinander auf dem Felsvorsprung saßen, sagte Holly ein ums andere Mal, wie cool es sei, dass man trotz der Entfernung die Stadt sehen, aber von dort aus niemand sie erkennen könne. Da wurde Jane klar, dass sie sich genauso seit jeher in Awadapquit gefühlt hatte.

Als Holly abends gegenüber ihrer Mutter das Haus erwähnte, erwiderte diese barsch: »Lasst euch ja nicht dabei erwischen, dass ihr noch mal dort hinausfahrt, habt ihr verstanden?«

Sie machte dabei ein Gesicht, als hätte es Jane in der Absicht getan, sie zu verletzen.

»Warum denn nicht?«, fragte Holly.

»Lasst es einfach bleiben, okay?«

Jane glaubte nicht, dass sie es aus einem bestimmten Grund verboten hatte. Es sah ihrer Mutter einfach ähnlich. Sie nörgelte an allem herum, was Jane tat. Oder aber sie malte sich im Geiste wilde

Partys in dem verlassenen Haus aus, Dinge, die sie selbst an einem solchen Ort anstellen würde.

Jane ignorierte ihr Verbot. Sie fuhr wieder hin, den ganzen Herbst und Winter ihres letzten Schuljahrs hindurch, und auch im folgenden Sommer. Manchmal mit Allison, weil sie sich dort ungestört unterhalten konnten. Aber inzwischen hatte Allison einen Freund, Chris. Also fuhr Jane meistens allein. Um dort in Ruhe zu lesen, den diversen Dramen, die sich zu Hause abspielten, zu entkommen, den Ozean zu betrachten. Natürlich wusste sie, dass das verlassene Anwesen nicht ihr gehörte, aber es fühlte sich dennoch so an.

Im darauffolgenden September zog Jane aus Maine weg, um aufs College zu gehen, und vergaß mit der Zeit das lila Haus. Selbst wenn sie in den Ferien nach Hause kam, fuhr sie nicht mehr hinaus. Erst als sie David kennenlernte, erinnerte sie sich wieder daran und fragte sich, ob inzwischen jemand das Haus gekauft hatte, falls es überhaupt noch stand.

Zunächst besuchte Jane die Wesleyan University in Connecticut, um dort ihr Bachelor- und Masterstudium zu absolvieren. Dort wurden ihr die Augen für ererbten Reichtum geöffnet, las sie George Eliot und Virginia Woolf und Shakespeare, lernte sie Bourbon und Rotwein kennen und lieben und gewöhnte sich an, jeden Abend zu trinken. Allerdings nicht so wie ihre Mutter, denn im Gegensatz zu ihr konnte Jane aufhören, bevor die Sache aus dem Ruder lief. Meistens jedenfalls.

Für ihre Promotion ging sie nach Yale. Im Anschluss daran arbeitete sie zuerst als Assistentin am Emily Dickinson Museum in Amherst, Massachusetts, und dann als angehende Archivarin in der Abteilung für Sondersammlungen am Wellesley College. Mit achtundzwanzig bekam sie ihren Traumjob angeboten, in der Schlesinger-Bibliothek für die Geschichte der Frauen in Amerika am Harvard Radcliffe Institute in Cambridge.

Zwar hatte Jane Freunde und ging unter Leute, aber sie war immer noch eine sehr unabhängige Person. Sie zog es vor, allein in einem kleinen Apartment zu wohnen, statt Mitbewohner zu haben. Sie aß jeden Abend auswärts, setzte sich allein, nur mit einem Buch, an die Bar, selbst samstagabends. (»Das könnte ich nie und nimmer«, sagte Allison, als Jane es ihr erzählte.) Als sie genug Geld gespart hatte, brach Jane allein zu einer Reise durch Frankreich und Spanien auf und war froh, keine Rücksicht auf die Sightseeing-Wünsche von Reisegefährten nehmen zu müssen.

In ihren Zwanzigern fing sie gelegentlich etwas mit einem Mann an, doch meistens machte sie schlechte Erfahrungen, die nur durch ausreichende Mengen Alkohol zu ertragen waren. Ein paar Mal wachte sie im Bett eines Fremden auf und wusste nicht mehr genau, wie sie dorthin gelangt war. Das gab ihr zu denken. Aber sie war jung, fühlte sich frei. Die meisten jungen Menschen waren doch so, sagte sie sich. Andererseits fehlte Jane keinen einzigen Tag in der Arbeit oder kam je zu spät. Nie hatte sie einen solchen Kater, dass sie am nächsten Morgen nicht drei Meilen hätte joggen können. Daraus schloss sie, dass sie alles unter Kontrolle hatte.

Mit siebenundzwanzig hatte sie eine ernste Beziehung mit einem Chefkoch namens Andre. Er war sexy und lustig, aber wenn sie mit ihm zusammen war, ertappte sich Jane dabei, dass sie sich genau wie ihre Mutter benahm. Das alarmierte sie, war es doch ihre größte Angst. Für manche Leute war der Satz *Was würde Jesus tun* der oberste Leitsatz. Ihrer lautete: *Was würde meine Mutter nicht tun?* Und doch entstand zwischen ihr und Andre, während sie bis spätnachts in Bars abhingen und zu viele Tequilas tranken, schnell eine sich falsch anfühlende Nähe. Sechs Monate nachdem sie sich kennengelernt hatten, zog Jane zu ihm, obwohl sie sich unentwegt stritten. Drei Monate später zog sie wieder aus. Eine explosive Abschiedsszene, bei der reichlich Alkohol im Spiel war, endete damit, dass Andre zu schluchzen begann, als Jane drohte, seinen geliebten Teddybär anzuzünden.

Nachdem sie Schluss gemacht hatten, war sie am Boden zerstört.

Dieses Gefühl hatte sie noch nie zuvor erlebt, und doch war es ihr vertraut. Jede weitere Liebesaffäre hatte ihre Mutter, wenn sie zu Ende ging, beschädigt und in ihrem Leben zurückgeworfen. Also beschloss Jane, es sei am sichersten und am klügsten, allein zu bleiben. Zu versuchen, gar nicht erst in dieses Fahrwasser zu geraten. Am liebsten mochte sie sich kontrolliert, gefasst, unverletzlich. Eine solche Frau wollte sie sein.

Mit David hatte Jane nicht gerechnet.

Sie lernten sich ein paar Monate vor ihrem dreißigsten Geburtstag kennen. Ihre Vorgesetzte in der Schlesinger-Bibliothek, Melissa, verkuppelte sie. Da Jane zu ihr aufsah, vertraute sie voll und ganz ihrem Urteil. David war ein guter Freund von Melissa. Er war Ökonomieprofessor und vier Jahre älter als Jane.

»Mit ihm machst du einen guten Fang, du wirst sehen«, sagte Melissa vor ihrer ersten Verabredung. »Wäre ich hetero, wäre er einer von den drei Männern auf dem Planeten, die ich in Betracht ziehen würde. Er ist nett und humorvoll. Er ist Marathon-Läufer. Liebt Kinder. Und, Jane, er *backt*, um Stress abzubauen. Im Ernst, David ist die männliche Version von Pearl.«

Pearl war Melissas Frau, eine engagierte, viel beschäftigte Sozialarbeiterin, die dennoch das Leben zu genießen verstand, wie nur wenige Menschen es vermochten. Jedes Jahr richteten die beiden Frauen eine Weihnachtsparty in ihrem Haus in Jamaica Plain aus. Jane liebte die wohlige Atmosphäre dort. Es war weder vollgestopft noch angeberisch, sondern einfach gemütlich und herzlich und anheimelnd und schön eingerichtet. Ein Haus, das Zufriedenheit ausstrahlte.

»Aber sei bitte lieb zu ihm«, sagte Melissa. »David hat schon allerlei durchgemacht. Seine Exfrau hatte eine Affäre. Sie hat ihn unentwegt angelogen. Er wusste es, schien es aber nicht wissen zu wollen. Bis ihm alles um die Ohren flog. Es war ein Albtraum.«

»Der Arme«, sagte Jane, dachte jedoch: *Hilfe, beschädigte Ware.*

Doch tatsächlich entpuppte sich David als genau so, wie Melissa ihn beschrieben hatte. Und er sah gut aus. Mit seinem fransigen blonden Haar und versonnenen Lächeln erinnerte er Jane an Robert Redford in *So wie wir waren*. Es stimmte, er war ein guter Fang, und Jane fühlte sich geehrt, weil Melissa sie offenbar als seiner würdig erachtete. Doch dahinter verbarg sich ein fast schon selbstzerstörerischer Gedanke: dass Jane sie beide ausgetrickst hatte, dass sie in Wahrheit die beschädigte Ware und es nur eine Frage der Zeit war, bis David es bemerkte.

Fast von Anfang an verbrachten sie jede freie Minute zusammen, abwechselnd mit Sex, Nickerchen und Spaziergängen am Charles River, in stundenlange Gespräche vertieft. Davids Wohnung war voller vom Boden bis zur Decke reichender Regale, jeder Zentimeter davon mit Büchern gefüllt. Jane liebte es, nach und nach die Rückentitel zu lesen und ihn so immer besser kennenzulernen. Manchmal fragte sie sich, wie viele dieser Bücher seiner Exfrau gehört hatten. Sie war auf irrationale Weise eifersüchtig auf diese Frau, die sie nie kennengelernt hatte, weil sie mit ihm hatte zusammenleben dürfen. Aber sie war ihr auch dankbar dafür, dass sie ihn freigegeben hatte.

An manchen Samstagen verließen David und Jane erst gegen vier Uhr nachmittags das Bett, wenn ihnen plötzlich klar wurde, dass sie einen Riesenhunger hatten. Dann gingen sie in ein französisches Bistro an der nächsten Straßenecke und aßen Cheeseburger und Schokokuchen und tranken eine Flasche Wein, als müssten sie sich für die Überwinterung Speck anfuttern. Bei solchen Gelegenheiten sah sich Jane um, beobachtete sich anschweigende Paare, die mit ihren Handys beschäftigt waren, oder sich streitende Eltern kleiner Kinder oder hie und da zwei junge, unbeholfen wirkende Menschen, die sich offensichtlich zum ersten Mal trafen. Sie alle taten ihr leid. Gewiss harmonierte keiner von ihnen – vielleicht sogar kein anderer Mensch auf der ganzen Erde – so gut mit dem jeweiligen Partner oder der Partnerin wie sie.

An Thanksgiving, nur drei Monate nachdem sie sich kennengelernt hatten, wollte David, dass sie ihn ihrer Familie vorstellte. Jane schlug mehrere Alternativprogramme vor – Thanksgiving in der Karibik! Thanksgiving in New York! –, aber er ließ nicht locker. Als sie endlich zustimmte, backte er in Nullkommanichts einen Kürbiskuchen, damit sie es sich in letzter Sekunde nicht noch anders überlegen konnte.

Auf der Fahrt nach Maine verfolgte sie hartnäckig ein Gedanke: *Jetzt wird er dein wahres Ich kennenlernen.*

Während sie im Stau standen, erzählte Jane ihm von früheren Thanksgivings bei ihr zu Hause.

Zum Beispiel dem, als sie und Holly noch klein waren und ihre Mutter schon mittags volltrunken auf dem Sofa lag und sie sie mit Federboas und Glitzeraufklebern schmückten und dann mit einer Einwegkamera Fotos von ihr machten, bis ihre Großmutter sie dabei ertappte und sie ermahnte, es bleiben zu lassen.

Oder dem Jahr, in dem ihre Mutter an Thanksgiving mit ihrem nichtsnutzigen Freund in Streit geraten war, während sie alle im Fernsehen die Macy's Parade in New York ansahen. Irgendwann stand er auf, sie dachten, um pinkeln zu gehen, aber tatsächlich, um sie zu verlassen. Aus unerfindlichen Gründen nahm er den Truthahn samt Bratpfanne mit. Sie sahen ihn nie wieder. Janes Mutter verbrachte den Rest des Tages im Bett. Jane und Holly aßen getoastete Waffeln mit Kartoffelpüree und Truthahnfüllung und sahen sich ein Video mit *Eine verhängnisvolle Affäre* an. (»Ah, diesen alten Feiertagsklassiker«, sagte David.)

Es gab zwei Thanksgivings – jeweils in Janes letztem Jahr auf der Highschool und auf dem College –, als ihre Mutter auf Entziehungskur war, die Jane bei Allisons Familie verbrachte. Dort erlebte sie das Äquivalent dieses Feiertags, wie er im richtigen Leben praktiziert wurde, das sie bislang nur aus der Folgers-Kaffeewerbung gekannt hatte.

Auch Holly machte einmal eine Entziehungskur, und zwar über Weihnachten, in dem Jahr, als Jason, ihr Sohn, drei wurde. Jane wusste nicht, warum diese Dinge immer an Feiertagen passierten, aber in diesem Fall war Jason noch klein genug, um ihm weismachen zu können, dass der Weihnachtstag Anfang Januar war, nachdem Holly aus der Klinik zurückgekehrt war und sie den halb verdorrten Weihnachtsbaum der Nachbarn vom Straßenrand in ihr Haus gezerrt hatten.

Nichts davon war damals auch nur entfernt lustig. Aber Jane war Expertin darin geworden, diese kleinen Traumata ihrer Kindheit in lustige Anekdoten zu verpacken.

Es war ihre Art, David vor all den demütigenden Horrorszenarien zu warnen, die ihn im Haus ihrer Mutter erwarten könnten. Das einzige Mal, als sie Andre, ihren Ex, mit nach Hause gebracht hatte, trafen sie ihre Schwester und Mutter dabei an, wie sie in Bikinis in der Einfahrt eine alte Kommode abschliffen. Andre, dem nicht klar war, dass es das Haus von Janes Familie war, sagte: »Sieh dir mal diese Playboy-Häschen an.« Und in diesem Stil ging es dann weiter.

Schon immer waren für Jane ihre Mutter und Großmutter zwei völlig konträre Figuren. Ihre Großmutter, mit fünfunddreißig Witwe geworden, ging, soweit Jane wusste, nach dem Tod ihres Mannes nie mehr mit jemandem aus. Sie trank nicht. Wenn Holly und sie bei ihr in Maine die Sommerferien verbrachten, kochte sie Gemüse für sie; sie mussten früh zu Bett gehen, Gebete sprechen und sonntags mit in die Messe. Sie war genau so, wie ein Kind die verantwortliche Fürsorgeperson haben wollte. Verlässlich, beständig, augenscheinlich ohne das Bedürfnis, eigene Sehnsüchte zu befriedigen. Jane wünschte, sie hätte lange genug gelebt, damit sie ihr David hätte vorstellen können, repräsentierte sie doch einen anderen, positiveren Aspekt ihrer Familie.

Doch dieser erste Besuch mit ihm zu Hause verlief besser als erwartet.

Janes Mutter und Schwester zeigten sich von ihrer besten Seite. Inzwischen war Holly bei ihrer Mutter in deren Secondhandhandel mit eingestiegen, wobei sich der Schwerpunkt von Hofflohmärkten aufs Internet verlagert hatte, sodass sie nicht mehr oft das Haus verlassen mussten, um ihrer Arbeit nachzugehen. Holly hatte Visitenkarten und ein Logo entworfen. Ihre Webseite hieß *Trash to Treasure* – »Trödel für Liebhaber«.

(»Weil Trödel allein abwertend klingt«, erklärte Jane Allison.)

In den letzten Jahren hatte sich im Haus und dahinter im Garten noch mehr Gerümpel angesammelt. Aber als Jane und David eintrafen, hatten sie, zum ersten Mal überhaupt, die Abdeckplanen und Stapel weggeräumt. Vermutlich war die Garage jetzt bis unters Dach vollgestopft, dachte Jane, aber immerhin. Sie war gerührt, weil sich die beiden bemüht hatten.

David war höflich und liebenswürdig wie immer. Er übersah sowohl die von leeren Weinflaschen überquellende Glas-Recycling-Tonne als auch die offensichtliche Neigung ihrer Mutter, Dinge zu horten, und ihre nach wie vor aufscheinende zänkische Art. Er machte ihr Komplimente für die Dosensoße, und als Jane ihn später deswegen neckte, behauptete er, dass sie ihm tatsächlich geschmeckt habe.

Ihre Mutter war charmant, ohne übermäßig zu flirten. Sie tranken alle zu viel Wein, auch David, aber keiner benahm sich daneben. Jason war inzwischen zwölf und von Basketball besessen. Wie sich herausstellte, hatte David in der Highschool ebenfalls Basketball gespielt. Und beide waren Celtics-Fans. Beim Abendessen fachsimpelten sie über Spieler und Spielstatistiken, und am nächsten Morgen übten sie Würfe am Korb in der Einfahrt. Jason strahlte übers ganze Gesicht, und alle drei Flanagan-Frauen lächelten glücklich, denn wenn es etwas gab, das allen dreien am Herzen lag, dann das einzige Kind in der Familie.

»Das ist hübsch«, sagte David, als sie wieder gingen, und fuhr mit der Hand über das handgemalte Treibholzschild neben der Haustür, mit dem Namen *Flanagan* darauf. Es stammte noch von ihrer Großmutter. Es gefiel Jane, dass er es bemerkt hatte.

An diesem Nachmittag wurde Jane für alles entschädigt – ein Besuch bei Allison und Chris und ihrem Baby. Sie unterhielten sich über Chris' Job als Manager eines Spitzenrestaurants in der Innenstadt und darüber, dass Allisons Eltern beim Thanksgiving-Essen verkündet hätten, in wenigen Jahren in Rente gehen und ihr Bed and Breakfast Allison und Chris übergeben zu wollen.

Chris und David hatten nichts gemein, verstanden sich aber dennoch gut, konnten gemeinsam lachen. Als das Baby zu quengeln begann, bot David an, mit ihm ein paar Runden ums Haus zu drehen, bis es sich wieder beruhigt hatte, ein Trick, den er, wie er meinte, gelernt habe, als seine Nichten und Neffen noch klein waren.

»Mein Gott, du bist echt der geborene Vater!«, rief Allison ihm hinterher. »Wirklich!«, fügte sie, an Jane gewandt, hinzu.

»Ja, ich weiß. Er liebt Kinder. Er kann gut mit ihnen umgehen.«

Allison fasste Jane am Arm und drückte ihn. »Wenn du diesen Kerl nicht heiratest, tue ich's.«

Jane lächelte. Allisons Ermunterung bedeutete ihr sehr viel. Warum riefen ihre Worte trotzdem Panik in ihr hervor?

Allison meinte, ihre frühere Beziehung habe sie so skeptisch werden lassen, aber jetzt, mit David, das sei doch etwas ganz anderes, zumal Jane damals viel jünger und Andre ein ausgemachtes Arschloch und ihre Beziehung von Anfang an zum Scheitern verurteilt gewesen sei.

»David ist tausendmal besser«, fuhr Allison fort. »Und er ist offensichtlich verrückt nach dir.«

Das zeigte mal wieder, in was für einer heilen Welt Allison aufgewachsen war, dachte Jane. Sie glaubte, wenn ein Mann nur gut genug sei, könne seine Liebe das, was in Jane zerbrochen war, reparieren und die emotionale Straftäterin, die sie seit jeher war, in etwas Besseres verwandeln.

Jane wusste nicht, wie sie ihrer Freundin erklären konnte, dass in ihrem Inneren eine beinahe gewalttätige Ambivalenz herrschte. Wenn sie mit David zusammen war, wollte sie sich ganz und gar auf ihn, auf ein gemeinsames Leben mit ihm, einlassen. Aber ein anderer Teil von ihr wollte genau das Gegenteil. Wenn sie nicht zusammen waren, wirbelten ihre Gedanken durcheinander. Dann war sie sich sicher, dass es nicht funktionieren konnte. Dass sie nicht dafür geschaffen war und ihn irgendwann gehen lassen müsse. Insgeheim versuchte Jane unentwegt herauszufinden, welcher Teil von ihr recht hatte. Zu David sagte sie kein Wort darüber, weil sie fürchtete, ihn zu kränken, obwohl es überhaupt nichts mit ihm zu tun hatte.

Während sie aus dem Städtchen hinaus in Richtung Cambridge fuhren, beschloss Jane aus einer Laune heraus, mit David einen Abstecher zu dem lila Haus zu machen.

»Ich möchte dir gern meinen Rückzugsort aus der Highschool-Zeit zeigen«, sagte sie.

Das verfallene Anwesen sah fast genauso aus wie damals, als sie es vor zwölf Jahren zuletzt besucht hatte, nur noch ein bisschen ramponierter. Das Scheunendach war eingesunken. Manches deutete darauf hin, dass inzwischen neues Leben hier stattgefunden hatte. Eindringlinge hatten Lebensmittelverpackungen und leere Bierflaschen zurückgelassen und offenbar Karten gespielt. Sie sah ein Sweatshirt, einen Turnschuh. Auf der Veranda eine Kaffeedose mit Nadeln darin. Und ihr geliebter alter Baum war nicht mehr da. Vermutlich war er von der Stadtverwaltung weggeräumt worden. Und das Gras war gemäht worden.

»Dieser Ort erinnert mich an *Grey Gardens*, genau die gleiche Atmosphäre wie in dem Film«, sagte David. »Aber es ist wirklich cool. Und was für ein Blick. Wow!«

Hand in Hand gingen sie bis zur Felskante vor und mimten ein Ehepaar, das das Anwesen gekauft hatte. Er meinte, sie müssten einen Zaun errichten lassen, andernfalls drohten ihre Kinder ins Meer zu stürzen, vor allem an der Schmalstelle, die ins Wasser hinausragte und förmlich darum bettelte, dass man hinabsprang.

Jane erzählte ihm, das sei als Teenager ihre Lieblingsstelle gewesen, ihr Leseplatz, und sie hoffe, dass ihre Kinder sie auf die gleiche Weise nutzen würden.

»Vielleicht Eleanor«, sagte er. »Aber die Zwillinge? Chad und Brad? Vergiss die beiden. Das sind regelrechte Monster.«

Jane zog die Augenbrauen hoch. »Chad und Brad, puh? Also dir überlasse ich die Auswahl der Namen sicherlich nicht.«

Er grinste.

»Sicherlich nicht«, wiederholte er.

Er küsste sie.

All das fühlte sich wie vorbestimmt an. Sie scherzten, aber dann auch wieder nicht. Sie kannten einander kaum, konnten aber ganz klar ihre gemeinsame Zukunft erkennen. Es schien, als könnte das jeder. Dennoch sagte ihr der eine Teil in ihr, dass es zu früh sei für solche Gedankenspiele. Sie musste vorsichtig sein. Ihr war, als spürte sie ein Zupfen an ihrer Schultertasche, als flüsterte ihr ihre Angst zu, sie sei nur zeitweise in das schöne Leben eines anderen Menschen hineinspaziert.

ZEHN JAHRE SPÄTER

2015

1

Genevieve

Während sie die Treppe hinaufging, bemerkte Genevieve einen Riss in der frisch gestrichenen Wand neben der Tür von Benjamins Zimmer. Er war tief und gezackt, ungefähr fünfzehn Zentimeter lang. Ein weiterer Beweis dafür, was sie in den Wochen seit ihrem Einzug schon die ganze Zeit gespürt hatte: dass sich trotz aller Anstrengungen ein solch altes Haus niemals komplett beherrschen ließ. Jedes Flackern des Lichts, jeder tropfende Wasserhahn fühlte sich wie ein weiterer Beleg dafür an, dass es töricht von ihr gewesen war, etwas anderes anzunehmen.

Paul würde ihr vorwerfen, sie dramatisiere mal wieder, aber wenn man darüber nachdachte, war ein Haus ein Fremdkörper, der in seine Umgebung eingedrungen war. Die Natur würde unentwegt versuchen, ihre Vorherrschaft geltend zu machen, sich Zugang zu dem Haus zu verschaffen. Man musste nur durch die Gänge eines Eisenwarenladens stöbern, dann wurde es einem klar. Regale voller Schädlingsbekämpfungsmittel, Fallen und Werkzeuge, dazu geschaffen, um zurückzudrängen, was rechtmäßig an diesen Ort gehörte.

Selbst nachdem sie eine kostspielige Steindrainage hatten legen lassen, sammelte sich im Keller Wasser. Wenn die Pfützen trockneten, blieben an den Rändern mineralische Ablagerungen zurück, die wie ein weißer Pelzbesatz aussahen. An der Decke ihres Schlafzimmers bildete sich ein brauner Fleck, der sich erschreckend weich anfühlte, wie die Schädellücken eines Neugeborenen. Nachts hörte sie Kratzgeräusche, die aus den Wänden des Speichers kamen – von Eichhörnchen vermutlich, meinte der Kammerjäger. Eines Nachmittags waren mehrere Ziegelsteine aus dem vor Kurzem neu verfugten Kamin herausgebrochen und nur wenige Meter von der Stelle gelandet, wo sie und Benjamin standen, während sie Einkäufe aus dem Wagen räumten. Mehr als einmal hatte sie das unangenehme Gefühl gehabt, dass sich die Küchenfliesen bewegten, um im nächsten Moment zu merken, dass ihre Augen es ihr vorgegaukelt hatten – eine wimmelnde Schar Zuckerameisen machte sich an einem Brotkrümel zu schaffen.

Nur wenn sie samstags manchmal Besuch aus Boston hatten und auf der hinteren Veranda saßen, um den Sonnenuntergang zu bewundern, oder um die weiße Marmorkücheninsel herumstanden und an Cocktails nippten, erlebte sie das Haus genau so, wie sie es sich ganz zu Beginn vorgestellt hatte. Alle machten ihr Komplimente dafür, dass sie dieses Wunderwerk bewerkstelligt hatte, wie schön es hier war.

Paul zeigte ihren Gästen gern Fotos. Das Davor und das Danach. Das Dazwischen erwähnte er nicht. Die vielen Monate, die sie mit Diskussionen über die Kosten des Fliesenspiegels in der Küche und der Schränke und Parkettböden zubrachten, oder darüber, ob sie die alte Tapete in ihrem Schlafzimmer herunterreißen und womit sie sie ersetzen sollten. Genevieve sprach sich immer für die teuerste Variante aus, weil sie insgeheim glaubte, je höher der Preis, desto höher sei die Qualität. Ständig fragte sie ihn nach seiner Meinung, obwohl sie doch genau wusste, was sie wollte. Es war nur so, dass sie ihrem Urteil nicht ganz traute. Andererseits wusste Paul wiederum genau, was er nicht wollte, war aber in den meisten Fällen unfähig zu artikulieren, was er stattdessen wollte.

Mehrmals im zurückliegenden Jahr war Genevieve wortlos ins Bett gegangen, wütend über sein Desinteresse an dem Ort, an dem sie künftig ihre Sommerurlaube verbringen wollten. Dabei sollte dieses Haus doch der Grund dafür sein, warum er so viel arbeitete;

die Kompensation dafür, dass sie in den letzten Jahren so wenig Zeit füreinander hatten, während er sein Business aufbaute. Hier sollten sie für die verlorene Zeit entschädigt werden, wieder *zueinander*finden. Doch ihr Mann war nicht dazu zu bewegen, zwischen zwei Telefonaten kurz den Blick zu heben und ihr zu sagen, ob er für die maßgeschneiderten Verandapolster lieber dieses gewagte Gelb oder jenes klassische Beige hätte – wie groß war dann die Wahrscheinlichkeit, dass er, bildlich gesprochen, überhaupt einmal den Blick heben würde?

Ihren Gästen erzählte sie nichts davon.

Bitte verschon unseren Besuch mit den Schattenseiten, ja?, pflegte Paul zu sagen, wenn die Türklingel ertönte.

Worauf sie erwiderte: *Natürlich.* Im Übrigen waren sie nicht ihre Freunde. Es waren ehemalige Kommilitonen ihres Mannes mit ihren Frauen. Oder Kunden oder Kollegen von Paul. Oder Männer, die er irgendwo auf einem Golfplatz kennengelernt hatte.

Genevieve fuhr mit der Fingerspitze über den Riss in der Mauer. Sie hatte sich wochenlang über die Farbe den Kopf zerbrochen und sich schließlich für einen hellgrauen Farbton namens »Schatten« entschieden. In allen Räumen kam, sobald die Farbe getrocknet war, der Moment der Wahrheit, in dem sich erwies, ob sie eine weise Wahl getroffen hatte. Das Meerschaumgrün im Gästebadezimmer war ein Reinfall. Es war so schrecklich, dass sie es nach einer Woche mit Weiß überstrichen hatte. Was den Flur im oberen Stockwerk betraf, war sie zufrieden mit ihrer Entscheidung. Aber was sollte sie jetzt tun? Es würde Wochen, wenn nicht gar Monate dauern, bis sie den Maler wegen eines läppischen Risses dazu bewegen könnte, erneut herzukommen, aber ihn selbst auszubessern, traute sie sich nicht. Sie fügte es dem gedanklichen Merkzettel mit Dingen hinzu, die sie schon einmal hatte reparieren lassen, jetzt aber erneut einer Reparatur bedurften. Eine Liste an Aufgaben, die, wie sie vermutete, nie vollständig abgearbeitet werden konnte.

Das winzige Zimmer ihres Sohnes befand sich hinter einer versteckten Tür, die, wenn geschlossen, gänzlich mit der Wand verschmolz – keine Leiste, kein Türgriff. Sie hatten mehrere weitere Zimmer, wesentlich geräumiger, aber Benjamin wollte unbedingt dieses haben. Ihm gefiel vermutlich, dass es so kuschelig war. Und ganz anders als das zu Hause.

Während sie vor der Wand dastand, hörte sie seine süße Stimme. Ihr Klang war so wohltuend.

Genevieve atmete tief durch.

»Und was hat sie dir gesagt?«, meinte sie ihn durch die Wand hindurch sagen zu hören.

Nach einer kurzen Pause kicherte er.

Eine halbe Stunde zuvor hatte sie sich vorsichtig von dem großzügigen Bett erhoben, um ihn ja nicht aufzuwecken. Ohne sie an seiner Seite konnte Benjamin nicht einschlafen. Paul meinte, sie verwöhne ihn zu sehr, ein vierjähriger Junge müsse sich von allein wieder beruhigen können.

Aber Genevieve ließ sich nicht davon beirren. Welchen Schaden konnte es schon anrichten? In ein paar Jahren würde Benjamin vermutlich keine Lust mehr haben, mit ihr zu reden, geschweige denn, neben ihr zu schlafen. Meistens schlief sie neben ihm ein, wachte erst im Morgengrauen auf, das Licht im Zimmer noch an.

Aber nachdem er an diesem Abend eingeschlafen war, spürte sie eine ungewöhnliche Energie in sich. Dazu trug gewiss die Tatsache bei, dass am nächsten Morgen die Putzfrauen kommen würden und sie vorher ein bisschen aufräumen müsste, wollte sie sich nicht ihrer stummen Kritik aussetzen, wenn im Spielzimmer wieder einmal Chaos herrschte und sich das schmutzige Geschirr in der Spüle türmte.

Sie quasselten unentwegt auf Portugiesisch und lachten. Lachten sie aus, dachte sie.

Nur die Chefin des Trupps, Cathy, sprach Englisch.

»So ein großes Haus und nur Sie und Ihr Junge wohnen darin«, sagte sie, als sie sich zum ersten Mal begegneten.

»Und mein Mann«, erwiderte Genevieve. »Er kommt meistens an den Wochenenden herauf.«

Cathy machte ein Gesicht, aus dem Genevieve nicht schlau wurde. Bemitleidete die Frau sie? Oder war es eine versteckte Kritik?

Kümmere dich nicht darum, würde Paul sagen. Und das stimmte auch. Sie kümmerte sich viel zu sehr darum, was andere dachten.

Benjamin plapperte noch immer, so leise, dass sie die Worte nicht verstehen konnte.

Normalerweise lief er, wenn er aufgewacht war, durchs ganze Haus und rief nach ihr, bis er sie gefunden hatte – unten vor dem Fernseher oder schlafend in ihrem Bett. Wenn Genevieve manchmal, wenn er nachts aufwachte, an sein Bett trat, erlebte sie ihn nie anders als heiter und angstfrei.

Irgendwo hatte sie gelesen, dass Mütter den früheren Versionen ihrer Kinder nachtrauerten. Man konnte nicht wissen, wann es das letzte Mal sein würde, dass man die Windeln wechselte oder das Baby in den Schlaf wiegte oder von einem Zimmer ins nächste trug, bis es dann so weit war. Wenn von dem eigenen Kind eines schönen Morgens nur noch ein mürrischer Gruß kam, hatte man das Gefühl, es plötzlich mit einer ganz anderen Person zu tun zu haben als mit der, der man einen Gutenachtkuss gegeben hatte.

»Das habe ich schon mal gemacht!«, sagte Benjamin jetzt mit lauterer Stimme. »Wirklich!«

Genevieve schob leise die Tür auf. Sie hatte eigentlich unbemerkt bleiben wollen, aber sofort schnellte Benjamins Kopf zu ihr herum.

»Mama. Du hast mir Angst gemacht.«

Er blickte wieder zum Fenster, wo sich der dunkle Himmel abzeichnete und das schwarze Meer, auf dem ein goldener Schimmer lag.

»Mit wem redest du?«, fragte sie neckend. Und erwartete, dass er lachen würde.

Aber Benjamin wirkte verwirrt. Er sah zwischen dem Fenster und

Genevieve hin und her und sagte dann, als wäre es doch ganz offensichtlich: »Mit ihr.«

Erneut zögerte er kurz, ehe er hinzufügte: »Sie kommt jetzt jede Nacht herein und hört nicht auf zu reden. Und hält mich wach.«

Genevieve wusste nicht, was sie darauf erwidern sollte. Merkwürdigerweise entschied sie sich für: »Wie sieht sie aus?«

Benjamin deutete auf das Fenster. »*Dort* ist sie!«

Sein Tonfall sagte ihr: *Schau doch selbst.* Doch dann schien ihm klarzuwerden, dass Genevieve sie nicht sehen konnte. Und er wurde plötzlich hysterisch.

Benjamins Schreien. Nie würde Genevieve es vergessen.

Sie brauchte eine halbe Stunde, um ihn zu beruhigen. Es gelang ihr nur, indem sie ihm versprach, dass er auf dem Sofa vor dem laufenden Fernseher schlafen könne und sie ihm eine Tasse Schokolade bringen werde.

Sie setzte sich neben ihn und tätschelte ihm den Kopf.

»Da war wirklich ein Mädchen«, versicherte er ihr.

Genevieve sagte: »Ich glaube dir«, und ihr wurde, während sie es sagte, klar, dass sie ihm wirklich glaubte.

Sie hatte beschlossen, gewisse Dinge zu ignorieren. Momente, die keinen Sinn ergaben. Einmal hatte sie ein Fenster zugemacht, weil es regnete, und hätte schwören können, eine fremde Hand zu spüren, die die untere Fensterhälfte herunterzog. Hin und wieder flackerte das Licht im Wohnzimmer oder in Benjamins Zimmer – aber nur, wenn er anwesend war. Stimmte das? Oder bildete sie sich dieses Detail nachträglich ein?

Ganz bestimmt bildete sie sich die Murmeln nicht ein, die unerklärlicherweise im gesamten Haus verstreut herumgelegen hatten. Trübe Glaskugeln, blau und rot und grün, altmodisches Spielzeug, etwas, das man Kindern heutzutage nicht mehr schenkte. Eine hatte sie auf den weißen Bodenfliesen gefunden, als sie in ihrem Badezimmer eines Tages aus der Dusche trat. Eine weitere auf der Brücke unter dem Esszimmertisch. Vier oder fünf hatten in einer ordentlichen Reihe auf dem Fernsehtisch gelegen. Paul meinte, die einzige Erklärung sei, dass die Murmeln schon immer dagewesen seien. Das Haus sei schließlich alt. Die Fußböden seien schief. Und so könnten die Murmeln hin und wieder unter einem Gegenstand hervorrollen.

Kurz nach elf beschloss Genevieve, Benjamin allein auf dem Sofa zurückzulassen, wo er engelsgleich unter einer blauen Strickdecke schlummerte. Sie ging in die Küche, schenkte sich ein großes Glas Wodka mit Eiswürfeln ein und rief ihren Mann an. Seine Mailbox schaltete sich ein. Sie stellte sich vor, wie er auf dem Sofa Fernsehnachrichten ansah oder die zusammengefassten Highlights der Baseballspiele und wie er, als er ihren Namen auf dem Display aufleuchten sah, beschloss, nicht abzunehmen.

Wieder rief sie an. Diesmal ging er dran.

Nachdem sie ihm den Vorfall berichtet hatte, sagte Paul: »Der Junge hat eine lebhafte Fantasie.«

»Nein, daran lag es nicht.«

»Was glaubst du dann, war es? Ein Gespenst?«, sagte er spöttelnd.

Es gab Momente, in denen sie ihn wegen seiner typisch männlichen Art hätte umbringen können.

Andererseits hatte sie ihm ja nicht erzählt, was sie getan hatte.

Ein Bild schob sich vor ihr geistiges Auge, und sie schloss die Lider, um es zu vertreiben. Doch er war immer noch da, der sehnige junge Mann. Das Letzte, was sie von ihm wahrgenommen hatte, während er sich von dem Haus entfernte, war das Tattoo auf seinem Nacken. Ein kompakter roter Stern. Er sah aus wie diese Stempel, die am Eingang eines Streichelzoos auf Kinderhände gedrückt wurden, als Beweis, dass der Eintritt bezahlt wurde.

»Kannst du bitte heute Abend noch herkommen?«, fragte sie Paul. »Ich würde mich besser fühlen, wenn du hier wärst. Ich weiß, es klingt albern, aber das Ganze ist wirklich sehr beunruhigend.«

Paul erinnerte sie an die eineinhalbstündige Fahrt und daran, dass er am nächsten Morgen arbeiten müsse. Sie solle ein Schlafmittel nehmen, meinte er.

Aber was, wenn Benjamin sie brauchte, was, wenn er nach ihr rief und sie ihn nicht hörte? Sie hatte ihn noch nie so verängstigt erlebt.

»Er hat es sich nicht ausgedacht«, sagte sie.

»Gen …« Pauls Stimme hatte einen warnenden Unterton. »Ich hatte dir von Anfang an gesagt, dass du bestimmt nicht gern allein in dem Haus sein würdest. Es tut dir nicht gut, du bildest dir alles Mögliche ein. Du brauchst Gesellschaft. Warum rufst du nicht deine Freundin an, diese Frau, die das Bed and Breakfast betreibt, und lädst sie auf einen Drink ein? Du sagtest doch, sie sei nett.«

Die Pensionsinhaberin, Allison hieß sie, war nur nett gewesen, weil Genevieve ein zahlender Gast war, die jeden Sommer eine Woche bei ihnen verbrachte und immer das teuerste Zimmer reservierte. Das war ihr klargeworden, als Genevieve auch diesmal wieder dort vorbeigeschaut und ihnen gesagt hatte, dass sie und Benjamin den ganzen Sommer in ihrem frisch renovierten Haus verbringen würden. Sie hatte Allison auf dem Handy Fotos von der Renovierung gezeigt.

»Ich kenne das Haus«, sagte Allison, ohne näher darauf einzugehen.

Sie war gerade dabei, Brotkrümel zwischen den weißen Korbtischen zusammenzufegen.

Dann hatte Allison die Unterhaltung ziemlich abrupt abgebrochen, indem sie sagte: »Ach so. Ich bin mir sicher, man sieht sich irgendwann. Meine Telefonnummer haben Sie ja. Wenn Sie etwas brauchen, schicken Sie mir doch einfach eine Textnachricht, ja?«

Und das hatte Genevieve getan, hatte ihr eine Nachricht geschickt, um ihr mitzuteilen, es sei nett gewesen, mit ihr zu plaudern, und ihr vorgeschlagen, sich einmal zu treffen, vielleicht mit den Kindern.

Ein Monat war seitdem vergangen, ohne dass eine Antwort gekommen war.

Sie hatte einfach keine Begabung für Frauenfreundschaften. Sie mochte nicht, wie Frauen einander Geheimnisse, sowohl eigene als auch die anderer Leute, erzählten und alles für bare Münze nahmen. Ihre Mutter war sehr reserviert, war überzeugt, dass man Probleme für sich behalten müsse. Genevieve hatte von früh an ihre Haltung übernommen, und wenn sie sich als Studentin am Bryn Mawr College wieder einmal allein auf dem Flur des Studentenwohnheims fand, während um sie herum Mädchen in Pyjamas über Jungen plauderten und über irgendwelche Professoren, in die sie verliebt waren oder die eine Affäre hatten, dachte sie: *Dazu habe ich rein gar nichts zu sagen.*

Im zweiten Studienjahr fuhr sie immer mit einem Mädchen aus demselben Jahrgang einmal in der Woche zur Chorprobe. Genevieve dachte, sie seien Freundinnen. Aber als sie eines Abends um die Ecke bog und den Speisesaal betrat, hörte sie das Mädchen sagen: »Die arme Genevieve ist so sehr in sich selbst vertieft, dass sie seit Monaten kein Tageslicht mehr gesehen hat.«

Kurz vor ihrem Abschluss lernte Genevieve auf einer Party außerhalb des Campus Paul kennen. Sie mochte, dass er nur so vor Selbstbewusstsein strotzte. Ihre Mutter war beeindruckt von seinem prestigeträchtigen Namen. Sie hatte im *Time*-Magazin einen Artikel über seinen Vater gelesen.

»Seine Vorfahren sind mit der Mayflower nach Amerika gekommen!«, sagte sie.

Wenn Genevieve einen solchen Mann heirate, meinte ihre Mutter, werde es ihr an nichts fehlen.

Nachdem Paul aufgelegt hatte, ging Genevieve mit ihrem Drink auf die überdachte Terrasse, knipste das Außenlicht an und trat an das Geländer. Sie blickte über den hügeligen Rasen und die Klippen hinweg aufs Meer, auf die von Straßenlampen erleuchtete Bucht und das Städtchen Awadapquit in der Ferne. Dieser Ausblick hatte sie, als sie das Anwesen entdeckte, am meisten angezogen.

Ihr Grundstück war nur vom Meer aus zu sehen. Zwischen dem Haus und der Hauptstraße lag eine Viertelmeile Kiefernwald. Bestimmt war sie Hunderte Male an der Abzweigung vorbeigefahren, ohne sie zu bemerken. Wer weiß, warum sie sie an jenem Augustnachmittag dann doch bemerkt hatte? Benjamin war, nachdem sie den Vormittag am Strand verbracht hatten, im Kindersitz auf der Rückbank eingeschlafen.

Als sie den rostigen Briefkasten an der Abzweigung der Shore Road entdeckte, bog sie aus einer Laune heraus ab und folgte dem von Baumkronen beschatteten Schotterweg. Und als sie dann am Ende des Weges wie aus einem Tunnel heraus in den Sonnenschein eintauchte, war es für sie wie eine Offenbarung. Sie sah eine riesige zugewucherte Wiese, deren Gras wie goldener Weizen in der Sonne schimmerte, und dahinter den Ozean. Auf einer kleinen Insel gegenüber der Küste sonnten sich Seehunde auf den Felsen.

Ein eingefallenes, unbewohnbares viktorianisches Haus mit abgeblätterter blasslila Farbe stand auf dem Grundstück. Genevieve ließ Benjamin im Wagen weiterschlafen, ging zu dem Haus und spähte durch ein Fenster. Machte Pläne. Als gehörte es bereits ihr.

Das Haus war vollständig möbliert. Es sah aus, als wären die Besitzer vor Jahrzehnten spazieren gegangen und nicht wiedergekommen.

Es waren keine benachbarten Häuser zu sehen. Das Haus wurde an drei Seiten von Bäumen eingerahmt und an der vierten vom Ozean.

Das, was sie an diesem Tag spürte, war eine Art Begierde. Genevieve musste es unbedingt haben.

Als sie das nächste Mal mit Paul herkam, um es ihm zu zeigen, machte er sie auf die zerbrochenen oder wer weiß wie lange schon offen stehenden Fenster aufmerksam, sodass das Innere schutzlos den Elementen ausgeliefert war. In manchen Räumen drohte die Decke einzustürzen. Das Geländer des oberen Flurs war in die Diele hinuntergefallen. Auf der Sonnenveranda war eine Wand eingeknickt. Das Mansarddach war mit Moos überwachsen. Neben dem Haus stand eine Scheune, eingesunken wie ein alter Kürbis.

»Ein Fass ohne Boden«, sagte Paul und machte ihre schöne Fantasie einfach so zunichte.

»Natürlich muss es abgerissen werden«, erwiderte sie. »Aber sieh dir diesen herrlichen Ausblick an, das ist eine Rarität, so eine Immobilie gibt's kein zweites Mal.«

»Es muss einen Grund geben, warum es leer steht«, sagte er.

»Ja, weil es auf uns gewartet hat.«

»Hey, Sam Littleton, dein Haus ist eine Bruchbude.«

Sie starrte ihn verständnislos an. »Wer?«

Paul deutete auf eine weiße Tafel mit schwarzen Lettern neben der Haustür:

CAPTAIN SAMUEL LITTLETON HOUSE
circa 1846

Genevieve hatte den Namen Littleton auch an anderen Gebäuden in dieser Gegend gesehen.

»Historisch bedeutsam also«, sagte sie, »und daher bestimmt wertvoll.«

Als Paul fragte, ob es überhaupt zum Verkauf stehe, wusste sie, dass sie auf bestem Weg war, ihr Ziel zu erreichen.

Pauls Anwälte machten die Besitzerin ausfindig. Eine alte Dame in Philadelphia. Auch wenn sie zugab, das Haus seit Jahrzehnten nicht mehr gesehen zu haben, brauchte es sehr viel mehr Überzeugungsarbeit, sie zum Verkauf zu überreden, als Genevieve gedacht hatte. Aber alles hatte nun mal seinen Preis.

Wäre es nach ihnen gegangen, hätten sie das Haus einfach abgerissen und ein neues gebaut. Genevieve schwebte eines vor, das dreimal so groß war, mit Zedernschindeln und ganz vielen Fenstern. Ein Sommerhaus sollte luftig und hell sein. Doch wie sich herausstellte, stand das Haus im Register denkmalgeschützter Gebäude, was hieß, dass sie es nicht abreißen oder die Fassade verändern durften.

Das, was oberflächlich zu sehen war, war schlimm genug. Noch schlimmer war das Unsichtbare. Der Gutachter wies auf Asbest im Keller hin, auch mussten die vorsintflutlichen elektrischen Leitungen mit keramischen Kabelträgern nicht zuletzt wegen Brandgefahr herausgerissen werden, was Genevieve für keine schlechte Idee hielt. Die Vorbesitzer hatten es versäumt, das Wasser abzustellen. Daher waren die Leitungen gefroren und geplatzt. Die meisten Regenrohre waren heruntergefallen. Die hölzernen Regenrinnen waren voller Laub und mussten ersetzt werden. Unkraut wuchs darin, als wäre es hineingepflanzt worden. Das Fundament war rissig. Die Ursache eines üblen Geruchs entpuppte sich als ein verwesender Waschbärkadaver im Kamin.

Sie beauftragte einen Landschaftsgärtner, um das zugewachsene Grundstück wieder freizubekommen – die riesige Wiese zu mähen und in einen Rasen umzuwandeln, die abgestorbenen Büsche auszureißen, die die Klippe säumten, und die sich gefährlich über die Felskante neigende Kiefer zu fällen. Dadurch wurde ihre Privatsphäre zwar ein bisschen beeinträchtigt, aber dafür gewannen sie einen noch spektakuläreren, ungehinderten Meerblick.

Genevieve bezahlte einem Trödelhändler mit einem Pick-up-Truck zweitausend Dollar, um das Haus zu entrümpeln. Sein Name war John Irving.

»Aber doch nicht *der* John Irving, oder?«, sagte Genevieve, als sie telefonisch Kontakt mit ihm aufnahm. Am anderen Ende der Leitung herrschte kurz Stille. Er wusste offenbar nicht, mit welch anderem, noch berühmteren Mann er sich diesen Namen teilte. War es möglich, dass ihn bislang niemand darauf aufmerksam gemacht hatte?

John Irving und seine beiden jungen Helfer mussten Dutzende Male hin- und herfahren. Das meiste von dem, was sie mitnahmen, landete, vermutete Genevieve, auf dem Müll. Hin und wieder hielt er einen Gegenstand hoch – eine silberne Teegarnitur, einen Spiegel mit Blattgoldrahmen – und sagte: »Sind Sie sicher, dass Sie das nicht behalten wollen? Könnte sein, dass es etwas wert ist.«

Die Vorstellung, dass es etwas wert sein könnte, hatte die Vorbesitzerin, diese Frau aus Philadelphia, dazu bewogen, so viel Trödelzeug anzusammeln, dass es ihr irgendwann über den Kopf wuchs.

»Behalten Sie es«, meinte Genevieve.

John Irving gab ihr die Nummer eines ortsansässigen Antiquitätenhändlers, der bereit wäre, die alten Marmorkaminfassungen und die Bleiglasfenster abzutransportieren, um sie möglicherweise woanders wieder einzubauen. Er konnte jedoch erst frühestens in einem Monat kommen, Genevieve allerdings wollte die Renovierung so schnell wie möglich über die Bühne bringen.

Sie fand ein kleines Bauunternehmen, einen geschickten Handwerker, der die Wände zwischen den dunklen, winzigen Räumen im Erdgeschoss herausriss – dem *Salon* und dem *Wohnzimmer* – und sie in einen offenen Wohnbereich umwandelte. (Was er mit den Kaminfassungen und Bleiglasfenstern machte, entzog sich ihrer Kenntnis.) Wie sich herausstellte, waren die Wände voller Streckmetall und Rosshaargips, und es war daher wesentlich schwieriger und kostspieliger, sie abzureißen, als sie gedacht hatte. Aber dafür war das Ergebnis umso beeindruckender.

Der Bauunternehmer fügte an den hinteren Teil einen Anbau an, und zwar von der maximalen Größe, die die Stadt genehmigte, was nicht allzu groß war, aber immerhin. In der Küche installierte er Schiebefenster, durch die man das Meer sah. Im ersten Stock baute er ein zweites großes Badezimmer ein und in der Diele ein Gäste-WC.

Er empfahl ihr eine Innenarchitektin. Sie und Genevieve waren sich einig, dass die Wände im Erdgeschoss naturweiß sein sollten, und für die schweren Holzverkleidungen brauchte es ein etwas leuchtenderes Weiß. Das machte das Haus ungemein heller. Die Gästetoilette bekam eine originelle, mit Flamingos bedruckte Tapete. Und sie wählten eine marineblau gestrichene Kücheninsel aus.

Die Innenarchitektin schickte ihr rund um die Uhr E-Mails. Es war verrückt, aber Genevieve genoss die Flut an Möglichkeiten, bei der nur sie allein eine Wahl treffen konnte. Die Aufmerksamkeit, die Vorfreude, all das erinnerte sie an ihre Hochzeit – die jeweiligen Experten, die sie mit neuen Entwürfen und Vorschlägen bombardierten, diesen Aktionismus samt Rückschlägen und Überraschungen, der in etwas Wunderschönem gipfeln sollte, mit ihr im Mittelpunkt.

Als die Renovierung abgeschlossen war, war sie extrem stolz auf sich. Die meisten Aufgaben, die sie sonst erledigte, waren unsichtbar – zum Beispiel vereinbarte sie Arzttermine und badete Benjamin jeden Abend, dachte daran, ihrer Schwiegermutter zum Geburtstag Blumen zu schicken. Aufgaben, denen kein Mensch Beachtung schenkte, wenn man sie erledigte. Nur wenn man ihnen nicht nachkam, dann schon. Aber jetzt hatte sie etwas ganz Konkretes zustande gebracht, etwas ganz Besonderes.

Eines Morgens rief die Innenarchitektin an, war regelrecht aufgeregt. Das Magazin *Maine Coast* erwäge, in seiner Sommerausgabe Genevieves Haus zu präsentieren. Die Innenarchitektin kannte die verantwortliche Redakteurin, die ihr erzählt hatte, sie hätten die Auswahl auf Genevieves Haus und zwei weitere Objekte eingegrenzt. Bei dem Objekt sollte es sich nicht nur um ein renoviertes altes Haus handeln, sondern eines, dessen Besitzer auch die Lokalgeschichte berücksichtigt hatten.

»Sie meinte, in den anderen beiden Häusern seien zwar wesentlich mehr Originaldetails bewahrt worden, aber keines davon steht direkt am Meer«, erzählte die Innenarchitektin. »Um ihr die Sache schmackhaft zu machen, habe ich sie auf eine Idee gebracht, und sie war gleich Feuer und Flamme. In Awadapquit wohnt ein alter Hippie, der indigene Antiquitäten verkauft. Er heißt Thomas Crosby. In den Siebzigerjahren hatte er eine Galerie, aber jetzt empfängt er Kunden nur noch nach vorheriger Terminvereinbarung. Zum Beispiel hat er einen Korb aus geflochtenem Mariengras aus den 1850er-Jahren. Ein solch altes Exemplar ist eine Rarität. Der Korb ist noch völlig intakt, gehört eigentlich in ein Museum. Man kann nicht mehr herausfinden, wo genau er hergestellt wurde, aber Thomas ist sich ziemlich sicher, dass er aus dieser Gegend kommt, von einem der hier beheimateten Stämme. Sie wissen bestimmt, dass der Name des Städtchens in der Sprache der Abenaki *Wo die herrlichen Klippen und das Meer sich begegnen* bedeutet. Und Ihr Haus ist auf genau den Klippen erbaut, von denen die Rede ist! Ich habe der Redakteurin gesagt, wenn Sie sich für Ihr Haus entscheiden, würden Sie den Korb erwerben, dann hätten sie einen Aufmacher für ihre Reportage.«

»Stimmt«, sagte Genevieve, »das klingt gut.«

»Aber die Sache hat einen kleinen Haken – der Korb kostet stolze achttausend Dollar.«

Genevieve wusste zunächst nicht, was sie antworten sollte. »Für einen Korb.«

»Es sind die Originalgriffe daran, er ist erstaunlich gut erhalten. Und das gibt es nur noch selten.«

»Könnten wir uns den Korb für das Fotoshooting nicht einfach ausleihen?«

»Nein, tut mir leid. Aber er ist in einem herrlichen Marineblau eingefärbt und würde perfekt zu Ihrer Einrichtung passen.«

Genevieve beschloss, Paul nichts davon zu sagen. Er würde ausflippen, wenn er den Preis erführe.

Als der Korb eintraf, musste sie enttäuscht feststellen, dass er viel kleiner war, als sie gedacht hatte. Der Boden hatte nur einen Durchmesser von knapp fünfzehn Zentimetern. Er war gewölbt und verjüngte sich nach oben hin. Die Innenarchitektin platzierte ihn auf den gläsernen Beistelltisch im Wohnzimmer.

Eines Tages bemerkte Genevieve erschrocken, dass die Reinigungsfrauen den Korb benutzten, um herumliegende kleine Gegenstände wie Streichholzschachteln und Stifte ohne Kappen, die keinen bestimmten Platz hatten, hineinzutun.

»Dieser Korb ist ein sehr teures antikes Stück«, sagte sie. »Fassen Sie ihn bitte nicht an.«

Die Frauen sahen sie an, als hätte sie den Verstand verloren, hielten sich von da an aber von dem Korb fern.

Die *Maine Coast* kündigte an, im März für ein Fotoshooting vorbeizukommen, sobald der Infinitypool am Rand des Grundstücks fertig war. Das i-Tüpfelchen. Und der Aufwand würde ein Klacks im Vergleich zum Rest sein, dachte Genevieve damals. Lediglich ein paar Bäume mussten gefällt und ein Loch ausgehoben werden.

John Irving hatte eine Kettensäge. Eines grauen Februarmorgens trafen er und seine Mitarbeiter ein, um Dünenrosen und ein paar Kiefern neben dem Haus zu entfernen und auf diese Weise Platz für den Pool zu schaffen. Genevieve hatte ein schlechtes Gewissen wegen des Fällens der Bäume. Sie waren mehr als dreißig Meter hoch und um die hundert Jahre alt. Sie fuhr von Boston hinauf, um sicherzustellen, dass nur so viele gefällt wurden, wie absolut nötig war.

»Wir haben etwas entdeckt«, verkündete John Irving, als sie aus dem Wagen stieg.

Er führte sie zu der Stelle, wo die Dünenrosen und Kiefern gestanden hatten und jetzt eine schockierende Leere herrschte. Und da sah sie es. Weiße Grabsteine, mit leuchtend grünem Moos bewachsen.

Drei davon waren recht klein. Es waren Namen darauf eingraviert, aber die Inschrift war nach all der Zeit stark verwittert.

Die anderen beiden waren doppelt so groß. Bei einem lief mittendurch ein Riss. Die Lettern waren so verblichen, dass Genevieve sie nicht hätte entziffern können, hätte sie nicht von der Tafel neben der Haustür auf den Namen schließen können – *Samuel Littleton*.

Das Grab daneben gehörte Hannah Littleton. *Geliebte Gattin*, lautete ein Teil der Grabinschrift, darunter Geburts- und Todesdatum. Sie hatte ihn um sechsundvierzig Jahre überlebt.

Da war noch ein weiteres Grab, das sich von den anderen abhob. Statt eines schmalen Grabsteins stand da einfach ein unbehauener Stein. Rund und uneben, ungefähr so groß wie ein Basketball. Darauf kein Geburts- und Todesdatum, einfach nur die Inschrift *Sister Eliza*, in ungelenken Buchstaben von jemandem in den Stein gemeißelt, der sich ganz offensichtlich seinen Lebensunterhalt nicht als Steinmetz verdiente.

»In solch kleinen Gräbern wurden in der Regel Säuglinge bestattet. Damals haben viele Neugeborene nicht allzu lange gelebt«, sagte John Irving. »Ich habe keine Ahnung, wie die Menschen das ertragen konnten.« Er schüttelte den Kopf. »Es gibt viele solcher alter Häuser mit einem kleinen Friedhof für Familienangehörige. Ich finde, sie haben etwas Faszinierendes. Die Vergangenheit, die auf die Gegenwart trifft, Sie wissen schon, was ich meine.«

Der Entrümpler hatte also eine poetische Ader, dachte Genevieve. Na großartig. *Mist!*

»Aber wir haben hier doch einen Pool geplant«, sagte Genevieve.

»Stimmt. Nun …«

Ein Sommerhaus ohne Pool – das ergab doch gar keinen Sinn! Vor ein paar Jahren hatte sie eine Seite aus einem Design-Magazin herausgerissen, und sie hielt immer noch an dieser Vision ihres Traumpools fest. Wenn sie je ein Haus am Meer besitzen sollten, hatte sie sich in den Kopf gesetzt, dann müsste es einen Infinitypool haben, von dem aus man tagsüber direkt aufs Meer blickte und nachts die Sterne bewundern konnte. Mit Fliesen genau im selben sanften blauen Farbton, wie sie ihn in einem Hotelpool in Marrakesch gesehen hatte.

»Es gibt keine andere geeignete Stelle, der Rest des Grunds ist abschüssig«, sagte sie. »Was für ein Pech, nicht wahr?«

Einer der jungen Mitarbeiter von John Irving starrte sie an. Er trug nur ein T-Shirt, obwohl es eiskalt war. Er hatte das braune Haar zu einem Pferdeschwanz gebunden.

Genevieve hielt seinem Blick recht lange stand, ehe sie wegsah.

Pauls Mutter hatte einmal gesagt, sie könne sich nicht vorstellen, in einem Haus zu wohnen, in dem jemand anders zuvor gelebt hatte. Paul war in einem weitläufigen Haus aufgewachsen, das ein Stararchitekt nach den Vorstellungen seiner Eltern entworfen hatte und ein Jahr vor seiner Geburt gebaut worden war. Er gehörte gewiss nicht zu den Menschen, die einen Friedhof im Garten als faszinierend bezeichnen würden. Genevieve im Übrigen auch nicht.

»Ich verstehe das nicht«, meinte sie. »Wie konnte der Gutachter das übersehen? Hätte die Vorbesitzerin uns nicht darauf hinweisen müssen?«

John Irving schüttelte den Kopf. »Keine Ahnung.«

Plötzlich fiel Genevieve wieder etwas ein. Sie hatten durch ihre Unterschrift im Kaufvertrag bestätigt, das Anwesen »wie besehen« zu kaufen. Die Inspektion durch einen Gutachter hatten sie nur als Grundlage für die Renovierung veranlasst.

Jetzt würde Paul es bestimmt wieder verkaufen wollen. Nach all der Arbeit, die sie hineingesteckt hatte.

Der Entrümpler verabschiedete sich. Der eine junge Helfer fuhr mit ihm in seinem Pick-up.

Der andere, der im T-Shirt, war mit seinem eigenen Wagen gekommen. Er zögerte noch, sah zu, wie der Pick-up die Schotterstraße hinab verschwand, und sagte dann ruhig, diesmal ohne sie direkt anzusehen: »Ich kann Ihnen helfen. Mein Kumpel hat einen Bobcat, einen Mini-Raupenlader. Wir bräuchten nicht mehr als einen Tag, um alles wegzuschaffen.«

»Obwohl …« Sie wusste nicht, wie sie es ausdrücken sollte.

»Jo«, sagte er nüchtern.

Er wollte in Cash bezahlt werden. Als er den Preis nannte, sah sie ihm an, dass er meinte, er würde sie über den Tisch ziehen, aber sie hätte noch sehr viel mehr bezahlt.

Genevieve stellte keine Fragen. Sie ließ ihn wissen, sie fahre jetzt nach Hause und komme erst am Wochenende wieder, zu ihrem Termin mit der Pool-Firma. Er meinte, bis dahin sei alles erledigt.

Sie begab sich ins Haus, holte die vereinbarte Summe aus dem Safe in der untersten Schublade des Schreibtischs ihres Mannes und nahm sich vor, das Geld zu ersetzen, bevor er es bemerkte.

Wieder draußen, reichte sie dem jungen Mann das Bündel druckfrischer Geldscheine. Er zählte sie, nickte ihr zu und ging zu seinem

Wagen. Unter seinem hochgebundenen Haar hob sich völlig überraschend ein sternenförmiges rotes Tattoo von seiner papierweißen Haut ab.

Genevieve war immer noch wach, als die Sonne aufging und sich die Schwärze vor dem Wohnzimmerfenster in ein sanftes Blau verwandelte. Sie saß in einem Armsessel gegenüber ihrem schlafenden Sohn, wollte ihn keine Sekunde aus den Augen lassen.

Sie fühlte sich wie gerädert und erschrak bei jedem noch so geringen Geräusch. Sie hatte ihren Laptop im Schoß, suchte googelnd nach einer Lösung.

Eines der Suchergebnisse besagte, dass man in vielen Fällen einen unliebsamen Hausgeist loswerden könne, indem man ihn in bestimmtem Ton aufforderte zu verschwinden. Wenn das nicht funktionierte, könne man jeden Raum mit Salbei und Beifuß ausräuchern und sämtliche Böden mit einer Essenz aus mit heißem Wasser übergossenen Lorbeerblättern wischen und die Türschwelle mit rosa Himalaya-Salz besprenkeln. Genevieve kaufte all diese Ingredienzien online.

Sie übte im Geiste, was sie zu Benjamin sagen würde, wenn er aufwachte. Ganz ruhig würde sie ihn fragen, ob das Mädchen in dem Fenster ihm ihren Namen verraten habe.

»Könnte sie vielleicht Eliza geheißen haben?«, würde sie in möglichst beiläufigem, fast desinteressierten Ton fragen.

Die andere, Hannah, konnte es nicht gewesen sein. Sie war mit etwa achtzig gestorben. Die Kinder waren im Babyalter gestorben. Benjamin hatte den Geist als Mädchen bezeichnet.

Zum ersten Mal fragte sich Genevieve, wohin die sterblichen Überreste geschafft wurden. Was hatte der Jugendliche mit dem Pferdeschwanz beim Graben in der Erde vorgefunden? Waren die Familienmitglieder in Holzsärgen bestattet worden? War noch irgendetwas von ihnen übrig gewesen?

Ein Gedanke jagte den anderen. Genau wie wenn Benjamin von

einer Frage zur nächsten kam: Wie gelangt das heiße Wasser in die Dusche? – Es fließt durch die Wasserleitung. – Und wie kommt es in die Leitung? – Es stammt aus dem Heißwassertank. – Und wie gelangt es *dort* hinein?

Aber es war wirklich nicht ihre Schuld. Der junge Mitarbeiter des Entrümplers hatte so getan, als wäre es keine große Sache, sondern etwas, das er schon zigmal erledigt hatte. Hätte er es ihr nicht angeboten, hätte sie nie im Leben darum gebeten. Was hätte sie stattdessen getan? Wäre sie wieder ausgezogen? Oder hätte ein paar Lebensbäume davor gepflanzt und vorgegeben, es gäbe die Gräber nicht?

Sie musste diesen Jugendlichen suchen, weil dann … ja, was? Genevieve kannte die Antwort nicht. Und seinen Namen auch nicht. Sie konnte John Irving nach seinem Mitarbeiter fragen, aber würde ihn das nicht stutzig machen?

War das, was sie getan hatten, illegal?

Sie gab in die Suchleiste ihres Browsers *Störung der Totenruhe, Gefängnisstrafe* ein und dachte an die Mörder, von denen *Law & Order* handelte, die so dumm waren, bei ihren Missetaten Spuren zu hinterlassen. Dann fügte sie zu den bereits getippten Suchwörtern noch *TV-Miniserie darüber* in die Suchleiste hinzu.

Sie hatte sich geschworen, kein Wort davon zu Paul oder jemand anderem zu sagen. Wenn sie es jetzt erst täte, würde es zu ernsthaften Problemen führen. Aber er hatte recht. Sie wollte nicht allein hier sein. Vielleicht sollte sie mit Benjamin in das Bed and Breakfast in Awadapquit ziehen, bis Paul kam. Er würde es vermutlich nie herauskriegen; er sah sich nie die Kreditkartenabrechnungen an. Sonst hätte er längst die Sache mit dem Korb herausgefunden.

Ja, sie würde vorübergehend in die Pension ziehen. Und dort dann einen Plan machen. Aber erst einmal musste sie wieder Atem schöpfen.

Einigermaßen erleichtert schloss Genevieve die Augen und ließ sich erschöpft in ihrem Sessel zurücksinken. Eine Weile war das Rauschen der Klimaanlage das Einzige, was sie hörte. Gerade, als sie am Einschlafen war, vernahm sie aus dem Flur ein Geräusch, das wie Schritte klang. Sie spürte ein beklemmendes Gefühl in der Brust. Verlor sie allmählich den Verstand? Nein, die Schritte kamen näher. Sie sah Benjamin an und überlegte, ob sie ihn schnell packen und ihn irgendwo in Sicherheit bringen konnte. Sie versuchte, dem Geist telepathisch zu signalisieren, dass es ihr leidtue. Sie würde es wiedergutmachen.

Eine Stimme flüsterte ihren Namen. »Genevieve. Genevieve.«

Sie rührte sich nicht.

Die Reinigungsfrau trat, den Staubsauger in der Hand, durch die Tür.

»Guten Morgen, Genevieve«, sagte sie.

2
Jane

Im Zimmer roch es nach Popcorn und Hotdogs.

Auf beiden Seiten des Mittelgangs waren fünfzig Reihen Klappstühle aufgestellt worden, und sobald ein Losgewinn verkündet wurde, rannte die betreffende Person durch den Gang nach vorn, als handelte es sich um eine Episode aus der Spielshow *Der Preis ist heiß* und sie hätte soeben einen Neuwagen gewonnen. Die Leute johlten und grölten und klatschten einander ab, wenn ihre Losnummer aufgerufen wurde. Da ständig jemand aufsprang und sich an vorstehenden Knien und voluminösen Handtaschen vorbeischob, um schnell nach vorn zu gelangen und seinen Preis einzufordern, standen die Stühle inzwischen kreuz und quer. Die Tombolapreise waren durchweg wertloses Zeug, aber egal. Die Leute gewannen nun mal gern.

Eine Gruppe von Individuen war zusammengekommen und hatte beschlossen, Spaß zu haben. Und dann hatten sie auch Spaß.

Fand jedenfalls Jane auf ihrem Stuhl in der hintersten Reihe, die Spielverderberin, die Menschenansammlungen hasste. Wenn sie sich davor wenigstens ein, zwei Drinks hätte genehmigen können. Wenn sie doch nur nicht schon seit einer gefühlten Ewigkeit in Awadapquit gewesen wäre, zum ersten Mal seit dem Tod ihrer Mutter ganz allein in deren Haus. Wenn es ein normaler Wochenendbesuch und David bei ihr gewesen wäre und sie mit ihm darüber hätte lachen können, dass der Hauptsieger bei dieser Tombola einen Volleyball mit dem Schriftzug eines ortsansässigen Immobilienmaklers, einen Fünf-Dollar-Gutschein für Pancake King und ein Stück selbst hergestellter Seife eingeheimst hatte und dass das ausreichte, um bei einigen lautstarken Teilnehmern den Verdacht aufkommen zu lassen, das Ganze sei ein abgekartetes Spiel.

Fast ihr gesamtes Leben lang war Einsamkeit Jane zutiefst vertraut gewesen, ja, sie hatte sich sogar wohl dabei gefühlt. Doch nachdem sie zehn Jahre mit David zusammen gewesen war, war es jetzt, als hätte sie ihre Einsamkeitstauglichkeit verloren. David war ihr Panzer in der Welt da draußen gewesen. Allein die Gewissheit, ihn zu haben, hatte ihr einen gewissen Schutz geboten. Selbst wenn er nicht bei ihr war, hatte sich Jane nie allein gefühlt.

In all den Jahren ihrer Ehe hatte sie sich ihren unabhängigen Wesenskern bewahrt. Etwas, das, wie sie glaubte, mit nur wenigen Männern möglich war. David verstand, warum sie ihre Finanzen nicht zusammenlegen wollte, warum ihre Arbeit ihr so wichtig war, warum sie nur unter gewissen Bedingungen unter die Leute ging und es sie selbst dann erschöpfte und sie anschließend das Bedürfnis hatte, eine Zeit lang allein zu sein. Er verstand, warum sie Angst davor hatte, Kinder zu bekommen, obwohl sie eine große Sehnsucht nach einem eigenen Kind verspürte. David verstand und akzeptierte sie so, wie sie war und wie es vermutlich kaum ein anderer Mann gekonnt hätte.

Die Worte, die gefallen waren, als sie die letzte Nacht miteinander verbracht hatten, gingen ihr nicht mehr aus dem Kopf:

Ich glaube, wir sollten uns eine Auszeit nehmen. Es funktioniert nicht mehr zwischen uns.

Was für eine gewöhnliche, phrasenhafte Art, etwas zu beenden, das einmal eine große Liebe war.

Als spürte sie ihre Trübsal, schenkte ihr Allison, die vorn eine große Lostrommel herumwirbelte, ein breites Lächeln. Jane erwiderte es. Für niemanden sonst auf der Welt wäre sie bereit gewesen, zum diesjährigen Wohltätigkeitsbasar des Rotary Club zu gehen.

Allison wusste das. Zu ihrem letzten Geburtstag hatte sie Jane einen Kaffeebecher mit den Worten *Tut mir leid, dass ich zu spät dran bin, aber ich wollte eigentlich gar nicht kommen* darauf geschenkt.

Als Jane gezögert hatte, die Einladung für diesen Abend anzunehmen, hatte Allison gemeint: »Es wird bestimmt lustig! Okay, vielleicht nicht ganz so lustig, aber ich muss dich mal wieder aus dem Haus lotsen.«

Awadapquit zählte nur etwas mehr als eintausend Einwohner mit erstem Wohnsitz. Die meisten von ihnen mieden in der Hochsaison Strand und Innenstadt. Darunter waren Lehrer, Bauern, Handwerker und Krankenschwestern oder -pfleger und Polizisten. Oder Rentner, die sich ihren Traum von einem Lebensabend am Meer erfüllt hatten.

Das Zentrum des Städtchens war ganz auf die Feriengäste ausgerichtet. Kunstgalerien, Cafés, die hausgemachte Eiscreme anpriesen, und Dutzende Läden, die Kaftane und Sandalen und überteuerte Einkaufstaschen aus recyceltem Segeltuch im Angebot hatten. Jane fragte sich oft, wie sie alle es schafften, sich über Wasser zu halten.

Und gleich dahinter, entlang der Route 1, reihte sich Motel an Motel, deren Neonschilder im Sommer verkündeten, dass alle Zimmer »belegt« waren. Ferner gab es einen Trampolinpark, zwei Minigolfanlagen und ein Souvenirgeschäft im Stil einer riesigen Blockhütte, mit einem nachgemachten Totempfahl auf dem Parkplatz und einem Schild, auf dem stand: 10 000 GESCHENKE! Jane hatte noch nie einen Fuß hineingesetzt.

Die Benefiztombola war eine der wenigen Sommerveranstaltungen, die nicht für Touristen gedacht waren. Sie wurde jedes Jahr am letzten Sonntag im Juni im Rathaus abgehalten, einem einstöckigen Backsteinhaus, eingezwängt zwischen dem Postgebäude und dem städtischen Parkplatz. Hin und wieder verirrten sich auch ein, zwei Auswärtige hinein, die einen Blick auf die Einheimischen in ihrem natürlichen Habitat erhaschen wollten oder hofften, ein Schnäppchen zu machen. Doch in der Regel merkten sie bald, dass die sonst so freundlichen Einheimischen an diesem Abend keine Lust hatten, mit ihnen zu plaudern, und dass die Preise nicht lohnenswert waren, sodass sie wieder von dannen zogen, um stattdessen in Skip's Piano Bar zu gehen oder zurück zu ihrem ausgeleierten Sofa in dem Cottage, das sie für eine Woche gemietet hatten.

Allison hatte bereits drei Lotterierunden durchlaufen, und pro Runde wurden dreißig Preise vergeben. Die Menge zeigte keine Anzeichen von Müdigkeit.

Eines von Janes Losen hatte gewonnen und ihr ein Glas Paprikamarmelade eingebracht. Weil sie nicht aufgepasst hatte, merkte sie es erst, als Allison die Losnummer ein zweites Mal ausrief und als sich weiterhin niemand meldete, laut verkündete: »Ich nehme an, das bist du, Jane. Jane, schau, das hier ist für dich.«

Die Leute drehten sich um, weil sie wissen wollten, wer Jane war. Ein paar wenige kannten sie noch von der Highschool und nickten ihr freundlich zu. Ein paar kannten sie noch von der Highschool und nickten ihr nicht zu. Der Rest wandte den Blick wieder nach vorn.

In Janes Bekanntenkreis in Cambridge war ihre jeweilige Herkunft immer wieder Gesprächsthema gewesen, vor allem die Frage, was es über sie aussagte, dass sie ihren Heimatorten den Rücken gekehrt hatten. Jane hatte ihnen erzählt, dass sie ihre Jugend in einem Touristenort am Meer verbracht habe, und brüstete sich ein bisschen mit ihrer charmant-provinziellen Herkunft. Die Großstadt war ein härterer Ort, ein wichtigerer. Es wäre also nur logisch, dass es ihr leichtfiele, an den Ort zurückzukehren, an dem sie viele Jahre ihres Lebens verbracht hatte. Aber wie sich herausstellte, dachte die Stadt weit mehr über die eigene Wichtigkeit nach als alle anderen.

Hier, in der Provinz, bemaß sich der Erfolg am eigenen Haus und den Kindern. Niemand wusste oder würde es groß interessieren, dass sie sechs Monate zuvor den Women's Studies Section Award von der Association of College and Research Libraries verliehen bekommen hatte, während es in ihrer Welt durchaus ein Ereignis gewesen war.

In den zurückliegenden Jahren ihres Erwachsenendasein hatte sie es immer wieder als müßig empfunden, dass Fremde auf Cocktailpartys einander fragten, welcher Arbeit man nachging. Jetzt aber wünschte sie, jemand würde es tun. Statt sich nach ihrem Beruf zu erkundigen, fragten sie sie, ob sie Kinder habe, und wenn sie Nein sagte, verzogen sie sich, als wäre Janes Kinderlosigkeit das Ergebnis eines Fluchs, der womöglich auf sie überging.

Allison rief gerade wieder eine Losnummer auf, diesmal war der Gewinn ein Gutschein über zehn Dollar für eine Bremsenüberprüfung in der einzigen Autowerkstatt im Ort. Der Losgewinner war ein Mann Mitte siebzig. Er war untersetzt und hatte flattriges graues Haar. Jane erinnerte sich an ihn. Er hatte einen Entrümpelungsbetrieb und hatte groteskerweise denselben Namen wie ein berühmter amerikanischer Romanschriftsteller. John Updike? John Steinbeck? Früher fuhr er in seinem Pick-up schwere Möbelstücke für ihre Mutter von hier nach dort und begnügte sich als Lohn dafür mit einem Lächeln, einem bewundernden Blick, weil er so stark war, einem Bier mit ihr auf der hinteren Veranda.

Als Allison eine fünfzehnminütige Pause verkündete, bemerkte Jane ein Männertrio etwa in ihrem Alter, das in einer Ecke des Saals stand. Der größte schenkte Cola in drei Styroporbecher ein. Ein anderer blickte sich kurz um, zog einen Flachmann aus der Tasche seines Kapuzen-Sweatshirts und goss einen Schluck davon in jeden Becher.

Vermutlich hatte bereits jeder im Saal einen im Tee. Kein Wunder, dass sie sich amüsierten. Jane verurteilte die Leute nicht. Sie war neidisch. Sie sah zu, wie die bernsteinfarbige Flüssigkeit vom Flachmann in die Becher floss – Whiskey, vermutete sie. Sie konnte ihn förmlich schmecken. Dann das Brennen, das samtige Gefühl, mit dem er die Kehle hinunterglitt und das einen Abend wie diesen genießbarer machte.

Sie hatte seit drei Monaten nichts mehr getrunken. Das Erste, das sie getan hatte, als sie vor einem Monat in das Haus ihrer Mutter kam, war, sämtliche Flaschen mit Alkohol in den Ausguss zu leeren.

Zuerst kamen sechs Flaschen billiger Cabernet an die Reihe, dann Gin, Wodka, Bourbon und schließlich ein Scotch, und sie war nicht im mindesten versucht, daran zu nippen. In diesem Moment hatte Jane gedacht, dass sie ihre Gier nach Alkohol vielleicht ein für alle Mal besiegt hatte, aber offenbar doch nicht. Jetzt hätte sie große Lust, zu den Typen in der Ecke hinüberzugehen und schnell den Inhalt aller drei Becher hinunterzukippen, noch ehe die Männer auch nur ein Wort herausbrächten.

Stattdessen schlenderte sie zu dem Tisch mit den Erfrischungen, um sich etwas Süßes zu kaufen. Das war jetzt ihre neue Normalität.

Die Bäckerei des Städtchens befand sich direkt neben der Weinhandlung. Ihr neues, unkluges Ritual bestand darin, zwischen den Regalen mit Sauvignon Blanc und Cabernet auf und ab zu gehen, um mit sich auszumachen, welchen Wein sie kaufen würde, wenn sie noch trinken dürfte, bis sie es nicht mehr ertrug. Dann ging sie eine Tür weiter und kaufte ein halbes Dutzend Éclairs und verputzte drei davon gleich auf der Heimfahrt. Genau die Art von Verhalten, die ein Therapeut als gestört bezeichnen würde, und genau aus diesem Grund begab sich Jane nicht in Therapie.

Sie kaufte eine Dose Cola und einen Brownie, den sie in zwei Bissen verschlang, dann schlenderte sie zu einem der Tische im vorderen Teil des Saals, wo man im Rahmen einer stillen Auktion auf diverse Gegenstände bieten konnte. Das waren die wertigeren Preise, von denen Allison gemeint hatte, dass sie jeweils hundert oder mehr Dollar einbringen könnten. Eine Übernachtung im Saint Aspinquid Inn, gespendet von Allison und Chris. Eine fünfundvierzigminütige Massage von jemandem, der sich Hans mit den heilenden Händen nannte. Ein Zweijahresvorrat Mulch, frei Haus.

Jane nahm einen Stift vom Tisch und malte Kreise in die Luft, während sie versuchte, irgendetwas auszumachen, das es wert war, darauf zu bieten. Sie wollte nichts davon, aber Allison hatte so viel Arbeit in die Vorbereitung dieses Events gesteckt, also sollte sie sie doch wenigstens ein wenig unterstützen.

Ein paar Stunden zuvor hatte Jane ihr geholfen, Körbe mit gespendeten Gegenständen aus ihrer Küche hierherzutransportieren.

»Alles nur Mist!« Allison schien mit den Nerven am Ende zu sein. »Debbie Mahoney hat vier Taschenbücher aus ihrem Buchregal genommen, sie in Klarsichtfolie gewickelt und prahlt jetzt damit, dass sie das Buchliebhaberpaket gesponsert hat. Und Hank, dieser Spinner, hat garantiert die von Halloween übriggebliebenen Süßigkeiten in ein Körbchen gefüllt. Was denken sich diese Leute bloß dabei? Die Spenden sind doch für einen guten Zweck!«

Die Erlöse würden an den Stipendienfonds von Rotary gehen. Jane war seinerzeit ebenfalls in den Genuss eines Stipendiums gekommen. Betty, Allisons Mutter, war damals Vorsitzende der örtlichen Industrie- und Handelskammer gewesen und hatte dafür gesorgt, dass Jane es bekam. Es war ein eher bescheidener Betrag gewesen. Er reichte gerade einmal für die Bücher für ein Semester. Aber es bedeutete Jane viel, dass das Städtchen hinter ihr stand, zumindest Allisons Mutter.

Bettys Abwesenheit war mit Händen zu greifen. Immer wieder fragte jemand Allison, wie es ihr gehe, so als wüssten sie es nicht.

»Sie hält sich wacker«, sagte Allison jedes Mal.

Am begehrtesten schien der Mulch zu sein, es wurden bereits fünf Gebote darauf abgegeben. Jane legte auf das höchste noch zehn Dollar drauf und schrieb ihren Namen neben ihr Gebot. Wenn sie den Zuschlag erhielt, würde sie den Mulch ihrer Schwester schenken, aber vielleicht konnte der Garten ihrer Mutter auch welchen vertragen; sie wohnte jetzt schon seit einem Monat dort, hatte jedoch keine Ahnung, da Mulch kein Thema war, mit dem sie sich normalerweise beschäftigte.

Als sie fertig war, stellte sie fest, dass erst fünf Minuten von der viertelstündigen Pause vergangen waren.

Jane zog ihr Handy aus der Tasche. Was hatten ungesellige Menschen früher bloß ohne Handys getan? Löcher in die Luft gestarrt?

Sie sah auf das Display, als hätte ihr jemand eine schockierende

Nachricht geschickt und ihr bliebe nichts anderes übrig, als darauf zu reagieren.

In Wirklichkeit war gar nichts eingegangen. Niemand hatte versucht, sie zu erreichen, oder ihr eine Nachricht geschickt, seit sie das letzte Mal nachgeschaut hatte. Vielleicht hatte sie hier ja auch keinen Empfang. Es gab zig Funklöcher in dieser Gegend. Manchmal, wenn ihr Handy wieder auffällig still war und sie sich allmählich Sorgen machte, etwas zu verpassen, fuhr Jane zur Route 1 hinaus, um herauszufinden, ob David oder Melissa, ihre Chefin, ihr eine Textnachricht geschickt oder angerufen hatte.

Seit Jane aus Cambridge weggefahren war, hatte sich Melissa nicht mehr gemeldet. Wann immer sie an sie dachte, war sofort die Erinnerung an das, was geschehen war, wieder da, ein brennendes Gefühl, wie wenn man aus Versehen eine heiße Herdplatte anfasste. Tatsächlich zuckte Jane jedes Mal zusammen.

Hin und wieder bekam sie eine Sprachnachricht von David. Sie hatten vereinbart, diesen Sommer möglichst selten zu telefonieren, aber manchmal gab es praktische Dinge, über die sie sich verständigen mussten.

Davor hatten sie jeden Tag gut ein Dutzend Mal kommuniziert, sich Links zu interessanten Artikeln geschickt, die sie an gemeinsame Reisen oder bestimmte Gespräche erinnerten, ohne dass ein zusätzlicher Kontext nötig gewesen wäre. Sie teilten Rezepte und Bücherrezensionen und Filmtrailer. Bestimmt an die tausend Male hatten sie sich *Irgendeine Idee fürs Abendessen?* getextet. All das, was ein gemeinsames Leben ausmachte.

Wenn sie jetzt etwas von ihm hörte, erinnerte es sie nur noch an ihn, mehr nicht. Der Drang, ihm etwas mitzuteilen, dieser Dopaminstoß, der ihr sagte, dass sie etwas entdeckt hatte, was David gefallen würde, prallte jetzt an der Mauer der Realität ab: Sie sprachen nicht mehr miteinander.

Sie bemerkte, dass Abe Adams ihr von der anderen Seite des Raums aus zuwinkte. Sein beträchtlicher Bauch war in dem einen

Jahr seit der Beerdigung ihrer Mutter, als sie ihn zuletzt gesehen hatte, noch größer geworden.

Abe sprach mit einem dünnen Mann mit schütterem Haar, der mit dem Rücken zu Jane stand. Jane ging zu ihnen, um Hallo zu sagen, und bemerkte zu spät, dass Abes Gesprächspartner Daniel Canavan war, das Arschloch, das ihre Mutter ein Jahr lang hingehalten hatte, ehe er sie an Heiligabend sitzenließ und mit einer anderen Frau nach Florida zog, wo sie kurz darauf heirateten.

Jane und David hatten dem Kerl nie über den Weg getraut, aber ihre Mutter wollte nichts davon hören.

Wie lange war das jetzt her? Fünf Jahre? Oder sechs?

»Dan, Jane Flanagan kennst du ja«, sagte Abe jetzt.

»Natürlich«, sagte Canavan. »Wie geht es Shirley? Ich würde sie gern wiedersehen, solange ich hier bin. Verlorene Zeit nachholen.«

Er zog lasziv die Augenbrauen hoch, während er sie ansah. Jane hasste ihn. Er hatte eine schmierige Art und trug zu viel Eau de Cologne auf. Genau der Typ Mann, auf den ihre Mutter gestanden hatte.

»Sie ist tot«, erwiderte sie nur.

»Um Himmels willen!« Canavan schlug sich mit der Hand vor die Brust. »Wirklich?«

»Ich bin mir ziemlich sicher.«

Als sich Canavan, eine Entschuldigung murmelnd, von ihnen abwandte, sah Abe Jane amüsiert an.

»Der arme Kerl wurde gerade von seiner dritten Frau verlassen«, sagte er, während sie zusahen, wie er sich entfernte.

»Ach ja, warum das denn?«, fragte Jane sarkastisch.

Er lachte. »Wie geht es dir, Kleines?«

Sie freute sich immer, Abe zu sehen.

Es war jetzt zwanzig Jahre her, dass Jane mit ihm auf dem Boot gearbeitet hatte. Sie konnte ihren Text immer noch auswendig. Immer mal wieder kam ihr eine Passage in den Sinn, wenn sie wach im Bett lag oder die Zähne putzte. Sie erinnerte sich, wie sie vor

Kurzem gesagt hatte: *Nur fünfzig Prozent der weiblichen Hummer können Eier produzieren,* in heiterem, beschwingten Tonfall. *Die markieren wir und werfen sie ins Meer zurück. Sie sind zu kostbar, um sie zu essen. Die nicht fortpflanzungsfähigen Hummerweibchen sind diejenigen, die auf Ihrem Teller landen. Sie dienen nur diesem Zweck.*

Wie hatten die Passagiere darauf reagiert? Daran erinnerte sie sich nicht mehr. Aus Sicht der kinderlosen, seit Kurzem getrennt lebenden neununddreißigjährigen Frau fühlte es sich aggressiv an. Gemein. Ein Wunder, dass nie jemand zu ihr gesagt hatte: Verpiss dich!

»Nur übers Wochenende hier?«, fragte Abe.

»Nein, ich bin fast schon seit einem Monat hier oben.«

»Seit einem Monat! Warum sind wir uns dann nie über den Weg gelaufen?«

Weil ich fast nie das Haus verlasse und alle Menschen meide, dachte Jane.

»Ich bin sehr beschäftigt, weißt du«, sagte sie.

»Ich war in letzter Zeit auch nicht oft zu Hause. Habe meine Enkel besucht. Am Montag beginnt das Sommergeschäft. Und warum bist du diesmal so lange hier?«

»Wir wollen das Haus meiner Mutter zum Verkauf vorbereiten. Es hat die ganze Zeit leer gestanden. Und ich habe mir eine Auszeit bei der Arbeit genommen und mache mich daran, das Haus auszumisten. Keine Ahnung, warum wir das dermaßen vor uns hergeschoben haben.«

Er nickte düster. »Als Helen starb, habe ich vier Jahre gebraucht, bevor ich es ertragen konnte, dass ihre Schwester ihren Schrank ausräumte. Immer wieder meinte sie, sie kennt da jemand, der aus Helens Kleidern einen Quilt nähen könnte, als wäre das ein geeigneter Ersatz für meine Frau.«

Jane lächelte mitfühlend, traurig. Sie erinnerte sich wieder, dass Allison ihr von Helens Tod berichtet hatte. Jane wäre gern zu ihrer Beerdigung gekommen, musste aber zu einer Konferenz in Phoenix.

Also schickte sie Blumen. Einfach nur hübsche Blumen. Als sie einen Monat später einen Dankesbrief bekam, worin Abe mit seiner männlichen Krakelschrift schrieb: »Vielen Dank für das Sargbouquet«, trieb es ihr die Schamesröte ins Gesicht.

»Und wie geht es deinem Mann? Wie heißt er noch mal?«

»David.«

»Stimmt. Wie geht es David?«

»Gut, es geht ihm gut.« Jane schaute an Abe vorbei. Sie fürchtete, in Tränen auszubrechen, wenn sie ihm in die Augen sähe und alles erzählte. *Es geht ihm gut, nun, da er mich los ist, seine schreckliche Frau, die bei einer beruflichen Veranstaltung sturzbetrunken war und mit einem Assistenten, der zufällig Davids bester Freund war, vor den Augen ihrer Chefin herumgeknutscht hat. Ja, das stimmt, ich habe es geschafft, auf einen Schlag meine Ehe und meinen Job zu ruinieren.*

Jane fragte sich, ob Abe ihr glauben würde, wenn sie das sagte. Vermutlich würde er Jane, wie die meisten Menschen, die sie kannten, nicht für fähig halten, so etwas zu tun.

»Ist David den Sommer über auch hier?«, fragte Abe.

»Nein, leider nicht. Er muss arbeiten.«

Sie atmete tief ein, versuchte, sich zu sammeln, damit sie nicht losheulte.

Der Schmerz über den Verlust ihrer Mutter hatte zu einem guten Teil mit ungenutzten Chancen zu tun. Mit all den Gesprächen, zu denen es nie gekommen war und es nun nie mehr kommen würde. Der Schmerz über Davids Verlust war substanziell. Mit ihm hatte Jane etwas nahezu Perfektes gehabt.

»Ich nehme an, den Sommer über frei zu haben ist einer der Vorteile, wenn man Professorin ist.« Abe sagte es stolz, als wäre Jane seine Tochter.

Jane war weder Professorin, noch hatte sie den Sommer über frei. Aber sie korrigierte ihn nicht.

Sie hatte oft genug vergeblich versucht, ihrer Mutter ihre Tätigkeit zu erklären. Schließlich hatte sie sie in dem Glauben gelassen, dass

Jane eine Art Bibliothekarin war. Irgendwann erzählte ihre Mutter den Leuten einfach nur: »Jane arbeitet in Harvard«, denn, meinte sie, selbst der letzte Depp wisse, was Harvard sei.

Jemand zog Abe weg, und wieder war Jane allein. Doch kurz darauf kam Allison und legte einen Arm um sie. Sofort fühlte sich Jane wohl.

»Du hast was gewonnen«, sagte Allison.

»Etwa das Körbchen mit den abgelaufenen Halloween-Süßigkeiten?«

»Nein. Den Geschenkgutschein für eine Sitzung bei einem Medium.« Allison reichte ihr einen Zettel.

»Den habe ich gar nicht gesehen. Ich habe jedenfalls nicht dafür geboten.« Jane fragte sich, ob sie es vielleicht aus Versehen getan hatte, und war merkwürdigerweise enttäuscht, weil sie beim Mulch nicht zum Zug gekommen war.

»Nun, ich habe ihn für dich ersteigert«, sagte Allison. »Und tu mir bitte den Gefallen, ihn anzunehmen. Niemand anders hat darauf geboten, und ich möchte die Frau nicht kränken. Ich würde ja selbst hingehen, aber das kann ich schlecht machen, schließlich hatte ich sie um einen Beitrag gebeten. Ich weiß natürlich, dass du nicht der Typ für so etwas bist, aber du leidest doch, Jane. Vielleicht wäre es gut, wenn du und deine Mom noch mal in Verbindung treten könntet.«

Jane sah sich um, als suchte sie jemanden, der eine solch absurde Idee bezeugen könnte. Sie wollte eine geistreiche Antwort geben, aber ihr fiel nichts anderes ein als: »Wie bitte?«

»Bitte, nimm es an. Mir zuliebe?«

Jane nickte, obwohl sie wusste, dass sie so etwas nie im Leben machen würde. Der Geschenkgutschein würde in ihrer Brieftasche stecken, bis er schließlich so abgegriffen wäre und auseinanderzufallen drohte wie das Samtkaninchen in diesem Kinderbuch.

Als könnte sie ihre Gedanken lesen, sagte Allison: »Sie hat nur am zweiten Dienstag im Juli Zeit, um neun Uhr morgens. Ich gebe ihr deine Adresse. Versprich mir, dass du die Tür aufmachst.«

3

Das Medium hieß Clementine.

Klar, wie sonst, dachte Jane.

An dem Morgen, für den ihr Besuch angekündigt war, wachte Jane schon um sechs Uhr auf, weil Walter, der Hund ihrer Mutter, winselte.

Das war jetzt jeden Tag das Schwerste, das Aufwachen. Wenn sie sich daran erinnerte, wo sie war und warum.

Walter war ein zwei Kilo leichter Zwergspitz, ein orangefarbenes plüschartiges Ding. Wann immer sie ihn ansah, musste Jane an die Fuchsstolas denken, die Frauen in alten Hollywood-Filmen über die Schultern drapiert hatten. Er haarte wie verrückt. Seine Haare waren überall. An ihrer Hose, auf dem Sofa, der Brücke, sie lagen büschelweise in den Ecken, auch wenn sie gerade erst Staub gesaugt hatte.

Ihre Mutter war völlig vernarrt in ihn gewesen, hatte ihn besser behandelt als früher ihre eigenen Kinder. Jane war sich ziemlich sicher, dass sie ihn auch mehr geliebt hatte. Nach dem Abendessen stellte ihre Mutter immer die schmutzigen Teller auf den Boden und ließ sie von Walter ablecken, bevor sie sie in die Spülmaschine räumte. Jane erinnerte sich daran, wie David an Ostern einmal wegschauen musste, weil ihm sonst übel geworden wäre.

Wenn Jane und David zu Besuch waren, pflegte ihre Mutter zu sagen: »Jane, sei bitte so gut und geh mit deinem Bruder spazieren.«

Woraufhin Jane sagte: »Dieser Hund ist nicht mein Bruder.«

Walter bellte jeden vorbeifahrenden Wagen an, jeden Lieferanten, jeden Jogger, der seinen Weg zu kreuzen wagte. Er war sechs. Zwergspitze wurden im Schnitt fünfzehn Jahre alt. Jane hatte sich informiert.

Sie hatte immer gedacht, ihre Mutter würde ihr einmal, da sie nichts hatte, auch nichts hinterlassen. Aber Walter war wesentlich schlimmer als nichts. Ihre Mutter hatte ihn nicht explizit Jane oder sonst jemandem vermacht. Sie hatte kein Testament gemacht, obwohl sie Monate vor ihrem Tod wusste, dass ihr Ende nahte.

Janes Schwester meinte, sie würde Walter liebend gern nehmen, hätte Max nicht diese tödliche Tierhaarallergie.

»Wer ist Max?«, hatte Jane gefragt.

»Jasons Freund«, erwiderte Holly, als müsste Jane das doch wissen. »Er wohnt schon seit einer Weile bei uns.«

Seit Jasons Teenagerzeit war Holly eine dieser super entspannten Mütter, die sämtliche Sonderlinge bei sich aufnahmen. Die Kinder, die nicht mit ihren Eltern zurechtkamen, die Kinder, die man zu Hause nicht mehr wollte. Jane fand es irgendwie bewundernswert. Aber Hollys Haushalt mangelte es an Struktur. Sie gab nicht gerade ein leuchtendes Vorbild für eine verantwortungsvolle Erwachsene ab. Aber vielleicht war sie ja gerade deswegen die Richtige für diesen Job.

Inzwischen war Jason zweiundzwanzig. Er arbeitete in einer Bar. Er wohnte immer noch bei Holly, und sie beherbergte immer noch für ein paar Tage oder Wochen mehrere von Jasons eigenwilligen Freunden und Bekannten. Aber Jane glaubte keine Sekunde lang, dass Max' Allergie der Grund war, warum Holly den Hund nicht nehmen konnte. Sehr viel wahrscheinlicher war es, dass sie, genau wie Jane, keine Lust dazu hatte.

Aber außer ihr gab es niemanden, der in Frage gekommen wäre. Also nahmen ihn Jane und David nach der Beerdigung mit nach Cambridge, obwohl in ihrem Haus keine Haustiere erlaubt waren. Zum Gassigehen schmuggelten sie ihn hinaus und anschließend wieder hinein.

Als Jane nach all den Monaten zum ersten Mal wieder mit Walter nach Maine zurückkam, war er völlig aus dem Häuschen. Er rannte durch sämtliche Zimmer, drehte sich im Kreis, und Jane freute sich zunächst für ihn, bis ihr klar wurde, dass er hoffte, ihre Mutter zu finden. Oder besser gesagt *seine* Mutter.

Jane klopfte neben sich auf die Matratze, um ihm zu bedeuten, er solle hinaufhüpfen. Normalerweise wollte sie Walter nicht in ihrem Bett haben, aber gelegentlich konnte sie ihm auf diese Weise eine zusätzliche halbe Stunde Schlaf abringen. An diesem Morgen jedoch nicht. Walters Winseln steigerte sich zu einem unaufhörlichen Bellen.

»Na gut«, sagte Jane.

Sie ließ ihre dünne Jogginghose und das T-Shirt, die sie zum Schlafen trug, an. Nur einen BH zog sie darunter an und schlüpfte in ihre Turnschuhe, dann ging's hinaus.

Es war ein grandioser Morgen. Eine kräftige Sonne stand bereits am Himmel. Die meisten anderen Häuser in der Straße waren Feriencottages, in die jeden Samstag eine neue Familie einzog, um am folgenden Samstag wieder auszuziehen, und das ging von Mitte Juni bis zum Labor Day Anfang September so. Es waren immer freundliche Leute. Sie grüßten lächelnd, wenn sie ihnen begegnete, plauderten kurz übers Wetter oder fragten sie, welche Restaurants ihrer Meinung nach die besten im Ort seien. Eine wohldosierte Vertrautheit, die Jane gefiel.

Doch jetzt war niemand zu sehen. Alle schliefen noch. Sie waren schließlich im Urlaub.

Sie ging bis zur nächsten Kreuzung, querte die Shore Road und ging, auf der anderen Seite angekommen, einen mit Platten ausgelegten Pfad hügelan.

Der Name des Städtchens, Awadapquit, bedeutete *Wo die herrlichen Klippen und das Meer sich begegnen.* Dieser Satz war zum Motto des Ortes geworden. Man sah ihn überall – auf dem Ortsschild, das einen bei der Ankunft begrüßte, auf jeder Broschüre, jeder Touristenkarte.

Abgesehen von diesen Klippen rühmte sich Awadapquit zahlreicher weiterer Naturwunder. Wälder, Flüsse und der Ozean. Sanddünen und drei Meilen weißer Sandstrand. Und dahinter erhob sich der Mount Mekwi.

Als Heranwachsende war sich Jane nicht bewusst gewesen, wie besonders der Ort war. Aber jetzt, nachdem sie die Welt bereist und so viele andere Orte gesehen hatte, wurde ihr klar, wie besonders die Aussicht von dieser kleinen Anhöhe aus in der Tat war.

Der Hang fiel zu einem felsigen Pfad hin ab, der zu der Bucht auf der anderen Seite führte, wo sich kleine Läden aneinanderreihten, hinter denen der Ozean lag.

Um diese Zeit wirkte die Bucht noch verschlafen, nur die Hummerfischer in ihren orangefarbenen Overalls machten sich zu schaffen. Die Sonnenschirme auf der überdachten Terrasse von Charlie's Chowder House waren noch geschlossen, die Stühle waren für die Nacht hineingeräumt worden. In wenigen Stunden würden dort ein paar einheimische Teenager in blütenweißen Poloshirts herumeilen und den Gästen gebratene Muscheln und Rum Punch servieren, und Touristen mit Buggys und Handwägen voller Strandzeug würden hereinströmen.

Vor einhundertzwanzig Jahren war die Bucht noch von Fischerfamilien bewohnt. Jetzt beherbergten die kleinen schindelbedeckten Häuser Kunstgalerien und Läden, die überteuerte handgefertigte Töpferware und Weihnachtsschmuck in Form von Leuchttürmen und Hummerfallen verkauften sowie T-Shirts, die mit geschmacklosen Kalauern über das Strandleben bedruckt waren.

Im Süßwarenladen brannte Licht. Als Jane vorbeiging, stieg ihr Schokoduft in die Nase. Durch das Fenster an der entgegengesetzten Wand hatte man die spektakulärste Aussicht im ganzen Ort; es war flankiert von Behältern mit salzigen Toffees in wohltuenden Pastelltönen, in Wachspapier gewickelt und farblich sortiert.

Auf der Fußmatte einer Meeresfrüchtebude stand eine graue Plastikkiste mit lebenden Hummern. Das erinnerte sie an die Brotlaibe, die in Cambridge in der Morgendämmerung auf den Eingangsstufen von manchen Restaurants deponiert wurden, wenn sie und David frühmorgens joggen gingen, und die, wenn sie zurückkehrten, hereingeholt worden waren.

Jane war seit mehr als einem Jahr nicht mehr laufen gewesen, betrachtete sich aber weiterhin als Joggerin, zog jeden Tag in Erwägung, es mal wieder zu tun. Teils schob sie es auf den Hund. Sicher, als sie noch arbeitete, konnte sie wegen des allmorgendlichen Gassigehens nicht auch noch draußen herumrennen. Aber jetzt hatte Jane alle Zeit der Welt und raffte sich trotzdem nicht auf.

Seit dem Tod ihrer Mutter fühlte sie sich fast körperlos. Ihre Arbeit hatte sie irgendwie erledigt, bis sie es eines Tages nicht mehr schaffte. Und jetzt tat sie das, was im Haus ihrer Mutter getan werden musste. Aber zu mehr schien sie einfach keine Energie zu haben. Sie fühlte sich wie ein durch den Raum schwebender Geist, angetrieben durch Zucker und Koffein, während sie die komplizierten Emotionen in ihrem Inneren unterdrückte, um sich ihnen später einmal zu widmen.

Am anderen Ende der kleinen Bucht befand sich der Eingang zum Cliffwalk, einem anderthalb Meilen langen gepflasterten Felspfad entlang des Ozeans, der die Bucht mit dem Städtchen und dem Strand verband. Jane schlug eine Salzbrise entgegen, die sich kühl auf ihren Wangen anfühlte.

Sie und Walter folgten dem sich dahinschlängelnden Pfad und begegneten keiner Menschenseele. Am späteren Vormittag würde es hier so voll sein, dass man ständig in seinem Gehrhythmus unterbrochen wurde. Aber jetzt konnten sie sich Zeit lassen. Walter hob ein Bein, um auf einen Grasfleck zu pinkeln. Jane ließ den Blick aufs Meer hinausschweifen, dann auf die weiße Gischt, die gegen die Felsen krachte, die Gezeitentümpel voller Rankenfußkrebse und im Wasser treibender Rotalgen, ganze Universen, die sich über Nacht gebildet hatten und bis zum Nachmittag wieder verschwunden sein würden.

Sie gingen weiter, machten Halt an einer Stelle, die die Einheimischen Little Beach nannten, einem sandigen Abschnitt, der bei Ebbe zwischen den Felsen auftauchte. Sie erinnerte sich, wie sie mit vierzehn dort auf einem rot-weiß gestreiften Strandtuch neben ihrer Großmutter gesessen hatte und an die Romane, die sie jeweils lasen, und wie sie später, nachdem jede ihr Buch zu Ende gelesen hatte, die Lektüre tauschten. Die Erinnerung an diesen letzten Sommer war so klar, als wäre es gestern gewesen. In diesem Moment schien es Jane unmöglich, dass ihre Großmutter nicht mehr da war. Nicht mehr hier auf diesem kleinen Strand. Nicht mehr hier auf der Erde.

Die Liebe von Janes Großmutter zu Awadapquit hatte die Familie hierhergebracht. Sie war kurz nach dem Tod ihres Mannes hergezogen, als Jane zehn war.

Jane hatte ihre Großmutter immer wegen ihrer Stärke bewundert. Zu einer Zeit, als es noch keine Unterstützung für alleinerziehende Mütter gab, stand sie eines Tages plötzlich allein mit einem Kind da. Später ging sie wieder aufs College und absolvierte ihre Lehrerinnenausbildung.

Als Jane sie einmal fragte, wie sie das alles geschafft habe, zuckte ihre Großmutter mit den Schultern. »Was ist mir denn anderes übriggeblieben?« Sie unterbrach sich und fügte dann hinzu: »Ich wusste, Gott würde für mich sorgen.«

Sie hatte so gut wie keine Angehörigen. Die Familie ihres Mannes war wohlhabend, aber nach seinem Tod kehrten sie ihr den Rücken. Da beschloss sie, mit ihrer Tochter nach Awadapquit zu ziehen, ihrem liebsten Sommerort, wo, wenn man das ganze Jahr über dort wohnte, die Lebenshaltungskosten relativ niedrig waren. Damals hielt sie sich über Wasser, indem sie anderer Leute Häuser putzte. Das konnte sie überall tun.

Das Haus, das sie mietete und später kaufte, war klein und schlicht. Es wurde in den Zwanzigerjahren als Sommer-Cottage gebaut. Es war identisch mit allen anderen Häuschen in der Straße, die so dicht beieinander standen, dass man bei geöffnetem Fenster das

Klirren der Gabel auf dem Frühstücksteller des Nachbarn hören konnte.

Die Haustür führte direkt in die Wohnküche. Dahinter lagen zwei Schlafzimmer und ein Bad. Aus den vorderen Fenstern sah man auf hohe Kiefern, und wenn man den Blick nach rechts wandte, blickte man direkt auf den Parkplatz des Tides Motel. Janes Großmutter liebte das Cottage. Es war schlicht und bescheiden, aber es war ihres.

Als Jane in der zehnten Klasse war, suchte sie etwas in einer Krimskramsschublade in der Küche und entdeckte den Darlehensvertrag für das Haus, der in einem kleinen weißen Kuvert steckte. Er war nicht von ihrer Großmutter unterschrieben, sondern von einem Mann und einer Frau, deren Namen sie nicht kannte. Als Jane ihre Mutter nach ihnen fragte, seufzte sie.

»Ach, niemand Wichtiges«, sagte sie. »Sie waren Feriengäste, deren Haus sie geputzt hat. Ich nehme an, dass sie ihnen das Geld nach und nach zurückgezahlt hat. Sie hatte damals keine Ersparnisse und war daher in den Augen der Bank nicht kreditwürdig.«

»Sie hatte also nicht genügend Geld, um sich Geld zu leihen«, sagte Jane.

»Ganz genau.«

Im Lauf der Jahre dachte Jane viel darüber nach. Sie stellte sich vor, wie ihre Großmutter ihren Stolz hinunterschlucken musste, als sie fremde Menschen um Hilfe bat. Leute, deren Toiletten sie putzte. Bei diesem Gedanken kamen ihr beinahe die Tränen. Sie hätte nicht übel Lust, die Familie ihres vor langer Zeit verstorbenen Großvaters ausfindig zu machen und sie zur Rede zu stellen, warum sie so unfair zu ihrer wunderbaren Großmutter hatten sein können. Aber vermutlich waren die Eltern und Geschwister des Großvaters inzwischen ebenfalls tot.

Das Haus hatte für Jane in verschiedenen Phasen ihres Lebens jeweils eine unterschiedliche Bedeutung gehabt.

Als Kinder besuchten Holly und Jane ihre Großmutter immer in den Sommerferien, für Jane der Höhepunkt des Jahres. Jane hatte ihre

Mutter noch nie etwas lesen sehen, was umfangreicher als das *People*-Magazin war, während ihre Großmutter immer Bücher in den Regalen stehen hatte, und auf dem Couchtisch lag immer ein Stapel neuer Bücher. Sie vermachte Jane ihre Leidenschaft für Geschichte, unternahm mit ihr Tagesausflüge zu der Farm des Kinderbuchautors und Dichters E. B. White und zu Dutzenden kleiner Museen in Maine.

Jane erinnerte sich noch, wie sie das Haus zum ersten Mal nach dem Tod ihrer Großmutter betreten hatte. Wie falsch es sich anfühlte, ohne sie inmitten all ihrer persönlichen Sachen dort zu sein.

Als sie zum Studieren wegging, hatte sie bereits länger dort gelebt als an jedem anderen Ort. Ihre Mutter blieb bis zu ihrem Tod dort wohnen. Es war das erste und einzige Haus, das sie je besaß.

Jetzt wohnte Jane wieder darin. Vorübergehend, aber trotzdem.

Sie wusste nicht mehr, warum sie, als ihr Leben in die Brüche zu gehen begann, beschlossen hatte, hierher zurückzukehren. Zwar war das Städtchen für sie eine Art Heimat, aber nicht so, dass sie warmherzige, tröstende Erinnerungen damit verband. In Krisen handelte Jane seit jeher aus einem Instinkt heraus. Das war der einzige Grund, der ihr einfiel.

Das Haus enthielt so viel von ihrer Mutter und Großmutter, und ihre sich überlappenden Leben spiegelten sich in den weißen Steingutschüsseln ihrer Großmutter und den Tupperware-Behältnissen ihrer Mutter; dem Porzellanteeservice ihrer Großmutter auf dem Regalbrett, unter das sich die Kaffeebecher ihrer Mutter gemischt hatten; dem Rosenkranz aus Plastikperlen ihrer Großmutter in der Krimskramsschublade und daneben dem rosa Plastikfeuerzeug ihrer Mutter.

Auf dem Fenstersims in der Küche lagen die staubigen Muscheln und die beiden getrockneten, noch völlig intakten Seesterne, die ihre Großmutter gesammelt hatte, und der Sanddollar, den sie, wie sie behauptete, eines Morgens bei Ebbe am Awadapquit Beach gefunden hatte, wobei Jane noch nie einen Sanddollar am Strand gesehen hatte, nur in den Souvenirläden in der Main Street.

Wann immer Jane und David zu Besuch kamen, mieteten sie sich ein Cottage auf der anderen Seite des Städtchens. Janes Mutter war jedes Mal eingeschnappt deswegen, obwohl sie selbst Janes altes Zimmer in eine Rumpelkammer für Secondhandmöbel verwandelt hatte, die sie verkaufen wollte.

»Da drin steht irgendwo ein sehr gutes Bett«, pflegte sie zu sagen. »Ihr müsst nur ein paar Sachen zur Seite rücken.«

Als Jane einen Monat zuvor ein paar Kleider in den Schrank dort hängen wollte, war er vollgestopft mit den alten Klamotten ihrer Mutter. Sie konnte ihren Geruch wahrnehmen.

Deshalb lebte Jane vorläufig noch aus dem Koffer und versuchte, sich irgendwie mit dem Gerümpel ihrer Mutter zu arrangieren, bis sie eine Lösung für alles gefunden hatte.

Ihre Arbeit brachte es mit sich, dass sie es oft mit den Besitztümern von Frauen zu tun hatte, die sich ihrem Lebensende näherten. Jane nahm diese Verantwortung ernst. Aber sie hatte die Erfahrung gemacht, dass Menschen allzu sehr an Dingen hingen, sich in Nebensächlichem verzettelten. In ihrer eigenen Wohnung war sie in dieser Beziehung rigoros gewesen – verschenkte Kleider, wenn sie sie mindestens seit einem Jahr nicht mehr getragen hatte, kontrollierte einmal in der Woche den Inhalt des Kühlschranks, stellte sicher, dass auf den Arbeitsplatten in der Küche nichts Verderbliches herumstand, ehe sie ins Bett ging, und sorgte dafür, dass Spam-Mails nie woanders landeten als auf dem direktesten Weg in den Papierkorb.

Die Wohnung, in der sie mit David gelebt hatte, war geräumig und hell, jedes Möbelstück sorgfältig ausgewählt; nichts dort erinnerte an die Notbehelf-Atmosphäre, in der sie aufgewachsen war.

Wie immer, wenn sie den Klippenpfad entlangging, war es, als könnte sie auch jetzt wieder ihre eigene Stimme hören, verstärkt durch das blecherne Mikrofon auf Abe Adams' Hummerboot. *Diese Felsen zählen zu den ältesten der Welt, stammen aus der Zeit vor fünfhundert Millionen Jahren. Der Abschnitt, wo sich jetzt der berühmte Cliffwalk von Awadapquit befindet, lag damals Hunderte Meter unter Wasser.*

Schwer vorstellbar. Die dunklen Klippen waren hie und da von weißem Quarz durchzogen, an anderen Stellen wiederum mit hellem Grau gesprenkelt, das die Geschichte, wie sich die Erdkruste entwickelt hatte, erzählte, als Lava hervorgeströmt war und sich in Fels verwandelt hatte.

Für ihre Großmutter war der Ozean eine tröstliche Konstante in ihrem Leben gewesen, genau wie Jesus. Doch der sich erwärmende Planet, die Erosion hier und überall an der Küste sorgten dafür, dass selbst dieser Aussichtspunkt – für sie, genau wie für ihre Mutter und Großmutter, der schönste der Welt – für Jane kein verlässlich trostspendender Ort mehr war.

Eines Morgens vor vielen Jahren, als ihre Mutter den Blick über diese Klippen und das glitzernde Meer schweifen ließ, verkündete sie den Wunsch, dass ihre Asche hier verstreut werde. Sie tat es in fröhlichem Ton. Als plante sie einen Urlaub, der nie enden würde.

Sie hatten es nicht getan. Noch nicht. Ihre Asche befand sich in einem durchsichtigen Plastikbehältnis in einer Blechdose, die wiederum in einer grünen Papiertüte steckte, in ihrem Kleiderschrank. Jedes Mal, wenn Jane darauf stieß, bekam sie ein schlechtes Gewissen. Aber sie betrat das Zimmer ihrer Mutter nur selten. Sie war dort gestorben.

Als die Erinnerung daran sie überkam, atmete Jane reflexhaft tief durch.

Als sie zusehen musste, wie ihre Mutter ganz zum Schluss nach Atem rang, dachte sie, sie würde das Atmen nie mehr für selbstverständlich halten. Wenn Jane früher eine geschäftige Straße in der Stadt entlangging, nahm sie andere Menschen durch ihr Äußeres wahr. Ein Mantel, den sie bewunderte, eine im Wind wehende Haarmähne, ein molliges Gesicht, Hängebacken. Doch seit dem Tod ihrer Mutter war es, als könnte sie durch die Menschen durchsehen, und dachte, zum Beispiel in einem vollen Kino oder im Stau, was für ein Wunder es war, wenn man bedachte, wie viele Herzen um sie herum schlugen, Nieren Giftstoffe ausschieden, Synapsen genau so feuerten, wie sie es sollten. Wie perfekt alles funktionierte, jedenfalls in diesem Augenblick.

Jane konnte in der Ferne, vor dem Strand, ein paar Surfer in Neoprenanzügen ausmachen. Ein paar alte Männer schwenkten Metalldetektoren über dem Sand.

Einen Monat nach ihrer Hochzeit waren sie und David übers Wochenende hierhergekommen und hatten im Saint Aspinquid übernachtet. Eines Morgens ging David früh schwimmen. Beim Frühstück stellte er fest, dass sein Ehering weg war. Jane sagte, er solle sich keinen Kopf deswegen machen, sie würden einen neuen besorgen. Aber David war untröstlich. Er kehrte bei Sonnenuntergang zum Strand zurück und versprach den Männern mit ihren Detektoren einen Finderlohn von tausend Dollar, das Doppelte dessen, was der Ring gekostet hatte. Die alten Männer gaben ihr Bestes, aber der Ring tauchte nicht mehr auf. Er musste von den Gezeiten aufs Meer hinausgetragen worden sein oder aber war im Plastikeimer eines Kindes gelandet. Damals empfanden sie es als einen echten Verlust.

Als sie zwanzig Minuten später wieder in der Bucht ankam, erregten große rosa Buchstaben auf der Kreidetafel vor dem neuen In-Café, das vegane Muffins und Latte Art im Angebot hatte, Janes Aufmerksamkeit. Milchschaumkunst und dergleichen kamen ihr in Awadapquit fehl am Platz vor, dennoch standen die Leute davor immer Schlange.

Jane ging näher hin, um zu sehen, was die Tafel an diesem Tag zu verkünden hatte: SIE STEHEN AUF GESTOHLENEM ABENAKI-LAND.

In letzter Zeit hatte sie des Öfteren bei Konferenzen und in Museen in Kanada, wo die Bewegung für die Rechte indigener Völker wesentlich weiter war als in den USA, erlebt, dass offiziell verkündet wurde, wem das Land eigentlich gehörte – das sogenannte *land acknowledgment*. Aber in dieser Gegend überraschte es Jane.

Es gab viele Örtlichkeiten, die den Namen indigener Völker und Stämme trugen. Im Fall geografischer Gegebenheiten wie dem Mekwi River und dem Städtchen Awadapquit erschien es auch richtig, dass man den Namen, die die indigenen Völker ihnen gegeben hatten, Respekt zollte.

Aber wenn Jane am Abenaki Office Park in Winston vorbeifuhr, zog sie die Augenbrauen hoch. Oder der Shawmut Bank, die von Weißen gegründet wurde, deren Logo aber die Büste von Chief Obbatinewat zeigte. Allisons Eltern hatten ihr Bed and Breakfast nach Saint Aspinquid getauft, einem Stammesführer der Pawtucket aus dem siebzehnten Jahrhundert und ein lokaler Volksheld, zu dem sie in keinerlei persönlicher Beziehung standen und dessen tatsächliche Existenz viele anzweifelten.

Einige Fälle waren besonders eklatant. Auf ihrer Fahrt von Cambridge nach Maine kam Jane immer durch Saugus, Massachusetts, wo an einer Schulsporthalle neben der Route 1 riesige Lettern – SAUGUS: HOME OF THE SACHEMS – über einer roten Illustration von einem indigenen Anführer mit Federschmuck prangten, mehrere Stockwerke hoch.

Ihr kam es vor, dass man, wenn man in New England das Vermächtnis der amerikanischen indigenen Völker würdigen wollte, es in der Vergangenheitsform tat. Das Schild, vor dem sie jetzt stand, ging jedoch über eine bloße Anerkennung des Landbesitzes hinaus. Zu Recht prangerte es den Diebstahl an. Aber was bedeutete es, wenn man anerkannte, dass das Land gestohlen worden war, wenn niemand die Absicht hatte, es zurückzugeben?

Ein Jahr zuvor hatte Jane mit Melissa und David genau darüber diskutiert, nachdem eine Gruppe Studenten gefordert hatte, dass die Universität endlich anerkennen solle, wem das Land in Wirklichkeit gehöre. Melissa und David waren der Ansicht, dass es wenigstens eine bedeutungsvolle Geste wäre, ein Schritt in die richtige Richtung. Jane hingegen fand, dass dieses Bekenntnis gerade in Harvard unzureichend wäre, vor allem im Hinblick auf die belastete, bis in die Gründungszeit der Universität zurückreichende Geschichte, die die Universität mit den indigenen Völkern Amerikas verband.

Vor ein paar Jahren hatten Anthropologie-Studenten begonnen, mitten auf dem Harvard Yard die Fundamente des dreihundertfünfzig Jahre alten Indian College auszugraben, das ursprünglich dazu diente, die Söhne indigener Anführer mit puritanischen Werten zu indoktrinieren, in der Hoffnung, dass diese sie dann unter ihren Völkern weitertrügen.

Louis Agassiz, ein Harvard-Professor im neunzehnten Jahrhundert und Gründer des Naturkundemuseums der Universität, war ein Anhänger der Kraniometrie, der Lehre von der Vermessung menschlicher Schädel als Methode, um die Intelligenz abzuschätzen. Die fraglichen Schädel stammten oft von indigenen Menschen, erworben von Wissenschaftlern und Militärs, die keinerlei Hemmungen hatten, deren Gräber zu plündern. Agassiz behauptete, die Bandbreite des Schädelfassungsvermögens zwischen den Völkern verschiedener Rassen beweise, dass nicht alle Menschen von Adam und Eva abstammten. Nur Weiße, meinte Agassiz, seien von Gott erschaffen worden.

Die Kategorie »Rasse« und die Art und Weise, wie sie seitdem gegen nicht weiße Völker ins Feld geführt wurde, ging auf Agassiz und seine Kollegen zurück. Ihre Befunde dienten dazu, Sklaverei und den Genozid an den amerikanischen Indigenen zu rechtfertigen. Sie waren die Begründer eines schrecklichen Vermächtnisses, das Harvard und andere bedeutende Universitäten und Museen in den USA und andernorts hinterließen – dem weißer Männer, die die Gebeine von Menschen mit brauner und schwarzer Hautfarbe zu Forschungszwecken aus ihren Gräbern buddelten.

Seit 1990 verpflichtete ein Bundesgesetz diese Institutionen zur Katalogisierung sämtlicher menschlicher Überreste und geheiligter Grabbeigaben, um sie später dann an die Nachfahren zurückzugeben, falls sie auf einen der fünfhundertvierundsiebzig staatlich anerkannten indigenen Stämme zurückgeführt werden konnten. Die

Beweislast, dass die betreffenden Gegenstände ihnen gehörten und tatsächlich heilig waren, lag bei den Stämmen. Für jene Stämme, die mehr oder weniger ausgerottet worden waren und nicht mehr existierten, kam dieses Vorgehen zu spät. Harvard besaß immer noch rund siebentausend menschliche Überreste, zwei Drittel der ursprünglichen Sammlung, der Großteil davon lagerte im universitätseigenen Peabody Museum of Archaeology and Ethnology.

Noch immer war der Name Agassiz über dem Haupteingang des Harvard Museum of Natural History eingraviert. In den Glaskästen des Museums, in denen einmal gestohlene geheiligte Gegenstände gelegen hatten, waren seit der Rückgabe Lücken mit Hinweisschildern zu sehen, die deren Fehlen erklärten. Sie hatten etwas Gespenstisches, fand Jane. Ohne es explizit auszudrücken, warfen sie die Kernfrage des Problems auf, warum es so vielen Museen widerstrebte, Stücke zurückzugeben, die sie einst gestohlen hatten: *Wenn wir all diese Exponate zurückgeben, womit sollen wir sie dann ersetzen?*

Natürlich galt dies umso mehr, wenn es um die Rückgabe des Landes ging, auf dem alles erbaut war.

Jane machte mit dem Handy ein Foto von der Kreidetafel und begann aus einem Bauchgefühl heraus eine Textnachricht an David und Melissa, um es ihnen zu schicken. Doch dann überlegte sie es sich anders, steckte das Handy in die Tasche zurück und ging weiter.

Als sich Jane dem Haus ihrer Mutter näherte, sah sie ein kleines rotes Auto in der Einfahrt stehen. Hinter dem Lenkrad saß eine Frau.

Sie hatte das Fenster heruntergelassen. Auf dem Fensterrahmen ruhte ein nackter, fleischiger Arm.

Sie hatte die Augen geschlossen, der Mund stand ein wenig offen.

»Hallo?«, sagte Jane, als sie bei ihr ankam, da ihr keine andere Frage einfiel.

Die Frau riss die Augen auf.

»Jane?«

»Ja?«

»Ich bin Clementine. Ich bin ein bisschen zu früh dran.«

Sie war fast zwei Stunden zu früh dran.

Jane warf einen Blick in das Wageninnere. Der Boden auf der Beifahrerseite war bedeckt von zerdrückten Fast-Food-Kartons und Pappbechern und Schwarz-Weiß-Ausdrucken von Landkarten. Auf dem Sitz selbst lagen ein zusammengeknüllter Pullover, ein eingedellter Strohhut, eine Küchenrolle.

»Wir müssen noch nicht anfangen«, sagte Clementine. »Aber wenn Sie nichts dagegen haben, würde ich gern kurz mit reinkommen – ich muss dringend pinkeln. Ich bin schon seit drei Stunden unterwegs. Bin schon um vier Uhr heute früh aufgebrochen.«

»Wow«, sagte Jane und fragte sich, warum.

»Ich liebe Sonnenaufgänge«, erklärte Clementine. »Außerdem hatte ich Angst, dass zu viel Verkehr herrscht, doch es lief wie geschmiert. Juhu. Aber jetzt muss ich wirklich pinkeln. Oh, ich kann meine Mutter hören, wie sie mir sagt, ich hätte mal besser an der Raststätte Kennebunk angehalten. Nun, Mutter, da musste ich aber noch nicht!«

Jane starrte sie an. Sie fragte sich, ob es einfach nur eine seltsame Redeweise war oder ob Clementine tatsächlich glaubte, ihre Mutter zu hören, die ihr sagte, sie hätte die Toilette der Raststätte benutzen sollen.

Im Grunde war es eine Zumutung. Jane hatte weder geduscht noch ihre Mails gecheckt, noch nicht einmal Kaffee gemacht. Sie trug noch immer die Jogginghose, in der sie geschlafen hatte.

Sie hatte vorgehabt, Allison anzurufen, bevor diese Frau auftauchte, weil sie wissen wollte, was sie Clementine über sie erzählt hatte. Jane hatte keine Ahnung, wie so etwas ablief. Wurde von ihr Trinkgeld erwartet? War ein Medium, das Hausbesuche machte wie ein Lebensmittellieferant, eine Freiberuflerin in prekärer Arbeitssituation, die auf die Großzügigkeit von Fremden angewiesen war, um über die Runden zu kommen? Oder eher wie ein Klempnermeister, der sein gelerntes Handwerk ausübte und beleidigt wäre, wenn man ihm ein Trinkgeld anböte?

Allison hatte Jane den Link zu Clementines Webseite geschickt. Die Tatsache, dass sie eine hatte, schien Jane im Gegensatz zu ihrer angeblichen Hellsichtigkeit zu stehen, auch wenn sie nicht sagen konnte, warum genau.

Auf der Homepage stand in großen Lettern: CLEMETINE WEMBLEY, ZERTIFIZIERTES MEDIUM.

Zertifiziert von wem? Auch war Clementines Name falsch buchstabiert.

Jane hatte auf die Seite mit Referenzen geklickt, danach auf die mit den einzelnen Leistungen und den jeweiligen Preisen.

Lesung: $ 100 (30 Min.)/$ 180 (60 Min.)

Prana-Heilung: $ 125

Hypnotherapie: $ 75

Junggesellinnenabschied / Geburtstagspartys: $ 300
plus Reisekosten (bis zu zehn Teilnehmer, 120 Min.)

Auch wenn es nach Scharlatanerie klang, hatte Jane nicht Nein gesagt. Sie wollte Allison einen Gefallen tun. Und wie bei allen bevorstehenden Terminen, vor denen ihr graute, hatte sie auch bei diesem getan, als würde er nie eintreffen.

Doch hier war Clementine und stieg aus dem Wagen. Sie war etwas mehr als eins fünfzig groß und korpulent – riesige Brüste wackelten ungehindert unter einem formlosen lila Kleid. Ihr Bauch sprang darunter hervor, und ihre Arme quollen heraus. Sie hatte rote Haare. Ihre Haut war makellos weiß wie Milch.

Clementine sagte: »Hey du!«, als begrüßte sie eine alte Freundin.

Sie sah nicht Jane an. Oh Gott, sprach sie etwa mit einem Geist? Jane verkraftete das nicht.

Erst dann wurde ihr klar, dass Clementine mit Walter sprach. Der Hund saß, den Kopf in die Luft gereckt, in einer fast königlichen Pose da. Jane hatte noch nie erlebt, dass er einen neuen Menschen kennenlernte, ohne durchzudrehen. Normalerweise schoss er hierhin und dorthin und kläffte sich schier zu Tode.

Sie führte Clementine hinein und deutete auf die Toilette.

»Gleich hier!«, sagte sie.

Jane ging weiter in die Küche und hörte, wie Clementine die Toilettentür abschloss. Sie hörte auch, wie der Urinstrahl gegen die Kloschüssel prasselte und Clementine derweil fröhlich vor sich hin summte.

Sie vernahm das Rauschen der Toilettenspülung und wie der Wasserhahn auf- und zugedreht wurde. Dann kam Clementine heraus und machte keine Anstalten, wieder nach draußen zu gehen.

»Tut mir leid, dass hier ein solches Chaos herrscht«, sagte Jane reflexhaft.

»Machen Sie sich deswegen keinen Kopf. Ich weiß, wie das ist.«

Am liebsten hätte Jane sie darauf hingewiesen, dass das Chaos im Haus nicht halb so groß sei wie das auf Clementines Beifahrersitz und dass sie aufgeräumt hätte, wenn sie, Clementine, sich wie jede andere fremde Person an ihrer Stelle verhalten hätte, die zu früh dran war, nämlich noch ein wenig in der Gegend herumgefahren oder einen Spaziergang unternommen hätte. Im Übrigen war es nicht Janes Haus. Aber sie erwähnte nichts davon.

»Es war himmlisch, an einem Dienstag hierherzufahren«, sagte Clementine. Während sie sprach, ging sie durch den Raum, berührte Dinge, nahm manche in die Hand und drehte sie herum, als stöberte sie in einem Geschenkladen. Es war bestimmt herrlich, ein Medium zu sein; die Leute erwarteten von einem, dass man merkwürdig war.

Jane fragte sich, wonach sie suchte. Ob in den Habseligkeiten ihrer Mutter noch ein wenig ihrer Energie verweilte? Die meisten dieser Dinge waren aus zweiter Hand. Statt Familienerbstücken besaßen die Flanagan-Frauen eine Ansammlung von Sachen, die andere Familien für einen Dollar verkauft hatten. Hieß das, dass sie die Energie ihrer Mutter bargen oder eher die von jemand anderem?

Spätestens bei diesen Erwägungen hörte Janes Glaube an das Okkulte auf. Die Details hielten einer genauen Untersuchung nicht stand. Es war genau so wie damals, als sie dem vierjährigen Jason erzählt hatten, der Himmel sei ein Ort hoch oben in den Wolken, und er daraufhin sehr klug fragte, ob schon einmal jemand heruntergefallen und auf jemandes Kopf gelandet sei.

»Die meisten meiner Kunden wollen, dass ich mich am Samstag zu ihnen schleppe«, sagte Clementine. »Es hilft mir sehr, dass Sie unter der Woche Zeit für mich haben. Welcher Arbeit gehen Sie nach, Jane? Sie sind selbstständig, nehme ich an?«

»Nein. Ich arbeite in der Schlesinger-Bibliothek in Harvard. Das ist ein Archiv, das sich der Geschichte der Frauen in Amerika widmet.«

Wenn Clementine wirklich übersinnliche Kräfte besäße, würde sie wissen müssen, dass Jane nicht mehr dort arbeitete. Dass ihr gekündigt wurde. Nun, »freigestellt«, wie Melissa es an besagtem letzten, furchtbaren Tag ausgedrückt hatte, aber Jane hatte von Anfang an die Befürchtung, dass es nur der Versuch war, den Schock für sie abzumildern.

Clementine sah sie mitleidig an, und Jane fragte sich, ob sie es vielleicht wirklich wusste und ebenfalls höflich sein wollte.

Zur Sicherheit fügte Jane hinzu: »Ich habe mir den Sommer über freigenommen.«

»Sie müssten mal nach Camp Mira kommen. Dort wohne ich im Sommer. Es liegt auf einer wunderschönen Privatinsel vor Bar Harbor.«

Jane wiederholte den Namen. »Camp Mira.«

»Ja, es war einer der ersten Orte im Land, wo Spiritualisten zusammenkamen«, sagte Clementine. »Das Camp hat eine faszinierende Geschichte. Es wäre bestimmt eine Bereicherung für Ihr Archiv.

Ich erzähle Ihnen gern mal die lange Geschichte des Camps und zeige Ihnen alte Tagebücher und Fotos und Plakate. Wir haben jede Menge Memorabilia.«

»Oh ja, sehr gern.«

Jane hatte aufgehört zu zählen, wie oft Leute ihr, wenn sie von ihrer Tätigkeit hörten, erklärten, ihre Großmutter sei eine Pionierin auf dem Gebiet rechtlicher Regelungen, des Kuchenbakens oder öffentlicher Bauvorhaben oder sonst irgendetwas gewesen und ihr Wirken müsse unbedingt von dem Archiv berücksichtigt werden. Jeder hielt die eigene Geschichte für bewahrenswert.

»Kann ich Ihnen etwas anbieten? Kaffee oder Wasser?«, fragte Jane in der Hoffnung, das Thema wechseln zu können.

»Nein, danke. Sollen wir anfangen?«

Jane erwog, sie wieder hinauszuschicken und sie zu bitten, bis zu der verabredeten Uhrzeit draußen im Wagen zu warten. Aber sie wusste, sie würde sich dann die ganze Zeit nur Sorgen machen, was wohl auf sie zukäme. Am besten, sie brachte es hinter sich, um sich wieder ihrem normalen Tagesablauf widmen zu können.

Sie nahmen einander gegenüber an dem kleinen Küchentisch Platz. Die Tischplatte bestand aus billigem braunen Laminat, das wie Holz aussehen sollte. Jane hasste diesen Tisch. Es war eine der Hofflohmarkt-Erwerbungen, die ihre Mutter nur deswegen behalten hatte, weil niemand sonst sie haben wollte.

Clementine holte drei rosa golfballgroße Kristallkugeln aus ihrer Tasche. Sie legte sie auf den Tisch, und zwar unterhalb der Keramikmadonna von Janes Großmutter, die an der Küchenwand aufgehängt war.

Jane ließ den Blick zwischen der Madonna und den Kristallkugeln hin und her wandern. Sie war eine nach allen Seiten offene Skeptikerin, hing ebenso wenig dem Glauben an, in dem sie großgezogen worden war, wie sie an die Fremde ihr gegenüber glaubte.

Die katholische Kirche war das einzige große Streitthema zwischen ihrer Großmutter und ihr gewesen.

Als nach deren Tod Abertausende Fälle von sexuellem Kindesmissbrauch durch Priester ans Licht kamen, hatte sich Jane gefragt, ob diese Enthüllungen den Glauben ihrer Großmutter ins Schwanken gebracht hätten oder ob sie weiterhin jeden Sonntag die Acht-Uhr-Messe in Saint Anthony besucht hätte, so wie es manche Leute unerklärlicherweise noch immer taten.

Jane meinte die Antwort zu kennen, aber vielleicht war es reines Wunschdenken. Tja, das war das Problem mit den Toten. Irgendwann wurden sie zur Erfindung von jemand anderem.

»Ihre Freundin Allison hat mir am Telefon ein bisschen von Ihrer Situation erzählt«, sagte Clementine. »Ihre Mom ist letztes Jahr in den geistigen Zustand übergegangen. Nennen Sie mir nochmals Ihren Namen?«

»Shirley.«

Obwohl sie nur dieses eine Wort gesagt hatte, fühlte sich Jane entblößt und verletzlich.

»Wie genau funktioniert das, was Sie tun?«, fragte Jane.

Sie hatte mit der Zeit gelernt, dass, wenn man anderen Fragen stellte, das eine todsichere Methode war, sie davon abzuhalten, einem Fragen über einen zu stellen.

»Ich höre ein entferntes Geräusch, eine Art Klingeln«, sagte Clementine. »Wenn ich mich darauf einstelle, kommen mehr Informationen. Stimmen. Botschaften von dem Geist.«

»Sprechen die Toten auch mit Ihnen, wenn Sie nicht explizit nach Ihnen suchen?«, fragte Jane. »Oder können Sie sie einfach ignorieren?«

Clementine sah sie mit einem Ausdruck an, als hätte sie gefragt, ob der Regen nass sei. »Sie sind wie rücksichtslose Verwandte, Jane. Sie tauchen unangekündigt auf, wann immer ihnen danach ist. Ich kann versuchen, sie zu ignorieren. Das tue ich auch meistens, sonst hätte ich nie Frieden. Aber sie kommen trotzdem. Zu allen möglichen oder unmöglichen Uhrzeiten.«

»Hatten Sie diese Fähigkeit schon immer?«

»Mit acht habe ich meine erste Geistführerin kennengelernt. Ich habe meinen Eltern von ihr erzählt, aber sie haben mich ausgelacht. Doch als ich auch in der Schule von ihr redete und meine Lehrerin zu Hause anrief, um zu fragen, ob bei uns zu Hause irgendwas Komisches vor sich gehe, wurden sie wütend. Und so war es ja tatsächlich, woraufhin sie mich noch mehr drängten, den Mund zu halten, verstehen Sie?«

Jane nickte. Sie glaubte nicht wirklich an dieses Geistwelt-Zeug, war aber neugierig, um welch komische Sache es sich handelte.

»Kinder sind empfänglicher für Geister, müssen Sie wissen«, fuhr Clementine fort. »Sie sind offener als Erwachsene. Aber mit der Zeit treiben wir ihnen das aus. Wir sagen, die Person, die sie sehen, ist ein eingebildeter Freund, und irgendwann glauben sie das auch. Es gibt interessante Untersuchungen, die die Vermutung nahelegen, dass es damit zu tun hat, dass Kinder unter fünf im Gegensatz zu älteren Menschen Teile des elektromagnetischen Spektrums sehen können. Es wurde nachgewiesen, dass Geister nur in ultraviolettem Licht sichtbar sind und nur kleine Kinder können das mit bloßem Auge sehen.«

»Interessant.« Jane fragte sich, was genau Clementine mit *Untersuchungen* und *nachgewiesen* meinte.

Vielleicht Untersuchungen durch dieselbe Person, die ein Medium zertifizierte.

Clementine atmete tief ein und schloss die Augen.

»Als Erstes bitte ich meine Geistführerin, mir dabei zu helfen, die Geister in diesen Raum einzuladen. Nun, das ging aber schnell. Sie ist hier. Eine mollige Frau, stimmt's? Oder vielleicht sollte ich besser sagen eine *muntere*. Sie lächelt die ganze Zeit. Hat silbernes Haar.«

Jane schüttelte den Kopf. Ihre Mutter hatte kein bisschen so ausgesehen.

»Sie standen lange unter ihrem Schutz«, fuhr Clementine fort.

Jane wollte protestieren, darauf hinweisen, dass ihre Mutter erst seit einem Jahr tot und ihre Beziehung ein totales Desaster war.

Aber Clementine fuhr unerschütterlich fort: »Mary? Oder Marie?«

»Mary«, sagte Jane. »Meine Großmutter.«

Sie spürte, wie die Mauer ihres Zweifels einen Riss bekam und ein Licht hindurchschien, während gleichzeitig ihr Verstand auf Hochtouren arbeitete, um das Ganze zu widerlegen. Waren nicht die meisten Großmütter mollig und grau und hießen Mary? Clementine hätte den Namen auch im Internet herausgefunden haben können. Vermutlich anhand der Traueranzeige, die Jane für ihre Mutter aufgegeben hatte. *Ihre Mutter, Mary Flanagan, ging ihr im Tod voraus.* Clementine hatte »Oder Marie?« nur eingeworfen, um es so aussehen zu lassen, als sei sie sich nicht ganz sicher.

»Mary ist immer bei Ihnen«, sagte Clementine. »Hatten Sie schon einmal das Gefühl, von jemandem geleitet zu werden? Als Sie zum Beispiel vor einer wichtigen Entscheidung standen und es sich so anfühlte, als wäre diese Gelegenheit eigens für Sie geschaffen? Dass jemand Sie in die richtige Richtung schubste? Das war sie.«

Ihr fiel sofort ein, wie sie in ihrem letzten Highschool-Jahr zu dem Wochenende für angehende Studierende zur Wesleyan University fuhr. Jane hatte achtundvierzig Stunden lang Herzklopfen. Sie schwitzte an den Handflächen. Wollte anderen deswegen nicht die Hand schütteln. Sie gehörte nicht dorthin, unter diese Privatschulmädchen und die forschen Aktivisten mit ihren rasierten Schädeln, die taten, als kennten sie sich schon ihr ganzes Leben lang. Und doch verspürte sie beim Gedanken, unter ihnen zu leben, einen Nervenkitzel. Irgendwie wusste sie, auch wenn es sich unmöglich anfühlte, dass sie den Studienplatz annehmen würde.

Genau so hatte es sich auch angefühlt, als sie David kennenlernte. Als sie von ihrer ersten gemeinsamen Verabredung, dem Abendessen in einer Tapasbar am Kendal Square, nach Hause kam, war sie sich mit einem Mal absolut sicher, dass dieser Mensch zu ihr gehörte. Als er sich am nächsten Tag bei ihr meldete, tat er es nicht, um sie zum Abendessen in der Folgewoche einzuladen (obwohl auch das stattfand), sondern zu einer einmaligen Vorführung des Films

Indiskret im Brattle Theater, die erst in zwei Monaten stattfinden sollte. Keiner von beiden zweifelte daran, dass sie dann noch miteinander ausgehen wollten.

Clementine sagte: »Ihre Mom möchte, dass Sie wissen, sie ist hier. Sie sitzt neben Grandma. Noch jemand dringt durch. Ein Teenager, glaube ich. Nein. Jünger. Sie sitzt auf dem Schoß Ihrer Grandma. Sie deutet den Buchstaben D an. Ein Name, der mit D beginnt. Sagt Ihnen das etwas? Ist sie ein Familienmitglied?«

Jane überlegte, aber ihr fiel niemand ein.

»Deirdre? Oder nein, doch nicht. Jedenfalls ist sie hier bei Ihrer Großmutter.«

»Tut mir leid«, meinte Jane. Sie kam sich vor, als wäre sie bei einem Test durchgefallen.

»Ihre Mom findet, wir sollten hinausgehen. Sie meint, Sie sollten öfter draußen sitzen.«

»Da ist vermutlich was dran«, erwiderte Jane.

Sie zögerte, wusste nicht, ob sie diese Aufforderung tatsächlich befolgen sollten.

Clementine stand auf. »Geht es hier lang?«

Jane folgte ihr auf die hintere Veranda. Sie setzten sich auf zwei der grünen Adirondack-Gartensessel. Ihre Mutter hatte es geliebt, hier draußen zu sitzen und morgens nach Kolibris Ausschau zu halten. Jane hatte erst im zurückliegenden Monat zum ersten Mal einen gesehen, aber seitdem sah sie ständig welche. Dann musste sie immer an ihre Mutter denken.

Shirley war auch abends immer hier draußen und rauchte, eine Flasche Wein vor sich, während sie den Tieren lauschte, die durch das Gebüsch huschten.

Hin und wieder entdeckte sie ein kleines Rudel Rehe oder wilde Truthähne. Das passierte in letzter Zeit sehr viel öfter. Es schien, als würden auf jedem freien Quadratmeter in dieser Gegend neue Ferienhäuser und Eigentumswohnungen gebaut. Also blieb den Tieren kaum mehr Lebensraum, und sie mussten in die Gärten der

Anwohner ausweichen, wo man sie bemerkte und fotografierte, zunächst jedenfalls. Später empfand man sie dann als Ärgernis.

»Ja, hier ist es sehr viel besser«, meinte Clementine. Sie sog tief die Luft ein. »Okay, also Ihre Mom hat gesagt, sie hat hier zum Schluss zusammen mit Ihnen gewohnt?«

»Sie hat lange hier gewohnt. Das war ihr Haus«, erklärte Jane. »Und ja, als es auf ihr Ende zuging, war ich bei ihr.«

»Aber Sie sind nicht hier aufgewachsen«, sagte Clementine, und es klang weniger nach einer Frage als danach, dass sie ihre Aussage bestätigt wissen wollte.

»Nicht wirklich. Wir zogen erst hierher, als ich in der neunten Klasse war. Das Haus gehörte meiner Großmutter, und wir wohnten erst nach ihrem Tod hier.«

Clementine nickte. »Ja.« Sie lachte. »Ihre Grandma meint, sie hat es gehasst, als Sie ihre Küchenschränke grün angestrichen haben. Sie sagt, was haben Sie sich nur dabei gedacht.«

Jane fragte sich, ob sie sich das alles ausdachte. Falls ja, was war das für ein Leben, in der Gegend herumzufahren und den Leuten zu erzählen, der Großmutter habe die Farbe, die sie auswählten, nicht gefallen? Nach derlei Details Ausschau zu halten und sie dann aufzugreifen.

Als Jane nichts erwiderte, sagte Clementine: »Sie sind eine Familie von starken Frauen.«

»Sicher.« Hatte Clementine wohl schon mal zu einer Kundin gesagt, sie stamme aus einer Familie von Schwächlingen?

»Willensstarke Frauen«, fügte Clementine hinzu. »Immer im Streit miteinander.«

»Ja.«

»Natürlich war da auch Liebe. Die ist fast immer im Spiel. Aber ich spüre auch die Feindschaft, die Macht harscher Worte, die hier einander an den Kopf geschleudert wurden. Den Kontrollverlust.«

»Meine Mutter war Alkoholikerin«, sagte Jane. »Wenn sie getrunken hatte, wurde sie richtig gemein.«

Jane war vertraut mit dieser bestimmten Form von Mitgefühl, das man erntete, wenn man erzählte, dass man von einer Alkoholikerin aufgezogen worden war. Auf gewisse Art war es zu einfach, das zu sagen. Nicht fair. Denn diese Aussage beinhaltete, dass sie selbst anders war.

Im Haus begann der Hund, wie wild zu bellen. Wahrscheinlich war ein Wagen vorbeigefahren, oder er hatte eine Ameise entdeckt oder seinen eigenen Schatten.

»Tut mir leid«, sagte Jane. »Er ist ein bisschen gaga. Er kläfft alles an.«

Clementine nickte. »Tiere spüren die Anwesenheit von Geistern.«

Jane blinzelte. Das hatte sie ganz bestimmt nicht so gemeint, aber es schien ihr nicht der Mühe wert zu widersprechen.

»Also haben nur Sie beide hier gewohnt«, sagte Clementine. »Sie und Ihre Mutter.«

»Nein, und meine Schwester Holly.«

»Ach ja. Ihre Großmutter sagt, Ihre Mutter und Schwester hätten sich geglichen wie ein Ei dem anderen.«

»Ja, das stimmt.«

Sie musste daran denken, dass sie sogar die gleiche Frisur hatten und dass beide ihre Haare im selben Blondton färbten.

»Und Sie haben sich ausgeschlossen gefühlt?«, fragte Clementine.

»Nein. Nicht wirklich.«

Im Gegenteil, Jane war froh, sich von den beiden abzuheben.

»Sie waren immer die gute, die gehorsame Tochter«, fuhr Clementine fort.

»Ja«, erwiderte Jane und dachte: ja und nein.

Dann sagte Clementine: »Jedenfalls haben Sie sich sehr angestrengt, sich den Anschein zu geben, die Gute zu sein.«

Jane erschrak, denn da hatte sie den Nagel auf den Kopf getroffen. Sie fragte sich, ob Clementine tatsächlich übersinnliche Fähigkeiten besaß oder einfach nur eine gute Menschenkenntnis. Vielleicht lief es auf das Gleiche hinaus.

Jane war es immer ungemein wichtig gewesen, dass ihre Ehe mit David etwas ganz anderes war als alles, was ihre Mutter je hatte oder bei einem Mann suchte. Janes Ehe war harmonisch und vernünftig und beruhte auf Vertrauen. Ja, sie liebten einander auch, aber noch wichtiger war, sie mochten sich. Ihre Ehe war ein stabiler Grund, auf dem sie standen. Bis sie es nicht mehr war.

Clementine legte den Kopf schief und bewegte ihn auf und ab, als wollte sie Wasser aus dem Ohr schütteln.

»Jane, tut mir leid, aber D bittet wieder um Aufmerksamkeit. Das junge Mädchen. Sie möchte unbedingt, dass Sie ihrer Mutter eine Nachricht überbringen. Sie meint, dass es vielleicht ihre letzte Chance ist.«

»Wer ist ihre Mutter?«, fragte Jane.

»Ich habe keine Ahnung. Aber D möchte unbedingt, dass Sie ihr sagen, es sei nicht ihre Schuld gewesen. Sagen Sie ihr, sie ist im Frieden dort im Wasser. Sie befindet sich nicht mehr in Lake Grove.«

»Lake Grove? Sie meinen den Country Club?«

Clementine zuckte mit den Schultern. »Ich kenne mich in dieser Gegend nicht gut aus.«

»Aber warum möchte das Mädchen unbedingt durch mich sprechen?«, fragte Jane.

»Es könnte alle möglichen Gründe geben. Vielleicht aber auch keinen.«

»Das ist ja sehr hilfreich.«

Clementine blinzelte. »Stellen Sie sich mich als Telefonleitung vor. Ich übermittle einfach nur Nachrichten, weiß aber nicht immer, was sie bedeuten.«

»Tut mir leid, war nicht so gemeint.«

»Ich weiß, es ist frustrierend«, erklärte Clementine. »Das verstehe ich, glauben Sie mir. Manches von dem, was ich jetzt sage, ergibt im Moment keinen Sinn für Sie, aber bleiben Sie dran. Später wird es Ihnen vielleicht klarwerden.«

Jane versuchte, sich Clementine irgendwo in einem Haus vorzustellen, wie sie Abendessen kochte oder fernsah. Ob sie einen Mann hatte? Und Kinder? Hatte sie je einen normalen Beruf gehabt? War das, was sie hier tat, überhaupt ihr Beruf oder nur eine Nebenbeschäftigung? Jane bemühte sich, sie sich in verschiedenen Rollen auszumalen – als Lehrerin, Apothekerin, als Platzanweiserin in einem Theater. Aber sie konnte sie mit keiner anderen Beschäftigung als dieser zusammenbringen.

»Was Mom vor allem sagen möchte, ist, dass sie trotz allem, was passiert ist, immer ihr Bestes gegeben hat«, fuhr Clementine fort.

Jane spürte, dass sie gereizt wurde. Das hatte ihre Mutter ständig betont, wann immer Jane mit ihr über bestimmte Dinge hatte reden wollen, die in ihrer Kindheit vorgefallen waren. Jane hatte das wahnsinnig gemacht. Nichts war wirksamer, um Kritik abzuschmettern, als zu sagen: *Ich habe mein Bestes gegeben.* Was konnte man schon darauf antworten?

Und hatte ihre Mutter tatsächlich ihr Bestes gegeben? Falls ja, es jedoch nie gut genug war, war dann ihre Tochter schuld daran?

Im Lauf der Jahre endeten ihre Telefonate hin und wieder in angespannter Stimmung, manchmal legte sie auch einfach auf, vor allem wenn sie abends telefonierten und wenn der Wein floss. Ihre Mutter entschuldigte sich hinterher nie. Die Kommunikation wurde ausschließlich über irgendeine Textnachricht aus ihrer Familiengruppe, die ihnen als Puffer diente, wiederaufgenommen. Zum Beispiel, wenn Jason ein Meme oder ein Foto von einer Mathearbeit gepostet hatte, die am oberen Rand mit einem großen roten A markiert war, und sie beide darauf reagierten und auf diese Weise Kontakt aufnahmen.

Als ihre Mutter starb, wurde aus der Unversöhnlichkeit zwischen ihnen ein Nicht-mehr-Versöhnbar. Jane war noch Monate danach voller Wut deswegen. Sie erwachte schweißgebadet aus Träumen, in denen sie ihre Mutter anschrie, sie solle zurückkommen. Hinterher versuchte David immer, sie zu trösten.

Manchmal ließ Jane es, dankbar für seine Umarmung, zu. Andere

Male wiederum fand sie seinen Zuspruch erdrückend. Dann ging sie ins Wohnzimmer und schlief im Armsessel weiter. Sie war nicht gut darin, sich von jemandem trösten zu lassen. Den Großteil ihres Lebens hatte sie es selbst getan. Sie wusste, bei ihm war sie sicher, konnte aber einfach nicht ihren Instinkt zum Verstummen bringen, der ihr einredete, David werde sie verletzen, wenn sie nicht auf der Hut war. Ihre Unbeständigkeit laugte sie beide aus. Es war erschöpfend. Jane wusste das.

»Ihre Mom wollte das Beste für Sie, aber sie war auch eifersüchtig auf Sie«, sagte Clementine.

Stimmt, dachte Jane. Bisweilen war sie traurig, wenn sie daran dachte, wie klein das Leben ihrer Mutter im Vergleich zu ihrem eigenen war. Aber wenn sie versuchte, es zu erweitern, kamen ihre Bemühungen nie gut an. Als sie ihre Mutter einlud, sie auf eine Geschäftsreise nach Rom zu begleiten und sämtliche Kosten für sie zu übernehmen, lehnte ihre Mutter ab, meinte, sie sei zu beschäftigt.

Einmal, zu Besuch in Awadapquit, wollte Jane ihre Mutter zum Abendessen ausführen, nur sie beide. Sie schlug ein neues Farm-to-Table-Restaurant vor, das hervorragend sein sollte. Als Jane noch zur Schule ging, gab es kein einziges Lokal im Ort, das in der Nebensaison geöffnet war, man bekam allenfalls ein Hummer-Sandwich im Straßenverkauf. Inzwischen konnte man zwischen mehreren gehobenen Restaurants im Umkreis weniger Meilen wählen. Das, für das sich Jane entschieden hatte, warb damit, ausschließlich Bioprodukte von umliegenden Farmen zu verwenden. Nicht nur Mais und Tomaten, sondern auch Sachen wie Ramp-Lauch und Grünkohl und Straußenfarnspitzen. Als Vorspeise gab es zum Beispiel Entenbrust und Wildlachs oder handgemachte Gnocchi.

Jane lief beim Lesen der Speisekarte das Wasser im Mund zusammen.

Aber ihre Mutter reagierte merkwürdig ablehnend und legte ihr Misstrauen auch beim Essen keine Sekunde ab.

»Der Chefkoch ist aus *Portland?*«, flüsterte sie, als sie das einen

Kellner sagen hörte. »Das hätte ich mir ja denken können. Dieses Lokal ist so angeberisch.«

Sie ließ die Hälfte ihres Essens stehen.

»In Camp Mira gibt es eine junge Frau, Evangeline, die Rückführung in vergangene Leben betreibt«, sagte Clementine. »Sie glaubt, dass Eltern und ihre Kinder einander aussuchen. Dabei geht es nicht unbedingt darum, dass wir zufrieden sind. Sondern darum, Konflikte zu bewältigen oder jemanden zu haben, der der anderen Person etwas beibringt. Evangeline meint, meine Mutter und ich seien in einem vergangenen Leben unglücklich verheiratet gewesen.«

»Miteinander?«

Clementine nickte beiläufig, als hätte sie Jane gerade erzählt, beide hätten Schuhgröße vierzig.

Janes früheste Erinnerungen an ihre Mutter waren positiv. Sie erinnerte sich, wie sie, wenn die Patriots ein wichtiges Spiel gewonnen hatten, im Wohnzimmer Rad schlug. Wie Jane und Holly hin und wieder neben ihrer Mutter im Bett *Denver-Clan* anschauen durften, bis alle drei vor dem Fernseher einschliefen. Wie sie Tanzpartys veranstalteten und aufgebackene gefrorene Waffeln mit Schlagsahne bekamen, wenn sie nur lange genug bettelten. Wie sie sie herzte und absichtlich Lippenstift-Kussmünder auf ihren Wangen hinterließ und wie sie sie mit ihrem Parfüm besprühte, bevor sie zu einer Verabredung ging.

Aber öfter war sie launisch und verkatert, und irgendein Mann entsprach wieder einmal nicht ihren Erwartungen. Oder er rief nicht wie versprochen an; dann schloss sie sich in ihrem Zimmer ein, um vor sich hin zu brüten, und vergaß ihre Kinder, die sich selbst überlassen waren. Als Jane erwachsen wurde und mitbekam, wie sich anderer Leute Kinder beschwerten, wenn sie aufgefordert wurden, ins Bett zu gehen oder den Fernseher auszuschalten oder die Zähne zu putzen, hätte sie ihnen am liebsten in die Wangen gezwickt und ihnen gesagt, wie glücklich sie sich schätzen konnten, dass sich jemand so liebevoll um sie kümmere.

Nachdem vor eineinhalb Jahren bei ihrer Mutter Lungenkrebs Stadium 4 diagnostiziert worden war, setzten Jane und David sofort alle Hebel in Bewegung. Ein Freund eines Freundes von David war ein renommierter Onkologe am Dana-Farber-Krebsforschungszentrum. Menschen kamen von überallher, um sich von ihm behandeln zu lassen. David bat ihn um einen Gefallen. Und der Arzt versprach, Janes Mutter in eine brandneue Studie mit aufzunehmen.

Sie lehnte ab. Sie wollte nicht nach Boston fahren; wollte in ihren letzten Monaten nicht mit den Nebenwirkungen einer Chemo kämpfen müssen. Als Jane sagte, sie könne bei ihnen wohnen, erwiderte ihre Mutter: »Da würde ich mich nicht wohlfühlen.«

»Aber du musst doch etwas tun!«, sagte Jane am Telefon.

»Ach, lass mich einfach«, antwortete ihre Mutter barsch.

Ein paar Tage später erzählte Holly ihr am Telefon: »Mom recherchiert wie wild im Internet. Noch um drei Uhr nachts textet sie mir irgendwelche Links.«

Jane war überrascht, erleichtert. Auch sie recherchierte wie besessen – in diesem Moment, während sie telefonierte, war sie im Begriff, eine Liste mit den zwanzig besten Anti-Krebs-Lebensmitteln zusammenzustellen und sich zu überlegen, wie sie diese Zutaten heimlich in Backwaren verwenden könnte, ohne dass ihre Mutter es mitbekam.

»Was recherchiert Mom denn so?«, fragte sie.

»Was man alles in Las Vegas unternehmen kann. Und Hotelschnäppchen, solche Sachen.«

»Wie bitte?«

»Hat sie dir nichts davon gesagt? Sie möchte mit uns allen nach Las Vegas. Sie steckt ihre ganze Energie in die Planung dieser Reise. Sie wollte das an ihrem siebzigsten Geburtstag machen, und da sie ihren siebzigsten aber wahrscheinlich nicht mehr erlebt …« Holly kam nicht dazu, den Satz zu beenden.

Denn Jane fiel ihr ins Wort. »Das ist doch absurd. Und so schlecht für ihre Gesundheit. In Las Vegas rauchen doch alle überall, nicht wahr?«

»Welchen Unterschied macht das jetzt noch?«, fragte Holly. »Der Zug ist abgefahren. Außerdem raucht Mom ja auch.«

»Nicht mehr, sie hat aufgehört. Sie kriegt jetzt Sauerstoff, Gott sei Dank.«

Janes Aussage wurde mit Schweigen quittiert.

»Himmel noch mal, Holly, das ist nicht dein Ernst!«

»Doch, ist es, und ich glaube, diese Reise ist eine gute Idee«, sagte Holly. »Dann hat sie wenigstens etwas, worauf sie sich freuen kann.«

Also flogen sie alle nach Las Vegas. Holly und Jason, David und Jane und Shirley. Drei Nächte lang zockten sie und bedienten sich an riesigen Buffets und lachten und tranken und gaben sich alle Mühe, miteinander auszukommen. Kein einziges Mal sprachen sie über Krebs. Jane sah zu, wie ihre Mutter mit wildfremden Männern flirtete und einen Cocktail nach dem anderen hinunterkippte und kurze Glitzerkleider trug und tanzte und rauchte wie ein Schlot.

Auf dem Rückflug scrollte Jane durch die Fotos, die sie auf ihrem Handy gemacht hatte. Sie wusste, dass dies ihre erste und letzte Reise nach Las Vegas gewesen war. Ihr fiel jedoch auf, dass es ein paar Dinge gab, in denen ihre Mutter sehr viel besser war als sie, und dazu gehörte, Spaß um des Spaßes willen zu haben. Sich zu amüsieren.

Als Jane von ihrem Handy aufsah, merkte sie, dass ihre Mutter sie von ihrem Sitz auf der anderen Seite des Gangs aus beobachtete. Sie tauschten einen Blick, der mehr Verständnis ausdrückte, als sie jemals sonst füreinander hatten.

Fünf Monate später war ihre Mutter tot.

Sie hatte zu Hause sterben wollen. Jane fuhr nach Maine, um Holly dabei zu helfen, es ihr zu ermöglichen.

Jane hatte einmal wöchentlich Lebensmittel geschickt, vor allem viel Obst und Gemüse. Als sie ankam, war noch alles im Kühlschrank in verschiedenen Stadien der Zersetzung. Verschrumpelte Paprika und Tomaten. Dunkelgrüner Spinat, der sich am Boden einer dünnen Plastiktüte verflüssigt hatte.

Am Abend fand sie ein signiertes Buch über die Geschichte des Antiquitätensammelns, das sie ihrer Mutter vorige Weihnachten geschenkt hatte. Es lag eingeklemmt zwischen dem einen Spalt breit hochgeschobenen Fenster und dem Sims in ihrem Zimmer, dazu benutzt, es offen zu halten, von Regenwasser verzogen.

Ihre letzten Tage verbrachte ihre Mutter flach im Bett liegend, den Kopf zurückgeworfen, mit blicklosen Augen. Sie konnten nicht sagen, ob sie noch etwas sah. Sie hatte schreckliche Schmerzen. Sie stöhnte unentwegt. Sie gaben ihr Morphintabletten unter die Zunge, manchmal wesentlich mehr, als der Arzt empfohlen hatte.

Sie wechselten ihre Windeln, wuschen sie, verabreichten ihr Zäpfchen und benetzten ihre aufgesprungenen Lippen mit einem feuchten Schwamm. Sie drehten sie in regelmäßigen Abständen um, damit sie nicht wundlag, aber das passierte trotzdem. Für Jane fühlte sich all das unwirklich an. Sie und Holly tranken unentwegt. Sie hatten keine Ahnung, wie sie es sonst hätten überstehen sollen. Leere Weinflaschen säumten die Kommode ihrer Mutter und den Boden darunter.

Einmal am Tag kam eine Hospizschwester, um nach ihr zu sehen und den Puls zu messen. Diese Besuche dauerten immer nur fünf Minuten, doch sie verhinderten, dass Jane und Holly den Verstand verloren, erinnerten sie, dass es da draußen noch eine Welt gab, dass sie, auch wenn es sich so anfühlte, nicht im Begriff waren, ihre Mutter umzubringen. Dieser grausame Prozess verbarg sich also hinter der Vorstellung, friedlich zu Hause einzuschlafen, im Kreis der Familie, wie man es oft in Todesanzeigen las.

Und dann fiel obendrein auch noch der Strom aus. Ihre Mutter hatte seit Monaten die Rechnungen nicht bezahlt.

»Ganz wie in alten Zeiten«, sagte Holly, während sie im Dunkeln dasaßen.

Ihre Kindheit war nie von Geldsorgen frei gewesen. Jane verstand nicht, warum sich ihre Mutter keine geregelte Arbeit suchte. Unentwegt trudelten Mahnungen ein und zur Abendessenszeit Anrufe. Hin und wieder klopfte der jeweilige Vermieter an ihre Tür, wütend, weil sie die Miete mit einem ungedeckten Scheck oder gar nicht bezahlt hatte. Sie zogen häufig um.

Jane hätte schwören können, dass sie manchmal gespendetes Essen im Keller einer Kirche holen gingen, etwas, was Holly vehement bestritt. Einig waren sie sich darin, dass ihre Mutter ihren Stolz hatte: Einmal bestellte sie fünf Burger für einen Dollar bei McDonald's, und als Holly und Jane bettelten, ihren mit Käse bekommen zu dürfen, meinte sie, sie hätten welchen zu Hause. Nicht um sie zu trösten, sondern um sich vor dem Teenager mit dem Papierhut auf dem Kopf hinter dem Tresen keine Blöße zu geben.

Die Angst vor Mangel folgte Jane in ihr Erwachsenenleben, in ihre Ehe. Sie flammte zu den unmöglichsten Gelegenheiten auf, überraschte sie. Wenn sie nur noch wenige Lebensmittel zu Hause hatten, geriet sie in Panik, obwohl sie, wann immer sie wollten, einkaufen gehen konnten. Oder wenn David die Heizung auf einundzwanzig Grad hochschaltete. Wenn er das Licht anließ, weil er die Absicht hatte, später in das Zimmer zurückzukehren. Wenn sie an Weihnachten zu seinen Eltern fuhren und Jane das Wohnzimmer erblickte, das wie einem Kinofilm entsprungen aussah – der deckenhohe Weihnachtsbaum und ringsherum in rotes und silbriges Papier eingewickelte Geschenke.

Geld war einer der Gründe, warum Jane Angst vor dem Kinderkriegen hatte. In ihren nächtlichen Panikattacken hatte sie Visionen von plötzlichem Wohlstandsverlust, Zeiten, in denen David seine Familie nicht mehr würde ernähren können und sie die Kinder in staatliche Obhut geben müssten, auch wenn sie rational wusste, dass das nie passieren würde.

Bei Holly war als Erwachsene genau das Gegenteil der Fall. Sie glaubte, ein besseres Leben verdient zu haben, und keine noch so düstere momentane finanzielle Realität konnte sie davon abbringen. Sie leaste einen Lexus. Trotz ihres Secondhandhandels ließ sie Jason niemals gebrauchte Sachen tragen; das war für sie eine Frage des Stolzes.

Jetzt sah Jane Clementine an, die in dem angestammten Sessel ihrer Mutter saß. Der Gedanke, dass Jane nach ihrer Reinkarnation aus einem anderen Leben sich ausgerechnet dieses Erbe ausgesucht haben sollte, war einfach nur grotesk.

»Unsere Zeit ist fast um«, sagte Clementine. »Aber bevor ich gehe, noch eine Sache.« Sie lächelte verschwörerisch. »Kann es sein, dass Sie schwanger sind?«

Jane sagte stammelnd: »Nein, unmöglich.«

Dieses Thema, das bis vor wenigen Monaten noch Teil ihrer Gedanken und Diskussionen gewesen war, fühlte sich jetzt so außerhalb ihrer Wirklichkeit an, dass seine Erwähnung wie ein schriller Misston in ihren Ohren klang.

»Vielleicht sollten Sie einen Test machen, um sicherzugehen. Ihre Großmutter spricht die ganze Zeit von einem Baby. Sie singt sogar Wiegenlieder!«, fuhr Clementine fort. »Sie meint, sie ist ganz aus dem Häuschen, weil eine Enkelin unterwegs ist. Oder könnte Ihre Schwester schwanger sein?«

»Du lieber Himmel, ich hoffe nicht.«

»Könnte auch sein, dass noch jemand in der Leitung ist oder so. Das passiert manchmal und wir … oh, tut mir leid, Jane. D meldet sich wieder zu Wort. Sie sagt das Gleiche wie vorhin. Das haben sie so an sich. Es geht erneut um die Botschaft an ihre Mutter. Tut mir leid. Ich möchte Sie nicht belasten. Aber vielleicht schreiben Sie es sich auf? Sie besteht darauf. Lake Grove. Sie meint, Sie würden es dann schon wissen.«

Jane tippte die Worte in eine E-Mail auf ihrem Handy: *Lake Grove. Sie sagt, Sie würden es dann schon wissen.*

Clementine stützte sich auf die Armlehnen ihres Sessels, um sich hochzustemmen. Sie sah sich im Garten um. Er war klein, aber hübsch und uneinsehbar. Janes Großmutter hatte Blaubeerbüsche,

Tomaten, Basilikum, weiße Rosen, Pfingstrosen und Hartriegel gepflanzt.

»Jetzt ist mir klar, warum Ihre Mutter wollte, dass wir rausgehen«, sagte Clementine. »Wissen Sie, Jane, wenn Sie mal direkt mit ihnen reden wollen, können Sie das tun. Setzen Sie sich hierhin. Die Stille, diese Ruhe hilft dabei, wenn man Kontakt mit der Geistwelt herstellen möchte. Sie werden sehen.«

Merkwürdigerweise bedauerte Jane, dass sie ging.

Plötzlich wurde ihr klar, dass sie gehofft hatte, Clementine würde etwas über David sagen. Jane trug ihren Hochzeitsring nicht. Hätte sie ihn am Finger gehabt, hätte er Clementine vielleicht als Anhaltspunkt gedient. Irgendwie bereute sie es jetzt. Es hätte sie interessiert zu hören, was die Geister zu dieser Angelegenheit zu sagen hatten, obwohl sie sich einredete, dass alles nur eine Illusion war. Wenn Clementine einen Ring brauchte, um zu wissen, dass Jane einen Ehemann hatte, dann bewies das zur, dass Janes Zweifel berechtigt waren.

»Sie sollten wirklich mal zum Camp hochkommen und uns besuchen, bevor der Sommer zu Ende ist«, schlug Clementine vor, während Jane sie zu ihrem Wagen hinausbegleitete. »Ich glaube, Sie würden den Ort interessant finden.«

Zum Abschied umarmte sie Jane.

Plötzlich wich Clementine erschrocken zurück, wie bei einem Stromschlag.

»Oh«, sagte sie, »Sie leiden doch, Jane.«

Das waren die gleichen Worte, die auch Allison nach dem Wohltätigkeitsbasar benutzt hatte. Erneut fragte sich Jane, ob die beiden hinter ihrem Rücken über sie gesprochen hatten.

»Es geht dabei nicht um Ihre Mutter, sondern um Sie, Jane. Etwas, was Sie getan haben«, sagte Clementine. »Sie müssen sich der Sache stellen. Falls nicht, zieht es Sie immer weiter hinunter.«

4

»Und? Wie war's? Erzähl uns alles.«

»Es war interessant, würde ich sagen. Eigenartig.«

Jane saß Allison und Chris an einem Tisch auf der vorderen Veranda des Saint Aspinquid Inn gegenüber. Chris hatte einen Krug mit Limonade und drei Gläser hingestellt. Normalerweise wäre Weißwein in den Gläsern gewesen. Jane hätte eine Flasche mitgebracht.

Sie hatte Allison gesagt, sie müsse nicht wegen ihr auf Wein verzichten. Aber Allison meinte, ihr sei wirklich nicht danach, sie würde davon nur müde. Insgeheim war Jane erleichtert.

Auf Passanten wirkten sie wahrscheinlich wie Touristen bei entspanntem Geplauder am Nachmittag. Tatsächlich wurden sie alle paar Minuten von Gästen unterbrochen, die frische Handtücher brauchten, einen Restauranttipp oder Hilfe mit der Klimaanlage in Zimmer 5.

Chris sprang auf und kümmerte sich um jedes dieser Probleme, denn es war die Stunde, die Allison für sich hatte. Mit Argusaugen wachten sie über jedes Fitzelchen Freizeit, die sie sich gegenseitig zugestanden, denn das war die einzige für sie existierende Grenze zwischen Arbeit und Privatleben. Mit ihren zwei Kindern lebten sie in der zum Bed and Breakfast gehörenden Wohnung, wo schon Allisons Eltern sie großgezogen hatten. Sie hielten sich auch an denselben Zeitplan. Jeden Morgen um fünf aufstehen, um Kaffee, Scones und Rührei zuzubereiten.

»Manches, was sie gesagt hat, war weit gefehlt«, meinte Jane. »Aber ein paar Dinge trafen genau zu.«

»Ja«, sagte Allison gedehnt. Das Wichtigste hatte sie schon vorher per Textnachricht erfragt. »Dass sie wusste, wie deine Grandma aussah und wie sie hieß. Das ist doch verrückt. Außerdem wusste sie, dass ihr alle dauernd gestritten habt. Die meisten Hellseherinnen würden einfach sagen, oh, deine Mutter hat dich so lieb.«

»Was hast du ihr denn alles über mich erzählt?«, fragte Jane.

»Nur, dass deine Mom tot ist und du wahrscheinlich nichts glauben wirst, was sie von sich gibt, also Entschuldigung im Voraus, falls du unhöflich wärst.«

Jane lachte.

»Können wir über D sprechen?«, sagte Allison. »*Sie befindet sich nicht mehr in Lake Grove.* Was bedeutet das? Ich habe online recherchiert, ob es jemals einen Mord oben im Lake Grove Country Club gab, aber ich konnte nichts finden. Also rief ich Teddy McCarthy an, der dort eine Ewigkeit lang Geschäftsführer war.«

»Wundert mich nicht, dass du das gemacht hast«, bemerkte Jane.

»Teddy sagte, es hätte, soweit er wüsste, nie einen Mord oder irgendwas in der Art gegeben. Doch dann rief er mich zurück und sagte, ein Mädchen wäre gestorben. Eine Kellnerin für Getränke. Sie hätte versehentlich Shrimps gegessen, gegen die sie tödlich allergisch war. Ihre Kehle sei zugeschwollen und sie sei direkt in der Lounge tot umgefallen. Aber sie hieß Ann Johnson. Das passt also nicht zu D. Aber wer weiß? Es ist ja durchaus möglich, dass D umgebracht und auf dem Golfplatz verscharrt wurde, ohne dass irgendwer davon weiß.«

»Ich glaube, wir dürfen dich nicht so viele True-Crime-Serien wie *Dateline* schauen lassen«, sagte Chris.

»Ist es nicht irgendwie eine Zumutung von Clementine, das zu meinem Problem zu machen?«, sagte Jane. »Ich meine, echt jetzt? Bin ich die Einzige, die Ds Mutter diese Botschaft überbringen kann? Obwohl ich keinen Schimmer habe, wer sie ist?«

»Ich weiß nicht, ob ich es eine Zumutung nennen würde«, meinte Allison. »Als Medium kann sie sich eben nicht aussuchen, wer durch sie spricht.«

»Stimmt. Wenn ich doch bloß kein Medium in Anspruch genommen hätte. Oh, Moment mal, das war ja gar nicht ich.«

»Tut mir leid!«, sagte Allison. »Woher sollte ich wissen, dass das passieren würde?«

»*Du* bist also eindeutig keine Hellseherin«, stellte Chris fest.

»Selbst wenn ich rauskriegen könnte, wer D ist, wer behauptet, dass ihre Mutter von irgendeiner dahergelaufenen Frau hören möchte, dass der Geist ihrer Tochter eine Botschaft für sie hat?«, sagte Jane. »Und warum kommen Tote eigentlich immer zurück, um ihre Liebsten wissen zu lassen: ›Ich habe meinen Frieden gefunden.‹? Warum heißt es nie: ›Es ist total beschissen, holt mich hier raus.‹?«

»Ich muss noch mal darauf zurückkommen – wenn man hellseherische Fähigkeiten hat, warum ist man dann nicht Millionär?«, sagte Chris. »Müsste man nicht an jedem beliebigen Abend die Lottozahlen im Voraus wissen?«

Allison sah ihn streng an. »Chris.«

»Was?«

»Das ist so, als ob du einen richtig großen Kerl auf der Straße siehst und ihn fragst, ob er Basketball spielt.«

Er legte den Kopf schräg. »Ist das so?«

Jane lächelte.

Als Allison und Chris vor Jahren heirateten, hatte sie ihre Zweifel. Allison war witzig und klug und vital. Warum sollte sie sich an einen Mann binden, den sie schon seit dem Kindergarten kannte? Es wirkte, als steuere sie auf ein sehr kleines, wenig aufregendes Leben zu. Doch die beiden waren immer noch verliebt, und gerade lachten sie miteinander.

»Als Kind habe ich einmal zu Weihnachten den Geist meines Großonkels gesehen«, behauptete Allison. »Er tauchte beim Abendessen im Haus meiner Grandma auf. Und er war sauer, weil meine Großtante einen Verehrer mitgebracht hatte.«

Jane und Chris warfen sich Blicke zu.

»Das stimmt!«, sagte Allison.

»Wie kann es sein, dass wir darüber noch nie geredet haben?«, fragte Jane.

»Keine Ahnung. Weil es keine allzu große Sache ist. So was passiert andauernd, vor allem Kindern. Die sehen Geister viel eher als Erwachsene. Das weiß doch jeder.«

»Ja, Jane, das weiß doch jeder«, sagte Chris.

Jane grinste.

»Clementine hat so was erwähnt. Oh, und sie hat über vergangene Leben gesprochen und meinte irgendetwas von wegen, dass Eltern und Kinder sich einander aussuchen. Quasi um Beziehungsprobleme ihrer früheren Leben aufzuarbeiten.«

»Das glaube ich auch«, sagte Allison.

»Im Ernst?«, fragte Chris.

»Kinder zu haben, das hat mich viel offener für die Vorstellung des vollen Lebensspektrums gemacht, inklusive des Davor und Danach.«

»Was soll das bitte heißen?«, hakte Chris nach.

»Es heißt, sobald du deine Kinder kennenlernst, kannst du dir kaum vorstellen, dass ihre Existenz sich nur einem zufälligen biologischen Vorgang verdankt«, sagte Allison. »Sie scheinen als Individuen vom Schicksal für dich bestimmt zu sein. Findest du nicht?«

»Wahrscheinlich schon.«

»Dann kann man sich vorstellen, dass die unbekannten Orte von vor dem Leben und danach zwei Punkte auf demselben Kreis sind.«

»Da komm ich nicht mehr mit«, sagte Chris.

»Als ich mit Amelia und Oliver schwanger war, ging ich öfter auf dem alten Friedhof gleich hinter der Main Street spazieren, wo all die Stadtgründer und deren Familien begraben liegen. Ich suchte auf den Grabsteinen nach Ideen für Babynamen. Vorher hatte ich nie darauf geachtet.«

Chris nickte. »Unheimlich.«

Allison gab ihm einen liebevollen Schubs.

»Jane, ist dir schon mal aufgefallen, dass es immer Frauen sind, die an Unsichtbares glauben? Männer glauben vielleicht an Gott, vielleicht sogar an den Himmel, aber sie sind nicht bereit, an Geister zu glauben. An ein Leben nach dem Leben. Ich glaube, es liegt daran, dass sie keine Vorstellung vom Leben *vor* dem Leben haben. Davon, wie es sich anfühlt, sich eine Person vorzustellen und dann zu bewirken, dass sie existiert.«

Jane spürte einen Stich in ihrer Brust. Als sie Allison das Wichtigste über das Treffen berichtete, hatte sie Clementines Frage, ob sie schwanger sein könnte, nicht erwähnt. Es war peinlich, wie sehr sie sich wünschte, es wäre so, obwohl sie wusste, dass es nicht sein konnte.

»Um es deutlich zu sagen, du glaubst also an Geister?«, fragte Jane.

»Ich glaube nicht nicht an sie«, antwortete Allison.

Ein großer, schlaksiger Typ kam jetzt über die Veranda auf sie zu. Seine Statur erinnerte Jane sofort an Abraham Lincoln, obwohl er ein kurzärmeliges, kariertes Button-down-Hemd, Khaki-Shorts und Flipflops trug und einen Laptop in der Hand hielt.

»Hey, zusammen«, sagte er freundlich und zaghaft. »Tut mir leid, wenn ich nerve.«

»Überhaupt nicht«, sagte Chris. »Dafür sind wir ja da. Wie kann ich helfen?«

»Ich glaube, das WLAN ist aus. Ich versuche seit zehn Minuten, eine E-Mail zu verschicken.«

Chris stand auf. »Entschuldigt mich, Ladys. Kommen Sie mit«, meinte er zu Abe Lincoln. Während sie reingingen, hörte man Chris durch die offene Tür fragen: »Hey, aus reiner Neugier – haben Sie mal Basketball gespielt?«

Ein Lächeln breitete sich auf Allisons Gesicht aus. Gleichzeitig schüttelte sie den Kopf.

»Weißt du, manche Gäste, die in einem so alten Gasthaus wie diesem übernachten, sind enttäuscht, wenn es nicht spukt. Als mein Bruder und ich noch klein waren und das Geschäft nicht besonders gut ging, erfand meine Mom diese Geschichte, um sie zu erzählen, wenn Leute nach verstorbenen Bewohnern und knarzenden Fußböden fragten. Immer meinte sie, wem schadet's denn? Im Laufe der Zeit wurde die Geschichte immer detaillierter. Da gab es einen Geist, den sie den ›General‹ nannte. Er hatte zusammen mit George Washington hier genächtigt, irgendwas in der Art. Dann schrieb ein Reporter des *Boston Globe* einen Artikel über Orte in New England, an denen es spukte. Ohne dass meine Mom von seinem Beruf wusste, war er als Gast hier eingekehrt, und sie hatte ihm die ganze alberne, erfundene Story erzählt. Die stand dann in der Zeitung! Anschließend hatte sie schreckliche Angst, irgendein Geschichtskundiger würde einen Leserbrief schreiben, um klarzustellen, dass es diesen General nie gegeben hatte. Sie ging deshalb zur Beichte, spendete an die Sisters of Saint Joseph und versprach eine jährliche Zuwendung, wenn Gott ihr nur diese harmlose Lüge durchgehen ließe.«

»Ha«, machte Jane. »Das ist so typisch für deine Mom.«

Ein Moment der Stille trat ein. Das passierte jetzt immer, wenn das Gespräch auf Betty kam.

»Wie geht es ihr?« Eine dumme Frage, aber Jane konnte nicht nicht fragen.

»Unverändert«, sagte Allison.

»Und deinem Dad?«

»Weißt du, er hasst es, sie dort zu sehen. Aber trotzdem ist er ständig dort. Er meint, in ihrem Haus wäre es einsam. Sie fehlt ihm. Obwohl sie nicht mehr wirklich sie selbst ist.«

Allisons Eltern waren ein glückliches Paar gewesen, das andere verheiratete Leute beneideten. Richard und Betty kümmerten sich Tag für Tag um den gemeinsamen Betrieb. Sie hatten zwei Kinder. Und nach vierzig Jahren schienen sie einander immer noch sehr zu mögen. Bei ihnen zu Hause wurde so viel unbeschwert gelacht. Während ihrer Highschool-Zeit beobachtete Jane, wie die beiden sich beim Abendessenmachen unterhielten oder nebeneinander unter einer Decke auf dem Sofa saßen, jeweils in einem Buch lesend. Bei jeder Schulveranstaltung sah man sie Händchen halten. Ihre gelassene, beständige Liebe war eine Offenbarung.

»Oh, übrigens hat mein Dad mich gebeten, ich soll dir ein Dankeschön ausrichten für den Beer-of-the-month-Club, zu dem du ihn angemeldet hast«, sagte Allison unvermittelt. »Dadurch hat er was zum Drauf-Freuen. Und das Bier schmeckt anscheinend wirklich gut.«

»Freut mich.«

Seit Betty erkrankt war, hatte Jane versucht, Allison und ihrem Dad etwas Gutes zu tun. So ließ sie, wenn sie wusste, dass Allison den ganzen Tag bei ihrer Mom gewesen war und zu müde zum Kochen sein würde, Essen aus Allisons Lieblingsrestaurant liefern. Nachdem Betty vor acht Monaten ins Pflegeheim umgezogen war, fing Jane an, ihr wöchentlich Blumen zu schicken. Immer waren gelbe Rosen oder Sonnenblumen dabei, denn die mochte Betty am liebsten. Allison war so dankbar, aber Jane hatte trotzdem ein schlechtes Gewissen, weil sie Betty noch nicht besucht hatte.

Sie war sich nicht sicher, ob sie das hinkriegte.

Seit Jane sie kannte, hatte Betty sich immer um sie gekümmert. Im Winter schickte sie Jane Blechdosen voll mit Cookies. Sie mailte Jane und Allison Links zu Artikeln über die Bedeutung von genug Schlaf, über die besten Vitamine für gesunde Knochen, Rezepte für die Zubereitung von Abendessen in dreißig Minuten und den neuen Roman, den sie lesen sollten.

Jane schickte Betty von Zeit zu Zeit Fragen per Textnachricht. Zu Dingen, die ihre eigene Mutter nicht wissen würde oder die sie nicht interessierten, aber auch manches, was sie ihre eigene Mutter nicht fragen wollte. Etwa die beste Art, ein Hühnchen zu braten, wie man verhinderte, dass Hortensien welkten, oder wann es an der Zeit war, von einer normalen Feuchtigkeitscreme zu einem Anti-Aging-Produkt zu wechseln.

Betty wusste immer Rat. Bis sie eines Nachmittags vor drei Jahren vergessen hatte, wo in der Mall sie ihr Auto geparkt hatte, und die Sicherheitsleute Allison anrufen mussten, damit sie ihre Mutter abholte. Das war seltsam, aber alle schoben es allzu gern auf einen schlechten Tag. Zwei Monate später ging Betty mit Amelia und Ollie auf den Spielplatz und kam nur mit Ollie im Kinderwagen zurück. Also brachten sie Betty zum Arzt. Und so begann diese harte Phase in Allisons Leben. Und in Bettys.

Drei Jahre später erkannte Betty ihren Ehemann, die Kinder und Enkel nicht mehr. Allison sagte, auch ihre Persönlichkeit habe sich verändert. Betty war jetzt böse und verbittert, obwohl sie immer so liebenswürdig gewesen war. Sie ging auf jeden los – das Personal des Pflegeheims und auf die Familie, wenn diese sie besuchte. Richard und Allison kamen trotzdem mehrmals pro Woche. Allison war sich nicht sicher, ob es für Betty überhaupt eine Rolle spielte. Ihr Vater, sagte sie, sei danach jedes Mal derart deprimiert, dass er im Auto auf dem Parkplatz weine.

Eine Sekunde lang sah Allison geradeaus, als würde sie auch zu weinen beginnen. Doch da leuchtete ihr Handy auf, und sie lächelte über ein Foto, das ihr jemand geschickt hatte. Sie hielt es Jane hin, damit sie es sehen konnte.

»Von Amelias und Ollies Babysitter«, sagte sie. »Sie suchen gerade im Fluss nach Muscheln.«

»Muschelsuchen im Fluss. Das klingt gesund und ganzheitlich. Als ich in ihrem Alter war, habe ich an den Sommernachmittagen mit meiner Mutter die trashige Talkshow mit Maury Povich im Fernsehen geschaut, wo die Gäste regelmäßig aufeinander losgingen.«

Allison machte ein trauriges Gesicht. »Maury habe ich nicht gesehen. Aber keine Ahnung, manchmal habe ich ein schlechtes Gewissen. Die Kinder kriegen so wenig Aufmerksamkeit von mir, vor allem im Sommer. Ich weiß nicht, wie meine Mom diesen Laden schmeißen und sich gleichzeitig um uns kümmern konnte. Ich wünschte, ich könnte sie fragen.«

»Kids brauchten damals nicht so viel Aufsicht«, meinte Jane.

»Wir hatten nie auch nur irgendwelche Babysitter. Man musste halt ins Summer Camp von Saint Anthony, was mein Bruder und ich hassten. Aber das waren vielleicht drei Stunden an zwei Tagen die Woche.«

Allisons Familie hatte dieselbe Kirche besucht, in die auch Janes Großmutter sie an den Sonntagen schleppte, wenn sie im Sommer zu Besuch kam. Nichtpraktizierter Katholizismus, Misstrauen gegenüber organisierter Religion im Allgemeinen, das waren einige der ausgeprägten Überzeugungen, die Jane und Allison gemein hatten. Oder der Mangel an Überzeugungen, um genau zu sein.

Manchmal fragte sich Jane, ob sie und Allison nicht schon als Kinder in den Kirchenbänken gelangweilt Blickkontakt gehabt hatten, Jahre, bevor sie sich dann wirklich kennenlernten. Jane pflegte Comics aus der Reihe *Baby-Sitters Club* einzuschmuggeln und in ihrem Messbuch zu verstecken. Sie und Holly erfanden ein Spiel, bei dem sie zufällige Dinge an den Leuten zählten, die zur Kommunion anstanden – rote Schuhe, schwarze Handtaschen, Warzen. Irgendwas, damit die Stunde schneller verging.

Es war Jahrzehnte her, dass Jane eine Kirche betreten hatte. »Als wir jung waren, hatte Saint Anthony so viel Macht über mich«, meinte Allison. »Über jeden Aspekt unseres Familienlebens. Wenn ich jetzt dran vorbeifahre, rufen meine Kinder: ›Schau, eine Burg!‹ Sie haben keine Ahnung, was sich im Inneren befindet. Das gibt mir immer das Gefühl, etwas richtig zu machen. Aber natürlich kriege ich auch ein schlechtes Gewissen, denn was würde meine Mutter dazu sagen?«

Der katholische Gott war ihnen nicht geblieben, aber mit den katholischen Schuldgefühlen sah es anders aus. Allison hatte Betty zuliebe in dieser Kirche geheiratet. Jane wäre das nie in den Sinn gekommen, aber ihr schlechtes Gewissen manifestierte sich auf andere Art.

»Das ist lustig, als ich heute auf dem Weg hierher an Clementine dachte, kamen mir die Worte des nizänischen Glaubensbekenntnisses in den Sinn: *Ich glaube an den einen Gott, den Vater, den Allmächtigen, den Schöpfer alles Sichtbaren und Unsichtbaren.* Irgendwas von wegen das Sichtbare und Unsichtbare.«

»Hmm.«

»Der irische Katholizismus wurzelt im Heidentum«, sagte Jane. »Ob sie das gerne hören oder nicht. Ich schätze, dass alles stärker miteinander verknüpft ist, als wir eigentlich glauben. Und ist die Vorstellung, mit Geistern kommunizieren zu können, wirklich verrückter als eine Jungfrauengeburt und eine Himmelfahrt?«

»Viel weniger verrückt, würde ich behaupten.«

Zwei Gestalten, eine Erwachsene und ein Kind, tauchten in der Tür des Inns auf. Die Frau, ungefähr in ihrem Alter, trug ein pinkfarbenes Kleid von Lilly Pulitzer und weiße Sandalen. Ihre Arme und Waden waren so perfekt definiert, wie man das nur bei Yogalehrerinnen und reichen Hausfrauen sieht.

Der Junge neben ihr war ungefähr in Ollies Alter.

»Allison!«, rief die Frau von da, wo sie stand, anstatt zu ihnen zu kommen.

Allison reagierte nicht.

Da kam Chris zurück und schob sich an der Frau und ihrem Kind vorbei.

»Allison!«, rief sie noch mal.

Jane registrierte, wie sich die Blicke von Allison und Chris trafen. Dann sagte er: »Genevieve? Wie kann ich Ihnen helfen?«

»Ich habe gehofft, mit Allison sprechen zu können«, meinte sie und kam jetzt doch an ihren Tisch. Der Junge trottete ihr nach.

Hinter ihnen zuckte Chris mit den Schultern und ging wieder hinein.

»Hi, Genevieve«, sagte Allison.

Jane hörte eine Spur Verärgerung in der Stimme ihrer Freundin. Das schockierte sie. Denn sie erlebte so selten, dass Allison zu wem auch immer irgendetwas anderes als freundlich war.

»Ich habe mich gefragt, ob Sie einen Laden kennen, in dem ich Benjamin ein gutes Paar Sneakers kaufen kann. Seine Füße müssen gemessen werden. Ich könnte schwören, dass sie über Nacht zwei Größen gewachsen sind.«

»Klar«, sagte Allison. »In Portsmouth gibt es einen Laden für Kinderbekleidung. Er heißt Lollipop. Die haben eine gute Auswahl an Schuhen.«

»Toll. Danke.«

Normalerweise hätte Allison daraus eine gutgelaunte Plauderei darüber gemacht, wie schnell Jungs aus ihren Sachen rauswachsen, oder noch eine witzige Anekdote über die Besitzerin des empfohlenen Ladens zum Besten gegeben. Aber jetzt drehte Allison den Kopf wieder zu Jane, um zu signalisieren, dass das Gespräch beendet war.

Als Genevieve nach einigen Augenblicken nicht weg war, sagte Allison: »Das ist Jane, meine beste Freundin seit der Highschool. Jane, Genevieve ist eine von unseren Gästen. Sie kommt jeden Sommer.«

»Wobei ich nicht damit gerechnet hatte, dieses Jahr wieder hier zu sein«, bemerkte Genevieve.

Jane warf ihr einen verwunderten Blick zu.

»Weil wir uns eine Immobilie hier zugelegt haben.«

Fast unerträglich lange sagte keiner ein Wort. Genevieve schien darauf zu warten, dass Allison es erklärte. Doch aus irgendeinem Grund war Allison dazu nicht bereit.

Das Ganze war so unangenehm, dass Jane am liebsten gelacht hätte, um die Stimmung aufzulockern.

Schließlich sagte Genevieve: »Wir haben ein Eichhörnchenproblem. Der Kammerjäger meinte, wir sollten besser ein paar Tage ausziehen, während er die Sache regelt.« Sie seufzte, eine Spur zu dramatisch, wie Jane fand. »Ich schwöre Ihnen, in unserem Haus in Boston, das wir seit über einem Jahrzehnt besitzen, hatten wir in all der Zeit nicht so viele Probleme wie mit diesem Sommerhaus in den letzten paar Wochen.«

»Sie wohnen also in Boston?«, fragte Jane.

Genevieve nickte. »Beacon Hill.«

»Ich liebe Beacon Hill«, erklärte Jane.

Es war ihr Lieblingsviertel. Die abschüssigen Kopfsteinpflastergassen, die prächtigen alten Brownstones mit den historischen Details: Stiefelabkratzer und lavendelfarbene Glasscheiben, Gaslaternen auf den Gehwegen anstelle moderner Straßenbeleuchtung. In dem Teil der Stadt sah man auf Schritt und Tritt Schönheit und Geschichte.

Die Frauen von Beacon Hill waren in den Archiven überdurchschnittlich stark vertreten, vor allem diejenigen, die in der zweiten Hälfte des 19. Jahrhunderts gelebt hatten, wie Louisa May Alcott, Harriet Beecher Stowe und Sarah Orne Jewett. Rebecca Lee Crumpler, die erste Schwarze Ärztin Amerikas, eröffnete dort ihre Praxis, um nach dem Bürgerkrieg befreite Sklaven medizinisch zu versorgen.

Jedes Mal, wenn Jane durch diese Gegend spazierte, hatte sie das Gefühl, sie alle um sich herum zu spüren. Realer als die Touristen mit ihren Kaffeebechern von Dunkin' Donuts und ihren Selfie Sticks. Heutzutage waren die Frauen aus Beacon Hill hauptsächlich Investmentbankerinnen und Partnerinnen in Anwaltskanzleien, oder sie waren mit Männern in solchen Positionen verheiratet und arbeiteten gar nicht. Genevieve sah aus, als gehöre sie in letztere Kategorie. *Unser Haus*, hatte sie gesagt. Nicht bloß eine Wohnung in Beacon Hill. Ein Haus. Dafür musste man unbeschreiblich reich sein.

»Jane wohnt in Ihrer Nähe. In Cambridge«, sagte Allison. »Von da hat sie es nicht weit zu ihrem Job. In Harvard.«

Sie klang dabei so selbstgefällig, als hätte sie gerade erzählt, dass Jane die Position First Base bei den Red Sox spiele.

»Jane leitet die Schlesinger-Bibliothek der Radcliffe«, fuhr Allison fort. »Von der haben Sie wahrscheinlich schon gehört. Dort werden die Archive berühmter Frauen aufbewahrt. Amelia Earhart, Julia

Child, Rosa Parks. Jane ist auf ihrem Gebiet höchst angesehen. Erst vor ein paar Monaten hat sie einen wahnsinnig wichtigen Preis gewonnen. Und sie wurde in Yale in Amerikanischer Geschichte promoviert.«

Jane warf ihr einen erstaunten Blick zu.

»Sie haben also hier in der Stadt ein Haus gekauft?«, fragte sie.

»Etwas außerhalb«, erklärte Genevieve. Geistesabwesend strich sie über das dichte dunkle Haar ihres kleinen Jungen. Wieder verspürte Jane einen Stich und musste daran denken, was Clementine gesagt hatte. Konnte sie schwanger sein? Nein.

»Genevieve hat dein lila Haus gekauft«, erklärte Allison.

»Moment mal, was? Ihr Haus?« Genevieve klang alarmiert.

»Nicht wirklich ihres«, sagte Allison. »Das ist ein Insider-Scherz.«

Das und der Anblick von Genevieves Hand auf dem Kinderkopf gaben Jane den Rest. Als hätte sie gerade ein Angebot abgeben wollen und Genevieve sei ihr zuvorgekommen, hätte ihr das Haus vor der Nase weggeschnappt. Es hatte so viele Jahre verwaist dagestanden, dass Jane schon lange aufgehört hatte, sich Sorgen zu machen, jemand würde es kaufen.

Wann immer sie und David zu Besuch gekommen waren, gingen sie nach dem Anwesen sehen. In einem Jahr stellten sie fest, dass jemand die Haushaltsgeräte herausgerissen und mitgenommen hatte. – Wohin? Warum?

Im Sommer vor zwei Jahren hatten sie in der Wiese daneben auf einer Decke gepicknickt. Unverfroren und furchtlos hatten sie sich geliebt. Es war Janes letzter Besuch dort gewesen. Das letzte Mal, dass es ihnen gehört hatte.

Sie fühlte sich bestohlen.

»Was wissen Sie über das Haus?«, fragte Genevieve.

»Eigentlich nichts«, gab Jane zu. »Ich – ich habe es nur immer bewundert.«

»Kannten Sie die früheren Besitzer?«

»Nein.«

»Es war eine Ruine, als wir es kauften«, sagte Genevieve. »Sie sollten mal vorbeikommen und sich die Renovierung ansehen. Tatsächlich frage ich mich, ob Sie nicht Interesse hätten, mir ein wenig bei der historischen Recherche zu helfen. Ich würde nur zu gern mehr über die ursprünglichen Besitzer erfahren. Soweit ich weiß, handelte es sich um ein Ehepaar. Es gibt da diese Plakette für ihn, Captain Samuel Littleton. Eine weitere Frau namens Eliza hat bei ihnen gelebt. Ich bin mir nicht sicher, in welchem Verhältnis sie zu ihnen stand. Aber ich wäre froh, irgendetwas über sie alle zu erfahren. Der Gipfel wäre es, wenn Sie ein Foto auftreiben könnten, um es im Haus aufzuhängen. Als ehrendes Andenken.«

Eine berührende Idee, dachte Jane, doch da sagte Allison schon: »Ich bezweifle, dass Jane dafür Zeit hat. Ihr Job ist sehr anspruchsvoll.«

»Natürlich, entschuldigen Sie.« Genevieve klang leicht beschämt. Aber dann fügte sie hinzu: »Ich würde Ihnen bezahlen, was immer Sie für angemessen halten.«

Der Junge zupfte am Kleid seiner Mutter.

»Wir gehen mal besser«, sagte Genevieve. Sie griff in ihre Handtasche, kritzelte etwas auf ein Stück Papier und gab es Jane. »Falls Sie es sich doch anders überlegen und Lust auf das Projekt bekommen.«

Genevieve und ihr Sohn verließen die Veranda und verschwanden über den Gehweg hinter hohen Hecken.

»Ich kann diese Frau absolut nicht ausstehen«, flüsterte Allison.

»Ich weiß.«

»Hast du es mir angemerkt?«

»Äh, ja. Worum geht's denn da?«, fragte Jane erstaunt.

Bestimmte Menschen in Maine, darunter erstaunlich viele, die in der Hotellerie arbeiteten, begegneten Touristen mit einer Genervtheit, wenn nicht gar mit Abscheu. Aber wie schon ihre Mutter vor ihr war Allison davon weit entfernt. Gäste kehrten alljährlich ins Saint Aspinquid zurück, weil sie ein Händchen dafür hatte, sie spüren zu lassen, dass sie willkommen waren.

»Keiner außer mir oder Chris hätte es gemerkt«, sagte Jane. »Deine kälteste, bitchigste Art ist immer noch viel freundlicher als die der meisten Leute.«

»Diese Frau ist der schlimmste Gast, den wir je hatten«, sagte Allison. »Nie zufrieden. Seit fünf oder sechs Jahren kommt sie jeden Sommer. Die ganze Zeit über beschwert sie sich. Und dann kommt sie wieder! Warum? Um mich zu quälen. Vor ein paar Wochen rief sie in aller Herrgottsfrühe an, weil ein Eichhörnchen erst auf ihren Dachboden und danach irgendwie in eines ihrer Schlafzimmer gekommen war. Deshalb musste sie flüchten. Also, erstens – ich bitte dich – ein Eichhörnchen? In einem Haus mit, ich weiß nicht, sieben Schlafzimmern?«

Jane dachte, dass sie selbst wahrscheinlich auch die Flucht ergriffen hätte, wenn ein Eichhörnchen aus der Decke gefallen wäre. Egal, wie viele Schlafzimmer sie hätte. Aber sie ließ Allison weiterreden.

»Ich hätte so gerne gesagt, dass wir kein Zimmer frei haben, aber ich konnte nicht lügen. Also ist sie jetzt wieder da und verkündet, sie weiß nicht, wie lange sie bleibt. Sie hat alle Zeit und alles Geld der Welt.«

»Tröste dich. Irgendwann muss das Kind doch wieder in die Schule. Anfang September? Dann sind es maximal noch acht Wochen.«

»Mach keine Witze«, sagte Allison. »Als sie das erste Mal da war, rief sie unten bei der Rezeption an und versuchte, zum Abendessen Roomservice zu bestellen. Chris erklärte ihr, dass wir ein Bed and Breakfast sind und keinen Zimmerservice anbieten. Ich war in der Küche und konnte hören, wie er das sehr höflich wiederholte. Ich wusste genau, mit wem er sprach, denn gleich nach dem Einchecken hatte sie verlangt, das Zimmer zu wechseln, zwei Mal, weil sie den bestmöglichen Blick wollte, obwohl der doch überall gleich ist. Wie auch immer, Chris legte auf, und im nächsten Moment, ich schwöre bei Gott, kommt er in die Küche und fängt an, ihr ein Clubsandwich zu machen.«

»Was?«

»Ja! Ich versteh's auch nicht. Sie besitzt einfach diese Fähigkeit privilegierter, reicher Leute, zu kriegen, was sie will. Als sie mir erzählte, sie hätte das lila Haus gekauft, war ich so sauer. Chris dachte, ich würde die Beherrschung verlieren. Ich zeterte darüber, dass diese reichen Fremden immer die schönsten Häuser kriegen, die sie dann wahrscheinlich nur eine Woche im Sommer nutzen und nicht mal besonders mögen. Letzten Monat schrieb sie mir eine Nachricht und fragte, ob wir uns mit den Kindern treffen könnten«, erzählte Allison. »Nein danke. Ich hab nicht mal geantwortet. Dann meldete sie sich vor zwei Wochen und wollte gemeinsam was trinken gehen. Ich hab mich rausgewunden, aber hat sie sich vorhin nicht schon wieder aufgedrängt? Jetzt versucht sie dauernd, sich mit mir zu unterhalten. Als hätte sie einen Anspruch auf mich, weil sie ein Zimmer gebucht hat. Am liebsten möchte ich ihr sagen, sie soll nicht so angeben mit ihrem Anwesen direkt am Meer, und sie daran erinnern, dass es in zehn Jahren wahrscheinlich sowieso unter Wasser stehen wird.«

»Ich glaube nicht, dass ich dich jemals dermaßen negativ über jemand reden gehört habe«, sagte Jane. »Du klingst ja wie – ich.«

Allison streckte die Hand aus und nahm Jane den Zettel mit Genevieves Telefonnummer aus der Hand.

»Das war so typisch für sie. Ich erzähle ihr, dass du eine berühmte Archivarin bist, und dann fragt sie dich, ob du dieses dämliche private Projekt für sie machen willst.«

»Ich bin nicht mal annähernd eine berühmte Archivarin«, sagte Jane. »Tatsächlich bin ich gerade eine arbeitslose Archivarin.«

»Das ist nur vorübergehend«, sagte Allison, als könnte sie das mit schierer Willenskraft bewirken. In sanfterem Ton fügte sie noch hinzu: »Schon irgendwas von Melissa dazu gehört, wann du zurückkommen kannst?«

»*Wenn* ich zurückkehren kann«, sagte Jane. »Und nein, keinen Ton.«

Melissa war Janes Mentorin gewesen. Nachdem sie Jane und David zusammengebracht hatte, waren sie beide auch Freundinnen geworden. Gelegentlich waren Jane und David mit Melissa und ihrer Frau Pearl gemeinsam ausgegangen. Zum Abendessen oder ins Theater. Pearl und Melissa mieteten jeden Sommer ein Haus auf Martha's Vineyard. In den letzten drei Jahren hatten Jane und David sie jeden Mai für ein langes Wochenende besucht, damit Jane und Pearl an einem alljährlichen Fünftausend-Meter-Lauf teilnehmen konnten.

An dem Abend, als Jane alles verlor, war Pearl dagewesen. Sie hatte Jane und David eben zum Abendessen an Ostern in ihr Haus eingeladen. Sie habe vor, Lamm mit Minzgelee, grüne Bohnen und Kartoffelgratin zu machen, sagte sie. David meinte, er würde Nachtisch mitbringen, vielleicht ein Rezept für Strawberry Shortcake ausprobieren, das er im Internet gesehen hatte und bei dem statt Biskuit Bananenbrot verwendet wurde. Melissa und Jane scherzten, dass sie doch selbst süß genug wären. Es gab kein Warnsignal dafür, dass sie gleich den Boden unter ihren Füßen verlieren würde.

Und jetzt, Stille. Möglicherweise war alles aus.

Mit jedem Tag, der ohne eine Lösung verging, war Jane sich sicherer, dass sie nicht in ihren Job zurückkehren würde. Sie vermisste die Arbeit. Sie vermisste den Bürotratsch und wie ihre Melancholie vom Sonntagabend durch den Wirbel am Montagmorgen weggefegt wurde. Ihr fehlte die Energie auf dem Campus und dass sie von klugen jungen Menschen aus aller Welt umgeben war.

Vor allem aber vermisste sie die Arbeit selbst. Ihre Tage in der Schlesinger waren voll und geschäftig. Sie entwickelte Ausstellungen und wachte über sechs junge Archivarinnen, studentische Hilfskräfte und Praktikanten. Ungefähr ein Drittel der Zeit verbrachte sie außerhalb des Büros, wenn sie sich etwa mit potenziellen Stiftern zum Mittagessen in einem der Cafés nahe dem Campus traf. Manchmal auch bei den Leuten zu Hause, um gemeinsam alte Schätze zu sichten.

Sie würde jetzt alles geben, um genau das zu tun, worüber sie und ihre Kolleginnen sich immer beschwerten – juckende Augen und laufende Nasen wegen Staub, Zigarettenasche und Mäusedreck, die sich in Familienalben und Pappkartons gesammelt hatten. Sie hätte sogar gern irgendeiner Fremden zugehört, die am Telefon auf sie einredete und darauf beharrte, dass die völlig banale Geschichte einer Angehörigen fesselnd sei und einen Platz in ihren Regalen verdiene.

Melissa hatte Jane vor zwölf Jahren eingestellt. Kurz nachdem sie selbst leitende Direktorin geworden war. Von ihrem ersten Treffen an hatte Jane Ehrfurcht vor ihr empfunden. Sie war die erste Schwarze Frau in dieser Position. Auch die erste offen lesbische. Wie Jane war auch sie nicht in erlesene akademische Kreise hineingeboren, doch anders als Jane trat sie so selbstsicher auf und war so offensichtlich brillant, dass man es nie vermutet hätte. Seit damals hatte Melissa Jane zwei Mal befördert, erst kürzlich zur Chef-Archivarin der Sammlung.

In ihren ersten Jahrzehnten hatte die Schlesinger-Bibliothek Schriften hauptsächlich weißer Frauen der Oberschicht zusammengetragen. Doch seit den Siebzigern hatte sie sich zu einer der führenden inklusiven Sammlungen entwickelt. Der Fokus lag auf der Repräsentation des Lebens von Frauen, deren Stimmen noch von keinem Archiv dokumentiert waren. Die Bibliothek organisierte ein Oral-History-Projekt, um die Geschichten von Minderheiten und kürzlich eingetroffenen Immigrantinnen festzuhalten, die keine formellen Sammlungen besaßen, aber dennoch einen essenziellen Teil der amerikanischen Lebensrealität darstellten.

Melissas Mission war es, noch mehr Stimmen Gehör zu verschaffen. Sie wurde nicht müde, die provozierende Frage zu stellen, wessen Storys überhaupt erzählt wurden und von wem. Ihr Wunsch war, dass das Archiv wie ein lebendiger Organismus sein sollte, ein Geschenk, das sie aus diesen temperierten Räumen holen und Mädchen in solchen Communities und Familien bringen konnten, wie denen, wo sie selbst aufgewachsen war. Um sie mit Bildung und Inspiration zu versorgen.

In einer oft wiederholten Rede für potenzielle Stifter sagte Melissa: »In New England sind alle versessen darauf zu dokumentieren, wer irgendwas gegründet hat, wer irgendwo zuerst war. Wir benennen alles nach ihnen, und es sind unvermeidlich weiße Männer. Die Städte, die Straßen, die Schulen. Aber was ist mit denen, deren Namen wir nie kennen werden? Wie sollen wir ihre Geschichten erfahren und weitergeben? Ich will, dass Mädchen jeder Hautfarbe und Herkunft und mit jedem erdenklichen Hintergrund recherchieren und sagen können: ›Sie hier. Sie hat ausgesehen wie ich, und sie hat Außerordentliches erreicht.‹«

Melissas leidenschaftliche Art war ansteckend. Jane hatte es immer als Ehre empfunden, Teil ihrer gemeinsamen Arbeit zu sein.

»Können wir noch mal für eine Sekunde auf Clementine zurückkommen?«, holte Allison sie in die Gegenwart zurück. »Über David hat sie nichts gesagt?«

»Nicht direkt. Sie meinte, sie könne mir ansehen, dass ich leide, dass ich was Schlimmes getan hätte, dem ich mich stellen muss. So was in der Art.«

Allison machte große Augen. »Das wusste sie? Verdammt, Jane. Immer verschweigst du das Wichtigste.«

»Tu ich nicht«, gab Jane zurück. »Würde ich das Wichtigste verschweigen, dann würde ich nicht erzählen, dass sie gemeint hat, ich sei schwanger.«

»Moment mal. Ist das dein Ernst?«

»Ja. Also, ich bin nicht schwanger. Aber ja, das hat sie gesagt. Sie meinte, meine Grandma hätte ihr erzählt, dass entweder ich schwanger sei oder Holly.«

»Bist du dir sicher, dass du's nicht bist?«

»Ich hab David seit vier Wochen nicht gesehen. Und ich hatte vor einer Woche meine Periode. Also nein, außer es ist eine dieser verstörenden Geschichten, die man in den Neunzigern in der Zeitschrift *YM* lesen konnte – von einem Spermium, das im Gummibund der Unterhose eines Mädchens hängenblieb und erst später aktiviert wurde. Etwas in der Art.«

»Dann also vielleicht«, sagte Allison.

Jane liebte sie dafür. Ihre Freundin wünschte ihr so sehr, glücklich zu sein, dass sie sogar bereit war, an Zauberei zu glauben, wenn es sein musste.

»Ich glaube, ich habe ein paar alte Schwangerschaftstests herumliegen. Hoffentlich sind sie noch nicht abgelaufen. Komm schnell mit rein.«

Jane schüttelte den Kopf, aber sie folgte ihr.

Dann wartete sie an der Rezeption, während Allison nachsehen ging.

Erst vor wenigen Monaten hatten sie ein tiefsinniges Gespräch zu dem Thema geführt, ob Jane ein Baby bekommen sollte. Erstaunlich, wie schnell sich das ganze Leben ändern konnte.

Damals war Jane drauf und dran, die Pille abzusetzen, und deshalb ein bisschen aufgeregt.

»Ich bin nervös und hoffnungsvoll. Ich habe Angst«, sagte sie am Telefon zu Allison.

»Angst, schwanger zu werden?«

»Ja, das auch. Außerdem weiß ich nicht, was ich mit Kindern machen soll.«

»Mit meinen bist du toll«, sagte Allison.

»Ja, ich kann ein paar Stunden Lego spielen und Disney-Filme ansehen. Ich kann eine Pizza bestellen. Aber ich weiß nicht, was ich mit Kindern machen soll, die ich am Ende des Abends nicht zurückgeben kann. Oder gar nicht mehr, weißt du.«

»Keiner weiß das, bevor er welche hat«, meinte Allison. »Das findest du schon raus.«

»Ich kann mir Schultage und Abende von Schultagen vorstellen. Aber was soll ich an den Wochenenden mit ihnen anfangen? Wenn da nur wir sind. Meine Mom hat Holly und mich stundenlang im

Auto eingesperrt. Dann haben wir Jimmy-Buffett-Kassetten gehört und Pop-Tarts gegessen. Während sie auf Hausflohmärkten war.«

»Na, das wirst du nicht machen«, hatte Allison gesagt. »Denn das ist inzwischen verboten. Aber du würdest es sowieso nicht machen. Außerdem werden es nicht nur du und sie sein wie damals bei deiner Mom. Du wirst David haben. Er wird ein fantastischer Dad sein.«

Beim einzigen anderen Mal, als Jane versuchte, mit dem Trinken aufzuhören (nur halbherzig, aber immerhin), waren sie und David ein Jahr verheiratet, und alle vermuteten, sie bestelle Mineralwasser, weil sie schwanger sei. Das machte den wahren Grund noch beschämender. Denn an dem Punkt sollten sie eigentlich sein, in ihrem Alter und als verheiratetes Paar. Jane hatte das mit der Timeline verbockt. Was besonders schmerzhaft war, weil sie wusste, wie sehr David sich ein Kind wünschte und was für ein wunderbarer Vater er sein würde.

Sie wollte auch ein Kind. Doch alles, was Jane liebte und wonach sie sich sehnte, erschreckte sie. Sie hasste das an sich. Einige Male während ihrer Ehe hatte sie die Pille abgesetzt und bald, in Panik, wieder damit angefangen. Dann wieder abgesetzt und wieder angefangen. Der Tod ihrer Mutter warf sie noch weiter zurück. David war geduldig. Sie einigten sich darauf, die Sache mit dem Baby zurückzustellen. Als wüssten sie nicht, wie Biologie funktioniert, oder dass, wenn sie zu lange warteten, ihnen die Entscheidung abgenommen würde.

Vor ein paar Monaten schließlich, im Alter von neununddreißig, war Jane eines Morgens aufgewacht und hatte sich bereit gefühlt. Wirklich bereit. Nach Jahren der Unentschlossenheit war sie auf einmal von Klarheit durchdrungen. David reagierte überglücklich. Sie begann, ihren Eisprung zu berechnen, etwas, das sie vorher nie getan hatte. Sie machte mehrere Schwangerschaftstests, alle negativ, doch das war nicht schlimm. Jane hatte es noch nicht lange genug versucht, um sich entmutigen zu lassen, als alles zerbrach.

Da kam Allison zurück und wedelte mit einem Stäbchen, das in neonpinkfarbenes Plastik eingepackt war.

»Mein letzter!«, sagte sie. »Vielleicht ist das ein Zeichen.«

Jane verdrehte die Augen, nahm den Test und verschwand in der kleinen Toilette neben der Rezeption. Dabei spürte sie Schmetterlinge in ihrer Brust, eine gewisse Aufregung, obwohl sie es eigentlich besser wusste.

Als sie die Tür schloss, erlaubte sie sich die Vorstellung, vielleicht wirklich schwanger zu sein. Was, wenn das Schicksal ihr einen Knochen zugeworfen hatte? Wenn der Geist ihrer Großmutter eingegriffen hatte, um Jane zuliebe ein Wunder zu bewirken?

In dem mit blau-weißen maritimen Motiven dekorierten Bad pinkelte Jane auf den Plastikstab, legte ihn auf den Spülkasten und wartete. Zwei Minuten fantasierte sie darüber, was sie tun würde, wenn er positiv wäre. Sie würde sofort David anrufen. Sie würde zu ihm nach Hause zurückkommen, und sie würden noch mal von vorn anfangen.

Jane war eine Kämpferin, eine Self-made-Woman, die noch nie einen Test absolvieren musste, den sie nicht bestehen konnte, wenn sie es sich vorgenommen hatte. Deshalb glaubte sie es trotz aller wissenschaftlichen Wahrscheinlichkeit des Gegenteils, als die hundertzwanzig Sekunden um waren.

Doch es tauchte keine zweite Linie auf. Natürlich nicht. Es gab keine Wunder.

Sie verließ die Toilette und schüttelte den Kopf. Allison sah so enttäuscht aus, wie sie selbst sich fühlte.

»Dann ist also Holly schwanger?«, scherzte Allison.

»Kannst du dir das vorstellen?«, fragte Jane. »Holly, die schon zwei Kinder hat, mit einem Abstand von zweiundzwanzig Jahren? Tatsächlich kommt mir das vor wie etwas, das Holly machen würde.«

Sie lachten.

Allison umarmte sie.

»Sorry«, sagte sie.

»Ist schon gut. Ich wusste, dass ich's nicht bin«, sagte Jane. Sie holte tief Luft und verdrängte die Enttäuschung. »Apropos Holly. Ich sollte dann mal los. Sie kommt bald vorbei, damit wir Moms Zimmer durchgehen können. Diese Frau hatte so viel Zeug. Es ist irre.«

Die ersten Stücke, die weg mussten, waren die massiven Möbelstücke gewesen, die eigentlich nie im Haus hatten bleiben sollen, sondern zum Weiterverkauf gedacht waren.

»Mom kapierte nicht, dass die Geschmäcker sich geändert haben«, sagte Holly bald nach Janes Ankunft in Maine, als sie das Haus und was sich darin befand durchsahen. »Wir müssen das Geschäft eher auf teure Klamotten und umfunktionierte Antiquitäten ausrichten. Ich hab ihr das immer wieder gesagt. Die Leute wollen nicht mehr die Aussteuertruhe ihrer Großmutter. Die wollen sich trendige, windige Möbel für zweihundert Dollar im Internet kaufen, damit sie kein schlechtes Gewissen haben, wenn sie sie in fünf Jahren gegen was anderes austauschen. Aber ich habe die Lösung dafür: Schwammtechnik und Decoupage-Lack. Das alte Gerümpel deiner Grandma, aber frisch überarbeitet.«

»Na, das ist ja mal ein Slogan«, meinte Jane.

»Wenn ich ehrlich bin«, sagte sie jetzt zu Allison, »hätte ich definitiv gedacht, Holly würde das Ausräumen übernehmen, wenn ich sie nur lange genug hängenlassen würde. Macht mich das zu einem schlechten Menschen?«

»Irgendwie ja, aber ich werde es niemandem sagen.«

Jane lächelte.

»Sie wohnt so nah. Und sie macht ja nicht wirklich irgendwas anderes. Außer Sachen auf eBay zu verscherbeln, die sie kurz zuvor bei Craigslist gekauft hat. Und *Zeit der Sehnsucht* gucken, oder was immer sie sonst tut. Aber sie scheint zufrieden damit, dass ich neunzig Prozent der Arbeit erledige, wenn ich schon mal hier bin«, sagte Jane.

Sie hatte Fortschritte in ihrem gemeinsamen alten Kinderzimmer gemacht. Zumindest so, dass sie jetzt dort schlafen konnte. Und in der Küche und im Bad.

Aber das Zimmer ihrer Mutter schien viel mehr von ihr geprägt zu sein als der Rest des Hauses. Jane fand, dass Holly bei diesem Teil dabei sein sollte. Vorher hatte sie schon die Asche ihrer Mutter aus dem Schrank genommen. Der Anblick konnte für ihre Schwester vielleicht zu viel sein.

»Ich schätze, im Moment habe ich sowieso nichts Besseres zu tun«, meinte Jane. »Keinen Ehemann, keinen Job, keinen Wein. Was bleibt da noch, außer Entrümpeln?«

»Ist es schwer? Das mit dem Wein?«

»Ja und nein. An manchen Abenden ist es echt schwer, an anderen merke ich es kaum. Ich denke immer, jeden Moment geht auch alles andere den Bach runter, aber so weit, so gut.«

»Ich bin wirklich froh, dass du aufgehört hast«, meinte Allison. »Ich wollte dir noch sagen, dass die Treffen von AA in der presbyterianischen Kirche toll sein sollen. Die haben schon vielen Leuten, die ich kenne, geholfen. Wenn du willst, begleite ich dich hin. Falls du es dir mal ansehen möchtest.«

»Meine Mom ist da früher hingegangen«, sagte Jane.

»Oh.«

»Meine Schwester auch.«

Im Laufe der Jahre gingen sie hin und blieben wieder weg. Jane erlebte, dass sie das Angebot nutzten wie jemand, der nie ins Fitnessstudio geht, aber trotzdem stolz drauf ist, die Mitgliedskarte im Portemonnaie zu haben. Sie meldeten sich an und stiegen wieder aus. Manchmal ging ihre Mutter direkt von einem AA-Treffen in eine Bar.

Holly blieb gelegentlich für ein paar Monate nüchtern, redete dauernd selbstgerecht und ausufernd von ihrer Abstinenz, bevor sie ohne Umschweife erneut anfing.

Jane wollte nicht wie ihre Mutter sein, die erfolglos jede Methode ausprobierte, um nüchtern zu bleiben. Sie wollte wie ihre Großmutter sein, die schlau genug gewesen war, gar nicht mit dem Trinken anzufangen. Obwohl der Zug natürlich längst abgefahren war.

Jane und David pflegten zusammen von der Arbeit nach Hause zu laufen, wenn ihre Terminkalender es erlaubten. Am Rand des Harvard Square kamen sie dabei an einer Kirche vorbei. Vor der stand ein Schild, auf dem für Dienstagabend Treffen der AA und der Al-Anon angekündigt waren.

Jane hatte sich Al-Anon angesehen. Das war ein zwölfstufiges Programm für Verwandte und Partner von Abhängigen.

Als sie einmal an der Kirche vorbeiliefen, meinte sie halb im Scherz zu David: »Da sollte ich wahrscheinlich hingehen, was?«

»Zu den Anonymen Alkoholikern?«

Sie hätte schwören können, dass er hoffnungsvoll klang. Da schämte sie sich und wurde aus irgendeinem Grund auch noch wütend.

»Ich denke nicht, dass ich AA wirklich brauche«, sagte sie jetzt zu Allison. »Ganz ehrlich, wenn es so wäre, würde ich hingehen. Aber so schwer ist mir das Aufhören nicht gefallen.«

»Na gut«, sagte Allison. »Ich hab mir einfach Sorgen gemacht. Und ich bin stolz auf dich, Jane.«

Etwas daran brachte sie in Verlegenheit. Diverse schlimme Abende kamen ihr in den Sinn. Abende, die sie mit Allison verbracht oder an denen sie Allison angerufen hatte – in Tränen aufgelöst oder betrunken lachend in einer Bar, laut auf die Mailbox singend, weil ein Song lief, den sie beide an der Highschool gemocht hatten.

Nach dem Probeessen für die Hochzeit von Allison und Chris war Jane mit den Trauzeugen in einem Irish Pub geblieben. Am nächsten Morgen hätte sie pünktlich um sieben bei Allison zu Hause sein sollen, um ihr beim Fertigmachen zu helfen. Trotz eines Katers, der sich anfühlte, als hätte jemand ihren Kopf in einen Schraubstock gezwungen, war Jane sogar fünf Minuten zu früh da. Mit Kaffee und Eier-Sandwiches. Aber Allison sah stinksauer aus.

»Mein Bruder hat mir erzählt, dass er dich über der Schulter nach Hause tragen musste.«

Jane erwiderte amüsiert: »Musste er?«

»Du hast mit irgendeinem verheirateten Typ geflirtet. Der wollte dich mit auf sein Boot nehmen. Du hast meinen Bruder angeschrien, er soll dich und deinen neuen Freund in Ruhe lassen, und eine Riesenszene gemacht.«

Jane lachte. »Oh mein Gott.«

»Das ist nicht lustig«, sagte Allison. »Dir hätte was richtig Schlimmes passieren können.«

Jane hatte sich immer zu Tode geschämt, wenn ihre Mutter heftig anfing zu flirten, sobald sie trank, aber Jane war genauso. Nähe und Alkohol waren zwei Aspekte des Lebens, mit denen sie zu kämpfen hatte. Und wenn sie beides kombinierte, war Ärger vorprogrammiert.

So war es auch gewesen, als Jane noch jünger war und ihre Mutter behauptete, sich nicht an ihre schlimmsten Aktionen, während sie getrunken hatte, zu erinnern. Jane hatte ihr nie geglaubt. Mit der Zeit verstand sie auch das.

Sie erzählte Allison jedes absurde Detail ihrer Dates, sobald es passiert war. Die Storys sollten vor allem unterhaltsam sein. Aber hin und wieder begriff Jane, dass Allison sich Sorgen machte. Als David auftauchte, schien Allison nur zu gern zu glauben, dass Jane ihre wilden Zeiten hinter sich gelassen hatte. Jane empfand es auch so.

Nach dem fürchterlichen Abend vor drei Monaten gestand sie Allison alles sofort, und die Freundin war ausgesprochen hilfsbereit. Aber ihr Schock und ihre Trauer waren offensichtlich. Die Unfähigkeit, auch nur einen Silberstreif am Horizont zu entdecken, machte noch deutlicher, dass Jane sich eine Grube gegraben hatte, aus der sie nie wieder rauskäme.

»Ich habe das Beste ruiniert, was mir je passiert ist«, stellte Jane jetzt fest.

»Du stehst dazu«, sagte Allison. »Das ist immerhin etwas.«

»Wirklich? Dazu stehen, dass ich eine kaputte Versagerin bin, das zählt irgendwas?«

»Du bist nicht kaputt. Du bist – leicht angeschlagen.«

»Relativ gebraucht«, meinte Jane.

»Ein Ausstellungsstück«, sagte Allison.

»Leider nicht ›praktisch wie neu‹.«

»Definitiv nicht. Aber immer noch sehr gut zu verwenden. Gekauft wie gesehen natürlich.«

»Natürlich.«

Allison senkte den Blick.

»Okay. Ernsthafte Frage. Glaubst du, du hast das absichtlich gemacht, um ihn von dir wegzustoßen?«

»Nein«, sagte Jane. »Keine Ahnung.«

»Ihr seid beide unglaublich tolle Menschen, und ihr liebt euch. Ihr werdet wieder zueinander finden«, sagte Allison.

Aber Jane merkte ihr an, dass sie selbst nicht ganz überzeugt davon war.

5

Nachdem sie eine Stunde lang im Zimmer ihrer Mutter herumsortiert hatte, war Jane nicht auf eine einzige Sache gestoßen, bei der sie das Gefühl hatte, sie behalten zu müssen. Holly hatte inzwischen vier große Umzugskartons gefüllt. Sie war eben die Tochter ihrer Mutter.

Jane war Minimalistin. Ihre Mutter hatte das gewusst. Und trotzdem hatte sie Jane und David nach jedem Besuch mit irgendeinem Flohmarktfund nach Hause geschickt. Das Ganze war immer völlig abwegig. Eine Kollektion von *Star-Wars*-Figuren für David, der nie auch nur das geringste Interesse an *Star Wars* bekundet hatte. Irgendwelche Militaria-Ausrüstung. Für Jane gab es kreischbunte Blusen, zwei Nummern zu groß und nach dem Schweiß irgendeiner Fremden riechend, oder Beanie Babies, inklusive einem, das Princess Diana hieß und aus irgendeinem Grund ein knallvioletter Bär war.

»Die kommen irgendwann wieder«, sagte ihre Mutter. »Eines Tages werden die Tausende wert sein. Also mach keinesfalls die Etiketten ab.«

Am Ende jeder Reise nahmen Jane und David, was auch immer sie ihnen geschenkt hatte, und lieferten es direkt bei *Goodwill* in York ab, bevor sie auf die 95 South auffuhren. Jane hatte ein leicht schlechtes Gewissen, aber sie konnten das Zeug nicht mit nach Hause nehmen, wo es nur Platz in Ecken und Schubladen beansprucht hätte.

Als ihre Mutter starb, war Jane voller Reue. Seltsamerweise hatte sie das dringende Bedürfnis, zu *Goodwill* zu fahren und jedes Regal und jeden Kleiderständer nach Überresten der schrecklichen Geschenke ihrer Mutter abzusuchen. Sie würde alles zurückkaufen und für immer behalten.

Dieses Verlangen war wieder vergangen. Jetzt wollte sie dieses Haus nur leer und in Ordnung sehen.

Heute Abend hatten sie mit der Kommode ihrer Mutter begonnen. Holly griff in eine Schublade und nahm mehrere Pullover heraus, die sie nacheinander hochhielt und dann alle in einen Karton packte.

Die Pullover waren voller Knötchen und alt. Die Hälfte wies noch dazu Mottenlöcher auf.

»Willst du wirklich einen von denen?«, hatte Jane gefragt.

»Ich will sie alle«, sagte Holly.

»Warum?«

Holly zuckte mit den Schultern. »Einfach so.« Leise fügte sie noch hinzu: »Sie riechen nach ihr.«

Da hätte Jane losheulen können. Über die Zuneigung ihrer Schwester und darüber, dass sie kaum in der Lage war, irgendetwas zu empfinden. Stattdessen machte sie weiter wie ein tapferer Soldat und zog eine Schublade voller Socken und Post auf. Ungeöffnete Rechnungen, zehn Jahre alte Weihnachtskarten und der Frühjahrskatalog eines kleinen Kaufhauses, das gar nicht mehr existierte.

»Wer stopft seine Post in eine Kommode?«, sagte Jane. »Du meine Güte.«

»Die Vorstellung, das alles wegzuwerfen, macht mich richtig traurig«, sagte Holly. »Das sind die Sachen ihres Lebens, weißt du?« Ihr kamen die Tränen und schniefend wischte sie sich über die Augen. »Aber okay, ist schon gut.«

Oben auf der Kommode stand jede Menge Krimskrams. Holly nahm sich vier Porzellanfiguren von Kardinalvögeln und einen Kaffeebecher, den ihre Mutter für Stifte benutzt hatte, inklusive der billigen Bic-Kugelschreiber darin. Sie behielt auch einen Schminkspiegel und Schneekugeln aus verschiedenen europäischen Städten, die ihre Mutter nie bereist hatte.

»Die Schneekugeln? Bist du dir sicher?«, fragte Jane. »In manchen ist nicht mal mehr Wasser drin.«

»Ich weiß, aber als sie sie gekauft hat, waren wir auf dem Antikmarkt von Brimfield und hatten einen Mordsspaß«, sagte Holly. Bei dem Gedanken daran fing sie an zu lachen. »Da war dieser alte irische Kerl, der es auf Mom abgesehen hatte. Er hieß Bertie Flaherty, aber als er sich mit seinem starken Akzent vorstellte, klang es, als würde er *Bertie Farty* sagen. Wir mussten so schrecklich lachen, dass ich mir in die Hose machte. Daran will ich mich einfach erinnern, verstehst du?«

»Du wirst dich mit oder ohne Schneekugeln daran erinnern«, bemerkte Jane. »Behalt sie, wenn du willst. Ich meine ja bloß.«

»Ich verstehe das«, sagte Holly. »Du willst mich nicht unter einer Lawine aus altem Schrott rausziehen, wenn mich das alles unter sich begräbt.«

»So ungefähr«, sagte Jane.

Eine der unteren Schubladen war voll mit alten Ausgaben der Zeitschrift *Allure* und alten Losen für Mega Millions. Sogar Holly musste zugeben, dass es keinen Grund gab, sie aufzuheben. Oder fast keinen.

Sie legte ein Exemplar der Zeitschrift auf alle Sachen, die sie mitnehmen wollte.

»Warum ausgerechnet die?«, fragte Jane amüsiert.

»Da ist ein Artikel über Tipps für Augenbrauen drin, den ich aufheben will.«

Jane nickte. »Und an den erinnerst du dich nach zwanzig Jahren noch?«

»Genau.« Holly blätterte zum Beweis zur entsprechenden Seite. »Wenn ich es mir recht überlege, könnte ich mit denen wahrscheinlich auch ein paar Dollar machen.«

Nachdem sie das gesagt hatte, packte sie alle Zeitschriften ein.

Jane sagte kein Wort dazu.

Unter den Heften in der Schublade hatte ein alter gelber Walkman gelegen, in dem eine Kassette steckte. Holly drückte auf Play. Das Ding funktionierte noch. Sie hielten sich jede ein Ende der gebogenen Kopfhörer ans Ohr.

Es war eine Aufnahme von ihnen beiden, Jane und Holly, als sie gespielt hatten, sie würden eine Radiosendung aufnehmen.

»DJ Jane und die behämmerte Holly melden sich live bei euch«, sagte eine Kinderversion von Holly. Sie war damals vielleicht zehn. Ihre Stimme kiekste ein bisschen, sodass sie noch jünger klang.

Jane, die acht gewesen sein musste, meldete sich als Nächstes. »Unsere heutige Sendung wird gesponsert von Dave Dinger Ford. Wie macht Dinger das? Kommt und seht's euch an. Kommt zu Dave Dinger Ford in Braintree.«

Dann war ein Song zu hören, der schon halb vorbei war. Jane erinnerte sich. Damit es wie eine richtige Radiosendung wirkte, nahmen sie auf, was immer gerade in ihrem Radiowecker lief, und drehten die Lautstärke runter, wenn sie selbst reden wollten.

Danach war auf der Kassette Geflüster zu hören, bevor Jane sagte: »Und hier kommt ›Can't Fight This Feeling‹ von Chicago.«

Wieder Flüstern.

»Und hier kommt ›Can't Fight This Feeling‹ von REO Speedwagon«, versuchte Jane es noch mal.

Jane und Holly sahen sich an und lächelten. In dem Moment war ein komisches Geräusch zu hören und dann nichts mehr. Das Band war gerissen.

»Oh nein«, sagte Jane.

Holly wickelte das Kopfhörerkabel um den Walkman und stopfte das Ganze in ihre Handtasche.

»Das kann nicht dein Ernst sein«, sagte Jane.

»Was?«

»Der ist kaputt. Und hundert Jahre alt!«

»Vielleicht kann Jason ihn reparieren, wer weiß.«

Sie machten mit dem Schrank weiter.

Als Erstes zog Holly ein enganliegendes blaues Cocktailkleid aus dem Schrank.

»Das solltest du behalten. Es würde dir toll stehen«, sagte sie. »Ich hab nicht die Kurven dafür.«

Jane hob eine Augenbraue. »Du weißt doch, dass ich mich schon fast vier Jahrzehnte in Oberteilen verstecke, die als Zwei-Mann-Zelte durchgehen würden.«

»Dann solltest du das XXL-T-Shirt vom Ani-DiFranco-Konzert mal wieder mitbringen, das du im ganzen letzten Jahr auf der Highschool anhattest.«

Jane grinste. »Halt die Klappe.«

Sie warf das Kleid in den Karton, auf dem GOODWILL stand, obwohl sie wusste, dass ihre Schwester es da wahrscheinlich wieder herausfischen würde, noch bevor der Abend um war.

Holly zog ein paar Schuhkartons auf den Teppich. Alte Turnschuhe mit Löchern an den Zehen und abgestoßene Pumps in verschiedenen Größen. Flohmarkt-Fehlkäufe, dachte Jane. Sie fing an, Kleidung aus dem Schrank zu nehmen und aufs Bett zu werfen.

Nach einer Minute rief Holly: »*Holy shit!*«

In einem der Schuhkartons hatte sie ein Tagebuch gefunden. In Leder gebunden, Taschenformat, mit einem Schloss versehen. Sehr lange standen sie nur da und starrten es an.

»Sollen wir es lesen?«, meinte Holly schließlich.

»Ja«, antwortete Jane. »Warte. Nein. Oder doch?«

»Es ist abgeschlossen«, sagte Holly.

»Diese alten Schlösser sind leicht zu knacken«, stellte Jane klar. »Gib's mir mal.«

Nach einem kräftigen Ruck an beiden Seiten des Einbands konnte sie das Buch aufschlagen.

»Gut gemacht«, sagte Holly.

»Danke.«

»Denkst du, sie wollte, dass wir es finden?«, fragte Holly.

Tagebücher gehörten zu den am häufigsten gestifteten Quellen des Schlesinger-Archivs. Diese Frage stellten so viele Stifter. Ehrten sie ein Vermächtnis, oder verletzten sie die Privatsphäre des geliebten Menschen, wenn sie ein Tagebuch aus der Hand gaben?

Was für einen Sinn ergab es, so etwas zu hinterlassen, wenn man nicht beabsichtigt hatte, dass jemand die Aufzeichnungen las? Das erklärte Jane den Leuten, wenn sie fragten. Ihre private Meinung war allerdings, dass in vielen Fällen welche Person auch immer das Tagebuch verfasst hatte, wahrscheinlich nicht damit gerechnet hatte zu sterben, bevor sie entscheiden konnte, was damit zu tun wäre. Offenbar hatten die betroffenen Frauen in dieser speziellen Frage so lange getrödelt, bis es eben zu spät war.

»Ich weiß nicht«, sagte sie jetzt. »Es kommt mir nicht vor wie etwas, das Mom tun würde.«

»Ich brauche einen Drink«, sagte Holly. »Willst du auch einen?«

»Nein. Und tut mir leid, aber es gibt nichts zu trinken im Haus. Ich bin gerade trocken.«

»Oh. Wie lange schon?«

»Seit ein paar Monaten.«

»Ach, das ist okay. Ich hab Wein im Auto«, sagte Holly.

Autowein. Klar.

Holly verschwand und kam zwei Minuten später mit einem randvollen riesigen Weinglas zurück.

Jane sah ihr neidisch zu, wie sie einen großen Schluck nahm. Unter anderen Umständen hätte sie dieser Entdeckung mit Alkohol etwas von ihrer Härte genommen. Sie wollte nicht wirklich trinken, aber jeden Abend um diese Zeit dachte sie daran. Sie musste dann die bewusste Entscheidung treffen, es nicht zu tun. Aus irgendeinem Grund musste sie sich dazu den Geruch und den ersten Schluck vorstellen und das Szenario bis zum schlimmsten möglichen Ende durchspielen.

»Wird schon schiefgehen«, sagte Holly.

Sie schlug das Tagebuch auf und räusperte sich, als wäre das die Vorbereitung einer Lesung vor Publikum.

Jane hielt sich die Hände vors Gesicht. »Ich habe das Gefühl, Mom wird gleich reinkommen und uns erwischen.«

»Ich auch«, sagte Holly, »mein Herz rast.«

Sie hielt das Buch so weit von sich weg, dass sie beide reinschauen konnten. Auf der ersten Seite stand gedruckt: »Dieses Tagebuch gehört«. Darunter hatte ihre Mutter pflichtbewusst von Hand geschrieben: *Shirley Flanagan*. Etwas daran schmerzte Jane.

»Blätter um«, sagte sie.

Sie lasen beide schweigend.

Eine halbe Grapefruit, hatte sie geschrieben. *Hüttenkäse auf Toast. Schwarzer Kaffee, zwei Tassen.*

»Was sie an dem Tag gefrühstückt hat«, flüsterte Holly, als würde sie irgendeinen komplizierten Code entziffern.

Der Rest des Buchs war leer.

»Ein echter Schocker«, meinte Jane, deren Enttäuschung rasch in Ärger umschlug.

Es stimmte zwar, dass sie selbst auch mehrmals in bester Absicht ein Tagebuch begonnen und nach einem oder zwei Einträgen abgebrochen hatte. Aber das hier fühlte sich nach einer persönlichen Kränkung an. Als würde ihre Mutter wieder einmal, und diesmal aus dem Jenseits, erklären, dass Jane ihre Geheimnisse nie erfahren würde.

Frauen (und manchmal auch Männer, aber meistens Frauen) kamen Woche für Woche mit Geschichten über die Errungenschaften ihrer Vorfahrinnen in Janes Büro. Manchmal erzählten sie von ihren Müttern oder Großmüttern, die sie aufgezogen hatten. Aber manchmal gingen sie auch weiter zurück. Zu einer Urgroßtante oder Urgroßmutter, die sie nie kennengelernt, von der sie aber immer wieder gehört hatten. Es gab so unglaubliche Berichte über diese Frauen. Nicht alle Geschichten, die man ihnen erzählt hatte, stimmten, aber das war ein anderes Thema.

In Janes Familie gab es keine solchen Geschichten. Als sie ihre Mutter nach früheren Generationen fragte, sagte ihre Mutter ohne eine Spur von Interesse: »Wir haben keinerlei Familie.«

»Jeder hat Familie«, erwiderte Jane.

Mit viel Mühe hatte sie ihren Stammbaum zusammengebastelt. Die Urgroßeltern auf der Seite des Vaters ihrer Mutter kamen aus Westirland und ließen sich nahe Boston nieder. Ihr Großvater überlebte die Schlacht um Okinawa, um mit einundvierzig an einem Herzanfall zu sterben. Doch das war quasi nur das Gerüst. Jane hatte nichts, womit sie es hätte ausbauen können, keine Farbe, um etwas auszumalen, sodass diese Namen und Daten und Orte lebendig würden.

Das hielt sie ihrer Mutter vor. Jane war sich sicher, dass ihre Großmutter all die Dinge erzählt hätte, die sie wissen wollte. Und nicht nur das. Sie hätte verstanden, warum Jane sie wissen wollte. Über Janes Großvater, ihren eigenen Vater, hatte Janes Mutter gesagt, sie erinnere sich nur an wenig. Er starb, als sie zehn war.

»Er war richtig lustig und sarkastisch, wie Jane«, erzählte sie Jane und Holly einmal, als sie frisch verliebt und strahlend gut gelaunt war. Sie erfuhr nie, wie viel Jane diese Einzelheit bedeutete. Dass sie sich wie an ein kostbares Andenken daran klammerte, und wie viel es ihr bedeutet hätte, mehr zu erfahren.

Ihr Mangel an Verwandten verstärkte Janes Gefühl, allein zu sein. Und das blieb so. Ihr Leben lang hatte sie gesehen, wie es der Lebensrealität anderer Menschen Fülle und Verbundenheit schenkte, Verwandte zu haben. Es schien, als würde bei Allison jede Unterhaltung mit einer fremden Person damit enden, dass beide feststellten, dass ihre Großcousine die Lehrerin des eigenen Kindes in der dritten Klasse gewesen oder dass ihr Onkel mit seiner Tante zum Abschlussball gegangen war.

Jetzt riss Holly Jane aus ihren Gedanken: »Lauren Murphy, die Freundin meiner Freundin, ist eine Maklerin mit Killerinstinkt. Sie hat gesagt, es wäre wichtig, ein Cottage wie dieses hier auf den Markt zu bringen, solange die Sommergäste noch da sind. Keiner würde es als Dauerwohnsitz in Betracht ziehen. Außer unserer Familie natürlich.«

Jane hatte ihrer Schwester monatelang mit dem Verkauf in den Ohren gelegen. Aber jetzt machte sie sich Sorgen, wo sie hin sollte, wenn sie das Haus zu schnell veräußerten. Sich irgendwo eine eigene Bleibe suchen, wirklich einen Mietvertrag unterschreiben – dadurch würden sich ihre Eheprobleme viel zu real und dauerhaft anfühlen. Vorläufig fühlte sie sich am wohlsten in diesem Exil, diesem Fegefeuer oder was auch immer es war.

»Wahrscheinlich brauche ich mindestens noch ein paar Monate, bevor irgendwelche Makler hier reinkönnen«, sagte Jane. »Um alles fertig zu machen.«

Keine von ihnen erwartete sich viel von dem Verkauf. Ihre Mutter hatte es nur auf dem Papier besessen und so viele Male beliehen. Bisher war Jane schlicht deswegen am Verkauf gelegen, weil sie diejenige war, an der die Zahlung von Hypothekenraten, Grundsteuer und Hausversicherung hängengeblieben war.

Nachdem sie ihr Glas halb geleert hatte, ging Holly wieder in die Küche, füllte es erneut bis zum Rand und schlürfte so viel ab, wie sie gerade nachgegossen hatte. Diesmal brachte sie die Flasche gleich mit ins Schlafzimmer.

Jane wünschte, David wäre da. Seine Anwesenheit machte alles leichter, besser. Vor allem wenn sie bei ihrer Familie war. Bevor sie David kannte, hatte sie sie manchmal ein Jahr lang nicht gesehen und sich zu den Feiertagen rausgeredet. Er machte sie erträglicher. Vielleicht weil sie nicht mehr den Eindruck hatte, sie wären alles, was sie auf der Welt besaß. Jetzt war er ihr Zuhause. Oder war es bis vor Kurzem gewesen.

Jane fiel der Schwangerschaftstest ein und wie unbekümmert Clementine ihr diese Idee in den Kopf gesetzt hatte. Sie hatte so gewiss geklungen.

»Besteht irgendeine Chance, dass du schwanger sein könntest?«, platzte es aus Jane heraus, obwohl sie es eigentlich überhaupt nicht hatte erwähnen wollen.

»Was?«, fragte Holly. »*Jesus Christus*. Nein. Warum? Sehe ich so dick aus?«

»Nein! Nein. Das ist eine längere Geschichte.«

»Tja, jetzt musst du sie mir erzählen.«

»Hab ich dir erzählt, dass ich diesen Termin mit einem Medium hatte?«

»Einem Medium?«

»Ja. Einem übersinnlichen Medium.«

»Äh, nein.«

»Allison hat mich als Gefallen darum gebeten. Auch eine lange Geschichte. Aber das Medium kam heute Morgen und meinte, Mom und Grandma wären hier und Grandma hätte gesagt, ich sei schwanger. Oder du vielleicht. Ich war mir ziemlich sicher, dass das Bullshit war.«

»Moment mal. Du hast ein Medium herkommen lassen? In Moms Haus? Und mir nichts gesagt?«

Jane schwieg, denn plötzlich wurde ihr klar, dass sie Mist gebaut hatte.

»Mir kam nicht in den Sinn, dass ich das hätte tun sollen. Tut mir leid.«

»Ausgeschlossen, dass Grandma über ein Medium reden würde«, sagte Holly. »Selbst wenn die Sache echt wäre, würde sie aus Prinzip nicht reden. Sie hasste solchen Scheiß. Das war gegen ihre Religion. Außerdem gab es da diese Sache mit Mom, die irgendeinen Fernseh-Guru angerufen und eine irre Telefonrechnung produziert hatte, als wir Kinder waren.«

»Daran erinnere ich mich nicht.«

»Das war, als wir den Sommer über hier bei Grandma waren«, erzählte Holly weiter. »Mom war außer sich wegen irgendeinem Typen. Sie muss die ganze Zeit, während wir weg waren, Kette geraucht und bei dieser kostenpflichtigen 1-900er-Nummer angerufen haben. Grandma war stinksauer. Auf Mom, aber auch auf das Unternehmen, das sich an verletzlichen Frauen bereicherte.«

»Welcher Typ war das?«, fragte Jane.

»Ich weiß nicht, wie er hieß. Er war verheiratet. Ein einziges Chaos.«

»Hat Grandma dir das erzählt?«

»Nein, Mom. Sie meinte, es wäre eines der wenigen Male gewesen, dass Grandma ihr keinen Stress gemacht hatte, weil Grandma selbst einmal diese Sache mit einem verheirateten Typen hatte. Aber das weißt du ja.«

»Was?«

»Mom sagte, Grandma hätte es dir erzählt. Und dass du Mom quasi unter die Nase gerieben hast, du wüsstest es schon.«

»Ich habe keine Ahnung, wovon du sprichst.«

»Grandma war total verliebt in den«, sagte Holly. »Mom war damals noch ein Kind. Sie erzählte, Grandma hätte ihn mit nach Hause gebracht, und manchmal hätte Mom mit zu ihm kommen und dort rumsitzen müssen, während die beiden in einem anderen Raum waren. Ein paarmal kam Grandma nicht nach Hause, und Mom war hier ganz alleine, verängstigt. Sie hatte gerade ihren Vater verloren und an einen Ort umziehen müssen, wo sie keinen kannte.«

»Das kann nicht sein«, sagte Jane entrüstet.

Ihre Mutter war diejenige gewesen, die solche Sachen machte. Sie ließ Jane und Holly andauernd allein. Manchmal kam sie erst morgens wieder, und sie hatten solche Angst, dass sie die ganze Nacht nicht schliefen. Sie machten sich Sorgen, sie wäre tot und sie beide jetzt Waisen, wie die achtjährige Punky Brewster aus der Fernsehserie. Die Mutter schärfte ihnen ein, nicht ihre Großmutter anzurufen, aber gelegentlich taten sie es – wenn ein Vertreter vor der Haustür nicht aufhörte zu klingeln oder wenn ein Unwetter für Stromausfall sorgte und sie anfingen, sich beim Schein einer Taschenlampe Gruselgeschichten zu erzählen, bis sie sich fast zu Tode fürchteten.

Holly zuckte mit den Schultern. »Ich sage dir nur, was Mom mir erzählt hat. Sie meinte, eines Abends wäre Grandma total hysterisch nach Hause gekommen und hätte darüber gejammert, was für ein schlechter Mensch sie sei. Mom war sich ziemlich sicher, dass mit dem verheirateten Typen irgendwas Schlimmes passiert war, aber mehr verriet Grandma nie. Mom war damals erst zehn oder elf. Das war super traumatisierend, wie du dir vorstellen kannst. Danach erwähnte Grandma den verheirateten Typen nie wieder. Das ging sogar so weit, dass, sobald Mom ihn erwähnte, Grandma so tat, als wüsste sie nicht, wovon Mom redete.«

»Weil Mom sich die ganze Sache ausgedacht hat«, behauptete Jane.

Als Jane noch ein Kind war, meinte ihre Mutter manchmal: »Mit meiner Mutter aufzuwachsen, das war kein Picknick. Du denkst, sie wäre eine Heilige. Du hast ja keine Ahnung.«

Sie fühlte sich davon bedroht, wie sehr Jane ihre Großmutter liebte. Sie wollte etwas gegen Janes gute Meinung von ihr unternehmen, doch das funktionierte nie. Jane brauchte ihre Großmutter als Konstante, selbst nach deren Tod. Sogar jetzt noch.

In dem Jahr, als ihre Großmutter starb und sie in dieses Haus zogen, fing Jane an, all die Bücher im Regal zu lesen, eins nach dem anderen, in der Reihenfolge, wie sie dort standen. Sie las jedes einzelne, selbst wenn es völlig unangemessen oder zu schwer für sie war – *1984*, *Anne Elliot*, *Das Tal der Puppen*, *Alle Erzählungen von Flannery O'Connor*, *Früchte des Zorns* und alles, was Maeve Binchy je geschrieben hat. Jane war erst im Alter von achtzehn Jahren damit durch. Als sie das letzte Buch gelesen hatte (*Die Liebe in den Zeiten der Cholera*), fühlte sie sich wie beraubt. Der Anblick der Bücher im Regal blieb ihr ein Trost. Manchmal nahm sie eines davon zur Hand, weil sie wusste, dass ihre Großmutter eine Einkaufsliste oder Telefonnummer auf dem Nachsatzpapier notiert hatte.

Als Jane in ihrem ersten Jahr an der Wesleyan Universität in den Ferien zu Thanksgiving nach Hause kam, waren die Bücher weg.

Ihre Mutter hatte sie in einem seltenen Anfall von Ordnungswut im Haus verkauft. Für Jane fühlte sich das an, als wäre ihre Großmutter ein zweites Mal gestorben. Sie weinte.

Ihre Mutter behauptete, das nicht verstehen zu können.

»Aber du hattest sie doch schon gelesen«, sagte sie. »Die haben nur Platz weggenommen.«

Platz, den jetzt leicht angeschlagene Hummel-Figuren einnahmen, ein Teller auf einem albernen Ständer aus Metall zur Erinnerung an die Amtseinführung von JFK oder eine Figur des berühmten Baseballspielers Wade Boggs mit Wackelkopf in einer würfelförmigen Plastikverpackung.

Jane kam nie dahinter, ob ihre Mutter die Bücher aus unterschwelliger Bosheit verkauft hatte oder weil sie wirklich nicht wusste, was sie Jane bedeuteten.

Aber wie auch immer, die ganze Episode war ein Beweis dafür, dass ihre Mutter sie überhaupt nicht verstand.

Ihre Mutter hatte ein schlechtes Gewissen. Sie versuchte, die Bücher zurückzukaufen. Bei den Hardcovern war das einfach, sie befanden sich noch dort, wo sie sie zurückgelassen hatte. Doch die billigen Taschenbücher mit Sonnencremeflecken waren schon weg. Sie hatte sie für fünf Cent das Stück ans Antiquariat in Winston verkauft. Dort hatten Touristen sie mitgenommen, weil es ihnen bei solchen Büchern nichts ausmachte, wenn sie versehentlich auf dem Gepäckwagen liegenblieben oder von den Wellen überspült wurden, die überraschend ihre Stranddecke erreicht hatten. An genau diesen Büchern war Jane jedoch am meisten gelegen. Ihre Großmutter hatte Sachen reingekritzelt und irgendwelche Kassenzettel zwischen die Seiten gesteckt. Die Bücher trugen noch ihre Spuren. Bis heute bewirkt der Anblick von Maeve Binchys Namen, dass Jane vor lauter Verzweiflung schlecht wird.

Weil sie darüber nicht weiter nachdenken wollte, erzählte Jane Holly von D – dem Geistermädchen auf dem Schoß ihrer Großmutter, das immer wieder dazwischenredete. Und davon, dass das

Medium ihr aufgetragen hatte, Ds Mutter zu finden und ihr eine Nachricht zu übermitteln.

»Warum saß sie auf Grandmas Schoß?«, sagte Holly.

»Weiß nicht.«

»Auf keinen Fall«, meinte Holly. »Tu das nicht. Nimm keinen Kontakt zu der Mutter auf.«

»Ich habe nie gesagt, dass ich das tun werde. Ich weiß nicht mal, wer sie ist. Wenn es sie überhaupt gibt, was ziemlich sicher nicht der Fall ist.«

»Du wirst nicht widerstehen können, an der juckenden Stelle zu kratzen«, sagte Holly. »Ich kenn dich. Dann bist du wie besessen. Aber im Ernst, Jane. Tu's nicht. Das ist eine Falle. Hast Du *Debunked* gesehen?«

»Nein.«

»Diese Frau namens Amy Jackson ist die Moderatorin. Sie hat eine Firma gegründet, die Sachen aufdeckt.«

»Eine Firma fürs Aufdecken?«

»Ja. Es gab eine ganze Staffel über Hellseher. Amy hat ein Team und jede Menge Freiwillige. Die haben Monate damit zugebracht, falsche Profile bei Facebook zu erstellen, für Leute, die es gar nicht gibt. Sie haben etliche Hintergrundstorys erfunden. Dafür mischten sie düstere persönliche Fakten wie, heute ist der Todestag meines Vaters, aber auch Links zu Rezepten für Makkaroni mit Käse und inspirierende Zitate oder Katzenfotos. Dann meldeten sie sich unter falschem Namen zu einer öffentlichen Veranstaltung irgendeines berühmten Mediums an. Dieses Medium holt sich die Einzelheiten direkt von den gefakten Seiten in den sozialen Medien. Wie einmal, als Amy zu so was ging und den Namen einer der gefälschten Personen auf Facebook benutzte. Eine erfundene Frau, deren erfundene Tochter Penny an Krebs gestorben war. Und dann stand das Medium auf der Bühne und sagte: ›Jemand hier hat seine Tochter verloren.‹ Da hob Amy die Hand. Das Medium sagte zu ihr: ›Ich habe Penny hier bei mir.‹ Abgefuckt, was?

Dann gab es eine Folge über die vielen Male, die Sylvia Browne in der Show von Montel Williams auftrat, um mit Leuten zu reden, deren Angehörige verschwunden waren.«

»Wer ist Sylvia Browne?«

Holly sah Jane an, als wäre sie so dumm, dass es wehtat. »Sie ist eine der berühmtesten Hellseherinnen aller Zeiten.«

»Okay. Erzähl weiter.«

»Sie hat Leute immer auf die falsche Spur geführt. Erinnerst du dich an das Mädchen, das dieser Kerl in seinem Keller in Cleveland jahrelang angekettet hatte? Sylvia Browne erzählte ihrer Mutter, sie sei tot. Die Mutter starb in dem Glauben. Ein paar Jahre später konnte die Tochter entkommen. Oh, und dann gab es diese Großmutter, die verschwand. Ihre ganze Familie war bei *Montel*. Sylvia nannte die Initialen des Mannes, der sie entführt hatte. Sie behauptete, die Großmutter wäre noch am Leben. Sylvia schüttelte vor laufender Kamera dem Schwiegersohn der Frau die Hand. Und weißt du was?«

»Er hatte seine Schwiegermutter umgebracht«, sagte Jane.

»Er hatte seine Schwiegermutter umgebracht«, wiederholte Holly. Dabei klang sie so, dass Jane sich nicht sicher war, ob ihre Schwester registriert hatte, dass sie genau das Gleiche gesagt hatte. »Sylvia warf die Ermittlungen um Jahre zurück und entschuldigte sich später nicht mal. Ich weiß nicht. Mir macht dieses Zeug Angst. Wenn was Schlimmes passieren wird, lasst es passieren. Ich muss es nicht im Voraus wissen.«

»Du hast mir gerade fünf Minuten lang erzählt, warum du an so was absolut nicht glaubst«, sagte Jane.

»Betrüger gibt's in jeder Branche. Deshalb muss man nicht die ganze Sache abschreiben. Dieses Medium hat mit dir geredet. Hat sie irgendwas gesagt, das wahr klang?«

»Sie wusste, dass du Moms Liebling warst. Und dass Mom mich gehasst hat.«

»Sie hat dich nicht gehasst, Jane. Sie hatte nur … das Gefühl, du würdest auf sie runterschauen.«

»Hab ich aber nicht.«

Das war gelogen, denn genau das hatte sie getan.

»Aber komm, sie war stolz auf dich«, sagte Holly. »Sie hat dich geliebt. Das weißt du.«

Jane war bei Liebesbekundungen skeptisch. Sie waren zu einfach. Damit konnte jemand sich zu leicht aus der Affäre ziehen. »Ich habe in Cambridge gewohnt. Das sind keine zwei Stunden von hier. Sie kam nicht ein einziges Mal, um sich meine Wohnung anzuschauen, oder auf den Campus, um meine Arbeit zu sehen.«

»Du hast uns nicht zu deiner Hochzeit eingeladen«, sagte Holly.

»Ich hab heimlich geheiratet!«

Holly hob beschwichtigend die Hände. »Ich will ja nur sagen, ihr habt euch beide nichts geschenkt. Ihr habt einander nie wirklich verstanden.«

Nur Stunden, nachdem ihre Mutter gestorben war, postete Holly ein Foto von ihnen beiden in irgendeinem Restaurant beim Abendessen. Sie hatten das gleiche Lächeln und pressten ihre Gesichter aneinander. Unter das Bild schrieb Holly: Du und ich gegen den Rest der Welt, Mom. RIP.

Wo war da Platz für Jane?

Sie hat dich geliebt, hatte Holly gesagt. Aber was bedeutete Liebe überhaupt?

Wenn ihre Mutter trank und vor allem, als ihre Töchter Jugendliche waren, bekam Jane ihre Ausbrüche am schlimmsten zu spüren. Dann warf sie mit Beschimpfungen um sich. Einmal fiel sie betrunken hin, und als Jane die Hand ausstreckte, um ihr aufzuhelfen, beschuldigte ihre Mutter sie, dass sie sie gestoßen hätte. Am nächsten Morgen war ihre Mutter dann eventuell verlegen, aber ansonsten wurde getan, als wäre nichts geschehen. Sie machten einfach weiter, gingen zur Tagesordnung über, weil ihnen keine andere Wahl blieb.

Als sie sich jetzt daran erinnerte, flammte in Jane Bedauern auf. Sie hatte immer wissen wollen, warum sie die Zielscheibe des mütterlichen Zorns war. Und ihr Tod war nicht plötzlich gekommen.

Warum hatte keine von beiden sich mehr bemüht, damit sie sich am Ende doch noch näher kamen?

Holly schenkte sich Wein nach, nahm einen Schluck und stellte das Glas auf den Nachttisch.

Dann warf sie sich auf das Bett ihrer Mutter und blieb auf dem Bauch liegen. Die Knie angewinkelt und die Füße in der Luft, wie sie es schon mit zwölf gemacht hatte. So fing sie an, durch ihr Handy zu scrollen.

Inzwischen musste sie schon mehr als nur leicht angeschickert sein. Sie zeigte nicht die geringste Zurückhaltung.

»Hast du heute schon was gegessen?«, fragte Jane. »Ich könnte eine Pizza bestellen.«

Holly rümpfte die Nase, ohne von ihrem Handy aufzublicken. »Zu fettig, ich nehme meine Kalorien lieber flüssig zu mir.«

So etwas hätte auch ihre Mutter sagen können. So was hatte ihre Mutter tatsächlich gesagt.

Da Holly ihr keine Beachtung schenkte, holte auch Jane ihr Handy raus. Keine Nachrichten.

Aus purer Gewohnheit checkte sie ihre beruflichen E-Mails, obwohl Melissa sie angewiesen hatte, auf keine der Mails zu antworten, die während ihrer Abwesenheit eingingen. Eine automatische Antwort ließ die Absender wissen, dass Jane ihren Posteingang nicht kontrollierte und wen sie an ihrer Stelle kontaktieren sollten. Anfangs kamen täglich Dutzende Nachrichten. Es fühlte sich wie eine Strafe an, sie zu sehen, aber nicht beantworten zu dürfen. Doch in letzter Zeit tröpfelten sie nur noch herein, was eine Folter der eigenen Art darstellte. Anscheinend kam man in der Arbeit auch ohne sie gut zurecht.

Freunde und Kolleginnen hatten aufgehört, sich bei ihr zu melden, nachdem sie alle Verabredungen zum Abendessen ohne Erklärung abgesagt und weder auf Textnachrichten noch Anrufe reagiert hatte. Dabei war es nicht so, dass Jane mit niemand reden wollte; sie wusste nur einfach nicht, was sie sagen sollte. Wie sie das Vorgefallene erklären sollte. Ein so großer Teil ihres Soziallebens drehte sich um Leute, die sowohl ihr als auch David nahestanden. Sie machte sich selbst total verrückt, wenn sie darüber nachgrübelte, wie viel jeder Einzelne von denen schon wusste.

Ganz oben in ihrem Posteingang stand eine Nachricht von Genevieve Richards mit dem Betreff: Toll, Sie heute kennengelernt zu haben!

Melissa hatte zwar gesagt, sie solle keine E-Mails öffnen, aber diese hier zählte nicht. Jane klickte sie an.

> Hi Jane, es war so nett, Sie im Bed and Breakfast kennenzulernen. Ich hoffe, es stört Sie nicht, dass ich Ihre Mailadresse nachgesehen habe. Ich wollte nur noch mal wiederholen, dass ich liebend gern darüber sprechen würde, ob Sie vielleicht ein bisschen über die früheren Besitzer meines Hauses recherchieren möchten! Zumindest sollten Sie mal auf einen Drink vorbeikommen. Bitte sagen Sie mir, wann es für Sie passen würde. Ihre Genevieve

Jane legte das Handy weg.

»Was machst du da?«, fragte sie ihre Schwester.

»Auf Tinder Typen anschauen«, sagte Holly.

Sie wischte mit einem Finger übers Display.

Dann hielt sie Jane das Handy hin, um ihr das Foto eines gutaussehenden Manns zu zeigen, der ihr vage bekannt vorkam.

»Was für ein Motherfucker«, sagte Holly. »Den hab ich auf normale Art kennengelernt.«

»Was ist denn die normale Art?«

»In einer Bar. Wir haben zwei Mal miteinander geschlafen, und dann hat er mich geghostet. Jetzt sehe ich ihn hier, und er swipt mich nach links. Nicht interessiert. Das ist einfach frech.«

Jane las sein Profil: Sei bitte gechillt. Wenn du Drama liebst, such weiter. Co-abhängig? Nein danke. Ich bin berufstätig, nett, fit, lustig und auf der Suche nach einer guten Zeit. ENM

»Was ist ENM?«

»Ethisch nicht-monogam«, erklärte Holly.

»Igitt.«

Jane fiel nichts Ermutigendes ein, das sie über Tinder hätte sagen können. Also fragte sie: »Sprichst du noch oft mit RJ?«

RJ war Jasons Vater. Ein ziemlich guter Typ, fand Jane. Er war Fischer und folgte damit einer langen Familientradition. In Jasons Leben war er über lange Strecken nicht anwesend. Aber wenn er da war, übte er einen ganz guten Einfluss aus. Er nahm Jason mit zu Spielen der Portland Sea Dogs, und sie gingen zusammen Eis essen. Er wirkte eher wie ein Onkel, weniger wie ein Vater. Jane hatte schon immer eine Schwäche für ihn gehabt. Jedes Mal, wenn sie RJ sah, merkte sie ihm an, dass er noch Gefühle für ihre Schwester hatte. Holly hatte ihn nicht als brauchbare Option in Betracht gezogen, als sie jung war, und sie wurde schwanger, während sie noch dachte, ihr würde jemand Besserer begegnen.

»Ich kann doch nicht meinen Freund von der Highschool recyceln«, meinte Holly jetzt.

»Warum nicht?«

Holly stöhnte. »Du hast so ein Glück, dass du verheiratet bist. Ich kann's dir gar nicht sagen.«

Das stimmt, dachte Jane. Sie hatte Glück, dass sie sich nicht mit diesem Zeug herumschlagen musste. So ein Glück, David zu haben. Doch da fiel ihr mit diesem schrecklichen Gefühl eines Schlags in die Magengrube wieder ein, dass sie ihn nicht mehr hatte.

Als Jane im Mai hier angekommen war, hatte sie Holly erzählt, sie hätte den Sommer frei und beschlossen, die Zeit zu nutzen, um das Haus für den Verkauf fertig zu machen. Den Rest erzählte sie ihr nicht, und Holly fragte nicht nach. Sie hatten nie eine Geschwisterbeziehung gehabt, in der sie einander viel Persönliches mitteilten.

Aber jetzt begann Jane unwillkürlich zu weinen. Es kam ihr tatsächlich wie ein Albtraum vor, die Vorstellung, ihr ganzes Leben ohne David neu anfangen zu müssen. Wie schafften Leute so was?

Sie konnte sich nicht im Entferntesten vorstellen, Männer online kennenlernen zu müssen. Wenn das schon einer von Natur aus aufgeschlossenen und gerne flirtenden Person wie Holly schwerfiel, dann war Jane zum Scheitern verurteilt.

»Jane?« Holly sprang auf. »Oh mein Gott, alles okay? Ich bin da. Ich steh dir bei.«

Jane schnappte mehrmals nach Luft, aber es schien nicht zu reichen.

»Setz dich hin und lass den Kopf zwischen den Knien hängen.« Sie strich Jane über den Rücken. »Atmen. Nur atmen.«

Jane gehorchte und konzentrierte sich aufs Ein- und Ausatmen. Nach ungefähr einer Minute fühlte sie sich besser.

»Danke dir«, sagte sie und wischte sich mit den Fingerspitzen über die Augen.

»Was war das? Ich glaube, du hattest eine Panikattacke.«

»Die Sache ist …«, fing Jane an. »David und ich …«

Sie fing wieder an zu weinen.

»Er hat dich verlassen«, sagte Holly, als hätte sie damit gerechnet. Nicht wegen irgendwas Besonderem an Jane und David, dachte Jane, sondern weil, ihrer gemeinsamen Erfahrung nach, Männer das eben machten.

»Nein. Ich bin gegangen.«

»Warum solltest du David verlassen?«

»Ich habe David nicht verlassen, ich – es ist so schwer zu erklären. Er musste mich loswerden.«

»Hat er das gesagt?«

»Nein. Das war meine Entscheidung.«

»Dann bist du froh darüber?«

»Nein, mir geht's schrecklich.«

Holly sah aus, als würde sie gern weitere Fragen stellen. Doch stattdessen nahm sie Jane lange fest in die Arme.

Vielleicht hatte Jane ihre Schwester unterschätzt. Vielleicht war es ein Fehler gewesen, sich ihr nicht schon früher anzuvertrauen.

Sich von ihr lösend, sagte Holly mit deutlich zu riechender Weinfahne: »Kann ich dir was sagen?«

»Ja.«

»Du weißt, ich mag David, aber seine blonden Haare fand ich schon immer verdächtig. Ich traue blonden Männern nicht. Ein Mann sollte nicht blond sein, außer er ist tatsächlich ein Baby. Stimmt's?«

»Was?«, fragte Jane ungläubig.

Dann fing sie an zu lachen und konnte gar nicht mehr aufhören.

Vierzig Minuten später war Holly nicht mehr angenehm beschwipst, sondern sturzbetrunken. Sie lallte, und ihre Augen waren glasig. In der Flasche war nur noch gut ein Fingerbreit Wein übrig.

Jane meinte, sie würde Holly nach Hause fahren. Daraufhin schnaubte Holly und tat das als lächerlich ab. Sie könne gut noch fahren und wohne nur fünf Minuten entfernt.

Diese Diskussion. Wie anstrengend. Wie mühsam. Wie erschreckend, ihre Schwester zu betrachten und zu wissen, dass sie viele Male in Hollys Haut gesteckt hatte.

Es ging ein paarmal hin und her, dann schraubte Holly den Deckel auf die Flasche und packte sie in einen der Kartons, die sie mitnehmen wollte. Sie kam auf die Beine, hob den Karton hoch und stolperte sofort, weil sie das Gleichgewicht verlor.

Das Handy unter dem Tisch versteckt, schrieb Jane eine Nachricht an Jason. Sie bat ihn, seine Mutter holen zu kommen.

Dabei fühlte sie sich schlecht. Als Teenager hatte sie mehr »Komm deine Mutter abholen«-Anrufe bekommen, als irgendein junger Mensch je kriegen sollte.

Jason antwortete mit einem Daumen-hoch-Emoji.

»Ich geh jetzt«, erklärte Holly und griff nach ihrer Handtasche. Dann packte sie wieder den Karton und bewegte sich auf die Tür zu.

Jane folgte ihr.

Draußen stellte Holly den Karton auf die Stufe und fing an, in der Handtasche nach ihren Schlüsseln zu suchen.

Jane bekam Herzklopfen, denn Jason musste sich beeilen. Wenn Holly die Schlüssel fand, würde sie losfahren. Wie weit war Jane bereit zu gehen? Würde sie ihr die Schlüssel aus der Hand winden und ins Gebüsch werfen? Mit ihrer Mutter hatte sie das in der Vergangenheit gemacht, mehrmals sogar. David hatte es einmal mit Jane gemacht.

Ein Paar mit zwei kleinen Kindern spazierte vorbei. Alle aßen Eis aus Waffeln. Jane schenkte ihnen ein strahlendes Lächeln. *Hier gibt's nichts zu sehen.*

Genau in dem Moment, als Holly laut »Hab sie gefunden« herausposaunte und die Schlüssel vor Janes Gesicht klimpern ließ, hielt der rote Toyota Camry ihrer Mutter vor dem Haus. Eine Sekunde lang dachte Jane, es wäre ihre Mutter. Das passierte ihr jedes Mal. Jason hatte das Auto bekommen, nachdem sie gestorben war. Das war sinnvoll. Er brauchte ein Auto, und da war eines in der Familie, das nur herumstand. Aber Jane wünschte, er würde es gegen irgendeinen anderen Wagen eintauschen.

Jason beugte sich herüber und öffnete die Beifahrertür.

Jane schubste ihre Schwester beinahe ins Auto.

»Sorry, Kumpel«, sagte sie. »Aber danke, dass du das machst.«

»Tu nicht so, als würde Jason dir einen Gefallen erweisen. Er ist mein Sohn«, fauchte Holly. Aus schmalen Augen starrte sie Jane an.

»Sie hat nichts gegessen«, fügte Jane noch hinzu.

»Red nicht über mich, als wäre ich nicht da, Miss Hochnäsig«, sagte Holly. »Im Ernst, als ob du nur eine Spur besser wärst!«

Morgen früh würde sie sich an nichts davon erinnern.

Jane schlug die Autotür zu. Sie sah ihnen nach, als sie wegfuhren, und realisierte zu spät, dass sie die Kartons nicht mitgenommen hatten.

Aus der Schachtel zu ihren Füßen fischte sie die Weinflasche und schraubte den Deckel ab. Sie roch daran, hielt sich die Flasche zögernd an die Lippen. Als Nächstes goss sie den Inhalt auf die Azaleen ihrer Großmutter. Wieder im Haus ging sie zum Tiefkühler und holte einen großen Becher Minzeis mit Schokochips heraus.

Vor zwei Tagen hatte sie abends spontan einen Schoko-Geburtstagskuchen im Lebensmittelladen gekauft. Einen kleinen (für sechs bis acht Personen, stand auf dem Schild), dekoriert mit Luftballons aus Zuckerguss in den Primärfarben. Ein Jugendlicher mit Haarnetz hatte ihn eingepackt und gefragt, ob sie noch einen Schriftzug wünsche. Jane hatte kurz überlegt, ihn zu bitten, er solle *Jane, du bist eine Idiotin* oder *Hör auf, dich vollzustopfen* in Schönschrift draufschreiben. Den Kuchen aß sie allein, direkt aus der Verpackung, vom Messer, eine dünne Scheibe nach der anderen. Immer sagte sie sich, das reiche, nur um sich dann wieder nachzunehmen. Als sie gestern Abend ins Bett ging, war das Ding aufgegessen.

Jetzt nahm sie den Deckel vom Eis und stand da, während es weich werden sollte. Schließlich fuhr sie mit einem Esslöffel hinein. Der Gedanke, ein Schüsselchen zu benutzen, kam ihr kurz in den Sinn. Sie verwarf ihn.

Jane aß den halben Becher und stellte den Rest wieder in den Tiefkühler. Sie war stolz auf ihre Zurückhaltung.

Die Szene, die Holly gemacht hatte, drückte noch auf ihre Stimmung. Es gab viele Möglichkeiten zu definieren, wann jemand Alkoholiker war, aber für Jane war der Punkt erreicht, wenn das Trinken die Persönlichkeit veränderte. Wenn man davon gemein wurde. Ihre Mutter war so gewesen. Ihre Schwester war so. Und Jane war es auch.

Sie ließ sich ins Bett fallen, ohne sich das Gesicht zu waschen oder die Zähne zu putzen.

Sobald ihr Kopf auf dem Kissen lag, kamen die Ereignisse des Tages zurückgeflutet. Es fühlte sich an, als wäre es schon Wochen her, dass Clementine vor ihrer Tür gestanden hatte.

All die Gespräche über Verstorbene, mit Clementine, mit Allison und Chris, mit Holly, waren ihr bei Tageslicht nicht besonders schwer vorgekommen. Doch jetzt fürchtete Jane sich. Sie genierte sich für diesen kindlichen Instinkt, dass die Nacht von Natur aus unheilvoller war als der Tag. Aber es wirkte so und wurde Mädchen und Frauen ja auch überall eingeschärft.

In ihrem Mehrparteienhaus in Cambridge hatte sie sich geweigert, nach Einbruch der Dunkelheit in die Waschküche hinunterzugehen. Nur David führte abends den Hund alleine aus. Als sie noch Single war, hatte sie mit einem riesigen Messer unter dem Bett geschlafen. Das Leben hielt so viele Schrecken bereit. Mörder. Verlorene Seelen. Jane dachte an D. An die Bürde eines vermissten Kindes, das seiner Mutter etwas mitteilen wollte. Wie war es verschwunden? Entführt? Verkauft? Es gab düstere Winkel auf dieser Welt, von deren Existenz jeder wusste und gegen die trotzdem niemand etwas unternehmen konnte oder wollte. Wenn Jane sich ausmalte, dass ein Kind in so einer Lage umgebracht worden war, dann konnte der einzige winzige Trost die Gewissheit sein, dass jegliches Leid ein Ende hatte. Aber wenn es stimmte, was Clementine gesagt hatte, war der Tod nicht das Ende.

Ein unerwarteter Aspekt ihrer Arbeit in den Archiven war, die Trauernden zu trösten, die die Papiere und Besitztümer ihrer Liebsten aushändigten. Anfangs war Jane nicht sehr gut darin gewesen. Sie wusste nicht, was sie sagen sollte. Aber im Laufe der Zeit wurde ihr klar, dass für diese Menschen, so traurig sie auch waren, der übliche Prozess das Unmögliche schaffte – sie konnten noch eine weitere Erfahrung mit dem geliebten verstorbenen Menschen machen.

Jane glaubte weder an Geister noch an den Himmel, aber sie glaubte an die Macht von Geschichten, ob aufgeschrieben, erzählt oder in Form von hinterlassenen Gegenständen weitergereicht.

Was, wenn Ds Mutter sich in einer solchen Lage befand? Wenn nur Jane ihr Trost spenden konnte?

Sie wusste, dass es nicht stimmte. Jane war nicht schwanger. Wahrscheinlich gab es D überhaupt nicht. Das war alles Unfug, aber sie konnte nicht aufhören, daran zu denken.

Jane vermisste David. Die Art, wie er sich um sie kümmerte. Wie er ihre seltsamen Impulse meistens verstand. Sie wollte ihn anrufen. Ihm all die verrückten Einzelheiten ihres Tages erzählen. Vielleicht sogar von dem Schwangerschaftstest und wie traurig es sie gemacht hatte, dass er negativ war.

Es war Wochen her, dass sie täglich miteinander geredet hatten. Sie hatte das so entschieden. Aber heute Abend empfand sie es als besonders quälend. Nichts fühlte sich wirklich real an, bis sie es mit David teilen konnte.

Sie wollte ihn sehen, ihn riechen, seine Hand halten.

Sie malte sich aus, ihm ein Treffen vorzuschlagen, nur für eine Nacht. Vielleicht auf halber Strecke zwischen ihnen, in einem hübschen Hotel an der Küste, wo sie in seinen Armen schlafen würde, wie sie es jede Nacht getan hatte. Und dann konnten sie zusammen aufwachen und wieder sie selbst sein.

Stattdessen versuchte sie, sich auf den Roman zu konzentrieren, den sie seit einem Monat zu lesen versuchte, doch es gelang ihr nicht. Bis vor Kurzem hatte sie sich immer in ein Buch versenken können. Dass sie dazu nicht mehr in der Lage war, schockierte sie. Es war eine größere Überraschung als die Tatsache, dass sie und David getrennt waren, dass sie hier wohnte und dass sie den Job, den sie geliebt hatte, vermutlich los war.

Ihr Laptop lag auf dem Nachttisch. Sie klappte ihn auf.

Seit sie weggegangen war, hatte sich das zu einem pathetischen Ritual entwickelt: Jane ging auf seine Facebook-Seite. David postete nie irgendwas. Seit Jahren benutzte er dasselbe Profilbild. Aber es war das Bild, das sie am dringendsten sehen wollte: Sie beide an ihrem Hochzeitstag, einander ein wenig albern angrinsend, so verliebt.

In diesen letzten Monaten hatte Erinnerung eine neue Bedeutung für sie gewonnen. So viele Male am Tag dachte sie daran, womit sie ihr Leben ruiniert hatte, doch sie konnte sich nicht erinnern.

Der Abend war bei Weitem nicht ihr erster Filmriss gewesen. Allerdings war ihr dadurch erstmals ganz und gar bewusst geworden, dass sie zu Dingen fähig war, von denen sie am nächsten Tag nichts mehr wusste und die fundamental verändern konnten, wie der Mensch, den sie am meisten liebte, sie sah. Sie erinnerte sich nicht an die Ereignisse, die ihre Ehe zerstört hatten. Wie konnte das sein? Wo war sie, Jane, in diesem Moment gewesen?

Wo war ihre Mutter jetzt, während ihr Körper sich als Asche im Schrank befand? Warum sollte ihre Grandma sich darüber Gedanken machen, ob Jane gewusst hatte, dass sie die grünen Küchenschränke gehasst hatte? Bedeuteten die Lebenden den Toten so viel wie die Toten den Lebenden?

Jane hatte an irgendeinem Punkt ihrer Verzweiflung über David versucht, das Geschehene ihrer Trauer zuzuschreiben. Trauer um ihre Mutter, von der sie nicht einmal sicher wusste, ob sie sie empfand. Selbst wenn sie die jetzt auf neue, unerträgliche Weise verspürte. Vermischt mit ihrer Trauer um ihn. Manchmal passieren die Tragödien im Leben eines Menschen eben nicht ordentlich, eine nach der anderen, sondern alle auf einmal, sodass man unmöglich sagen konnte, was man in Bezug auf einen Teil des Ganzen empfand.

Jane starrte ihr Hochzeitsfoto an. Hatte es irgendeine Bedeutung, dass David sein Profilbild noch nicht geändert hatte? Sie wusste, dass es keine hatte. Wahrscheinlich war er seit Monaten gar nicht auf Facebook gewesen.

Sie war ihm zuliebe gegangen. Damit er erkennen konnte, dass er ohne sie besser dran war. Allerdings wusste sie nicht, ob das richtig gewesen war oder welchen Schritt sie als Nächstes tun sollte.

Einfach um irgendwas anderes zu fühlen, klickte Jane wieder auf ihr E-Mail-Postfach. Genevieves Nachricht stand immer noch an oberster Stelle. *Toll, Sie heute kennengelernt zu haben!*

Sie glaubte, was Allison über Genevieve erzählt hatte. Jane kannte diesen Typ Frau. In der Bibliothek hatten sie mit Gönnerinnen dieser Art zu tun. Privilegierte, reiche Frauen, die sich allen anderen überlegen fühlten und die man verhätscheln musste.

Aber Jane wusste mit ihnen umzugehen. Es spielte für sie eigentlich keine Rolle, ob sie Genevieve mochte oder nicht. Das war nur ein Job. Ein Job, der ihr einen offiziellen Grund liefern würde, das Haus zu erforschen, das sie seit ihrem siebzehnten Lebensjahr liebte und das sie seit damals beschäftigte.

So schlimm konnte Genevieve nicht sein. Schließlich scheute sie keine Mühe, um die ehemaligen Bewohner ihres Hauses zu würdigen. War das nicht ein gutes Zeichen, dass sie gleich nach dem Kauf eines alten Hauses Interesse an den früheren Besitzern zeigte?

Jane antwortete mit einer kurzen Nachricht, in der sie schrieb, dass sie das Projekt gern übernähme.

Zu ihrer Überraschung meldete Genevieve sich sofort zurück und fragte, ob Jane die Arbeit wohl innerhalb von zwei Wochen schaffen und dann zum Haus kommen könnte, um ihr die Ergebnisse zu präsentieren.

Jane antwortete, der Zeitrahmen passe ihr gut, sie würde das Haus aber gern früher besuchen, so bald wie möglich, um sich umzusehen.

Die zwei Wochen sind fix!, erwiderte Genevieve. Kommen Sie anschließend zum Haus, nicht früher. Ich mache mir Sorgen wegen der Eichhörnchen, dem Kammerjäger und allem. Lassen Sie uns warten. Okay?

Alles klar, schrieb Jane. Sie hatte keine Ahnung, welche Gefahr ein Kammerjäger für sie darstellen mochte oder warum er zwei Wochen für den Job brauchte. Aber egal. Sie würde warten.

Sie klappte den Laptop zu.

Am liebsten hätte sie jetzt neben ihrer Grandma auf dem Sofa gesessen. Den Kopf an ihre Schulter gelehnt, während sie ihr übers Haar strich und sagte, was sie tun sollte.

Clementine hatte Jane geraten, in den Garten hinter dem Haus zu gehen. Dann würden die Stimmen kommen. Die Weisheit sei da, sie müsse sie sich nur holen.

Vor einer Stunde hatte sie sich gefürchtet. Was, wenn sie beschloss, keine Angst zu haben? Beschloss, das Risiko einzugehen, den Weg allein zu beschreiten. Sie vermutete, dass man dafür einen Punkt erreicht haben musste, an dem man glaubte, nichts mehr zu verlieren zu haben. Praktischerweise war ihr gerade genau so zumute.

Jane lief barfuß hinaus. Obwohl sie sich daran erinnerte, dass sie nicht glaubte, was Clementine gesagt hatte, stand sie sehr lange auf der Terrasse und lauschte.

Sie hörte rein gar nichts, nur den Wind in den Bäumen.

6

Weil sie sich ihren eigenen Problemen nicht stellen konnte, vertiefte Jane sich in den nächsten zwei Wochen in das Rätsel um Genevieves Haus.

Allison hatte gemeint, sie würde ihr Angebot noch bereuen, und was immer Genevieve ihr dafür zahlte, wäre nicht genug.

Dieses eine Mal, dachte Jane, irrte Allison sich. Genevieve bezahlte ihr so viel, wie sie in einem Monat an der Schlesinger verdiente. Und der Forschungsauftrag war eine willkommene Abwechslung. Es hatte etwas Berauschendes, einen Hinweis zu entdecken, der dann zum nächsten und übernächsten führte. Es war das Einzige, was Jane je gemacht hatte, bei dem Stunden wie Minuten vergingen und sie ihre Probleme vergessen konnte, die sie sonst immer weiter runtergezogen hätten.

Sie loggte sich auf diversen Genealogie-Webseiten und in digitalisierte Grundbücher ein. Dabei nutzte sie die Zugänge über ihre Arbeit und war froh, dass noch niemand die Passwörter geändert hatte. Innerhalb von Minuten fand sie die Unterlagen zu Genevieves Haus. Das Grundstück war von einem Nachfahren eines Stadtgründers 1843 an seinen Enkel überschrieben worden, den Schiffskapitän Samuel Littleton. Dessen Name stand ja auf der Plakette neben der Haustür. Laut Grundbucheintrag begann der Bau des Hauses 1846 und war zwei Jahre später vollendet.

Jane las schockiert, dass Samuel bei der Volkszählung von 1860 als verstorben und seine Ehefrau Hannah als Haushaltsvorstand verzeichnet war. Das Dienstmädchen Eliza Green lebte damals bei der Familie.

Sie fand einen Vermerk zu Samuels Ableben. Er starb im Alter von vierunddreißig, ein Jahr vor Ausbruch des Bürgerkriegs. Wie seltsam, dachte Jane, dieses Ereignis zu verpassen, das die eigene Generation so prägen sollte. Als seine Todesursache war Ertrinken festgehalten.

Samuels Frau Hannah wurde achtzig Jahre alt. Drei ihrer fünf Kinder – Alfred, Polly und William – starben noch im frühen Kindesalter.

Wie durch eine seltsame Alchemie ausgelöst, empfand Jane Trauer. Es hatte etwas Ergreifendes, diese Fakten ans Licht zu bringen und sich zu erinnern, was diese Frau selbst nicht mehr tun konnte. Jane malte sich aus, wie sie erst um ihre Kinder trauerte und dann in so jungen Jahren Witwe wurde. Hannah heiratete kein zweites Mal. Jane vermutete, dass ihr der erlittene Kummer für den Rest ihres Lebens gereicht hatte.

Am Montagabend las Jane alles, was sie zu Samuel Littletons Schiff *Providence* finden konnte. Das Maritime Museum in Maine hatte es in einer Ausstellung von 1996 über die berüchtigten rauen Gewässer der Gegend präsentiert. Auf der Webseite des Museums existierte immer noch eine Beschreibung.

Die gesamte Mannschaft der *Providence* kam am letzten Tag einer dreijährigen Reise um. Auf der Passage vom offenen Meer in die heimatliche Werft geriet das Schiff in einen Sturm und sank, keine Stunde vom Hafen entfernt. Die Gemeinde war am Boden zerstört. Denn die Angehörigen der Seeleute hatten vom Ufer aus alles mitangesehen, ohne helfen zu können. Das war schlimmer als ein Untergang weit weg, auf dem offenen Meer.

Wie konnte es sein, dass Jane diese Geschichte noch nie gehört hatte? Sie rief am nächsten Morgen, sobald es geöffnet hatte, im Museum an, um nach weiteren Informationen zu fragen. Der Mann am Telefon war freundlich und hilfsbereit. Er mailte ihr Fotos von Gemälden des Schiffbruchs aus der Sammlung des Museums sowie von einem Brief, den Samuel Littleton auf seiner letzten, verhängnisvollen Reise an seine Frau geschrieben hatte. Sie hatte in seiner Abwesenheit ein Kind geboren, einen Sohn, auf den er sich freute. Er schrieb, er könne es nicht ertragen, noch länger von Hannah getrennt zu sein. Auf seine nächste Reise, eine dreijährige Fahrt nach Indonesien, die niemals stattfinden sollte, plante er, sie und die Kinder mitzunehmen.

Jane schrieb das alles für Genevieve zusammen. Sie dachte an die *Providence*, als sie Walter bei Sonnenuntergang an der zerklüfteten Küstenlinie spazieren führte, und stellte sich die Umrisse des Schiffs draußen auf dem Wasser vor. Sie stellte sich auch Hannah Littleton vor, die ihren Mann sehnsüchtig erwartete. Und die bestimmt aufgeregt gewesen war, mit ihm auf diese Reise in einen Teil der Welt zu gehen, den sie noch nie gesehen hatte. Ihr Leben und das ihrer Kinder hätte in vielerlei Hinsicht so anders verlaufen können, wäre Samuel nicht gestorben.

Nachdem Jane von den Littletons wusste, stellte sie sich unwillkürlich ihr Leben in dem Haus vor. In den Räumen, die sie bisher als ihre eigenen betrachtet hatte. Sie malte sich aus, wie Hannah und Samuel von der Veranda aus den Blick genossen hatten. Wie Hannah allein von dort aufs Meer geschaut und sich während seiner langen Reisen um ihren Mann gesorgt hatte. Später, als alte Frau, mochte sie über ihr Leben und ihre Verluste nachgesonnen haben.

Jane sah die Kinder vor sich, wie sie in der Fensternische des Wohnzimmers lasen, barfuß durchs Gras liefen oder, als sie ein bisschen älter waren, vielleicht sogar die Klippe hinunterkletterten, wenn ihre Mutter es nicht sah. Sie hatte auch das Dienstmädchen Eliza vor Augen, wie es, auf Zehenspitzen auf einem Stuhl stehend, die Oberlichter über den Türen abstaubte oder auf den Knien die Holzdielen schrubbte, während sie von einem Tag am Strand mit ihrem Verehrer träumte.

Jane suchte nach Kontaktdaten der vorigen Hausbesitzer, die es an Genevieve verkauft hatten. Vielleicht wussten die etwas über seine Geschichte. Marilyn und Herbert Martinson hatten sich vor fast fünfzig Jahren scheiden lassen. Er war inzwischen gestorben.

Sie lebte noch, und zwar in Philadelphia. Jane suchte online nach ihr und erfuhr, dass Marilyn in den Sechzigerjahren eine relativ bekannte Malerin gewesen war, auch wenn sie seither nicht mehr von sich reden gemacht hatte. Sie las einen klugen Blogpost darüber, wie Marilyn aus der Kunstszene verschwunden war und dass das bedauerlich war, weil sie so viel Potenzial gehabt hätte.

Marilyn musste inzwischen achtundachtzig sein. Ihr Festnetzanschluss stand in der Online-Ausgabe des Telefonbuchs. Jane rief zwei Mal an und hinterließ jeweils eine Nachricht. Sie war sich ziemlich sicher, dass es sich um die richtige Nummer handelte. In der Ansage hieß es: *Wir sind gerade nicht zu Hause,* doch Jane wusste, dass alleinlebende Frauen eines gewissen Alters so etwas auf ihren Anrufbeantworter sprachen. Vor Jahren hatte das schon ihre eigene Großmutter getan.

Am Mittwochmorgen war sie mit ihrer Recherche so weit, wie sie alleine kommen konnte. Jane überquerte den Steg zu Abe Adams' Hummerboot um zehn Uhr morgens. Sie wusste, dass er zwischen den Ausflugstouren in die Bucht kam. Seit sie ihm bei dem Wohltätigkeitsbasar begegnet war, sah Jane Abe oft, wenn sie am frühen Morgen den Hund ausführte. Doch normalerweise winkte sie ihm nur und ging weiter.

»Was gibt's, Kiddo? Kommst du vorbei, um deinen alten Job als Tourguide wieder zu kriegen?«, scherzte er, als sie näherkam.

Abe trug sein übliches Outfit: ein leuchtend blaues Polohemd, bestickt mit dem Namen seines Boots – *The Great Escape*. Knallorangefarbene Latzhose aus Gummi mit schwarzen Trägern und dazu ein altes Cap der Red Sox.

Er öffnete die Heckklappe seines blauen Dodge Pick-up und legte einen Packen Broschüren unter einen Stein.

»Vielleicht«, sagte Jane. »Stellst du gerade Leute ein?«

»Ich würde dich in der Sekunde zurücknehmen. Diese Kids, die ich jetzt habe, oooh, die sind nachlässig. Haben auch keine Angst. Sie kommen zu spät, können den Text nicht auswendig, lesen ihn bloß ab. Oder schlimmer noch, erfinden spontan irgendwas.«

Jane fiel Allisons Mom und ihr erfundener Geist, der »General« aus dem Unabhängigkeitskrieg, ein. Wenn man es genau nahm, dann wurden die Besucher von Awadapquit seit Jahrzehnten von den Einheimischen falsch informiert.

»Ich helfe einer Freundin, Informationen über die ursprünglichen Besitzer ihres Hauses zu sammeln«, sagte Jane. »Es handelt sich um eins dieser großen alten Häuser oben auf den Klippen.«

Sie zeigte in die Ferne.

»Da hat deine Freundin aber Glück«, meinte Abe. »Nett, dass du ihr beim Forschen hilfst.«

Jane verschwieg, dass Genevieve nicht wirklich ihre Freundin war. Dass Genevieve sie bezahlte. Dass sie das machte, um sich von ihrem ruinierten Leben abzulenken.

Sie unterhielt sich gern mit Abe. Er war jemand, der sie nie enttäuscht hatte. Er sah in ihr immer noch das Mädchen von der Highschool. Ein gutes Kind.

»Der Mann, der es gebaut hat, war Kapitän eines Schiffs namens *Providence*«, sagte sie. »Ich vermute, dass das damals ein ziemlich bekanntes Schiffsunglück war.«

Jane konnte sich nicht verkneifen, Abe die Einzelheiten zu erzählen. Wobei sie sich fragte, ob sie das nicht besser lassen sollte, um ihn nicht zu beunruhigen.

Abe nickte, während sie sprach. Es schien ihm nichts auszumachen.

»Oh ja«, meinte er. »Ich erinnere mich, die Geschichte als Kind gehört zu haben. Seither hat sie, glaube ich, niemand mehr erwähnt.«

Es erstaunte Jane immer wieder, wie ein Ereignis, eine lokale Tragödie, eine ganze Generation prägen und dann fast völlig in Vergessenheit geraten konnte. Das war niemandes Schuld. Es gab einfach zu viel Geschichte. Im Laufe der Jahre hatten Männer versucht, sich darüber zu verständigen, was wichtig war – Kriege und Entdecker und Könige. Aber was passierte mit dem Rest? Was war der Rest wert?

Die Sehnsucht nach Antworten auf diese Fragen nahm vielerlei Gestalt an. Da gab es Religion, Kontaktaufnahme mit dem Jenseits und das Metier, in dem Jane Karriere gemacht hatte. Wie viele Male hatte sie vor der Aufgabe gestanden, nach dem Tod einer semi-denkwürdigen Frau deren Zeug auf einem Dachboden durchzusehen? Dann nahm sie Reisefotografien in die Hand, kleine Döschen mit Milchzähnen, schlechte Landschaftsgemälde und Liebesbriefe, um eine gewisse Ordnung herzustellen oder Bedeutung daraus zu ziehen.

Abe erzählte ihr von der *Liberty*, einer gekenterten Schaluppe aus der Zeit des Unabhängigkeitskriegs, die in der Nähe von Winston an den Strand gespült und komplett von Sand begraben worden war. Ungefähr einmal alle zehn Jahre gab es einen Sturm, der genug Sand abtrug, um die Überreste freizulegen. Er holte ein Handy aus seiner Tasche und zeigte ihr Fotos. Ein Schiffsrumpf und Planken wie aus dem Nichts, im Hintergrund die Strandpromenade – mit Spielhalle, Bars und Burger-Lokalen –, wo alles für den Winter vernagelt und schneebedeckt war.

»Das war wann? Vor sieben Jahren? Februar 2008«, sagte er. »Erinnerst du dich an den heftigen Nor'easter? Damals spielten ein paar Kinder am Strand. Die Wellen waren riesig, Sand und Schnee flogen überall rum. Da taucht plötzlich dieses Schiff auf. Haben sich zu Tode erschreckt.«

Jane lachte.

»Du solltest dich mal mit Lydia Beazley unterhalten. Die leitet die Historical Society der Stadt.«

»Ich wusste gar nicht, dass Awadapquit so was wie eine historische Gesellschaft hat«, sagte Jane. »Wo denn?«

»Im Hinterzimmer von Lydias ehemaligem Fotogeschäft, das jetzt Lydias Spielzeugladen ist. Oben an der Beach Road.«

»Ah.«

Sie hatte sich bei der Bezeichnung etwas Offizielleres vorgestellt.

»Nun ja, ich würde jetzt keine allzu großen Erwartungen haben«, meinte Abe. »Aber sag ihr, dass ich dich schicke. Ich glaube, ihr könntet Freude aneinander haben.«

Als Jane zehn Minuten später bei dem Laden ankam, erwartete Lydia sie schon.

»Abe hat mich angerufen«, meinte sie. »Komm doch rein.«

Lydia hatte schulterlanges silbergraues Haar mit einem dichten, kerzengeraden Pony. Sie trug einen figurbetonten khakifarbenen Rock, der ihr bis zu den Knien ging, ein graues Twinset und Slipper aus Leinen.

Jane folgte ihr durch zwei Räume voller Regale und Borde mit jedem Spielzeug, das ein Kind sich wünschen konnte. Da gab es Babypuppen in pinkfarbenen Kartons und Zubehör – Puppenbuggys, Hochstühle, Plastikfläschchen mit etwas, das aussah wie Milch. An anderer Stelle befanden sich Brettspiele, Malbücher, Marionetten, Wasser- und Strandspielsachen, aber auch Puzzle, Bastelutensilien und Kostüme zum Verkleiden für Regentage. Plüschtiere nahmen eine ganze Wand ein.

»Ihr Laden ist bezaubernd«, sagte Jane.

»Danke. Duzen wir uns übrigens ruhig. So alt fühle ich mich noch nicht«, meinte Lydia schmunzelnd. »Hast du Kinder?«

»Nein.«

»Ich auch nicht. Früher habe ich hier Kameras verkauft und Fotos innerhalb einer Stunde entwickelt«, sagte Lydia. »Die Fotografie ist meine Leidenschaft. Mit Kindern habe ich es wirklich nicht so. Wenn du mir vor zwanzig Jahren gesagt hättest, dass ich mal ein Spielzeuggeschäft führen würde, hätte ich dich für verrückt erklärt.

Aber wenn du mir erklärt hättest, dass ich meinen alten Laden zumachen müsste, weil alle mit ihren Telefonen fotografieren, tja, dann hätte das sogar noch verrückter geklungen.«

Lydia führte Jane in ein schummriges Hinterzimmer voller silberfarbener Aktenschränke. So anders als dieser Regenbogen guter Laune auf der anderen Seite der Tür. Überall lagen Stapel von Büchern und Papieren. Eingebaute Bücherregale an einer Wand standen voller alter, in Leder gebundener Bücher. An einer anderen holzvertäfelten Wand hingen gerahmte Schwarz-Weiß-Fotografien, die zeigten, wie Awadapquit vor hundert Jahren ausgesehen hatte. Noch nicht verschandelt von Eigentumswohnungen. Was damals ein einziges Grundstück gewesen war, umfasste heute sechs oder sieben. Jane starrte die Fotos an und versuchte sich vorzustellen, sie hätte in dieser anderen Version der Stadt gelebt.

»Tut mir leid, dass hier so ein Chaos herrscht«, sagte Lydia. »Es sollte nur vorübergehend sein, aber ...« Sie schüttelte den Kopf. »Ach, ich will gar nicht davon anfangen.«

Jane erwiderte nichts, doch Lydia erzählte trotzdem weiter, als hätte sie darum gebeten.

»Vor Jahren beschloss der Stadtrat, einen eigenen Standort für die Historical Society zu finanzieren, aber dazu ist es nie gekommen. Wir hatten sogar schon den perfekten Ort gefunden: die frühere Elks Lodge mit dem großen Garten dahinter an der Elm Road. Die ausgedehnte Rasenfläche wäre ideal für Veranstaltungen im Freien gewesen. In letzter Sekunde entschied der Ausschuss dann, daraus ein Seniorenzentrum mit Rasenbowling zu machen. Was für Idioten.«

»Eine Schande«, sagte Jane. »Es wäre toll, wenn die Stadt so einen Ort hätte.«

»Peinlich, dass wir keinen haben. Die meisten Leute wissen nicht einmal, dass das alles existiert.«

Jane erzählte ihr von Genevieves Haus und dass sie dessen Vergangenheit würdigen wolle.

»Mein Haus wurde 1753 gebaut«, sagte Lydia. »Mein Ex-Mann musste sich im zweiten Stock immer bücken, weil die Decken so niedrig sind. Aber ich war nicht bereit, es zu ändern. Dieses Haus wird uns alle überleben. Ich bin nicht seine Besitzerin, sondern nur seine Pflegerin.«

»Absolut«, meinte Jane.

»Ich wünschte, mehr Menschen würden das verstehen«, fuhr Lydia fort. »Es ist wirklich frustrierend, wenn man seine Zeit dem Erhalt der Vergangenheit widmet, während es keinen zu interessieren scheint. Ich war dafür verantwortlich, die ganzen Erinnerungs-Bänke auf dem Klippenweg zu organisieren. Die sind verschiedenen interessanten Leuten gewidmet, die hier gelebt oder die Stadt besucht haben. Aber recherchiert irgendwer jemals ihre Namen, um zu erfahren, wer sie waren? Oder macht sich auch nur die Mühe, sie zu lesen?«

»Ich tue das«, sagte Jane.

Lydia lächelte.

Jane wusste genau, was Lydia meinte. Es gab Menschen, die Geschichte gewürdigt und erhalten sehen wollten. Und es gab Menschen – aus Janes Perspektive weitaus mehr –, die darin keinen Sinn sahen. Doch Geschichte konnte nur so bedeutsam sein, wie die Lebenden es bereitwillig zuließen.

Sie erinnerte sich daran, wie sie David auf eine Dienstreise nach Nashville begleitet hatte. Während er bei seiner Konferenz war, hatte sie das ehemalige Wohnhaus von Andrew Jackson besucht. Denn solche Sachen unternahm sie immer, wenn sie an einen neuen Ort kam – das nächste Heimatmuseum besuchen oder sich zu einer Stadtführung anmelden. Freier Tag eines Busfahrers, hätte ihre Großmutter das genannt.

Wegen Jacksons Altlast auf dieser ehemaligen Plantage mit Versklavten hoffte sie auf eine nüchterne, reflektierte Führung. Der Tourguide war ein junger Bursche mit pickeligen Wangen. Die Gruppe bestand aus Schülern einer Highschool, die Wandertag hatten, und Touristinnen, die sich die Zeit vertreiben wollten, bevor die Countrymusik-Show Grand Ole Opry begann. Keiner von ihnen schien die Behauptung des Guides in Frage zu stellen, dass viele von Jacksons Versklavten ihm auch nach dem Bürgerkrieg die Treue gehalten hatten. Angeblich, weil Jackson zwar hart gewesen sei, sie aber wie seine eigenen Kinder geliebt habe. Als von Versklavten die Rede war, die versucht hatten zu fliehen und denen man Hunde hinterhergehetzt hatte, die ihnen Fleisch aus den Waden bissen, verzog die Hälfte der Teenager das Gesicht, als würden sie in einem Film einen Autounfall sehen. Die andere Hälfte starrte weiter in ihre Handys. Als sie zu den ehemaligen Hütten der Versklavten kamen, besprachen zwei Frauen lautstark, wo sie hinterher zum Barbecue hingehen sollten.

Die stärkste Reaktion löste die Erkenntnis aus, dass zu Zeiten von Andrew Jackson viele Leute ihr Haar nur einmal im Jahr wuschen. Alle Besucher, junge wie alte, äußerten ihr Entsetzen darüber.

Jane war von diesem Verhalten nicht wirklich überrascht, fand es aber trotzdem deprimierend. Am selben Abend lästerte sie gegenüber David in der Hotelbar darüber, dass die meisten Leute genaugenommen ziemlich dumm waren. Sie regten sich mehr über die Folge von *The Bachelor* letzte Woche auf als darüber, in einem Land zu leben, das Sklavenhalter gegründet und versklavte Menschen aufgebaut hatten.

Oder vielleicht war das zu streng. Vielleicht war es schlicht eine Wirkung von Bildung, zu lernen, *wie* man etwas sah. Jane war in einem Haushalt aufgewachsen, in dem man sich nie mit Politik und sozialer Gerechtigkeit befasste. Doch dann war sie auf die Wesleyan Universität gegangen, wo es in vielen ihrer Kurse um marginalisierte Stimmen ging. Schon vor zwanzig Jahren hatten sie über Reparationen, Allianzen und Gender Fluidity gesprochen. Seither hatte sie die Dinge nur noch durch diese Brille betrachtet.

David wies darauf hin, wie glücklich Jane sich schätzen konnte, weil sie unter Menschen arbeitete, die darauf beharrten, sich auch mit den hässlichsten und den unbekannten Teilen der Vergangenheit auseinanderzusetzen.

Er hatte recht. Sie empfand jedes Mal Dankbarkeit, wenn jemand die Schlesinger-Bibliothek betrat und etwas über eine Frau erfahren wollte, die in Vergessenheit geraten war. Sie besaßen mehr als viertausend archivierte Sammlungen. Jede Woche erhielt sie Anfragen zu den Papieren von Angela Davis und Julia Child. Doch Jane liebte es, wenn sie nach jemand gefragt wurde, von dessen Existenz sie selbst noch nichts wusste. Die meisten Unterlagen waren außer Haus eingelagert. Deshalb freute sie sich für diese Frauen, wenn sie einen Ausflug in die Bibliothek unternehmen durften.

Vor ein paar Monaten hatte eine junge Frau darum gebeten, sich die Unterlagen von Dorothy Dignam ansehen zu dürfen. Die gehörten zu einer selten besuchten Sammlung über die Geschichte von Frauen in der Werbung. Jane hatte dann beobachtet, wie die junge Frau stundenlang dasaß und fasziniert mit behandschuhten Fingern eine Seite nach der anderen vorsichtig umblätterte. Irgendwann schnappte die Besucherin nach Luft. Sie hatte ein Tagebuch aufgeschlagen und die getrockneten Blütenblätter einer hundert Jahre alten Wildblume waren auf den Tisch gefallen.

Jane wollte Lydia gern von ihrer Arbeit in der Schlesinger erzählen. Sie konnte sich vorstellen, dass sie diese zu schätzen wüsste. Doch sie wollte sich nicht dazu äußern, warum sie gerade nicht dort war. Deshalb berichtete sie stattdessen von Samuel und Hannah Littleton. Deren Geschichte kannte Lydia so ungefähr.

»Das Haus deiner Freundin – ist es das große viktorianische, blasslilafarbene auf der rechten Seite?«

»Ja! Ich mochte es schon immer. Vor einer Million Jahren, als ich noch die Highschool besuchte, ging ich immer wieder hin, um es zu erkunden.«

»Was für ein Anwesen. Ich bin froh, dass deine Freundin ihm neues Leben einhaucht. Es ist ja ein Verbrechen, dass die letzten Eigentümer es so verfallen ließen.«

»Hast du die Leute gekannt?«, fragte Jane.

Lydia schüttelte den Kopf. »Sie waren nicht von hier. Kamen nur für den Sommer, brachten massenhaft Menschen mit und blieben dort draußen für sich. Und in einem Jahr haben sie es einfach verlassen. Kamen nie wieder. Offensichtlich kümmerte es sie nicht, das Haus einfach zurückzulassen, sodass es für uns hier zum Schandfleck wurde. Ich habe von einer hässlichen Scheidung gehört und dass das Haus dabei eine Rolle spielte. Irgendwann war die Rede davon, dass die Stadt es beschlagnahmen würde. Die Littletons waren hier eine angesehene Familie. Sie sind es in Sachen Immobilien weiterhin. Bis heute gehören ihnen die meisten Gebäude in der Bucht. Obwohl viele von ihnen inzwischen weggezogen sind. Ich kenne ein paar, die immer noch hier wohnen. Wenn du möchtest, kann ich für dich den Kontakt herstellen.«

»Danke schön. Das wäre großartig.«

»Ethel Troy gehörte zur Familie«, sagte Lydia. »Der Mädchenname ihrer Mutter war Littleton.«

Jane machte ein ratloses Gesicht, womit sie Lydia zu verstehen gab, dass sie keine Ahnung hatte, von wem die Rede war. »Ethel hat auch in dem Haus gewohnt«, fügte Lydia hinzu.

Dann trat sie an eins der Bücherregale und zog einen altmodisch aussehenden Band mit grünem Ledereinband heraus.

»Hier haben wir Ethel«, sagte sie. »Sieh dir das an. Es gibt noch ein paar andere Dinge, die ich dir zeigen möchte. Ich suche sie gleich heraus.«

Sie legte Jane das Buch in die Hand. In den vorderen Umschlag geprägt stand *Die Geschichte von Awadapquit, Maine, von Ethel Troy.*

Das Buch war 1949 von einem kleinen Verlag in Kennebunkport veröffentlicht worden.

In der Einleitung standen die Fakten. *Awadapquit, was in der Sprache der Abenaki so viel heißt wie »wo die herrlichen Klippen und das Meer sich begegnen«, wurde 1642 besiedelt. Kurz danach erhielt ein Engländer namens Ephraim Littleton hundert Morgen zugewiesen, um darauf eine Sägemühle am*

Awadapquit River zu errichten. Ich bin stolze Nachfahrin dieses großartigen Mannes, der den Schiffbau zum wichtigsten Lebensunterhalt in unserer Stadt gemacht hat.

Jane notierte sich Ephraim Littletons Namen. Er war offensichtlich mit Samuel verwandt, auch wenn sie noch nicht sagen konnte, wie genau.

Das Buch fuhr fort mit einer Liste der nächsten zehn Männer, die hier Sägemühlen gebaut hatten. Sechs von ihnen hießen ebenfalls Littleton.

> Voller Stolz denke ich an diese mutigen Vorfahren zurück, die trotz der unsichtbaren Gefahren in einer neuen Welt vorwärtsschritten. Bösartige Rothäute kannten die Wälder, wussten, wo sie sich verstecken und wann sie diese ehrbaren Arbeiter und deren Familien überfallen konnten. Die Wilden forderten in den frühen Jahren viele unschuldige Leben, darunter auch das von Ephraim Littleton persönlich. Sein Heim und seine Sägemühle wurden gleichzeitig niedergebrannt, und man glaubt, dass er sich an jenem verhängnisvollen Tag im einen oder anderen aufhielt.

Jane machte sich eine weitere Notiz: *Samuel stammte vom Ortsgründer ab, der bei einem Überfall ums Leben kam.*

Sie überflog das Kapitel über das erste Gericht in Awadapquit, das 1644 gegründet wurde. Eine frühe Anordnung desselben lautete, »dass jedes Eheweib, das ehrabschneiderisch von seinem Gatten spricht, nach seinem Ermessen drei Stunden an den Pranger gestellt und nachfolgend ausgepeitscht werden soll«.

Im Jahr 1658 führte die Stadt den sogenannten *ducking stool* ein. Als Foltermethode für das gleiche Vergehen »nach seinem Willen und Belieben zur Verfügung des Ehemannes«.

Ethel Troy schilderte kommentarlos und präzise, wie der funktionierte: Die Beschuldigte wurde an einen Stuhl gefesselt, der irgendwie an einer Stange befestigt war und dann so oft ins eiskalte Wasser getaucht wurde, wie die geschädigte Seite es für angemessen hielt.

Im Grunde genommen bedeutete das, wenn einem Mann nicht gefiel, was seine Frau sagte, konnte er sie, vom Gesetz ermutigt, waterboarden lassen.

»Jesus«, murmelte Jane und las weiter.

> Der Legende nach erblickte der britische Entdecker Archibald Pembroke Awadapquit 1605 zum ersten Mal. Der Reisende legte auf der entsprechenden Fahrt die Küste entlang viele Stopps ein und kehrte dann, wie von seinem Gönner Sir John Fernsby aufgetragen, mit einer Handvoll Wilder zurück. Die gefangenen Indianer sollten die Orte, von denen sie stammten, beschreiben. Fernsby war überwältigt von ihren detaillierten Schilderungen eines fruchtbaren und herrlichen Landes, das reich an Ressourcen war. Sogleich befahl er die weitere Erkundung der Gegend, was wenige Jahre später zur Ankunft einiger der ersten Kolonisten Neuenglands führte.

Jane erinnerte sich schlagartig. Archibald Pembroke. Er sollte angeblich auf der Insel gegenüber von Genevieves Haus gelandet sein. Daher hatte dort einst ein kleines Denkmal für ihn gestanden, das allerdings von einem Sturm fortgerissen worden war. Die Legende besagte, dass er der Insel und vielen anderen Ankerplätzen entlang der Küste Namen gab, genau wie Ethel es beschrieb. Wie viele Male hatte Jane Pembrokes Namen auf Abes Ausflugstouren erwähnt? Und doch hatte sie nie etwas von irgendwelchen Gefangenen gehört. Sie fragte sich, was mit diesen Männern passiert war.

Und sie fragte sich auch, auf welcher Grundlage Ethel behauptete, dass Pembroke überhaupt hier an Land gegangen war. Es war sehr gut möglich, dass sie das erfunden hatte und im Laufe der Zeit ihre Version der Ereignisse sich zu der entwickelt hatte, auf die Leute wie Abe Adams vertrauten und die sie weitererzählten. Lydia wusste, dass Ethel irgendwann auch in Genevieves Haus gewohnt hatte. Vielleicht erklärte das, warum sie sich bei ihrer Geschichte für die Insel direkt gegenüber entschieden hatte.

Jane las die Passage noch einmal und registrierte ohne Überraschung, welche Worte Ethel gewählt hatte: Indianer, Wilde. Schon wenn man etwas las, das zehn Jahre alt war, konnte man erkennen, wie die Gesellschaft sich entwickelt hatte. Bei einem fast hundert Jahre alten Text wurde das noch viel deutlicher. Sprache vermittelte, was auch immer die Autorin oder der Autor zu sagen versuchte, aber unabsichtlich auch die Einstellungen und Vorurteile einer Person zu jener Zeit.

Als Jane umblätterte, stieß sie auf ein Foto des Denkmals für Pembroke. Dazu gab es zwei andere Bilder von Tafeln derselben Größe. Der Text war immer in derselben Schrift eingraviert. Alle Tafeln waren mit 1930 datiert. Jane sah genauer hin. Eine stand ein paar Meilen Richtung Süden, in York. Darauf hieß es:

ZUR ERINNERUNG AN DEN SCHLIMMSTEN
INDIANERANGRIFF IN DER GESCHICHTE AMERIKAS.
AN LICHTMESS 1692 HINTERLIESSEN ABENAKI-
INDIANER IHRE SCHNEESCHUHE AUF DIESEM FELSEN
UND SCHLICHEN IN DER MORGENDÄMMERUNG NACH
YORK, WO SIE DREIHUNDERT SCHLAFENDE
EINWOHNER ERMORDETEN ODER VERSCHLEPPTEN.

Das dritte Denkmal befand sich laut dem Buch in Winston, dem nächsten Ort nördlich von Awadapquit.

WINSTON'S LANDING. IM JAHR 1630 VERKAUFTEN
DIE INDIANER IHR LAND NAHE DER MÜNDUNG
DIESES GROSSEN FLUSSES UND ZOGEN SICH IN
NÖRDLICHE GEBIETE ZURÜCK.

Eine Bildunterschrift informierte darüber, dass alle drei Gedenktafeln von der Maine Antiquarian Society bezahlt worden waren und zum »Indian Landmark Trail« Maines gehörten.

Eine kündete von mörderischer Gewalt gegen unschuldige Kolonisten, die harmlos in ihren Betten schliefen. Eine andere dokumentierte die friedliche und bewusste Übergabe von Land. Jane hielt beides für unzutreffend, und es weckte in ihr den Wunsch, die wahre Version der Ereignisse zu erfahren.

Sie wollte Lydia gerade dazu befragen, als die ausrief: »Hier ist es!«

Sie gab Jane eine mit zwei Klammern zusammengeheftete Broschüre.

Die Wohnhäuser von Awadapquit, Maine. (1952)

Es handelte sich um eine kurze Geschichte der ältesten Häuser der Gegend.

Jane fand Genevieves Haus auf Seite 47. Dort stand in aller Kürze die Geschichte von Captain Littleton, der auf See umgekommen war, und seiner Frau Hannah, die er hinterließ und die ihre beiden Kinder alleine großzog.

Als sie umblätterte, stieß sie auf eine Schwarz-Weiß-Zeichnung des Hauses. Ein Dutzend Korbstühle stand auf dem Rasen davor.

Ein schönes Beispiel des frühen viktorianischen Stils. Gegenwärtig im Besitz von Ethel Troy und ab 1916 bewohnt von Ethel und deren Schwester Honey.

Schon wieder Ethel Troy. Und dazu ihre Schwester Honey. Jane machte sich eine Notiz zu den beiden und blätterte weiter.

Die Troy-Schwestern begrüßen seit vielen Jahren Pensionsgäste im Lake Grove Inn. Sie haben Zimmer für bis zu 15 Personen.

Lake Grove.

Jane dachte zum ersten Mal seit Tagen an Clementine und an D.

Ein solches Boarding House war genau so ein Ort, an dem einem Mädchen etwas zustoßen konnte. Vielleicht war sie selbst ein Gast auf der Durchreise gewesen. D musste nicht zwingend von hier stammen, und wahrscheinlich könnte Jane ihre Mutter nicht einmal finden, wenn sie es versuchte.

Zu gern hätte Jane die ganze Geschichte Lydia erzählt. Von dem Mädchen namens D, das sie mittels eines Mediums gedrängt hatte, ihre Mutter wissen zu lassen, dass sie nicht mehr in Lake Grove war. Doch ihr Gefühl riet ihr davon ab. Man merkte doch, ob jemand für Hokuspokus zu haben war oder nicht. Lydia mit ihrer sarkastischen Nüchternheit schien nicht der Typ dafür zu sein.

Also sagte Jane nur: »Hier steht, dass die Troy-Schwestern das Haus Lake Grove Inn nannten. Ich habe für dieses andere Projekt, an dem ich gerade arbeite, versucht, einen Ort namens Lake Grove zu finden. Ich frage mich, ob er das ist.«

»Ich glaube, es hat hier in der Gegend ein paar Orte gegeben, die so genannt wurden«, meinte Lydia. »Da wäre der Country Club. Und – was noch?«

»Aber wo liegt Lake Grove? Ich meine, der See. Hier gibt es doch keinen, oder?«

»Darüber hab ich noch nie nachgedacht«, sagte Lydia.

Beim Weiterlesen erfuhr Jane, dass die Schwestern das Haus modernisiert hatten, fließendes Wasser und elektrisches Licht wurden eingebaut. Beinahe drei Jahrzehnte führten sie einen höchst erfolgreichen Betrieb und hielten sogar während der Weltwirtschaftskrise durch. Im Zweiten Weltkrieg beschlagnahmte das US-Militär das Anwesen. Gäste waren nicht mehr erlaubt. Die Schwestern selbst wurden eine Zeit lang aus dem Haus verbannt und mussten in einer kleinen Mietwohnung in der Stadt logieren. Im Garten wurde eine Radarstation errichtet. Diese war Tag und Nacht mit Soldaten bemannt, um eventuelle deutsche U-Boote aufzuspüren.

Jane wies Lydia auf diesen Umstand hin. Die meinte dazu: »Ist das nicht faszinierend?«

Da klingelte die Ladenglocke zweimal hintereinander.

Lydia stöhnte.

»Komm, wir können auch draußen reden«, sagte sie. »Bring die Bücher mit.«

Zwei Familien hatten den Laden betreten. Ein Vater in Badehose und Flipflops mit drei kleinen Jungen im Schlepptau. Und dann waren da zwei Frauen mit einem kleinen Mädchen, das aber schon älter als die anderen Kinder war. Wobei Jane nie schätzen konnte, wie alt Kinder wirklich waren. Waren diese hier neun oder zehn?

Lydia begrüßte sie alle. Sie war einigermaßen freundlich, gab sich allerdings keine Mühe, einen Seufzer zu unterdrücken, als die drei Jungen einen Packen Mini-Nummernschilder mit Monogramm aus einem Drehständer neben der Tür warfen.

Jane grübelte immer noch über D nach und darüber, wie Lydia ihr eventuell helfen konnte. Genevieves Haus war das ehemalige Lake Grove Inn. Hatte D das gemeint? Vielleicht hatte es einen Grund, dass Jane um diese Recherche gebeten worden war und auch dass sie sich in all den Jahren immer zu dem Haus hingezogen gefühlt hatte.

Die Tatsache, so etwas auch nur zu denken, beunruhigte sie ein wenig. Anscheinend war ihre Begegnung mit Clementine doch nicht ohne Folgen geblieben.

Jetzt standen sie beide hinter der Theke. Mit leiser Stimme sagte Jane: »Das klingt wahrscheinlich seltsam, aber ein Mädchen ist gestorben. Ihr Name fing mit dem Buchstaben D an, glaube ich. Sie starb in Lake Grove.«

»Im Country Club? Oder im Boarding House?«

»Da bin ich mir nicht sicher.«

»Wann war das denn?«, fragte Lydia. »Und wie ist es passiert?«

»Ich weiß nicht genau.«

Jane fand, dass sie selbst verrückt klang, doch Lydia schien es gar nicht aufzufallen.

»Es gab in den Achtzigern einen dreifachen Mord in einem Haus gleich neben dem Club. Ein junger Hummerfischer und seine Verlobte und eine Freundin von ihnen. Sie wurden erstochen. Es hing mit Drogen zusammen. Cracksüchtige, du weißt schon.«

Die Erwachsenen im Laden warfen ihr alle einen tadelnden Blick zu, doch Lydia machte sich nicht mal die Mühe, ihre Stimme zu senken.

Rasch suchte Jane online nach Hinweisen auf den Mord. Keine der beteiligten Personen trug einen Namen, der mit D begann. Und das Ganze war auch nicht in einem Haus in der Nähe des Lake Grove Country Club passiert, sondern in einem Haus neben dem Golfplatz am anderen Ende der Stadt. Es überraschte sie, wie sehr sie sich gewünscht hatte, D wäre eine von ihnen gewesen, sodass sie das Puzzle gelöst hätte. Vielleicht weil, wenn Clementine die Wahrheit gesagt hätte, es auch bedeutet hätte, dass irgendwo da draußen Janes Mutter und Großmutter tatsächlich in irgendeiner Form weiterlebten.

Später am selben Nachmittag leitete Lydia Jane eine E-Mail weiter. Sie kam von einer der Personen, zu der sie in Janes Angelegenheit Kontakt aufgenommen hatte, einer gewissen Rose Littleton. Sie lebte in der Stadt und war entfernt mit Samuels Zweig der Familie verwandt. Angefügt waren Hunderte Seiten genealogischer Informationen über die Littletons. Sie schrieb, dass sie zwar über keine Informationen speziell zu Samuel verfüge, sich aber ziemlich sicher sei, dass die Maine Historical Society in Portland etwas habe.

Jane schickte daraufhin eine Mail an einen Bekannten von der Graduate School, der dort arbeitete.

Zuletzt hatte sie Evan vor drei oder vier Jahren auf einer Konferenz von Archivaren in Miami getroffen. Dort war es um die Adaptierung sich verändernder Technologie gegangen. Ein in ihrem Fachgebiet häufig und mit Sorge diskutiertes Thema. Heutzutage schrieben nur noch so wenige Menschen Briefe, von ihrer Aufbewahrung ganz zu schweigen. Sie knipsten monatlich tausend Fotos, machten sich aber nicht die Mühe, sie auszudrucken. Dann drückten sie einen Knopf und die Textnachrichten-Korrespondenz eines Jahres war für immer gelöscht.

All die Sorge ließ vermuten, dass es sich um ein neues Problem handelte, dabei war der allergrößte Teil weiblichen Schreibens – ob Liebesbriefe oder Tagebücher – schon immer vernichtet worden. Verbrannt von den Autorinnen oder ihren Kindern, weggeworfen, verlorengegangen.

In der Schlesinger-Bibliothek hatten sie sich zum Ziel gesetzt herauszufinden, was Frauen in der Vergangenheit tatsächlich getan, gedacht und gefühlt hatten. Gleichzeitig war ihnen aber klar, dass sie viele Bände einer Autobiografie besitzen und trotzdem nichts darüber erfahren konnten. Es war ein hochmodernes Konzept, dass ein Tagebuch eine Art Beichte sein sollte. Jane glaubte, dass die Menschen inzwischen ehrlichere Aufzeichnungen über ihr Leben hinterließen als je zuvor. Sie existierten als Blogs und generell in den sozialen Medien oder als E-Mails. Die Herausforderung bestand darin, sie zu erfassen.

Evan reagierte schon nach ein paar Minuten auf ihre Nachricht und schrieb, er sei sich nicht sicher, ob er irgendetwas zu den Littletons habe. Er forderte sie aber auf, am nächsten Tag persönlich vorbeizukommen, dann könnten sie gemeinsam suchen. Anschließend würde er eine große neue Ausstellung eröffnen, an der er monatelang gearbeitet hatte. Und *danach* würde er mit seinem Ehemann und den Kindern zu einer Woche Urlaub aufbrechen. Eine kleine Entschädigung für all die langen Abende, die er für die Ausstellung aufgewendet hatte.

Jane fuhr hin. Froh und dankbar für den Tapetenwechsel. Sie mochte Portland mit seinen belebten Kopfsteinpflastergassen, dem quirligen Hafen und den charmanten alten Ziegelhäusern. Das Museum erstreckte sich über drei Gebäude. In einem davon war Henry Wadsworth Longfellow aufgewachsen.

Als sie das Auto parkte, dämmerte Jane, dass wahrscheinlich irgendwer Evan erzählt hatte, was mit ihrem Job war. Die Welt der

Archivare war klein. Und in dieser kleinen Welt wurde gern getratscht. Hätte sie doch bloß früher daran gedacht. Dann wäre sie gar nicht hergekommen.

Evan begrüßte sie im Foyer. Seit der Grad School hatte er ungefähr zehn Kilo zugenommen, und auf seinem Hinterkopf bildete sich eine liebenswerte kahle Stelle.

Er fragte sie, wie es in der Schlesinger laufe.

Jane versuchte, seinen Ton einzuordnen. Er klang aufrichtig. Daher war sie sich ziemlich sicher, dass er nichts wusste.

»Prima«, sagte sie. »Viel zu tun.«

In dieser Woche hätte Jane eigentlich einen Vortrag für die alljährliche Konferenz zu Women's Studies in London halten sollen. Sie hatte gerade daran gearbeitet und war schon fast fertig, als alles in die Binsen ging. Ein Diskussionsthema der Konferenz würde sein, wie Archive, die traditionell darauf ausgerichtet sind, sich Frauen zu widmen, in Anpassung an eine nichtbinäre Welt arbeiten konnten. Darüber hatten sie an der Schlesinger oft gesprochen. Sie hatte sich auf die Diskussion mit Kollegen aus verschiedenen Kulturen gefreut, darauf, ihre Ideen zu hören und diese wiederum ihrem Team vorzustellen.

Melissa sollte sie begleiten. Jane hatte mit Freude der Zeit zu zweit entgegengeblickt, langen gemeinsamen Abendessen. In den Anfangsjahren ihrer Zusammenarbeit hatten sie sich durch solche Dienstreisen besser kennengelernt. Im Büro achtete Melissa auf eine gesunde professionelle Distanz. Bei einem Ortswechsel ging es lockerer, spontaner zu.

Jane fragte sich, ob Melissa entschieden hatte, an ihrer Stelle jemand anderen mitzunehmen. Sie schwor sich, später nicht auf der Webseite der Konferenz danach zu suchen. Gleichzeitig wusste sie, dass sie genau das wahrscheinlich tun würde.

Ob David sich immer noch manchmal mit Melissa und Pearl zum Abendessen traf? Saßen sie dann zusammen und sprachen darüber, als was für eine Katastrophe Jane sich erwiesen hatte und wie sie alle zum Narren gehalten hatte, damit sie glauben sollten, sie wäre normal?

»Dieser Schiffskapitän, für den du dich interessierst«, sagte Evan, »hat der was mit deiner Arbeit zu tun?«

»Nein. Ich recherchiere da nur etwas für eine Freundin.«

Er führte sie in eine riesige Forschungsbibliothek.

»Ich habe nachgesehen«, meinte Evan, »und ein paar Dinge gefunden.«

Es handelte sich um dieselben Zeitungsartikel über den Schiffbruch, die Jane bereits gelesen hatte.

Sie gab sich Mühe, ihre Enttäuschung zu verbergen.

»Danke, dass du dir die Zeit für ein Treffen genommen hast, wo du doch morgen eine neue Ausstellung eröffnest«, sagte sie.

»Selbstverständlich.«

»Worum geht es denn eigentlich?«

»Das ist unglaublich.« Evan begann zu strahlen, wie Jane es von sich selbst kannte, wenn sie wegen eines neuen Projekts ihrer Arbeit aufgeregt war und Gelegenheit hatte, jemandem davon zu erzählen. Er klang richtig aufgekratzt, wie ein verknallter Teenie. Sie vermisste dieses Gefühl.

»Es geht ausschließlich um die Geschichte der Wabanaki, der indigenen Bevölkerung von Maine«, sagte Evan. »Wie Wabanaki sie selbst erzählen. Wir wollten die indigenen Menschen aus Maine in den Mittelpunkt stellen, statt sie mehr oder weniger zu alterisieren. Es geht darum, die Museumserfahrung zu dekolonialisieren. Denn wie du weißt, sieht die Darstellung der Native Americans in den meisten Museen bestenfalls so aus, dass in einem lebensgroßen Diorama ein Wigwam steht und Schaufensterpuppen in Lendenschurzen mit Speeren einen ausgestopften Büffel töten.«

Ja, dachte Jane. Und schlimmstenfalls war es wie in Harvard, wo menschliche Schädel in Schubladen aufbewahrt wurden.

»Ich bin mir sicher, dass die Dekolonialisierung der Beitrag unserer Generation wird. So wie es der irgendwelcher früheren Generationen war, gestohlene Gegenstände zu horten und all die Klischees überhaupt zu erzeugen«, meinte Evan.

Jane dachte an die Fotos, die sie in Ethel Troys Buch gesehen hatte, von Denkmälern, die irgendeine längst nicht mehr existierende Antiquarian Society hatte errichten lassen.

»Ich hoffe, du wirst recht behalten«, sagte sie.

»Es war einer der Gründe, warum ich HHNE verlassen habe – die haben das einfach nicht kapiert. Natürlich, seit ich da weg bin, engagieren sie sich total dafür. Die neue Direktion redet nur von Inklusion und dass man eine breitere Geschichte erzählen will. Ich bin gar nicht verbittert. Okay, vielleicht ein bisschen.«

HHNE oder Historic Homes of New England war Evans früherer Arbeitgeber, bevor er hier anfing. Eine eher kleine Organisation mit einem großen Budget und außerordentlich reichem Vorstand. Sie kaufte historische Anwesen in Maine, New Hampshire, Massachusetts und Vermont, um diese in Museen zu verwandeln.

»Möchtest du die Ausstellung anschauen?«, fragte Evan. »Sie ist fast fertig. Du wärst eine der Ersten, die sie sehen.«

»Liebend gern.« Gemeinsam gingen sie einen langen Flur hinunter.

»Wie hat das alles angefangen?«, fragte Jane.

»Wir besitzen in unserer Dauerausstellung eine bestickte Tasche von 1863. Auf dem Etikett steht *Tasche, hergestellt von Mollocket, der Letzten vom Stamm der Pequawkets.* Je von ihr gehört?«

Jane schüttelte den Kopf.

»Ein Stück weiter Richtung Norden stößt man allenthalben auf ihren Namen. Dort heißt sie Molly Ocket. Schulen und Läden sind nach ihr benannt. In Bethel gibt es einen Feiertag ihr zu Ehren. Aber zurück zu diesem Etikett. Das wurmte mich jedes Mal, wenn ich es sah. Sie ist zumindest teilweise deshalb berühmt, weil sie die Letzte ihres Volkes war. Das ist so eine überholte, gefährliche Vorstellung, weißt du? Es gab hier Indianer, aber nun sind sie weg. Patrick Wolfe, dieser australische Historiker, sagt, Kolonialisierung durch Siedler ist eine Struktur, kein Ereignis. Die besteht weiter fort, und zum Teil wegen der Vorstellung, dass die indigene Bevölkerung weg ist. Dabei ist sie sehr wohl noch hier. Wenn man etwas gegen Kolonisierung tun will, dann kann man damit anfangen, dass man die Geschichten der Menschen erzählt, über die man uns beigebracht hat, sie wären schon lange ausgerottet. Wirklich inspiriert hat mich eine Reise zum Abbe Museum oben in Bar Harbor. Warst du mal dort?«

Jane schüttelte den Kopf.

»Das ganze Museum widmet sich der Geschichte und Kultur der Wabanaki. Es erzählt die Story mit all ihren Schwierigkeiten, ist aber dennoch auch ein Ort der Freude. Ich wollte hier ein ähnliches Gefühl erzeugen. Und ich kenne diese brillante Penobscot-Frau, Naomi Miller, die auch schon mit dem Abbe Museum zusammengearbeitet hat. Also nahm ich Kontakt zu ihr auf. Wir besorgten ihr ein Stipendium, um als kulturelle Beraterin für das Projekt an Bord zu kommen. Sie brachte noch eine Reihe anderer toller Menschen mit. Und das hier ist das Ergebnis.«

Jane erinnerte sich an die Geschichte, die sie am Vortag gelesen hatte. Über die indigenen Männer, die Pembroke gefangengenommen und gezwungen hatte, seinem Wohltäter etwas über die Vorzüge ihrer Heimat zu berichten. Jetzt erzählte sie Evan davon. Pembrokes Name war ihm nicht geläufig, doch er meinte, er würde in der Forschungsbibliothek nachsehen, ob sie irgendwas über ihn hätten.

Schließlich blieben sie vor einer Flügeltür stehen. Auf einem Schild davor stand: WABANAKI VOICES: PAST, PRESENT, FUTURE.

»Geh einfach schon mal rein«, sagte Evan. »Ich komme dann nach.«

Ungefähr ein Dutzend Menschen arbeiteten leise vor sich hin. Zwei Männer hängten eine große Leinwand auf. Zwei Frauen beugten sich lesend über ein Blatt Papier.

Jane wusste, wie beschäftigt alle waren, wie viel es im letzten Moment vor so einer Ausstellung noch zu tun gab. Also bemühte sie sich, ihnen nicht im Weg zu sein.

Der erste Teil der Ausstellung lieferte einen Überblick zur Wabanaki-Konföderation. Die bestand aus vier staatlich anerkannten Stämmen – Maliseet, Mi'kmaq, Penobscot und Passamaquoddy – sowie anderen, deren Stämme dezimiert worden waren und für die kein offizielles Stammesterritorium existierte.

Einst hatte es mindestens zwanzig Stämme im heutigen Maine gegeben. Eine interaktive Karte des Bundesstaats bot die Möglichkeit, auf eine beliebige Stadt zu klicken und zu sehen, welcher Stamm dort ursprünglich gelebt hatte.

Fragen, die sich uns stellen, stand auf dem Bildschirm. Wo sind die Nachfahren dieser Menschen heute? Wurden sie zur Umsiedelung gezwungen? Wohin zogen sie?

Jane klickte auf Awadapquit und auf dem Bildschirm erschien ein Infokasten: Zehntausend Jahre lang war dies das Land der Pennacook/Abenaki. In Folge der Kolonialisierung durch die Siedler im späten 17. und frühen 18. Jahrhundert flohen die Angehörigen dieser Stämme, die nicht schon durch Krieg und Krankheiten getötet worden waren, hauptsächlich nach Kanada, wo sie sich mit den Franzosen verbündeten. Heute gibt es zwei Abenaki-Reservate in Quebec, aber kein einziges in Maine. Von der US-Regierung werden die Abenaki nicht offiziell als Stamm anerkannt.

Es folgte ein Abschnitt, der erklärte, wie es dazu gekommen war. Darin enthalten eine Seite aus dem Tagebuch von Reverend Thomas Smith, im 18. Jahrhundert Geistlicher der Unitarischen Universalisten und Pastor der First Church im heutigen Portland. 1755 beschrieb er, wie man einen Trupp zusammengestellt hatte, um Männer, Frauen und Kinder der Wabanaki zu fangen, zu ermorden und zu skalpieren. Das passierte, nachdem der Vizegouverneur folgende Belohnungen ausgesetzt hatte: fünfzig Pfund für jeden lebenden Mann über zwölf Jahre oder vierzig für dessen Skalp; fünfundzwanzig Pfund für jede lebende Frau oder jeden lebenden Jungen unter zwölf Jahren oder zwanzig für den Skalp. Smith notierte, dass er hundertachtundneunzig Pfund, »meinen Anteil am Skalpgeld«, erhalten habe.

In der Beschreibung darunter stand, dass die lebendig gefangenen indigenen Menschen höchstwahrscheinlich versklavt und in die Karibik verkauft wurden. Und dass bis zum heutigen Tag in der genannten Kirche, direkt neben der Kanzel, eine Tafel Reverend Smith als am längsten dienenden Pastor ehrt. Später, in den 1880er-Jahren, versuchte die Bundesregierung Rituale der Indigenen zu verbieten, die sie »dem allgemeinen Anstand und der Moral widersprechend« nannte. Das gesetzliche Verbot der Ausübung ihrer Religion bestand bis 1978.

Zu lesen war außerdem ein Zitat von Thoreau in Bezug auf den Stamm der Penobscot in Maine: »Die Fähre hier brachte uns an Indian Island vorbei. Als wir das Ufer verließen, beobachtete ich eine kleine, schäbige, wie eine Wäscherin aussehende Indianerin; im Allgemeinen haben sie den jämmerlichen Ausdruck des Mädchens, das um vergossene Milch heult … Das Bild wird genügen, um es der Geschichte des Indianers, genau genommen, der Geschichte seiner Ausrottung, voranzustellen.«

Es gab Dokumente über staatliche Krankenhäuser in New England, die Zwangssterilisationen und erzwungene Abtreibungen an indigenen Frauen vornahmen. Eltern wurden brutal von ihren Kindern getrennt, die dann in staatlichen Internaten »zivilisiert« werden sollten, wo sie oft missbraucht oder vernachlässigt wurden und starben.

Auf einer Tafel stand: WUSSTEN SIE, DASS IN DEN 1960ER-JAHREN ETWA EIN DRITTEL ALLER KINDER VON NATIVE AMERICANS IN DIESEM LAND IHREN FAMILIEN WEGGENOMMEN UND IN WAISENHÄUSER GESTECKT WURDEN?

STELLEN SIE SICH VOR, WIE DIE NACHWIRKUNGEN DAVON IN DEN FAMILIEN BIS HEUTE SPÜRBAR SIND.

An anderer Stelle wurde erklärt, dass die Stämme der Penobscot und der Passamaquoddy im Unabhängigkeitskrieg an der Seite der Amerikaner kämpften und George Washington ihnen dafür Hilfe und Schutz für ihr Land versprach, weil die Amerikaner ohne Hilfe der Wabanaki das Territorium des heutigen Maine nie hätten halten können. Doch sobald der Krieg gewonnen war, wurde keine der Zusicherungen eingehalten. Washington wurde einer der reichsten Grundbesitzer Amerikas, indem er Native Americans wegnahm, was ihnen rechtmäßig gehörte.

Die nächsten zweihundert Jahre lebten die Penobscot und Passamaquoddy in Armut und unter Kontrolle staatlich eingesetzter Indian Agents. Auf Indian Island, dem Reservat der Penobscot, gab es bis in die späten 1960er-Jahre kein fließendes Wasser. Indigene Menschen durften in Maine bis 1967 nicht an bundesstaatlichen Wahlen teilnehmen.

Im Jahr 1980 bezahlte die Bundesregierung im Rahmen des Maine Indian Claims Settlement Act den Stämmen Maines gerade mal gute achtzig Millionen Dollar als Kompensation für gestohlenes Land. Und das erst nach jahrelanger juristischer Auseinandersetzung zwischen dem Bundesstaat und den Stämmen. Auch wenn das Geld willkommen war, glaubten nun viele, dass die besonderen Anforderungen des Staates im Zusammenhang mit dem Gesetz nur dazu dienten, die Verwirklichung der Souveränität der Stämme zu hintertreiben und die paternalistische Position des Staates zu zementieren.

Die Ausstellung reichte bis in die Gegenwart und zeigte ein paar Hoffnungsschimmer. In einem Bereich ging es detailliert um mögliche Ergänzungen des Settlement Act. In einem anderen um eine wachsende Bewegung, die darauf setzte, die Erde zu heilen und den Klimawandel zu bekämpfen, indem man auf die Werte der Indigenen setzte und das Land eher als etwas mit uns Verwandtes, weniger als Eigentum betrachtete. Erwähnt wurden auch Land Acknowledgements, nicht als Mittel der Beschwichtigung, sondern als Aufruf zum Handeln. Die USA könnten Nationalparks den jeweiligen

Stämmen zurückgeben. Größeres Engagement zur Unterstützung der Souveränität einzelner Stämme wäre möglich.

Der Penobscot River wurde seit Ankunft der Kolonisatoren durch Industrialisierung verschmutzt. Irgendwann standen so viele Sägemühlen an seinen Ufern, dass Baumstämme das Wasser von einem Ufer zum anderen bedeckten und es kein Durchkommen mit einem Boot mehr gab. Die Engländer stauten den Fluss auf, um die Fische am Laichen zu hindern, weil sie die Penobscot aushungern wollten. In jüngeren Jahren hat illegaler Abfall aus einer Papierfabrik das Wasser vergiftet, sodass Fisch und Pflanzen darin für Menschen toxisch wurden.

Um dagegen anzukämpfen, verlieh die Penobscot Nation in ihrer Stammesversammlung dem Fluss den Status einer Person und Bürgerrechte. Seit Tausenden von Jahren sei der Penobscot River eine Quelle der Nahrung, Spiritualität, Medizin und Kultur ihres Volkes. Er war ihr Verkehrsweg, um Hunderte von Meilen in jede Richtung zurückzulegen. Der Fluss, schrieben sie, sei ein Vorfahr für jedes Stammesmitglied. Als solcher hätte der Fluss »alle Rechte, Befugnisse, Pflichten und Verbindlichkeiten eines Angehörigen der Nation der Penobscot von Geburt an«. Sie würden ihn beschützen und ehren genau wie jeden anderen aus ihrer Sippe.

Jane kam zum letzten Teil der Ausstellung, einer Sammlung von Fotos gegenwärtiger Anführer und Vorkämpfer der Indigenen in Maine und dem Rest Neuenglands. Dort gab es das Bild einer Frau namens Jessie Little Doe Baird, einer Angehörigen der Mashpee Wampanoag in Massachusetts. Eine mit Schreibmaschine getippte Biografie erläuterte, dass ihre Vorfahren zu den Menschen gehörten, die die *Mayflower* bei ihrer Ankunft begrüßt hatten. In den 1990er-Jahren, mit Anfang dreißig, begann sie, von diesen Ahnen zu träumen. Sie redeten mit ihr in ihrer ursprünglichen Sprache, die Jessie nicht beherrschte. Seit hundertfünfzig Jahren hatte sie niemand mehr benutzt. Sie selbst war Sozialarbeiterin und Mutter von fünf Kindern. Doch sie nahm es auf sich, mit Hilfe einer Linguistin vom MIT diese Sprache wiederzubeleben. Inzwischen führte sie eine Tauchschule auf Cape Cod.

Das nächste Foto zeigte einen beeindruckenden Passamaquoddy namens Geo Soctomah Neptune – groß, mit rasiertem Kopf, Tattoos, kräftigem Make-up und einem gefiederten Kopfschmuck. Die Beschriftung lautete: INDIAN TOWNSHIP, MAINE, KORBFLECHTERMEISTER, DRAG-KÜNSTLER, AKTIVIST, TWO SPIRIT.

Jane fischte ein Notizbuch aus ihrer Handtasche. Dann schrieb sie sich die Namen auf, denn in ihrem Kopf ratterte es bereits.

All das passierte nur ein paar Hundert Meilen nördlich von dort, wo sie aufgewachsen war. Trotzdem hatte sie keines der Details gekannt. In dem Teil Maines, wo ihre Familie lebte, gab es, soweit sie wusste, fast keine Spur von Native Americans. Zum ersten Mal stellte sie die Familie Littleton und deren Rolle als Stadtgründer, wie sie immer genannt wurden, in Frage. Als ob vor ihnen keine Menschen da gewesen wäre.

Sie näherte sich gerade dem Schwarz-Weiß-Foto einer Frau in einem Blazer und mit kurzem, dunklem Haar, als Evan hinter ihr auftauchte und meinte: »Sie ist krass.«

Jane genierte sich zuzugeben, dass sie keine Ahnung hatte, um wen es sich handelte. Bei genauerem Hinsehen entdeckte sie unterhalb des Rahmens ihren Namen: ABGEORDNETE DONNA LORING.

»Sie ist brillant«, fuhr Evan fort. »Eine Zeit lang war sie Chefberaterin der Gouverneurin in Angelegenheiten der Stämme und abgeordnete Vertreterin der Penobscot Nation im Parlament des Bundesstaats Maine. Ganz zu schweigen davon, dass sie die erste Frau an der Spitze der Polizei bei den Penobscot war. Sie hat auch in Vietnam gedient. Jahrzehntelang kämpfte sie für Souveränität der Stämme. Und sie ist verantwortlich für das bundesstaatliche Gesetz, wonach an staatlichen Schulen indigene Geschichte und Kultur Teil des Lehrplans sein müssen.«

»Wow«, sagte Jane. »Davon wusste ich nichts. Das galt definitiv noch nicht, als ich auf die Highschool ging. Ich bin mir ziemlich sicher, dass der einzige Anlass, von Native Americans zu reden, die Geschichte von Thanksgiving war.«

»Ja«, sagte er. »Die Implementierung des Gesetzes scheint bislang eher Glückssache zu sein. Aber immerhin ist es ein großer Fortschritt, nicht wahr? Und sie ist einer der Menschen, die das neue Gesetz durchgedrückt haben, mit dem Native-American-Maskottchen an staatlichen Schulen in Maine verboten wurden. Du weißt schon, Mannschaften, die Indians oder Chiefs oder irgendwas in der Art hießen, und entsprechende Figuren. Maine ist bisher der einzige Staat im Land, der das getan hat.«

Er klang stolz.

Dann hielt Evan ihr ein Buch hin. »Okay, bei deinem Captain Littleton habe ich vielleicht ein bisschen versagt, aber das hier ist interessant. Ein paar der frühen Entdecker haben ja ganze Bücher mit Einzelheiten über ihre Reisen hinterlassen. In diesem Fall sieht es aus, als wäre nur ein Brief erhalten geblieben. Allerdings ein langer Brief, geschrieben von einem der Männer an Bord von Pembrokes Schiff im Jahr 1605. Er war an den Typen gerichtet, der die Reise finanzierte, und er erwähnt an ein paar verschiedenen Stellen die Entführung.« Evan schlug das Buch an der Stelle auf, die er mit einem gelben Post-it markiert hatte. »Siehst du hier? Das Austricksen der Männer wird beschrieben als ›eine Angelegenheit von großer Bedeutung für den vollen Erfolg unserer Reise‹. Das Ganze passierte natürlich absolut vorsätzlich.«

Jane nahm ihm das Buch aus der Hand und las die Seite.

Dort standen Einzelheiten darüber, wie die Seeleute die Männer unter Vorspiegelung freundschaftlicher Absicht an Bord gelockt und dann unter Deck gezwungen hatten. Fünf oder sechs weiße Männer stürzten sich auf jeden Einzelnen. Überrascht von ihrer Kraft, zerrten sie ihre Opfer schließlich an den langen Haaren unter Deck. Dort wurden sie gefesselt und auf diese Weise entführt.

Der Brief beschrieb die Geiseln als »Exemplare«, allerdings wurden auch ihre Namen genannt. Jane schrieb sie alle in ihr Notizbuch, zu welchem Zweck, das wusste sie selber noch nicht. Doch so lief es oft bei ihrer Arbeit. Wichtige Geschichten besaßen eine gewisse Aura. Sie hatte sich angewöhnt, diese für später festzuhalten, wenn sie besser verstehen würde, warum.

Als sie den Raum gerade verlassen wollten, lief ihnen eine hochgewachsene Frau in dunkelblauem Hosenanzug über den Weg. Sie sah aus wie Mitte fünfzig und trug ihr langes schwarzes Haar zu einem Pferdeschwanz gebunden.

»Das hier ist das Genie hinter dem Großteil der Ausstellung«, sagte Evan. »Lasst mich euch vorstellen. Naomi Miller, das ist Jane Flanagan. Jane und ich waren zusammen auf der Grad School. Sie hat sich soeben die Ausstellung angesehen und ist beeindruckt.«

»Es hat mich schier umgehauen«, meinte Jane.

»Danke schön«, sagte die Frau.

»Ihr beiden solltet euch näher kennenlernen«, sagte Evan. »Jane, Naomi ist eine Angehörige der Penobscot Nation. Aufgewachsen in der Nähe von Indian Island in Mittel-Maine. Sie ist die Frau, von der ich dir erzählt habe. Mit der Beratungsfunktion. Sie ist quasi das Gegenmittel für das, was unserer Sammlung fehlt. In der Funktion wirkt sie hier und anderswo. Hilft uns, Lücken zu schließen. Naomi arbeitet mit den Wabanaki Nations daran, Fotos, Tonaufnahmen und alle möglichen Dinge zurückzuführen. Und daran, die Geschichten dieser Objekte zu verdichten. Denn all die Museen und Sammler besitzen Objekte, haben aber keine Ahnung von der Bedeutung dahinter, den Menschen, die sie erzeugten oder den Gründen dafür. Naomis Arbeit besteht darin, diese Punkte zu verbinden.«

»Das klingt faszinierend«, meinte Jane zu Naomi. »Darüber würde ich liebend gern mehr erfahren. Wir sollten mal einen Kaffee miteinander trinken, falls Sie je Zeit dafür haben.«

»Du solltest Ja sagen, Naomi. Denn Jane arbeitet in Harvard, und dort brauchen sie dringend deine Hilfe. Noch dazu haben sie richtig,

richtig tiefe Taschen«, scherzte Evan. »Außerdem glaube ich, dass ihr beiden euch mögen werdet.«

Evan schoss ein bisschen übers Ziel hinaus. Wahrscheinlich hatte er nicht geschlafen, weil die Eröffnung so kurz bevorstand.

»Von mir aus gerne«, sagte Naomi.

»Jane ist auch aus Maine«, ergänzte Evan. »Aufgewachsen in – war es Awadapquit?«

»Stimmt«, sagte Jane. »Gutes Gedächtnis.«

»Wo die herrlichen Klippen und das Meer sich begegnen!«, rief er.

»Jetzt ist es aber genug, du Angeber«, meinte Jane lächelnd.

Evan warf ihr einen verschwörerischen Blick zu. »Es gibt noch andere Neuigkeiten. Naomi hat sich gerade verlobt.«

»Glückwunsch«, sagte Jane.

Naomi schüttelte den Kopf, als wollte sie Janes Begeisterung dämpfen.

»Wir veranstalten keine große Hochzeit oder so«, meinte sie. »Das wird meine dritte Ehe. Und wie heißt das alte Sprichwort? *Wiederverheiratung ist der Triumph der Hoffnung über die Erfahrung*. Das ist mein Mantra, könnte man sagen.«

Sie verzog den Mund zu einem breiten Lächeln.

Jane lächelte zurück. Sie war sich ziemlich sicher, dass Naomi das Gleiche machte, wie sie selbst oft – sofort die schmerzhafte Pointe über ihre eigenen Schwächen bringen, damit niemand anderer sie vorher zum Besten gab. Oder um alle wissen zu lassen, dass sie deren Gedanken kannte, selbst wenn das nicht stimmte.

Ein paar Schritte entfernt stand ein Mädchen mit einem Klemmbrett. Sie sah aus wie zwölf. Mit einer für Janes Ohren kindlichen Stimme meldete sie sich zu Wort: »Triumph der Hoffnung über die Erfahrung. Klingt wie die Beziehung der Stämme bei dem Versuch, mit dem Staat Maine zusammenzuarbeiten.«

»Ha«, machte Naomi. »Gut gesagt.«

Naomis ganzer Körper schien sich zu entspannen. Jane mochte sie. Eine Frau, die viel lieber über ihre Arbeit sprach, ihre Berufung, ihre Welt – vielleicht sogar über alles andere – als über ihr Privatleben.

»Jane, meine Sommerpraktikantin Loreen«, stellte Naomi vor. »Loreen war letztes Jahr Stipendiatin in Harvard.«

Dann war das also keine Situation nach dem Motto, nimm dein altkluges Kind heute mal mit zur Arbeit. Dieses Kind war in Wirklichkeit eine Erwachsene.

»Jane arbeitet an der Schlesinger«, sagte Evan.

»Oh!« Loreen strahlte. Und sie sah aus, als würde sie im nächsten Moment fragen: Kennen Sie So-und-so?

Jane fühlte sich wie eine Entflohene, die im nächsten Moment geschnappt würde.

»Du solltest zur Eröffnung morgen kommen«, schlug Evan vor. »Donna Loring wird eine Rede halten. Und es gibt diese unglaubliche Trommelzeremonie.«

Jane erstarrte. »Ich wünschte, ich könnte, aber …«

Evan wedelte mit der Hand, als wollte er sagen, sie brauche sich nicht zu erklären.

Jane gratulierte ihnen noch mal zu der Ausstellung und sagte dann, sie müsse sich wieder auf den Weg machen.

Draußen auf dem Flur dankte sie Evan. Als sie sich zum Abschied umarmten, machte es sie traurig zu gehen, obwohl sie ihn fast gar nicht mehr kannte. Aber Evan war einer der ihren. Sie war es gewohnt, all ihre Zeit mit solchen Menschen zu verbringen. Mit Margot, ihrer Bürokollegin, deren Hobby außerhalb der Arbeit darin bestand, Marathonsitzungen zu leiten, bei denen Wikipedia-Seiten für weniger wichtige Frauen aus der Geschichte gebaut wurden. Oder mit Melissa, die zum Spaß zwei Bücher pro Woche las. Und David. Über den Intellekt, ihre gemeinsame Neugier hatten sie immer besonders mühelos zueinander gefunden.

Bevor sie das Museum verließ, besuchte Jane noch den Shop. Dort war bereits ein Tisch zur neuen Ausstellung vorbereitet. Man verkaufte Körbe, Miniatur-Kanus, Trommeln und Mokassins, alles handgemacht von indigenen Künstlern aus Maine. Jane kaufte mehrere Bücher, die präsentiert wurden: Donna Lorings *In the Shadow of the Eagle*. Ein Buch speziell zum Thema Rückführung mit dem Titel *Plundered Skulls and Stolen Spirits* von Chip Colwell, Kurator für Anthropologie am Denver Museum of Nature and Science. Dann nahm sie noch den Gedichtband eines zeitgenössischen Wabanaki-Lyrikers namens Jason Grundstrom-Whitney und *Dawnland Voices*, eine dicke Anthologie indigener Autoren Neuenglands.

Zurück beim Auto brummte ihr der Kopf. Sie dachte daran, was Evan über Orte gesagt hatte, die ihr Verständnis von dieser Art Geschichte modernisieren mussten. Die Awadapquit Historical Society mit ihren Büchern über finstere Rothäute fiel ihr ein. Der Verein brauchte so etwas dringend, wobei er tatsächlich vieles brauchte, bis hin zu einem Standort, der nicht bloß das Hinterzimmer eines Spielzeugladens war.

Sie dachte auch an das Harvard Museum of Natural History mit seinen seltsamen leeren Glasvitrinen.

Und sie dachte an die Schlesinger, die sich schon vor Jahren verpflichtet hatte, kulturell verantwortlich mit Archivmaterial von American Indians umzugehen, wie man es in einem Regelwerk zur guten fachlichen Praxis für Organisationen festgelegt hatte, die keinem Stamm zugeordnet waren. Dabei besaß das Archiv bislang keinerlei Archivmaterial von American Indians.

Das lag nicht an fehlenden Bemühungen. Teilweise hatte es damit zu tun, dass einige der Stämme ihre eigenen Dokumente behalten oder sie ansonsten dem National Museum of the American Indian überlassen wollten. Aus indigener Perspektive war Zugang nicht für alle Menschen unter allen Umständen gedacht. Das widersprach der allgemeinen Überzeugung unter Archivaren, wonach die von ihnen zusammengetragenen Informationen ihren höchsten Zweck erfüllten, wenn sie der größtmöglichen Anzahl von Forschenden zugänglich gemacht wurden.

Es war problematisch, dass die einzige Erwähnung indigener

Frauen, die es in der Schlesinger-Bibliothek gab, in den Archiven weißer Frauen vorkam. Wo es sich um Zeugnisse aus erster Hand handelte, enthielten diese unvermeidlich Geschichten über andere, oft weniger mächtige Individuen, was die Sache noch komplizierter machte. Sie waren sich dieses Problems sehr wohl bewusst und hatten auch Kontakt zu einigen prominenten Native-Frauen aufgenommen. Doch bislang hatte keine zugestimmt, ihnen ihre Papiere zu überlassen.

Ohne lang zu überlegen, schrieb Jane eine E-Mail an Melissa. Darin empfahl sie ihr, sich Naomi Millers Arbeit und die Ausstellung in Portland anzusehen. Sie schlug vor, dass sie sich überlegen sollten, eine oder mehrere der in der Ausstellung präsentierten indigenen Frauen dahingehend zu kontaktieren, ob die Schlesinger vielleicht eine Heimat für ihre Nachlässe sein konnte.

Nachdem Melissa ihr noch nicht geantwortet hatte, als sie zu Hause ankam, wurde Jane klar, dass sie ihr niemals hätte schreiben sollen. Melissa hatte das deutlich gemacht, als sie das letzte Mal miteinander gesprochen hatten. Es war nur so, dass Jane sich hatte hinreißen lassen, gefesselt von der alten Aufregung über eine große Idee. Darüber hatte sie kurz ihre eigene Situation vergessen.

Es war ein seltsames Gefühl, sich aus tiefster Seele zu wünschen, sie dürfe in ihr eigenes Leben zurückkehren.

Früh am selben Abend klingelte Janes Telefon im Haus ihrer Mutter. Eine Nummer aus Philadelphia. Weil sie die nicht kannte, ging sie erst mal nicht ran.

Sie war gerade dabei, den Inhalt des Wäscheschranks ihrer Mutter in Müllsäcke zu stopfen. Einen als Spende für Goodwill, den anderen zum Wegwerfen. Ihre Schwester war immer noch nicht dagewesen, um die Sachen zu holen, die sie sich in der Vorwoche ausgesucht hatte. Und für ihr Benehmen hatte sie sich auch nicht entschuldigt.

Das Telefon hörte nicht auf zu läuten. In letzter Sekunde erinnerte Jane sich daran, dass die Frau, von der Genevieve das Haus gekauft hatte, in Philadelphia wohnte.

Sie ging ran, bevor der Anruf auf die Mailbox weitergeleitet wurde.

»Hallo?«

»Jane Flanagan? Hier ist Marilyn Martinson.«

Sie klang kurzangebunden, präzise.

»Hi!«, sagte Jane mit einer Begeisterung, die gar nicht ihrer Art entsprach. Als wollte sie Marilyns fehlenden Enthusiasmus wettmachen. »Danke, dass Sie sich bei mir melden.«

»Ich habe nur ein paar Minuten Zeit.«

»Verstehe. Dann komme ich gleich zur Sache. Wie ich in meiner Nachricht bereits gesagt habe, forsche ich im Auftrag der gegenwärtigen Eigentümerin über Ihr altes Haus. Für Genevieve Richards. Ihr haben Sie ja das Haus verkauft.«

Keine Antwort.

»Hallo?«, fragte Jane, weil sie dachte, dass die Verbindung vielleicht unterbrochen war.

»Ich bin noch da.«

»Okay. Großartig. Gut.«

»Was wollen Sie über uns wissen?«, sagte Marilyn.

Jane besann sich darauf, dass diese Frau an die neunzig sein musste. Wahrscheinlich war sie es gewohnt, ungefähr fünfzig Anrufe pro Tag zu kriegen, in denen Betrüger ihr weismachen wollten, sie hätte eine Kreuzfahrt gewonnen, würde eine immense Steuerrückzahlung bekommen oder ihr nichtexistierender Enkel sei entführt worden. Natürlich war sie misstrauisch.

»Tatsächlich versuche ich, etwas über die ursprünglichen Besitzer in Erfahrung zu bringen. Über die Littletons.«

»Verstehe.« Ihre Stimme klang etwas sanfter. »Schreiben Sie einen Artikel?«

»Nein. Es geht nur um Genevieves persönliches Interesse. Ihr ist es wichtig, den Menschen Respekt zu zollen, die das Haus einst gebaut haben. Sie sagt immer, ein altes Haus gehört einem nicht, sondern man kümmert sich nur darum.«

In Wirklichkeit hatte das Lydia Beazley gesagt. Und Jane fragte sich, ob es falsch gewesen war, das zu erwähnen. Denn schließlich hatte Marilyn sich definitiv nicht um das Haus gekümmert.

»Das ist eine interessante Geschichte«, begann Marilyn. »Er war Schiffskapitän. Sein Schiff sank vor der Küste von Awadapquit, genau an dem Tag, als er nach Hause zurückkehren sollte.«

Jane fürchtete, wenn sie jetzt sagte, das wisse sie bereits, wäre der Redefluss unterbrochen und Marilyn würde verstummen. Also schwieg sie, bis Marilyn meinte: »Ich habe irgendwo noch ein paar von Hannahs Briefen. Ich könnte mal sehen, ob ich sie finde. Die stammten nicht von Samuel, sondern von ihrem Bruder. Geschrieben während des Bürgerkriegs.«

»Die würde ich mir liebend gern ansehen«, sagte Jane.

»Ja, und ich habe eine Seidenhaube mitgenommen, die wahrscheinlich ihr gehört hat. Und eine Fotografie von ihr und Samuel.«

»Wirklich?«, rief Jane. »Das ist genau, wonach ich suche. Meinen Sie, Sie könnten mir ein Bild von dem Foto schicken? Haben Sie es noch?«

»Ja«, sagte Marilyn. »Das Foto habe ich. Ich schicke es Ihnen. Wenn ich die anderen Sachen finde, schicke ich die auch. Geben Sie mir Ihre Adresse.«

Das tat Jane bereitwillig.

»Ich hatte immer das Gefühl, die Littletons zu kennen«, erzählte Marilyn weiter. »Vor allem fühlte ich mich der armen Hannah verbunden. Sie sah auf dem Foto so glücklich und verliebt aus. Ahnungslos, was ihr bevorstand. Dann ging sie durch die Hölle. Ich schwör' Ihnen, dass eine Art Fluch auf dem Haus liegt. Alle Frauen, die da einziehen, sind am Ende allein.«

»Ist das so?«

»Ja. Hannah natürlich. Ich. Der Kauf von Lake Grove führte direkt zu meiner Scheidung. Wobei das kein großer Verlust war, glauben

Sie mir. Trotzdem. Einmal habe ich eine Geschichte über die Schwestern gehört, die vor uns dort lebten. Ich weiß nicht, ob sie stimmt. Aber jemand sagte mir, das Haus sei vom Verlobten einer der beiden gekauft worden und er am Abend, bevor sie dort einziehen sollten, durchgebrannt.«

Jane dachte an Genevieve und daran, was das für sie bedeutete.

»Sie haben es vorhin Lake Grove genannt«, meinte Jane.

»Ja, so haben wir das Haus immer genannt. Als wir einzogen, hing ein Schild mit der Aufschrift Lake Grove Inn daran. Diese Schwestern, denen es vor uns gehörte, betrieben darin eine Pension, die so hieß.«

»Stimmt«, sagte Jane. »Ich habe auf einem Foto gesehen, wie es damals aussah.«

»Ach ja?«, meinte Marilyn. »Ich könnte mir vorstellen, dass das Schild immer noch im Keller liegt. Falls die neuen Eigentümer es haben wollten. Wir – haben damals nicht viel mitgenommen, als wir von dort weggingen.«

Jane dachte an das Wandbild im Eingangsbereich, das einen Sonnenuntergang zeigte. Ob Genevieve es belassen hatte? Hoffentlich.

Jetzt fragte sie Marilyn, ob sie das gemalt hatte.

Marilyn verneinte, es sei ein Werk ihres Ex-Mannes gewesen.

»Haben Sie wegen Ihrer Scheidung aufgehört, das Haus zu nutzen?«, fragte Jane. Sie konnte nicht anders, weil sie es gerne verstehen wollte.

»Ja. Ich wollte nicht mehr dorthin zurück, aber ich habe es nicht verkauft. Herbert, mein Ex, hat mich angefleht, es zu tun. Ich wusste, es kostete ihn viel, das Haus zu behalten. Und ich wollte, dass er bezahlte.«

Jane erschrak vor der freimütigen Erklärung. Dann beschloss sie, noch einen Vorstoß zu wagen.

»Kannten Sie mal jemand namens D, der dort gewohnt hat? Oder vielleicht ein Mädchen, dessen Name mit einem D begann?«

Jane war sich nicht sicher, ob Marilyn sie gehört hatte, denn da war jetzt eine andere Stimme im Hintergrund.

»Ich muss Schluss machen«, sagte Marilyn. »Wir müssen ein andermal weitersprechen.«

7
Marilyn

Marilyn malte nicht mehr. Schon seit Jahren nicht mehr. Wie gern hätte sie es noch getan, mehr als alles andere, aber ihre Hände zitterten. Ihre arthritischen Finger waren verkrümmt, wie bei einer Hexe aus einem Märchen. Sie hatte so viel Zeit in ihrer mittleren Lebensphase vergeudet, in der sie nicht mehr gemalt hatte. Weil sie in tiefe Verzweiflung versunken war. Das bedauerte sie, konnte es aber nicht mehr ändern, dafür war es zu spät.

Als Caitlin dann vorgeschlagen hatte, eine Auswahl ihrer Arbeiten in einer Ausstellung zu zeigen, hatte Marilyn zunächst abgelehnt.

»Ich habe nichts Neues auszustellen«, sagte sie.

Caitlin erklärte, es handle sich um eine Gruppenausstellung, eine Retrospektive auf das Werk mehrerer Künstlerinnen. Caitlin hatte einen ziemlich wichtigen Job in einer ziemlich wichtigen Galerie. Marilyn erinnerte sich nicht mehr genau, worin genau er bestand, und dachte, es wäre unhöflich, sie danach zu fragen, da sie auf bestem Wege waren, Freundinnen zu werden. Wie auch immer, jedenfalls hatte es Caitlin offenbar in der Hand, eine Ausstellung stattfinden zu lassen, wenn sie es wollte.

Auch wenn es ihr peinlich war – sie hatte so wenig erreicht –, sagte Marilyn zu. Mit Caitlin an ihrer Seite fühlte sie sich völlig sicher. Caitlin hätte es niemals vorgeschlagen, wenn es keine gute Idee wäre. Marilyns Leben war nicht einfach gewesen, aber es war immer mal wieder ein Engel aufgetaucht und hatte sie gerettet. Und Caitlin war einer davon.

Seit zwei Jahren waren sie Nachbarinnen, wohnten einander gegenüber auf demselben Flur.

Gleich zu Beginn liefen sie sich zwei, drei Mal zufällig über den Weg und unterhielten sich lange über Kunst, während sie im Flur zwischen ihren beiden abgeschlossenen Wohnungstüren standen. Dann luden Caitlin und ihr Mann Josh Marilyn eines Tages zum Abendessen ein. Es war eine Ewigkeit her, dass das zuletzt jemand getan hatte. Vor dem Abendessen ging sie zur italienischen Bäckerei um die Ecke und stand unschlüssig vor der Glasvitrine mit all den herrlichen Desserts, die sie schon so oft bewundert hatte, ohne je etwas zu kaufen, weil es keinen Grund gegeben hatte. Sie entschied sich für eine Limettentarte. Zu dem jungen Mann hinter der Theke sagte sie: »Das ist ein Gastgeschenk für Freunde. Kleine Dinnerparty, wissen Sie.« Es schien ihn nicht sonderlich zu interessieren, warum auch.

Beim Abendessen war Caitlin jedes Mal, wenn Marilyn einen unbedeutenden Künstler oder eine Künstlerin aus den Fünfziger- oder Sechzigerjahren erwähnte, ganz verzückt. Sie kannte alle Namen und fragte sie nach weiteren Details, wollte wissen, wie sie so gewesen seien. Josh war sehr nett, interessierte sich jedoch überhaupt nicht für Kunst. Er verdiente sich seinen Lebensunterhalt als Mathelehrer in der Jahrgangsstufe sechs. Immer wieder wanderte sein Blick zu dem stummgeschalteten Fernseher, wo ein Basketballspiel übertragen wurde.

Irgendwann machten es sich Marilyn und Caitlin zur Gewohnheit, einmal im Monat zusammen essen zu gehen, nur sie beide, und zwar in eine Brasserie in ihrem Viertel, die von einem Freund von Caitlin betrieben wurde. Das Lokal hatte eine Decke mit weiß gestrichenen geprägten Zierblechen, kleine eng stehende Holztische und eine ausgedehnte Weinkarte, und sie nahmen sich vor, die Weine im Lauf eines Jahres alle durchzuprobieren.

Als eine neue Kellnerin sie fragte, ob Marilyn Caitlins Großmutter sei, sagte diese beinahe empört: »Nein, wir sind Freundinnen!«, so als wäre es eine groteske Frage gewesen.

Aber das war es nicht. Zwischen ihnen lagen fünfundfünfzig Jahre.

Sie sahen sich zusammen Ausstellungen an und gingen ins Kino. Caitlin lud Marilyn an Thanksgiving zu ihnen ein. *Friendsgiving*, nannten sie es. In ihrer Wohnung tummelten sich lauter junge Leute, flirteten und lachten und ließen pummelige Babys auf den Hüften wippen. Marilyn war mehr als ein halbes Jahrhundert älter als jede andere Person im Raum. Caitlin schien das kein bisschen merkwürdig zu finden, also beschloss Marilyn, es auch nicht zu tun. Sie amüsierte sich bestens.

»Alle mochten dich!«, verkündete Caitlin am nächsten Morgen strahlend.

Sie unterhielten sich über alles Mögliche – Liebe, Politik, Kunst, Fortschritt, den Planeten. Die Erfindung von Botox. Caitlin kannte junge Frauen, die es sich gruppenweise im Rahmen einer Hausparty spritzen ließen, so wie sie früher Mary-Kay-Partys veranstaltet hatten. Caitlin hielt Marilyn auf dem Laufenden, was solche Dinge betraf. Andererseits suchte sie bei ihr Rat in Sachen Lebensführung, wofür Marilyn ihr dankbar war. Seit Langem, seit einer Ewigkeit, hatte sie niemand mehr um ihre Meinung gebeten.

Sie erzählte Caitlin von ihren beiden Ehen, von denen eine gut, die andere schlecht gewesen war. Von ihrer Karriere, die nie Fahrt aufgenommen hatte, wie sie es sich gewünscht hätte, auch wenn sie durchaus Erfolge gehabt hatte. Nun, im Rahmen einer zusammenhängenden Erzählung, schien ihr Leben beherrschbar gewesen zu sein, als hätte sie es genau so geplant, doch damals hatte es sich nicht so angefühlt, als hätte sie die Kontrolle darüber.

Caitlin war voller Sorgen und Zukunftsängste, das war einer der Aspekte der Jugend, denen Marilyn nicht nachtrauerte. Sie hatte keine Angst mehr. Das Schlimmste war bereits passiert, und sie hatte überlebt.

Caitlin liebte ihren Job, machte sich jedoch Sorgen übers Geld. Josh und sie hatten beide Studienkreditschulden im sechsstelligen Bereich, was Marilyn verrückt vorkam. Caitlin fürchtete, nie in der Lage zu sein, ein Haus kaufen oder sich Kinder leisten zu können.

Marilyn machte ihr Mut – ihr erster Mann sei Maler gewesen und ihr zweiter Schreiner im Ruhestand, und sie seien auch über die Runden gekommen. Wobei ihr durchaus klar war, dass sich die Zeiten geändert hatten. Die beiden taten ihr leid. Das Mietshaus, in dem sie wohnten, war nicht besonders schön. Marilyn blieb nur dort wohnen, weil sie sich daran gewöhnt hatte. Lange Zeit musste sie ihren Lebensunterhalt von einem bescheidenen festen Einkommen bestreiten. Nun, da sie Geld hatte, war sie zu müde, zu alt, um woanders hinzuziehen. Außerdem sparte sie es für einen bestimmten Zweck.

Caitlin schlug vor, Marilyns Teil der Ausstellung *Fünf Leben* zu nennen. Denn als sie nach mehreren Martinis einmal über Reinkarnation gesprochen hatten, sagte Marilyn, sie glaube nicht daran, habe aber bereits fünf verschiedene Leben in diesem einen gelebt. Diesen Gedanken hatte sie schon oft gehabt, ihn jetzt jedoch zum ersten Mal ausgesprochen.

Ein ganzes Leben war ihrer Definition nach, wenn die Menschen, die einem am wichtigsten waren, jene, die davor ihre Rollen ausgefüllt hatten, nicht kannten. *Lern neue Freunde kennen, aber behalte auch die alten,* so begann ein Lied aus ihrer Kindheit. Aber Marilyn hatte einen ganzen Satz geliebter Menschen durch einen anderen ausgetauscht, wieder und wieder. Sehr viele Verluste. Sehr viele Neuanfänge. Manchmal dachte sie, dass sie nur wegen ihrer Stärke so hatte sein können, aber bisweilen fürchtete sie, dass es Härte war, eine kühle, angeborene Distanziertheit.

In ihrem ersten Leben war sie eine Puppe. Blondes Haar, blaue Augen, weißes Sommerkleid und Mary-Jane-Schuhe. Das einzige über alles geliebte Kind von Ted und Minerva Torbert aus Fairfield, Connecticut. Lionel, der Junge von nebenan, hatte tatsächlich geglaubt, sie sei eine echte Prinzessin, weil ihr Vater sie so abgöttisch geliebt hatte. Aber ihr Vater neigte auch zu schrecklichen Wutausbrüchen, wenn niemand sonst da war, und ihre Mutter war ein Feigling gewesen. Eine schlechte Kombination, wenn man ihre Tochter war. Samstags gingen sie mit ihr ins Museum, zu einem Geburtstag schenkten sie ihr Ölfarbe und einen Pinsel und ermunterten sie, am Smith College Kunstgeschichte als Hauptfach zu wählen. Doch als sie dann Malerin werden wollte, waren sie entsetzt. Ihr Vater verbot es ihr regelrecht.

Ihr zweites Leben: Sie war trotzdem Malerin geworden. War nach New York gezogen. Und hatte ihren eigenen Stil entwickelt. Um ihre Miete zahlen zu können, arbeitete sie als Verkäuferin in einem Geschäft für Künstlerbedarf, wo sie zahlreiche andere junge Leute kennenlernte, die am Beginn ihrer Künstlerkarriere standen. In den folgenden Jahren hatte sie weitere Jobs – sie fegte in einem Friseursalon in einem Nobelviertel Haare zusammen, hütete Kinder, saß am Kassenschalter einer Bank und arbeitete als Verkäuferin in der Accessoires-Abteilung von Bloomingdale's.

Vielleicht hätte sie sich irgendwann wieder mit ihren Eltern versöhnt, aber als sie dreiundzwanzig war, starb ihre Mutter. Ihr Vater heiratete kurz darauf erneut, und zwar die beste Freundin ihrer Mutter. Marilyn war entsetzt. Sie setzte nie wieder einen Fuß in ihr Elternhaus.

Herbert lernte sie mit sechsundzwanzig auf einer Party in der Lower East Side kennen. Er war in jeder Beziehung ein Gigant. Fast zwei Meter groß, breiter Brustkorb, breite Schultern. Dazu dichtes schwarzes Haar und ein buschiger schwarzer Bart. Er hatte in Yale Kunst studiert und mit einem Master abgeschlossen. Seine Stimme war dröhnend, und sein Lachen übertönte alles, aber damals fand sie ihn nicht arrogant, jedenfalls noch nicht.

Sie wollte ihn unbedingt näher kennenlernen; wichtig für ihn werden. Wie sich herausstellte, wollten das alle. Dass er ausgerechnet sie wählte, fand sie erregend. Aber auch schockierend. Marilyn war es gewohnt, sich auf Partys immer wieder vorzustellen, auch Menschen, denen sie schon fünf Mal begegnet war. Doch aus irgendeinem Grund schien Herbert von Anfang an von ihr fasziniert gewesen zu sein.

Acht Monate nachdem sie sich kennengelernt hatten, heirateten sie auf dem Standesamt.

Herbert war als jüngstes von fünf Kindern in einem Vorort von Minneapolis aufgewachsen. Seine Mutter, eine Hausfrau, und sein Vater, ein Klempner, hatten gehofft, er würde den Familienbetrieb weiterführen. Herbert arbeitete ein paar Jahre bei seinem Vater, ehe er verkündete, er wolle Kunst studieren. Sie hätten es nicht verstanden, erzählte ihr Herbert, aber seine Entscheidung dennoch akzeptiert, und mehr habe er nicht erwarten können.

Herbert malte im Stil des abstrakten Expressionismus. Wie alle damals, außer ihr. Später dachte sie, vielleicht hatte Herbert genau das an ihr gefallen, weil sie so keine große Bedrohung für ihn war.

(»Männliche Verletzlichkeit«, lautete Caitlins Kommentar, als sie ihr davon erzählte, und sie verdrehte vielsagend die Augen.)

Marilyn kannte zahlreiche Malerinnen, die versuchten, ihrem Werk eine maskuline Note zu geben, was immer das auch bedeutete. Eine alte Anekdote über Hans Hofmann besagte, er habe über ein Werk von Lee Krasner gesagt, es sei »so gut, dass man nicht meinen würde, dass es von einer Frau geschaffen wurde«. Auch fiel der Name Lee Krasner so gut wie nie ohne den Hinweis darauf, dass sie Jackson Pollocks Frau war. Und das, obwohl sie seine Lehrerin war. Ob sie es nun zugeben wollten oder nicht, hatten die Frauen derlei gesellschaftliche Vorbehalte verinnerlicht. Dieses Wissen beeinflusste das Werk zahlreicher Künstlerinnen.

Für Marilyn wäre es genauso abwegig gewesen, Opernsängerin werden zu wollen, wie sich der abstrakten Malerei zuzuwenden. Stattdessen malte sie riesige sonnenlichtdurchflutete Bilder auf Glas. Sie kaufte allerlei Dinge in Trödelläden und bat ihre Freunde, ihr Glasgeschirr aus ihren Küchenschränken zu leihen. Dann arrangierte sie sie auf einem Tisch vor einem Fenster und füllte sie manchmal mit Wasser, um zu sehen, wie das Licht reflektiert wurde. Hin und wieder stellte sie eine Vase aus geschliffenem Glas mit Tulpen darin dazu oder borgte sich ein Glasgefäß mit einem Goldfisch darin.

Später begann sie, Glas- und Plastikflaschen aus dem Supermarkt zu bemalen. Was immer ihr gerade ins Auge fiel, wenn sie den Einkauf fürs Abendessen erledigte. Zum Beispiel konnte sie sich nicht daran sattsehen, wie Sonnenlicht durch eine Flasche mit klarem Essig strömte und im Kontrast dazu durch ein Honigglas. Sie malte in Zellophan eingeschlagene Äpfel und Pfirsiche. Sie entwickelte eine regelrechte Obsession für durchsichtiges Verpackungsmaterial, wie es Licht zugleich durchlassen als auch reflektieren konnte.

Manchmal dachten Menschen, die ihr beim Arbeiten zusahen, sie sei hauptsächlich an Haushaltsgegenständen interessiert, aber das stimmte nicht. Sie interessierte sich für Plastik und Glas nicht um des Materials willen, sondern weil beides Licht leiten konnte.

Eine Galerie bot ihr an, sie zu vertreten, wenn sie hie und da eine menschliche Abbildung hinzufügte. Etwa eine Frau, die inmitten all dieser schönen Dinge saß. Marilyn weigerte sich. Stillleben zu malen, war für sie eine Art Kontemplation. Sie konnte keine menschlichen Körper malen, weil sie es beim Arbeiten nicht ertrug, mit jemand anderem in einem Raum zu sein. Sie wollte sich in diesem kreativen Moment nicht um die Bedürfnisse eines anderen Menschen kümmern müssen. Herbert dagegen meinte, für ihn seien Modelle in diesem Kontext einfach nur Modelle, keine menschlichen Individuen. Wenn er arbeite, seien ihm die Bedürfnisse der nackten Frau, die für ihn Modell saß, genauso egal wie die eines Klappstuhls. Vielleicht hätte ihr dies eine Warnung sein sollen.

In den Jahren nach ihrer Heirat wurden von beiden immer wieder Bilder in Gruppenausstellungen gezeigt. Seine ernteten reichlich Lob. Ihre wurden größtenteils ignoriert.

Herberts Signatur war ein ausladender, mehrschichtiger Effekt, den er dadurch erzielte, dass er einen Spachtel mit verschiedenen Farben bestrich und sie schnell auf die Leinwand schleuderte. Manchmal mischte er Schmutz von der Straße oder Staub aus einer Ecke ihrer Wohnung darunter. Die Titel seiner Bilder bestanden immer nur aus einem Wort: *Entsagung. Verzweiflung. Trümmer.* Ein Kritiker bezeichnete Herberts Arbeiten als die Antwort auf die Schrecken des Atomzeitalters. Danach fiel Marilyn auf, dass Herbert diese Beschreibung hin und wieder selbst benutzte. In Wirklichkeit, glaubte sie, ging es ihm einfach nur um Farbe.

Aber sie verurteilte ihn deswegen nicht. Denn genau das war Kunst – eine Person erschuf etwas und hatte ihre eigenen Gründe dafür. Dann kamen andere und sagten, was es bedeutete.

Sie waren seit fünf Jahren zusammen, als Herbert eine Stelle als Lehrbeauftragter in Albany bekam. Sie brachte nicht viel ein, aber sie hofften, es wäre ein Sprungbrett zu einer Festanstellung. Man bot ihnen eine Wohnung in der Innenstadt an, in der Nähe des Campus, doch sie zogen stattdessen in einen Außenbezirk. Sie wusste zwar selbst nicht genau, warum, aber sie wollte ein Haus. Also kauften sie sich eines im Kolonialstil mit drei Schlafzimmern in einer Straße, die jener glich, in der sie aufgewachsen war, wenngleich weniger vornehm. Sie strichen es schwarz an, weil sie noch nie zuvor ein schwarzes Haus gesehen hatten. Sie dachte, diese kleinen Gesten würden sie zusammenschweißen.

Nachdem Caitlin und Marilyn ein paar Wochen mit der Planung der Ausstellung beschäftigt gewesen waren, indem sie alte Pressemitteilungen und Fotos von Marilyns Bildern durchgingen, um zu entscheiden, welche Werke sie aus dem Lager holen sollten, stellte Caitlin die unvermeidliche Frage – warum hatte sie mit dem Malen aufgehört? Was war der Grund für die Lücke von vierzig Jahren, die zwischen ihrer fruchtbaren Periode in ihren Dreißigern und der Zeit klaffte, als sie mit siebzig erneut zum Farbpinsel griff?

Marilyn gab ihr eine ausweichende Antwort.

Sie war immer noch, wie man über Menschen ihres Alters sagte, geistig rege. Wobei sie in letzter Zeit das Gefühl hatte, als wäre ihre Erinnerung eine Leinwand, die früher einmal straff gespannt war, sich inzwischen jedoch aus ihrem Rahmen gelöst hatte. An manchen Stellen waren Löcher. An anderen überlappten sich ihre Gedächtnisebenen, sodass sie sich zum Beispiel zu erinnern meinte, wie sie mit Anfang dreißig mit ihrer Mutter in Soho nach einem Kleid für sich suchte. Obwohl sie wusste, dass ihre Mutter nicht dabei gewesen war, es gar nicht hatte sein können.

Manchmal machte sie sich das zunutze, tat so, als erinnerte sie sich nicht an das, worüber sie nicht reden wollte.

So vergingen ein paar Monate, bis eine Woche zuvor diese Frau, Jane Flanagan, mehrmals anrief und eine Nachricht in Bezug auf Lake Grove auf ihrem Anrufbeantworter hinterließ, sodass sie an nichts anderes mehr denken konnte.

Irgendwann erzählte Marilyn Caitlin beim Abendessen die ganze Geschichte. Sie musste diese Last einfach loswerden. Und sie wollte Caitlins Rat – wissen, ob sie an ihrer Stelle die Frau zurückrufen würde.

»Du hattest mich gefragt, warum ich mit dem Malen aufgehört habe«, sagte sie schließlich.

Sie unterbrach sich, wusste nicht, wie sie fortfahren sollte.

»Also, von vorn«, meinte sie dann, mehr zu sich selbst, und atmete tief durch. »Ich habe dir noch nicht erzählt, dass ich ein Kind hatte, ein kleines Mädchen.«

Sie waren die letzten Gäste im Restaurant. Caitlin hörte ihr gefesselt zu. Als sich Marilyn alles von der Seele geredet hatte, kam Caitlin um den Tisch herum, rutschte zu ihr auf die Bank und schlang die Arme um sie und weinte. Marilyn, die körperliche Zuneigung normalerweise scheute, schätzte jetzt Caitlins Geste mehr, als diese sich vorstellen konnte. Zu spüren, dass ihre Trauer auf Widerhall stieß, ja, nachempfunden wurde, obwohl das Ereignis schon so lange zurücklag.

Von Anfang an, also.

Marilyns drittes Leben. Das, welches sie niemals freiwillig hinter sich gelassen hätte, das ihr jedoch genommen wurde.

Kurz nachdem sie sich in Albany niedergelassen hatten, bemerkte sie entsetzt, dass sie schwanger war. Im Rückblick wurde ihr klar, dass das der Grund war, warum sie so auf ein Haus am Stadtrand gedrängt hatte. Aber Marilyn hatte sich einfach nicht eingestehen wollen, dass sich ein Teil von ihr nach einem konventionellen Leben sehnte.

Damals begann sich etwas zwischen ihr und Herbert zu ändern. Eine winzige Abweichung in der Formel ihrer Beziehung, die sie nicht benennen konnte. (Auch hier wurde ihr erst im Rückblick klar, was es war – er hatte die erste von zahlreichen weiteren Affären begonnen, in diesem Fall mit einer jungen Studentin namens Betsy.)

Einsam, wie sie war, verbrachte Marilyn den Großteil ihrer Schwangerschaft im Bett; ihr war übel, und sie fühlte sich erschöpft. Oft dachte sie, dass sie die Jugend nicht vor allem wegen des Verlusts an Schönheit oder der schlanken Figur vermisste, wie viele andere Frauen. Zum einen war sie nie sonderlich hübsch gewesen. Was sie vermisste, war die Fähigkeit zu lieben. Diese intensive Liebe, die sie und Herbert anfangs füreinander empfanden, und auch die Liebe zur Musik und Kunst. Wenn man älter wurde, konnte man nicht mehr so lieben. Sie konnte, wenn sie alte Songs hörte oder angestrengt an die Zeit dachte, als sie und ihr Mann sich kennengelernt hatten, die Erinnerung daran heraufbeschwören, wie es sich angefühlt hatte. Aber sich zu erinnern war nicht das Gleiche, wie es zu fühlen.

Als sie in einem engen Mietshaus ohne Fahrstuhl in Manhattan gewohnt hatten, hatte sie manchmal davon geträumt, wie sie eine Tür in dem Apartment entdeckte, die zu einem Zimmer führte, von dessen Existenz sie nichts gewusst hatte und von wo aus man in immer weitere Zimmer gelangte. Sie hatten gedacht, sie wohnten in einer Einzimmerwohnung, dabei wohnten sie in einem Palast. Und so fühlte es sich an, als Daisy auf die Welt kam. Verzückt stellte Marilyn fest, dass die Mutterliebe mindestens genauso intensiv war wie die Liebe, die sie bereits kennengelernt hatte, nur schöner. Beständiger. Eine Liebe, die sie nicht beunruhigte, sondern die bewirkte, dass sie sich wohl in ihrer Haut fühlte und in der Welt.

Ganz im Gegensatz zu dem, wovor andere Künstlerinnen sie gewarnt hatten, erwachte ihre Kreativität nach der Geburt ihrer Tochter zu neuem Leben. Sie wollte malen und tat es, so oft sie konnte, wobei sie den Wunsch, sich auszuruhen, der fast ebenso stark war, unterdrückte.

Sie und Herbert waren gleichermaßen überrascht, als Marilyn plötzlich beruflich die Nase vorn hatte, nachdem einige Kunstkritiker sie dafür gerühmt hatten, dass sie dem Stillleben auf kühne Weise neues Leben eingehaucht habe, zu einer Zeit als diese Gattung so gar nicht als cool galt. Sie hatte ihr einen ganz eigenen Dreh, einen Neuigkeitswert verliehen.

Ihre erste Soloausstellung fiel mit Daisys erstem Geburtstag zusammen. Das erste von unzähligen weiteren Malen, an denen sie eine Wahl treffen musste.

Marilyn versicherte Caitlin, sie brauche sich diesbezüglich nicht zu sorgen, weil junge Frauen inzwischen nicht mehr vor diesem Problem stünden. Sie könne gar nicht glauben, welche Möglichkeiten junge Frauen heutzutage hätten. Es sei großartig. Alles stehe ihnen offen, und dennoch vergehe kein Tag, an dem in der *New York Times* nicht in mindestens einem Artikel zu lesen sei, wie unzufrieden heutige Frauen seien. Erst tags zuvor habe sie von »der mentalen Last« gelesen, die sie zu tragen hätten. Caitlin stimmte ihr zu, meinte, ihre Freundinnen mit Kindern redeten die ganze Zeit über nichts anderes. Es reiche ihnen nicht, dass ihre Männer die Hälfte der Hausarbeit erledigten und sich genauso oft um die Kinder kümmerten, schließlich hätten sie, wie sie sagten, noch alle möglichen anderen Dinge im Kopf zu behalten – Zahnarzttermine, die Namen der jeweiligen Lehrer oder neue Schuhe kaufen zu gehen. Marilyn lachte. Sie sei zur falschen Zeit geboren worden, meinte sie.

Zu ihrer Zeit hatte Herbert als vorbildlicher Vater gegolten, weil er ein-, zweimal die Windel gewechselt hatte. Vor der Geburt hatte sie sich vorgestellt, sie könne malen, wenn das Baby schlief oder brav neben ihr auf dem Boden spielte. Doch bald wurde ihr klar, wie lächerlich diese Vorstellung war. Aber irgendwie machten sie es doch möglich, dass sie beides unter einen Hut bekam. Sie ließen Babysitter kommen, wenn sie es sich leisten konnten; College-Studentinnen. Manchmal reiste auch Herberts Mutter für eine Woche aus Ohio an, um sie zu unterstützen. Meistens war es so, dass sich Marilyn um Daisy kümmerte, wenn Herbert arbeitete, und umgekehrt. Ihre Freunde staunten, wie gleichberechtigt ihr Modell war, doch inzwischen verdiente nur noch Marilyn Geld. Und um ehrlich zu sein, machte inzwischen nur noch Marilyn Kunst.

Nach dem einen Jahr als Lehrbeauftragter hatte man Herberts Vertrag nicht verlängert. Mit einem quasi öffentlich ausgetragenen Streit mit Betsy im Innenhof des Colleges hatte er sich gewiss nicht bei der Verwaltung beliebt gemacht, aber die Qualität seiner Arbeit hatte ebenfalls nachgelassen. Er tat sich mit dem Malen nicht mehr leicht und strengte sich auch nicht sonderlich an. Jung zu sein und Erfolg zu haben, hieß, an die eigene Großartigkeit zu glauben. Aber auch nichts von den Mühen und der Plackerei zu wissen, die genauso nötig waren. Der Arbeit hinter dem Werk.

Jahre später stand Marilyn einmal allein vor Lee Krasners Meisterwerk *The Seasons*, das, fünf Meter breit und zweieinhalb Meter hoch, im Whitney Museum in New York hing. Nachdem Pollock immer tiefer in einem Sumpf aus Alkohol und Affären versunken und eines Tages mit dem Wagen gegen einen Baum gefahren war, malte Lee Krasner noch zwei Jahrzehnte lang weiter.

Während ihrer Ehe arbeitete Lee Krasner in dem kleinen Esszimmer ihres Hauses in East Hampton. Pollock malte in einer Scheune hinter dem Haus, wo Sonnenlicht durch das offene Tor flutete. Schon damals konnte man das Gebäude im Rahmen einer Führung besuchen, ebenso wie heute. In den Augen einiger Betrachter waren selbst die Farbkleckse und -streifen auf dem Scheunenboden Kunstwerke, und sie wurden mit Plexiglas überstülpt, um sie zu bewahren. Aber wer konnte sagen, wer der beiden Künstler sie kreiert hatte? Marilyn hatte gehört, dass Lee Krasner, nachdem sie ihren Schmerz überwunden hatte, die Scheune als Atelier zu nutzen begann.

Daisy war eineinhalb, als sie aus einer Laune heraus das Haus in Maine kauften.

Sie kamen nicht mehr gut miteinander klar und hatten auf Vorschlag eines Freundes von Herbert beschlossen, das Kind über das Labor-Day-Wochenende Anfang September bei Herberts Mutter zu lassen und zu zweit wegzufahren.

Ein anderer Freund, der Maler Jack Close, hatte ihnen diesen Ort in Maine empfohlen. Als sie bei ihm auf einer Party waren, gab er mit einer Statue von einem Zuni-Kriegsgott an, die, wie er behauptete, nahezu identisch mit der sei, die Warhol ein Jahr zuvor gekauft hatte. Der Händler, bei dem er sie erworben hatte, habe eine Galerie mit indigener Kunst in Awadapquit in Maine.

»Es ist das hübscheste Küstenstädtchen, das ich je gesehen habe«, sagte er. »Der Name heißt wörtlich übersetzt ›Schöne Aussicht auf die Klippen‹ oder so ähnlich.«

Auf Anhieb verliebten sich Marilyn und Herbert in das Städtchen.

Als sie am Abend vor ihrer geplanten Abreise Muscheln auf der Terrasse einer Hummerbude in der kleinen Bucht aßen, hörten sie, wie die weißhaarige Kellnerin mit einem Einheimischen, der mit seinem Deutschen Schäferhund spazieren ging, plauderte.

Marilyn und Herbert taten sich schwer damit, eine Unterhaltung in Gang zu bringen, die nichts mit Daisy zu tun hatte. Beide vermissten sie. Inzwischen war sie so ziemlich das Einzige, was sie noch verband. Und in diesem Moment auch das Interesse an einem Gespräch anderer Leute. Sie tauschten einen verschwörerischen Blick, der eine gewisse Zuneigung in ihr wachrief.

»Er wohnt in Kalifornien«, sagte der Mann. »Er war bislang nie in Maine und hat auch nicht vor, daran was zu ändern.«

»Aber was ich nicht verstehe«, erwiderte die Kellnerin, »ist, warum sie es ihm überhaupt vererbt haben. Er hat für diese armen alten Leute keinen Finger krummgemacht.«

»Dieser Strohkopf von einem Neffen ist nun mal ihr nächster Verwandter, also hat er's gekriegt«, sagte der Mann. Er sprach mit starkem New-England-Akzent, und Marilyn musste aus irgendeinem Grund lächeln. »Warum passiert mir nie so was? Das Einzige, was ich je geerbt habe, ist die Sammlung von verrosteten Schneeschaufeln von meinem Cousin.«

Die Kellnerin seufzte. »Wem sagst du das!«

Dann drehte sie sich, ohne sich von dem Mann zu verabschieden, abrupt zu Herbert und Marilyn um.

»Und Sie? Noch irgendwelche Wünsche?«

Der Mann spazierte weiter.

»Worum ging es da gerade eben?«, fragte Herbert in vertrautem Ton, als wäre er ebenfalls ein Einheimischer, der jeden Abend hier vorbeispazierte und mit der Frau schon zig Mal geplaudert hätte.

Marilyn machte sich auf eine ärgerliche Reaktion gefasst, aber die Kellnerin schien nur allzu erpicht darauf zu sein, ihnen die ganze Geschichte zu erzählen. Auf einer Klippe unweit des Städtchens, erzählte sie, gebe es ein wunderschönes Haus. Ein Anwesen direkt über dem Meer, das seit Urzeiten zwei Schwestern gehört habe, Ethel und Honey Troy.

Offenbar war die Jüngere vor Kurzem gestorben, wenige Wochen nach ihrer älteren Schwester.

»Die eine konnte nicht ohne die andere leben«, fuhr die Kellnerin fort. »Ich habe die beiden immer nur zusammen gesehen.«

Das Haus gehöre jetzt einem Neffen aus dem Westen, und es heiße, er wolle es so schnell wie möglich verkaufen.

Marilyn sah Herbert an und war sich sicher, dass sie beide denselben Gedanken hatten. Auch dann noch, als die Kellnerin erklärte,

Lake Grove sei viele Jahre lang eine Pension für Langzeitgäste gewesen. Dass die Böden völlig kaputt seien. Und in jedem Zimmer die Wandfarbe abblättere. Dass die Bäder komplett herausgerissen und ersetzt werden müssten.

»Die beiden Schwestern haben sich nie groß um das Haus gekümmert«, sagte sie. »So viele Menschen sind in all der Zeit über diese Böden gelatscht. Und jede Menge Saisonaushilfen aus dem Ausland. Und Schauspieler, die im Sommertheater aufgetreten sind. Eine wilde Truppe. Ethel hat mir mal erzählt, in den Fünfzigerjahren, nachdem die Marinewerft eröffnet wurde, sei das Haus bis unters Dach voll gewesen mit Arbeitern, die zwischen sechs Monaten und einem Jahr blieben. In ihrer Freizeit hätten sie ziemlich viel getrunken und seien alles andere als pfleglich mit dem Haus umgegangen. Ich erinnere mich noch, dass einmal so ein betrunkener Kerl in der Badewanne das Bewusstsein verloren und nicht gemerkt hat, wie das Wasser überlief und den ganzen ersten Stock flutete. Oh, und einmal gab es einen Brand. Einer ist betrunken mit einem Glimmstängel zwischen den Lippen eingeschlafen.«

»Oh, ich sehe schon, das klingt ganz genau nach unserem Geschmack«, scherzte Herbert.

Marilyn lächelte.

Zum ersten Mal seit langer Zeit spürten sie wieder, dass etwas sie verband: der unvernünftige Wunsch nach einem Haus am Meer, in einem Städtchen, von dessen Existenz sie bis vor einer Woche noch nichts gewusst hatten, zweihundertdreißig Meilen von ihrem Wohnort entfernt.

Am nächsten Morgen riefen sie den Makler an. Er meinte, er könne ihnen kurzfristig einen Besichtigungstermin für die Mittagszeit anbieten.

Wenn sie das Haus kauften, würden sie erst die dritten Besitzer sein. Der Makler machte viel Aufhebens darum.

»Wer dort einzieht, bleibt für immer«, sagte er, während er die Haustür aufschloss.

»Jemand hat uns erzählt, dass zuletzt zwei Schwestern hier gewohnt haben«, sagte Marilyn. »Sind sie in dem Haus aufgewachsen?«

Eigentlich wollte sie wissen, ob sie darin gestorben waren, aber das zu fragen wäre ihr taktlos vorgekommen.

»Nein«, sagte er. »Sie waren entfernte Verwandte der Vorbesitzer. Eine von ihnen, Ethel, war verlobt, und ihr zukünftiger Mann kaufte das Haus den Kindern seines Großonkels ab. Der Verlobte kam aus dem Mittleren Westen. Einem Städtchen namens Lake Grove. In – Wisconsin? Oder Iowa? Wie auch immer, er kaufte es für einen sehr günstigen Preis. Damals waren viktorianische Häuser aus der Mode. Niemand wollte sie. Können Sie sich das vorstellen? Das war während des Ersten Weltkriegs. Er hätte sich einschiffen müssen, aber in der Nacht zuvor verschwand er. Entfernte sich unerlaubt von der Truppe, wie es so schön heißt. Ethel erlitt einen Nervenzusammenbruch. Sie konnte nicht mit der Situation umgehen, also behauptete sie, sie hätten geheiratet und er sei in den Krieg gezogen. Wobei es nicht wirklich eine Lüge war. Sie glaubte es wirklich. Sie richtete sich im Haus ein, bereitete es für seine Rückkehr vor. Aber er kam nicht zurück. Es wurde ziemlich viel darüber spekuliert, wovor genau er weggelaufen und wo er abgeblieben war. Ethels Schwester Honey war eine waschechte alte Jungfer, die noch bei ihren Eltern wohnte und sich bis zu deren Tod um sie kümmerte, nur um dann festzustellen, dass sie mit leeren Händen dastand. Also zog sie zu ihrer Schwester in das Haus.«

»Wie traurig«, bemerkte Marilyn.

»Nicht wirklich. Sie war – nun, sagen wir, ein bisschen einfältig. Sie hätte sowieso nicht geheiratet.«

Laut dem Makler nahmen die Schwestern nur gelegentlich Pensionsgäste auf und im letzten Jahrzehnt gar keine mehr. Aber es sah wirklich wie ein Boardinghouse aus. An der vorderen Veranda hing ein Schild, auf dem »Lake Grove Inn« stand. In allen Zimmern bis auf eines waren Sperrholzwände eingezogen worden, die aus jedem drei kleine Kammern machten. In jede waren je zwei Hochbetten hineingequetscht worden. Die Matratzen waren fleckig. Die Böden verzogen. In eine Wand war ein Klappmesser gerammt oder geworfen worden und steckte noch senkrecht darin.

Trotzdem verliebten sie sich in das Haus. Sie erkannten sein Potenzial. Herbert mochte vor allem den Meerblick. Marilyn die lauschigen Ecken und die kunstvoll verzierten dunklen Holzverkleidungen in fast allen Zimmern.

Sie bekamen es zu einem günstigen Preis. Es war schon Anfang September, und der Makler riet dem neuen Besitzer, es jetzt zu verkaufen, weil er andernfalls wahrscheinlich bis zum nächsten Juni, wenn die Touristen wieder zurückkehrten, darauf sitzen bleiben würde. Inzwischen müsse er aber die Grundsteuer bezahlen, und die sei beträchtlich, ganz zu schweigen von den dringend notwendigen und kostspieligen Reparaturen, damit das Haus den gesetzlichen Vorschriften entspreche.

Über dem Kamin hing ein Porträt der beiden Schwestern. Marilyn fragte, ob sie es behalten könnten.

»Ich glaube nicht, dass das ein Problem ist«, antwortete der Makler.

Das Bild blieb dort hängen, solange sie dort wohnten. Vermutlich auch danach noch.

Das Schild an der Veranda behielten sie ebenfalls, bis es eines Tages von einem Wintersturm weggefegt wurde. Monate später fand es Herbert im Gras, brachte es in den Keller und nahm sich vor, es bei Gelegenheit wieder aufzuhängen.

Das tat er nicht. Er reparierte auch nicht das wackelige Geländer im oberen Flur und ersetzte auch nicht das gesprungene Waschbecken im Bad. Die Restaurierung von Lake Grove war eine weitere Sache, in die er zunächst all seine Energie hineinsteckte, bis es ihn zu langweilen begann und er sich etwas anderem – oder jemand anderem – zuwandte.

Anfangs arbeitete er jedoch Tag und Nacht, besann sich auf die handwerklichen Fertigkeiten, die sein Vater ihm beigebracht hatte.

Das Haus würde immer irgendwelcher Eingriffe bedürfen, würde immer ein bisschen verschlissen und schäbig aussehen, aber Marilyn störte das nicht. Sie staunte über alles, was er tat, um das Haus in einen besseren Zustand zu versetzen. Manchmal, wenn sie zusah, wie er so geschickt und so kraftvoll ans Werk ging, hatte sie das Gefühl, als würde sie sich erneut in ihn verlieben, und vielleicht, dachte sie, machte das eine Ehe aus. Sich voneinander zu entfernen, sich einander erneut anzunähern.

Sie schliefen wieder miteinander, so häufig wie seit der Geburt ihres Kindes nicht mehr.

Aber die Post wurde ihnen von zu Hause nachgeschickt. Und im zweiten Sommer, vielleicht auch im dritten, entdeckte sie Liebesbriefe einer früheren Studentin ihres Mannes. Nicht von Betsy, von einer anderen. Marilyn verbrannte sie im Kamin. Sie verschloss sich ihm gegenüber, jedoch nicht gegenüber dem schönen Leben, das sie hatten. Herbert war ein lausiger Ehemann, aber ein guter Vater. Ein großartiger Vater. Damals glaubte sie, er liebe Daisy genauso, wie sie sie liebte. Als Daisy vier war, bat sie ihn, die Außenwände des Hauses lila zu streichen, ihre Lieblingsfarbe. Herbert erfüllte ihr den Wunsch, auch wenn der alte Anstrich des Hauses es noch gut fünf Jahre getan hätte, und nie im Leben hätten sie sich für diesen Farbton entschieden. Auch die Holzscheune aus nacktem Holz strich er lila. Bisweilen fragte sie sich, was die Troy-Schwestern dazu gesagt hätten.

Wegen Herbert grämte sie sich nicht groß. Sie würde sich, dachte sie, um diesen Teil ihres Lebens irgendwann später Gedanken machen. Einstweilen lebten sie wie zwei Kleinkinder in Parallelspielen vertieft – wie der Kinderarzt es genannt hatte – nebeneinander her, während jeder sein Ding machte, und ihr sollte es recht sein.

Die Sommer waren immer herrlich. Daisy lief nackt herum, wie eine Kreatur der Wildnis. Sie blieb bis spätnachts auf. Freunde kamen und dehnten ihre Besuche so lange aus, wie sie wollten. Ein-, zweimal jeden Sommer schwamm jemand bis zu der kleinen Insel ein Stück weit draußen im Meer hinüber, oder sie ruderten alle hinaus und picknickten dort und schrien entzückt auf, wenn sich ein Seehund näherte. Es gab dort einen kleinen Gedenkstein, auf dem zu lesen war, dass der Entdecker Archibald Pembroke das Inselchen Saint George's getauft hatte, als er 1605 dort anlandete.

Einmal brachte ein mit Herbert befreundeter Bildhauer seine Freundin, eine Dichterin, mit und die beiden blieben eine Woche lang. Ein andermal gingen sie spätnachts nach einigen starken Cocktails nach oben zum Schlafen. Am nächsten Morgen erzählte die Dichterin, sie habe, bevor sie ins Bett ging, aus dem Fenster geschaut und eine Frau am Klippenrand stehen und aufs Meer hinausschauen sehen.

»Ganz vorn an der Spitze der Felsnase, die ins Meer ragt«, erklärte sie. »Sie stand genau zwischen den beiden Kiefern. Ich bin hinausgerannt. Aber sie war nirgendwo mehr zu sehen. Ich fing an zu schreien. Und ich schwöre, die Luft um mich herum fühlte sich schwer an. Ich hatte Angst, dass sie über die Kante und ins Meer gestürzt ist.«

»Was tust du nur in deine Drinks, Herbert?«, sagte der Bildhauer-Freund und alle lachten, selbst die Dichterin, die neckisch mit ihrer Serviette nach ihm schlug.

»Dann ist mir klargeworden, sie war nur ein Geist, und ich bin wieder ins Bett gegangen«, fuhr sie fort.

»Jetzt mach den beiden keine Angst, sonst denken sie noch, sie hätten ein Spukhaus gekauft«, sagte der Bildhauer.

»Ach, Geister sind normalerweise völlig harmlos«, erwiderte seine Freundin. »Ich habe schon jede Menge Geister gesehen.«

»Hier auch?«

Marilyn schob es auf einen Traum. Aber sie dachte, dass sie auch nichts gegen einen Geist hätte. Mehr noch, diese Vorstellung reizte sie, und sie mochte das Haus und diesen Ort dadurch umso mehr. Von da an erzählten sie allen diese Geschichte. Die Möglichkeit, dass es in ihrem Haus spukte, war für sie wie eine Auszeichnung.

Sie kamen jedes Jahr Ende Mai, in der Absicht, bis Ende August zu bleiben. Doch es wurde normalerweise Oktober, bis sie ihren Wagen wieder vollpackten und nach Hause fuhren.

In Lake Grove schuf Marilyn ihre besten Werke.

In einem Trödelladen an der Straße gab es alte Medizinflaschen aus blauem Glas. Sie kaufte Dutzende davon. Eines Morgens schaute sie dort vorbei und entdeckte eine Milchflasche voller grüner, roter und blauer Murmeln. Sie nahm sie mit nach Hause, wo Daisy sofort bettelte, damit spielen zu dürfen, aber sie erklärte ihr, sie brauche sie für ihre Arbeit.

Marilyn stellte die Flasche auf das oberste Regalbrett in der Vorratskammer, die sie inzwischen fast gänzlich mit ihren Glasobjekten gefüllt hatte. Ein paar davon waren bei ihrem Einzug schon dagewesen, Überbleibsel von den Troy-Schwestern und ihrem Boardinghouse. Billige, abgestoßene Cognacschwenker. Eine kleine Sammlung Depressionsglas. Einmachgläser. Den Rest hatte Marilyn nach und nach gekauft. Inzwischen gab es Liebhaber ihrer Werke. Stammkunden, die Arbeiten bei ihr in Auftrag gaben. Sie schickten ihr zarte Champagnerkelche und geschliffene Kristall-Bowleschüsseln und alles Erdenkliche dazwischen, in der Hoffnung, dass ihre Geschenke eines Tages in einem ihrer Bilder verewigt würden.

Mit der Zeit entdeckte sie weitere Schätze im Haus. Als Herbert im oberen Flur ein Gemälde aufhängen wollte, fand er heraus, dass die Wand dahinter hohl war. Auf Marilyns Bitte ließ er sie zunächst, wie sie war, aber eines Tages siegte dann doch die Neugier, und er beschloss, die Wand niederzureißen und zu sehen, was sich dahinter verbarg. Dabei machte er eine höchst überraschende Entdeckung – eine verborgene Tür, mit Tapete bezogen und versiegelt. Dahinter lag ein winziges Zimmer mit Fenstern an zwei Seiten.

Sofort wollte Daisy das Zimmer für sich haben. Die Vorstellung einer Geheimtür war unwiderstehlich für sie, und ihre Fantasie triumphierte über jedes vernünftige Argument, das Marilyn und Herbert in Bezug auf die winzige Größe vorbrachten. Sie schloss ihre Plüschtiere und Puppen und Malstifte dort ein. Drei Nächte lang schlief sie auf dem Boden, ehe Herbert schließlich dazu kam, ihr Bett hineinzustellen.

In diesem Raum fand Daisy eine Holzkiste mit Briefen, die Hannah Littleton und ihr Bruder einander während des Bürgerkriegs geschrieben hatten; des Weiteren eine leicht zerdrückte Seidenhaube, ein Foto von Samuel und Hannah Littleton, einen Goldring mit einer Haarlocke unter Glas und der Inschrift: NICHT VERLOREN, NUR VORAUSGEGANGEN.

Daisy wollte den Ring gern behalten, aber Marilyn meinte, er gehöre nicht ihnen und sie hätten nicht das Recht, ihn an sich zu nehmen.

Sie wusste, Hannah Littleton hatte ihren Mann als sehr junge Frau verloren. Sie waren beide auf dem kleinen Friedhof in der Nähe des Hauses bestattet worden, auf den Marilyn von ihrem Schlafzimmer aus blicken konnte. Der Ring war bestimmt ein Erinnerungsstück an ihn, an ihre Liebe, die ein jähes Ende fand. Absurderweise beneidete Marilyn diese schon vor langer Zeit verstorbene Frau dafür, dass sie eine so große Liebe gehabt hatte. Sie betrachtete das Foto der beiden, versuchte, Hannahs Lächeln zu ergründen.

Marilyn schlug ihrer Tochter vor, den Ring zwischen Hannahs und Samuels letzten Ruhestätten zu vergraben. Daisy war zu dieser Zeit sieben und liebte Märchen, die von großer Liebe handelten. Sie war sofort begeistert von diesem Vorschlag. Sie wickelten den Ring in blaue Seide ein und vergruben ihn tief in der Erde. Dann legte Daisy eine gelbe Löwenzahnblüte auf die frisch umgegrabene Erde, damit sie wussten, welche Stelle es war. Die Briefe und die Seidenhaube und das Foto behielt Marilyn, in der Absicht, es irgendwann dem örtlichen Geschichtsverein zu übergeben.

Sie und Daisy liebten den alten Friedhof. Sie pflegten ihn, legten an Geburtstagen Blumen auf das jeweilige Grab. Am äußeren Rand des kleinen Friedhofs, wo früher einmal ein Seil oder eine Kette oder etwas anderes als Begrenzung gedient haben musste, jetzt aber nur noch vier verrostete schwarze Eisenstäbe im Boden steckten, pflanzten sie rosa Stockrosen. Die spärlichen Informationen auf den Grabsteinen schrien förmlich danach, ergänzt zu werden. Also erfanden sie Geschichten, vor allem in Bezug auf *Sister Eliza*. Wer war sie?, wollten sie wissen. Warum war ihr Grab anders als die anderen? Da stand nur ein großer, unbehauener Stein, der aussah, als wäre er direkt aus einem Steinbruch hergeschafft und hier fallen gelassen worden. Weder Ornamente noch die Lebensdaten waren in den Stein geritzt. Nur diese beiden Worte: *Sister Eliza*. War sie Hannahs Schwester oder Samuels? Oder ihre Tochter? (»Oder vielleicht eine *Nonne?*«, fragte Daisy einmal, und Marilyn und Herbert mussten lachen.) Herbert wiederum führte ins Feld, dass *Sister Eliza* angesichts des ungewöhnlichen und informellen Grabsteins vielleicht der Hund der Familie gewesen war.

Manchmal saßen sie den ganzen Nachmittag dort und lasen ein Buch, um den Toten Gesellschaft zu leisten. Daisy war betrübt wegen der Kinder. Marilyn behalf sich mit einer Halblüge, erklärte ihr, früher sei es hin und wieder vorgekommen, dass Kinder starben, aber heutzutage kaum mehr. Daisy schien sich damit zufriedenzugeben. Sie sprach mit ihnen, wollte sie trösten. Sie sagte, sie hätten trotz allem Glück gehabt, weil sie jetzt für immer an der Seite ihrer Mütter sein würden. Hätte Marilyn als Kind dergleichen gesagt, hätte ihre Mutter sie bestimmt dafür gerügt, ihr vorgeworfen, sie sei morbide. Was für ein Segen, dass ihr Kind genauso merkwürdig und neugierig war wie sie! Sie nahm sich vor, diesen Charakterzug Daisys zu fördern. Wenn sie zu ihr sagte, was für ein hübsches Mädchen sie sei, erwähnte sie stets gleichzeitig, dass sie klug oder kreativ oder nett sei.

In ihrem fünften oder sechsten Sommer kam eine Frau an die Tür und fragte, ob sie vielleichte eine historische Hinweistafel erwerben wollten, um sie neben dem Hauseingang anzubringen. Solche Tafeln würden an den Häusern der Stadtgründer und anderer historischer Persönlichkeiten im ganzen Städtchen angebracht. Bei dieser

Gelegenheit erfuhren sie vom traurigen Schicksal Captain Littletons, dem Schiffbruch, bei dem sämtliche Bordmitglieder ums Leben gekommen waren und infolge dessen Hannah allein mit zwei kleinen Kindern zurückgeblieben war.

Daisy fragte die Frau, ob sie etwas über *Sister Eliza* wisse. Schließlich war sie sehr gut über das Schicksal Samuels informiert. Aber die Frau verneinte.

In dem Sommer, bevor Daisy acht wurde, kamen sie Anfang Juni in Maine an, am ersten Tag der Schulferien.

Wie jedes Jahr fuhr Herbert auch diesmal als Erstes in das Städtchen, um Lebensmittel einzukaufen. Er blieb drei Stunden weg. Als er zurückkam, erzählte er Marilyn von einer Frau, die er in der Schlange des Feinkostladens kennengelernt hatte. Sie arbeite als Putzfrau, sagte er. Vielleicht sollten sie sie auch einmal in der Woche kommen lassen.

Eine Witwe. Marilyn stellte sich eine ältere Dame vor. Sie wusste nicht, ob sie es fertigbrächte, so jemanden für sich putzen zu lassen, ohne ein schlechtes Gewissen zu haben. Aber davon abgesehen, machte sie sich keine weiteren Gedanken.

Zwei Wochen vergingen. Herbert blieb oft lange ohne Erklärung weg, wobei das nichts Ungewöhnliches war. Marilyn bemerkte es jedoch. Ihr Job hatte viel mit Beobachten zu tun. Aber sie sagte nichts.

An dem Tag, als Mary Flanagan, die Witwe, erschien, um das Haus zu putzen, sah Marilyn, dass die Frau ungefähr in ihrem Alter war. Sie hatte eine füllige Figur mit großen Brüsten und ein nettes Lächeln. Wenn man sie so sah, war der erste Gedanke gewiss nicht: Oh, eine Witwe. Marilyn musste an sich halten, um sie nicht zu fragen, ob sie tatsächlich Witwe war.

Doch es dauerte nicht lange, bis ihr klarwurde, dass ihr Lächeln aufgesetzt gewesen war. Mary war eine sehr traurige Frau. Zwar erledigte sie ihre Arbeit recht gut, aber sie roch, egal zu welcher Tageszeit, nach Gin. Oft schien sie Tränen in den Augenwinkeln zu haben, als hätte sie geweint oder wäre kurz davor. Das eine Mal, als sie sich etwas länger unterhielten, erzählte sie Marilyn, dass sie auch eine Tochter hatte. Sie seien erst vor einem Jahr in diese Gegend gezogen, nachdem ihr Mann gestorben war. Sie kenne nicht viele Menschen hier. Marilyn tat sie leid. Und sie verstand jetzt, warum Herbert ihr hatte helfen wollen.

Um diese Zeit herum, Ende Juni, wurde Marilyn zu einem fünfwöchigen Aufenthalt in einer Künstlerresidenz, der MacDowell-Kolonie in New Hampshire, eingeladen, der Ende Juli beginnen würde. Sie hätte am liebsten auf der Stelle zugesagt, doch ihr erster Gedanke war, dass sie Daisy nicht so lange würde zurücklassen können.

Herbert redete ihr indes gut zu, wollte unbedingt, dass sie fuhr. Er und Daisy kämen schon zurecht, meinte er. Marilyn solle sich diese Gelegenheit keinesfalls entgehen lassen. Irgendwann erwähnte er, dass Mary in Marilyns Abwesenheit babysitten würde.

Als er das sagte, spürte sie ein vertrautes ungutes Gefühl, aber sie schüttelte es ab. Sie war so glücklich, endlich einmal die Freiheit zu haben, sich ganz auf ihre Kunst zu konzentrieren.

Als sie am zweiten Abend nach ihrer Abreise in Lake Grove anrief und ihr Mann abnahm, hörte sie Stimmen und Gelächter.

»Wer ist da?«, fragte sie, nachdem sie sich gemeldet hatte.

Herbert sagte, Mary und ihr Töchterchen seien zum Abendessen geblieben. Shirley, ihr kleines Mädchen, war ein Einzelkind, genau wie Daisy, und sie spielte gern große Schwester.

Mit einem Gefühl des Unbehagens legte Marilyn wieder auf. Sie hätte nicht fahren sollen, sagte sie sich.

Was war sie bloß für eine Mutter? Sie war so voller Liebe für ihre Tochter. Kein Tag verging, ohne dass sie zu Daisy sagte, wie sehr sie sie liebe, etwas, das ihre eigenen Eltern nie getan hatten. Sie fertigte für Daisy wunderschöne aufwendige Papierpuppen an. Sie veranstalteten Teegesellschaften mit richtigen Petit Fours und naschten abends beim Vorlesen Geleebonbons. Andererseits war Marilyn immer leicht zerstreut. Und nicht sonderlich diszipliniert. Ihr erzieherischer Ansatz war der Weg des geringsten Widerstands. Sie ließ Daisy alles durchgehen. Wenn sie ihr das Haar bürstete, schrie sie wie am Spieß, sodass Marilyn sofort aufhörte. Als sie einmal vor der Schule auf ihre Tochter wartete, hörte sie, wie eine hochnäsige Hausfrau zu einer anderen sagte: »Das arme Ding. Hat sie keine Mutter?«

Mütter sollten früh aufstehen, rechtzeitig vor ihren Kindern. Sie mit einem Lächeln und einem Kuss aufwecken und das Frühstück bereits zubereitet haben. Aber Marilyn arbeitete oft schon, wenn Daisy aufwachte, und musste gegen ein Gefühl der Irritation ankämpfen, weil sie unterbrochen wurde. Dann versuchte Marilyn, ihre Tochter mit Plätzchen dazu zu überreden, noch eine halbe Stunde mit ihren Puppen zu spielen oder sich ein Buch anzuschauen, damit sie selbst ein wenig mehr Zeit für sich hatte.

Eine gute Mutter wäre nach diesem merkwürdigen Telefonat noch am selben Abend nach Maine zurückgefahren. Nach Hause zu ihrem Kind. Aber Marilyn tat es nicht. Sie blieb.

In einer Ecke ihres Studios in der MacDowell-Kolonie stand ein Einzelbett, hübsch bezogen. In einer anderen gab es ein kleines Bad mit Toilette, Waschbecken und Wanne. Mehr nicht. So hatte sie reichlich Platz für ihre Leinwände. Durch die nach Norden gelegenen Fenster strömte natürliches Tageslicht herein.

In den zurückliegenden Jahren waren etliche ihrer Künstlerfreunde und -bekannten hier gewesen, also wusste sie, wie es bei den meisten ablief. Jene, die noch jung oder Singles oder auch nicht mehr ganz so jung und noch nicht allzu lange verheiratet waren und sich gelangweilt fühlten, flirteten die meiste Zeit oder hatten Sex und sorgten für großes Drama, nur nicht im eigenen Studio. Für diese Seifenoper verschwendeten sie ihre ganze kreative Energie, und ehe sie sich versahen, war es auch schon wieder Zeit für die Abreise.

Marilyn hatte vor, all dem aus dem Weg zu gehen. Beim gemeinsamen Frühstück und Abendessen unterhielt sie sich nett mit ihren Künstlerkollegen, aber in der Zeit dazwischen arbeitete sie. Oder ging im Wald spazieren und dachte über ihre Arbeit nach, die mitunter das Allerwichtigste für sie war, für die sie in ihrem richtigen Leben aber nie genug Zeit hatte. Sie schlief kaum, wollte jede Sekunde ausnutzen. Täglich um die Mittagszeit brachte ein Mann namens Petey ihr einen Imbiss. Er klopfte nicht an, sondern stellte den kleinen Korb einfach vor die Tür. Eines Tages, als sie von einem Spaziergang zurückkam, traf sie ihn dort an und dankte ihm herzlich.

»Das gehört zu unserem Konzept«, sagte er. »Unsere Mission ist es, sich um Sie zu kümmern, wie es seit Ihrer Kindheit niemand mehr getan hat, damit Sie sich ganz auf Ihre Arbeit konzentrieren können.«

Ein kostbares Geschenk. Am liebsten wäre sie für immer geblieben. Gleichzeitig vermisste sie Daisy so sehr, dass es kaum zu ertragen war. Sie telefonierten jeden zweiten Tag. Sie schrieben sich Briefe. Daisy berichtete ihr, dass Herbert in der kleinen Eingangshalle ein Wandbild gemalt habe, den Sonnenuntergang über dem Meer, wie man ihn von ihrem Garten aus beobachten konnte. Sie sagte, sie äßen oft kalte Spaghetti, auch zum Frühstück, und sie fänden es beide toll. Und dass Mary und Shirley fast jeden Abend zu ihnen kämen.

Dad und Mary unterhalten sich, und Shirley und ich spielen Dame, schrieb Daisy. Als sie das nächste Mal mit ihrem Mann telefonierte, fragte sie ihn, worüber er denn so mit der Putzfrau rede, woraufhin er sagte, sie sei erstaunlich belesen.

Das fand sie merkwürdig, denn Herbert war nicht sonderlich belesen und schien diese Eigenschaft an anderen auch nie besonders wertgeschätzt zu haben. Wie auch immer, sie hatte ihn nur ein bisschen auf den Arm nehmen wollen. Sie glaubte keine Sekunde, dass die beiden ihre Zeit mit Gesprächen über Literatur verbrachten.

Nur, was genau sie taten, wusste sie nicht. Sie konnte sich nicht vorstellen, dass Herbert sich an ihre Zugehfrau, die offensichtlich mit Problemen zu kämpfen hatte, herangemacht hatte. Wie dem auch sei, Marilyn bemerkte, dass es ihr ohne Weiteres gelang, derlei Gedanken auszuschließen, so wie sie es, als sie noch jünger war, nicht vermocht hatte. Es war ihr einfach egal.

Doch ihre Sehnsucht nach ihrer Tochter konnte sie nicht verdrängen.

Als Daisys achter Geburtstag näherrückte, schien es ihr zusehends unverzeihlich, wenn sie an diesem Tag nicht bei ihr wäre. Offiziell war es nicht erlaubt, MacDowell zu verlassen. Aber sie war erwachsen; konnte tun und lassen, was sie wollte. Früh an diesem Morgen entfernte sie sich heimlich von dem Gelände. Es war ja nur eine zweistündige Fahrt, und sie würde wieder zurücksein, noch ehe jemand ihre Abwesenheit überhaupt bemerkt hätte.

Als sie in Awadapquit ankam, machte sie Halt bei einer Bäckerei und kaufte einen Schokoladenkuchen mit rosa Kerzchen. Sie fuhr weiter zu ihrem Haus, schloss mit dem Schlüssel, den sie unter der Fußmatte aufbewahrten, die Haustür auf und schlich leise hinein, weil sie sie nicht aufwecken wollte, damit die Überraschung auch wirklich gelang. In der Küche steckte sie die Kerzchen auf den Kuchen. Dann drehte sie eine Gasflamme auf dem Herd auf, entzündete eine Kerze daran, um die restlichen Kerzen damit anzuzünden. Währenddessen bemerkte sie zwei Weingläser auf dem Rand der Spüle.

Auf Zehenspitzen ging Marilyn nach oben ins Zimmer ihrer Tochter, hielt den Kuchen in den ausgestreckten Händen und sang leise »Happy Birthday«. Ihre Mutter hatte das einmal getan, und die Erinnerung daran hatte sich ihrem Gedächtnis eingebrannt. Sie hoffte, bei Daisy wäre es genau so. Dass sie, wenn sie erwachsen wäre, sich immer daran erinnern würde.

Gewiss würde sie auch andere Erinnerungen an Marilyn bewahren, wesentlich weniger schöne. Eine Mutter, die immer zerstreut, zu spät dran, unorganisiert war. Die sich nie bereiterklärte, als Pfadfinderleiterin oder Begleitperson bei Schulausflügen zu fungieren.

Eine Rabenmutter, die ihre Arbeit genauso liebte wie ihr einziges Kind.

Als Daisy aufwachte und ihre Mutter vor sich stehen sah, kreischte sie vor Freude. Sie sprang aus dem Bett und schlang die Arme um ihre Taille, sodass Marilyn den Kuchen hochhalten musste, damit sich Daisy nicht die Haare ansengte.

»Blas die Kerzen aus«, sagte sie. »Und wünsch dir etwas dabei.«

Bevor sie es tat, stellte Daisy fest: »Mein Wunsch ist schon in Erfüllung gegangen. Ich habe mir gewünscht, dass du zurückkommst.«

Das versetzte Marilyn einen Stich ins Herz.

Sie hörte, wie Herbert über den Flur und die Treppe hinunterhuschte und kurz darauf wieder herauf.

»Was soll das?«, fragte er. »Hättest du mir nicht sagen können, dass du kommst?«

»Danke für den herzlichen Empfang, Liebling, ich habe dich auch vermisst.«

»Können wir den Kuchen zum Frühstück essen?«, fragte Daisy.

Marilyn und Herbert sagten unisono Ja.

Daisy wollte den Rest des Tages am Strand verbringen.

Herbert war die ganze Zeit reizbar. Zugleich in Abwehrhaltung und aggressiv. Marilyn musste wieder an die Weingläser denken. Sie war drauf und dran, ihn zu fragen, ob an diesem Morgen noch jemand bei ihm im Schlafzimmer gewesen sei. Es war gut möglich. Aber Daisy zuliebe ließ sie es sein.

Als es nach dem frühen Abendessen an der Zeit war, sich auf den Weg zu machen, spürte sie einen physischen Schmerz. Sie drückte Daisy fest und lang an sich, als wüsste sie bereits, dass sie einander in diesem Leben nicht mehr wiedersehen würden.

Zwei Tage später arbeitete Marilyn nachts noch in ihrem Studio und hörte plötzlich ein sanftes Klopfen an der Tür. Sie erschrak. Als sie sie öffnete, stand Petey mit einem bedauernden Ausdruck im Gesicht vor ihr.

»Es gibt einen Anruf für Sie im Büro in der Colony Hall«, sagte er. »Es handelt sich offenbar um einen Notfall. Einen Unfall. Bei Ihnen zu Hause.«

Sie musste ihm über einen langen Fußpfad folgen, der nur von der Taschenlampe in seiner Hand beleuchtet wurde.

Herbert war am Telefon. Er war im Krankenhaus in Winston. Er sagte, die Ärzte hätten alles in ihrer Macht Stehende getan. Aber sie hätten Daisys Leben nicht retten können.

»Wovon redest du?«

Er war betrunken, beschloss sie. Daisy war neben ihm. Es war ein abartiger Witz, und sie würde ihnen die Hölle heißmachen deswegen, sobald sie zu Hause wäre.

Doch Herbert fuhr unbeirrt fort. Er müsse es einfach sagen, meinte er. Einmal und dann nie wieder.

Nachdem er Daisy an diesem Abend ins Bett gebracht habe, sei Mary Flanagan für einen »Absacker« herübergekommen.

»Da hat es sich halt so ergeben«, sagte er, als wäre es nicht schon öfter vorgekommen, dass sie miteinander schliefen. Als gäbe es einen Grund, in diesem Punkt zu lügen.

»Fahr verdammt noch mal einfach fort«, verlangte sie in scharfem Ton.

Aus dem Augenwinkel bemerkte sie, wie der sanftmütige Petey sie erschrocken ansah. Marilyn war nicht bewusst gewesen, dass er weiterhin im Raum war.

»Du hattest ein Einweckglas voller Murmeln in der Vorratskammer stehen«, sagte Herbert.

Sie erstarrte. »Ja, in einer Milchflasche.«

»Den ganzen Tag schon lag sie mir in den Ohren, dass ich es für sie herunterholen soll, aber ich sagte Nein.« Seine Worte gingen in ein Klagen über.

Marilyn stand reglos da und schloss die Augen, während sie den Telefonhörer umklammerte.

Er schniefte, atmete tief aus, zwang sich weiterzusprechen.

»Nachdem ich sie ins Bett gebracht hatte, muss sie die Treppe hinuntergehuscht sein und die Flasche selbst heruntergeholt haben. Dann hat sie sie mit nach oben genommen, ist im oberen Flur aber in der Dunkelheit gestolpert. Das Glas zerbrach und die Murmeln haben sich überall verstreut. In ein Betttuch gewickelt, ist Mary aus dem Bett gesprungen, dachte sich nichts weiter dabei. Ich weiß nicht genau, was als Nächstes passiert ist. Ob Daisy sie erkannt hat oder nicht. Jedenfalls als Mary nach ihr rief, lief sie los. Aber weil es dunkel war, hat sie, nehme ich an, die Orientierung verloren. Sie ist gegen das Geländer geprallt und …« Er sprach nicht weiter. Er keuchte, und es klang, als hyperventilierte er. »Scheiße. Tut mir leid, Marilyn«, sagte er. »Das Geländer ist hinuntergekracht, und sie mit ihm. Sie hat sich dabei das Genick gebrochen.«

Kaum hatte er es ausgesprochen, fing er heftig an zu schluchzen.

»Herbert.« Der Klang ihrer Stimme überraschte sie selbst, sie war sanft, leise, als wollte sie ihm die Wahrheit entlocken. »Bist du dir sicher, dass sie tot ist?«

»Es tut mir leid«, sagte er wieder.

»Ich möchte mit einem Arzt sprechen«, sagte sie.

Ein paar Minuten vergingen, dann meldete sich ein Mann, der es bestätigte. Er schien es eilig zu haben.

»Ich gebe Ihnen jetzt wieder Ihren Mann«, sagte er. »Mein Beileid.«

»Danke.« Sie legte auf. Und fiel hin.

Petey stürzte zu ihr und hielt sie in seinen Armen, während sie am ganzen Leib zitterte.

Sie blieb drei Monate länger in der Künstlerkolonie als geplant, denn sie hatte jetzt keinen Ort mehr, an den sie gehen konnte. Sie arbeitete nicht, badete nicht, schlief nicht. Sie lag einfach in ihrem abgedunkelten Studio da. Petey brachte ihr weiterhin einen Korb mit dem Mittagsimbiss und stellte ihn vor die Tür. Auch Frühstück und Abendessen brachte er ihr. Sie aß nur selten, öffnete nur selten die Tür.

Marilyn wollte nicht nach Hause zurückkehren. Sie wollte Herbert nicht wiedersehen. Er kam zu ihr in die MacDowell-Kolonie, hämmerte hysterisch an ihre Tür, glaubte, er könne wie immer mit Gewalt zum Ziel kommen. Aber diesmal irrte er sich.

Irgendwann musste Marilyn ihr Studio verlassen. Sie beschloss, nach Philadelphia zu ziehen, und zwar aus dem einzigen Grund, dass sie dort niemanden kannte. Der Schmerz und Hass auf Herbert, der so loderte, dass sie Atlantic City damit hätte in Brand stecken können, hielten sie aufrecht. Wäre er bloß nicht ein Schwächling, ein solcher Narzisst gewesen. Ein feiger Lügner. Hätte er doch nur das verdammte Geländer repariert, worum sie ihn zig Mal gebeten hatte.

Daisys Tod wurde vom Gerichtsmediziner als Unfall eingestuft. Die Polizei wurde gar nicht erst hinzugezogen, ganz zu schweigen davon, dass Herbert Fahrlässigkeit vorgeworfen worden wäre. So sehr sie ihn hasste, überkam Marilyn in dieser ersten Zeit häufig auch ein Gefühl der Erleichterung. Was würde Daisy tun, wenn ihr geliebter Vater im Gefängnis säße? So aufzuwachsen, konnte man keinem Mädchen wünschen. Dann erinnerte sie sich wieder, dass Daisy tot war. Das war alles, was zählte.

So ging es recht lange. Das Vergessen, die Ungläubigkeit und wieder das Erinnern.

Als Jane Flanagan zum ersten Mal eine Nachricht auf dem Anrufbeantworter hinterlassen hatte, hatte sich Marilyn über den Namen gewundert.

»Na ja, es ist ein weit verbreiteter Name«, sagte Caitlin. »Vielleicht ein Zufall.«

Als sie den sorgenvollen Ausdruck in Marilyns Gesicht sah, fügte sie hinzu: »Oder aber es gibt etwas, das sie dir über Mary erzählen möchte. Vielleicht war sie … ihre Mutter? Oder Großmutter?«

Ein paar Jahre nach Daisys Tod war es Mary Flanagan gelungen, Marilyn einen Brief zukommen zu lassen, und zwar über deren Scheidungsanwalt. Sie schrieb, dass sie jetzt trocken sei, sie absolviere das Zwölf-Schritte-Programm und wolle so gern Wiedergutmachung leisten. Sich ihr erklären. Zu der Zeit, als sie eine Affäre mit Herbert hatte, habe sie noch um ihren Mann getrauert. Habe zu viel getrunken, habe sich hilflos und verwirrt gefühlt. Sie schrieb auch, sie sei am Morgen von Daisys Geburtstag im Haus gewesen, als Marilyn unangekündigt erschienen war. Da sei ihr klargeworden, was für eine wunderbare Mutter Marilyn sei, und sie habe versucht, mit Herbert Schluss zu machen. Sie werde bis ans Ende ihrer Tage bereuen, dass sie sich nicht mehr angestrengt habe. Sie habe Daisy geliebt. Sie war *so ein Sonnenschein*. Die Erinnerung an die Nacht, in der Daisy starb, werde sie für immer begleiten. Mary rief ihr ins Gedächtnis, dass auch sie Mutter einer Tochter sei und sich vorstellen könne, was Marilyn durchmache. Ganz besonders hob sie hervor, dass Marilyn ihrer Meinung nach eine sehr viel bessere Mutter gewesen sei, als sie es je war. Und dass sie jedes Mal, wenn sie ihre Tochter ansehe, an Marilyns Tochter denke. Das habe zu sehr viel Leid geführt. Mary habe sich und ihr armes Kind für ihre Sünden bestraft, bla, bla bla. Sie habe geschworen, von nun an ein ehrbares Leben zu führen. Sie könne nicht in Worte fassen, wie leid es ihr tue.

Der Brief war überaus maßlos. Zweifelsohne hatte sich Mary hinterher besser gefühlt. Aber er verstärkte Marilyns Abscheu vor dieser Frau nur noch.

Irgendwann rief Marilyn Jane zurück, weil sie den Grund erfahren wollte, warum sie mit ihr Kontakt aufgenommen hatte.

Caitlin saß neben ihr, als sie ihre Nummer wählte.

»Denk daran, du kannst jederzeit auflegen, wenn du möchtest«, sagte sie. »Du bist ihr nichts schuldig.«

Zu Marilyns Überraschung erwähnte Jane Flanagan Mary gar nicht. Sie sagte, die neue Besitzerin von Lake Grove habe sie angeheuert. Sie schien sich für die Littletons zu interessieren, die Geschichte des Hauses, genau wie es aus ihren Nachrichten, die sie auf Band gesprochen hatte, hervorging.

Doch dann erkundigte sie sich, ob sie eine Person kenne, deren Namen mit D beginne.

Marilyn erstarrte.

War es Grausamkeit? Neugier? Zufall?

Wie auch immer, sie legte auf. Und hatte nicht die Absicht, je wieder mit Jane Flanagan zu sprechen. Sie war wütend auf sich selbst, es überhaupt getan zu haben.

Marilyn hatte ihre Gründe gehabt, Lake Grove all die Jahre über zu behalten. Sie war froh, Jane wenigstens nicht die ganze Wahrheit gesagt zu haben. Als sie danach gefragt hatte, sagte sie, sie habe das Haus zum letzten Mal gesehen, nachdem ihre Ehe in die Brüche gegangen sei. Aber tatsächlich war sie ein weiteres Mal dort gewesen, und zwar an Daisys erstem Todestag.

Auf Marilyns Wunsch war Daisy auf dem kleinen Familienfriedhof der Littletons bestattet worden. An diesem wunderschönen Flecken direkt über dem Meer, Daisys Lieblingsplatz, neben anderen Kindern, die sie auf ihre ganz eigene Weise gekannt hatte. Herberts Mutter kümmerte sich um alles, bis auf den Grabstein, und Marilyn sagte, sie werde ihn besorgen, brachte es aber einfach nicht über sich. Und sie fuhr auch nicht zum Grab.

Damals war sie kaum zu etwas in der Lage. Nichts bedeutete ihr etwas. Das Einzige, was sie wirklich wollte, war, wieder mit ihrer Tochter zusammen zu sein. Ein Arzt verschrieb ihr Schlaftabletten. Sie nahm sie zu jeder Tageszeit, wollte so wenig wie möglich wach sein.

Ein Jahr nach Daisys Tod fuhr Marilyn zum ersten Mal wieder nach Awadapquit, brach vor Sonnenaufgang auf und machte weder an einer Tankstelle Halt, noch besuchte sie ein letztes Mal den Strand. Als sie ankam, tat sie genau das, was sie geplant hatte. Sie hatte eine Nachricht geschrieben, die sie auf das Armaturenbrett legte, Anweisungen für die Person, die sie finden würde. Sie wollte neben Daisy begraben werden. Im Geiste sah sie, wie ihre beiden Körper mit der Erde und den Steinen eins wurden, so wie damals, als

Daisy in ihr gelebt hatte und sie nichts hatte unternehmen müssen, um sie in Sicherheit zu wissen.

Aber wer weiß, dachte sie, wie lange es dauern würde, bis ein bedauernswerter Mensch einen Blick in die Scheune werfen würde. Haus und Grundstück gehörten noch immer ihr, und es lag an einem abgeschiedenen Ort. Aber irgendjemand, vielleicht ein Supermarktangestellter oder der Postbote in Philadelphia, würde irgendwann bemerken, dass sie nicht mehr da war, und die Behörden verständigen. Vielleicht würde dann jemand herkommen und nach ihr suchen. Nur die Sorge, dass ihre Leiche von wilden Tieren gefressen wurde oder so stark verweste, dass sie nicht mehr identifiziert werden konnte, trieb sie um. Aber dieses Risiko musste sie eingehen.

Herbert hatte, in Abwesenheit, Marilyn während des Scheidungsprozederes ein weiteres Mal überrascht, nämlich als der Richter eine Hypothek erwähnte, die sie angeblich auf Lake Grove aufgenommen hatten, um ein zweites Haus in Awadapquit zu kaufen, eine Adresse, die sie nie zuvor gehört hatte.

»Das muss ein Irrtum sein. Lake Grove gehört uns allein, es ist vollständig abbezahlt.«

»Ja, das hatten Sie, aber dann haben Sie es beliehen«, sagte ihr Anwalt sanft, als hätte Marilyn einfach keine Ahnung von finanziellen Dingen. »Sie haben den Vertrag unterschrieben. Hier, sehen Sie.«

Er hielt ihr ein Dokument hin und sagte, als er ihren Gesichtsausdruck sah: »Oh Gott, er hat Ihre Unterschrift gefälscht.«

Das Haus, das Herbert mit Marilyns Geld gekauft hatte, war das von Mary Flanagan.

Weil er sich schämte, stimmte Herbert zu, dass Lake Grove allein Marilyn gehörte und er die Schulden abbezahlen würde. Sie hatte gehört, dass Herbert bereits verlobt war, mit einer seiner früheren Studentinnen. Die Vorstellung, wie die monatlichen Zahlungen ihm den Beginn seines neuen Lebens erschweren würden, verschaffte Marilyn eine gewisse Genugtuung.

Nicht, dass sie es ertragen würde, je wieder in Lake Grove zu schlafen oder es auch nur zu betreten. Das Grundstück würde erst wieder für sie und Daisy da sein, nachdem beide der Erde übergeben worden waren. Sollte der Rest ruhig verfallen. Ihr war es gleich.

Bei diesem letzten Besuch in Lake Grove konnte Marilyn einfach nicht widerstehen, einen Blick durchs Küchenfenster zu werfen. Es war ein Jahr her, dass zuletzt jemand dort gewesen war. Der Raum sah unverändert aus. Sie konnte bis zur angrenzenden Vorratskammer blicken. Ein Stuhl stand vor den Regalen. Sie wusste auf Anhieb, warum er dort war.

Sie ging zu dem Flecken kühler Erde, wo Daisy begraben war, und legte die Hand darauf. Sie sagte ihr ohne Worte, dass sie bald wieder zusammen sein würden.

Marilyn stieg in ihren Wagen und steuerte ihn langsam in die Scheune hinein. Sie schloss sorgfältig das Tor und hörte klassische Musik im Radio. Dann schüttelte sie die letzten Schlaftabletten aus der Flasche, die in ihrer Handtasche war, und spülte sie mit Rotwein aus einer Thermoskanne hinunter. Bald würde sie wieder mit ihrem Kind vereint sein oder aber einfach nichts sein. Jedenfalls würde sie von ihrem Leiden erlöst werden. Irgendwann schlief sie in der Erwartung, nie mehr aufzuwachen, ein.

Aber sie wachte auf. Sie hatte keine Ahnung, wie oder warum.

Irgendeine Kraft, die sie nicht benennen konnte, hielt sie zurück, rüttelte sie wach. Sie sagte sich, sie würde noch rechtzeitig genug sterben, und dann wäre es für immer.

Marilyn stieg aus dem Wagen.

Mehrere Jahre danach las sie in der Zeitung über einen Kunstraub im Gardner Museum in Boston. Der Zeitungsartikel nannte Details der gestohlenen Meisterwerke. Das Einzige, das ihr in Erinnerung geblieben war, hieß *Eine Dame und ein Herr in Schwarz* von Rembrandt. Es zeigte ein Paar, das in verschiedene Richtungen blickte, zwischen ihnen ein Abstand von ungefähr einem Meter. Irgendetwas stimmte an dieser Komposition nicht. Eine Röntgenuntersuchung hatte zutage gebracht, dass einmal ein Kind in dieser Lücke zu sehen gewesen war. Das Kind starb, worauf das Ehepaar Rembrandt bat, es aus dem Porträt zu entfernen, weil sie nicht jedes Mal, wenn ihr Blick darauf fiel, an seinen Tod erinnert werden wollten.

Wie absurd zu glauben, man bräuchte das verlorene Kind einfach nur zu übermalen. Als könnte diese leere Stelle auf der Leinwand die Erinnerung an es, an seinen Verlust nicht ebenfalls heraufbeschwören. Und doch verstand Marilyn diesen Wunsch. Vielleicht war sie deswegen seit jenem Tag nie wieder nach Lake Grove zurückgekehrt, obwohl Daisy dort war.

Sie erzählte niemandem, was sie getan hatte, bis auf Lionel, Jahre später.

Er schloss sie einfach nur in die Arme und hielt sie ganz fest. »Ich bin froh, dass du die Stärke aufgebracht hast, am Leben zu bleiben.«

Er war ein Schatz, ihr Lionel.

Mit der Zeit stabilisierte sich Marilyn wieder. Sie unterrichtete Kunst. Sie hatte Freunde, die sie anrufen konnte, ob sie mit ihr zu Abend essen wollten. Aber ganz nah war ihr niemand. Was wirkliche Vertrautheit betraf, war sie allein. Nie sprach sie über das, was passiert war. Sie malte nicht mehr. Dieser Teil ihres Lebens war aus und vorbei.

Mit dreiundsiebzig fiel sie die Treppe hinab und brach sich die Hüfte. Damals drohte sie fast schon zu einer alten Frau zu werden. Wäre Lionel nicht des Weges gekommen. Der Nachbarjunge aus ihrer Kindheit, der vor Kurzem Witwer geworden war, saß zufällig neben ihr im Wartezimmer ihres Physiotherapeuten in Philadelphia. Er hatte eine Frau aus Main Line, dem historischen Viertel Philadelphias, geheiratet, und wie sich herausstellte, hatten sie und Marilyn all die Jahre über nur wenige Meilen voneinander entfernt gewohnt und nichts voneinander gewusst.

Ein Jahrzehnt lang erlebten sie noch viele gemeinsame Abenteuer. Sie reisten nach China, wo damals sein Sohn wohnte. Sie flogen nach Neuseeland, weil sie es schon immer einmal hatte besuchen wollen.

Als Lionel drei Jahre zuvor starb, überließ Marilyn ihr Craftsman-Haus seinen Kindern und zog wieder in ihre Wohnung in der Innenstadt, die sie nie aufgegeben hatte. Sie war einsam, ein Gefühl, das ihr nicht gefiel, ihr jedoch inzwischen sehr vertraut war. Manchmal sprach sie tagelang mit keiner Menschenseele. Dann ging sie hin und wieder in den Drogeriemarkt, einfach nur um zu hören, wie ein anderer Mensch sie grüßte.

Ihre Tochter wäre inzwischen sechzig gewesen. Der Schmerz ließ nie ganz nach. Jedes weitere Kapitel ihres Lebens brachte neuen Schmerz mit sich. Wann immer wieder etwas passierte, war ihr erster Gedanke immer noch, dass sie Daisy davon erzählen wollte. Daisy würde sich um sie kümmern, wenn sie noch lebte. Daisy hätte ihr Enkelkinder geschenkt.

Doch dann war Caitlin erschienen und stand ihr in ihrem letzten Lebensabschnitt zur Seite. Ihrem fünften und letzten Leben.

In all den Jahren hatten sich jede Menge potenzielle Käufer für Lake Grove interessiert. Marilyn hatte immer abgelehnt. Es war nicht zu verkaufen. Diese letzten Interessenten hatten indes Glück gehabt, hatten sie in einem Moment erreicht, als sie zugänglich dafür war. Sie dachten bestimmt, ihre aufdringliche Hartnäckigkeit und ihr Verhandlungsgeschick hätten den Handel besiegelt, aber in Wirklichkeit war es einfach nur das richtige Timing gewesen.

Eines Morgens in nicht allzu ferner Zeit würde Caitlin einen unerwarteten Anruf bekommen, ganz ähnlich wie Ethel und Honey Troys Neffe ihn im Jahr 1960 unverdienterweise bekommen hatte. Dann würde sie erfahren, dass Marilyn verstorben war und ihr ein kleines Vermögen hinterlassen hatte.

Der Gedanke, Daisys sterbliche Überreste dort zurückgelassen zu haben, tat immer noch weh. Dass das Haus noch so viele Jahre in Marilyns Besitz gewesen war, hatte sich lange angefühlt, als wäre dies die letzte Form des Schutzes, den sie ihrer Tochter bieten konnte.

Aber nun war Caitlin der Mensch, der einer Enkelin am nächsten kam. Manchmal tat Marilyn so, als wäre sie es wirklich. Als wäre Caitlin Daisys Tochter. Hin und wieder tat sie nicht nur so, sondern glaubte es sogar. Sie fragte sich, ob es durch eine Art zeitliche Hintertür, einen Trick des Universums nicht vielleicht tatsächlich wahrgeworden war.

8

Jane

Am Samstag um zehn vor fünf fuhr Jane los, um Genevieve einen Besuch abzustatten. Sie war aufgeregt, hatte zum ersten Mal seit Wochen wieder ein Kleid angezogen. Sogar Lippenstift aufgelegt. Nicht für Genevieve, sondern für das Haus. Den Anlass.

In ihrer Handtasche befand sich eine Mappe mit allen Informationen, die sie über die Littletons gesammelt hatte. Sie kam sich vor wie ein Kind, das es kaum erwarten konnte, ihre Lehrerin mit dem, was sie herausgefunden hatte, zu beeindrucken.

Auf halber Strecke bremste Jane bei dem Stoppschild vor dem Chambers Park. Eine Gruppe Jungen übte auf dem Parkplatz mit einem Baseball das Werfen und Fangen, obwohl sie umgeben waren von grünen, grasbewachsenen Feldern. Waren sie noch in der Highschool? Oder schon auf dem College? Sie war jetzt in einem Alter, in dem sie das Alter jüngerer Menschen nicht mehr genau einschätzen konnte. Alle waren ausnahmslos groß und schlank, die Hormone hatten jede Spur von Babyspeck weggebrannt, und die Jugend bewahrte sie noch vor Bäuchlein und beginnender Glatze, die sich später zeigen würden. Sie waren voller Selbstvertrauen. Keiner schien dieses bei Mädchen so verbreitete Gefühl zu haben, dass sie permanent beobachtet, beurteilt wurden. Irgendwo schrieb sich jetzt vermutlich eine liebeskranke Teenagerin in ihrem Tagebuch ihren Kummer über eine dieser nichtsahnenden Giraffen von der Seele. Und der Betreffende war in diesem Moment ganz und gar auf den

Ball konzentriert, der in die Luft stieg und in Richtung eines Handschuhs flog.

Jane fuhr weiter die Shore Road entlang, bis sie bei dem von Bäumen gesäumten Schotterweg ankam, der zu dem Grundstück führte. Alles sah aus wie immer, bis auf den Briefkasten. Jane war froh, dass die neuen Besitzer den Weg nicht hatten asphaltieren lassen. Der Wagen rumpelte über die unebene, steinige Erde, genau wie sie es in Erinnerung hatte.

Sie vermisste David. Er war ihr Gefährte gewesen bei den vielen Malen, die sie hergekommen war, um nach ihrem alten Lieblingsplatz zu sehen. In den letzten zehn Jahren hatte Jane nichts getan, von dem er nichts gewusst hatte, erst vor Kurzem hatte sich das schlagartig geändert. Sie fragte sich, was er in diesem Moment tat. Ob er sie ebenfalls vermisste oder letztlich erleichtert war, dass er sie los war.

Einige Tage waren vergangen seit ihrem letzten Austausch, der nur allzu ernüchternd gewesen war – eine Textnachricht von ihm, in der er ihr mitteilte, dass er ihr ein paar Briefe an die Adresse ihrer Mutter nachschicken werde. Es fühlte sich zunehmend realer an, dass sie im Begriff waren, sich immer weiter voneinander zu entfernen.

Das Haus kam in Sicht. Die dekorativen Elemente waren abgeschwächt worden. Anstelle der verschnörkelten Zierleisten umgab die Veranda jetzt ein schlichtes weißes Geländer. Hatte damals der Außenanstrich aus drei Farben bestanden – Lila mit blauer und grüner Umrandung –, war jetzt alles grau gestrichen. Davon abgesehen sah es fast noch aus wie früher, nur alles hübsch herausgeputzt – ein neues Dach, neue Fenster. Die Scheune hatten sie abreißen und durch eine geschwungene Auffahrt ersetzen lassen, die von weißen Pfingstrosen gesäumt war.

Gezähmt war das Wort, das ihr in den Sinn kam. Jane vermisste das gelbe hohe Gras, wild wachsend und ungemäht. Die alte kiesbedeckte Auffahrt, auf der hie und da Löwenzahn und Butterblumen wuchsen.

Sie parkte am Ende der Auffahrt und stieg aus. Erst jetzt sah sie, dass die Rückseite des Hauses durch einen circa sechs Meter langen zweistöckigen Anbau erweitert worden war, protzig und mit zahlreichen Fenstern. Das Ensemble wirkte irgendwie falsch, als wären zwei Häuser ineinandergekracht.

Ein Gefühl der Ernüchterung durchflutete Jane.

Genevieve empfing sie an der Haustür. Sie trug eine weiße Hose und ein ärmelloses Seidentop, und ein Stirnband hielt das Haar aus dem Gesicht. Waren Stirnbänder wieder in? Waren sie es irgendwann einmal nicht gewesen?

»Herzlich willkommen!«, sagte Genevieve lächelnd. »Danke, dass Sie sich die Mühe gemacht haben. Kommen Sie herein.«

Sie war freundlich, wenngleich ein bisschen zu formell. Jane dachte, dass sie etwa im gleichen Alter sein mussten, aber Genevieve sprach, als wäre sie etliche Jahre älter. Sie erinnerte Jane an jemanden, aber ihr fiel nicht ein, an wen.

Mit ausgestrecktem Arm schob Genevieve die Fliegengittertür auf.

Ihr kleiner Sohn stand hinter ihr, einen Spielzeuglastwagen an sich gedrückt, und sah ängstlich zu Jane hinauf.

»Sie haben sehr viel Mühe für die Renovierung aufgewandt«, stellte Jane fest.

Ihre Mutter hatte ihr und Holly einmal geraten, wenn ihnen nichts Nettes zu sagen einfalle, könnten sie einfach in begeistertem Tonfall einen neutralen Sachverhalt benennen, sodass ihr Gegenüber es als Kompliment auffasste.

»Danke«, sagte Genevieve.

Jane lächelte.

»Ich wünschte, wir hätten an der Fassade noch mehr machen können«, fuhr Genevieve fort. »Die Veranda konnten wir nur verschönern, weil die alte nicht original war. Ich bin kein großer Freund von Muschel- und Zuckerbäckerverzierungen und solchen Dingen. Das ist – überladen. Nicht mein Stil, die Gemeinde erlaubt einem jedoch nicht, etwas an der Fassade eines so alten Hauses zu verändern. Es ist denkmalgeschützt. Aber Gott sei Dank darf man mit dem Rest machen, was man möchte.«

Als Jane eintrat und ihre Erinnerung ihr ein Wandbild mit einer Meeransicht verhieß und mehrere Türen, die von der kleinen Eingangshalle in verschiedene Räume führten, entdeckte sie erschrocken, dass das gesamte Erdgeschoss jetzt offen war. Das Wandbild hatte Genevieve weiß überstreichen lassen. Alles war weiß, auch die Möbel waren weiß, beige oder marineblau. Jane konnte bis zur hinteren Mauer sehen, die fast nur aus Glasschiebetüren bestand, durch die man auf den Ozean blickte. Früher hatte sich eine geschwungene Fensterbank unter einer Reihe Bleiglasfenster befunden.

Jane war nicht nah am Wasser gebaut. Oft vergingen Jahre, ohne dass sie eine Träne vergoss. Aber jetzt war ihr nach Weinen zumute, schon zum zweiten Mal in dieser Woche.

»Es sieht aus, als wäre es ein ganz anderes Haus«, sagte sie, weil sie nicht anders konnte.

»Wir haben viel Schweiß, Blut und Tränen hineingesteckt«, erwiderte Genevieve.

Jane fragte sich, wen sie mit *wir* meinte. Wie eine passionierte Heimwerkerin sah Genevieve nicht aus. Jane konnte sich nicht vorstellen, dass sie eigenhändig die alte Kiefernholzküche herausgerissen oder die Parkettböden abgeschliffen und versiegelt hatte, ja nicht einmal, wie sie eine Glühbirne an der drei Meter hohen Decke auswechselte.

Es war sinnlos, ihr zu sagen, dass sie das Haus so geliebt hatte, wie es gewesen war. Dass sie selbst es niemals so behandelt hätte. Doch Andacht zählte im Immobiliengewerbe nicht. Das war Genevieves Haus, und sie konnte damit machen, was sie wollte. Aber warum kaufte jemand ein historisches Haus, um dann alles Historische zu entfernen?

Genevieve wollte ihr unbedingt das ganze Haus zeigen.

Sie gingen, alle drei, in den ersten Stock, betraten mehrere Schlafzimmer und zwei Bäder, wo alles geschmackvoll und tadellos aufgeräumt war. Keine schmutzigen T-Shirts oder auf dem Boden herumliegendes Spielzeug. Keine ungemachten Betten oder feuchten Badematten. Das ganze Haus sah aus, als wäre es für einen Tag der offenen Tür hergerichtet worden.

Jane wusste, dass Genevieve und ihr Söhnchen gerade erst von einem längeren Aufenthalt im Saint Aspinquid Inn zurückgekehrt waren, denn Allison hatte ihr vor ein paar Stunden getextet: *Genevieve hat ausgecheckt. Es ist offiziell. Ich kann wieder durchatmen!*

Aber auch darauf deutete nichts hin. Kein Koffer, der darauf wartete, ausgepackt oder weggeräumt zu werden. Kein Stoß ungeöffneter Werbesendungen.

Das letzte Mal, als Jane diese Räume gesehen hatte, waren sie im Verfall begriffen. Seitdem hatten sie eine erstaunliche Wandlung durchgemacht.

Nachdem sie im ersten Stock jeden einzelnen Raum gesehen hatten und wieder im Flur standen, sagte Benjamin, während er auf eine Wand deutete: »Das ist mein Zimmer.«

»Wo denn?«, fragte Jane.

»Hier«, sagte er und legte die Hand an die Wand.

Da bemerkte Jane etwas, was ihr bislang noch nie aufgefallen war. Eine Tür, in derselben Farbe wie die Wand gestrichen, völlig bündig und ohne den geringsten Hinweis auf ihre Existenz, bis auf den schwachen silbernen Lichtstreifen unter der Tür.

»Wie cool«, rief sie ehrlich begeistert, während die Nancy Drew in ihr aufschien, die jugendliche Hobbydetektivin, eine Heldin ihrer Teenagerzeit.

Das war so faszinierend an alten Häusern, dachte sie. Diese Details, die man in neuen Häusern vergeblich suchte. Aufregend und unerwartet, machten sie das Fehlen einer Zentralheizung mehr als wett. (Wobei Genevieve natürlich eine hatte einbauen lassen.) Ein Haus mit *Charakter.* Es war gut, dass nicht alles der Modernisierung zum Opfer gefallen war.

»Ich kann dir zeigen, wie die Tür aufgeht«, sagte Benjamin.

»Oh ja, bitte«, antwortete Jane.

Doch Genevieve lotste sie bereits in die andere Richtung.

»Gehen wir wieder hinunter. Ich möchte Ihnen jetzt die überdachte Veranda zeigen. Es ist ein wunderschöner Abend. Ich habe uns einen Imbiss vorbereitet.«

Sie nahm Benjamin bei der Hand, während sie die Treppe hinunterstiegen.

»Ich schlafe jetzt nicht mehr dort«, sagte der Junge.

Auf dem Weg zur Terrasse bat Jane darum, kurz die Gästetoilette benutzen zu dürfen. (*The powder room* hatte Genevieve sie genannt.) Eigentlich musste sie gar nicht. Sie wollte einfach nur kurz allein sein. Der Raum war klein und fensterlos und mit einem lächerlichen Muster tapeziert – schwarz mit schreiend rosa Flamingos darauf, sodass ihr beinahe schwindelig wurde, wenn sie sie ansah. Jane vermutete, dass solche Tapeten jetzt Mode waren, andernfalls hätte Genevieve sie bestimmt nicht ausgewählt, Jane kam sie jedoch einfach nur schräg vor.

An der Wand hingen in einem vergoldeten Rahmen nebeneinander zwei Seiten aus dem *Maine Coast Magazine*. Jane brauchte eine Weile, bis ihr klar wurde, warum das Coverbild ihr so vertraut vorkam. Sie betrachtete eine Aufnahme des Hauses, in dem sie sich gerade befand. Die offene Küche, das viele Weiß. *Geschichte trifft auf Moderne: Ein 1846 erbautes Strandhaus nach einer Verjüngungskur.*

Jane las, was auf der gegenüberliegenden Seite stand. Hauptsächlich einige Zitate von Genevieve und ihrer Innenarchitektin darüber, dass sie keine Mühen gescheut hätten, die Geschichte des Hauses in Ehren zu halten. Schon erstaunlich, dachte Jane, zeugte das Ergebnis doch eher vom Gegenteil. In einem länglichen Kasten am Rand des Textes wurde über den Korb berichtet, den Genevieve gekauft hatte, alte indigene Handwerkskunst, die vermutlich aus der Mitte des neunzehnten Jahrhunderts datierte und hier, im südlichen

Maine, gefertigt wurde. (*Mrs Richards hat diesen von ihr sehr geschätzten Abenaki-Korb in einem Antiquitätengeschäft in Awadapquit gekauft. »Ich habe mich sofort in ihn verliebt. Er war so schön. Ich musste ihn einfach haben«, erinnert sie sich.*)

Jane dachte an die Körbe, die sie vor ein paar Tagen in der Ausstellung in Portland gesehen hatte. Gemacht von Menschen, die aus einer alten Dynastie von Korbmachern stammten und darauf bedacht waren, ihre Traditionen zu bewahren. Dieses Haus, so wie es von Genevieve entworfen worden war, erschien ihr ganz und gar nicht die richtige Umgebung für ein solches geschichtsträchtiges Stück zu sein.

Jetzt verstand sie sehr gut, warum Genevieve Allison derart auf die Nerven ging.

Trotzdem konnte Jane kaum glauben, dass sie hier war, an diesem Ort, der ihr einmal so vertraut gewesen war. Dass sie nicht mehr eine Art Hausfriedensbruch beging, wenn sie sich hier aufhielt, sondern ins Haus eingeladen worden und die Treppe hinaufgegangen war, ohne fürchten zu müssen, dass eine morsche Stufe unter ihrem Gewicht nachgab. Wenn sie die Toilettenspülung betätigte. Gleich einen Imbiss auf der Terrasse angeboten bekäme. (Im Ernst, wer sagte heute noch »Imbiss«?)

Jane atmete tief durch. Sie verließ die Toilette und ging in Richtung hintere Terrasse, wo Genevieve und Benjamin auf sie warteten.

Als sie durch den offenen Bereich zwischen der weißen Küche und dem weißen Wohnzimmer ging, bemerkte sie den Korb auf dem Beistelltisch.

Sie trat näher. Am Rand war er mit einem dunkelbau gefärbten Flechtmuster aus Vogelmotiven verziert. Jane fand, der Korb strahlte Geschichte aus. Sie fragte sich, wo er die letzten zweihundert Jahre wohl gewesen war. Wo genau er hergestellt worden war und von wem.

Als die Fliegengittertür aufging, erstarrte Jane.

»Jane?«, rief Genevieve. »Kommen Sie, bitte?«

Jane ging hinaus.

Während sie ins Sonnenlicht trat, sagte sie: »Ich habe den Weidenkorb auf Ihrem Beistelltisch bewundert.«

»Hm? Ach ja. Er ist antik.«

»Er ist wunderschön.«

Genevieve zuckte mit den Schultern.

»Gefällt er Ihnen nicht?«, sagte Jane.

»Nein, nein, ich mag ihn. Es ist nur … Es ist einfach nur ein Korb. Wenn mein Mann wüsste, was ich dafür bezahlt habe, wäre er bestimmt wütend. Und daran muss ich jedes Mal denken, wenn ich ihn ansehe.«

Jane hätte gern gewusst, wie viel der Korb gekostet hatte.

Seltsam, diese kleinen Geheimnisse, die es in jeder Ehe zu geben schien, die Kompromisse, die Außenstehende nicht verstehen konnten. Jane wäre es niemals in den Sinn gekommen, David um Erlaubnis zu bitten, ehe sie sich etwas kaufte. Ebenso wenig würde sie etwas, das sie erworben hatte, vor ihm verstecken. Und schon ertappte sie sich dabei, wie sie sich verglich. Immerhin hatte Genevieve noch einen Mann. Und Jane nicht.

»Ich habe ihn von einem Antiquitätenhändler in der Stadt gekauft. Er heiß Thomas Crosby«, sagte Genevieve.

Sie sah Jane erwartungsvoll an, als erwartete sie, dass sie den Namen kannte.

»Er ist auf Stammeskunst spezialisiert. Ich glaube, in den Sechzigern oder Siebzigern hatte er eine Galerie hier im Ort, aber jetzt empfängt er Kunden nur noch nach vorheriger Terminvereinbarung. Das ist weniger offiziell. Außerdem muss er steinalt sein. Ein Glas Wein?«

Sie hielt eine Flasche hoch.

»Nein, danke.«

Jane hätte gern noch ein wenig über den Korb geredet, Genevieve gefragt, was sie mit *weniger offiziell* meinte.

»Setzen Sie sich«, sagte Genevieve bestimmt und fügte ein »Bitte«

hinzu, vielleicht damit Jane nicht gar so sehr das Gefühl hatte, ihr würde ein Befehl erteilt.

Auf einem verwitterten Holztisch unter einem blauen Segeltuch-Sonnenschirm, der in der Mitte steckte, hatte Genevieve Cracker und Parmaschinken und Käse auf einer Schieferplatte angerichtet und daneben standen drei kleine weiße Teller mit blau-weißen Stoffservietten in einem Zickzackmuster und zwei leere Weingläser.

»Sind Sie sicher, dass ich Sie nicht zu einem Gläschen Pinot Grigio verführen kann?«

»Danke, aber ich trinke keinen Alkohol«, sagte Jane.

Sie nutzte die seltene Gelegenheit, diese Worte zu üben, sie bei jemandem anzubringen, der sie noch nicht lange kannte und dessen Meinung ihr völlig egal war.

»Oh«, sagte Genevieve. »Tut mir leid.«

»Keine Ursache.«

»Dann trinken wir einfach nur Mineralwasser.«

»Bitte, trinken Sie ruhig ein Glas Wein. Es macht mir nichts aus, wirklich.«

»Sind Sie sicher?«

»Absolut.«

»Dann für Sie einfach nur Pellegrino?«

»Mir wäre ein Glas Leitungswasser am liebsten, wenn es keine Umstände macht«, sagte Jane.

Genevieve nickte und rief, während sie hineinging, Benjamin über die Schulter zu: »Du bleibst schön sitzen, sodass dich Jane sehen kann, ja?«

Das kam Jane merkwürdig vor. Genevieve kannte sie kaum. Andererseits war Jane jemand, der nicht harmloser hätte sein können – eine mittelalte Frau. Vielleicht reichte das, um sie als vertrauenswürdig zu qualifizieren.

Sie atmete tief die Meeresluft ein – der Ozean war so nah, dass sie die Feuchtigkeit auf den Wangen spüren konnte.

Der Ausblick, wenigstens der, war unverändert. Genauso großartig, wie sie ihn in Erinnerung hatte. Vielleicht sogar großartiger, weil die Terrasse durch den Anbau am Haus jetzt noch näher am Wasser war.

Kaum hatte dieser Gedanke sie gestreift, fiel es ihr auf: Auf einer Seite des Hauses, wo früher eine Gruppe majestätischer Kiefern gestanden hatte, befand sich jetzt ein Swimmingpool.

Er wirkte deplatziert. Ein Pool am Meer – so was hatte man in den Hamptons. Niemand sonst hier, nicht einmal die wohlhabendsten Leute mit Sommersitz hatten einen Pool.

Benjamin trat neben sie, noch immer den Spielzeuglaster in der Hand.

»Du bist bestimmt froh, einen Pool zu haben, stimmt's?«, sagte Jane.

»Ja, aber wir schwimmen nicht darin.«

»Warum nicht?«

»Es ist nicht sicher.«

Der Junge war ein bisschen unheimlich. Aber vielleicht meinte er ja nur, dass es zu gefährlich war, wenn er allein darin schwamm.

Auf der Insel waren keine Seehunde zu sehen. Wann immer Jane sie neuerdings betrachtete, musste sie an die Männer denken, die dieser Entdecker, Pembroke, entführt hatte. War er wirklich dort angelandet? Sie erwog flüchtig, Genevieve davon zu erzählen, aber sie bezweifelte, dass sie das interessieren würde.

Genevieve kam mit einem Glas Wasser und einem perfekt auf den Rand drapierten Zitronenschnitz zurück. Sie reichte es Jane. Das Glas war erstaunlich schwer. Die Eiswürfel darin klirrten gefällig.

Genevieve schenkte sich ein Glas Wein ein.

Benjamin setzte sich wieder zu ihnen. Genevieve gab ihm ihr Handy, startete einen Zeichentrickfilm, und er starrte gebannt auf das Display.

Während sie das Arrangement auf dem Tisch mit der Vase und einer blauen Hortensie darin betrachtete, fiel Jane ein, an wen Genevieve sie erinnerte: die Mäzeninnen der Schlesinger-Bibliothek, alles kultivierte, wohlhabende Hausfrauen, die intelligent und gebildet und meistens zwischen Mitte und Ende siebzig waren. Frauen, die dazu erzogen waren, Gäste zu empfangen; die alles sehr viel anmutiger taten, als Jane es vermochte, selbst ein Glas Wasser zu servieren.

Als hätte sie ihre Gedanken gelesen, sagte Genevieve: »Ich muss ein kleines Geständnis ablegen. Ich habe Sie auf Facebook gesucht. Ich erwähne es nur, weil ich auf diese Weise herausgefunden habe, dass wir eine gemeinsame Freundin haben. Priscilla Bingham.«

»Priscilla«, sagte Jane. »Ach ja, sie gehört dem Alumni-Beirat der Bibliothek an.«

»Das kann durchaus sein, denn ich kenne sie durch den Seven-Sisters-Leseclub«, sagte Genevieve. »Wie klein die Welt ist.«

Jane nickte.

Sie unterhielten sich über die vergangene Spielsaison am American Repertory Theater, das sich gegenüber von Janes Büro befand. Genau wie Jane hatte Genevieve ein Jahresabo. Sie waren sich einig, dass Anna Deavere Smiths letzte Ein-Frau-Show unglaublich gut war, während dieses neue experimentelle puppenlastige Musical nicht ihre Kragenweite war.

Das nächste Gesprächsthema waren die vielen guten Restaurants in Cambridge, die in letzter Zeit zugemacht hatten, und die paar wenigen, die immer noch gut liefen. Jane sagte, ihr Lieblingslokal sei seit jeher ein Italiener namens Gianna, woraufhin Genevieve meinte, ihr Mann sei mit dem Inhaber befreundet.

»Er und seine Frau wollen uns im August hier besuchen, dann müssen Sie unbedingt zum Abendessen kommen«, sagte sie.

Trotz ihrer nicht allzu hohen Meinung von Genevieve tat Jane dieser Austausch, der sie an ihr altes Leben und die Menschen darin erinnerte, gut.

Manchmal fühlte es sich an, als wäre diese über all die Jahre sorgfältig aufgebaute Welt in den letzten Monaten verschwunden, als hätte sie unwiderruflich einen Schalter umgelegt. Jetzt war da jemand, der diese Welt gut kannte, jedoch nichts von Janes Regelverstößen wusste. Die perfekte Kombination.

»Gut, erzählen Sie, was Sie herausgefunden haben«, forderte Genevieve sie auf. »Ich kann es kaum erwarten!«

»Und ich kann es kaum erwarten, es Ihnen zu erzählen.«

Jane nannte sämtliche Mitglieder der Familie Littleton, erklärte, wer sie waren und was aus ihnen geworden war. Genevieve nickte jedes Mal, wenn Jane einen neuen Namen erwähnte, als hätte sie ihn schon einmal gehört und würde die Namen mit einer Liste abgleichen.

»Das Beste habe ich für den Schluss aufgehoben«, sagte Jane, als sie am Ende ihrer Aufzählung angekommen war.

Genevieve beugte sich vor.

Jane zog das Handy aus ihrer Handtasche. »Ein Foto!«, sagte sie.

Darauf sah Hannah Littleton lächelnd ihren Mann an. Sie trug ein dunkles, hochgeschlossenes Kleid. Ihr Gesicht sah ausgemergelt aus. Das Haar war zurückgekämmt und hochgesteckt, aber nicht so ordentlich, wie man es für ein Posieren für den Fotografen erwartet hätte, sondern als wäre sie in Eile gewesen.

Marilyn Martinson hatte ihr das Foto geschickt, kurz nachdem sie telefoniert hatten, aber nicht mehr geantwortet, nachdem Jane ihr dafür gedankt hatte.

Jane erwähnte nicht, woher sie das Foto hatte. Ihr Anruf bei Marilyn kam ihr jetzt so vor, als hätte sie ihn aus einem ganz eigenen Impuls heraus getätigt. Am besten, sie behielt es für sich. Zumal Marilyn das eine Mal, als sie telefoniert hatten, mehr oder weniger wortlos aufgelegt und keinen ihrer weiteren Anrufe mehr beantwortet hatte.

Genevieve besah sich das Foto nur kurz. Dann zeigte sie es ihrem Sohn, der einen gelangweilten Eindruck machte. »Schau dir die Frau auf diesem Foto an, Baby«, sagte sie. »Sieh sie dir genau an. Erinnert sie dich an jemanden?«

Als Benjamin keine Reaktion zeigte, gab Genevieve Jane das Handy zurück und sagte: »Und was ist mit Eliza?«

Jane war verwirrt. »Sie meinen das Hausmädchen?«

»Nein, ich glaube, sie war die Schwester von jemandem.«

»Hmm«, machte Jane. »Es gab eine Eliza, die bei der Familie wohnte, aber sie war nicht mit ihnen verwandt. Wussten Sie, dass das hier einmal eine Pension für Langzeitgäste war? Später, meine ich. Das Haus hieß damals Lake Grove Inn.«

Diese Information schien Genevieve nicht im Geringsten zu interessieren.

»Wie man mir sagte, wurde das Schild, das einmal an der Veranda hing, von den Vorbesitzern im Keller zurückgelassen. Vielleicht befindet es sich noch dort«, sagte Jane.

»Ganz bestimmt nicht. Nachdem der Mann, den ich mit dem Entrümpeln beauftragt hatte, seine Arbeit erledigt hatte, war nichts mehr da.«

Sie nahm einen großzügigen Schluck Wein. »Er hat zwölf Müllcontainer an altem Zeug herausgeholt. Nun, die Vorbesitzer waren zu faul, um das selbst zu tun.«

Da waren wunderschöne Teppiche und Möbel. An den Wänden gerahmte Bilder. Schränke voller Geschirr. Ein Puppenhaus. Und die Regale in der Vorratskammer waren voller Kristallgläser gewesen. Jemandem mussten sie viel bedeutet haben, dachte Jane, sonst hätte er oder sie diese Sachen nicht gesammelt.

»Um auf Eliza zurückzukommen«, sagte Genevieve. »Sind Sie sich absolut sicher, dass sie nicht mit den Littletons verwandt war?«

»Ziemlich sicher«, antwortete Jane. »Eine Nachfahrin von ihnen, die im Ort wohnt, hat mir den Stammbaum der Littletons geschickt, und ich gleiche den Namen gern nochmals damit ab, wenn Sie wollen, aber es wäre unüblich gewesen, eine Verwandte als Hausmädchen einzustellen.«

»Glauben Sie, diese Nachfahrin hat Fotos von Eliza? Oder kennt jemanden in der Verwandtschaft, der welche hat?«

»Fotos des Hausmädchens von lange verstorbenen Verwandten? Das bezweifle ich.«

»Okay, dann lassen Sie es«, sagte Genevieve. »Ich hatte vor allem gehofft, dass ein Foto von Eliza auftaucht.«

»Warum?«, fragte Jane.

»Um es Benjamin zu zeigen.«

Diese Antwort half Jane kein bisschen weiter, aber statt nachzuhaken, sagte sie: »Ich glaube, es ist sehr unwahrscheinlich, dass wir ein Foto finden, vor allem wenn man bedenkt, wie lange das alles zurückliegt.«

Genevieve wirkte enttäuscht, doch dann erhellten sich ihre Züge wieder. »Unwahrscheinlich, aber nicht unmöglich.«

Jane rang sich ein Lächeln ab. »Sie sind recht hartnäckig, Genevieve, stimmt's?«

»Schuldig im Sinne der Anklage«, erwiderte sie. »Sind Sie hungrig? Ich habe Lachs gemacht.«

»Oh, von einem richtigen Abendessen war aber gar nicht die Rede«, sagte Jane. »Ich möchte Ihnen nicht zur Last fallen.«

»Bitte.« Genevieves Stimme klang leicht verzweifelt, »bitte, gehen Sie nicht, Jane.«

Um neun Uhr abends saßen sie immer noch am Tisch auf der überdachten Terrasse.

Ein großartiger Sonnenuntergang bot sich ihnen. Inzwischen dämmerte es. Die Luft kühlte merklich ab. Moskitos machten sich über sie her. Dann plötzlich die Dunkelheit. Ein Himmel voller Sterne. Eine Mondsichel.

Aus einem unerfindlichen Grund war Jane geblieben. Als sie am Nachmittag das Haus verlassen hatte, hatte sie gedacht, sie bliebe nur eine Stunde weg. Sie hatte ein gefrorenes Hühnchen auf den Küchentresen gelegt, damit es bis zu ihrem Abendessen aufgetaut wäre.

Genevieves Lachs war perfekt gewesen. Frischer Dill war daran, allein das beeindruckte Jane. Zum Dessert hatte Genevieve Rhabarberkuchen serviert, den besten, den Jane je gegessen hatte.

Sie waren seit einer Stunde mit dem Essen fertig. Ihre Unterhaltung war mehrmals ins Stocken geraten. Als ihre Gespräche über Kulturveranstaltungen, die man auf keinen Fall verpassen durfte, und die Littletons versiegt waren und es an der Zeit gewesen wäre, über persönliche Dinge zu sprechen, hatte keine von ihnen viel zu sagen.

Trotz ihres Wohlstands und ihrer Kultiviertheit wirkte Genevieve unbeholfen, ein Gefühl, das Jane nur allzu gut nachvollziehen konnte.

Doch jedes Mal, wenn Jane Anstalten machte, sich zu verabschieden, wollte Genevieve plötzlich unbedingt noch ihre Meinung zu irgendetwas hören – dem Fliesenmuster für den Haushaltsraum im oberen Stock, das ihre Innenarchitektin ihr geschickt hatte, oder sie hatte noch eine Frage zu Awadapquit. Ausnahmsweise war Jane einmal die Expertin für ihr Heimatstädtchen, statt sich wie sonst meistens wie eine Auswärtige zu fühlen, obwohl ihre Familie schon seit drei Generationen mit Unterbrechungen dort ansässig war.

Genevieve hatte Benjamin noch nicht ins Bett geschickt. Er saß drinnen auf dem Sofa und sah sich denselben Zeichentrickfilm noch einmal an, diesmal auf dem iPad.

In regelmäßigen Abständen warf Genevieve einen verstohlenen Blick durch die Schiebefenster zu ihm hinein. Hin und wieder stand sie auch auf, um nach ihm zu sehen. Ihm ein Glas Wasser oder eine weiche Decke zu bringen.

»Dann arbeiten Sie also in Cambridge, wohnen den Sommer über aber hier?«, fragte Genevieve und blinzelte, als kostete diese Vorstellung sie große Anstrengung.

»Meine Mutter lebt hier«, sagte Jane. »Das heißt, sie hat hier gelebt. Sie ist vor etwas mehr als einem Jahr gestorben.«

»Oh nein, das tut mir leid.«

»Danke.«

»Sie muss noch jung gewesen sein«, sagte Genevieve.

»Dreiundsechzig.«

»Woran ist sie gestorben?«

»An Lungenkrebs.«

Genevieve schüttelte den Kopf. »Mein Cousin ist auch daran gestorben. Es ist so unfair, er hat nie geraucht.«

Ihre Mutter hatte unentwegt geraucht, soweit Jane sich erinnern konnte. Sicherlich, man konnte nicht sagen, dass sie nicht selbst schuld daran war, und doch sah Jane sie immer noch als Opfer. Der Tabakindustrie, die sie im Alter von dreizehn süchtig gemacht hatte. Der Gesellschaft, die sie gelehrt hatte, dem Ideal eines dünnen Körpers zu huldigen.

»Und Ihr Vater?«, fragte Genevieve. »Lebt er noch?«

»Er hat uns verlassen, als ich zwei war, mehr oder weniger nach der Geburt meiner Schwester. Das war es dann. Wir bekamen nicht einmal eine Geburtstagskarte von ihm. Wenn ich hinter ihm in einer Schlange stünde, würde ich ihn nicht erkennen.«

Tränen traten Genevieve in die Augen. Unmittelbar, als schnitte sie Zwiebeln.

»Tut mir leid«, sagte sie und wischte sie weg. »Ich bin auch bei einer alleinerziehenden Mutter aufgewachsen. Und ich möchte mir nicht vorstellen, wie es ist, sie zu verlieren.«

Es war, als wollte sie, dass Jane, deren Mutter bereits gestorben war, sie wegen der Aussicht, dass ihre Mutter eines Tages sterben würde, tröstete.

»Ich muss jetzt wirklich los«, sagte Jane.

»Nein, Sie können noch nicht gehen«, erwiderte Genevieve. »Sie haben mir ja bislang gar nicht erzählt, was Sie mit dem Haus verbindet. Allison hat mir nichts darüber gesagt an dem Tag, als wir uns kennengelernt haben. Erinnern Sie sich?«

»Nun, ich habe das Haus in meinem letzten Highschool-Jahr entdeckt. Damals war es unbewohnt, und ich war oft hier. Allein. Ich habe draußen gesessen und gelesen. Später bin ich dann immer mit meinem Mann hergekommen, wenn wir zu Besuch in Awadapquit waren.«

»Ich wusste gar nicht, dass Sie verheiratet sind«, sagte Genevieve und schlug sich erschrocken die Hand vor den Mund. »Sie hätten Ihren Mann zum Abendessen mitbringen können. Es ist mir peinlich, dass ich ihn nicht eingeladen habe.«

»Es muss Ihnen nicht peinlich sein, jemanden, von dessen Existenz Sie nichts wussten, nicht eingeladen zu haben. Wie auch immer, David ist gar nicht hier. Wir … haben uns eine Auszeit genommen.«

Jane hatte das abgesehen von Allison und Holly noch vor niemandem laut ausgesprochen. Es fühlte sich absolut unwirklich an.

»Eine Ehe ist etwas Kompliziertes«, sagte Genevieve.

Eine perfekte Antwort, fand Jane. Weder bemitleidend noch zu vertraulich und zudem kein Versuch, ihr weitere Informationen zu entlocken. Auch als Jane ihr gesagt hatte, sie trinke keinen Alkohol, hatte sie nicht gefragt, warum und wie lange schon. Die positive Kehrseite von Genevieves steifer Förmlichkeit, dachte Jane, war ihre Diskretion.

»Es ist kompliziert, da haben Sie recht«, sagte Jane.

Doch jetzt, mit dem zeitlichen Abstand, wurde ihr immer klarer, wie es dazu gekommen war. Die letzten anderthalb Jahre ihres Lebens fühlten sich im Nachhinein ein bisschen wie ein Schleudertrauma an. Dinge, die unvergänglich schienen, lösten sich in Luft auf. Jane hatte keine Zeit, eine schlechte Nachricht zu verdauen, als auch schon die nächste auftauchte.

Im Verlauf von sechs Monaten erkrankte ihre Mutter und starb. Das war erst ein Jahr her. Jane hatte Gewissensbisse, weil sie das Gefühl hatte, nicht genug zu trauern. Aber rückblickend erkannte sie, dass sie unmittelbar nach der Beerdigung angefangen hatte, übermäßig zu trinken und zu spät zur Arbeit zu kommen. Manchmal meldete sie sich sogar krank, um ihren Kater auszukurieren. Das war ein Novum.

Hin und wieder wurde sie nach mehreren Gläsern Wein sogar handgreiflich gegenüber David, und zwar völlig grundlos.

Wenn sie sich am nächsten Morgen bei ihm entschuldigte, sagte er für gewöhnlich: »Du hast erst vor Kurzem deine Mutter verloren. Es war ein schweres Jahr für dich.«

Jane war froh über seine Reaktion, auch wenn sie insgeheim wusste, dass er ihr dieses Verhalten nicht hätte durchgehen lassen dürfen. Er schlug ihr eine Entziehungskur vor, und als sie sich weigerte, drängte David sie nicht. Jane fürchtete, wenn sie so weitermachte, würde sie für ihn irgendwann nicht mehr liebenswert sein. Und dann? David würde sie niemals verlassen. Er war sehr loyal. Das war seine große Stärke und fatale Schwäche zugleich. Er stammte aus einer großen Familie, in der sich noch nie jemand hatte scheiden lassen. Er schämte sich, weil seine erste Ehe in die Brüche gegangen war. Also würde er, das wusste Jane, alles Erdenkliche tun, diese zweite Ehe aufrechtzuerhalten. Auch wenn er dafür ignorieren musste, was sich vor seiner Nase abspielte. Deswegen war sie weggegangen. Weil sie ihn liebte und wusste, dass es ihm ohne sie besser ginge. Jedenfalls ohne diese Version von ihr.

Eine Zeit lang herrschte Schweigen, und Jane meinte fast sehen zu können, wie es in Genevieves Kopf ratterte. Als suchte sie vergeblich nach Worten, mit denen sie Jane wegen ihrer Eheprobleme ermutigen könnte.

Das Einzige, das ihr einzufallen schien, war, ihr ihrerseits ein Geheimnis anzuvertrauen. Denn nach langem Schweigen sagte Genevieve: »Sie werden vermutlich glauben, ich bin verrückt, aber ich bin mir ziemlich sicher, dass es in diesem Haus spukt.«

Jane blinzelte verwirrt. Sie hatte mit allem gerechnet, nur nicht damit.

»Ich weiß, das klingt absurd, aber seit wir hier eingezogen sind, ereignen sich merkwürdige Dinge. Es gibt keine andere Erklärung dafür.«

»Was für Dinge?«, fragte Jane.

»Murmeln.«

»Murmeln?«

Jane erinnerte sich, dass sie dieses eine Mal, als sie sich als Jugendliche in den ersten Stock hinaufgewagt hatte, auf dem Flur Murmeln sowie Glasscherben gesehen hatte.

»Das Haus ist vor unserem Einzug professionell ausgeräumt, renoviert und gründlich gereinigt worden«, fuhr Genevieve fort. »Es hat sich absolut kein Gegenstand mehr darin befunden. Und doch tauchen immer wieder Murmeln auf. Oh, und eines Nachts war plötzlich ein riesiger Riss in einer Mauer. Und manchmal flackert ein Licht. Oder ein Gegenstand fällt grundlos von einem Regal. Und es gibt einen Geist.«

Jane unterdrückte ein Lächeln. Es lag ihr auf der Zunge zu sagen: Das nächste Mal, wenn Sie den Geist sehen, führen Sie ihn in die Irre. Aber sie bezweifelte, dass Genevieve Sinn für Humor hatte.

»Benjamin hat sie gesehen. Ein Mädchen. Es war mehrmals bei ihm im Zimmer. Es war Eliza, da bin ich mir ziemlich sicher. *Sister Eliza.*«

»Wie kommen Sie auf diese Idee?«

Genevieve hielt kurz inne, als wollte sie ihre Antwort gut abwägen.

»Es ist nur so ein Gefühl«, sagte sie schließlich. »Nachdem mir Benjamin von ihr erzählt hat, sind wir für eine Weile ins Saint Aspinquid gezogen. Heute ist die erste Nacht, die wir wieder hier verbringen.«

»Ich verstehe.«

»Ich habe ihm gesagt, dass er nie wieder in diesem Zimmer schlafen wird. Er hat sie nur dort gesehen, nirgendwo sonst. Ich bin trotzdem nervös. Dieser Geist ... sie ist wütend auf uns. Und ich fürchte, wegen etwas, das ich getan habe.«

»Was denn?«, fragte Jane. *Wegen der geschmacklosen Renovierung?*

Genevieve antwortete ihr nicht.

»Deswegen wollen Sie also unbedingt ein Foto von Eliza.«

»Ja.« Genevieve atmete ein und warf den Kopf in den Nacken. Nachdem sie diese eine Silbe ausgestoßen hatte, wirkte sie erleichtert.

»Paul, mein Mann, wird heute Abend herkommen und zwei Wochen bleiben. Das ist der einzige Grund, weshalb ich in das Haus zurückgekehrt bin. Er sagte, er werde gegen sieben hier sein, aber er hat einfach kein Zeitgefühl.« Jane erwartete, dass Genevieve ihre Klage noch ein wenig ausführte, aber dann sagte sie: »Paul arbeitet zu viel. Er kommt kaum dazu, diesen Ort zu genießen.«

Also war Jane nicht nur dazu da, ihr Gesellschaft zu leisten. Sondern obendrein als Beschützerin. Der Lachs, der Maiskolben und der Kuchen, den sie gegessen hatte, waren eigentlich für Genevieves Mann bestimmt gewesen. Also war es eine Art Bestechung, damit Genevieve nicht allein sein musste. Als könnte Jane etwas unternehmen, wenn ein Geist erschiene.

»Das Komische ist, dass Benjamin keine Angst vor dem Geist hat. Ich glaube, sie ist für ihn eher wie eine Freundin. Als wir in dem Bed and Breakfast waren, hat er gesagt, sie würde uns niemals etwas antun. Sie möchte nur ihre Mutter finden.«

»Ihre Mutter?«, fragte Jane.

»Paul hatte seinen Heidenspaß damit. Er meinte, so etwas kommt dabei heraus, wenn eine Mutter ihr Kind verhätschelt. Es beginnt Geister zu sehen, die nach ihrer Mutter verlangen.«

»Genevieve«, sagte Jane, »ich muss Ihnen etwas Merkwürdiges erzählen.«

»Ja, was denn?«

»Wie soll ich es ausdrücken? Nun, Allison hat mir eine Sitzung bei einem Medium geschenkt.«

Genevieves Miene wurde undurchdringlich. Jane hätte erwartet, dass sie überrascht wäre. Vielleicht wusste sie nicht, was ein Medium ist.

»Nun, diese Frau, Clementine heißt sie, ist angeblich eine Art Hellseherin. Sie spricht mit den Toten«, erklärte Jane.

Genevieves Miene blieb unbeweglich. Sie nickte nur. Fand niemand außer Jane das Ganze merkwürdig?

»Als wir uns trafen, meinte Clementine, sie habe Kontakt zum Geist meiner Mutter und Großmutter aufgenommen. Aber es sei noch jemand bei ihnen. Der Geist eines kleinen Mädchens, dessen Name mit einem D beginnt. Und sie erwähnte einen Ort namens Lake Grove.« Jane machte eine Handbewegung zum Haus hin. »Lake Grove. Das Boardinghouse in Lake Grove. Und sie sagte, sie versuche, ihre Mutter zu erreichen.«

»Oh mein Gott«, sagte Genevieve. »Das jagt mir einen Schauder über den Rücken.«

»Ja, nicht wahr? Das kann kein Zufall sein«, erwiderte Jane.

»Ich glaube eigentlich nicht an Geister.«

»Ich auch nicht.«

»Wissen Sie, wer D ist?«

»Nein, keine Ahnung«, sagte Jane.

»Vielleicht begann Elizas Nachname mit einem D.« Genevieve schien ihre haltlose Theorie nicht aufgeben zu wollen.

»Nein«, sagte Jane. »Sie hieß Green.«

»Wir sollten uns an Ihre Medium-Freundin wenden und herausfinden, ob sie uns mehr verraten kann.«

»Gute Idee. Ich rufe sie am Montag an.«

»Könnten Sie es nicht jetzt gleich tun?«

Jane erinnerte sich flüchtig daran, dass Allison ihr erzählt hatte, wie Genevieve Chris dazu gebracht hatte, ihr ein Club-Sandwich zu machen.

»Clementine ist nicht meine Freundin«, sagte Jane. »Wie würden Sie reagieren, wenn eine Person, der Sie erst ein Mal begegnet sind, Sie am Samstagabend um neun Uhr zu Hause anruft?«

Genevieve zuckte mit den Schultern.

Jane fragte sich, ob sie je einer Arbeit nachgegangen war.

In diesem Moment leuchtete Genevieves Handy auf, und eine Nachricht ging ein.

Sie lächelte. »Paul ist gerade über die Brücke nach New Hampshire gefahren. Er wird bald da sein.«

Jane fasste das als Hinweis auf, dass sie jetzt gehen konnte.

Genevieve gab ihr ein Tupperware-Gefäß mit Resten vom Abendessen mit, dankte ihr überschwänglich für die faszinierenden Ergebnisse ihrer Recherchen und überreichte ihr ein weißes Kuvert mit einem Scheck über zehntausend Dollar darin.

Ehe sie nach Hause fuhr, blieb Jane bei verschlossenen Türen noch eine Weile im Wagen in Genevieves Auffahrt sitzen und betrachtete das Haus.

Marilyn Martinson hatte gesagt, es sei verwunschen. Die Frauen, die dort gewohnt hatten, seien alle irgendwann allein zurückgeblieben.

In Janes Familie hatte es lange Zeit nur Mädchen gegeben. Als Jason geboren wurde, waren sie regelrecht schockiert. Konnte er richtig zu ihnen gehören? Hinter dieser simplen Wahrheit verbarg sich die unausgesprochene Angst, dass sie Männer vertrieben. Es war sinnlos, einen Mann zu sehr ins Herz zu schließen, wenn das das eigene Schicksal war.

Jedes Zimmer des Hauses war beleuchtet, und das Terrassenlicht wartete darauf, Paul willkommen zu heißen.

Selbst das Becken des Pools neben dem Haus war illuminiert, und das sich im Wind kräuselnde Wasser warf kleine Schatten.

Als sie später allein auf dem Sofa im Haus ihrer Mutter saß, recherchierte Jane den Antiquitätenhändler, der Jane den Korb verkauft und früher eine Galerie im Ort gehabt hatte, im Internet. Thomas Crosby.

Davor hatte sie Allison per Textnachricht gefragt, ob ihr der Name etwas sage, aber Allison hatte nur mit einem Fragezeichen geantwortet. Wenn jemandem der Name etwas sagen würde, dann Allisons Mutter, dachte Jane, ehe ihr wieder einfiel, dass sich Betty an nichts mehr erinnerte. Ihre Krankheit hatte sie nicht nur künftiger Erlebnisse beraubt, sondern auch all der Weisheit, die sie besessen hatte. Dieser Fundus an Namen und Daten und Geschichten und kleinlichen Fehden, die Generationen zurückreichten.

Allison fragte sie, wie es gewesen sei, und als Jane antwortete: *Es war gut! Genevieve ist wirklich eine merkwürdige Gans, nicht wahr?*, schrieb Allison zurück: *Das kannst du laut sagen.*

Jane berichtete, dass Genevieve und sie es beide mit einem Geist zu tun hatten, der seine Mutter suchte.

Warte, willst du etwa sagen, sie hat sich bei uns einquartiert, weil sie Angst vor Geistern hat?

Ganz bestimmt, schrieb Jane.

Hahaha. Okay, aber ehrlich gesagt, muss ich ihr ausnahmsweise zustimmen, du musst unbedingt Clementine kontaktieren.

Jane legte das Handy zur Seite und setzte ihre Internetrecherche fort.

Thomas Crosby hatte weder eine Webseite noch ein Social-Media-Profil. 2004 wurde er kurz in einem Artikel im *Boston Globe* erwähnt als eine der wenigen nicht indigenen Personen, die Profit mit dem Verkauf indigener kunsthandwerklicher Gegenstände machten. Seine bekannte Galerie in Maine – die aus einer Sammlung seines Großgroßonkels hervorgegangen war – habe mehr als drei Jahrzehnte lang Kunden aus dem ganzen Land angezogen, hieß es in dem Artikel, bis sie 1992 abrupt zugemacht habe. Seitdem sei Crosby immer wieder in Rechtsstreitigkeiten verwickelt gewesen.

Jane fragte sich, ob Genevieve davon wusste.

Es gab nur noch drei weitere Artikel, in denen Crosby erwähnt wurde, alle im *Portsmouth Herald* erschienen, in denen es um einen Mann aus New Mexico ging, der seit Jahren darum kämpfte, Crosby zum Aushändigen von vier Zuni-Kriegsgottheiten zu zwingen, da diese seinem Stamm gehörten.

»Wir amerikanischen Ureinwohner glauben, dass Objekte ein spirituelles Leben haben«, wurde der Mann in dem Artikel zitiert.

»Und das meinen wir wortwörtlich. Wir betrachten sakrale Gegenstände als Lebewesen. Hier geht es um mehr als nur um Diebstahl. Das kommt einer Entführung gleich.«

Jane ging zu ihrer Handtasche und kramte darin, bis sie das Notizheft fand, in das sie die Namen der Männer geschrieben hatte, die von Pembroke entführt worden waren: *Amoret, Tahanedo, Mannedo, Saffacomoit.* Irgendetwas hatte sie dazu bewogen, sie sich zu notieren.

Vier Männer, deren Namen ihr bislang unbekannt gewesen waren, von einem Mann an ihrem Heimatort entführt, dessen Namen sie schon Hunderte Male ausgesprochen hatte.

Bereits als sie, damals noch in der Highschool, als Touristenführerin bei den abendlichen Ausflugstouren auf dem Krabbenkutter gearbeitet hatte, hatte sie daran gezweifelt, dass dieser Pembroke tatsächlich in Awadapquit angelandet war. Jetzt aber dachte sie: Angenommen, es war so. Es war durchaus möglich, dass die Entführung hier stattgefunden hatte. Oder dass diese Männer von dort, wo auch immer sie herkamen, auf dem Weg in eine andere Welt durch Awadapquit gezerrt worden waren.

Jane schickte Naomi Miller eine E-Mail, der Frau vom Volk der Penobscot, mit der Evan sie bei ihrem Besuch in der Historical Society bekanntgemacht hatte. Er hatte gesagt, Naomi sei eine kulturelle Beraterin, sie wisse alles, was es über die Ureinwohner von Maine zu wissen gebe. In ihrer Mail bat Jane Naomi darum, ihr eine Frage bezüglich ihrer Informationen über vier männliche Angehörige der Wabanaki schicken zu dürfen, die möglicherweise in Awadapquit gelebt hätten, aber sicher sei es nicht. Sie warnte sie, dass die Informationen verstörend seien, und meinte, sie könne es durchaus verstehen, wenn sich Naomi nicht weiter damit beschäftigen wolle, und fügte hinzu: *Ignorieren Sie diese Mail einfach, falls Sie zu beschäftigt sind!*

Am nächsten Morgen, am Sonntag, rief Naomi an.

»Ich habe gerade fünf Minuten Zeit. Ich bin im Wagen«, sagte sie.

»Ich finde es immer einfacher zu telefonieren, statt Mails hin- und herzuschicken.«

»Absolut«, sagte Jane, obwohl sie es hasste zu telefonieren.

»Erzählen Sie mir von Ihren Recherchen«, sagte Naomi.

»Nun, seit Ewigkeiten ist mir bekannt, dass dieser englische Entdecker, keiner der ganz großen, aber immerhin, Anfang des siebzehnten Jahrhunderts in meinem heutigen Heimatort angelandet ist. Jedenfalls möglicherweise.«

Naomi lachte. »Okay.«

»Genau, bislang habe ich geglaubt, dass die Geschichte von seiner Anlandung in dieser Gegend erfunden ist. Fest steht, dass es ihn gegeben hat, und ich habe vor Kurzem erfahren, dass er auf einer seiner Reisen eine Gruppe indigener Männer entführte. Ich habe mir ihre Namen notiert. Es ist vermutlich unwahrscheinlich, aber vielleicht wissen Sie oder können mir einen Hinweis geben, ob diese Namen mit jenen von Menschen, die in dieser Gegend gelebt haben, übereinstimmen.«

»Hmm«, machte Naomi. »Wohl kaum. Ich bin keine Linguistin. Ich habe versucht, meine eigene Sprache, Penobscot, besser zu erlernen. Sie ist nah verwandt mit Abenaki, vermutlich die Sprache, die damals in dieser Gegend am meisten verbreitet war. Das Problem ist, diese frühen Entdecker haben alle Wörter phonetisch aufgeschrieben, also so, wie sie sie verstanden. Und das meiste davon haben sie falsch verstanden. *Kwenitew,* zum Beispiel. Das bedeutet *langer Fluss.* Doch sie hörten *Connecticut.* Also waren die Namen der Männer, so wie sie aufgeschrieben wurden, vermutlich nicht ihre richtigen.«

»Okay, ich verstehe.«

»Selbst das Städtchen, wo Sie wohnen, Awadapquit. Das Fremdenverkehrsamt behauptet, das Wort bedeutet: *Wo die herrlichen Klippen und das Meer sich begegnen.* Stimmt's? Aber in Wahrheit bedeutet es gar nichts. Dieses Wort gibt es gar nicht.«

Jane setzte sich gerade hin. »Das schockiert mich einerseits, aber andererseits überrascht es mich kein bisschen.«

»Als wir uns neulich kennengelernt haben, habe ich es nachgeschaut, weil Evan immer wieder diese Worte sagte und es mir einfach keine Ruhe ließ«, erklärte Naomi. »Ich bin in dieser Hinsicht ein bisschen verrückt. Ich kann einfach nie meine Arbeit ausblenden.«

»Ich auch nicht«, sagte Jane.

»Wenn ich raten müsste, würde ich sagen, *Awadapquit* ist die verhunzte Form von *Sawadapskw'i*. Und das heißt auf Abenaki: *Vom vorspringenden Felsen*. Nur dass das niemand auf eine Postkarte drucken würde.«

Jane fragte sich, ob Allison das wusste, ob es alle Einheimischen wussten. Sie hatte jedenfalls noch nie davon gehört.

»Seit einiger Zeit bin ich mit einem kommunalen Kartierungsprojekt für die Penobscot Nation befasst«, fuhr Naomi fort. »Wir versuchen, die ursprünglichen Ortsnamen zu rekonstruieren und eine neue Landkarte von Maine zu erstellen. Die Ortsnamen meines Volks waren nie unwillkürlich gewählt. Als unsere Ahnen sie den diversen Örtlichkeiten verliehen, wollten sie verschiedene Elemente der Landschaft oder andere Informationen darin widerspiegeln. Als die Namen später geändert wurden, gingen diese Informationen häufig verloren.«

»Oh mein Gott«, sagte Jane während ein Geistesblitz sie durchzuckte. »Vom vorspringenden Felsen! Tatsächlich besteht Awadapquit aus lauter Klippen und nur an einem einzigen Punkt ragt ein Fels hervor. Genau dort steht ein altes Haus, über das ich Recherchen angestellt habe. Und gegenüber liegt eine kleine Insel, wo der Legende nach dieser Seefahrer angelandet sein soll. Also stimmt es vielleicht. Und möglicherweise hat man diese Gegend danach benannt, weil die vier Männer genau an dieser Stelle, um den vorspringenden Felsen herum, entführt wurden.«

»Nein«, sagte Naomi und verwarf kurzerhand, wenngleich nicht unfreundlich, ihre These. »Man hätte einen Ort niemals nach so etwas benannt. Es ging eher darum, die Menschen darüber zu informieren, dass dort eine wiederkehrende Zeremonie oder Versammlung stattfand.«

»Ach so. Aber dieses Kartierungsprojekt klingt sehr interessant. Ich würde gern mehr darüber erfahren.«

»Jeder Aspekt meiner Arbeit hat mit der Rückgabe dessen zu tun, was meinem Volk einmal gehörte«, erklärte Naomi. »Es geht immer darum, zu uns selbst zurückzukehren. Die Leute schicken mir ständig irgendetwas. Geschichten und Familienüberlieferungen, Objekte und Erinnerungsstücke. Ich versuche dann, sie den jeweiligen Nachfahren zukommen zu lassen, für die sie eine Bedeutung haben. Aber das ist nur ein Teil des umfassenderen Kampfs, unsere Sprache, unser Land, unsere Souveränität zurückzugewinnen.«

»Wie sind Sie auf dieses Projekt gekommen?«, fragte Jane.

Naomi faszinierte sie. Sie hätte sich ewig mit ihr unterhalten können.

»Es begann mit einem Zufall. Und zwar als ein Mann namens Trip, ja, genau so heißt er, Trip, mir einen Stapel Fotos von Vorfahren der Penobscot schickte, die sein Großvater seit Jahrzehnten aufbewahrte. Stellen Sie sich das einmal vor. Sein Großvater – ein Weißer, der einmal durch diese Gegend gekommen war – hatte die Gesichter unserer Ahnen gesehen, wir jedoch nicht.«

Janes Handy gab einen Piepton von sich. Sie blickte auf das Display und sah, dass es Genevieves Nummer war, die anklopfte. Sie überließ ihren Anruf der Mailbox.

Kurz darauf schickte Genevieve ihr eine Textnachricht, in der sie Jane erinnerte, gleich Montag früh Clementine anzurufen. In einer zweiten Nachricht präzisierte sie, was Jane ihr sagen sollte.

Genevieve war wahrlich eine Nervensäge.

»Jane?«, sagte Naomi.

»Tut mir leid. Diese Kundin, von der ich Ihnen erzählt habe, ist überaus lästig. Sie ruft ständig an oder textet mir irgendetwas.«

»O je, was möchte Sie denn?«

»Sie möchte, dass ich ein Jenseitsmedium kontaktiere, eine Frau, die von einem Ort namens Camp Mira aus arbeitet. Genevieve möchte, dass sie herkommt und eine Sitzung mit ihr macht.«

Kaum waren die Worte ausgesprochen, kam Jane sich ziemlich dämlich vor. Aber Naomi sagte: »Camp Mira? Da wollte ich schon immer einmal hinfahren.«

»Wirklich? Ich wusste bis vor Kurzem nicht, dass es diesen Ort gibt.«

Eine weitere Textnachricht von Genevieve ging ein, während Naomi sagte: »So, ich bin vor dem Haus meines Bruders angekommen, ich muss jetzt auflegen. Viel Glück mit Ihrer lästigen Kundin. Lassen Sie uns demnächst mal zusammen Mittag essen.«

»Oh ja, sehr gern.«

9

Trotz einer inneren Gegenwehr war Jane neugierig, was Clementine ihr sagen würde. Je mehr sie darüber nachdachte, desto neugieriger wurde sie.

Jane rief sie am Montagmorgen um halb zehn an, um sie zu bitten, nochmals nach Awadapquit zu kommen.

»Erinnern Sie sich, wie sich dieses Mädchen während der Sitzung mit mir immer wieder eingeschaltet hat?«, fragte Jane. »Und wie sie sagte, sie suche ihre Mutter und dass sie nicht mehr in Lake Grove sei? Es ist verrückt, aber ich habe eine Frau kennengelernt, die in einem Haus namens Lake Grove wohnt. Und ihr kleiner Sohn wurde von einem Geist heimgesucht, einem Mädchen, das nach *seiner* Mutter sucht.«

Jane hatte erwartet, dass Clementine begeistert wäre, ankündigen würde, sie werde gleich losfahren.

Stattdessen sagte sie, sie könne frühestens im Herbst einen neuerlichen Besuch einrichten. Aber Jane könne gern einen Telefontermin ausmachen, wobei Clementine selbst dafür erst ab Mitte September Zeit habe.

»Wir sind mitten in der Hauptsaison bei uns im Camp. Hier herrscht Hochbetrieb. Es sei denn, Sie und Ihre Freundin wollen herkommen? Übernächstes Wochenende wäre recht gut. Sie brauchen keinen Termin ausmachen, kommen Sie einfach. Es gibt jede Menge Vorführungen und Vorträge und andere Veranstaltungen. Und ich werde versuchen, mir kurz für Sie Zeit zu nehmen. Falls das nicht geht, können Sie bestimmt mit jemand anderem sprechen.«

Obwohl Jane immer noch nicht an den ganzen Zauber glaubte, wäre sie dennoch enttäuscht, wenn sie mit jemand anderem als mit Clementine vorliebnehmen müsste.

Sie rief Genevieve an und erzählte ihr von Clementines Vorschlag. »Eine einfache Fahrt nach Camp Mira dauert drei Stunden, dazu kommt eine halbstündige Überfahrt mit der Fähre«, sagte sie. Und als Genevieve nichts darauf erwiderte, fügte sie hinzu: »Das ist natürlich viel zu weit.« Dennoch war Jane irgendwie enttäuscht.

Doch Genevieve sagte: »Nein, ich habe nur schnell in meinem Kalender nachgesehen. An dem Wochenende hätte ich Zeit, und Paul ist hier und kann sich um Benjamin kümmern. Auf nach Camp Mira! Holen Sie mich ab?«

Kaum hatte sie aufgelegt, fragte sich Jane, ob sie nicht einen Fehler machte.

Sie sah sich die Webseite von Camp Mira an, um ein Gefühl dafür zu bekommen, was sie erwartete.

Willkommen in der Welt des Spiritualismus, hieß es auf der Webseite. *Auf einer friedlichen autofreien Privatinsel vor Bar Harbor gelegen, ist Camp Mira ein Ort, an dem jeder und jede direkt mit Gott und der Geistwelt kommunizieren kann. Unsere Religion ist höchst individuell. Jeder und jede definiert sie auf ihre eigene Weise. Dennoch teilen wir ganz bestimmte Glaubensgrundsätze, allen voran den, dass der physische Tod nicht das Ende des Bewusstseins ist. Er ist nichts weiter als der Übergang der Seele auf eine andere Ebene. Den Frauen von Camp Mira ist es eine Ehre, dich als Geistführerinnen zu der geistigen Form deiner Angehörigen zu begleiten. Niemand ist wirklich tot.*

Nachdem sie das gelesen hatte, wusste Jane immer noch nicht genau, was sie erwartete, und plötzlich war ihr das Ganze unheimlich.

Sie rief Allison an. »Ich werde es absagen.«

»Kommt gar nicht in Frage. Wir fahren.«

»Wirklich? Du kannst dir an diesem Tag freinehmen?«

»Dafür schon. Und für dich bin ich sogar bereit, einen kompletten Tag eingesperrt mit Genevieve in einem Wagen zu sitzen. Vergiss das nie.«

»Das ist wahre Liebe«, stellte Jane fest.

»Ist es.«

»Übrigens fahre ich. Hat Genevieve entschieden.«

»Natürlich hat sie das«, erwiderte Allison.

An besagtem Morgen fuhr Jane um sechs Uhr in der Früh zuerst bei ihrer Schwester vorbei, um Walter bei ihr abzuliefern. Sie trug den Hund zu Hollys Haustür und schloss mit ihrem Ersatzschlüssel auf.

Im Haus war es dunkel und still. Holly und Jason waren beide Langschläfer. Jane hatte sie per Textnachricht gefragt, ob einer von ihnen tagsüber vorbeikommen und Walter herauslassen könne, während sie weg war. Jason, der wie immer kein Wort zu viel vergeudete, hatte ihr mit einem Daumen-hoch-Emoji geantwortet. Holly gar nicht. Daraufhin hatte Jane beschlossen, es wäre besser, wenn sie Walter zu ihnen brachte, um zu verhindern, dass sie ihn vergaßen.

Sie setzte den Hund im Flur ab, tätschelte ihm den Kopf und machte die Tür hinter ihm zu.

Noch bevor sie wieder bei ihrem Wagen ankam, begann Walter zu kläffen. Jane musste unwillkürlich lächeln, während sie daran dachte, dass Holly jetzt einmal das erlebte, was sie jeden Morgen mitmachte. Wie es sich anfühlte, die Geisel der Launen einer geistesgestörten Kreatur von der Größe eines Brotlaibs zu sein.

Zuerst holte sie Allison ab.

Ein paar Minuten später standen sie vor Genevieves Haus.

»Es sieht ganz anders aus, als ich es in Erinnerung habe«, sagte Allison.

»Ja, wobei die Fassade noch geht. Das Innere würdest du erst recht nicht wiedererkennen.«

»Hat sie all die schönen Holzverkleidungen übermalen lassen?«, fragte Allison.

»Natürlich. Sie sind jetzt weiß wie alles andere auch«, sagte Jane.

Allison schüttelte den Kopf. »Das ist eine Sünde. Diese Holzverkleidungen waren großartig.«

Jane hoffte, Genevieve würde sie kurz hereinbitten, damit sich Allison eine Vorstellung von den Veränderungen machen konnte. Aber Genevieve wartete bereits draußen.

Sie stieg mit einem übertrieben fröhlichen »Guten Morgen!« zu ihnen in den Wagen.

Sie hatte Muffins in einer Wachspapiertüte aus einer Bäckerei in Kittery Point mitgebracht, von der Jane noch nie etwas gehört hatte. Als ihr einer angeboten wurde, nahm Jane einen mit Heidelbeeren und zupfte einen bissgerechten Happen davon ab, so als wollte sie ihn nicht ganz aufessen, doch bald darauf war nur noch das Wachspapier übrig. Sie wollte gleich einen Zweiten.

»Die sind köstlich«, sagte sie zu Allison. »Probier doch auch einen.«

»Nein, danke.«

Jane fragte sich, ob sie wirklich keinen wollte oder Genevieve nur nicht diese Genugtuung gönnte.

Die erste Stunde verlief in fast völligem Schweigen. Statt sich zu unterhalten, lauschten sie dem Programm des National Public Radio. Dann machten sie eine Kaffeepause. Sobald das Koffein Wirkung zeigte, begannen sie, munter zu plaudern.

Allison und Genevieve tauschten sich über ihre Erfahrungen als Mütter von Söhnen aus. Jane bemühte sich, ihnen aufmerksam zuzuhören, um sich ja nicht anmerken zu lassen, dass es ihr insgeheim einen Stich versetzte. In den letzten Jahren hatte sie mehrere Freundinnen an das Muttersein verloren. Nicht explizit natürlich. Es war nur so, dass Frauen mit kleinen Kindern keine Zeit mehr hatten. Und ihrer Erfahrung nach zogen Frauen mit Kindern die Gesellschaft anderer Frauen mit Kindern vor.

Das war einer der Gründe, warum Pearl und Melissa so gut zu Jane und David gepasst hatten. Beide Paare hatten keine Kinder.

»Ich weiß nicht, wie Sie es schaffen, zwei Kinder und einen Vollzeitjob unter einen Hut zu bekommen«, sagte Genevieve. »Und dann sind Sie und Ihr Mann obendrein ständig zusammen.«

»Hinter den Kulissen herrscht bei uns ein Tohuwabohu, nur dass die Gäste davon nichts mitbekommen, glauben Sie mir«, sagte Allison.

»Chris scheint ein solch zupackender Vater zu sein«, fuhr Genevieve fort. »Ich wünschte, Paul hätte auch ein bisschen was von ihm. Er hat einfach keinen richtigen Zugang zu Benjamin. Selbst heute – einem Samstag, an dem er nicht arbeiten muss, hat er darauf bestanden, dass ein Babysitter kommt. Ich kann die wenigen Male, die sie länger als eine Stunde allein waren, an einer Hand abzählen.«

»Sie würden ihn am liebsten umbringen, stimmt's?«, sagte Allison. »Wie kommen Sie damit klar?«

»Er arbeitet sehr viel«, erklärte Genevieve. »Ich sollte mich also nicht beschweren.«

»Beschweren Sie sich ruhig«, sagten Allison und Jane fast gleichzeitig.

Aber Genevieve griff ihren Rat nicht auf.

Jane dachte an David. Wie er am Leben seiner Nichten und Neffen teilnahm. Jason hatte einmal zu ihr gesagt, David sei wie der Vater, den er nie gehabt habe. David war extra nach Maine hinaufgefahren, um bei einem von Jasons Hockeyspielen dabei zu sein. Im Sommer nahm er Jason immer zum Angeln mit. Wenn Jason mal wieder Probleme mit Freunden hatte, telefonierte David mit ihm, wobei er ihm entweder eine vergleichbare Geschichte aus seiner Jugend erzählte, um ihm Hoffnung zu machen, das Problem in einen größeren Zusammenhang stellte oder Jason zum Lachen brachte.

Es war nicht fair, dass Paul einfach so Vater geworden war, ein Mann, der die Vaterschaft offenbar nicht zu schätzen wusste oder keine Ahnung hatte, wie er damit umgehen sollte. Während David, der der geborene Vater wäre, nie die Gelegenheit bekommen hatte, sie auszuleben. Und das war, wie Jane wusste, ihre Schuld.

Als Allison Genevieve fragte, ob es in ihrem Haus weitere Geistererscheinungen gegeben habe, war Jane froh, von ihren Gedanken abgelenkt zu werden.

»Ich glaube nicht«, antwortete Genevieve. »Aber Benjamin hat zu diesem Thema nichts mehr gesagt, seit er dieses Mädchen erwähnte und Paul ihn anfuhr, er solle aufhören, solche Geschichten zu erzählen.«

»Warum hat das Paul so erbost?«, wollte Allison wissen.

»Er hasst es, wenn über Geister und solche Dinge geredet wird, keine Ahnung, warum«, meinte Genevieve. »Manchmal denke ich, er glaubt nicht daran. Dann wieder denke ich, er glaubt daran, und es ärgert ihn, dass wir nicht darüber nachgedacht haben, bevor wir das Haus kauften.«

»Als Jugendliche war ich davon überzeugt, dass es darin spukt«, sagte Allison. »Du nicht auch, Jane?«

»Oh nein. Im Ernst? Du hast das geglaubt?«

»Das hätten Sie mir nicht erzählen dürfen!«, sagte Genevieve und schlug sich die Hände vors Gesicht.

Zwanzig Minuten vor Abfahrt der Fähre kamen sie am Ableger an. Clementine hatte Jane gebeten, ihr eine Nachricht zu schicken, bevor sie einträfen, und das tat Jane jetzt mit einer Textnachricht.

Es war ein herrlicher Tag. Nicht zu heiß. Warm und windstill, die Sonne schien von einem makellos blauen Himmel.

Als die Fähre in Sicht kam, warteten ungefähr vierzig oder fünfzig Passagiere. An Bord fiel Jane auf, dass bis auf drei Passagiere alle Frauen waren. Zwei der drei Männer begleiteten offenbar ihre Frauen: ein Paar in den Fünfzigern, beide in ihre Handys vertieft. Ein über achtzigjähriges Paar. Sie strickte und sah dabei durch ein Bullauge aufs Meer.

Der dritte war ein Mann in mittleren Jahren. Er trug einen Anzug und saß allein da, in die *Times* vertieft. Er wirkte dermaßen fehl am Platz, dass Jane an sich halten musste, um ihn nicht zu fragen, ob er sich vielleicht im Boot geirrt habe.

Fünfzehn Minuten später näherte sich die Fähre der Insel.

Vor ihnen, auf einer ausgedehnten Rasenfläche, stand ein riesiges altes Haus, blassgelb und mit einer breiten Veranda davor. Neben dem Anlegesteg befand sich ein kleiner Strand. Eine Gruppe weißhaariger Frauen schaukelte im Wasser, laut lachend. Ein im Sand errichtetes Holzschild verkündete: WILLKOMMEN IN CAMP MIRA.

Clementine wartete am Bootsanleger auf sie. Sie war wieder lila gekleidet, genau wie an dem Tag, an dem sie sich kennengelernt hatten. Im Haus von Janes Mutter hatte sie merkwürdig gewirkt. In dieser Umgebung hatte sie etwas Majestätisches, wie sie da über den im Wasser dümpelnden Frauen schwebte.

Clementine umarmte Jane wie eine alte Freundin. »Ich freue mich, dass Sie gekommen sind«, sagte sie. »Ich habe in zehn Minuten eine Sitzung, und danach weitere bis um zwei Uhr. Aber dann habe ich Zeit, um mit Ihnen zu plaudern. Sie können mich in meinem Cottage besuchen.«

Genevieve streckte die Hand aus und stellte sich vor. »Ich bin diejenige, wegen der Jane Sie angerufen hat«, sagte sie. »Die mit dem Spukhaus. Wir haben eine weite Fahrt hinter uns, und ich habe die ganze Zeit die Daumen gedrückt, dass Sie Zeit für eine Sitzung haben.«

Jane krümmte sich innerlich. Genevieve fiel mal wieder mit der Tür ins Haus. Sie dachte wohl, die Welt habe nur auf sie gewartet.

»Tut mir leid, aber eine private Sitzung muss lange im Voraus gebucht werden, genau wie ich Jane gesagt habe«, erwiderte Clementine. »Am besten spätestens im September des Vorjahres. Ich habe gehofft, dass es vielleicht eine Stornierung geben würde, aber leider nein. Gehen Sie doch alle zu der öffentlichen Vorführung um eins. Dort haben Sie die Gelegenheit, Fragen zu stellen. Das ist heute Ihre einzige Chance, über ein Medium Kontakt mit dem Jenseits aufzunehmen.«

»Aber ich dachte, wenn wir persönlich kommen, würden Sie uns irgendwo dazwischenquetschen«, sagte Genevieve.

»Ich kann nur eine gewisse Anzahl Sitzungen in einer Woche abhalten«, erklärte Clementine. »Sie sind für mich sehr erschöpfend, rauben mir Energie.«

»Das verstehen wir«, sagte Jane.

»Keine Sorge« – Clementine tätschelte Genevieves Arm – »Sie werden trotzdem von diesem Tag profitieren. Sie müssen unbedingt zur Rückführung in vergangene Leben gehen. Das dürfen Sie auf keinen Fall verpassen. Kommen Sie, folgen Sie mir.«

Clementine führte sie einen Kiesweg entlang, vorbei an dem gelben Gebäude mit der großen Veranda.

In seiner Glanzzeit sei es ein Hotel mit hundertfünfundzwanzig Zimmern gewesen, erklärte sie, werde jetzt aber überwiegend zu Lagerzwecken genutzt.

Hinter dem alten Hotel war der Boden an manchen Stellen felsig, an anderen grasbewachsen. In einiger Entfernung sah man ein Zelt mit drei Spitzen, das direkt vor dem Meer errichtet war. Etwas näher standen ungefähr zwei Dutzend in Pastelltönen gestrichene Cottages, die in keinem bestimmten Muster angeordnet waren. Sie sahen hübsch und fröhlich aus, mit Blumenkästen vor den Fenstern und allerlei Kultobjekten auf den kleinen quadratischen Rasenflächen davor – Windspiele und Traumfänger und rosa Kristallbrunnen, Feenstatuen und, in einem Vorgarten, eine Marienstatue.

Frauen, einzeln oder in Grüppchen, streiften umher.

»Großer Andrang heute«, sagte Jane.

Clementine zuckte mit den Schultern. »Vor hundert Jahren kamen jeden Sommer Zehntausende Besucher hierher. Die Boote verkehrten stündlich, vom Memorial Day bis zum Labor Day. Inzwischen fahren sie nur zweimal am Tag. Aber ich darf mich nicht beklagen. Wir haben immer noch sehr viel mehr Zustrom als andere Camps. Viele sind mittlerweile geschlossen. Aber Sie haben recht. Ein so schöner Tag zieht Besucher an. Wir sind froh darüber.«

Sie schaute auf ihre Uhr. »Ich muss gehen. Wir sehen uns heute Nachmittag. Dort drüben, das ist mein Haus.«

Sie deutete auf eines der Cottages. Dunkelviolett mit einem kniehohen weißen Lattenzaun. Gesäumt von lauter gelben Tulpen.

»Oh, beinahe hätte ich es vergessen«, sagte Clementine. »Hier, nehmen Sie.«

Sie reichte jeder ein Blatt Papier und verschwand.

Jane warf einen Blick darauf. Das Programm mit den an diesem Tag gebotenen Veranstaltungen. Ein paar davon erregten ihre Aufmerksamkeit:

KERZENMANIFESTATION
angeleitet von Florencia

ENERGETISCHE REINIGUNG
(Leitung: wird noch festgelegt)

WIE DU MIT DEINEM/R GEISTFÜHRER/IN SO SPRICHST,
DASS SIE ODER ER DIR ZUHÖRT
UND WIE DU DEINEM/R GEISTFÜHRER/IN SO
ZUHÖRST, DASS SIE ODER ER MIT DIR SPRICHT
(Lagerfeuergespräche für alle)

»Wow«, sagte Allison leise. »Viele Angebote.«

Jane stimmte ihr zu; und alles klang höchst seltsam. Sie wollte schon fragen, ob sie wieder gehen sollten, aber Allison nahm ihr den Wind aus den Segeln: »Das klingt alles unglaublich, am liebsten würde ich überall teilnehmen.«

»Was war noch mal das, wo wir unbedingt hinmüssen?«, fragte Genevieve.

»Rückführung in vergangene Leben«, sagte Allison. »Mit …« – sie überflog das Programm und suchte nach der Stelle – »Evangeline.«

Jane erinnerte sich, dass Clementine ihr von dieser Frau erzählt hatte. Sie war diejenige, die gesagt hatte, dass Eltern und Kinder einander aussuchten. Und dass Clementine und ihre eigene Mutter in einem früheren Leben miteinander verheiratet gewesen seien.

»Ist euch aufgefallen, dass niemand Jennifer oder Kim oder so ähnlich heißt?«, wollte Allison wissen.

»Vielleicht benutzen sie eine Art Künstlernamen, wie manche Friseure«, warf Genevieve ein.

Sie hatten noch eine Stunde Zeit bis zu dieser Rückführungsveranstaltung und wurden sich nicht einig, was sie damit anfangen sollten. Allison wollte eine Sitzung über Kunst und Mediumismus ausprobieren. Genevieve hatte drei Textnachrichten von ihrem Mann erhalten. (»Morgen kommen Freunde zu Besuch, und er hat keine Ahnung, was vorbereitet werden muss«, sagte sie.) Also beschloss sie, zum Strand zu schlendern und ihn anzurufen, um ihm genaue Anweisungen zu geben, zum Beispiel welche Cracker und welchen Käse er kaufen solle, weil er offensichtlich damit überfordert war.

Jane entschied sich für einen Vortrag über die feministische Geschichte des Spiritualismus. Als Veranstaltungsort war *HBT* angegeben. Ihr Blick fiel auf einen niedrigen weißen Bau, der sich von den restlichen Gebäuden abhob. Es war offenbar kein Wohnhaus. Während sie darauf zuging, las sie die Worte *Hattie Butler Temple* über der Tür.

Jane ging hinein. Im Inneren war es düster und kühl, auf dem Laminatfußboden waren einige Reihen Klappstühle aufgestellt. Abgesehen von seinem Namen erinnerte nichts in diesem Gebäude an einen Tempel. An der Stirnseite des Raums gab es eine Art Bühne, völlig schmucklos. Dort saß eine schätzungsweise siebzigjährige Frau aufrecht in einem rosa Armsessel.

Jane setzte sich in eine der hinteren Reihen. Außer ihr waren nur vier weitere Menschen in dem Raum, alle Frauen. »Kommen Sie ruhig näher, ich beiße nicht«, sagte die Frau auf der Bühne zu ihr.

Jane lächelte entschuldigend und nahm ein paar Reihen weiter vorn Platz.

Die Frau stellte sich als Reverend Cora vor.

Sie dankte ihnen für ihr Kommen und begann ihren Vortrag.

Man sei sich darin einig, dass die erste öffentliche spiritualistische Vorführung in Amerika 1849 stattgefunden habe, und zwar mit den Schwestern Fox, drei jungen Mädchen aus einer armen Familie in Hydesville, New York. Die Schwestern behaupteten, ein Klopfen zu hören, das von einem Geist namens Mr Splitfoot stamme. Das Klopfen enthielt Botschaften, die nur sie entziffern könnten. Die Menschen kamen von weit her, um ihnen dabei zuzusehen.

»Damit hat es angefangen«, fuhr Reverend Cora fort. »Und von da an war die Welt nicht mehr dieselbe.«

Nicht mehr dieselbe?, dachte Jane. Sie hatte noch nie etwas von den Fox-Schwestern gehört.

Camp Miras große Gönnerin sei Hattie M. Butler gewesen, eine wohlhabende Dame aus Beacon Hill, die die Insel 1887 der Spiritualistischen Kirche vermacht habe, um sie als sommerlichen Rückzugsort zu nutzen.

»Hattie bekam Botschaften vom Geist«, fuhr Cora fort. »Sie hielt in ihrem Salon in der Pinckney Street Séancen ab und benutzte dafür ihren zweiten Vornamen, Mira. Darüber hinaus war sie Suffragette und wie viele andere Spiritualistinnen ihrer Zeit Befürworterin der Abschaffung der Sklaverei. Spiritualistinnen zählten auch bei der ersten Frauenrechtskonvention in Seneca Falls zu den Rednerinnen. Die Frauen damals taten etwas Außergewöhnliches, etwas, was sie noch nie zuvor getan hatten: vor einem großen Publikum zu reden. Als Hattie zu ihnen stieß, waren einige der größten Zusammenkünfte in diesem Land öffentliche spiritistische Vorführungen durch Frauen, und bei jeder dieser Vorführungen kamen auch die Ideale soziale Gerechtigkeit und Menschenrechte gebührend zur Sprache. In den 1890er-Jahren fand hier in Camp Mira einmal im Jahr ein Suffragettentag statt. Jahr für Jahr hielten Elizabeth Cady Stanton und Susan B. Anthony, zwei der führenden Figuren der amerikanischen Frauenrechtsbewegung, eine Rede.«

Jane öffnete eine neue E-Mail auf ihrem Handy und adressierte sie an sich selbst, in die Betreffzeile schrieb sie: *Überschneidungen zwischen Jenseitsmedien/Spiritualistinnen und Suffragetten/Abolitionistinnen.* Die Verknüpfung dieser beiden Themen würde eine faszinierende Ausstellung im Archiv ergeben. Falls sie an ihren Arbeitsplatz zurückkehren dürfte. Jetzt erinnerte sie sich wieder, dass Clementine ihr bei ihrem Besuch vorgeschlagen hatte, sich mit all diesen Zusammenhängen zu befassen, aber Jane hatte den Vorschlag ignoriert.

Als Nächstes führte Cora aus, welche Schlüsselrolle der Bürgerkrieg dabei gespielt hatte, dass Jenseitsmedien immer populärer wurden.

»Das ganze Land litt unter den Folgen des Kriegs«, sagte sie. »Fast alle hatten das Bedürfnis, eine Verbindung zu ihren verstorbenen Angehörigen herzustellen. Zehn Jahre nach Kriegsende gab es über eine Million praktizierende Spiritualistinnen in den Vereinigten Staaten und Europa. Damals war der Spiritualismus in Amerika die zweitverbreitetste Religion. Noch heute sind wir eine anerkannte Religion, auch wenn wir zahlenmäßig stark geschrumpft sind. Jahrhundertelang haben die Männer an der Macht alles getan, unser Tun in Abrede zu stellen. Wir sind und waren seit jeher eine Religion, in der viele Anführer Frauen sind. Und das jagt dem Patriarchat eine Heidenangst ein.«

Alle kicherten. »Abgesehen von der von Anne Lee gegründeten Shaker-Freikirche gibt es im postkolonialen Amerika keine weiteren Beispiele für eine von Frauen geleitete religiöse Gemeinschaft«, fuhr Cora fort. »Ich habe mich immer gefragt, warum. Aber andererseits sind Frauen im Einklang mit der Natur. Unser Zyklus ist mit dem Mond, den Gezeiten verbunden. Genau wie diese verändern wir uns Monat für Monat zwei Dutzend Mal. Und was ist mit den Männern? Sie haben nicht diesen engen Kontakt zur Natur, zum Leben. Wir tragen ungeborene Kinder in uns, und wenn wir sie zur Welt bringen, drohen die Männer, ohnmächtig zu werden. Deswegen sind sie so besessen von äußerlichen Erfolgsmerkmalen. Und vom Krieg! Töten, um einen Bruchteil der Macht zu spüren, die wir haben, indem wir Leben geben. Das muss man den Männern durchaus lassen: Es ist ihnen gelungen, uns davon zu überzeugen, dass das, was Frauen Macht verleiht, im Grunde Schwäche ist. Mutterschaft ist der radikalste Akt, den es gibt, und wir haben sie auf süßen Tapioka-Pudding reduziert. Gibt es etwas Zahnloseres, weniger Sichtbares als eine Mutter in unserer westlichen Kultur?«

Jane dachte über die Vorstellung nach, dass Frauen radikale Wesen waren, dass der Akt des Gebärens von neuem Leben eine geheime Macht in sich barg, die sie nie kennenlernen würde.

Die »Rückführung in vergangene Leben« fand ebenfalls im Tempel statt. Jane blieb auf ihrem Stuhl sitzen und verfolgte, wie etliche Frauen durch die offene Tür hereinströmten.

Schnell war der Raum bis auf den letzten Platz voll. Offensichtlich war »Rückführung in vergangene Leben« ein gefragteres Thema als die feministische Geschichte des Spiritualismus. Jane besetzte die beiden Stühle zu ihrer Linken, indem sie ihre Handtasche auf den einen und ihr Handy auf den anderen legte.

Eine Frau und ein Mann kamen herein und gingen zielstrebig nach vorn zur Bühne. Davor blieben sie stehen und unterhielten sich; beide wirkten professionell. Er trug einen Anzug und ein frisch gebügeltes blassblaues Oxford-Hemd. Erst jetzt bemerkte Jane, dass es der Mann von der Fähre war. Der Einzige ohne weibliche Begleitung. Er wirkte irgendwie fehl am Platz hier, auf dieser von Frauen beherrschten Insel. Jane sinnierte darüber, welche Rolle er an diesem Ort wohl einnahm. Buchhalter oder Hellseher?

Die Frau neben ihm mochte Anfang fünfzig sein. Sie war dünn und hatte blondes, glattes Haar wie eine frisch aus der Verkaufsschachtel herausgeholte Barbiepuppe. Sie trug einen fließenden Rock, ein enges schwarzes Tanktop und eine Reihe dünner Goldreifen, die vom Handgelenk bis zur Mitte ihres Unterarms reichte.

Als Allison und Genevieve hereinkamen, winkte ihnen Jane zu, und die beiden setzten sich neben sie. Allison hatte ein aufgerolltes Blatt Papier in der Hand. Sie entrollte es, um ihr eine Bleistiftskizze zu zeigen, die eine kleine alte Dame mit einer Tasse Tee darstellte.

»Darf ich dir meine Geistführerin vorstellen, Rita O'Shea«, sagte sie.

»Hallo, Rita«, sagte Jane zu dem Bild.

»Florencia hat übersinnliche Kräfte«, sagte Allison. »Sie kann die jeweiligen Geistführer sehen und ein Bild von ihnen zeichnen, damit man sie auch sicher wiedererkennt.«

»Und, hast du Rita O'Shea wiedererkannt?«, fragte Jane.

»Nein«, erwiderte Allison.

Jane nickte, bemühte sich, nicht zu lachen.

An der Stirnseite des Raums hatten die Frau und der Mann sich auf den vorderen Rand der Bühne niedergelassen und ließen die Beine baumeln wie zwei coole Theaterlehrer aus der Mittelstufe. Die Frau stellte sich als Evangeline vor, eine Inselbewohnerin und das Medium, das sie bei der Rückführung in vergangene Leben anleiten würde. Doch zuerst würden sie einen kurzen Vortrag hören von ihrem Besucher, Dr. Jon Abrams von der University of Virginia, dem Leiter der Fakultät der Perceptual Studies, der Wissenschaft, die sich mit den Phänomenen menschlicher Wahrnehmung beschäftigt.

Das Publikum applaudierte, und der Mann im Anzug winkte den Anwesenden zu.

Das Letzte, was Jane an diesem Ort erwartet hätte, war ein Akademiker. Laut Evangelines Einführung gab es dieses Zentrum an der UVA schon seit den Sechzigerjahren. Ihr Gründer, der damalige Lehrstuhlinhaber für Psychiatrie, habe im Lauf seiner Karriere mehr als dreitausend Fälle von Kindern aufgezeichnet, die über Erinnerungen an vergangene Leben berichteten. Er war offenbar der Mentor des Mannes gewesen, der jetzt auf dem Podium saß, Dr. Abrams, der ihm auf seiner Position nachgefolgt war.

Dr. Abrams sprach zunächst begeistert von seinem Vorgänger,

dem ersten Menschen, der dem Thema vergangene Leben wissenschaftlich basierte Studien gewidmet habe. Die Kinder, mit denen er gearbeitet habe, hätten ihm ihre Erinnerungen an ein Leben als andere Menschen beschrieben und dabei so viele spezifische Details genannt – Namen, Daten, Orte –, dass danach Personen identifiziert werden konnten, die tatsächlich einmal gelebt hatten und deren Lebensgeschichte genau mit den Erzählungen der Kinder übereinstimmten.

»Vor allem fand er solche Kinder in Asien, wo der Glaube an Reinkarnation weit verbreitet ist«, fuhr Abrams fort. »In der westlichen Kultur liefen Kinder, die von vergangenen Leben erzählten, Gefahr, dass man ihre Geschichten als erfunden abtat oder gar bestraft zu werden.«

Jane sah kurz Genevieve an und dachte daran, was sie auf der Fahrt gesagt hatte, dass ihr Mann wütend auf den armen Benjamin werde, wenn der Kleine von seinem Geist erzähle.

»Aber in den letzten Jahren«, ließ Abrams sie wissen, »verlagert sich das Ganze ein wenig. Immer öfter erfahren wir auch von Fällen in Europa und den USA. Vielleicht sind Eltern heutzutage toleranter. Auch wenn die Vorfälle nicht mit ihren Überzeugungen in Einklang stehen.«

Jane versuchte sich vorzustellen, was ihre Großmutter und ihre Mutter gesagt hätten, wenn sie erzählt hätte, sie sei in einem vergangenen Leben Melkerin oder ein Broadway-Revuegirl gewesen. Je nach Tagesstimmung hätten sie entweder gelacht oder den Rosenkranz gebetet oder sie auf ihr Zimmer geschickt. Bestimmt hätten sie das Ganze nicht weiterverfolgt.

Dr. Abrams ging auf die Geschichte eines Jungen aus Oklahoma ein, der noch keine zwei war, als er über Hollywood zu sprechen begann und darüber, wie sehr er L.A. vermisse. Und von seiner Frau Annabelle und ihrem gemeinsamen Sohn Eugene. Sein Name, sagte er, sei Benny Jackson, und er verstehe überhaupt nicht, warum er in einem Vorort-Reihenhaus bei diesen Leuten gefangen sei, wo er doch eigentlich in Beverly Hills sein sollte. Die Eltern des Jungen waren fundamentale Christen, und doch beharrte er zusehends auf seiner Geschichte und nannte so spezifische Details, dass sie seine Worte nicht mehr als erfunden abtun konnten. Sie gingen im Gegenteil darauf ein. In der Hoffnung, mehr herauszufinden, konfrontierten sie ihn mit Filmen und Fotos vom alten Hollywood. Als der Junge eines Tages mit seiner Mutter in einem Buch über die Geschichte des amerikanischen Films blätterte, deutete er auf ein Schwarz-Weiß-Foto von einem Mann, der neben Jimmy Stewart stand; er war kaum zu erkennen, und sein Name wurde nicht genannt.

»Das ist Jimmy«, sagte der Junge. Und dann deutete er auf den namenlosen Mann: »Und das bin ich.«

Die Eltern taten alles in ihrer Macht Stehende, um herauszufinden, wer der Mann auf dem Foto war. Sie brauchten mehr als ein Jahr, bis sich schließlich herausstellte, dass es sich um Bennett Jackson handelte. Er war ein Schauspieler der zweiten Reihe, der 1949 mit Anfang dreißig bei einem Autounfall ums Leben gekommen war, als sein Kind sieben Jahre alt war. Und dieses Kind, Eugene, lebte noch. Sie organisierten eine Begegnung zwischen ihrem Jungen und Eugene Jackson, bei der dieser weinte, überzeugt davon, der fünfjährige fremde Junge sei sein Vater.

»Ein anderer Junge«, fuhr Dr. Abrams fort, »erinnerte sich, bei einem Flugzeugabsturz im Zweiten Weltkrieg gestorben zu sein. Auch er nannte Einzelheiten, die niemand sonst wusste. Die Namen von Fliegerkameraden in seiner Einheit, den Flugzeugtyp, den er flog, als er starb, die Straße in Morristown, New Jersey, in der er aufgewachsen war. Derlei Erinnerungen sind häufig traumatisch für diese Kinder. Sie wollen wissen, wo ihre Familien sind, warum sie nicht zu ihnen können. Sie wollen in ihr altes Leben zurück. Im Fall von ungefähr siebzig Prozent der Kinder, mit denen wir es zu tun haben und die lebhafte Erinnerungen an ein vergangenes Leben haben, endete dies mit einem gewaltsamen Tod. Selbstmord, Mord,

Krieg, ein Verkehrsunfall. Todesumstände, die wir als unnatürlich betrachten. Diese Kinder erinnern sich an jede Einzelheit. Oft haben sie damit verbundene Phobien. Zum Beispiel kann ein Kind, das in einem früheren Leben ertrank, schreckliche Angst vor Wasser haben.«

Als Nächstes berichtete Dr. Abrams von einem dreijährigen Jungen aus Thailand, der seinen Eltern erzählt hatte, er sei Lehrer gewesen und erschossen worden, während er mit dem Fahrrad auf dem Weg zur Arbeit war. Er bat seine Eltern, dass sie ihn nach Hause brachten, und nannte ihnen das Dorf, in dem seine Verwandten noch immer wohnten. Als die Großmutter des Jungen mit ihm in dieses dreißig Meilen entfernte Dorf fuhr, führte er sie zu einem Haus, in dem die Familie eines jungen Lehrers wohnte, der, als er fünf Jahre zuvor mit seinem Fahrrad auf dem Weg zur Arbeit war, erschossen worden war. Das Merkwürdigste daran, fuhr Dr. Abrams fort, sei vielleicht, dass der Junge zwei Geburtsmale hatte – ein makellos kreisförmiges am Hinterkopf und ein größeres, unregelmäßig geformtes im Gesicht. Diese Male markierten die Eintritts- und Austrittsstelle der Kugel, die den Lehrer getroffen hatte.

Dr. Abrams trat an eine Projektionsleinwand und zog sie herab.

»Dabei handelt es sich nicht um ein einzigartiges Phänomen«, sagte er. »Diese Kinder haben oftmals Geburtsmale oder Defekte, die im Zusammenhang mit der Art und Weise stehen, wie die Person aus dem vorigen Leben starb.«

Er zeigte eine Reihe von Dias. Ein Junge, der ohne das linke Ohr geboren wurde und sich daran erinnerte, an einem Gewehrschuss, der ihn auf der linken Seite seines Kopfes getroffen hatte, gestorben zu sein. Ein Kind ohne Finger und Zehen, das sich erinnerte, dass es einst ein Mann war, dessen Finger von Gangstern abgeschnitten wurden, weil er seine Schulden nicht hatte begleichen können.

Während der folgenden Frage-und-Antwort-Session hielt eine Frau dagegen. »Aber wie erklären Sie sich das?«, fragte sie. »Wie funktioniert das? Meine Tochter wurde mit einem Hämangiom über dem halben Gesicht geboren. Behaupten Sie etwa, dass das etwas ist, das aus einem früheren Leben stammt?«

»Nicht unbedingt«, antwortete er. »Was das Wie betrifft, haben wir noch keine Erklärung. Niemand hat bislang herausgefunden, wie es passiert, aber wir wissen, dass es passiert. Wenn Sie mit rein rationalen Erwägungen an die Sache herangehen, ergibt es keinen Sinn. Dennoch lassen sich die Beweise nicht leugnen. Dem Wie auf den Grund zu gehen, macht einen Großteil unserer Forschung aus.«

Jane wunderte sich immer wieder, wie viele verschiedene Welten es gab. Vorstellungen und Leidenschaften, die einem Menschen alles bedeuteten, denen er womöglich das ganze Leben widmete, mochten eine andere Person völlig kaltlassen.

Genevieve hob die Hand. Halbhoch und zaghaft, als wollte sie nicht stören. Anfangs sprach sie fast im Flüsterton. Sie musste sich zwingen, überhaupt ein Wort herauszubringen.

»Warum ausgerechnet Kinder?«, fragte sie. »Warum müssen sie diese Bürde tragen? Mein Sohn erinnert sich nicht an ein vergangenes Leben, aber er sieht einen Geist. Führt Gespräche mit ihm.«

Jane erstarrte, schämte sich wegen der Wortmeldung. Aber keine einzige Person im Raum grinste auch nur. Natürlich nicht. Sie rief sich wieder in Erinnerung, wo sie war.

»Zwischen den beiden Phänomenen gibt es sicherlich eine Verbindung«, sagte Dr. Abrams. »Wir wissen nicht genug über die Funktionsweise von all dem, um genau erklären zu können, warum, aber es ist eine Tatsache, dass kleine Kinder dazu neigen, derlei Erfahrungen mit der anderen Seite zu machen, doch wenn sie sechs oder sieben werden, lässt diese Fähigkeit nach und verschwindet irgendwann ganz. Ich denke, es kommt daher, dass sie sich der Meinung anderer Gleichaltriger bewusst werden. Sie wollen nicht zu den merkwürdigen Außenseitern gehören und zwingen sich, ihre früheren Erfahrungen zu vergessen.«

Genevieve nickte, wirkte aber irgendwie verletzt. Wegen der *merkwürdigen Außenseiter,* nahm Jane an.

»Wobei es auch eine Rolle spielt, dass Kinder ungefähr in diesem Alter ihre frühe Kindheit vergessen«, fügte Dr. Abrams hinzu.

Jane bemerkte, dass Allison hektisch etwas auf die Rückseite eines Kuverts schrieb.

»Warum machst du dir Notizen?«, fragte sie leise.

Allison sah sie blinzelnd an, als hätte sie sie aus einer Trance gerissen. »Keine Ahnung.«

»Dann frag doch Rita O'Shea«, sagte Jane. »Vielleicht weiß sie etwas, was wir nicht wissen?«

Allison streckte ihr blitzschnell die Zunge heraus.

»Unsere Forschungsergebnisse legen nahe, dass Verstand und Geist und Spiritualtät nicht unbedingt das Gleiche sind«, sagte Dr. Abrams. »Wir müssen noch sehr viel über das Bewusstsein lernen. Nehmen wir Menschen wie Evangeline zum Beispiel. Die Arbeit eines Mediums vollzieht sich in einem veränderten Bewusstseinszustand. Wie kann sie Frequenzen wahrnehmen, die dem Großteil von uns verborgen sind? Apropos Evangeline, ich denke, es ist an der Zeit, dass du übernimmst und deine Hypnose durchführst, deswegen sind die Leute schließlich gekommen.«

»Ich nenne es lieber Meditation. Das weiß du doch«, sagte sie neckend, beinahe flirtend.

Janes Blick begegnete dem von Allison, und sie war sich sicher, dass sie das Gleiche dachte wie sie: *Wetten, die beiden schlafen miteinander?*

»Mein Freund Jon hier glaubt nicht an Rückführung in vergangene Leben«, sagte Evangeline. »Er glaubt, vergangene Leben seien nur real, wenn sich ein Mensch an sie erinnert, während er bei vollem Bewusstsein ist und die Erinnerung daran nicht sucht. Aber es ist wissenschaftlich bewiesen, dass Meditation und Achtsamkeit zu Präkognition und Hellhören führen. Darauf können wir uns verständigen, nicht wahr, Jon?«

Er nickte.

»Wer von den Anwesenden hat schon einmal meditiert und eine

Stimme gehört, die Sie nicht zu hören erwarteten?«, fragte Evangeline. »Oder ist im Wald spazieren gegangen und ein verstorbener Angehöriger ist Ihnen erschienen?«

Mindestens die Hälfte der Zuhörer hob die Hand. Jane bezweifelte, ob es wirklich so war. Aber als Evangeline sagte: »Und was ist mit einem Déjà-vu? Wer hatte das schon?«, musste Jane zugeben, dass auch sie schon viele Male eins gehabt hatte. Jedes Mal hatte sie das Gefühl, es nicht richtig zu fassen zu kriegen, wie einen Traum, den man nach dem Erwachen schon wieder halb vergessen hat. Das kribbelnde Gefühl, dass das, was in einem gewissen Moment geschah, schon einmal geschehen war.

Evangeline fuhr fort: »Jon und ich haben völlig unterschiedliche Glaubenssysteme, aber von einer Sache sind wir beide überzeugt: Dass wir nach dem körperlichen Tod, energetisch betrachtet, weiterexistieren. Heute werden wir versuchen, Zugang zu vergangenen Leben zu bekommen. Dieser Prozess kann sehr erhellend sein, er kann aufregend und manchmal auch beängstigend sein. Meine Hoffnung ist, dass er vor allem heilend ist. Ich sehe viele neue Gesichter. Manche kenne ich. Frida, schön, Sie wieder hier zu sehen. Und Pamela. Sie sind inzwischen ein alter Hase. Sie waren jetzt schon, wie oft – ein Dutzend Mal – dabei? Möchten Sie den anderen Ihre Geschichte erzählen?«

Die Frau stand auf. Sie war ungefähr Mitte sechzig, trug eine Brille und hatte kurzes weißes Haar. Sie strahlte übers ganze Gesicht, weil sie aufgerufen worden war. Ein Dutzend Mal? Offenbar konnte man ebenso schnell süchtig nach diesem Stoff werden wie nach jedem anderen auch, dachte Jane, aber trotzdem wow!

»Ich hatte lange sehr viel Wut im Herzen«, sagte die Frau nachdenklich und bedächtig, als würde sie gerade von Oprah höchstpersönlich interviewt werden. »Vor allem gegenüber meiner Mutter. Sie hatte vier Töchter. Ich war die Älteste. Sie hat mich nie gemocht. Vom ersten Tag an nicht. Mein ganzes Leben lang habe ich instinktiv gespürt, dass es eine Erklärung dafür geben musste. Aber ich kannte sie nicht, bis ich in meiner ersten Rückführung erfuhr, dass meine Mutter und ich einmal Brüder waren. Ich habe ihn ermordet und seine Frau geheiratet. Und kam ungestraft davon. Niemand hat es je erfahren. Kein Wunder, dass sie mich auf den Tod nicht ausstehen konnte.«

Jane zwang sich, Allison nicht anzusehen, weil sie fürchtete, sonst losprusten zu müssen.

»Diese Erkenntnis hat für das Verhältnis zu meiner Mutter mehr Gutes bewirkt als fünfzehn Jahre Therapie«, fuhr die Frau fort.

Evangeline nickte, als hörte sie dergleichen ständig. Und so war es vermutlich auch.

Jane dachte an ihre eigene Mutter. Hatte Jane sie in einem vergangenen Leben umgebracht? War das die Erklärung für alles?

»Die Folgen von solchen Vorgängen sind häufig tiefgreifend«, sagte Evangeline. »Und die Wirkung ist unmittelbar.«

Sie selbst sei eine Rothschild gewesen, dann ein Kinderarzt, der während des Holocaust Juden zu Hause versteckt hatte, dann der zweiundzwanzigjährige Pilot, der am Steuer der einmotorigen Maschine saß, bei deren Absturz Ritchie Valens, Buddy Holly und Big Bopper ums Leben kamen.

Jane fragte sich, warum sie den akademischen Vorredner überzeugend gefunden hatte, während ihr das hier als kompletter Nonsens erschien. Erzählten sie tatsächlich so unterschiedliche Geschichten? Oder war sie so programmiert, dass sie einem Mann mit einem Doktortitel ohne Weiteres Glauben schenkte, nicht aber einer Frau mit der Berufsbezeichnung *Medium?* Ja. Natürlich war sie das.

»Der Glaube an Reinkarnation ist so alt wie die Menschheit selbst«, sagte Evangeline. »Hindus und Buddhisten und die Ureinwohner Amerikas glauben seit Tausenden Jahren daran. Die meisten Menschen in diesem Land fangen gerade erst an, wenigstens die Möglichkeit anzuerkennen, dass es Reinkarnation gibt, aber wenn es um das Offensichtlichste geht, neigen wir dazu, zu zaudern und zu zögern. Dreiunddreißig Prozent der erwachsenen Amerikaner glauben an Reinkarnation. Achtunddreißig Prozent der Frauen und siebenundzwanzig Prozent der Männer. Gehören Sie zu diesen Gläubigen?«

Einige im Raum nickten eifrig.

»Selbst wenn Sie meinen, nicht daran zu glauben, oder es nicht genau wissen, bitte ich Sie, heute offen für das zu sein, was passieren wird.«

Evangeline stand auf und ging zur Tür. Sie schaltete das Licht aus und kehrte zu ihrem Platz auf der Bühne zurück.

»Also. Setzen Sie sich so bequem wie möglich hin. Atmen Sie ein paar Mal tief durch. Schließen Sie die Augen und konzentrieren Sie sich darauf, Ihren Körper von Kopf bis Fuß zu entspannen. Spüren Sie, wie sich Ihr Kopf mit einer warmen, goldenen Flüssigkeit füllt. Jetzt fühlen Sie, wie die Flüssigkeit in den Hals, die Schultern und Arme hinab bis in die Fingerspitzen fließt.«

Jane sträubte sich einen Moment lang, dann überließ sie sich Evangelines weicher, beruhigender Stimme. Sie ließ die Schultern fallen. Den Kopf zurücksinken.

Als Evangeline das Gefühl hatte, dass alle entspannt waren und gleichmäßig ein- und ausatmeten, sich die Muskeln leicht und locker anfühlten, forderte sie sie auf, sich eine Kindheitserinnerung zu vergegenwärtigen. Was immer ihnen als Erstes in den Sinn komme.

Jane befand sich in der Küche ihrer Großmutter; sie war fünf oder sechs und hatte ein paar Schokokekse auf einer Untertasse vor sich. Sie konnte nicht schlafen. Ihre Großmutter meinte, dann würden sie jetzt einen Mitternachtsimbiss zu sich nehmen. In diesem Moment fühlte es sich magisch an. Jane hatte die Episode völlig vergessen gehabt.

»Reisen Sie weiter in der Zeit zurück, in den Bauch Ihrer Mutter«, leitete Evangeline sie an. »Wie hört es sich an? Was sehen Sie?«

Jane sah ringsherum nur Rot, fühlte, wie sie zusammengerollt war, und spürte die Angst ihrer Mutter.

»Und nun«, fuhr Evangeline fort, »werden Sie geboren.«

Ein Licht, ihre Mutter wurde aufgeschlitzt, ein dunkel gelockter Arzt in einem blassblauen OP-Kittel zog Jane heraus. Das konnte keine Erinnerung sein. Es war genau wie in diesen Geburtsszenen, die bisweilen im Fernsehen gezeigt wurden. Aber im Unterschied dazu fühlte es sich an, als hätte Jane sie selbst erlebt, nicht nur angesehen.

Sie dachte, nächstes Mal, wenn sie mit ihrer Mutter sprach, würde sie sie fragen, ob sie sich erinnerte, wie der Mann, der sie entbunden hatte, ausgesehen habe. Dann fiel ihr ein, dass ihre Mutter tot war, dass Jane sie nie wieder etwas würde fragen können. Es sei denn, das hier war real, was es nicht war.

Als Nächstes wies Evangeline alle an, sich eine wunderschöne Tür vorzustellen. Und wie sie die Tür öffneten und von einem strahlend hellen Licht begrüßt wurden.

»Ich möchte, dass Sie durch dieses helle Licht hindurchgehen. Jenseits davon werden Sie jemandem begegnen, der sie einmal waren.«

Janes Tür war hellblau und befand sich in einer hohen, weiß verputzten Wand. Sie zog sie auf, sah das Licht und trat hindurch.

Zuerst suchte sie vergeblich nach etwas. Doch dann erblickte sie zwei Teenager, ein Mädchen und einen Jungen aus einer vergangenen Zeit auf einem Hügel, so grün wie in einer Werbeanzeige des irischen Fremdenverkehrsamtes. Fehlte nur noch, dass im Hintergrund ein Song der Cranberries spielte.

Wer war dieses Mädchen? Janes Urgroßmutter vielleicht. Oder ihre Ururgroßmutter?

»Sind Sie jetzt in einem Körper?«, fragte Evangeline. »Wie sieht der Körper aus? Sehen Sie sich Ihre Kleidung an, was erkennen Sie? Tragen Sie Sandalen? Einen Pelz? Ein Tierfell? Ist jemand bei Ihnen?«

Jane erkannte Saddle Shoes, Halbschuhe mit einem andersfarbigen Besatz über dem Rist. War das historisch zutreffend? Vor ihrer Freistellung hatte sie sich mit einem Neuzugang im Archiv beschäftigt, den Akten zweier irischer Schwestern, die 1910 nach Boston emigriert waren. Bestimmt brachte ihr Gehirn da etwas durcheinander.

Enttäuscht stellte sie fest, dass sie den Faden wieder verloren hatte. Als Evangeline die Teilnehmer anwies, sich den Tod dieser Person vorzustellen, hielt Jane weiterhin die Augen geschlossen, war jetzt aber komplett draußen.

Nachdem die Stunde vorbei war, knipste Evangeline das Licht erneut an.

»Und, was haben Sie gesehen?«, fragte Genevieve aufgeregt.

»Ach, vergessen Sie es«, erwiderte Allison.

»Ich war ein Wikinger«, sagte Genevieve. »Ich hatte eine Rüstung an. Und ich habe mich absolut furchtlos gefühlt.«

Allison zog erstaunt die Augenbrauen hoch.

»Ja, ich kann das sehen.« Jane nickte. »Und was hast du gesehen, Al?«

Allison schüttelte den Kopf.

»Nun sag schon.«

»Na gut. Ich habe Liesl gesehen.«

»Wen?«

»Liesl. Und den Nazi-Briefträger. In dem Pavillon, während es regnete.«

»Aus *The Sound of Music*, dem Musical«, warf Genevieve ein.

Allison nickte, es war ihr offenbar peinlich.

»Und ich habe meine Urgroßmutter in Irland gesehen; sie befand sich auf einem grünen Hügel, und ich war mir nicht ganz sicher, was das für Schuhe waren, die sie trug«, erzählte Jane. »Was ich damit zum Ausdruck bringen will, ist, dass ich ebenfalls keine Einbildungskraft habe, falls dich das tröstet.«

»Ja, tut es«, sagte Allison.

Am anderen Ende der Insel gab es einen Lunch in dem weißen Segeltuchzelt, das sie bei der Ankunft gesehen hatten.

»Das erinnert mich an all die Sommerhochzeiten, auf denen ich in den letzten Jahren war«, sagte Genevieve. »Es ist so ein langweiliger Trend. Wehe, ich bekomme noch einen einzigen Chiavari-Stuhl zu sehen …«

»Ja, genau«, sagte Jane, auch wenn sie nicht wirklich wusste, wovon Genevieve redete. Sie fand es einfach nur schön. Es erinnerte sie an ein altes Zirkuszelt.

Klapptische und Klappstühle standen bereit. Frauen verkauften Sandwiches, Limonade und selbstgebackenen Kuchen und Plätzchen.

Sie aßen schnell etwas und warteten auf die nächste Veranstaltung. Die öffentliche Vorführung sollte um eins hier stattfinden. Dort hätten sie, hatte Clementine gesagt, die besten Chancen, die Antworten zu erhalten, deretwegen sie hergekommen waren.

Zehn Minuten vorher war das Zelt bereits voll, die Menschen standen dicht gedrängt, es gab keinen freien Stuhl mehr. Die Luft vibrierte von einer aufgeregten, nervösen Energie.

Das Medium, eine junge Frau, kam fünf Minuten zu spät und knabberte an einem Müsliriegel, während sie feststellte: »Boah, ganz schön viele Menschen hier!«

Sie hatte einen munteren britischen Akzent, und ihr kindliches Gesicht wurde von langen braunen Haaren und einem stumpfen Pony eingerahmt, der ihr bis zu den Augen reichte. Sie sah aus wie eine dieser Jugendlichen, bei denen man nicht auf Anhieb sagen konnte, ob sie fünfzehn, zwanzig oder achtundzwanzig waren.

»Für alle, die mich noch nicht kennen: Mein Name ist Camille«, verkündete sie. »Ich bin ein spirituelles Medium und Reiki-Heilerin. Ich weiß, es klingt nach einem Klischee, aber es begann tatsächlich mit dem Ouija-Brett einer Freundin.«

Jane and Allison sahen einander an. Ach ja, ein Ouija-Brett. Fester Bestandteil von Pyjama-Partys in der neunten Klasse, bei denen sie die Geister aus dem Jenseits baten, ihre tiefrührenden Lebensfragen zu beantworten, wie zum Beispiel *Liebt Matt Mitchell mich?*

»Ich bin auch hellseherisch«, fuhr Camille fort. »Das mag sich zunächst weithergeholt anhören. Aber ich würde Sie bitten, sich vorzustellen, dass Sie es auf gewisse Art auch manchmal sind. Zum Beispiel können Mütter oft die Gedanken ihrer Kinder lesen. Oder sie erschrecken Sekunden, bevor ihr Baby zu weinen beginnt oder sich ein älteres Kind verletzt. Selbst Erwachsene berichten davon, genau in dem Moment, da sie in einer tiefen Krise steckten, einen Anruf von ihrer Mutter erhalten zu haben.«

Sie sah Allison und Jane an. »Sie beide lächeln einander an. Haben Sie dergleichen auch schon erlebt?«

»Ja«, sagten beide.

Jahrelang hatten sie sich in einem Zustand der Gedankenverschmelzung befunden. So hatte David es genannt. Manchmal, wenn Jane nach dem Handy langte, um Allison etwas zu texten, bekam sie im selben Augenblick eine Nachricht von Allison. Wenn sie zusammen waren, sagten beide manchmal gleichzeitig dasselbe, und das passierte so oft, dass sie das Gefühl hatten, sie bräuchten vieles gar nicht erst auszusprechen.

»Sind Sie Mutter und Tochter?«, fragte Camille.

Wer von beiden, dachte Jane, war die Mutter? Sie waren genau gleich alt, nur zwei Monate auseinander. Vielleicht sah Jane in Camilles Augen genauso alterslos alt aus, wie Camille für sie alterslos jung aussah.

»Beste Freundinnen!«, rief Allison nach vorn.

Camille nickte, als hätte sie das ohnehin schon gewusst. »Ja. Und verheirateten Paaren passiert es auch manchmal. Oder Geschwistern. Vor allem Zwillingen.«

»Gerade noch mal die Kurve gekriegt«, bemerkte Genevieve trocken.

Jane und Allison konnten ein Lachen nicht unterdrücken. Aber sie waren positiv überrascht, dass Genevieve ausnahmsweise einen Witz gemacht hatte.

»Gut, fangen wir an«, verkündete Camille. »Es gibt viele Stimmen, die durchdringen wollen. Nun, volles Haus heute.«

Camille ging hin und her, ehe sie sagte: »Hier ist eine Frau aus dem Jenseits. Sie war ungefähr fünfundsechzig oder siebzig, als sie an einem Herzinfarkt starb. Wer von Ihnen kann mit dieser Information etwas anfangen?«

Zehn Personen hoben die Hand.

»Sie weist mich darauf hin, dass sie in Maine geboren wurde und bis zu ihrem Tod hier gelebt hat. Sie wohnte an einem See und hatte drei Kinder, glaube ich.«

Alle Hände gingen wieder nach unten, bis auf eine. Sie gehörte einer korpulenten Frau Mitte vierzig mit schütter werdendem Haar. Camille näherte sich ihr.

»Sie möchte Ihnen sagen, dass sie Sie liebt und Ihnen verzeiht.«

Die Frau atmete vernehmlich aus, es hörte sich fast wie ein Stöhnen an.

»Und sie sagt, Sie würden zu viel Salz beim Kochen verwenden und deswegen würden Ihre Kinder Ihr Essen nicht mögen. Die Kinder sind eigentlich keine wählerischen Esser, meint sie. Es liegt nur an dem vielen Salz.«

Noch bevor die Frau antworten konnte, ging Camille auf die andere Seite des Zelts.

»Jetzt habe ich eine Botschaft von einer jungen Person an ihre Eltern.«

Jane fiel das ältere Paar von der Fähre wieder auf; es wirkte aufgeregt, weil es offenbar hoffte, gleich aufgerufen zu werden.

Aber Camille ging an ihm vorbei und blieb vor einem anderen Tisch stehen, vor einem anderen Paar.

»Hallo noch mal. Darf ich mich zu Ihnen stellen?«

»Ja, sicher«, antwortete die Frau.

»Freut mich, dass Sie heute Ihren Mann mitgebracht haben. Ihr Sohn möchte, dass Sie beide Ihren Seelenfrieden wiederfinden. Er will, dass Sie wissen, es war kein Selbstmord. Sondern ein Unfall. Er wollte nicht sterben.«

Der Mann brach in Tränen aus. Sein Gesicht wurde fast violett.

Auch seine Frau wischte sich die Tränen aus den Augen.

»Danke«, sagte sie. »Vielen Dank.«

Camille fragte: »Sie träumen von ihm, stimmt's, Sir?«

Der Mann nickte.

»Er sagt, dass es keine Träume sind. Er besucht Sie tatsächlich.«

Der Mann barg überwältigt das Gesicht in den Händen.

Es hatte an diesem Tag immer wieder Momente gegeben, in denen Jane gewillt war zu glauben, was vorging. Aber jetzt sträubten sich ihr die Nackenhaare. Hier waren so viele Menschen, die wirklich litten. Und sie empfand die Veranstaltung als ausbeuterisch. Einer Frau mitzuteilen, dass ihre verstorbene Mutter sie wissen ließ, sie verwende zu viel Salz beim Kochen? Schräg, aber was soll's, dachte Jane. Doch einem Mann zu sagen, sein Sohn habe nicht Selbstmord verübt, kam ihr unverantwortlich vor. Falsch.

Camille hatte noch viele weitere Botschaften für einige der Anwesenden. Zum Beispiel vom Verlobten einer Frau, der bei einem Autounfall ums Leben gekommen war. Von toten Eltern und Großeltern, ja, sogar dem Hund, den jemand in seiner Kindheit besessen hatte. (»Er meint, es war nicht Ihre Schuld, dass er von einem Lastwagen überfahren wurde.«)

Dann sagte Camille: »Und hier ist eine Warnung für jemanden, der gerade eine Scheidung durchmacht.«

Jane schoss das Blut in die Wangen, aber sie hob nicht die Hand. Auch niemand sonst.

Das betraf sie nicht, konnte sie gar nicht betreffen. Sie waren nicht im Begriff, sich scheiden zu lassen. Noch nicht.

Sie hatte das überwältigende Gefühl, dass Camille sie gleich ausmachen würde, bereits wusste, dass Jane gemeint war. Und dann würde Jane ihre Antwort bekommen. Zu alledem. Zu David.

Camille klang jetzt irritiert. »Nun, auch wenn die betreffende Person nicht die Hand hebt, Sie haben hinterher die Möglichkeit, zu mir zu kommen. Es ist wichtig.«

Jane würde sich ganz bestimmt nicht vor Camille outen, weder jetzt noch später, und zugeben, dass ihre Ehe am Ende war. Obwohl sie darauf brannte zu erfahren, was Camille zu sagen hätte.

»Gut«, meinte Camille, »und ich spüre, dass hier jemand ist, der sein Baby verloren hat.«

Wieder schnellten etliche Hände hoch. Mehr als Jane auf die Schnelle zählen konnte.

Unter anderem die Hand der älteren Frau, die Jane auf der Fähre aufgefallen war.

»Es war keine Fehlgeburt«, fuhr Camille fort. »Es war ein ausgetragenes Kind, fast ein Jahr alt.«

Wieder gingen fast alle Hände von vorhin hoch. Auch die Hand der alten Dame blieb oben.

Camille konzentrierte sich auf sie.

»Darf ich zu Ihnen kommen?«

»Ja, meine Liebe«, sagte die alte Dame.

»Sie haben ein Mädchen verloren«, sagte sie, und die alte Dame nickte.

Konnte Camille das vorher gewusst haben? Oder hatte sie einfach geraten und bei einer Trefferchance von 50:50 Glück gehabt?

»Sie sendet Ihnen Signale«, fuhr Camille fort. »Spüren Sie sie? Sie sagt, sie sorgt dafür, dass Sie das ganze Jahr über immer wieder Pennys aus ihrem Geburtsjahr bekommen.«

Jane fragte sich, wie ein einjähriges Kind dergleichen sagen und ganz zu schweigen tun konnte. Sie nahm an, dass alle anderen es ebenso an den Haaren herbeigezogen fanden wie sie. Es ging ihr zu weit.

Aber sowohl die Frau als auch ihr Mann nickten.

»Sie sorgt dafür«, sagte Camille. »Ihr kleines Mädchen.«

Für die Pennys musste es irgendeine andere Erklärung geben, überlegte Jane. Das war bestimmt der menschlichen Neigung geschuldet, nach Informationen zu suchen, die den eigenen Erwartungen entsprachen – oder es gab andere psychologische Erklärungen dafür, warum einem gewisse Dinge ins Auge fielen.

Beide weinten und wurden von Schluchzern geschüttelt. Jane war überrascht, wie frisch ihre Wunde noch immer zu sein schien. Nach all den Jahren trauerte das Paar weiterhin. Die Frage, welchen Lauf ihr Leben genommen hätte, wäre ihre Tochter nicht gestorben, würde sie vermutlich ihr Leben lang begleiten. Auf diese Weise lebte ihre Tochter weiter. Und auf diese Weise würden sie nie über ihren Tod hinwegkommen.

»Verstorbene Angehörige hinterlassen Ihnen Zeichen, Talismane«, fuhr Camille fort, jetzt erneut an alle gewandt. »Halten Sie Ausschau danach. Es kann ein wichtiges Datum oder eine bedeutende Zahl sein, die immer wiederkehrt, wie zum Beispiel in einer Adresse. Oder Sie riechen plötzlich einen Duft, den die Person an sich hatte. Wenn jemand eine bestimmte Blumensorte mochte, sehen Sie sie vielleicht immer wieder, sogar außerhalb der Saison oder an Orten, wo Sie sie nicht erwarten würden. Auf diese Weise lassen sie uns wissen, dass sie bei uns sind. Meine Großmutter hinterlässt mir Muscheln. Einmal habe ich eine auf einem Bürgersteig in Columbus, Ohio, entdeckt, mitten im Winter.«

Jane musste daran denken, dass ihre Mutter Kolibris geliebt hatte und Jane sie in letzter Zeit ständig sah, wenn sie allein im hinteren Garten saß. Sie erinnerten sie tatsächlich an ihre Mutter. War es zu weit hergeholt, zu glauben, ihre Mutter schickte sie ihr?

Der Gedanke war ebenso tröstlich und unrealistisch wie die Vorstellung ihrer Großmutter vom Himmel, einem Ort in den Wolken, wo alte Freunde wiedervereint wurden und Golf spielten. Jane hatte noch nie an all das geglaubt, selbst als Kind nicht. Warum zog sie dann jetzt derlei Dinge in Betracht? Sie nahm an, dass es für eine Atheistin wie sie einfacher war, sich ein Leben nach dem Tod vorzustellen, das nichts mit Gott zu tun hatte. Einfach nur Menschen, die irgendwie als sie selbst weiterexistierten.

Camille verkündete, es blieben ihnen lediglich wenige Minuten. Sie fragte, ob jemand ein wirklich drängendes Problem habe. Fast alle hatten eins.

Genevieve wurde als Erste aufgerufen.

»Ich bin gekommen in der Hoffnung, mit jemandem namens Eliza sprechen zu können«, sagte sie. »Ich möchte wissen, ob sie immer noch in meinem Haus ist.«

»Ja, hier habe ich Eliza«, sagte Camille. »Ja, sie ist dort. Sie hütet Ihr Haus. Sie war Ihre – Großmutter?«

»Nein«, antwortete Genevieve. »Wir sind nicht verwandt.«

»Stimmt. Sie sagt, sie war einmal mit Ihnen verwandt, aber in einem längst vergangenen Leben.«

Wie praktisch, dachte Jane.

Genevieve zögerte, dann wollte sie wissen: »Ist sie wütend auf mich? Möchte sie, dass ich verschwinde?«

Jane sah sie verstohlen an. Warum beharrte sie so darauf, dass diese Frau, die schon vor Langem verstorben war, wütend auf sie war? Warum war sie sich derart sicher, dass es Elizas Geist war, der Benjamin erschien?

»Ich kann im Moment keine Antworten auf diese Fragen heraushören«, sagte Camille.

Die für ein Kind am wenigsten befriedigende Antwort des Magic 8 Ball – *Frag später noch mal.*

»Ich möchte gern wissen, ob Eliza weiß, wer D ist«, sagte Genevieve. »Oder ob die beiden miteinander zu tun haben.«

Das Medium schloss die Augen und konzentrierte sich. »D ist noch nicht durchgekommen. Es gibt sehr viel dunkle Energie um D herum. Eliza versucht, ihr zu helfen, aber es hat bislang nicht funktioniert.«

Jane fiel auf, dass die Frau es bei dem Anfangsbuchstaben belassen hatte, sie hatte weder den Namen genannt noch das passende Pronomen verwendet. Sie war sich ziemlich sicher, dass Camille einfach nur Mist redete.

Genevieve setzte zu einer weiteren Frage an, aber Camille kam ihr zuvor: »Die Frau neben Ihnen, wer ist das?«

»Allison«, erwiderte sie mit brüchiger Stimme.

»Auf Ihren Schultern lastet das Gewicht der ganzen Welt, stimmt's? Alle erwarten ständig etwas von Ihnen. Aber was ist mit Ihren Bedürfnissen? Fragt Sie je einer danach?«

Jane dachte, dass diese Worte bei fast jeder Frau Anklang finden würden. Sie waren so allgemein gehalten, so offensichtlich.

Aber Allison brach prompt in Tränen aus.

»Danke«, sagte sie und sah Camille an wie eine Prophetin.

Als sie anschließend den Pfad zu Clementines Cottage entlanggingen, waren alle drei ein bisschen benommen und schweigsam.

Clementine hatte gesagt, sie sollten um zwei vorbeikommen, und wartete bereits an der Tür.

Als sie die drei Frauen hereinbat, war Janes erster Gedanke, dass das Innere wie eine Schiffskabine wirkte. Holzbalken. Ein blutroter, alter Teppich. Buchregale, im selben dunkelblauen Farbton gestrichen wie die Wände, voller Hardcover und Kristalle und allem erdenklichen Tand – Schneekugeln und Buddhastatuen und Miniaturmöbel. Im Fernseher in der Ecke lief eine Quizshow.

Clementine ging in die kleine, an eine Kombüse erinnernde Küche und kam eine Minute darauf mit vier Teebechern auf einem Plastiktablett zurück.

Auf einer Ottomane lag eine graue Katze. Sie hob sie hoch, stellte das Tablett auf die frei gewordene Stelle und setzte sich, während sie das Tier wie einen Fußball unter dem Arm hielt.

»Erzählen Sie, wie war Ihr Tag?«, fragte Clementine. »Wie fanden Sie's?«

»Ich hatte keine Ahnung von der Geschichte dieses Ortes«, sagte Jane. »Es ist alles sehr faszinierend.«

»Ja, nicht wahr? Und was sagen Sie zu Dr. Abrams' Vortrag?«

»Unglaublich«, antwortete Allison.

»Ja, sehr gut«, meinte Jane. »Einige der Geschichten, die er geschildert hat, waren so …« Sie wusste nicht, wie sie den Satz beenden sollte.

»Ich bin froh, dass Sie die Gelegenheit hatten, ihn zu hören. Was für ein brillanter Mann. Wir können von Glück sagen, dass Evangeline ihn zu uns gebracht hat.«

»Sie sind ein ziemlich ungleiches Paar, nicht wahr?«, fragte Jane, und erst als sie zu Ende gesprochen hatte, fiel ihr auf, wie wertend es klang.

»Sie sind schon seit Urzeiten befreundet«, erklärte Clementine. »Sie sind zusammen in die Schule gegangen. Dann hat Evangeline etliche Jahre an der University of California in Santa Cruz gelehrt, in der Abteilung Geschichte des Bewusstseins. Das Wissenschaftliche und Spirituelle haben wesentlich mehr gemeinsam, als den meisten Menschen klar ist, Jane.«

Nachdem sie ihr auf indirekte Weise eine kleine Rüge erteilt hatte, wechselte Clementine das Thema. »Und wie fanden Sie die öffentliche Vorführung? Seien Sie ruhig ganz ehrlich.«

»Ich weiß nicht recht«, erwiderte Jane. »Die Aussagen klangen nicht sonderlich spezifisch. Einiges von dem, was das Medium sagte, war so breit gefasst, dass es fast auf jeden hätte zutreffen können.«

»Aber in Bezug auf das Baby des alten Paars hatte sie recht«, wandte Allison ein. »Das mit den Pennys! Das war doch echt verrückt.«

»Und dass sie uns für Mutter und Tochter gehalten hat?«, sagte Jane.

Allison lachte. »Ich schieb es darauf, dass sie vielleicht eine Brille braucht.«

»Also mir schien das, was sie sagte, irgendwie manipulativ«, meinte Jane.

»Wieso?«, fragte Clementine.

»Vielleicht war mir nur nicht klar, wie viele Menschen mit Kummer und Schmerz hierherkommen.«

Alle schwiegen eine Zeit lang. Jane wusste nicht, was die anderen dachten, aber sie hatte das Gefühl, dass es um sie ging, dass sie vielleicht unabsichtlich zu angriffslustig gewesen war.

»Trauer ist ein fester Bestandteil der menschlichen Erfahrung«, sagte Clementine. »Nur dass die Menschen unterschiedlich damit umgehen. Das hier ist eine Möglichkeit. Mit den Geistern zu kommunizieren, kann extrem heilsam sein.«

»Tut mir leid«, sagte Jane. »Ich bin wohl zu zynisch. Ich kann nichts dagegen tun.«

»Ist schon in Ordnung. Wir betrachten es nicht als unsere Aufgabe, jeden von irgendwas überzeugen zu wollen. Das wäre dumm und letztlich eine riesige Zeitverschwendung«, sagte Clementine. »Ein Medium wird nie hundertprozentig Treffsicherheit erlangen. Das wäre zu viel verlangt.«

Als Jane sich daran erinnerte, wie Clementine ihr vorausgesagt hatte, sie werde ein Kind bekommen, spürte sie einen Stich in der Brust. Wie aufgeregt sie angesichts dieser Aussicht gewesen war. Und wie dumm sie sich gefühlt hatte, als es sich als unwahr herausstellte.

»Wenn man bedenkt, wie schwer es schon ist, mit den *Lebenden* zu kommunizieren und seinen Standpunkt deutlich zu machen«, fuhr Clementine fort. »Aber mit der anderen Seite ist es noch schwerer. Die Unterhaltung zwischen unseren beiden Welten ist wie ein Telefonat. Beide müssen erst einmal abnehmen, weil man sonst redet, ohne dass am anderen Ende der Leitung jemand ist, oder man lauscht angestrengt, aber da ist keine Stimme.«

»Ah ja«, sagte Jane.

»Außerdem hat auch ein Medium gute und schlechte Tage, so wie jeder andere auch«, fuhr Clementine fort. »Wenn sie zum Beispiel müde ist, und Sie wissen ja, wie die Leute in Camilles Alter sind, kann sie keine Höchstleistung bringen. Manchmal sind sie erschöpft, aus welchen Gründen auch immer. Meine Kinder sind ungefähr so alt wie Camille. Sie schlafen elf Stunden am Stück, dann rufen sie mich an und jammern, wie müde sie sind. Wenn man jung ist, ist es etwas ganz anderes.«

»Wie viele Kinder haben Sie?«, fragte Allison.

»Zwei.«

»Stehen sie auch auf … solche Dinge?«

»Meine Tochter ist telepathisch veranlagt, aber sie setzt ihre Gabe nicht ein. Sie macht ihr Angst«, sagte Clementine. »Mein Sohn hält mich für verrückt. Aber hey, meine Sitzungen haben dafür gesorgt, dass er ein Dach über dem Kopf hatte und genug Essen auf den Tisch kam. Das kann er nicht leugnen. Wobei ich mir ziemlich sicher bin, dass er den Leuten erzählt, ich sei Dentalhygienikerin.«

Die anderen lachten. Ein Anflug von Schuldgefühlen überkam Jane, als sie daran dachte, wie oft sie in der Highschool und auf dem College und vermutlich auch noch danach gelogen hatte, wenn jemand fragte, was ihre Mutter beruflich mache.

»Ich habe meine Kinder allein großgezogen«, fuhr Clementine fort. »Und wenn ich allein sage, dann meine ich allein. Ihr Vater, dieser Versager, hat, nachdem er uns verlassen hatte, nichts mehr von sich hören lassen.«

»Jane wurde von ihrer Mutter auch allein großgezogen«, sagte Allison. »Und bei ihrem Vater war es das Gleiche. Der war auch ein Nichtsnutz.«

Clementine sah Jane kurz an, und Jane fragte sich, ob sie Allisons Bemerkung verletzend fand. Nein, beschloss sie. Es stimmte, was Allison gesagt hatte. Und Allison gehörte zu ihrer Familie. Sie brauchte kein Blatt vor den Mund zu nehmen, was Janes Familie betraf.

»Mein Dad auch«, meldete sich Genevieve zu Wort.

Seit sie bei Clementine waren, hatte sie noch kein einziges Wort gesagt.

»Er ist mit der jüngeren Cousine meiner Mutter weggelaufen, als ich zwei war. Sie hatte gerade erst das College abgeschlossen. Während ihrer Flitterwochen ein Jahr später ist in der Heizung der Ferienwohnung Kohlenmonoxid ausgetreten. Sie sind beide im Schlaf gestorben.«

Allen stockte der Atem. Wieder fragte sich Jane, warum niemand von diesen Menschen heute zu ihnen durchgedrungen war oder ob das, was in Camp Mira gezeigt wurde, vielleicht nur Fake war.

»Wie furchtbar. Tut mir leid«, sagte Allison.

Genevieve zuckte mit den Schultern. »Ich kann mich nicht an ihn erinnern. In dem Jahr, nachdem er uns verlassen hatte, hat er meiner Mutter kein bisschen geholfen. Er hat weder angerufen, noch ist er mich besuchen gekommen. Er hat uns keinen einzigen Cent gegeben. Und nach seinem Tod hat seine Familie getan, als gäbe es uns nicht. Es war fast so, als würden sie meiner Mutter die Schuld für alles geben, weil sie ihn mit seiner zweiten Frau bekanntgemacht hatte.«

Jane musste an ihre Großmutter denken, daran, dass sie in jungen Jahren Witwe wurde und ihre Schwiegereltern ihr ebenfalls die kalte Schulter gezeigt hatten. Und an ihre Mutter und wie es Jane beinahe vorgekommen war, als hätte sie sich ganz allein fortgepflanzt, so gänzlich abwesend war ihr und Hollys Vater gewesen, falls sie tatsächlich denselben Vater hatten. Bislang hatte sie diesen Gedanken mit Ausnahme von David niemandem gegenüber ausgesprochen.

»Ihre arme Mutter«, sagte sie zu Genevieve, um den Gedanken zu vertreiben.

»So weit ich mich zurückerinnern kann, war sie ein Nervenbündel«, erwiderte sie. »Ist es immer noch. Immer auf irgendwelche Katastrophen gefasst. Manchmal dachte ich, dass sie vielleicht anders wäre, wenn er nicht gestorben wäre. Aber heute glaube ich es nicht mehr. Ich glaube, sie wäre nur anders gewesen, wenn er uns nicht verlassen hätte.«

Clementine nickte. »Und sie hat nicht wieder geheiratet?«

»Nein. Die Sache mit meinem Vater hat sie für immer von Männern abgeschreckt. Aber sie war besessen von der Idee, dass ich eine gute Partie machen müsste. Als mein Mann mir einen Antrag machte, konnte ich gar nicht anders als Ja zu sagen, sonst hätte sie mich bestimmt vor den Altar gezerrt. Sie kommt mir vor wie eine Figur von Jane Austen. Wir hatten ein wunderschönes Haus, aber nicht die Mittel, um es zu unterhalten. Immer blätterte irgendwo die Wandfarbe ab oder tropfte es von einer Decke. Sie hatte einige elegante Kleider und drei Chanel-Handtaschen. Alles noch aus der Zeit, bevor mein Vater uns verließ. Aber dann war kein Geld mehr da. Wir waren zugleich reich und arm.«

Jane hätte am liebsten gefragt, warum ihre Mutter nicht das wunderschöne Haus und die Handtaschen veräußert und dafür eine kleine, praktische Wohnung gekauft und das restliche Geld auf ein Sparkonto eingezahlt hatte.

»Ich verstehe nicht, wie jemand ein kleines Kind verlassen kann«, sagte Allison.

»Nein, ich auch nicht«, erwiderte Genevieve. »Nach Benjamins Geburt ging mir dieser Gedanke ständig im Kopf herum.«

»Apropos Ihr Sohn«, warf Clementine ein. »Ist Ihnen inzwischen klar geworden, was da in Ihrem Haus vor sich geht?«

»Nein, nicht wirklich«, antwortete Genevieve. »Wobei Camille mit der toten Frau kommuniziert hat, die, wie ich vermute, einmal dort wohnte. Eliza heißt sie. Camille zufolge scheint sie harmlos zu sein. Und trotzdem ist es unheimlich. Ich weiß nicht, ob wir weiter in dem Haus wohnen können, wenn der Geist nicht verschwindet.«

»Geister haben überhaupt nichts Bedrohliches an sich«, wandte Clementine ein. »Die Lebenden sind wesentlich gefährlicher.« Sie seufzte. »Ich weiß, ich habe gesagt, es geht heute nicht … aber schauen wir mal, ob ich einen Kontakt herstellen kann.«

Clementine schloss die Augen. Die anderen drei Frauen tauschten einen vielsagenden Blick.

Als sie die Augen wieder öffnete, meinte Clementine: »Ich glaube, Camille hat recht. Die erste Frau, die in dem Haus wohnte, hat sehr unter dem Tod ihres Mannes gelitten. Ich kann sie sehen. Sie sitzt dort fest.«

Jane rief sich die Worte von Marilyn Martinson in Erinnerung. Dass alle Frauen, die in dem Haus gewohnt hatten, sich über kurz oder lang allein wiederfanden. »Ich sehe, wie sich ein Boot von der

Küste entfernt und wie die arme Frau ihm nachsieht. Sie ist am Boden zerstört«, fuhr Clementine fort.

»In *Richtung* Küste«, sagte Jane.

»Wie bitte?«, fragte Clementine, die es offenbar nicht mochte, korrigiert zu werden.

»Samuel Littleton ist gestorben, als er bei der Heimkehr Schiffbruch erlitt«, erklärte Jane. »Aber genau wie Sie sagten, war das Schiff vom Ufer aus zu sehen. Seine Frau, Hannah, hat alles mit ansehen müssen. Wie faszinierend, dass Sie all das erkennen können.«

Clementine nickte. »Die Frau blieb allein zurück. Sie war mit ihrem ersten Kind schwanger. Wer weiß, was sie alles durchgemacht hat.«

»Dann ist Ihr Geist also Hannah und nicht Eliza«, sagte Jane zu Genevieve.

Hannah war aber doch nicht schwanger, als Samuel starb, oder?, dachte Jane. Außerdem hatte sie damals schon zwei Kinder.

»Wissen Sie, warum Hannah uns heimsucht?«, fragte Genevieve.

»Die Frau, die ich sehe, ist gefangen«, sagte Clementine. »Etwas hält sie davon ab, sich auf die nächste Ebene zu begeben. Bis es so weit ist, wird sie Ihnen vielleicht lästig fallen. Aber dass sie mit Benjamin redet, ergibt keinen Sinn. Erdgebundene Geister treibt nur das um, was sie hier festhält. Sie neigen nicht dazu, mit den Lebenden zu interagieren. Den meisten ist nicht bewusst, dass sie tot sind.«

»Unser Geist interagiert sehr viel«, sagte Genevieve.

»Könnte es zwei Geister geben?«, warf Allison ein.

Genevieve schüttelte den Kopf. »Nein, da ist nur einer.«

Jane musste sich ein Lachen verkneifen, weil Genevieve in einem Tonfall sprach, als handelte es sich um eine erwiesene Tatsache. Als wären all das erwiesene Tatsachen.

»Wir befinden uns in New England«, sagte Clementine. »Also ist es nur selten ein einziger Geist.«

»Was kann ich tun, damit es aufhört?«, fragte Genevieve. Sie klang wie ein weinerliches Kind.

»An Ihrer Stelle würde ich jemanden kommen lassen, der eine Seelenrettung durchführt«, meinte Clementine so selbstverständlich, als riete sie ihr, die Regenrinnen säubern zu lassen. »Manchmal benötigen sie Hilfe beim Übergang. Manchmal muss man ihnen erklären, dass sie gestorben sind. Weil sie es, wie gesagt, möglicherweise nicht wissen. Wenn sie sich in diesem Zustand befinden, sehen sie in der Regel niemanden sonst. Sie hängen in einer Schleife fest und müssen immer wieder von vorn die gleichen traumatischen Ereignisse durchspielen.«

Du liebe Güte, dachte Jane. Sich vorzustellen, sie wäre bis in alle Ewigkeit in der schrecklichen Episode bei der Arbeit gefangen, die ihr Leben ruiniert hatte. Oder, noch schlimmer, die in Melissas Büro am nächsten Morgen, als sie sich anhören musste, was sie getan hatte.

»Haben Sie diese Frau schon mal gesehen? Erscheint sie immer wieder an derselben Stelle? Das könnte Ihnen einen Hinweis liefern.«

»Bislang hat nur Benjamin sie gesehen, soweit ich weiß«, sagte Genevieve.

»Irgendwelche sich wiederholenden Geräusche? Klopfen, Stöhnen, Schritte?«

»Nein.«

»Haben Sie eine auffallend hohe Feuchtigkeit wahrgenommen?«

»Na ja, das Haus liegt direkt am Meer.«

»Stimmt. Nun, manche Experten sind der Meinung, dass Wasser eine Art Gefäß sein kann, das den Spuk in einer Erinnerungsschleife gefangen hält. Ich würde an Ihrer Stelle nach den genannten Anzeichen Ausschau halten.«

Musste man tatsächlich auf ein unerklärliches Ächzen achten?, fragte sich Jane. Würde es einem nicht so oder so auffallen?

»Diese Gestalt, die Ihr Sohn sieht, ist eine Indigene, stimmt's?«, fragte Clementine.

»Nein«, antworteten Jane und Genevieve wie aus einem Mund.

Clementine zuckte mit den Schultern. In diesem Fall schien sie es zu akzeptieren, dass sie danebenlag.

Aber Jane sinnierte dennoch darüber nach. War es möglich, dass Hannah eine Ureinwohnerin war? Sie glaubte es nicht. Ihr kam der Korb in den Sinn, den Genevieve gekauft hatte. War er die Quelle dessen, was Clementine wahrnahm?

»Und dann ist da noch Janes Geist. D. Ist sie derselbe Geist, den Benjamin sieht?«, fragte Genevieve.

»Das weiß ich nicht«, antwortete Clementine.

»Könnte es ein Zufall sein, dass beide ihre Mutter suchen?«

»Ja. Mütter spielen in der Regel eine große Rolle, sowohl auf irdischer als auch spiritueller Ebene. Aber das, was wir Zufall nennen, ist oft nur der Geist, der uns in eine bestimmte Richtung lenkt.«

Als sie sich schließlich vor der Haustür von Clementine verabschiedeten, sagte Clementine: »Ich habe noch eine Botschaft von Ihrer Großmutter für Sie, Jane. Sie möchte Ihnen mitteilen, dass es Ihrer Schwester sehr schlecht geht, dass sie Ihre Mutter sehr vermisst. Wissen Sie, ob sie hin und wieder mit einem Foto Ihrer Mutter spricht?«

»Nein, das weiß ich nicht.«

»Aber das tut sie offensichtlich. Denn Ihre Großmutter meint, Sie sollen ihr sagen, Ihre Mutter kann sie hören. Sie soll weiter mit ihr sprechen. Sie sollen jetzt liebevoll mit Ihrer Schwester umgehen. Sie trauert anders um Ihre Mutter als Sie. Intensiver. Sie waren einander sehr nahe. Haben sich jeden Tag gesehen.«

»Okay«, sagte Jane.

Damit hatte sie nicht gerechnet. Sie hatte überhaupt nicht an ihre Familie gedacht. Natürlich war die Nachricht von ihrer Mutter für Holly, nicht für sie selbst. Und natürlich würde ihre Mutter sie nicht Jane persönlich übermitteln, sondern Janes Großmutter musste als Mittelsperson fungieren.

Aber sie hatte keine Zeit, diesen Gedanken weiterzuverfolgen. Sie mussten sich beeilen, um die Fähre noch zu erreichen, also liefen sie schnell zum Anleger und schafften es in allerletzter Sekunde, an Bord zu gehen, ehe die Fähre ablegte und aufs Meer hinausfuhr.

Jane blickte sich um und erkannte viele bekannte Gesichter wieder, die sie schon auf der Hinfahrt gesehen hatte. Nun, da sie begriffen hatte, weswegen sie hergekommen waren, wirkten diese Menschen ganz anders auf sie.

Sie fragte sich, ob jemand tatsächlich zufrieden war mit dem, was man ihm an diesem Tag erzählt hatte. Selbst wenn die Toten einem zu übermitteln in der Lage waren, dass sie die Gebete gehört hatten oder dass das Essen, das man zubereitete, zu salzig war, welche Rolle spielte es? Man konnte sie weder in die Arme schließen noch ihnen einen Gute-Nacht-Kuss geben oder sie zum Abendessen einladen. Selbst wenn sie noch hier waren, waren sie doch weg.

Das Leben war schmerzlich und unvorstellbar kurz. Doch merkwürdigerweise machte dieser Gedanke Jane Mut. Erweckte in ihr den Wunsch zu handeln. Die Situation mit David war niederschmetternd, aber wenigstens waren sie beide am Leben. Viele dieser Menschen an Bord konnten das über ihre Liebsten nicht behaupten.

Jane nahm sich vor, ihn anzurufen und ihm zu sagen, dass er herkommen solle. Oder aber sie würde am nächsten Tag zu ihm fahren, um ihm zu sagen, dass sie bereit sei, alles in ihrer Macht Stehende zu tun, um die Dinge wieder in Ordnung zu bringen. Nichts anderes war wichtig.

Auf der Heimfahrt kamen sie an einer hübschen kleinen Buchhandlung vorbei, was Allison veranlasste, von dem monatlichen Lesekreis zu erzählen, an dem sie im vergangenen Jahr aus Zeitnot nur zwei Mal habe teilnehmen können. Das regte Genevieve dazu an, über ihre aktuelle Lektüre zu sprechen. Jane war überrascht, dass sie überhaupt las. Nun, Unterhaltungsromane und Promibiografien, aber trotzdem.

Jane berichtete ihnen von der Ausstellung, die sie in der Historical

Society von Portland besucht hatte, und dass sie ein halbes Dutzend Bücher über die Kultur und Geschichte der amerikanischen Ureinwohner gekauft habe, die sie nun alle parallel lese.

Seit sie in Portland gewesen war, tauchte Jane Abend für Abend in diese Bücher ein und blieb viel länger wach, als sie sollte. Sie las wieder, die ihr vertrauteste Beschäftigung, der sie in ihrer schlimmsten Zeit nicht mehr hatte nachgehen können. Sie war so erleichtert, es wieder zu können.

»Ich lese gerade ein faszinierendes Buch über den Repatriation Act und dessen Folgen«, sagte Jane. »*Plundered Skulls and Stolen Spirits* von Chip Colwell.«

»Ich weiß, ich müsste es wissen: Der Repatriation Act – was war das gleich noch mal?«, fragte Allison.

»Das Gesetz, das besagt, dass gestohlene Grabbeigaben und andere sakrale Gegenstände und menschliche Überreste den betreffenden Stämmen und Nachkommen zurückgegeben werden müssen.«

»*Menschliche Überreste?*«, sagte Genevieve in entsetztem Ton.

»Und von wem gestohlen?«, wollte Allison wissen.

»Der Regierung der USA, der Smithsonian Institution, Harvard. Fast von jedem bedeutenden Museum und jeder größeren Universität dieses Landes und auf der ganzen Welt«, erklärte Jane. »Es gibt an diesen Orten in den USA rund zweihunderttausend Knochenreste und eine Million sakrale Gegenstände.«

»Das heißt, Menschen haben Leichen aus Gräbern gestohlen?«, fragte Genevieve.

»Genau«, sagte Jane. »Das geschah erschreckend häufig. Als die Pilgerväter in Plymouth Rock ankamen, fielen ihnen so ziemlich als Erstes Erdhügel auf. Aus reiner Neugierde buddelten sie sie auf. Später schrieb jemand, sie hätten darin die Leichen eines Mannes und eines Kindes vom Wampanoag-Stamm vorgefunden und sich mit ›allerlei hübschen Dingen‹ davongemacht. Auch Thomas Jefferson hat das getan. Er sandte seine Sklaven aus, um Hügelgräber auszuheben, und stellte später die sterblichen Überreste von Ureinwohnern und sakrale Gegenstände in der Eingangshalle in Monticello, seinem Landgut, aus.«

»Heiliger Jesus«, murmelte Allison.

»In manchen Fällen, wie zum Beispiel in den 1860ern in Sand Creek, lauerten US-amerikanische Soldaten Mitgliedern der Cheyenne und Arapaho in der Morgendämmerung auf und skalpierten sie. Männer, Frauen, Kinder. Und das macht das Thema der Rückgabe menschlicher Überreste noch sehr viel brisanter, denn diese Menschen sind nicht eines natürlichen Todes gestorben und dann beerdigt worden. Zunächst einmal wurden sie gar nicht bestattet. Und laut dem Glauben mancher indigener Völker bedeutet das, dass ihr Geist nie zur Ruhe kommen wird. Soldaten hackten Körperteile ab und behielten sie als Trophäen – Finger, Zehen. Sie schnitten den Frauen die Schamlippen heraus und befestigten sie auf ihren Sätteln oder Hüten. Skalps wurden aufbewahrt und von Generation zu Generation weitergegeben.«

Der Autor des Buchs stellte eine entscheidende Frage: Wie konnten heutige Mitglieder dieser Stämme jemals das durch die ihrem Volk angetanen Gräuel erlittene Trauma überwinden, wenn die gestohlenen Knochenreste und Skalps und Körperteile noch immer in Umlauf waren und in Privathäusern und privaten Sammlungen im ganzen Land lagerten?

»Oh mein Gott«, sagte Genevieve.

Jane sah im Rückspiegel, dass ihr Tränen in den Augen standen.

Irgendwie fand Jane Genevieve irritierend. Im Hinblick auf die Renovierung ihres Hauses war ihr der Denkmalschutz egal, sie war jedoch besessen von seiner Geschichte. Sie vergoss Tränen über die Hintergründe der Rückgabe von Knochenresten und gestohlenen sakralen Objekten an die indigenen Stämme, hatte jedoch einen Korb von einem Händler gekauft, wobei es sie nur ein paar Klicks im Internet gekostet hätte, um herauszufinden, wie zwielichtig der Kerl war.

Jane war versucht, es ihr auf den Kopf zuzusagen: *Thomas Crosby, der Kerl, dem Sie den Korb abgekauft haben, ist einer dieser Menschen, von denen ich rede.*

Aber das würde zu sehr nach einer Anklage klingen. Jane glaubte nicht, dass an dem Korb selbst etwas Dubioses war, nur an dem Mann, der ihn ihr verkauft hatte.

Sollte Genevieve dafür verantwortlich gemacht werden? Nun, vielleicht.

»Was machen die jeweiligen Stämme mit den Dingen, nachdem sie sie zurückerhalten haben?«, fragte Genevieve.

Jane erzählte ihnen, sie habe in dem Buch von Colwell den Bericht eines Stammesälteren der Cheyenne gelesen, darüber, wie er in einem Lagerraum des National Museum gestanden hatte und vor ihm auf einem Tisch die Schädel von achtzehn seiner Vorfahren ausgebreitet waren. Die Ältesten hätten stundenlang getrommelt, gesungen und geredet. Und sie hätten duftendes Mariengras geräuchert, als Opfergabe für ihre Vorfahren, die zwischen zwei Welten zerrieben worden waren.

Einer der Schädel gehörte einem jungen Mädchen. Als ihnen die Überreste übergeben wurden, hielt eine der Ältesten den Schädel zärtlich in den Händen. Sie küsste ihn, ehe sie ihn in den Sarg legte.

Nachdem sie in ihre Heimat in Oklahoma zurückgekehrt waren, so hieß es in dem Bericht weiter, hielten sie eine traditionelle Bestattungszeremonie ab. Achtzehn Kiefernsärge wurden in einer Prozession zum Bestattungsort getragen. Die Ältesten bereiteten sie darauf vor, wieder der Erde übergeben zu werden. Eine Aufgabe, die sich niemand von ihnen je gewünscht hatte, aber sie führten sie feierlich und ehrfürchtig aus. Diesen Menschen bedeuteten Zeremonien sehr viel, aber hierfür gab es bislang keine. Viele indigene Menschen ehrten und fürchteten die Toten gleichermaßen. Einige glaubten, allein die Vorstellung, dass die Totenruhe ihrer Angehörigen gestört wurde und deren sterbliche Überreste ausgegraben und dann ausgestellt wurden, könnte ihre Familie krank machen oder ihnen Unglück bringen.

Und doch nahmen sie diese Aufgabe auf sich. Sie glaubten, ihre Vorfahren würden sie dabei anleiten.

Erst nachdem sie vom Jenseits das Zeichen des Einverständnisses erhalten hatten, suchten sie einen Bestattungsort. Sie gruben die Erde eigenhändig aus, und alle Anwesenden brachten ein Opfer dar oder sprachen Gebete. Sie baten die Ahnen, die sterblichen Überreste in den Schoß von Mutter Erde zurückzunehmen, damit der Kreislauf des Lebens wiederhergestellt würde.

»Das ist sehr schön. Aber auch erschütternd«, sagte Genevieve. »Ich mag es mir gar nicht vorstellen.«

Sie schniefte, kramte ein Taschentuch aus ihrer Handtasche, schnäuzte sich.

»Die Kunst des Smalltalks beherrschst du einfach nicht, Jane, stimmt's?«, sagte Allison mit einem Augenzwinkern.

Eine Fahrstunde südlich von Bar Harbour passierten sie einen Pick-up, hinter dessen Ladefläche eine riesige Konföderiertenflagge wehte.

Jane fragte sich, was der Trottel hinter dem Steuer damit genau zum Ausdruck bringen wollte.

»Warum«, sagte sie, »meint ihr, stellen sich Menschen in solchen Rückführungssitzungen immer vor, sie seien Adelige gewesen oder Helden, die die Nazis bekämpft haben, oder so? Ich wette, niemand nimmt an derartigen Meditationen teil und findet heraus, dass man, hey, zu den Millionen unbemerkter Menschen gehört hat, die sich während des Holocaust einfach nur um ihre eigenen Angelegenheiten gekümmert haben. Dabei machen die Helden oder Bösewichte statistisch gesehen nur einen Bruchteil der Menschheit aus gegenüber jenen, die nichts unternehmen.«

»Wer weiß, vielleicht werden diese Leute nicht so oft reinkarniert, eben weil sie so langweilig sind?«, sagte Allison.

Genevieve bekam einen Anruf von ihrem Mann, der sich offenbar große Sorgen machte, ob sie auch wirklich Spare-Ribs und

Steaks für das für den nächsten Tag geplante Barbecue bestellt hatte. Sie erwiderte ruhig, ja, das habe sie, und zwar schon vor mindestens einer Woche.

»Haben Sie eine große Party geplant?«, fragte Allison, nachdem Genevieve wieder aufgelegt hatte.

»Nein, aber bei ihm muss immer alles bis ins kleinste Detail vorbereitet sein«, sagte Genevieve.

Jane umklammerte das Lenkrad fester, zwang sich, den Mund zu halten.

Sie passierten eine Farm inmitten grüner Hügel mit grasenden Pferden und Kühen. Die riesige rote Scheune war beeindruckender als das Farmhaus selbst. Direkt neben der Straße stand ein Nebengebäude aus aufeinandergeschichteten Natursteinen. In einer unteren Ecke waren kleinere weiße Steine eingefügt worden, die das Baujahr anzeigten: 1902.

Ein typisch menschlicher Drang: noch zu Lebzeiten die Generationen nach uns zu gemahnen, sich auch ja unser zu erinnern. Hatten Jane und ihre Schwester nicht das Gleiche im Sinn, als sie, noch kleine Kinder, ihre Namen und Geburtsdaten in den frisch gegossenen Beton im Keller des Zweifamilienhauses ritzten, wo sie nur für ein Jahr wohnten?

Sie machten Rast an einer Meeresfrüchte-Imbissbude am Straßenrand und aßen an einem Picknicktisch Hummerbrötchen zu Abend.

Jane hatte auch Clam Chowder bestellt. Als sich Allison, ohne zu fragen, ihren Löffel schnappte und die Muschelsuppe probierte, sagte Genevieve: »Ich hatte nie eine solche Freundin, wie Sie beide es sind. Ich habe mir immer eine beste Freundin gewünscht. Sie haben Glück, wissen Sie das?«

»Oh ja«, sagte Allison. »Wo wir von Glück reden, in diesem Moment müsste ich eigentlich bei der Sitzung des Ausschusses für Erosionsschutz am Strand von Awadapquit Protokoll führen. Danke, dass ihr beide mich davor bewahrt habt.«

Genevieve wollte wissen, was dieser Ausschuss genau mache, und Allison erklärte ihr, dass sich zwar alle einig seien, dass der Sand am südlichen Ende des Strandes allmählich weggespült werde, aber man diskutiere immer noch über die möglichen Gründe und was man dagegen tun könne. Diese monatlichen Sitzungen trieben sie noch in den Wahnsinn. »Bei Flut steht der Strand wadentief unter Wasser«, sagte Allison. »Bei Halbmond wird die Hälfte des Parkplatzes geflutet. Wir müssen schnell handeln. Die Menschen werden bestimmt keine dreißig Dollar Parkgebühren an einem Strand bezahlen, an dem man sich nirgendwo hinsetzen kann. Die Stadt nimmt mehr als eine Million allein mit diesem Parkplatz ein.«

Die Erderwärmung und deren schreckliche Folgen waren ein Thema, über das Jane unentwegt mit ihren Kollegen und Freunden in Cambridge diskutiert hatte. Ein Artikel in *The Atlantic*, in dem stand, dass es in Nordamerika drei Milliarden weniger Vögel gebe als vor fünfzig Jahren, hatte David zu Tränen gerührt. Er weinte, aber was tat er oder sonst jemand aus ihrem Bekanntenkreis dagegen, außer hie und da Geld zu spenden?

Allison sorgte sich um den Klimawandel im Hinblick auf die Einnahmen eines Parkplatzes. Zu guter Letzt würde sie vermutlich die Einzige von allen sein, die zielgerichtete Maßnahmen ergriff, auch wenn es nur ihre eigene kleine Ecke der Welt betraf.

Nach dem Abendessen, wieder im Wagen, rief Genevieve erneut ihren Mann an. Während sie gegessen hatten, hatte er mehrere aufgeregte Textnachrichten geschickt, weil er wissen wollte, wie er den Gästen, die am nächsten Tag kamen, die Abzweigung zu ihrem Haus erklären solle.

Jane und Allison bemühten sich, nicht zuzuhören oder wenigstens nicht zu lachen, während Genevieve ihm geduldig Vorschläge machte.

»Ich kann ihnen den Link zu einer Karte mailen«, sagte sie. »Genau. Nun, wenn sie keinen Empfang haben und sich verfahren, können sie in den Ort zurückkehren und uns anrufen. Es sind ja nur fünf Minuten. Ja, ich verstehe. Sie haben eine lange Anfahrt, sicher. Einen Ballon? Am Briefkasten?« Sie holte tief Luft. »Also, ich glaube nicht, dass ich heute Abend noch dazu komme, einen Ballon zu kaufen. Nein. Gleich morgen früh vielleicht, wenn ich Mais und Tomaten am Marktstand besorgen gehe. Dann kann ich schnell beim Spielzeugladen vorbeifahren. Ich bin mir sicher, sie verkaufen Ballongas. Mhmmm. Ich liebe dich. Gib Benjamin einen Kuss von mir.«

Kurz nachdem sie aufgelegt hatte, machte Genevieve die Augen zu und schlief, vielleicht weil das lächerliche Telefonat sie erschöpft hatte, sofort ein. Sie begann leise zu schnarchen.

Allison sagte: »Hättest du mir vor einem Monat gesagt, dass wir beide einen Tag in einem Camp für Jenseitskontakte verbringen würden, hätte ich gedacht, du hast den Verstand verloren. Vor allem wenn du obendrein hinzugefügt hättest, dass wir es gemeinsam mit der Wikingerfrau hinten auf dem Rücksitz tun würden.«

»Ein denkwürdiges Erlebnis war es jedenfalls«, sagte Jane. »Weißt du, manchmal glaube ich, dass Clementine tatsächlich ein Medium ist.«

»Ja, das ist sie«, erwiderte Allison. »Sie ist vom Windbridge Institute zertifiziert worden. Es gibt nur eine Handvoll Jenseitsmedien dieser Kategorie auf der ganzen Welt.«

Jane widerstand dem Drang, die Augen zu verdrehen. »Nun, dann ist es gut, dass niemand bei der Wohltätigkeitstombola mitgeboten hat, auch wenn ich die Session mit ihr deinem Mitleidsgebot verdanke.«

»So ist es.«

Plötzlich kam Jane ein Gedanke. »Wie kam Clementine überhaupt zu dem Wohltätigkeitsbasar in Awadapquit?«

»Also gut, ich geb's zu. Ich habe dich angelogen«, sagte Allison. »Ich habe von mehreren Seiten gehört, sie sei das beste Medium in ganz Maine. Sie war ein Jahr im Voraus ausgebucht, aber es ist mir trotzdem gelungen, ihr eine Session mit dir abzuluchsen. Ich habe ihr gesagt, es wäre ein Notfall.«

»Hä? Ich dachte, die Auktions-Preise seien auch Spenden gewesen?«

»Sie hat gar nicht bei der Auktion mitgemacht«, sagte Allison. »Das war ein Trick von mir. Ich wollte dir die Gelegenheit geben, mit deiner Mutter zu sprechen. Ihr zwei hattet noch so viel miteinander auszumachen. Aber du hättest es niemals angenommen, wenn ich dir die Sitzung einfach so geschenkt hätte. Also musste ich es ins Gegenteil verkehren und dir das Gefühl geben, dass du mir einen Gefallen tust, deswegen habe ich sie selbst gebucht.«

»Ah! Was für eine nette, verrückte Idee. Danke vielmals.«

»Gern geschehen. Das wäre auch mein größter Wunsch: die Gelegenheit zu haben, mit meiner Mutter zu reden. Als ich in der Zeitung von Clementine gelesen habe, dachte ich, womöglich ist Janes Mutter selbst als Geist zugänglicher als meine Mutter, die ich fast jeden Tag leibhaftig sehe.«

»Ach, Allison.«

»Dir ist aufgefallen, dass ich heute in Camp Mira Notizen gemacht habe. Weißt du Jane, ich schreibe in letzter Zeit alles auf. Ich habe das pathologische Bedürfnis, alles zu Papier zu bringen. Jeden Tag schreibe ich auf, wo sich was im Haus befindet. Oder die Rezepte, die ich auswendig kenne, denn was, wenn ich eines Morgens aufwache und es nicht mehr weiß? Manchmal ertappe ich mich dabei, dass ich Gespräche mit den Kindern auf dem Handy notiere, wenn ich sie von der Schule abhole. Für den Fall, dass ich eines Tages nicht einmal mehr eine einfache Unterhaltung führen kann. Ich möchte, dass sie sich erinnern, wer ich für sie war.«

»Ach, Allison, das tut mir so leid.«

»Nein, ist schon in Ordnung. Ich habe einen Freund, Zoloft, der mir bei all dem beisteht.«

»Du nimmst ein Antidepressivum, wirklich? Seit wann denn?«

»Seit Februar. Diese Situation hat mir schrecklich zu schaffen gemacht. Letzten Winter war ich derart deprimiert, dass ich kaum aus dem Bett kam, und da habe ich damit angefangen.«

»Nun, das ist gut.«

Jane dachte daran, was Camille bei dieser Rückführungs-Veranstaltung über Allison gesagt hatte: dass sie das Gewicht der ganzen Welt auf ihren Schultern trage.

»Wie wär's, wenn Chris und du nächste Woche mal essen geht und ich hüte die Kinder?«

Allison lächelte. »Oh ja, das wäre schön.«

»Du hast eine Pause verdient.«

Vom Rücksitz ertönte ein lauter Schnarcher.

Als sie im Städtchen ankamen, fuhr Jane als Erstes zu Genevieves Haus, und sie weckten sie sanft auf.

Während sie zusahen, wie sie hineinging, sagte Allison: »Ich muss zugeben, sie ist mir heute ein bisschen ans Herz gewachsen.«

»Mir auch«, sagte Jane.

Ein paar Minuten später setzte sie Allison vor deren Eingangstür ab. Sie umarmte ihre beste Freundin fest.

Es war schon nach zehn, als sie vor dem Haus ihrer Schwester anhielt. Jane war erschöpft, wollte nur noch ins Bett. Da es Samstagabend war, nahm Jane an, dass Holly und Jason aus waren und sie Walter genauso stillschweigend wieder mitnehmen würde, wie sie ihn an diesem Morgen abgeliefert hatte. Doch vor dem Haus parkten mehrere Autos. Als sie die Haustür aufmachte, hörte sie aus der Küche dröhnendes Gelächter. Männliche Stimmen.

Eine merkwürdiges Gefühlsgemisch aus Angst und erregter Neugierde überkam sie. Es rührte aus ihrer Kindheit. Wen hatte ihre Schwester um diese Uhrzeit zu Gast?

Der vordere Flur war völlig zugestellt mit Flohmarkt-Zeug. Es erinnerte Jane an ihre Kindheit. Sie bahnte sich einen Weg zwischen großen Stehlampen, nur eine davon mit einem Schirm, und einer länglichen Kommode, die auf einem Laken stand. Anscheinend war ihre Schwester im Begriff, sie mit einem Decoupage-Lack und mit aus Zeitschriften ausgeschnittenen Pin-up-Girls aus den Fünfzigern zu dekorieren. Auf einem Stuhl lag ein Haufen Secondhand-Klamotten, denen der schwache Schweißgeruch fremder Menschen entströmte.

Dahinter stapelten sich ein paar ungeöffnete Kartons. Jane warf einen kurzen Blick auf den Absender des obersten. Eine Postfachadresse in New Mexico c/o eBay.

In der Küche traf Jane nicht Holly an, sondern Jason, der mit einer Handvoll Freunden am Tisch saß. Drei junge Männer und ein Mädchen mit lila Haaren. Derjenige, der gerade sprach, saß mit dem Rücken zu Jane. Er hatte ein Tanktop an, das den Blick auf seine muskulösen Schultern freigab. Sein fettiges braunes Haar war zu einem Pferdeschwanz zusammengefasst. Ein Tattoo – ein roter Stern – prangte genau in der Mitte seines Nackens.

»Hey, Leute, wenn ich's euch sag! Diese Paletten machen mich echt reich. Noch reicher, als ich es schon bin. Ich stecke das ganze Geld, das ich verdient habe, in diese Paletten.«

»Bullshit«, sagte einer der anderen.

»Überlegt doch mal. Amazon verkauft den Mist, den die Leute zurückschicken, an Liquidatoren. Die Liquidatoren verkaufen den retournierten Scheiß palettenweise weiter. Also gibst du zweihundert Dollar für eine Palette voller x-beliebigem Zeug aus, das möglicherweise fünftausend wert ist.«

»Oder hundert«, sagte die junge Frau mit den lila Haaren.

»Sehr unwahrscheinlich, diese Dinger sind riesig.«

»Und was ist so auf den Paletten?«, wollte Jason wissen.

»Alles Mögliche. Das erfährst du erst, wenn das Zeug ankommt. Dann verkaufst du alles weiter. Man nennt das Ganze Reverse Supply Chain.«

»Ich bin dabei«, sagte Jason. »Was kann ich verlieren?«

»Alles?«, sagte das einzige weibliche Wesen in der Gruppe. »Jason, du bist betrunken. Du kannst ihm morgen immer noch antworten.«

Im selben Moment, als Jane die unzähligen leeren Bierdosen auf dem Tisch bemerkte, bemerkten alle Jane.

»Hi, Jason«, sagte sie.

»Hey«, erwiderte Jason, »darf ich euch meine Tante Jane vorstellen?«

»Hi, Tante Jane!«, riefen sie und lachten, als hätten sie gerade einen Witz gemacht.

»Ich bin hier, um …«

Jane unterbrach sich, denn sie hörte Walter aus dem Flur in die Küche tapsen.

Sie drehte sich um. Ihre Schwester kam in einem grünen Seidenpyjama hinter dem Hund her, ein Glas Weißwein in der Hand. Walter sah sie an, wie in Janes Vorstellung ein Kind seine Mutter anschauen würde, wenn der Babysitter in ihrer Abwesenheit eine Party geschmissen hatte.

»So, Feierabend, Leute«, sagte Holly. »Ihr braucht noch nicht nach Hause zu gehen, aber hierbleiben könnt ihr auch nicht.«

Sie wandte sich an Jane. »Und, wie war's bei den Hexen?«

»Es sind keine Hexen«, sagte Jane. Oder vielleicht doch? Ganz sicher war sie sich nicht.

Das Mädchen mit den lila Haaren blickte auf. »Was für Hexen?«, sagte sie. »Als wir noch in der Highschool waren, sind meine Freundin Gloria und ich fast jedes zweite Wochenende mit dem Bus nach Salem, Mass, runtergefahren. Wir dachten, wir wären Wiccas, also eine Art Hexen. Dort unten gibt es alle möglichen Läden, in denen man Zaubertränke und Bücher mit Zaubersprüchen und so kaufen kann. Ich habe mir eine Voodoo-Puppe zugelegt. Und dann meine Mathelehrerin damit gequält.«

Jane war einmal durch Salem gefahren, als sie und David in der Gegend waren, um das bunte Herbstlaub zu bewundern und an einer Führung im Haus mit den sieben Giebeln aus dem gleichnamigen Roman von Nathaniel Hawthorne teilzunehmen. Ihr waren damals all die Läden aufgefallen, von denen das Mädchen sprach. Das und das Banner über der Hauptstraße, auf dem *Hexenstadt* stand. Sie erinnerte sich, wie paradox ihr das vorgekommen war, wenn man bedachte, dass der springende Punkt an den Hexenprozessen der war, dass die der Hexerei angeklagten Frauen und Mädchen eben gar keine Hexen waren.

»Versuch diesen Bullshit ja nicht bei mir«, sagte Jason, während alle aufstanden.

»Mit einem Zauberspruch, den wir dort gelernt haben, kann man zum Beispiel den linken Hoden eines Mannes schrumpfen lassen.«
»Nur den einen. Irgendwie schlimmer als beide, oder?«

»Was soll der Bullshit, Erika?«, fragte Jason.

Die jungen Leute verließen die Küche.

»Ist Erika Jasons Freundin?«, sagte Jane.

»Was? Nein«, antwortete ihre Schwester. »Sie ist lesbisch. Sie kennen sich aus der Highschool. Sie ist verdammt schlau. Aber ihre Eltern sind Arschlöcher. Als sie herausgefunden haben, dass sie eine Freundin hat, haben sie sie rausgeschmissen. Vorerst schläft sie hier auf dem Sofa.«

Janes Blick fiel auf ein Foto von ihrer Mutter, das mit einem Magneten am Kühlschrank befestigt war. Sie sah so jung und hübsch darauf aus. Sie lachte und hielt die Kleine-Jungen-Version von Jason auf dem Schoß.

»Redest du mit Mom?«, fragte Jane.

»Hä?«

»Na ja, redest du zum Beispiel mit diesem Foto dort? Oder mit anderen Fotos von ihr?«

»Keine Ahnung. Warum fragst du?«

»Das Medium hat gesagt, ich soll dir ausrichten, dass Mom dich hören kann.«

»Oh.«

Neben dem Foto hing ein aus der *Portsmouth Tribune* ausgeschnittener Artikel mit der Überschrift ALLES ALTE IST WIEDER NEU. Er datierte vom letzten August. Jane begann zu lesen:

Holly Flanagan ist Trödelhändlerin in zweiter Generation. Ihre Mutter Shirley, die vor einem Monat gestorben ist, hat den Betrieb vor drei Jahrzehnten gegründet. Holly hat direkt nach ihrem Highschool-Abschluss bei ihr angefangen. Schon lange bevor andere auf den fahrenden Zug aufsprangen, legten Mutter und Tochter, ihrer Zeit voraus, ihr Augenmerk auf Nachhaltigkeit und Kreislaufwirtschaft, damit die Dinge im Umlauf bleiben, statt auf dem Müll zu landen.

Stimmte das?, fragte sich Jane. Sie war sich ziemlich sicher, dass ihre Mutter nie einen Gedanken an derlei Konzepte verschwendet hatte.

»Holly«, sagte sie und deutete auf den Artikel. »Warum hast du mir nichts davon erzählt?«

»Oh, das ist mir nie in den Sinn gekommen«, erwiderte Holly.

»Warum nicht?«

»Nun, du hast dich nie die Bohne für das interessiert, was ich mache. Ich liebe dich, aber seien wir ehrlich, du bist ein Snob.«

»Ach, Unsinn«, erwiderte Jane, dachte jedoch insgeheim, dass da was dran war.

»Nein, es stimmt, aber es ist okay.«

»Ich bin stolz auf dich«, sagte Jane. »Was du machst, ist großartig.«

»Du bist stolz auf mich, weil ich in der Zeitung war.«

»Ja, aber ist das schlimm?«

»Mom hat mal gesagt, es wäre lustig, dass du dich für ihre Arbeit schämst, wo sie dich doch zu deinem Job inspiriert hat«, sagte Holly. »Irgendwie bist du auch in den Familienbetrieb eingestiegen.«

»Inwiefern?« Janes Tonfall ließ erkennen, für wie absurd sie diesen Gedanken hielt.

»Immer wenn sie Antiquitäten von irgendwelchen Flohmärkten nach Hause brachte, hast du dir als Kind raffinierte Geschichten über die Leute ausgedacht, denen sie davor gehört hatten.«

»Daran kann ich mich nicht erinnern«, erwiderte Jane.

»Aber so war's.«

»Wie auch immer, Clementine, dieses Medium, meinte, dass Moms Tod dir mehr zu schaffen macht als mir.«

»Ja!«, sagte Holly wie aus der Pistole geschossen.

Obwohl Jane wusste, dass es vermutlich so war, ärgerte Hollys Reaktion sie, wenn sie auch nicht sagen konnte, warum. Die Gespräche mit ihrer Schwester – und ihrer Mutter, als diese noch lebte – drehten häufig in eine unbeabsichtigte Richtung ab, waren sie doch mit lebenslangem Groll und gemeinsamen Erinnerungen und der unausgesprochenen Sehnsucht danach beladen, dass es diesmal anders laufen würde.

»Das Ende war so brutal«, sagte Holly.

»Ich weiß. Ich war dabei.« Janes Worte klangen schroffer als beabsichtigt.

»Sie war schon Monate davor krank, Jane«, sagte Holly. »Du warst nur in der letzten Woche da.«

Das war es also. Der Grund, warum Holly Jane mit dem Ausräumen des Hauses allein ließ und warum sie immer leicht sauer auf sie zu sein schien.

Vielleicht hätte sich Jane entschuldigen müssen, aber stattdessen spürte sie ihrerseits den Anflug von selbstgerechter Wut in sich aufsteigen. Ihre Mutter hatte immer nur Holly Wärme und Verständnis entgegengebracht. Also war es schlicht gerecht, wenn sie da war, um sie in ihren letzten Wochen zu begleiten.

Der ganze Papier- und restliche Routinekram, den es nach dem Tod eines Menschen zu erledigen galt, war indes an Jane hängengeblieben. Sie hatte die Beerdigung organisiert und bezahlt, die nötigen Telefonate erledigt. David hatte zwei Monate gebraucht, um all die Kreditkarten, Telefonnummern und verschiedenen Konten ihrer Mutter zu kündigen. Er hatte ihre Cable Box zurückgegeben, sich mit der Sozialversicherungsbehörde, der Krankenkasse und der Bank wegen der Hypothek in Verbindung gesetzt.

Jane setzte zu einer Antwort an, doch im selben Moment wurde die Haustür zugeschlagen.

Jason kam allein in die Küche zurück.

»Ich dachte, du wolltest mit deinen Freunden noch weggehen«, sagte Holly.

»Nee. Keith geht mir auf den Keks. Mir reicht es für heute Abend mit seiner Angeberei über die viele Kohle, die er in letzter Zeit gemacht hat.«

»Hat er im Lotto gewonnen oder so?«, fragte Jane. Ihrem Neffen zuliebe hatte sie den Tonfall geändert, tat, als wäre alles in Ordnung.

»Was in der Art. Eine verrückte reiche Dame hat ihm ein Vermögen dafür bezahlt, dass er einen alten Friedhof in ihrem Garten ausgebuddelt hat.«

Holly schüttelte den Kopf, eine Geste, die Jane sagte, dass sie diese Geschichte bereits kannte und sie zwar missbilligte, aber deswegen keine schlaflosen Nächte hatte.

»Ist das denn legal?«, fragte Jane.

»Ähm, nein. Und zusätzlich zu dem, was diese Dame ihm dafür bezahlt hat, hat der Scheißkerl, so viel Massel muss man erst einmal haben, nicht nur alte Knochen, sondern auch noch ein paar Schätze ausgehoben. Zum Beispiel einen Ring aus der Zeit … der Revolution vielleicht? Mit eingefassten Haaren.«

»Echt, mit Haaren, sagst du?«

»Ja. Ich weiß nichts Näheres, nur dass Keith diesen Ring für eine Riesensumme verkauft hat, und jetzt prahlt er in einer Tour damit. Warte, ich habe ein Foto davon.«

Jason nahm sein Handy und scrollte eine gefühlte Ewigkeit durch seine Fotos, ehe er es Jane hinhielt.

Der Ring war angelaufen und die Worte NICHT VERLOREN, NUR VORAUSGEGANGEN waren darin eingraviert; er hatte eine runde leere Fassung, in der man eigentlich einen Edelstein erwartet hätte.

»Da drinnen sind die Haare«, sagte Jason. »Ich nehme an, der Ring hat der Frau eines toten Kapitäns gehört.«

»Keith ist zu mir gekommen und meinte, er habe ein altes Schmuckstück zu verkaufen«, sagte Holly. »Woher er es hatte, hat er nicht verraten. Er hat wohl gedacht, ich würde ihm ein Angebot machen, aber da hat er sich getäuscht. Ich weiß aber, dass irgend so ein feiner Antiquitätenhändler ihm das Stück abgekauft hat. Wobei mir schleierhaft ist, warum jemand einen Haufen Geld für den Ring einer toten Frau bezahlt, die Ewigkeiten auf einem Friedhof gelegen hat.«

»Und überhaupt, warum sollte jemand ihre Überreste ausgraben, frage ich mich?«, sagte Jane.

»Keith hat erzählt, dass der Friedhof ausgerechnet an der Stelle war, wo diese Frau ihren Pool hinhaben wollte«, erklärte Jason.

»Einen Pool …?«

Du lieber Himmel. Genevieve.

Jason zeigte ihr die Davor- und Danach-Fotos, die Keith ihm geschickt hatte. Auf dem ersten Foto waren ein paar alte Grabsteine zu sehen. Und auf dem zweiten ein flaches Stück dunkler Erde, wie ein kleines, für den Winter hergerichtetes Gemüsebeet.

Stimmt. Da war einmal ein Friedhof gewesen. Genau unter der Baumgruppe, die Genevieve hatte fällen lassen. Jane hatte es ganz vergessen.

»Ich muss gehen«, sagte sie.

Sie hob Walter hoch und steuerte auf die Haustür zu.

Als sie sie öffnete und hinausgehen wollte, rief ihre Schwester ihr nach: »Übrigens war der Hund seit heute Mittag nicht mehr draußen!«

»Warum nicht?«, fragte Jane verärgert.

»Er wollte nicht!«

»Aha.«

Sie stieg mit Walter in den Wagen und fuhr zu der kleinen Bucht.

Sie dachte über den Ring nach. Jason hatte gesagt, dass er aus der Zeit des Unabhängigkeitskriegs stamme, aber das konnte nicht sein. Das Haus der Littletons wurde erst siebzig Jahre später erbaut. Es sei denn – und das war alles andere als unwahrscheinlich – Jason hatte sich im Krieg geirrt. Ein Ring mit einer eingefassten Haarlocke war eher etwas Viktorianisches. Jane schäumte vor Wut. Genevieve hatte so getan, als läge ihr das Schicksal von Hannah, Samuel und Eliza am Herzen. Die arme Eliza, die bei ihren Arbeitgebern gestorben und neben ihnen zur Ruhe gebettet worden war, statt neben ihren Liebsten. Noch eine Geschichte, die der Zeit zum Opfer gefallen war.

Deswegen war sich Genevieve also sicher, von den ursprünglichen Besitzern ihres Hauses heimgesucht zu werden. Weil sie diesem Blödmann einen Haufen Geld gezahlt hatte, damit er die sterblichen Überreste ausgrub und wegschaffte. Das war widerwärtig. Und kriminell. Wie konnte man so etwas tun? Warum hatte Genevieve diesen Teil der Geschichte ausgelassen, obwohl sie Jane mit hineingezogen hatte?

Ganz einfach, dachte Jane. Weil sie Janes Mitgefühl und ihre Unterstützung wollte und wusste, dass sie weder das eine noch das andere bekommen würde, wenn sie ihr die Wahrheit sagte.

Jane stellte den Wagen ab und umrundete mit Walter den leeren Parkplatz. Die Läden und Lokale waren schon seit zwei Stunden geschlossen. In der Bucht war es still, nur das Klatschen der Wellen gegen die Felsen war zu hören.

Sie nahm ihr Handy heraus, um Allison anzurufen und ihr zu erzählen, was sie herausgefunden hatte.

Melissa hatte ihr eine Sprachnachricht geschickt.

Noch bevor sie sie abhörte, wusste sie es. Sie wusste es ganz einfach.

»Jane, es tut mir sehr leid, es dir mitteilen zu müssen, und es tut mir leid, es an einem Samstag zu tun, aber gerade eben habe ich erfahren, dass das Präsidium eine Entscheidung getroffen hat. Sie haben einstimmig beschlossen, dir zu kündigen. Ich und ein paar andere haben dich verteidigt. Aber sie halten es für das Beste, sich von dir zu trennen. Sie bieten dir jedoch noch immer an, dir eine

Therapie zu bezahlen, falls du eine benötigst. Ruf mich bitte an. Dann sprechen wir über die weiteren Schritte.«

In diesem Moment wurde ihr klar, dass sie tief drinnen nicht geglaubt hatte, sie würde ihre Stelle verlieren. Ihre Arbeit, das war der Teil ihres Lebens, bei dem sie immer funktioniert hatte. Der Teil, bei dem sie nie versagt hatte.

Sie bekam weiche Knie. Musste sich auf den Boden setzen.

Jane rief David an. Sie brauchte ihn jetzt. David wusste bestimmt, was zu tun war.

Ihr Anruf landete direkt auf seinem Anrufbeantworter. War das Handy ausgeschaltet gewesen, oder hatte er ihren Namen gelesen und ihn abgewiesen?

Sie schrieb ihm: *Können wir reden?*

Keine Antwort.

Instinktiv wechselte sie zu seiner Facebook-Seite, um sich zu vergewissern. David hatte noch immer dasselbe Profilfoto, ihr Hochzeitsfoto. Sein »Steckbrief« wies ihn noch immer als »verheiratet« aus. Aber es gab zwei neue Fotos auf seiner Seite. David hatte sie nicht selbst gepostet. Angela, seine Exfrau, hatte es getan. Auf den Fotos saßen die beiden an einem Tisch mit weißer Decke, eine Flasche Rotwein zwischen ihnen. Beide lächelten. Sie hatte den Arm um seine Schultern gelegt. Angela hatte das Foto mit einem Tag markiert und es beschriftet: *Dinner-Date mit D. Sag niemals nie!*

Jane versuchte, langsam Luft zu holen, aber sie atmete kurz und viel zu schnell und fürchtete, dass sie hyperventilierte.

Das, was als Nächstes geschah, sollte ihr lange nicht mehr aus dem Kopf gehen. Was, wenn Jane kurz zuvor Melissas Nachricht nicht abgehört hätte? Was, wenn sie nicht erfahren hätte, was Genevieve getan hatte? Was, wenn sie David trotzdem angerufen und er abgenommen hätte? Was, wenn sie David gar nicht angerufen hätte?

Was, wenn Jane nicht mit dem Hund hätte Gassi gehen müssen und nicht beschlossen hätte, es in der Bucht zu tun, und nicht bemerkt hätte, dass in Charlie's Chowder House noch Licht brannte, obwohl das Restaurant schon längst geschlossen war, und sie nicht durch das Fenster Abe Adams erblickt und dieser sie nicht hereingewinkt hätte, mit Hund und allem anderen, und ihr, als sie hereinkam, einen Drink angeboten hätte, den sie annahm, denn was war schon ein klitzekleiner Drink?

10
Eliza

Abgesehen von der Schotterstraße, die inzwischen asphaltiert worden war, sah dieses Dorf aus wie eh und je. Zweitausend Morgen Feld und Wald an den Ufern eines stillen Sees. Neunzehntausend Apfelbäume. Das weiße Versammlungshaus, dessen Bau ich 1846 miterlebte. In dem Jahr, als ich zwölf wurde. Das Schulhaus, jetzt ein Forschungszentrum, selten benutzt. Das Backsteinhaus. Die Wohnhäuser. Der Laden der Schwestern.

Allerdings sind fast alle Bewohner fort. Nur drei Shaker sind in Sabbathday Lake und auf der ganzen Welt noch übrig. In meiner Jugend waren wir hier einhundertfünfzig. An mehreren Orten im Land gab es Gemeinden wie unsere, die eine Heimat für sechstausend Gläubige boten. Wir trafen einander nie, doch es war möglich, dass wir an den Sonntagen zur selben Zeit den gleichen Choral sangen. Das war wie eine Brücke, die uns verband.

Bedeutende Männer besuchten uns, um nach Möglichkeit von unserer Lebensart zu lernen. George Washington, Ralph Waldo Emerson. Thomas Jefferson schrieb über den Shaker-Glauben: »Wenn seine Prinzipien beibehalten und durch ein praktisches Leben unterstützt werden, ist es ihm bestimmt, letztlich alle anderen Religionen umzustürzen.«

Wir glaubten, die Welt werde untergehen. Krieg, Gier, Leid, Lust. Lauter Anzeichen für das nahe Ende. Und doch widmeten wir uns voll und ganz unserer Arbeit. Dem Weben, Nähen und Waschen, dem Gärtnern, der Landwirtschaft, der Erschaffung von Gebäuden, Hauben und Kräutermischungen.

Bei der Arbeit erzählten wir uns Geschichten von unserer Gründerin, um ihr Andenken zu erhalten. Mutter Ann Lee war zunächst die Frau eines Schmieds im englischen Manchester gewesen. Ein unscheinbares Mitglied der Wardley Society, die sich 1747 von den Quakern abgespalten hatte. Sie nannten sich United Society of Believers in Christ's Second Appearing. Spöttisch nannten andere sie Shaking Quakers oder Shakers. Wegen ihrer ekstatischen Form der Gottesverehrung. Mit der Zeit übernahmen sie diese Bezeichnung selbst. Sie glaubten an Spiritualität und Botschaften direkt von Gott. Ihrer Ansicht nach würde Christus bei seiner Wiederkehr in Gestalt einer Frau erscheinen.

Mutter Ann war damals, wie ich schon sagte, einfach eine von vielen Anhängern. Erst die Tragödie erhob sie zu ihrer Größe, wodurch die anderen erkannten, dass sie diejenige war, auf die sie gewartet hatten.

Mein Vater brachte meine Schwester und mich nach Sabbathday Lake, als wir drei und fünf Jahre alt waren, ein paar Monate nach dem Tod unserer Mutter. Er weinte, als er uns der Ältesten Rose übergab und den Vertrag unterschrieb, wonach wir hier als Shaker leben sollten, bis wir achtzehn Jahre alt wären, weil er sich nicht mehr um uns kümmern konnte. Dennoch versprach er, uns holen zu kommen, sobald es in seiner Macht stünde.

In den ersten Jahren besuchte er uns ab und zu. Ich erinnere mich daran, wie er sich herunterbeugte und mich umarmte, an seinen rauen Bart an meiner Wange. Jedes Mal schwor er zum Abschied, uns beim nächsten Mal mitzunehmen. Bis er uns an meinem siebten Geburtstag besuchte. Als er ging, weinte er, und danach sahen wir ihn nie wieder und hörten nichts mehr von ihm. Man machte uns glauben, er wäre gestorben.

Meine Schwester und ich kamen dann aus einem gemütlichen

Haus, in dem eine Mutter uns abends zugedeckt, Kleider in unseren Lieblingsfarben genäht und die Namen unserer Puppen gekannt hatte, in den Schlafsaal des Kinderordens in Sabbathday Lake. In dem langen kahlen Raum war nicht die geringste Leichtsinnigkeit erlaubt. Keine Teppiche, keine Spiegel. Und erst recht keine Puppen, die man mit ins Bett nehmen durfte.

Schwester Florence befahl uns jeden Abend, gottesfürchtig zu ruhen und kerzengerade dazuliegen. Sie war freundlich und geduldig, aber streng und überhaupt nicht mütterlich. Emily und ich waren zwei von vierzehn Kindern in ihrer Obhut.

Spätabends, wenn alle schliefen, kam Emily in mein schmales Bett gekrochen oder ich in ihres. So trösteten wir uns kurze Zeit gegenseitig mit der vertrauten Wärme.

Unseren Alltag beherrschte Ordnung. Die Hände bei der Arbeit, die Herzen bei Gott. Im Sommer standen wir um halb fünf auf, im Winter um halb sechs, geweckt vom Klang einer Glocke. Jeden Tag arbeiteten wir stundenlang. Als Kind half ich jedes Jahr bei der Herstellung von dreitausend perfekten Schachteln aus Pappelholz für Hotels. Ich flocht Körbe und Hauben aus Palmblättern. Auch füllte ich Papiertütchen mit Samen, bis ich Krämpfe in den Fingern hatte, aber trotzdem zum Weiterarbeiten angehalten wurde. Und alles, ohne auch nur einen Penny zu verdienen.

Wir besuchten auch die Schule, die Jungs im Winter, die Mädchen im Sommer. Irgendwann begannen Leute, ihre Kinder zu schicken, damit sie mit uns lernen sollten. Die Shaker-Schulen galten als ausgezeichnet. Ich erinnere mich, dass ich stolz darauf war. Und auch darauf, dass manchmal richtig viele Zuschauer zur Sonntagsmesse kamen. Einmal zählten Emily und ich die Kutschen. Es waren hundertzweiundsiebzig. Als ich Mädchen aus der Schule sah, die mit ihren Müttern, Vätern, ihren Familien kamen, gab mir das einen Stich. Emily und mir hatte man gesagt, wir sollten uns gegenseitig so betrachten wie jedes andere Mädchen im Schlafsaal. Familienbande waren wie andere Annehmlichkeiten des Lebens verboten.

Das Leben in Sabbathday Lake war voller Widersprüche. Es wurde für jeden einzelnen Menschen gesorgt, doch niemand durfte eigenes Geld besitzen. Frauen und Männer galten als gleichberechtigt, lebten jedoch völlig getrennt.

Es gab keine Vorschrift, von der ich mir nicht ausmalte, sie zu brechen. Die meiste Zeit über war ich gehorsam, doch ich neigte dazu, nach dem Warum zu fragen, was die Ältesten nicht guthießen. Schwester Florence sagte, sie verstehe nicht, wie ein Kind ohne Erinnerung an sein Leben vor den Shakern derart dickköpfig sein könne. Ich war mir allerdings nicht sicher, ob ich mich nicht doch erinnerte. Meine Schwester erinnerte sich, und vielleicht war sie es, die mir Dinge erzählte, die mein Gedächtnis dann als eigene Eindrücke speicherte. Ich glaube dennoch, das Bild meiner Mutter heraufbeschwören zu können. Ihre Hände, die mir eine Schüssel reichen.

Ein paar der anderen Kinder kamen als Teil intakter Familien nach Sabbathday Lake, die dann alle Mitglieder der Gemeinde wurden. Doch sobald sie die Vereinbarung unterzeichnet hatten, waren diese Bande gelöst. Sie waren nicht mehr Ehemann und Ehefrau, nicht mehr Eltern und Kinder. Die zuvor Verheirateten wurden zu Bruder und Schwester. Ihre Kinder zog die Gemeinschaft groß.

Ich empfand mehr Mitleid mit diesen Kindern als mit mir selbst. Und ich beobachtete sie und die Frauen, von denen ich wusste, dass es ihre Mütter waren, um zu sehen, ob sie sich auch nur Spuren von gegenseitiger Zuneigung zeigten.

***

Ich war neun, als sich in Sabbathday Lake herumsprach, dass vier Mädchen aus dem Shaker-Dorf Watervliet der Geist von Mutter Ann erschienen war. Danach dauerte es ein paar Monate, bis Mädchen und Frauen in mehreren Shaker-Dörfern Visionen hatten. Wir wussten, dass Mutter Ann Stimmen aus dem Jenseits gehört hatte. Von Gott gesandte Geistwesen, die sie bei ihrer Mission leiteten. Sie wollte nie heiraten, doch ihre Eltern zwangen sie dazu. Ihre vier Kinder starben, als sie noch klein waren. Sie selbst hätte die Geburten beinahe nicht überlebt.

Später hatte sie eine Vision von Adam und Eva im Garten Eden und begriff, dass ihre eigenen Nöte göttliche Strafe gewesen waren. Wollust war die Quelle des Bösen in der Welt. Daher musste auch die Ehe gegen den Willen Gottes verstoßen. Jesus sprach zu ihr. Sie wurden ein Leib und Geist. Sie war die Wiederkehr, die weibliche Hälfte des Ganzen. Deshalb machten die Shaker sie zu ihrem Oberhaupt. Sie konnte die Vergangenheit und Zukunft jedes Menschen sehen. Sie heilte gebrochene Knochen und Krebs durch die Kraft ihres Geistes. Mutter Ann rief ihre Herde auf, Sünden zu bekennen, weltlichen Besitz aufzugeben, lustvollen Befriedigungen von Geschlecht und Ehe zu entsagen und enthaltsam zu leben.

In England wurden die Shaker verfolgt. Man klagte sie der Häresie, Hexerei und Zauberei an. Mutter Ann wurde zwei Mal wegen ihres Glaubens ins Gefängnis geworfen. Beim zweiten Mal wollten die Gefängniswärter sie verhungern lassen. Zwei Wochen lang bekam sie keinen Tropfen Wasser. Sie wäre wohl gestorben, hätten ihre Anhänger sich nicht jede Nacht ins Gefängnis geschlichen und sie mit einem ganz dünnen Rohr, das sie durchs Schlüsselloch ihrer Zelle schoben, mit Milch und Wein versorgt. Nach ihrer Entlassung hatte Mutter Ann die Vision, die alles verändern sollte: Sie sah, dass in Amerika, dem Land der Religionsfreiheit, die Shaker-Gemeinschaft gedeihen würde.

Dieses neue Land stand am Vorabend einer Revolution. Manche befürchteten, die Shaker wären britische Spione. Nach ihrer Ankunft in New York sperrte man sie für sechs Monate ein, da sie sich weigerten, einen Treueeid zu schwören. Anschließend reisten sie zweieinhalb Jahre durch Neuengland und bekehrten alle, die dazu bereit waren. Wo auch immer die Shaker auftauchten, fanden sie neue Anhänger, stießen aber auch auf gewaltbereite Menschenmengen, die ihnen Hexerei und Verrat vorwarfen.

Mutter Ann erlitt einen Schädelbruch, als man sie 1781 in Petersham an den Füßen eine Treppe hinunterschleifte. Zwei Jahre später klagte man sie in Ashfield an, ein verkleideter Mann zu sein. Ein bösartiger Mob riss ihr die Kleider vom Leib und zwang sie, ihren nackten Körper inspizieren zu lassen, bevor man sie laufen ließ. Nach Ende ihrer Missionsreise war Mutter Ann erschöpft und starb kurz darauf.

Der von ihr begründete Glaube lebte weiter.

Ich habe nie daran gezweifelt, dass sie genauso hellsichtig war wie Johanna von Orléans. Aber ich konnte mich nicht überwinden, den Mädchen, mit denen ich Tag und Nacht verbrachte, zu glauben, wenn sie behaupteten, sie seien von Geistern aufgesucht worden. Wenn so etwas möglich war, dann wäre gewiss der Geist meiner Mutter zu mir gekommen, bevor, sagen wir, der Geist von Benjamin Franklin Holly Dean seine Aufwartung machte. Ich verbrachte viele wortlose Stunden schuftend in der Bäckerei mit Holly. Von der angeblichen Kraft der Inspiration erschöpft, wurde sie müde und musste sich tagelang ausruhen. Ihre Arbeit hatte dann ich zu erledigen.

Olive Collins, die drei Betten von mir entfernt schlief, behauptete, mit Christopher Kolumbus und Häuptling Tecumseh zu kommunizieren. Am wichtigsten war allerdings, dass Olive behauptete, oft von Mutter Ann aufgesucht zu werden, die sie beauftragte, Anweisungen weiterzugeben. So sollten wir in Sabbathday Lake fortan kein Schweinefleisch mehr essen und keinen Kaffee oder Tee mehr trinken. Das stieß auf Widerstand unter den Mitgliedern, doch die Oberen machten sich die Botschaft zu eigen, und diese Luxusdinge wurden verboten.

Diese Mädchen hatten erhebliche Macht über uns andere. Manchmal wurden Gläubige herausgegriffen und aus der Gemeinschaft ausgeschlossen, nur weil angebliche Nachrichten von Geistern sie dieses oder jenes Vergehens beschuldigten. Manche Erwachsene schienen zu fürchten, sie könnten die Nächsten sein, vor allem diejenigen, die Zweifel äußerten. Einmal hörte ich Schwester Florence Schwester Phoebe zuflüstern, sie beneide die Ältesten nicht, denn in diesem Wirbelsturm von Gaben sei es doch unmöglich zu sagen, was eine Offenbarung sei und was nicht.

Diana Abbott war eines von vielen Shaker-Mädchen, die durch ihre Gabe malten, und zwar Kunstwerke, die die künstlerischen Fähigkeiten der Mädchen übertrafen. Daher hielt man diese für Geschenke Gottes. Auch sie sollten Botschaften eines Geistes enthalten, die nur von ihren Schöpferinnen interpretiert werden konnten. Meisterwerke aus Wasserfarben, schmuckreich und voller Inspiration, versehen mit Darstellungen von Mutter Ann, Blumen, Früchten, goldenen Kutschen und komplizierten filigranen Mustern. Da waren biblische Geschichten und solche aus dem Leben der Shaker zu sehen. Der Erlöser im Gewand eines Shakers.

Zu jedem anderen Zeitpunkt in der Geschichte der Glaubensgemeinschaft wären diese Bilder verboten worden. Dazu muss man wissen, dass an diesem Ort Dekor und Überfluss nie gestattet waren. Durch die Gabe entstandene Bilder wurden nicht ausgestellt oder Menschen von außerhalb gezeigt. Die meisten endeten im Korb für Anzündholz neben den Öfen. Nur eine Handvoll blieb erhalten, und das aus Versehen – zwischen den Seiten eines Buchs oder in einer Schublade vergessen.

Ich dachte mir, dass die Mädchen das alles erfunden hatten, dass es Produkte ihrer überschäumenden Fantasie waren oder vielleicht Teufelswerk. Holly, Olive und Diana besaßen nicht die Fähigkeiten von Mutter Ann. Da war ich mir ganz sicher. In Folge dieser Entwicklung wurden Menschen von außerhalb nicht mehr zu unseren Gottesdiensten und an der Schule zugelassen. Aus Angst, sie könnten die spirituelle Ekstase, die uns erfasste, missverstehen.

Danach kamen nur noch Besucher nach Sabbathday Lake, die in der einen oder anderen Form Hilfe benötigten. Ein weiterer Widerspruch: wie sehr wir uns abschotteten und wie wohltätig wir gleichzeitig wirkten. Wenn arme Nachbarn unser Gemüse stahlen, pflanzten die Mitglieder eben mehr. Schwester Florence sagte: »Wir pflanzen etwas für die Shaker, etwas für die Diebe und etwas für die Krähen. Diebe und Krähen müssen ja auch essen.«

Menschen, die unter jeder erdenklichen Verfolgung litten, kamen zu uns – entflohene Sklaven, misshandelte Ehefrauen, Familien, die ihr letztes Geld verloren hatten. Man trug uns auf, sie als unseresgleichen willkommen zu heißen. Manche blieben Tage oder Wochen, andere ihr ganzes Leben lang. Es gab Winter-Shaker, die mit der Jahreszeit kamen und gingen. Kinder wurden aus Waisen- oder Armenhäusern adoptiert, und einmal wurde sogar ein Neugeborenes auf der Schwelle des Wohnhauses der Frauen abgelegt.

Wenn ein Kind, so wie wir, bei seiner Ankunft noch einen lebenden Elternteil besaß, unterzeichnete dieser einen Vertrag. Im Austausch für Stabilität, Kost, Logis, Schulbesuch und eine handwerkliche Ausbildung musste man versprechen, sich nicht in die Kindererziehung der Shaker einzumischen oder zu versuchen, sein Kind zurückzuholen. Doch diese Zusage hielten nicht alle ein. Es war nicht ungewöhnlich, dass eine Mutter oder ein Vater ihre oder seine Meinung änderte.

Als ich acht war, kam Sarah Ogdens Mutter mit einem Polizisten und einem kräftigen jungen Mann, um sie mitzunehmen. Das gelang ihnen nicht, doch Wochen später gab es eine Gerichtsverhandlung, zu der die Ältesten täglich nach Portland fuhren. Sarah war inzwischen weiter ganz normal unter uns, als kümmere es sie nicht, wie die Sache ausging. Drei junge Brüder wurden eines Nachts von ihrem Vater und ihrem Onkel entführt. Der Vater eines anderen Jungen kam mitten im Unterricht ins Schulhaus spaziert und trug ihn weg. Die Schwester des Jungen, also seine Tochter, ließ er allerdings zurück.

Ich träumte, dass mein Vater Emily und mich holen käme.

Einmal erzählte Schwester Florence mir, dass in ihrer Jugend und bei allen Generationen von Shakern davor die meisten Kinder mit ihren Familien kamen und nicht von ihnen getrennt wurden. Wir waren die erste Generation, die allein aufwuchs. Vielleicht war das der Grund, warum aus ihrer Generation fast die Hälfte ein Leben lang blieb, während beinahe alle von uns fortgingen, sobald wir es konnten.

Ich glaube nicht, dass es einen einzigen Tag gab, an dem wir nicht in irgendeiner Weise daran erinnert wurden, dass unsere Entscheidung, zu bleiben oder zu gehen, die Existenz und den Fortbestand der Shaker beeinflussen würde. Das lastete schwer auf uns.

Die Welt lernte ich erst mit elf kennen, als ich Schwester Florence zu einem Hotel in Poland Springs begleitete, wo ein Wintermarkt für Geschenkartikel stattfand. Während wir unser Zelt aufstellten, verschlug mir der Anblick von zwei Indianerinnen in ihrer Tracht den Atem. Sie verkauften ein paar Tische entfernt Körbe. Die beiden trugen Kleider aus Hirschleder mit Perlenstickerei am Ausschnitt und Fransen an den Säumen, auf den Köpfen hohe, spitze Kappen. Ihre Körbe zeigten Blumen-, Sonnen- und Vogelmotive und waren rot oder blau gefärbt.

»Hör auf zu starren, Kind«, sagte Schwester Florence, aber ich konnte nicht anders.

Die Leute kicherten nervös, wenn sie sich den Frauen näherten, als wäre das eine Mutprobe. Es wurde geflüstert und mit Fingern gezeigt. Die zwei taten mir leid.

Doch dann schienen die Menschen, die unsere Ware kauften, sich auch über unsere altmodische, selbstgemachte Kleidung zu amüsieren. Wir waren ebenfalls eine Art Attraktion.

Ich versuchte, mich auf meine Aufgabe zu konzentrieren, doch einzelne Leute in der Menschenmenge fielen mir trotzdem auf. Eine Mutter mit zwei Töchtern, ungefähr in meinem Alter, die Hand in Hand gingen. Ein Ehepaar mit Baby in einem Kinderwagen, wobei der Mann die Arme voller Weihnachtsgeschenke hatte. Ein jüngeres Paar, das sich aufgeregt über eine für später geplante Schlittenfahrt unterhielt.

Als wir in unser Dorf zurückkehrten, weinte ich.

Am ersten Samstag jedes Monats gingen wir Kinder zur Beichte und gestanden Schwester Florence unsere Sünden. In jener Woche beichtete ich meinen Wunsch zu fliehen und dass ich nicht so gut war, wie es sich für einen Shaker gehörte. Die Beichte sieht bei den Shakern keine Buße vor. Die Beichte an sich ist ein Akt der Demut. Schwester Florences freundliches Schweigen war wie ein Spiegel all meiner Verfehlungen. Ich wusste, dass ich nicht bleiben würde.

Von da an schmiedeten meine Schwester und ich abends flüsternd Pläne für unsere Befreiung. Wie wir, sobald ich achtzehn wäre, gemeinsam fortgehen und frei sein würden. Emily würde nach ihrem achtzehnten Geburtstag lieber noch zwei Jahre warten, anstatt ohne mich vorauszugehen. Sie wollte heiraten und viele Kinder bekommen. Ein eigenes Zuhause. Emily sprach von ihrem Hochzeitstag – dem Kleid und den weißen Seidenhandschuhen, die sie tragen würde.

Mich interessierte die Welt der Männer nie besonders. Ich wollte etwas anderes. Etwas Unbeschreibliches. Ein Leben, das nur mir gehörte. Einen Ort, an dem ich meine eigenen Entscheidungen traf, obwohl ich keine Vorstellung davon hatte, wie die aussehen sollten.

Mit sechzehn verließ ich, wie schon meine Schwester vor mir, den Kinderorden und zog ins Wohnhaus der Frauen.

Emily war damals achtzehn. Sie hatte das Ende ihrer Ausbildungszeit erreicht. Wie es unserem Plan entsprach, wartete sie zwei Jahre auf mich. Doch in dieser Zeit passierte irgendwas mit ihr. Ich habe nie verstanden, was oder warum. Irgendwie war ihr danach klar, dass sie eine Gläubige war. Als es für uns an der Zeit war zu gehen, brachte Emily es nicht über sich. Stattdessen unterschrieb sie die Verpflichtung, den Rest ihres Lebens in Sabbathday Lake zu verbringen.

Das größte Herzeleid, das ich je erfahren habe, war, meine Schwester zurückzulassen.

Mit dem Zug fuhr ich eine Stunde Richtung Süden nach Portland. Durch freundliche Vermittlung einer früheren Shaker-Schwester fand ich Arbeit als Näherin in einer Strohhut-Manufaktur. Dort verdiente ich vier Dollar die Woche bei freiem Quartier. Der Besitzer stellte gern ehemalige Shaker ein, wegen unserer Arbeitseinstellung und Sorgfalt. Bei meiner Ankunft wusste ich noch nicht, dass er meinen ersten Monatslohn einbehalten würde, weil das meine Probezeit sein sollte. Genauso wenig wusste ich, dass die Schlafkammer an das Zimmer grenzen würde, in dem er und seine Frau schliefen. Die beiden lieferten sich ständig Schreiduelle. Die Geräusche erschreckten mich. Noch nie in meinem Leben hatte ich von Menschen, mit denen ich lebte, eine erhobene Stimme gehört.

Der Mann lobte mein Tempo und Geschick. Es dauerte nicht lange, bis er mich samstags in seinem Hutladen arbeiten und zu Hause in meiner Freizeit Hüte gestalten ließ. Außerhalb der Arbeit hatte ich kein Leben. An den Sonntagen gingen die meisten Mädchen in die Kirche, doch ich war mir nicht sicher, welche ich besuchen sollte. Also blieb ich stattdessen zu Hause, las in meiner Bibel, schrieb an meine Schwester und schlief viel. Der Petroleumgestank, der von den Werften herwehte, wenn ich jeden Morgen um sieben zur Arbeit ging, war eine unangenehme Neuerung in meinem Leben. Ebenso wie die fluchenden und singenden Matrosen in den Pubs, wenn ich um neun oder zehn Uhr abends allein und starr vor Angst nach Hause lief.

An den Samstagen arbeiteten zwei Mädchen aus der Stadt mit mir im Laden. Ihre Freundinnen und die Kundschaft blieben oft stundenlang, um zu tratschen. So etwas hatte ich noch nie erlebt. Ich redete mir ein, dass ich mich danach gesehnt hatte. Nach dieser fehlenden Strenge. Doch ich konnte darin nichts anderes sehen als Zeitverschwendung. Außerdem wurde oft herzlos dahergeredet.

Einmal kam eine Frau mit einem blauen Auge in den Laden. Sie sagte, sie sei nachts hingefallen, als sie im Dunkeln zu ihrem weinenden Baby wollte. Da machten sie viel Wirbel um sie, beteuerten, das könne jedem passieren. Doch nachdem sie gegangen war, sprachen sie auf einmal richtig aufgekratzt davon, was der elende Saufbold von einem Ehemann ihr angetan hätte.

Da musste ich an die Frauen denken, die allein nach Sabbathday Lake kamen, voller blauer Flecken und um genau solchen Verhältnissen zu entfliehen. Oder an die Witwen, die ohne einen Penny dastanden. Mir wurde klar, was ich schon längst gespürt hatte, ohne es in Worte fassen zu können: dass Männer eine Gefahr für Frauen darstellten. Dass Frauen eigene Räume finden oder sich schaffen mussten, um in Sicherheit zu sein. Die Shaker versprachen Bedenkzeit, Stabilität, Frieden, Vorurteilsfreiheit. Als ich so in diesem Hutladen in Portland stand, empfand ich großen Stolz auf die Shaker. Als stünde es mir noch zu, stolz auf sie zu sein. Ich dachte an die wahre Liebenswürdigkeit, die ich mein ganzes Leben lang erfahren hatte.

Eine Frau namens Agnes Foster kam zweimal pro Monat in den Laden, bevor sie sich mit einem Redakteur des *Eastern Argus* traf, für den sie regelmäßig eine Kolumne schrieb.

Agnes faszinierte mich. Sie war größer als jede Frau, die ich bis dahin gesehen hatte. So gerade und schmal wie ein Laternenpfahl. Sie schien zu jedem erdenklichen Thema eine klare Meinung zu haben. Immer war sie auf dem Weg zu einer Vorlesung im Lyzeum oder einem Treffen der Temperenzler in der New City Hall, und stets trug sie ein Buch unter dem Arm. Als sie erfuhr, dass ich bei den Shakern aufgewachsen war, versuchte sie sogleich, ein Gespräch mit mir zu beginnen. Sie hätte, sagte sie, an der Women's Rights Convention vor einem Jahr in Syracuse, New York, teilgenommen. Dort erwähnte die Aktivistin Harriot Kezia die Shaker als früheste Verfechter von Gleichberechtigung und Frauenförderung. Das brachte Agnes dazu, sich näher mit ihnen zu beschäftigen. Auch wenn sie die Shaker bewunderte, wollte sie meine Meinung dazu hören, ob sie sich rechtmäßig Christen nennen durften. Denn schließlich würden sie nicht an die Heilige Dreifaltigkeit, die unbefleckte Empfängnis, die leibliche Auferstehung und vieles andere glauben.

So eine Frage war mir noch nie gestellt worden. Ich spürte, wie ich rot wurde, weil ich mich nicht angemessen verteidigen konnte. Aber wogegen eigentlich? Schließlich hatte ich mich nie als echte Shakerin gefühlt. Und die Shaker bezeichneten andere Formen des Christentums tatsächlich als Teufelszeug. Sie scheuten sich nicht, sich als einzig wahre Christen zu loben. Warum überraschte es mich also, dass andere ebenso empfanden?

»Shaker wollen die primitive Kirche, wie Christus selbst sie entworfen hat, wieder aufbauen«, sagte ich.

»Sekten gegenüber bin ich skeptisch. Ich frage mich oft, ob sie sich nur als Religionsgemeinschaft bezeichnen, um keine Steuern zahlen zu müssen«, meinte Agnes.

»Die Shaker bezahlen Steuern«, erklärte ich. »Sie halten es für ihre Pflicht als Staatsbürger und die einzig wahre Möglichkeit, Kirche und Staat voneinander zu trennen.«

Als ich das sagte, neigte Agnes den Kopf. »Interessant. Das wusste ich nicht.«

Die anderen Ladenmädchen kicherten. »Ich habe Sie noch nie in einem Punkt nachgeben gehört«, meinte eine von ihnen.

»Stimmt«, sagte Agnes. »Bravo, Eliza.«

Später würde ich mir deshalb dumm vorkommen, doch in dem Moment traten mir Tränen in die Augen.

Agnes schien es noch vor mir selbst zu verstehen. »Du hast Heimweh.«

»Nein. Ich glaube nur, dass die Stadt nichts für mich ist. Sie ist zu laut, zu durcheinander, zu schnell, zu schlimm.«

»Liebes Kind«, sagte Agnes. »Verzeih mir. Ich muss sensibler sein. Das sagt meine Schwester mir auch andauernd.«

Bei der Erwähnung einer Schwester fing ich erst recht zu weinen an, sodass sie ausrief: »Was habe ich jetzt schon wieder angestellt?«

Sie eilte hinter die Ladentheke und nahm mich in den Arm.

Wir mussten beide lachen. Es war mein erstes Lachen, seit ich nach Portland gekommen war.

Eine Woche später kam Agnes in den Laden gestürmt und rief: »Eliza, ich habe einen Vorschlag für dich.«

Die anderen drehten eifrig die Köpfe in ihre Richtung, um zu erfahren, ob sie irgendwas verpassen würden, was rechtmäßig ihnen zugestanden hätte.

Ihre Schwester, erzählte Agnes, brauche ein Dienstmädchen.

»Unmöglich, vor Ort, also da, wo wir wohnen, jemand Anständigen zu finden. Diejenigen, die arbeiten wollen, laufen alle zu den Fabriken in Dover davon, sobald sie können.«

Ich hatte die Reklametafeln für diese Stellen gesehen. PRODUKTIONSHILFE FÜR DEN FEINSTEN KATTUNDRUCK ... WIR STELLEN MÄDCHEN ZWISCHEN 12 UND 25 EIN ... KOST UND LOGIS WERDEN GESTELLT, GUTE MANIEREN BEDINGUNG.

»Es ist ein ruhiges Haus am Meer«, erzählte Agnes weiter. »Mit allen modernen Annehmlichkeiten. Ich wage zu behaupten, dass du dort glücklicher sein wirst. Meine Schwester Hannah ist entzückend. Süß und lieb und zurückhaltend. Aber von unerschütterlicher Art. Sie ist es gewohnt, die meiste Zeit das Familienoberhaupt zu sein. Vor zwei Jahren stieß sie im Rübenkeller ihres Hauses auf einen Wolf, der eines ihrer Hühner im Maul hatte. Da stieg sie sofort hinunter und schlug mit einem Besen auf das Tier ein, bis es das Huhn fallen ließ und wegrannte. Sie schießt besser als alle unsere Brüder. Früher ging sie mit ihnen und unserem Dad auf die Jagd. Immer kehrten die Jungs enttäuscht zurück, weil Hannah einen Hirsch erlegt hatte und sie nicht.«

Agnes lächelte gedankenverloren. Dann sah sie mich an.

»Hannah will nie jemand zur Last fallen. Sie würde normalerweise nicht im Traum daran denken, sich Hilfe zu besorgen. Aber jetzt erwartet sie ein Kind. Sie hat schwere Zeiten durchgemacht.

Der Arzt hat angeordnet, dass sie das Bett hüten soll, bis das Baby kommt. Noch zwei Monate! Deshalb braucht sie jemand, der putzt und so weiter. Kannst du kochen?«

»Natürlich«, sagte ich.

Sie nickte. »Natürlich.«

Ich fragte, ob Hannah schon Kinder hatte, für die ich verantwortlich wäre, und schnell antwortete Agnes: »Nein!« Und sie berichtete: »Samuel, Hannahs Mann, ist Offizier auf einem Schiff und wird erst in einigen Monaten zurückkehren. Du müsstest mir dein Wort geben, mindestens bis zu seiner Heimkehr zu bleiben. Alice, die Frau unseres Bruders Charles, hilft Hannah ein wenig, doch Alice hat einen eigenen Haushalt zu führen. Und sie bekommt immer wieder fürchterliche Kopfschmerzen. Eigentlich ist ihr selbst Ruhe verordnet. Aber viel Glück beim Ausruhen mit fünf Kindern. Deshalb kann es manchmal zu viel werden. Das Haus ist groß. Samuel hat es vor fünf Jahren als Hochzeitsgeschenk für meine Schwester bauen lassen.«

Als sie das erwähnte, seufzten die anderen Mädchen.

»Samuel ist ein Träumer«, meinte Agnes. »Manche Männer bauen sich prächtige Häuser, nachdem sie ein Vermögen gemacht haben. Samuel ließ seins schon vorher errichten. Sein Ururgroßvater war einer unserer Stadtgründer. Einige Männer seiner Familie sind reich wie Krösus. Sein Vater leider nicht, aber Samuel rechnet damit, es selbst zu werden. So bestand er auf einer Butler's Pantry zwischen Küche und Esszimmer, obwohl wenig Hoffnung besteht, dass sie jemals einen Butler anstellen werden. Meine Schwester fand das reichlich albern. Eliza, liege ich richtig mit der Vermutung, dass du harte Arbeit nicht scheust?«

»Absolut.«

Und so war es eine ausgemachte Sache. Ein neues Kapitel begann. Bis ich nach Portland gegangen war, hatte die belastende Frage an mir genagt, ob ich Sabbathday Lake verlassen sollte und was diese Entscheidung für die Menschen, die ich liebte, bedeuten würde.

Portland verließ ich einfach. Die Stadt wirbelte weiter wie zuvor, und es kräuselte sich nicht einmal die Oberfläche an der Stelle, wo ich mich befunden hatte.

Ich nahm den Zug bis zu einem Ort namens Winston und einen Surrey von der Bahnstation zur Stadt Awadapquit, zwei Meilen südlich von dort. Damals war November, das Wetter grau und regnerisch. Die einzigen Menschen, die ich sah, als das Fuhrwerk durch den Ort rollte, waren Fischer in Wathosen und eine Menge gesichtsloser Gestalten, die an den Docks Holz treidelten. An der Hauptstraße gab es ein Hotel, einen Gemischtwarenladen, dazu noch eine Handvoll anderer Läden, die um diese Jahreszeit geschlossen waren.

Der Kutscher nahm einen langen Fahrweg mitten durch einen dichten Wald. Zunächst fürchtete ich, er sei von der Straße abgebogen, um mir irgendetwas Schreckliches anzutun. Die Gegend sah überhaupt nicht bewohnt aus. Erstaunlich, dass es immerhin einen Fahrweg gab. Nach einer Weile begegnete uns ein Heuwagen, der von einem weißen Pferd gezogen wurde. Der Bauer auf dem Bock winkte. Dieser Anblick erinnerte mich an mein altes Zuhause in Sabbathday Lake.

Wenige Augenblicke später bogen wir in eine lange Zufahrt, die zu Hannahs Haus führte. Das Geräusch von Hufen auf diesem Weg sollte für mich bald das Zeichen für herannahende Besucher werden. Erst da bemerkte ich, dass der Weg, auf dem wir fuhren, nicht in einen unendlichen Wald führte, sondern dass man in ein paar Gehminuten ans Meer gelangte.

Das Haus war viel zu groß für ein Paar mit nur einem Kind. Es wirkte stattlich, elegant und modern und war blassgelb gestrichen. Hohe Kiefern umstanden es an drei Seiten. Die vierte war zum Meer ausgerichtet. Ein herrlicher Ort. Ich wünschte, meine Schwester wäre hier, um ihn zu sehen.

Die Schwägerin Alice begrüßte mich an der Haustür. Sie war rundlich, und braunes Haar stand wie eine Krone von ihrem faltigen Gesicht ab.

Hannah ruhe sich aus, sagte sie. »Das arme Ding. Sie ist völlig fertig mit den Nerven«, flüsterte sie. »Wegen dem Baby.«

»Ich denke, das ist verständlich, weil es doch ihr erstes ist, nicht wahr?«

An ihrem Blick konnte ich ablesen, dass das nicht die richtige Antwort gewesen war.

»Agnes hätte es dir sagen sollen«, meinte Alice. »Wobei ich mir nicht mal sicher bin, wie viel Agnes weiß. Sie kommt und geht ja ganz nach Belieben. Hannah geht es nicht gut. Das war alles zu viel für sie. Ich sage dir das nur, weil Hannah im Moment sehr anfällig ist. Das muss dir bewusst sein.«

Ich nickte, auch wenn ich mir nicht sicher war, was genau sie mir damit mitteilen wollte und wie ich darauf reagieren sollte.

Alice bot mir eine Schüssel Suppe an, die ich gerne annahm. Sie sah mir beim Essen zu und erzählte von der Familie ihres Mannes Charles, als würden wir uns schon ewig kennen.

»Ich habe mir immer gedacht, dass Samuel dieses Haus hier draußen, so weit weg von der Stadt und Hannahs Familie, gebaut hat, weil er eifersüchtig ist. Er wusste, dass er immer wieder über lange Strecken fort sein würde, und wollte nicht, dass inzwischen irgendwer anderer sie sieht. Aber das macht es umso schwerer für mich, weißt du.«

»Natürlich«, sagte ich.

Nachdem sie gegangen war, verbrachte ich den Rest des Tages damit, mich mit dem Haus und dem Zimmer, das Alice mir zugewiesen hatte, vertraut zu machen. Das Zimmer war speziell. Es befand sich hinter einer ganz flachen Tür, die in dem Tapetenmuster auf dem Treppenabsatz des ersten Stocks nicht zu erkennen war. Der Raum war winzig, besaß aber Fenster an zwei Seiten, die viel Tageslicht hereinließen. Und es bot einen spektakulären Meerblick. Es gab gerade genug Platz für ein Einzelbett, einen kleinen Tisch und eine Kommode. Ich wusste nicht, wie ich dort schlafen sollte. Vorher hatte ich noch nie ein Zimmer für mich allein gehabt.

Hannah bekam ich erst später zu Gesicht, als ich ihr das Abendessen brachte. Ich klopfte leise an die Schlafzimmertür, falls sie schlief, was ich hoffte. Doch sie sagte leise: »Komm herein.«

Hannah hatte eingesunkene Wangen und ein müdes Lächeln.

Die Wölbung ihres Bauchs unter der Decke kam mir unwirklich vor. Ich konnte nicht aufhören, sie anzustarren. Noch nie zuvor hatte ich eine Schwangere gesehen.

»Du bist Eliza«, sagte sie.

»Ja, Mrs Littleton.«

»Du musst mich Hannah nennen.«

Sie bedankte sich für das Essen, erkundigte sich höflich nach meiner Reise und entschuldigte sich dafür, mich nicht schon früher begrüßt zu haben. Sie fragte auch, ob ich alles hätte, was ich brauchte. Ich antwortete knapp. Als sie mir keine weiteren Fragen stellte, bedauerte ich das. Weil ich nicht wusste, was ich sonst tun sollte, ließ ich sie allein, damit sie essen konnte. Wenn ich in den folgenden Tagen nach ihr sah oder einen Teller mit Essen brachte, entschuldigte sie sich immer dafür, dass sie mir keine Hilfe sei.

Das Gleiche tat sie, als ich ihr ein Handtuch und einen Krug mit heißem Wasser brachte, den ich auf den marmornen Waschtisch in ihrem Zimmer stellte. Das war eine der Aufgaben, die Alice mir aufgetragen hatte, doch Hannah wurde vor Verlegenheit rot und meinte, »das solltest du nicht tun müssen«.

Ich erklärte ihr, dass es mir nichts ausmache, ließ sie aber zum Waschen allein.

An einem anderen Tag meinte sie: »Dieses Haus. Es macht so viel Arbeit, ich weiß.«

Ich erwiderte, dass ich harte Arbeit möge und sie gewohnt sei.

»Meine Schwester hat erzählt, du wärst bei den Shakern aufgewachsen«, sagte Hannah. »Von daher vermute ich, dass du Schlimmeres gewohnt bist.«

In Wahrheit hatten die Shaker Waschbecken, Pumpen und Öfen, die weit besser waren als das, was Leute in der Außenwelt aus ihrem

Alltag kannten. So hatten die Brüder etwa mechanische Aufzüge gebaut, die unsere schwere nasse Kleidung und Bettlaken zum Trockenboden hinaufbeförderten.

Als ich bei Hannah zum ersten Mal Wäsche draußen auf die Leine hängte, verbrachte ich eine halbe Stunde mit Hinhängen und Festklammern – und in letzter Sekunde gab die Leine nach und alle sauberen Kleider landeten im Matsch.

Ich wusch jeden Montag, außer es regnete oder die Pumpe war eingefroren. Dazu schleppte ich schwere Wassereimer ins Haus und wuchtete sie auf den Ofen. Jedes Laken, Tischtuch und Kleidungsstück schrubbte und wrang ich. Dann legte ich die Sachen in eine Wanne und schleppte sie nach draußen, wo ich sie nacheinander aufhängte, bis meine Arme zitterten und meine Handgelenke schmerzten. Am nächsten Tag erhitzte ich sechs Bügeleisen auf dem Herd und benutzte sie nacheinander, bis ihre Wärme verflog. Dabei verbrannte ich mir die Fingerspitzen, sodass sie rot anschwollen. Schwitzend stand ich neben dem heißen Herd und betete, dass niemand kommen und mich in diesem Zustand sehen sollte. Jeden Tag polierte, fegte und flickte ich. Ich putzte die Fenster und schichtete in bitterer Kälte Holz auf. Außerdem fütterte ich die Schafe und die Hühner. Hin und wieder schlachtete ich ein Huhn und bereitete es zu. Und ich sammelte die Eier ein. Alles, was wir aßen, bereitete ich auf dem Holzherd zu.

Ganze Tage vergingen, an denen nur die Geräusche des Meeres vor dem Fenster mir Gesellschaft leisteten. Jeden Abend schrieb ich an meine Schwester, und wenn sie mir mit Neuigkeiten aus Sabbathday Lake antwortete, hatte ich die Ereignisse dort klar vor Augen. Sie fehlte mir. Manchmal fragte ich mich, ob es mein Schicksal sein würde, zu ihr zurückzukehren. Aber ich hatte Agnes ja versprochen zu bleiben, bis der Ehemann heimkäme.

Hannah aß kaum. An den meisten Morgen saß sie, wenn ich ihr Toast und Tee brachte, in ihrem weißen Nachthemd in einem Sessel am Fenster. Immer lag ein Buch in ihrem Schoß, doch nie las sie darin. Sie schaute hinaus. Aufs Meer, dachte ich mir. Wahrscheinlich dachte sie an ihren Mann in der Ferne. Bis ich eines Tages ihrem Blick folgte und es sah: An einer Seite des Hauses, dort, wo die Bäume begannen, hatte jemand vier Metallpfosten eingeschlagen. Eine Kette verband sie zu einem Viereck. Ein kleiner Friedhof. Später am Tag ging ich ihn mir näher anschauen und sah zwei strahlend weiße Kindergrabsteine. Die Buchstaben waren frisch eingemeißelt:

IN LIEBEVOLLER ERINNERUNG AN POLLY
GEBOREN 6. JUNI 1851
GESTORBEN 12. DEZEMBER 1851

UNSER WILLIAM
GEBOREN 17. SEPTEMBER 1852
GESTORBEN 9. SEPTEMBER 1853

Ich kniete mich hin und betete für die Kinder und für sie. Die arme Frau musste entsetzliche Angst haben. Am Sabbathday Lake hatte man uns gelehrt, dass Mutter Anns Kinder wegen irgendeiner Sünde, die sie begangen hatte, gestorben waren. Das hatte ich bis zu diesem Moment nie in Frage gestellt. Doch nichts, was Hannah getan hatte, konnte so tragische Folgen nach sich gezogen haben. Ich wollte ihr gerne sagen, dass alles nach Gottes Plan gut würde, doch ich brachte nicht den Mut auf, das Thema anzuschneiden.

Ein paar Wochen später, mitten in der Nacht, wachte ich auf, weil Hannah meinen Namen schrie. Ich rannte zu ihr. Es war keine Zeit mehr, den Arzt zu holen. Ich konnte den Hinterkopf des Babys bereits zwischen ihren Beinen sehen. Rund und unmöglich, doch da war er. Die Laken waren durchtränkt von Blut, das sich schon in einer Pfütze auf dem Boden sammelte. Hannah stieß ein Stöhnen, ein Heulen aus, wie ich es noch nie gehört hatte.

Das Kind schrie nicht. Hannah sagte, sie könne erkennen, dass es nicht überleben würde. Ich hatte keine Ahnung, ob das stimmte. Nie zuvor hatte ich ein Neugeborenes gesehen. Der kleine Alfred hielt zwei Tage durch. Anschließend saß Hannah noch einen Tag und eine Nacht da und wiegte ihn in ihren Armen. Während sie das tat, erzählte sie mir von den anderen Kindern, die sie verloren hatte. William war knapp ein Jahr alt. Fleckfieber. Polly wurde nur gut sechs Monate alt. Bei ihr erfuhren sie nicht, was die Ursache gewesen war. Eine Infektion, meinte der Arzt. Sie war schon von Geburt an kränklich. Hannah erzählte mir, dass sie insgesamt schon siebenmal schwanger gewesen war.

Als Alice kam, schrie sie beim Anblick des toten Kindes in Hannahs Armen auf. Sie bestand darauf, den Arzt zu rufen. »Warum hast du sie das machen lassen?«, fragte sie mich vorwurfsvoll. Für mich ergab der Ärger keinen Sinn. Schließlich war es ihr Kind.

Ich wurde aus dem Zimmer geschickt, als der Arzt kam, doch ich hörte, wie er und Alice Hannah beschworen. Bald danach ging der Arzt wieder und nahm eine mit Stoff bedeckte Kiste mit. Das erinnerte mich an eine Frau, die ich im Zug von Portland gesehen hatte. Auf dem Sitz neben sich hatte sie einen Käfig mit Turteltauben stehen, den sie mit einem Leintuch zudeckte, wenn die Vögel still sein sollten. Alice sagte, sie würde am nächsten Morgen wiederkommen, doch da gab es einen so heftigen Schneesturm, dass man durch eine Wand aus Schnee vor dem Fenster das Meer nicht sehen konnte. Alice kam nicht. Und auch sonst niemand.

Ich konnte das Geräusch von Hannahs Weinen, nachdem sie ihr das Baby genommen hatten, nicht ertragen. Noch nie hatte ich so tiefe Trauer oder starke Liebe mitangesehen. Am zweiten Abend brachte ich ihr das Abendessen, stellte es auf einen Tisch an der Wand und wollte schon wieder aus dem Zimmer schlüpfen. »Bitte, bleib.« Sie klopfte neben sich aufs Bett, und so setzte ich mich. Während sie weinte, strich ich ihr über den Rücken. Das ging Stunden so, bis ich irgendwann erschöpft gähnte. Da meinte sie: »Es tut mir sehr leid, Eliza. Du bist müde. Leg dich hin.«

Und das tat ich. In jener Nacht hielt ich sie im Arm, wie ich es mit meiner Schwester getan hatte, als wir noch klein gewesen waren.

Hannah konnte kaum einen Bissen essen oder den Kopf vom Kissen heben, so heftig war ihr Schmerz. Ich half ihr beim Waschen, zog ihr behutsam das Nachthemd aus Baumwolle aus, tauchte einen Waschlappen in eine Schüssel mit warmem Seifenwasser und strich ihr damit behutsam über Rücken, Arme, Hals und Beine.

Das Wetter machte es nicht leichter. Am späten Nachmittag war es bereits stockdunkel. Die Kälte kroch herein, und der Wind ließ die Fensterscheiben klirren. Eines Nachts wachte ich auf, weil ich Glas zerspringen hörte. Das Tintenfass auf meinem Tisch war eingefroren und geplatzt.

In jenem Winter schien es unaufhörlich zu schneien. Wir bekamen kaum je Besuch.

Als Hannah schon vier Tage lang nichts gegessen hatte, buk ich einen Apple Pie nach dem Rezept, das wir in Sabbathday Lake verwendet hatten. Der Kuchen war süß, köstlich und dermaßen gehaltvoll, dass er zum Frühstück einen hungrigen Farmer sättigte, der schon im Morgengrauen auf den Feldern geschuftet hatte. Ich brachte Hannah ein Stück davon und fütterte sie mit einer kleinen Gabel. Sie aß jeden Bissen.

In der dritten Märzwoche kehrte ihr Ehemann zurück.

Samuel war gutaussehend – groß und breitschultrig. Man verstand auf Anhieb, warum die zwei ein Paar geworden waren. Nachts hörte ich Hannah hinter der geschlossenen Schlafzimmertür weinen. Und er flehte sie an, sagte, wie er es hasse, sie so zu sehen. Er bestand darauf, dass sie sich anzog und die Mahlzeiten mit ihm im Esszimmer einnahm.

»Bitte, Liebling, ich will doch nur, dass du glücklich bist«, stöhnte er. »Ich werde nicht lange zu Hause sein. Lass uns das Beste aus der Zeit machen, die uns bleibt.«

Er war kein schlechter Mann. Er liebte Hannah, das konnte ich sehen. Aber er war überfordert. Er wünschte sich, dass sie glücklich sein sollte. Am liebsten wieder das Mädchen, das er kennengelernt hatte. Aber da hätte er sich ebenso gut wünschen können, dass sie als Reh durch den Wald sprang, so grotesk und unmöglich war sein Ansinnen.

Samuel brachte Hannah zwei Truhen voller Geschenke von seiner Reise mit. Das schönste war ein Service aus Staffordshire-Porzellan in leuchtendem Jadegrün mit einem Rand, der aussah, als wäre er aus Spitze. Das Ganze war mit Blumen in Gold, Gelb und Rosa bemalt. Es gab acht komplette Gedecke. Ich packte jedes Teil sehr vorsichtig aus und stellte es ins mittlere Regal der ansonsten leeren Butler's Pantry. Dabei erinnerte ich mich an Agnes' Scherz über den fehlenden Butler.

Jedes Mal wenn ich daran vorbeiging, bewunderte ich diese Teller, als wären sie gerahmte Bilder an der Wand. Hannah hatte kein Interesse daran und auch nicht an den Seidenstoffen, die er ihr gebracht hatte, und nicht einmal an dem Schmuck. Ich konnte sehen, wie sehr das Samuel verletzte. Er tat mir leid.

Bevor er wieder aufbrach, ließ Samuel Hannah für eine Ambrotypie von ihnen beiden posieren, die er als Andenken mitnehmen wollte. Sie bestand darauf, Schwarz zu tragen, wie es angemessen war. Schließlich trauerte sie um ihr verstorbenes Kind. Samuel wurde ärgerlich und sagte, Hannah sähe in dem grünen Kleid, das er ihr gekauft hatte, viel hübscher aus. Außerdem wünschte er, sie in etwas Fröhlicherem in Erinnerung zu behalten. Sie weinte, während der Fotograf seine Kamera aufstellte.

»Jetzt komm aber«, sagte Samuel mit der Strenge eines Vaters. Das ließ mich zusammenzucken. »Lächle, Hannah.«

Also tat sie es.

»Sehen Sie Ihrem Mann in die Augen«, wies der Mann mit der Kamera sie an.

Also tat sie auch das.

Sie mussten in dieser Pose gute zwei Minuten ausharren. Ich zählte in meinem Kopf die Sekunden. Als der Moment vorbei war, kehrte Hannah erschöpft in ihr Bett zurück.

Ich empfand Erleichterung, als Samuel wieder fort war. Wie Hannah sich fühlte, weiß ich nicht. Sie weinte, aber das hatte sie auch vorher schon getan. Eines Morgens sagte sie, es wäre schrecklich, dass er so oft und für so lange fort sei. Doch warum heiratet man einen Mann, der von der Seefahrt lebt? Wie die meisten Dinge, die ich nicht verstand, schrieb ich meine Unfähigkeit, das zu begreifen, meiner Kindheit und Jugend zu. Nie hatte ich irgendwas über romantische Liebe gelernt. Und gewiss hatte ich nie Liebende mit eigenen Augen gesehen.

Vielleicht erforderte Liebe eine gewisse Schwierigkeit. Vielleicht musste sie mit Unannehmlichkeit einhergehen, um wahrhaftig zu sein. Die Mädchen in dem Hutladen in Portland beschwerten sich ständig über ihre Verehrer – ihre Schwächen und gebrochene Treue. Doch nichts davon hinderte sie daran, es weiter zu versuchen. Keine von ihnen beschloss, lieber allein und von solch heftigen Gefühlen frei zu sein.

Bald nach Samuels Abreise traf ein Brief von meiner Schwester ein. Wie es meine Gewohnheit war, legte ich ihn in mein Zimmer, um ihn zur Schlafenszeit zu lesen. Üblicherweise berichtete Emily vom Wetter und ihrer Arbeit auf der Farm. Sie schrieb zudem über die Gesundheit der Ältesten. Der Inhalt ihrer Briefe war nie aufregend. Der Brief an sich war das, worum es mir ging.

Diesmal allerdings schockierten ihre Worte mich. Sie hatte kürzlich ein Geheimnis aus unserer Vergangenheit erfahren. Nachdem Vater uns verlassen hatte, schrieb sie, lernte er eine Frau aus Portsmouth kennen und heiratete sie, ohne ihr jemals zu sagen, dass er schon verheiratet gewesen war. Ihre Tochter war nach Sabbathday Lake gekommen, um nach meiner Schwester und mir zu suchen. Sie erklärte meiner Schwester, dass ihr Vater – unser Vater – kürzlich gestorben sei. Auf dem Sterbebett hatte er ihr gestanden, dass er zwei Töchter zurückgelassen hatte.

Ich sagte mir, dass ich keinen Grund zur Verzweiflung hatte. Solange ich denken konnte, hatte ich geglaubt, mein Vater sei tot. Und nun war er es. Welchen Unterschied machte es? Trotzdem konnte ich nicht aufhören zu weinen. Mir war gar nicht bewusst, wie laut ich heulte, bis es an meiner Tür klopfte.

»Eliza?«, fragte Hannah. »Was ist denn?«

Ich erzählte es ihr. Danach setzte sie sich zu mir aufs Bett und nahm mich in den Arm.

Sie sagte: »Als ich klein war, stellte ich mir vor, ich würde acht Kinder bekommen. Jetzt würde ich alles tun, wenn Gott mir eines gewährte.«

Ich vermutete schon, sie sei mit ihren Gedanken zu ihren eigenen Sorgen zurückgekehrt. Doch tatsächlich dachte sie an mich. »Wie konnte er das tun?«, sagte sie. »Seine kostbaren Kinder im Stich lassen?«

Wir redeten an diesem Abend stundenlang. Der schnellste Weg, um seine eigenen Sorgen zu vergessen, besteht wohl darin, jemand anderem zu helfen, mit seinen fertigzuwerden. Und so sah ich an diesem Abend, wie Hannah vor all ihren Verlusten gewesen sein musste. Die Sonne ging schon auf, als sie schließlich sagte, wir sollten ein bisschen schlafen. Sie gab mir noch einen Kuss auf die Wange und kehrte dann in ihr Zimmer am Ende des Flurs zurück.

***

In der darauffolgenden Woche fühlte Hannah sich gut genug, um mit mir den Frühjahrsputz in Angriff zu nehmen. Und weil die Arbeit dadurch halbiert war, kamen wir gut voran und unterhielten uns die ganze Zeit. Sie staunte laut darüber, dass ich mein gesamtes Leben in Maine verbracht, aber erst mit achtzehn zum ersten Mal das Meer gesehen hatte. Zwei Wochen lang schrubbten wir das

Haus von oben bis unten. Unzählige Lappen und Bürsten wurden schwarz vom Ruß aus dem Ofen und den Lampen. Teppiche und Decken kamen auf die Wäscheleine, wo wir auch noch das letzte Körnchen Staub und Schmutz aus ihnen herausklopften. Jedes Möbelstück schleppten wir aus seinem angestammten Zimmer. Die Sessel und das Sofa aus dem Salon kamen zum Lüften auf den Rasen. Die Betten wurden alle in einen einzigen Raum im oberen Stock geschoben. Es gab keinen Quadratzentimeter Wand, Fußboden oder Decke, den wir nicht berührten. Es wurde gekehrt und gewischt. Gebälk, Holzmöbel und -böden ölten und polierten wir.

Am Ende jedes Tages fielen wir erschöpft in unsere Betten.

In dieser Zeit fing Hannah an, die Mahlzeiten wieder freiwillig im Esszimmer zu sich zu nehmen. Sie bestand darauf, dass ich mich zu ihr an den Tisch setzte. Eines Abends erzählte ich ihr von den herrlichen Hüten, die wir in dem Laden in Portland gemacht hatten, wo ich dann ihre Schwester kennenlernte. Sie sagte, sie liebe Hüte und hätte schon so lange keine Gelegenheit mehr gehabt, einen zu tragen.

Ich überlegte mir, dass eine gekräuselte Haube aus Seide Hannah vielleicht gefallen würde. Also fing ich an, vor Sonnenaufgang heimlich daran zu arbeiten. Den Drahtrahmen und das Seidenfutter fertigte ich zuerst an, dann zog ich Lagen von cremefarbenem Taft über Schichten aus Musselin und Maschenwerk. Als ich Hannah den fertigen Hut präsentierte, lächelte und strahlte sie. Sie umarmte mich und ein unvergleichlich erhebendes Gefühl durchfuhr mich. Als wäre es die befriedigendste und größte je für mich erreichbare Freude, sie glücklich zu machen.

Zu jener Zeit zog Fröhlichkeit ins Haus ein. Die Düsternis hob sich wie Nebel vom Wasser. Ich dachte damals, es läge hauptsächlich am Wechsel der Jahreszeit, an warmer Luft, den Blüten und langen Nachmittagen mit weit aufgestoßenen Fenstern. Den wahren Grund kannte ich nicht.

Als ich Hannah eines Abends erzählte, dass ich Sabbathday Lake vermisste, obwohl ich immer die Absicht gehegt hatte wegzugehen, bat sie mich, ihr davon zu erzählen. Ich berichtete, dass ich bei den Shakern Sister Eliza genannt worden war. Sie meinte, sie würde mich auch so nennen, wenn es mir gefiel, weil ich doch so etwas wie eine Schwester für sie geworden war.

Wir teilten eine Wärme und Nähe, die ich vorher nie erlebt hatte, nicht einmal mit meiner Schwester. Agnes bemerkte das auch, als sie zu Besuch kam. »Ich wusste, du würdest dich um meine Hannah kümmern und liebenswürdig sein«, meinte sie. »Aber ich hätte mir nie vorgestellt, dass ihr solche Freundinnen werden würdet! Dem Himmel sei Dank für dich, Eliza. Du hast sie ins Leben zurückgeholt.«

Wir wussten noch nicht, dass Hannah ein Baby in sich trug, das gesund und kräftig auf die Welt kommen sollte. Ein Kind, das über hundert Jahre alt werden sollte. Frances Constance Littleton. Unsere Fannie.

Noch Monate nach Fannies Geburt konnte Hannah nicht aufhören, nach ihr zu sehen, sie aufzuwecken, um sicher zu sein, dass sie atmete. Sie glaubte einfach nicht, dass sie ihre Tochter würde behalten dürfen. Vielmehr rechnete sie damit, dass das helle Licht in unserem Leben verlöschen würde, wie es jedes Mal zuvor passiert war. Ich sorgte mich um Hannahs Gesundheit, wegen ihrer Zerbrechlichkeit und Erschöpfung. In den meisten Nächten stand ich auf und leistete ihr Gesellschaft, während sie Fannie im Bett stillte. Einmal schliefen wir alle drei zusammen ein, und von da an verbrachten wir jede Nacht in einem Bett.

Hannahs Angst schien beträchtlich nachzulassen, als Fannie ein Jahr alt wurde. Es waren Tage wie ein Traum. Nie sah ich Hannah glücklicher als damals.

An Fannies erstem Geburtstag küsste Hannah mich in der Dunkelheit des frühen Morgens auf den Mund. Das hatte bisher noch niemand getan. Ich empfand es als eine Form von Ekstase. Das Wort hatte ich schon in meiner Kindheit gehört, doch bis dahin nie verstanden.

Drei Monate später kehrte Samuel zurück. Früher als geplant. Fannie war fünfzehn Monate alt. Er verliebte sich in das Kind und das Kind sich in ihn. Ich gab mir Mühe, nicht eifersüchtig zu sein, und zog mich still in mein Zimmer zurück. Ich verspürte Wut auf Hannah, obwohl ich selbst wusste, wie absurd das war. Er war ihr Ehemann. Natürlich würden sie zusammen schlafen und händchenhaltend die Klippen entlangspazieren, während sie das Kind bei mir ließen. Sie waren verliebt, eindeutig.

Ich verbrachte übertrieben viel Zeit damit, über den Kuss zu grübeln. In meiner Erinnerung wiederholte er sich so oft, dass ich mich am Ende fragte, ob ich ihn mir vielleicht nur eingebildet hatte. In Samuels Gegenwart war Hannah mir gegenüber so freundlich wie immer. Und doch spürte ich eine Distanz, die mich in Traurigkeit stürzte.

Nach vier Monaten verließ er uns wieder. Ich wusste nicht, was ich mit Hannahs Tränen anfangen sollte, denn ich war sehr froh, ihn gehen zu sehen. Die nächste Reise würde seine erste als Kapitän sein und drei Jahre dauern.

»Drei Jahre sind eine Ewigkeit«, sagte Hannah.

Drei Jahre vergingen wie im Flug.

In den ersten ein, zwei Wochen war ich ihr gegenüber verlegen, doch dann bat sie mich, doch zurück zu ihr und Fannie ins Bett zu kommen. Ich tat es und war, aller Verwirrung zum Trotz, wieder glücklich.

Neun Monate später kam, wie schon seine Schwester, James mit viel Getöse auf die Welt. Pummelig, gesund und brüllend.

Samuel schickte Briefe nach Hause, fragte nach Einzelheiten über den Jungen und war außer sich darüber, nun einen Sohn zu haben. Hannah forderte mich nie auf, diese Briefe zu lesen, aber sie ließ sie auseinandergefaltet auf dem Nachttisch liegen. So kam es mir nicht wie eine große Verfehlung vor, dass ich sie mir ansah, wenn ich allein war. Samuel schrieb, dass er die Trennung kaum aushalte. Auf seine nächste Fahrt, eine dreijährige Reise nach Indonesien, würde er Hannah und die Kinder mitnehmen.

Das erwähnte Hannah mir gegenüber mit keinem Wort. Also fragte ich mich, ob sie wirklich gehen würde und was dann aus mir würde. Mehr als alles andere wollte ich wissen, was sie ihm in ihren Briefen darauf antwortete, doch ich brachte es nicht über mich, sie danach zu fragen. Ich dachte an das Versprechen, das ich Agnes gegeben hatte, so lange zu bleiben, wie Hannah mich brauchte. Mir hatte im Gegenzug niemand etwas versprochen.

Bis auf die gelegentliche Erinnerung daran, dass es nicht von Dauer sein würde, führten wir ein Leben der einfachen Freuden. Hannahs Küsse wurden zu normalen Vorkommnissen. Die Kinder schienen unsere gemeinsamen zu sein. Wir bemutterten sie beide und führten genauso den Haushalt zusammen. Nie zankten wir, sondern waren ein richtig friedliches Paar. An Sommerabenden saßen wir auf der Veranda, und ich las ihr vor, bis die Sonne unterging. Hannah sagte so leichthin und ungezwungen, dass sie mich lieb habe, wie sie es zu den Kindern sagte.

Manchmal hielten wir uns an den Händen und lauschten den Wellen. Dann hatte ich das Gefühl, bis zum Platzen von Seligkeit erfüllt zu sein. Als die Kinder schon in ihren eigenen Zimmern schliefen, verbrachten wir beide trotzdem jede Nacht in ihrem Bett. Nachdem die Kerze gelöscht war, streichelten wir mit sanften Händen die Haut der anderen unter den dünnen Baumwollnachthemden. Ihre Fingerspitzen waren wie Sonnenschein auf meiner Haut. Ich hielt den Atem an. Keine von uns sprach währenddessen jemals ein Wort.

Ich hatte Samuels Existenz wahrhaftig fast vergessen, als uns im Oktober 1860 ein Brief erreichte. Sein Schiff, das sich auf der Rückfahrt von Spanien befand, sollte in einem Monat Awadapquit erreichen.

Nun begann Hannah, mehr Wert auf ihr Äußeres zu legen. Sie redete immer wieder davon, wie schwer sie geworden sei. Selbst ihre Lieblingsspeisen wollte sie nicht mehr essen. Wenn sie sich im Spiegel betrachtete, jammerte sie über ihr Haar, das nicht mehr so füllig war wie einst, und über ihre Arme, die rundlicher geworden waren. Agnes stattete uns einen Besuch ab, und Hannah bat sie, bei ihrem nächsten Besuch zu Hause ein Parfum, das Samuel mochte, aus einem Laden in Portland mitzubringen.

Ich verlangte von Hannah keine Zusicherungen. Wo ich aufgewachsen war, zeigte niemand je eine Spur von Unzufriedenheit, egal, was sich unter der Oberfläche abspielte. Darin hatte ich Übung. Und ich wusste, es wäre sinnlos. Ich glaubte, dass Hannah mich liebte, und ich glaubte, dass, wenn ihr Mann zurückkam, ihr keine andere Wahl blieb, als mich zu verlassen. Meine größte Hoffnung bestand darin, dass sie ihn vielleicht überzeugen könnte, mich zu behalten, um das Haus zu versorgen, während sie fort wären, sodass ich sie in drei Jahren wiedersähe, sobald sie zurückkäme.

Mehrere Tage lang bereiteten wir das Mittagessen zu seiner Rückkehr vor.

Hannah bat mich, meinen Apple Pie zu backen. »Den Pie, der mich ins Leben zurückgeholt hat«, sagte sie mit einem glücklichen Lächeln. Ich lächelte zurück, obwohl ich ihr am liebsten erklärt hätte, der Pie sei nur für sie gewesen, nicht für ihn. Natürlich sagte ich nichts und legte die Zutaten für den Pie auf die Arbeitsfläche.

Wir buken auch Brot und suchten vier Hühner aus, legten Gemüse ein und polierten das Silber.

Schließlich erfuhren wir eines Morgens, dass das Schiff drei Meilen vor der Küste gesichtet worden war und innerhalb von ein paar Stunden anlegen sollte. Also deckten wir den Tisch im Esszimmer mit dem grünen Staffordshire-Porzellan, das Samuel mitgebracht hatte, als ich ihn das erste Mal sah und Hannah zu traurig und krank war, um es auch nur auszupacken.

»Die sind hübsch«, meinte sie über die Teller.

»Das sind sie.«

»Und in meiner Lieblingsfarbe«, sagte sie. »Wie aufmerksam von ihm.«

Hannahs Kleid für diesen Anlass hing seit zwei Wochen an der Rückseite der Schlafzimmertür. Ich half ihr, es anzuziehen, und schnürte das Korsett so eng, wie ich es übers Herz brachte, wobei sie immer noch meinte, ich solle es fester ziehen. Dabei versuchte ich, mich nicht darum zu kümmern, dass sie für ihn schön sein wollte.

Wir brachten die Kinder, geschrubbt und im Sonntagsstaat, mit an den Strand. Jede von uns führte eines an der Hand. Es war ein kalter Tag, doch Hannah weigerte sich, einen Mantel anzuziehen. Samuel sollte sie gleich in dem blassgrünen Kleid mit Seidenkragen erblicken. Ich hatte es selbst genäht und Wochen mit Zuschneiden, Heften und Anpassen zugebracht. Schließlich wusste ich, wie sehr sie es bewundern und wie herrlich es an ihr aussehen würde. Sie trug auch die Haube aus Seide, die ich gemacht hatte. Ich fürchtete, weinen zu müssen, weil sie so schön war.

Als wir eintrafen, war das Schiff vom Ufer aus bereits zu sehen. Eine Menschenmenge hatte sich versammelt, um die Männer zu Hause willkommen zu heißen. Es herrschte Aufregung, aber ich meinte auch eine gewisse Bangigkeit zu spüren. Die Flussmündung war als gefährlich bekannt. Starke Strömungen stießen dort auf die Meeresbrandung. Schon unter besten Bedingungen gestaltete sich die Einfahrt in den Hafen schwierig.

An jenem Tag war die See rau, und heftiger Wind peitschte die Wellen.

Fannie rief James zu: »Da draußen ist unser Dad. Er kommt, um dich kennenzulernen.«

Alle lachten, und Hannah meinte, genau so sei es tatsächlich.

Gott möge mir vergeben, aber ich konnte nichts anderes denken, als dass ich alles geben würde, damit das Schiff kehrt machte.

Wir beobachteten alle, wie es mit der Flut auf die Flussmündung zusteuerte und dabei kaum gegen die steigenden Wellen ankam.

Das Schiff schaukelte wild vor und zurück wie ein Spielzeug im Griff eines lustlosen Kindes bei seinem morgendlichen Bad.

Unter den Männern in der Menge gab es ein Raunen.

»Was ist denn?«, fragte ich einen von ihnen.

Er blickte todernst drein. »Da draußen gibt es eine Sandbank, die sich in den letzten zwei Jahren beträchtlich Richtung Meer bewegt hat. Unter diesen Bedingungen wird Littleton sie nicht passieren können. Ich glaube, er hat keine Vorstellung davon.«

Starker Gegenwind warf das Schiff zurück. Eine riesige Welle überspülte es. Später sollten wir erfahren, dass der Achtersteven auf Grund geschlagen und in zwei Teile zerbrochen war. Dadurch war das Ruder zerstört und mit ihm jegliche Hoffnung, das Schiff in Sicherheit zu steuern. Alle an Land schrien auf, als das Schiff Schlagseite bekam und die Toppmaste brachen. Einige der Männer am Strand versuchten, die Frauen dazu zu bringen, dass sie gingen, doch die Ehefrauen blieben eisern. Ich wollte Hannah beistehen, doch sie bat mich, die Kinder fortzubringen, außer Sichtweite. Dabei sah sie aus, als würde sie gleich ohnmächtig. Ich hätte alles gegeben, um sie in meinen Armen halten zu können, doch ich fügte mich ihrem Wunsch. Einer der Männer brachte sie dazu, sich auf eine Decke zu setzen.

Ich zog Fannie und James weg, obwohl sie sich wehrten. Zwar wussten sie nicht genau, was da geschah, aber sie waren klug genug zu spüren, dass etwas Unvorhergesehenes vor sich ging. Ich bin mir sicher, dass die Wahrheit für sie unvorstellbar war. Das war sie jedenfalls für mich. Ich blickte nur einmal zurück und sah Männer, die sich an das Wrack klammerten. Die nächste Welle spülte sie fort und schlug zugleich das Schiff in Trümmer.

Dann hörte ich einen Heranwachsenden einem Kind, vielleicht seinem Bruder, erklären, man könne nichts tun außer zu warten. Das Kind bettelte – er könne doch hinausschwimmen und sie retten oder mit einem Ruderboot zu Hilfe kommen. Auch mir schien das nicht unmöglich. Damals wusste ich ja kaum etwas über das Meer.

Doch der ältere Junge schaute den Kleinen mitleidig an. Er sagte, das Wasser wäre zu kalt zum Schwimmen und viel zu wild, um darauf zu rudern.

Es gab nichts zu tun außer zu warten. Doch niemand wollte eingestehen, dass gar nichts zu erwarten war. Je mehr Zeit verging, desto klarer wurde, dass keiner der Männer wieder auftauchen oder ans rettende Ufer schwimmen würde. Und dennoch wurde gewartet. Stunden später, zu Hause, brachte Hannah die Kinder zu Bett. Der Tisch war immer noch zu Samuels Willkommens-Lunch gedeckt. Eilig räumte ich das Geschirr in die Pantry, die er für sie hatte einbauen lassen. Als ob Hannah dadurch vergessen könnte.

In den Tagen und Wochen, die folgten, wurden immer wieder Leichen angeschwemmt. Kein einziger Mensch, der an Bord gewesen war, überlebte. Die Schiffsoffiziere und sechs der Matrosen waren einheimische Männer gewesen. Zehn andere waren Fremde, die in italienischen und spanischen Häfen angeheuert hatten. Niemand war da, um sie zu identifizieren, als ihre toten Körper angespült wurden. Es gab keine Liste ihrer Namen. Es war auch eine Frau an Bord gewesen, über deren Herkunft absolut nichts bekannt war. Sie und die anonymen Seeleute wurden auf einem Hügel nahe am Strand begraben. Ein schlichtes Holzkreuz erinnerte an sie alle.

Samuel wurde frisch rasiert und in seinen besten Kleidern gefunden. Er musste voller Vorfreude auf die Wiedervereinigung mit Hannah gewesen sein.

Zwei Tage lang bahrten wir ihn im Salon auf. Nie hatten wir so viele Besucher. Das Geräusch von Pferdehufen auf der Zufahrt riss fast nicht ab. Die Trauernden wollten natürlich ihren Respekt erweisen, doch ich hatte den Verdacht, dass die Gründe in vielen Fällen nicht ganz makellos waren. Man wollte an der tragischen Geschichte irgendwie teilhaben. Die Leute fühlen sich vom Leid anderer seltsam angezogen. Gerade damals hatte ich mehr denn je das Bedürfnis, Hannah zu beschützen.

Früh am zweiten Morgen fand ich Fannie und James Seite an Seite in der Tür zum Salon stehen. Der Anblick brach mir das Herz. Diese Kinder hatten bis dahin noch nicht gewusst, dass das Leben endlich war. Es war das erste und einzige Mal gewesen, dass James seinen Vater leibhaftig sah.

Samuel wurde auf dem kleinen Friedhof der Familie neben den drei toten Kindern begraben.

Bei der Beerdigung sprach der Pastor von Samuels Mut. Von seinem ständigen Bewusstsein, sich auf eine gefährliche, vielleicht sogar tödliche Mission zu begeben, und seiner Entschlossenheit, sie dennoch zu erfüllen. Da musste ich an Hannah denken und daran, wie oft sie bei dem Versuch, ein Kind auf die Welt zu bringen, beinahe gestorben wäre. Hätte man, im Fall ihres Todes, auch mit solcher Hochachtung von ihrer Mission gesprochen?

Als die Zeremonie vorbei war, suchte Agnes mich zwischen den Leuten und ergriff meine Hand.

»Bitte, geh nicht fort«, sagte sie. »Sie wird dich brauchen.«

Ich antwortete ehrlich, dass ich nicht beabsichtigte, irgendwohin zu gehen.

Ich schrieb meiner Schwester, was geschehen war, doch ich konnte nicht einmal die Hälfte der Dinge erwähnen, die nötig gewesen wären, um ein treffendes Bild unserer veränderten Welt zu zeichnen. Man könnte ein ganzes Leben mit dem Versuch zubringen, nur die bloßen Fakten dessen zu begreifen, was sich da an jenem Tag am Strand direkt vor unseren Augen zugetragen hatte. Wie es in mir aussah, das konnte ich weder ihr noch sonst wem jemals sagen.

Das Haus wurde erneut zu einem düsteren Ort, aber nur für eine gewisse Zeit.

Schuldgefühle schleppte ich für den Rest meines Lebens mit mir herum. Die Befürchtung, mit meinem Willen Samuels Tod, sein Verschwinden, bewirkt zu haben. Doch das war ein geringer Preis für das, was ich bekam. Zwölf weitere Jahre mit Hannah und den Kindern. Ein Leben, wie ich es noch nie gesehen oder von dem ich nie gehört hatte. Manchmal spazierte ich in Samuels alter Kleidung durchs Haus. Mir gefielen die gemütlichen weiten Hosen, die Leinenhemden mit drei Knöpfen und sein Überrock, wenn es besonders kalt war. Dann nannte Hannah mich lachend *Gatte*.

Wenn Alice mit ihrer Vermutung richtig lag, hatte der arme Samuel seine Braut damals in diesem abgelegenen Haus am Meer versteckt, damit niemand sonst sie haben sollte. Uns schenkte die Abgelegenheit die Chance, zu sein, wie wir wollten. Die Kinder besuchten die Schule und schlossen Freundschaften. Ich glaube nicht, dass sie jemals irgendwem von unserem Arrangement erzählten. Ich möchte denken, sie taten es, weil sie nichts Ungewöhnliches daran fanden, doch das kann nicht sein. Jedenfalls wussten sie, wie sehr sie geliebt wurden. Noch heute sehe ich uns vier vor mir, wie wir an der Feuerstelle in der Küche sitzen und uns laut aus *The Eastern Argus* oder *The Christian Mirror* vorlesen oder unsere liebsten Bibelstellen vortragen. Später lasen uns Fannie und James Shakespeare, Poe und Henry Ward Beecher vor.

Wäre Samuel nicht bei dem erwähnten Unglück umgekommen, hätte der Tod ihn sehr gut ein oder zwei Jahre später treffen können. So viele Männer, die wir kannten, zogen in den Krieg und kehrten nicht wieder.

Hannahs Bruder Charles wurde Soldat bei der Twentieth Maine Infantry. Mindestens einmal pro Woche schrieb er Alice und den fünf Kindern, aber auch Hannah. Als fünf Wochen ohne ein Wort von ihm vergingen, befürchtete die Familie das Schlimmste. Ich betete zu Gott, dass es nicht so wäre. Sie hatten schon zu viel gelitten.

Früh an einem Morgen kam Agnes zu unserem Haus. Wir schliefen noch. Sie kam herein, lief die Treppe hinauf und direkt ins Schlafzimmer. »Mein Liebling, wach auf«, sagte sie. »Es ist wegen Charles. Oh, Hannah, er …«

Als sie merkte, dass wir beide in dem Bett lagen, floh Agnes aus dem Zimmer.

Hannah lief ihr nach. Unten in der Küche hielten sie einander in den Armen und weinten. Was Agnes gesehen hatte, spielte offenbar keine Rolle. Es wurde nie erwähnt.

Zwei Jahre später, 1864, brachte Agnes einen Mann namens Leonard Crosby mit in unser Haus. Er war ein Kollege von der Zeitung. Sie kamen an einem Montagvormittag, weil der Gouverneur einen Fastentag verkündet hatte und sie daher nicht zur Arbeit mussten.

»Nennt mich Crosby«, sagte er.

Crosby war klein und im Vergleich zur hochgewachsenen Agnes gedrungen. Sein Kopf war kahl bis auf einen Kranz aus buschigem braunem Haar, der mich an einen Mönch erinnerte.

Er erzählte von einem Mann, den sie zuvor am Bahnhof gesehen hatten. Der rief, es sei nun an der Zeit, den Krieg zu beenden, Zeit, dass Lincoln unsere Männer nach Hause brachte, nachdem er die Wiederwahl gewonnen hatte. Crosby nannte ihn einen Verräter an der Emanzipation. Das verstand ich, doch ich dachte, dass er nicht verstand, wie müde die Menschen vom Krieg waren. Wie viel er ihnen genommen hatte. Jeder fünfte Einheimische junge Mann, der in den Krieg gezogen war, hatte sein Leben gelassen. Man konnte nicht durch die Stadt gehen, ohne einen neuen schwarzen Kranz an jemandes Tür zu sehen. Es gab auch Männer auf Heimaturlaub, denen ein Arm, ein Bein oder eine Hand fehlte.

Mit der Zeit wurden die Rekruten immer älter. So war Walter Farnham, der zweiundsechzigjährige Postmeister der Stadt, nach Louisiana gefahren und innerhalb eines Monats auf dem Schlachtfeld gefallen. Viele andere starben zu Hause, nach langen und schweren Erkrankungen, die sie sich im sumpfigen Klima des Südens zugezogen hatten und die ihrem an Neuengland gewöhnten Blut fremd waren.

Jeden Freitag half Hannah ehrenamtlich bei der Ladies' Aid Society. Sie rollte Verbände auf und packte Proviant, der an die Front geschickt wurde. Und jede Woche kehrte sie mit herzzerreißenden Geschichten zurück, die für ein Lebensalter gereicht hätten. Mehr als einmal sagte sie, wie dankbar sie dafür sei, dass James noch ein Kind war und nicht in den Krieg musste. Wäre er alt genug gewesen, hätte sie ihn ziehen lassen müssen. Das Leid der Mütter, deren Söhne gestorben waren, schien sinnlos. Es brach ihr das Herz. Sie schwor, dass sie vielleicht überhaupt keine Kinder zur Welt gebracht hätte, wenn ihr bewusst gewesen wäre, was für ein furchtbarer Ort daraus werden würde.

Crosby berichtete, er schreibe gerade einen langen Artikel über den Sanitätsinspekteur und Militärarzt der Vereinigten Staaten, William Hammond. Den Namen hatte ich noch nie gehört.

»Er ist ein Genie«, sagte Crosby. »Der Mann hat zahllose Soldatenleben gerettet. Sein Verstand arbeitet permanent. Nun will er einen Roman und ein Sachbuch über die Entlarvung des Spiritismus schreiben.«

»Warum?«, fragte Agnes.

»*Warum?*«

»Ja, warum? Ich habe einmal eine Séance besucht«, sagte Agnes. »Das war unterhaltsam. Und hat keinem geschadet.«

»Das hast du getan?«, fragte Hannah.

»Keinem geschadet?«, wiederholte Crosby. »Gerade steht in Cambridge eine Frau wegen Mordes vor Gericht. Sie arbeitete als Gesellschafterin einer bettlägerigen Dame und als ihr persönliches Medium. Bis sie die Dame mit Arsen vergiftete und mit deren Ehemann durchbrannte. Jetzt behauptet sie, böse Geister hätten ihr das eingegeben. So viel zu ›keinem geschadet‹.«

Crosby schnaubte.

Agnes verdrehte die Augen, lächelte aber. Sie schien das Geplänkel mit ihm zu genießen.

»Hammond sagt«, fuhr Crosby fort, »jede Frau, die an so etwas glaubt, leide unter einer Form nervlicher Zerrüttung. Die First Lady hat sogar Hellseher, die bei ihr im Weißen Haus wohnen, damit sie jederzeit Kontakt zu ihren Verstorbenen aufnehmen kann. Lincoln sollte dem ein Ende setzen, wenn ihr mich fragt.«

Dich fragt bloß niemand, dachte ich, sagte es aber nicht laut.

Mir blieb kaum Zeit, mich zu fragen, warum ich seine Worte so persönlich nahm, weil er schon weiterredete.

»Hammond gründet gerade ein Medizinmuseum der menschlichen Präparate im Kapitol. Dafür hat er Militärärzte angewiesen, amputierte Körperteile von der Front zu sammeln und ihm zu schicken. Es besitzt schon sechstausend Körperteile und Organe. Knochen und Gehirne und Herzen. Arme und Beine, in denen noch Kugeln stecken.«

»Das ist barbarisch«, sagte Hannah und griff sich an die Kehle.

Ich wusste, dass sie an ihren Bruder dachte. Die Heimkehr seines Leichnams war ihr einziger Trost nach seinem Tod gewesen. Und vielleicht erinnerte sie sich auch an Samuel. Ich wünschte, ich hätte ihre Hand drücken können.

»Überhaupt nicht«, meinte Crosby. »Das geschieht im Namen der Forschung. So etwas hat es bisher noch nicht gegeben.«

Niemand schien zu wissen, was darauf zu erwidern war. Agnes erzählte uns stattdessen von einem Artikel, den sie gerade verfasste. Darin verurteilte sie Deserteure, die sich in den Wäldern um Awadapquit und anderswo in Maine versteckten, und jene, die dreihundert Dollar für einen Ersatzmann bezahlten, anstatt selbst in den Krieg zu ziehen.

Insgeheim fragte ich mich, warum Crosby noch nicht eingezogen war.

Ich erzählte ihnen, was meine Schwester mir geschrieben hatte: Älteste der Shaker waren nach Washington gereist, um Lincoln zu bitten, sie als Pazifisten vom Militärdienst freizustellen. Der Präsident willigte ein. Dennoch bekamen die Shaker-Dörfer den Krieg zu spüren. Soldaten der Union wie auch der Konföderierten baten um Essen und Schutz, und die Shaker halfen allen – auch wenn sie mit den Nordstaaten sympathisierten.

Agnes konnte nicht verstehen, inwiefern das, was die Shaker machten, sich davon unterschied, was die für ihre Feigheit von ihr so verachteten Copperheads, diese Gruppierung der Demokraten, die dem Krieg ablehnend gegenüberstanden, taten.

»Diesen Leuten liegt nicht so viel daran, die Schwarzen zu befreien, dass sie dafür kämpfen würden«, meinte sie.

Das empfand ich als Kränkung und erzählte ihr, dass die Shaker, als ich ein Kind war, entflohene Sklaven bei sich aufgenommen hatten. Und dass von Anfang an Schwarze und Weiße in unseren Gemeinden zusammenlebten.

Ich hätte sogar noch einen Schritt weitergehen und darauf hinweisen können, dass, obwohl Maine als Teil des Missouri Compromise ausdrücklich ein freier Staat war, was Menschen wie Agnes mit Stolz erfüllte, gleichzeitig die Familie von Agnes und Hannah wie auch fast alle anderen in Awadapquit sehr wohl in den Sklavenhandel verstrickt waren. Die betroffenen Sklaven arbeiteten in der Karibik und damit außer Sicht. Doch der Zucker und Tabak, den sie ernteten, kam auf Schiffen von Neuengländern nach Amerika. Darüber wollte niemand diskutieren.

Von meiner Äußerung nachdenklich gestimmt, schrieb Agnes sie für die Zeitung auf. Sie lobte die Shaker für ihren Weitblick, zu erkennen, was gerecht und wahrhaftig war. Und sie sagte, in den Jahren, seit sie mich kenne, sei ich ein leuchtendes Beispiel dafür gewesen, wie das Aufwachsen bei den Shakern einen Menschen präge. In dem Artikel bezeichnete sie mich als »die langjährige Haushälterin meiner Schwester«. Das traf mich wie ein Schlag in die Magengrube, obwohl ich wusste, dass es das nicht sollte.

So ähnlich nannte mich auch Samuels Mutter gegenüber den Kindern. Ich sollte mich dann unsichtbar machen, wie die Tür zu dem Zimmer im ersten Stock, die man nicht sah, wenn sie geschlossen war.

Jeden Dienstag gingen Hannah und ich gemeinsam zu Gebetstreffen. Einmal hörte ich dort eine Frau einer anderen zuflüstern, es sei seltsam, dass Hannah ihr Dienstmädchen mitbringe. Da erwiderte die Freundin der Frau, so seltsam sei das gar nicht, weil

Hannah und ich doch Cousinen seien. Ich habe keine Ahnung, woher sie das hatte. Die Leute glauben eben, was sie wollen.

Nun, die Herzen anderer bleiben uns wohl immer ein Rätsel. Ich hätte nicht erstaunter sein können, als Agnes ein Jahr später Crosby heiratete. Sie erzählte Hannah, sie wüsste, wie er wirkt, doch im Privaten sei er ein guter, anständiger Mann. Der Einzige, den sie je getroffen hatte, der nicht wollte, dass sie sich in eine andere Frau verwandele, sondern sie akzeptierte, wie sie war.

Sie kehrten nach Awadapquit zurück, obwohl Crosby wegen seiner Arbeit oft verreiste. Er war wie besessen von diesem Sanitätsinspekteur und Militärarzt, der ein paar Jahre später begann, Schädel und andere Körperteile von Indianern zu sammeln. Weil er ihn unbedingt beeindrucken wollte, ging Crosby in der Gegend von Awadapquit auf die Suche, in der Hoffnung, auf irgendwelche interessanten menschlichen Überreste zu stoßen. Er engagierte sogar James, damit er ihm half. Doch soweit ich weiß, entdeckten sie nur ein paar Dutzend Pfeilspitzen im Wald. Von Hammonds Ausbeute erzählte Crosby, als wäre es eine verwegene Abenteuergeschichte. Armeeoffiziere schickten Hammond detaillierte Briefe, in denen stand, wie sie die mitgeschickten Körper gefunden hatten. Einmal las Crosby uns einen dieser Briefe vor. Der Offizier beschrieb, wie er eine trauernde Indianerfamilie bei einem Begräbnis beobachtet hatte und dann, nachdem diese Leute den Ort verlassen hatten, aus seinem Versteck schlich und den toten Mann enthauptete.

Hannah sah Crosby an, als habe er den Verstand verloren, weil er wohl glaubte, das sei ein angenehmes Konversationsthema.

»Die Lebensweise der Indianer ist im Verschwinden begriffen«, erklärte der. »Das sind Primitive. Es sind kaum noch welche von ihnen übrig. Inzwischen sind sie sogar ohne unser Zutun kurz vor dem Aussterben. Sie verbreiten Krankheiten. Sie skalpieren und versklaven einander. Unter ihnen gibt es überhaupt keine Treue. Diese Artefakte zu sammeln, ist ein freundlicher Akt. Es bewirkt, dass der Beweis für die Existenz der Wilden erhalten bleibt.«

Hannah fand Crosby unsympathisch. Es irritierte sie, dass ihre Schwester diesen Mann geheiratet hatte. Doch von uns beiden schien nur ich nicht verwinden zu können, was er gesagt hatte. Zu einem soeben Begrabenen zu gehen und ihm den Kopf abzuschneiden? Was konnte wilder und unzivilisierter sein?

Es schien Hannah auch nicht übermäßig zu beunruhigen, als Crosby begann, seine eigene Sammlung aus Indianerschädeln, -skalps und Tonscherben anzulegen.

Wann immer das Gespräch auf Indianer kam, erzählte Hannah von ihren Vorfahren, die bei blutigen Überfällen getötet worden waren. Ihre Ururgroßeltern waren Opfer des Lichtmess-Massakers: 1692 hatte man sie, etwas südlich von Awadapquit, in ihren eigenen Betten ermordet. Ihr Haus und die Häuser all ihrer Nachbarn in York wurden von Abenaki niedergebrannt, sagte sie. Die zwei ältesten Kinder, Hannahs Großtanten, waren unter den zweihundertsechzig Einwohnerinnen und Einwohnern, die mitten im Winter entführt und gezwungen wurden, zu Fuß nach Kanada zu laufen.

Eine der Großtanten hatte drei Wochen zuvor ihr drittes Kind zur Welt gebracht. Die Abenaki klagten ständig, sie wäre auf dem Marsch zu langsam. Als sie sich damit rechtfertigte, sie müsse ihr Kind stillen, riss ihr einer der Männer das Baby aus den Armen und tötete es vor ihren Augen. Jetzt, so sagte er, hätte sie keine Ausrede mehr dafür, alle aufzuhalten. Die Frau wurde später freigekauft. Acht Jahre später schaffte sie es zurück nach Hause und konnte dort ihre Geschichte erzählen. Ihre Schwester blieb in Kanada und wurde Nonne im Orden des heiligen Joseph.

Samuel war ein Nachfahre von Ephraim Littleton, einem der ersten Siedler in diesem Teil von Maine. Das Land, auf dem unser Haus stand, war einst Standort seines Zuhauses gewesen – eine einfache Hütte aus Baumstämmen, die nur aus einem einzigen Raum mit Lehmboden bestand, und eine Sägemühle. Indianer brannten beide nieder, während Ephraim sich darin aufhielt.

All das hatte Hannah und Samuel eine lebenslange Furcht vor Indianern eingegeben, obwohl es lange vor ihrer Geburt geschehen war. Furcht und eine gewisse Abscheu. Das Gefühl, dies wären nicht wirklich Menschen.

Wilde. So hatte man die Shaker in ihrer Anfangszeit auch genannt. Weil unsere Lebensweise ganz anders war als die der sogenannten zivilisierten Menschen.

Zu Hannah habe ich nie etwas darüber gesagt. Ich weiß nicht, warum. Vielleicht aus Feigheit. Vielleicht weil ich fürchtete, sie würde meine Haltung nicht verstehen und hätte die frühere Version von mir nicht lieben können.

Einmal erklärte sie mir, die Geheimkammer, in der ich nach meiner Ankunft zunächst schlief, sei als Versteck gedacht gewesen, falls die Indianer je zurückkommen sollten.

Agnes und Crosby hatten keine eigenen Kinder. Dennoch erlaubte der *Eastern Argus* nicht, dass eine verheiratete Frau eine Kolumne schrieb. Agnes musste die Arbeit also aufgeben. Sie überraschte uns daraufhin mit ihrem Einsatz für die Bewegung der Temperenzler, der sie ihr weiteres Leben widmete. Sie reiste durch ganz Neuengland und hielt Vorträge über das Übel des Alkohols. Hannah und ich fragten uns insgeheim, ob sie zum Teil deshalb mit solcher Begeisterung bei der Sache war, weil es ihr einen Grund gab, von zu Hause fort zu sein, per Kutsche zu reisen und allein irgendwo in Hotels abzusteigen. Einfach wieder unabhängig zu sein. Es war jedenfalls auch eine Möglichkeit, eigenes Geld zu verdienen.

Im Laufe der Jahre hatten Hannah und ich große Geldsorgen, aber wir kamen über die Runden. Dafür nahmen wir Aufträge zum Flicken, Bleichen und Spinnen an. Wir stellten auch Kerzen aus Wachsmyrte her, die wir in der Stadt verkauften. Hannah erhielt regelmäßige Unterstützung von einem Fonds zugunsten von Witwen umgekommener Seeleute. Das half, reichte aber nicht. In manchen Jahren nahmen wir auch ein oder zwei Pensionsgäste auf, um die Kosten für ein so großes Haus aufbringen zu können.

Immer sprachen wir davon, dass wir an einen Ort umziehen sollten, der leichter zu bewirtschaften wäre und näher an der Stadt. Das Haus machte zu viel Arbeit. Es war zu groß. Trotzdem gingen wir nicht von dort weg. Hannah sagte, Samuel hätte das Haus bauen lassen, damit sie es besitzen sollte. Deshalb wollte sie bleiben. Insgeheim und vielleicht auch aus Eigennutz glaubte ich, dass sie nicht fort wollte, weil ihre Babys dort begraben lagen. Hannah besuchte sie oft. Dann ging sie hinaus, setzte sich allein zwischen die Grabsteine und sprach mit ihnen. Oder vielleicht mit Samuel. Doch ich bevorzuge die Vorstellung, sie hätte mit den Kindern geflüstert.

In ihren Briefen machte meine Schwester sich Sorgen um meine Zukunft. Sie fand, ich sei schon zu lange geblieben und dass dieses Arrangement für mich keinen Nutzen biete. Es sei eine Sache, für Hannah zu arbeiten, schrieb sie, doch warum sollte ich zusätzliche Arbeit von außerhalb annehmen, damit meine Arbeitgeberin über die Runden kam? Wenn Hannah mich gehen ließ, was hätte ich dann für die von mir aufgewendete Zeit vorzuweisen? Ich besaß kein eigenes Zuhause. Und ich verfügte über kaum Erfahrung in einem Handwerk.

Ich sorgte mich um Emily ebenso sehr wie sie sich um mich. Bei den Shakern zeichnete sich damals schon der Anfang vom Ende ab. Ein amerikanischer Krieg war Hintergrund bei der Gründung der Glaubensgemeinschaft gewesen, und ein weiterer Krieg schien nun Hintergrund ihres Niedergangs zu sein. Das Land veränderte sich. Mit der Massenproduktion konnten die Shaker nicht konkurrieren. Sie konnten die jungen Mitglieder nicht zurückhalten, die nach besseren, aufregenderen Chancen fern von zu Hause strebten. Von über hundert Kindern, die im Laufe der kommenden dreißig Jahre nach Sabbathday Lake gebracht wurden, sollte kein einziges als Erwachsener bleiben.

Mich hatten die Shaker gut auf das Leben vorbereitet, das ich lebte. Ohne Eigentum, ohne offizielle Partnerschaft. Doch ich hatte Familie. Ich besaß all die Reichtümer, die ich mir nur wünschen konnte. Manchmal dachte ich an die Mädchen in dem Hutladen in Portland zurück, wo ich Agnes kennengelernt hatte – sie redeten immer davon, wie die Dinge sein sollten und dass die Menschen in ihrem Umfeld sich nicht entsprechend verhalten hatten. Ein Verehrer weigerte sich, schnell genug einen Heiratsantrag zu machen, und musste deshalb den Laufpass bekommen. Den eigenen Gefühlen zum Trotz. Ich hatte nie ein klares Bild davon, wie mein Leben aussehen sollte. Und ich glaube, das war der wirklich befreiende Aspekt meines Daseins.

Weil schon so viel Zeit vergangen ist, erinnere ich mich nur mehr an die schönsten und schlimmsten Ereignisse. Ich weiß noch, wie ich mit Hannah und den Kindern auf einem Teich, etwa eine Meile von uns entfernt, Eislaufen war. Heute befindet sich dort ein Golfplatz. Ich erinnere mich an unseren ersten Weihnachtsbaum, den wir im Salon neben der Fensternische aufstellten. Dort saß ich mit James auf dem Schoß, und wir bestaunten ihn beide. Kuchen und Eis an unseren Geburtstagen fallen mir noch ein, genau wie Spaziergänge mit Hannah in der Dämmerung. Seite an Seite, wobei unsere Finger sich hin und wieder streiften.

Ich bedaure nur die Komplikationen, die wir uns selbst aufbürdeten. Die dummen Dinge, über die wir uns ärgerten. Als hätten wir nicht gewusst, dass unsere gemeinsame Zeit fürchterlich kurz sein würde. Kürzer, als ich es mir je vorgestellt hätte. Von dem Tag, als wir uns kennenlernten, bis zu dem, als ich starb, vergingen nur siebzehn Jahre. Ein Stäubchen Zeit. Ein Sandkorn.

Verrichte all deine Arbeit, als hättest du tausend Jahre zu leben und als wüsstest du, dass du morgen sterben musst.

Diese Worte von Mutter Ann wurden täglich wiederholt, als ich noch bei den Shakern lebte, allerdings verstand ich damals ihre Bedeutung nicht. Heute hallen sie wie ein Echo in mir. Mutter Ann wurde nur zehn Jahre älter als ich und hat so viel mehr Menschen berührt. Mehr als die meisten, die doppelt so lang leben.

Ich war achtunddreißig und hatte gerade begonnen, mir Gedanken über den nächsten Frühjahrsputz zu machen, als die Tuberkulose mich dahinraffte. So war das Leben. Was kommt als Nächstes, was als Übernächstes, was danach, bis es eines Tages vorbei war und ich mich an der Zimmerdecke schwebend wiederfand. Von dort blickte ich auf meinen eigenen Körper hinunter, der in unserem Bett lag. Mitten in mein Entsetzen hinein betrat Agnes das Zimmer. Sie kam an meine Seite, weinte und berührte meine Wange. Dann zog sie eine Schere aus ihrer Tasche. Ich sah, wie sie mir eine Haarlocke abschnitt. Die befindet sich noch jetzt in dem Ring, den Agnes Hannah bald danach schenkte. Darin waren die Worte NICHT VERLOREN, NUR VORAUSGEGANGEN eingraviert.

Hannah trug den Ring jahrelang, doch letztendlich machte der Anblick sie so traurig, dass sie ihn in eine Schachtel mit Andenken legte. Darin befanden sich auch Briefe ihres Bruders und die Haube, die ich ihr genäht hatte (heißgeliebt und abgetragen), sowie die Ambrotypie von ihr und Samuel. Die Schachtel deponierte sie in meinem alten Zimmer. Eines Tages wollte sie den Kindern davon erzählen, doch irgendwie kam sie nie dazu. Irgendwann erreichte sie den Punkt, an dem sie nicht einmal mehr an mich denken wollte. Damals bat sie James, die Tür zu verschließen und die Wand so zu streichen, dass sie auf dem Flur praktisch nicht mehr zu sehen war. Damit niemand bemerken sollte, dass es das Zimmer überhaupt gab.

Hannah ließ mich auf dem Friedhof der Familie begraben. Doch es wäre unvorstellbar für sie gewesen, mir ein Grab wie Samuels zu geben. Einen Steinmetz beauftragen, all das Geld aufzuwenden, den Pastor aufzusuchen und die Inschrift von ihm segnen lassen. In den Augen der Welt war ich schließlich nur ihr Dienstmädchen. Das hätte zu viele Fragen aufgeworfen.

Ich hatte so etwas vorhergesehen und ihr deshalb gesagt, ich wolle niemals einen Grabstein haben. Shaker sollen sterben, wie sie gelebt haben. Ohne Zierrat und Stolz.

»Aber du bist ja keine Shakerin mehr«, hatte Hannah eingewandt. Letztlich ließ sie einen einfachen Feldstein zur Erinnerung auf mein Grab legen. Auf ihre Bitte hin meißelte James die Worte *Sister Eliza* hinein. So anonym, wie sie es eben ertrug. Doch gleichzeitig war es auch innig vertraut, denn am Ende nannte Hannah mich wie im Leben bei meinem Shaker-Namen.

Solange Hannah und die Kinder in dem Haus wohnten, blieb ich im Geiste dort, um ihnen nah zu sein. Doch nachdem sie fortgezogen waren, hatte ich keinen Grund zu bleiben. Ich fand mich in Sabbathday Lake wieder. Dort bin ich nun schon seit mehr als einem Jahrhundert. Von Zeit zu Zeit suche ich das Haus in Awadapquit auf, in der Hoffnung, Hannah dort zu finden. Doch ich bleibe niemals lange. Ohne sie mag ich den Ort nicht besonders. Erst recht nicht, seit sie die Plakette mit Samuel Littletons Namen aufgehängt haben. Absurd. Es war eher mein Haus als seines.

Es gibt noch eine Gestalt, die sich dort aufhält und weigert fortzugehen. Sie war bereits dort, als ich ins Geisterreich hinüberwechselte und auch als die beiden Schwestern es 1959 taten, wenige Wochen nacheinander. Ebenso war sie zugegen, als das kleine Mädchen, Daisy, hinüberwechselte. Und als Daisys Mutter sich in der Scheune das Leben nehmen wollte, wozu es dann aber nicht kam.

Diese Geistgestalt hat das Stück Land am Meer noch nie auch nur für einen Augenblick verlassen. Sie steht auf dem Felsvorsprung, wachend und wartend. Auf wen, das weiß ich nicht. Sie spricht mit niemand ein Wort. Sie scheint uns, die Lebenden und die Toten, überhaupt nicht wahrzunehmen. Wie verloren in einer Welt zwischen den Welten wirkt sie.

Die süße Daisy ist das exakte Gegenteil. Sie spricht mit jedem oder versucht es. Verzweifelt möchte sie ihrer Mutter eine Nachricht zukommen lassen. Zweifellos wird sie irgendwann als springlebendiges glückliches Baby wiedergeboren. Als Wunderkind eines erfreuten Paares.

Daisy ist manchmal allein, wenn ich vorbeischaue, manchmal ist auch die alte Frau da, die über sie wacht. Es scheint sie nicht zu bekümmern, dass niemand sie versteht. Sie versucht es einfach immer weiter.

Auf dieser Seite sind hundert Jahre oder eine Minute das Gleiche. Ein bisschen wie der Ort, an den man im Traum gelangt. Im Geist sind wir Gedanken, pure Energie, Vibration. Im Traum können da Bäume und Häuser, Meere und Flüsse sein. Doch die Träumende ist dadurch nicht gebunden. Sie kann mit einem Wimpernschlag von einem zum anderen springen, durch Bäume hindurchgehen oder in eine andere Stadt. So ist das bei uns.

Manchmal beschäftigt mich die Überlegung, wie alles gekommen wäre, wenn Hannahs Babys und auch Samuel überlebt hätten. Wenn Hannah die Familie bekommen hätte, von der sie als Mädchen geträumt hatte. Dann hätte es *uns* nie gegeben. Hätten Mutter Anns Babys überlebt, dann hätte es keine Shaker gegeben. Wahrscheinlich wäre sie die Frau eines Schmieds geblieben, hätte nie Lesen und Schreiben gelernt und wäre – wie die meisten Menschen – als Unbekannte gestorben. Auf jedem Friedhof in jeder Stadt der Welt liegen Geschichten begraben, die so dornenreich und voller unerwarteter Wendungen sind, dass ein Name, ein Datum und eine steinerne Inschrift sie in einer Million Jahre nicht erzählen könnten.

11

Jane

Sie wachte mit hämmerndem Schädel auf.

Nein, das war es nicht. Da schlug jemand gegen die Tür. Ein echtes Geräusch. Alarmierend in seiner Intensität.

Jane lag im Bett, oben auf der Decke. Die Lichter brannten.

Schmerz strahlte hinter ihren Augäpfeln. An den Schläfen spürte sie das Pumpen ihres schlagenden Herzens. Ihr Kopf schien gleich zu zerspringen.

Von draußen rief eine Männerstimme ihren Namen. Es klang verärgert. Unerbittlich.

Jane zog sich ein Kissen über den Kopf.

Sie kannte diesen Morgen-danach-Moment gut, wenn alles sich dem Kater ergeben musste. Einmal war sie nach einer durchzechten Nacht aufgestanden, um sich ein Glas Wasser zu holen, und hatte auf das Geschirr im Spülbecken gekotzt. Sie war selbst erschrocken, hatte aber beschlossen, die Sache zu ignorieren, bis sie sich, etwas später, darum kümmern könnte.

War der Mann an der Tür gekommen, um zu sagen, dass sie ihre Handtasche in der Bar vergessen hatte? Oder hatte sie ihn beleidigt oder sonst wie verletzt? Jane hatte keinen Schimmer. Und genauso wenig besaß sie die nötige Energie, um irgendetwas zu unternehmen, worum auch immer es sich handeln mochte.

Der Mann verstummte und das Hämmern hörte auf. Er war wohl gegangen. Immerhin.

Also. Was zum Teufel war passiert?

Denk. *Denk nach.*

Sie war mit einer Gruppe in Charlie's Chowder House gewesen. Vielleicht mit zwölf oder fünfzehn Einheimischen, die meisten von ihnen ältere Herrschaften wie Abe und Charlie selbst. Die Küche hatte für den Abend schon geschlossen, Kellnerinnen und Küchenpersonal waren bereits nach Hause geschickt worden. Im Restaurantbereich waren die Lichter aus, der Fußboden gekehrt. Alle hatten sich an der Bar getroffen. Eine spontane Zusammenkunft von Freunden. Jane erinnerte sich, dass Abe nach solchen Abenden mit urkomischen Storys zur Arbeit gekommen war, als sie noch ein Teenager war. Dass er sie eingeladen hatte dazuzukommen, weckte etwas von der alten Begeisterung in ihr.

Das Letzte, woran sie sich erinnerte, war, dass Lydia Beazley laut und dicht neben ihr von einem Buch über Edgar Allen Poe sprach, das sie gerade gelesen habe. Poe sei ein Miesepeter in Bezug auf Fortschritt gewesen und empört darüber, dass in New York City wunderschöne alte Gebäude abgerissen wurden, damit man unansehnliche neue errichten konnte.

»Wie ironisch«, sagte Lydia, »wenn ich bedenke, dass ich mich wegen ihrer historischen Bedeutung praktisch an Häuser gekettet habe, die zu Poes Lebzeiten erbaut wurden.«

Lydia begann zu lachen und konnte gar nicht mehr aufhören. Jane dachte noch, *diese seltsame Streberin ist sehr betrunken.* Sie selbst nicht. Darauf war sie stolz.

Als sie dazustieß, tranken alle diesen Cocktail, der Dark and Stormy heißt. Jemand stellte auch vor Jane ein Glas davon hin. Da sagte sie sich, sie würde nicht mehr als diesen einen trinken – vielleicht sogar nur die Hälfte. Anschließend würde sie nach Hause gehen, fernsehen, nie wieder trinken und auch niemand erzählen, dass sie es getan hatte. Dazu bestünde auch keine Notwendigkeit. Sie brach ja nicht mit ihrer Abstinenz. Sie gönnte sich bloß eine Pause davon nach einem schlimmen Abend. Einem Abend, an dem sie offiziell ihren geliebten Job los war, an dem ihr Ehemann ihre Anrufe nicht entgegennahm, weil er ein Date mit seiner Ex-Frau hatte, und an dem sie erfuhr, dass sie versehentlich Komplizin einer Grabschändung geworden war. Da konnte ihr das doch wirklich keiner verübeln.

Jane erinnerte sich auch noch, dass aus einem Drink bei allen anderen zwei und dann drei wurden. Aber wer wusste, wie viele sie schon gehabt hatten, bevor sie dazukam. Inzwischen nippte sie noch an ihrem ersten, ließ sich viel Zeit damit und kam sich dabei tugendhaft vor. Charlie hatte irgendwann gemeint, er habe kein Ingwerbier mehr, weshalb sie vielleicht Schluss machen sollten. Aber stattdessen suchten alle sich irgendeine Alternative aus. Jane bestellte ein Selters. Lydia wollte Chardonnay, doch davon hatte Charlie keinen offen und wollte nur für sie keine ganze Flasche entkorken. Sie fragte Jane, ob sie eine mit ihr teilen wolle, und Jane stimmte zu. Sie dachte, es sei doch nichts dabei, ein Glas vor sich stehen zu haben, nur um so zu tun als ob. Sie würde ihn nicht trinken, denn sie mochte Chardonnay nicht mal besonders.

Die Flasche stand direkt zwischen ihren beiden Gläsern auf der Bar. Sodass sie jederzeit zugreifen und sich nachschenken konnten, ohne zu fragen.

Irgendwann war ein Mann vorbeigekommen, um Lydia Hallo zu sagen. Sie stellte ihn Jane als Teddy McCarthy vor, den Manager des Lake Grove Country Club.

»Teddy! Jane und ich haben uns gefragt, woher der Club seinen Namen hat. Weißt du das?«

Daraufhin erzählte er, dass der Country Club nach dem Lake Grove Inn benannt war. Dem Eigentümer gefiel der Name, und erst als alle Schilder produziert und aufgehängt waren, kam er dahinter, dass es in der Nähe überhaupt keinen See gab. Damit war das geklärt. Hätten die Dinge am frühen Abend im Haus ihrer Schwester nicht eine seltsame Wendung genommen, dann hätte Jane so eine Info vielleicht direkt Genevieve geschrieben.

Nachdem sie eine halbe Stunde geredet hatten, wollte Jane mehr Wasser, doch da Charlie inzwischen nicht mehr hinter der Bar stand und sie einfach nur ihre Kehle befeuchten wollte, nahm sie einen Schluck von dem Wein. Schon füllte Lydia ihre beiden Gläser nach. Und dann?

Hatte sie Lydia davon erzählt, dass Genevieve den alten Friedhof hatte umgraben lassen? Was hatte sie überhaupt gesagt?

Das Hämmern ging wieder los. Jetzt klang es näher. Der Mann war nicht gegangen. Er war direkt vor ihrem Schlafzimmerfenster und klopfte an die Scheibe. Du meine Güte!

Janes Herz raste. Furcht verdrängte alle anderen Gefühle. Ohne das Kissen von ihrem Kopf zu nehmen, tastete sie auf dem Bett nach ihrem Handy. Für den Fall, dass sie den Notruf 911 wählen musste. Als sie es gefunden hatte, drehte sie den Kopf und spähte aufs Display. Siebzehn verpasste Anrufe und vierzehn Nachrichten von David.

David.

Der Mann am Fenster war David.

Jane stand vom Bett auf, ging zum Fenster und zog das Rollo hoch. Es war noch dunkel draußen. Er stand da und sah stinksauer aus.

Sie hob den Zeigefinger und lief zur Haustür. Dabei merkte sie, dass sie noch die Kleidung vom Vorabend trug, inklusive den Schuhen.

Jane schaltete das Licht auf der Veranda ein. Motten flatterten aus allen Ecken, als hätte jemand Konfetti in die Luft geworfen. Rasch machte sie das Licht wieder aus.

David kam um die Ecke, doch anstatt auf sie zuzugehen, marschierte er zu seinem Auto, das in der Einfahrt stand.

Janes Auto war weg. Hatte sie einen Unfall gehabt? War David bei ihr gewesen?

»David?«, rief sie. »Was machst du hier? Wo willst du hin?«

Er kam nicht näher.

»Es ist halb fünf Uhr morgens«, sagte er. »Ich bin um drei Uhr losgefahren, weil du mich irrsinnig oft angerufen, aber dann bei keinem meiner Anrufe abgehoben hast und ich dachte, du wärst tot.«

»Tut mir leid. Ich bin eingeschlafen.«

»Egal. Ich bin nur gekommen, um sicherzugehen, dass du noch lebst. Das tust du. Jetzt fahre ich wieder.«

»Warte«, sagte sie. »Bitte. Ich bin ganz durcheinander.«

»Wovon bist du durcheinander?«, fragte er. »Offensichtlich warst du betrunken. Das warst du.«

»Nein. Ich habe nicht mehr getrunken, seit …«

»Du hast also gestern Abend nichts getrunken?«

»Nein. Ich meine, doch. Das hab ich. Aber abgesehen davon.«

Er schlug die Hände vors Gesicht und fuhr sich dann mit den Fingern durch die Haare.

»Ich hatte den ganzen Abend nicht auf mein Handy geschaut. Als ich aus dem Restaurant kam, sah ich, dass du mich tausendmal angerufen hattest. Du hast auf meine Mailbox geschrien, ich weiß gar nicht mehr wie oft, dass du mein Geheimnis wüsstest, dass du mich entlarvt hättest.«

Sie zuckte zusammen.

»Das war aber das Geringste.«

»Was habe ich noch gesagt?«

»Was du noch gesagt hast? Bitte schön, hör's dir selber an.« Er holte sein Handy heraus, mit einer derart aggressiven Bewegung, dass sie fröstelte. Ein paarmal tippte er aufs Display, und dann war ihre Stimme zu hören, brüllend: *Du bist ein Feigling, David. Geh ran! Verdammt, ich hasse dich. Du hast mich nie geliebt. Das wussten wir beide doch schon immer, stimmt's?*

Jane musste an Allisons Mom, Betty, denken. Auf der Demenzstation rastete sie oft aus und brüllte. Zwei Mal schon hatte sie einer Pflegekraft ins Gesicht geschlagen. Dieses Verhalten passte so gar nicht zu allem, was Betty eigentlich ausmachte – Freundlichkeit, Gelassenheit und Selbstbeherrschung. Jane hatte schon vorher gehört, dass Demenzpatienten eine völlig andere Persönlichkeit entwickeln konnten. Woher war all die Wut gekommen? Wo hatte sie gesteckt, als Betty noch sie selbst war?

Manche Menschen glaubten, dass alles, was man betrunken sagte oder tat, das sei, was man tief in seinem Inneren sagen oder tun wollte. Die wahrhaftigsten Gefühle. Doch Jane wusste, dass das nicht stimmte. Alles, was sie auf die Mailbox gesprochen hatte, war das Gegenteil dessen, was sie meinte. Das Gegenteil von dem, was sie so sorgsam geplant hatte, ihm bei ihrem nächsten Gespräch zu sagen.

»Bitte lösch das«, meinte sie reumütig. »Ich war außer mir. Nichts davon hat irgendeine Bedeutung.«

»Ich habe drei Stunden lang versucht, dich zu erreichen«, sagte er. »Dann dachte ich, also entweder ist sie eingeschlafen oder tot. Und dass ich besser mal hinfahren und nachsehen sollte, was von beidem zutrifft.«

Es war ein Albtraum.

»Du hast dich mit Angela getroffen«, sagte sie in dem seltsamen Versuch, sich zu verteidigen. »Ich habe die Fotos auf Facebook gesehen. Seht ihr euch jetzt regelmäßig?«

»Du hast gesehen …« Er seufzte.

Sie hatte gedacht, er würde es leugnen oder irgendeine Erklärung liefern. Aber David sagte: »Du bist diejenige, die uns aufgegeben hat. Du bist gegangen. Ich schulde dir keine Erklärung.«

Nein, *das hier* war der eigentliche Albtraum.

Sie wollte ihn bitten, so zu tun, als wären die letzten paar Stunden nie geschehen. Denn sie hatte sich doch gebessert. Das hatte sie. Und sie wollte ihn zurück. Das hatte sie ihm sagen wollen. Doch jetzt war all das ausgeschlossen.

David machte den Mund auf, um weiterzusprechen, als gerade ein Sattelschlepper vorbeidonnerte.

Jane machte sich auf die übliche Überreaktion des Hundes gefasst.

Als kein Geräusch kam, wurde ihr klar, der Hund war nicht da.

»Walter«, sagte sie nur.

Die nächsten Stunden suchten sie. Zuerst liefen sie die Straße rauf und runter, riefen Walters Namen, raschelten mit einer Tüte Leckerlis und versprachen ihm Truthahn, Spielzeug und Speck, wenn er nur aus seinem Versteck käme. Sie durchkämmten die Gärten der noch schlafenden Nachbarn und liefen sogar etwa eine Meile mit Taschenlampen an der Shore Road entlang. Jane vermutete, sie beide dachten, dass er es, wenn er hierher geraten war, vermutlich nicht überlebt hatte. Die Küstenstraße bestand aus lauter scharfen Kurven, und die Autos rasten sie trotzdem entlang.

Abgesehen davon, wo sie weitersuchen sollten, sprachen sie über gar nichts. Jane fühlte sich wie der letzte Dreck. Nichts wünschte sie sich mehr, als wieder ins Bett zurückzukönnen, doch das traute sie sich nicht laut auszusprechen.

Irgendwann schlug David vor, mit dem Auto zu suchen, weil sie auf diese Weise ein größeres Gebiet abdecken könnten. In getrennten Fahrzeugen, machte er deutlich.

»Wo ist dein Auto?«, fragte er.

Jane erzählte, dass sie es am Vorabend in der Bucht stehengelassen hatte. Sie hoffte, dass das stimmte. Die Vorstellung, ihr Auto nicht finden zu können und das ihm gegenüber zugeben zu müssen, war zu demütigend. Zum Glück stand der Wagen genau dort, wo sie ihn geparkt hatte, um mit Walter spazieren zu gehen. Die Schlüssel steckten in dem Täschchen in ihrer Handtasche. Eine vernünftigere Version ihrer selbst hatte sie anscheinend dort hingetan.

Dankbar für immerhin das ließ sie sich auf den Fahrersitz sinken.

Als sie in den Rückspiegel schaute, sah Jane, dass die Mascara, die sie nicht mehr abgeschminkt hatte, unter ihren Augen verschmiert war. Ihre Haare sahen aus, als wäre sie stundenlang Cabrio gefahren. Eigentlich hatte sie sich für die Wiederbegegnung mit David eine neue, bessere Version von sich vorgestellt. Doch es war dieselbe alte, beschissene Version, die sie beide begrüßte.

Sie fand Abe wie üblich noch vor sieben Uhr bei seinem Boot. Er sah so fröhlich aus wie immer.

Jane schluckte ihre Tränen hinunter. Normalerweise machte sie um diese Zeit ihren Morgenspaziergang mit dem Hund. Hatte sie es, ohne das zu wissen, schon zum letzten Mal getan?

»Alles okay, Kiddo?«, fragte Abe. »Hab mir Sorgen um dich gemacht.«

»Wie bin ich nach Hause gekommen?«

»Zu Fuß. Ich hab angeboten, dich zu fahren, aber du hast drauf bestanden, dass du keine Hilfe von irgendwem brauchst.«

Die Erinnerung an ihre Schwester, die vor gar nicht langer Zeit in Janes Einfahrt gestritten hatte, kam ihr in den Sinn. War sie genauso schlimm gewesen?

»Ich schäme mich«, sagte sie. »Habe ich irgendwas besonders Blödes angestellt? Bei mir ist der Abend wie verschwommen.«

»Dich schämen? Nope«, meinte Abe. »Mach dir da mal keine Sorgen. Willkommen im Club.«

Jane wünschte, sie wäre die Person, die er in ihr sah, das brave Mädchen, bei dem so ein Verhalten die Ausnahme darstellte. Denn man musste sie in diesem Club nicht willkommen heißen. Sie war da schon Präsidentin, Vizepräsidentin, Generalsekretärin und Schatzmeisterin.

Abe sagte, Walter sei mit ihr im Chowder House gewesen. Er sei da rumgelaufen, habe mit einem Ball gespielt und sich von allen kraulen lassen. Als Jane ging, da war Abe sich fast sicher, sei Walter mitgekommen.

David fuhr in die Bibliothek, sobald sie auf hatte, um Flyer zu kopieren. Er schrieb ihr eine Nachricht, dass sie ihn am Eingang zum Strandpark treffen solle, damit er ihr die Hälfte davon geben könne.

Jane malte sich aus, wie sie seine Hand ergriff, sich entschuldigte und versprach, dass sie alles tun würde, wenn er sie nur wieder liebte und wieder so freundlich wie früher zu ihr wäre. Wenn er ihr nur noch eine einzige Chance gäbe. Sie wollte ihm erzählen, dass sie den gestrigen Tag mit trauernden Menschen verbracht hatte, die bereit waren zu glauben, dass ihre Verstorbenen mit Hilfe eines Mediums zurückkehren könnten. Und dass ihr dabei klar geworden war, wie harmlos ihrer beider Herausforderungen im Vergleich dazu waren. Aber jetzt war eindeutig nicht der Moment dafür. Also holte sie stattdessen nur zwei riesige Becher Iced Coffee und Muffins bei Millies Bakery.

Schon oft hatte sie das Gefühl gehabt, dass nach einem Abend, an den sie sich nicht mehr erinnerte, jede Person, mit der sie am nächsten Tag zu tun hatte, darüber Bescheid wusste, was für eine Idiotin sie aus sich gemacht hatte. Jetzt überkam sie dieses Gefühl, als das Mädchen hinter der Theke ihr das Wechselgeld gab. Diese vertraute Paranoia. Diese Scham.

Der Parkplatz am Strand war bereits voll. Touristen luden Klappstühle, Spielsachen und Strandmuscheln aus ihren Minivans. Sie diskutierten darüber, wo sie sich am besten niederlassen sollten, ohne die vielschichtige Krise zur Kenntnis zu nehmen, die sich direkt vor ihnen abspielte.

Als sie Walter mittags immer noch nicht gefunden hatten, sagte David, es tue ihm leid, aber er müsse nach Hause. Warum, sagte er nicht. Es war Sonntag. Jane fragte sich, ob er Angela daheim in seinem Schlafzimmer – *ihrem* Schlafzimmer – zurückgelassen hatte. Wobei das, wenn man es recht überlegte, früher seines und Angelas gewesen war. Sie verstand, dass er erschöpft war. Trotzdem wünschte sie sich, er würde bleiben. Ein Nickerchen auf dem Sofa ihrer Mutter machen. Mit ihr mittagessen gehen und reden. Zehn Jahre lang war David Janes Gegenüber gewesen. Aber jetzt nicht mehr. Er umarmte sie zum Abschied nicht mal.

Jane sah ihm nach, als er wegfuhr, und überlegte, ob sie wieder losheulen oder kotzen sollte. Vielleicht beides.

Sie rief ihre Schwester an, um das mit dem Hund zu berichten und sie zu fragen, ob sie kommen und suchen helfen würde.

»Du hast Walter *verloren?*«, fragte Holly, als wäre er ihr Kind. »Wie, Jane? Was ist denn passiert?«

»Er – er ist einfach rausgelaufen.«

»Jason wird am Boden zerstört sein«, meinte Holly.

»Denkst du?«

Wenn sie sich am Vortag die Mühe gemacht hätten, mit dem verdammten Hund spazieren zu gehen, dann wäre Jane vielleicht nie an die Bucht gefahren, hätte nicht wieder zu trinken begonnen, hätte David nicht tausendmal angerufen und die eventuelle Chance zunichte gemacht, ihn davon zu überzeugen, dass sie sich geändert hatte.

»Hilfst du mir jetzt suchen oder nicht?«, sagte Jane.

»Natürlich!«, sagte Holly ungehalten. »Also, ich nicht. Ich muss arbeiten. Aber Jason ganz bestimmt.«

Jane suchte überall.

Sie gewann Allison, Chris und deren Kinder als Hilfe. Allison rief noch ihre Babysitter, die Mitarbeiter vom Bed and Breakfast und gefühlt die halbe Stadt an. Sie bat alle mitzusuchen. Walter war quasi das Lindbergh-Baby.

Als sie zum Inn gekommen war, um dort Flyer auszulegen, erzählte Jane Allison alles, was am Vorabend passiert war, bis auf die Sache mit dem Trinken. Sie brachte es nicht über sich, ihre Freundin derart zu enttäuschen. Allison hatte deutlich gemacht, dass sie der Meinung war, Jane solle nicht trinken. Sie war stolz darauf, dass Jane es geschafft hatte aufzuhören. Da musste sie nicht von Janes Fehltritt erfahren. Also ließ Jane diesen Teil weg. Sie berichtete, dass sie ihren Job verloren, mit ihrer Schwester gestritten und diese schockierende Entdeckung über Genevieve gemacht hatte. Dass sie versucht hatte, David anzurufen, und stattdessen die Fotos von ihm und seiner Ex-Frau gesehen hatte. Dann hätte sie angerufen, um ihn zur Rede zu stellen, sei eingeschlafen und davon aufgewacht, dass er stinksauer vor ihrer Tür stand.

»Ich glaube, es ist mir endgültig gelungen, ihn zu vertreiben«, sagte sie.

»Wie genau kommst du darauf, ihn vertrieben zu haben, wenn er mitten in der Nacht höchstpersönlich aus einem anderen Bundesstaat angefahren kommt, um nach dir zu sehen?«, fragte Allison.

»Er hat zugegeben, dass er mit seiner Ex-Frau Abendessen war.«

»Was hat das zu bedeuten?«

»Keine Ahnung. Er wirkte so *sauer* auf mich.«

»Du musst zugeben, dass du dem Mann in diesem Jahr eine Menge zugemutet hast, aber eindeutig liegt ihm was an dir. Er liebt dich. Es ist nur …« Allison verstummte.

»Was?«

»Ich schätze, er versucht, sich selbst zu schützen.«

Warum empfand Jane gerade das wie einen Volltreffer? Weil es wahr war. Vielleicht lag es daran.

In jedem Laden, bei der Feuerwehr, in Cafés und Kunstgalerien, überall, wo Jane fragte, ob sie den Zettel wegen dem vermissten Hund aufhängen dürfe, fragten die Leute, was passiert sei. Jane log, dass das Tor im hinteren Garten nicht richtig geschlossen und Walter so entwischt war. Die Wahrheit wäre zu schrecklich gewesen. Und es wirkte bestimmt auch weniger glaubwürdig, dass diese mittelalte Frau in Caprihose sich derart betrunken hatte und jetzt nicht mehr wusste, was passiert war.

Mehrmals kam sie an Lydias Spielzeugladen vorbei, doch er war geschlossen.

Gegen drei Uhr nachmittags entdeckte Jane Lydia schließlich auf der anderen Straßenseite. Sie trug eine Sonnenbrille und hatte einen großen Thermo-Kaffeebecher dabei.

»Meine Komplizin!«, rief sie, als sie Jane herüberkommen sah. »Ich muss es heute büßen. Wie geht's dir?«

»Ich fühle mich wie der Tod«, sagte Jane. »Was ist überhaupt passiert? Ich erinnere mich gar nicht, so viel getrunken zu haben.«

»Ich glaube, wir hatten zusammen zwei Flaschen von dem Weißen.«

»Mein Gott. Wirklich?« Jane musste das kurz sacken lassen. Dann fügte sie hinzu: »Und jetzt ist der Hund meiner Mutter verschwunden.«

Sie drückte Lydia ein paar Flyer in die Hand.

»Nicht die kleine Fellkugel!«, rief Lydia. »Er ist so süß. Du glaubst doch nicht, dass die Kojoten ihn erwischt haben, oder?«

»Bis du es gerade erwähnt hast noch nicht«, sagte Jane.

»Vergiss es. Bestimmt nicht. Er wird wieder auftauchen.«

Lydia schaute zu ihrem Laden. Eine Gruppe Schulkinder riss am Türgriff.

»Hey!«, rief sie. »Immer mit der Ruhe!«

»Ich schätze mal, die sind nicht wegen der Historical Society da«, scherzte Jane.

»Sie sehen eher aus wie einem Computerspiel entsprungen, finde ich. Aber apropos Historical Society: Ich fand deine Idee toll, sich mehr mit der Geschichte der Native Americans zu beschäftigen. Darüber sollten wir noch mal reden.«

Jane erinnerte sich gar nicht, das Thema angesprochen zu haben.

»Lustig war auch, was du über den alten Tom Crosby gesagt hast.«

»Ach ja? Was habe ich denn über ihn gesagt?«

»Du hast ihn einen Dieb und Lügner genannt und dass er deshalb seinen Laden dichtmachen und in den Untergrund musste.«

Jane schlug die Hand vor den Mund. »Ich kenne ihn nicht mal. So was hätte ich niemals sagen dürfen.«

Lydia zuckte mit den Schultern. »Ich kenne ihn. Du liegst nicht falsch.« Dann warf sie wieder einen Blick auf die Kinder vor ihrem Laden. »Ich glaube, ich sollte jetzt lieber gehen und unter den Kindern von Awadapquit Freude verbreiten, wie es so meine Art ist.«

Jane lachte.

Lydia streckte ihr den Thermobecher hin. »Hier, nimm das. Ich hab bisher nicht davon getrunken. Du siehst aus, als könntest du es brauchen. Ich hab noch was im Laden.«

Jane bedankte sich und ging zu ihrem Auto.

Sie fuhr die Main Street entlang, unentschlossen, wo sie als Nächstes hin sollte, als sie einen Schluck aus Lydias Becher nahm. Sie hätte beinahe aufs Lenkrad gespuckt. Es schmeckte kalt und salzig, überhaupt nicht wie erwartet. Sie brauchte eine Sekunde, um zu kapieren, dass Lydia ihr keinen Kaffee überlassen hatte, sondern eine starke Bloody Mary.

Jane lachte bitter. Lydia hatte nicht mal daran gedacht zu erwähnen, was in dem Becher war. Vielleicht trank sie hinter der Theke ihres niedlichen Spielzeugladens den ganzen Tag Bloody Marys, und keiner ahnte etwas.

Nachdem sie jeden Quadratzentimeter der Stadt abgesucht hatte, parkte Jane vor dem kleinen Friedhof an der Main Street. Dort hatte Allison sich einst auf die Suche nach Vornamen für ihre Kinder gemacht. Sie stieg aus, Lydias Becher in der Hand, und rief leise nach Walter. Dabei malte sie sich aus, wie er hinter einem Baum oder dem Denkmal mit den Namen der Bürgerkriegsopfer aus Awadapquit hervorkam, obwohl sie ahnte, dass er hier nicht war.

Es war überhaupt niemand da. Die hier Begrabenen waren schon so lange tot, dass alle, die sie hätten besuchen können, selbst auch schon lange tot waren.

Jane setzte sich auf eine Bank und betrachtete den Drink in ihrer Hand.

Der Wodka würde gegen die Kopfschmerzen helfen und gegen das alles überlagernde Gefühl, von einem Bus überfahren worden zu sein. Es stimmte, dass sie sich eingeredet hatte, gestern Abend wäre ein einmaliger Ausrutscher gewesen, doch man konnte durchaus argumentieren, dass der heutige Tag eine Verlängerung von gestern Abend sei.

Jane nahm einen Schluck, dann noch einen. Die Entscheidung war gefallen.

Sie mochte Friedhöfe, je älter, desto besser. Sie fand sie beruhigend, außerdem konnten sie ihr ein Gefühl von Perspektive verschaffen. Ein bisschen wie die Hellseherinnen im Camp Mira. Auf Urlaubsreisen besuchte sie alte Friedhöfe. In Paris war sie stundenlang auf dem Père Lachaise herumgestreift. In London hatte sie Kirchen besichtigt, in denen Königinnen und Könige in unterirdischen Gruften bestattet lagen.

Bevor das alles passierte, waren sie und David manchmal morgens über den Mount Auburn Cemetery in Cambridge gejoggt und hin und wieder stehengeblieben, um zu lesen, wen man dort begraben hatte. Die Gräber zum Ruhm großer Männer des 19. Jahrhunderts waren üblicherweise mit Frauenfiguren geschmückt. Mit Engeln, Göttinnen und ansonsten mit irgendwelchen phallischen Obelisken, die alles andere überragten.

Auf Frauengräbern stand immer zu lesen *Gattin von*. Es gab auf dem Mount Auburn nur ein Paar, das mit dieser Tradition brach. Auf dessen Grabstein stand *Gatte von*. Jane war immer neugierig, wer die beiden gewesen sein mochten.

Neuere Gräber übten nicht den gleichen Reiz aus. Sie waren den Lebenden zu nah. Geschmacklos und übertrieben, wie die Menschen selbst. Auf einigen Steinen sah man jetzt sogar lasergedruckte Fotos der Verstorbenen. Dann ließ sich nicht leugnen, wie menschlich sie gewesen waren. Da gab es nichts mehr zu romantisieren. Je kürzer der Tod zurücklag, desto häufiger kamen Besucher. Die hinterließen Folienballons und bunt gefärbte Nelken. Und Lilien aus Plastik, die monatelang dem Regen standhielten, bis zum nächsten Geburtstag oder Jubiläum.

Jane besuchte nie den Friedhof, wo ihre eigenen Angehörigen lagen. Die meisten Leute machten das nicht mehr, oder? Ihre Großmutter hatte sie einmal mitgenommen, um aufs Grab ihres Großvaters in irgendeiner Stadt in Massachusetts, aus der er stammte, Narzissenzwiebeln zu pflanzen. Nachdem sie dem Mann nie begegnet war, erwartete Jane keine großen Gefühle. Doch dann sah sie den Namen ihrer Großmutter unter seinem in den Stein gemeißelt. Dazu ihr Geburtsdatum und einen Strich, der in ihren Augen praktisch ein Fragezeichen darstellte – *wann?*

Allein die Existenz dieses Grabsteins fühlte sich unter anderem ungezogen an. Jane wollte ihre Großmutter davor schützen. Als sie dann wirklich starb, war Jane empört. Warum sollte sie so weit weg von ihnen begraben werden und für immer bei der Familie ihres Mannes sein müssen, die sie so schrecklich behandelt hatte? Janes Mutter sah die Sache eher praktisch – sie bezahlten ohnehin für die Grabstelle, also konnte man sie auch nutzen.

Kürzlich hatte Jane in einem Artikel gelesen, dass erstmals in der modernen Geschichte die meisten Menschen nicht mehr planten, wo sie nach ihrem Tod bestattet werden wollten. Bedeutete das, sie rückten von der Realität des Todes ab? Oder hofften sie sogar, ihm dadurch zu entgehen? Hatte es mit einem Mangel an Familiensinn, Tradition und Religiosität zu tun?

Jane war egal, was nach ihrem Tod mit ihr passieren würde. Von ihrem Selbst würde nichts mehr übrig sein. Obwohl sie gleichzeitig nicht im Traum daran denken würde, die Asche ihrer Mutter wegzuwerfen. Sie kam ihr geradezu heilig vor, auch wenn sie nicht sagen konnte, warum.

Jane leerte ihren Drink. Sogleich spürte sie ein angenehmes Summen im Kopf.

Nach einer Weile stand sie auf und ging Richtung Tor zurück. Vor der kleinen Figur eines Lamms blieb sie stehen. *Unser Georgie* war in verwitterten Stein gemeißelt, auf dem man die Jahreszahlen schon nicht mehr lesen konnte.

Kindergräber stimmten sie immer melancholisch. Der Tod eines fremden Dreijährigen vor hundert Jahren ließ sie Trauer tief in ihrem Inneren empfinden, als wäre das gestern passiert. Wie ertrugen Menschen solche schweren Verluste?

Samuel und Hannah Littleton hatten drei kleine Kinder begraben. Genevieve hatte deren Gräber zusammen mit denen ihrer Eltern beseitigt. Das machte die ganze Sache noch fürchterlicher. Wie konnte sie überhaupt mit so einer Tat leben?

Jane überlegte kurz. Ob die Geister der Littletons Genevieve wirklich heimsuchten. Wenn ja, dann hatte sie es jedenfalls verdient.

Fürchtete Genevieve sich so sehr vor ihren Gräbern, dass sie keine Lösung gefunden hatte, um diese Menschen dort zu belassen, wo sie einst geglaubt hatten, ihre endgültige Ruhestätte zu finden? Wusste sie nicht, dass überall Leute begraben lagen? Unter dem Boston Common, seinen grünen Picknickwiesen, dem hübschen Eislaufplatz und dem lustigen Karussell befanden sich an die tausend. Es handelte sich um die Armen und Kranken eines vergangenen Jahrhunderts. Um diejenigen, die man an Bäumen in eben diesem Park gehängt hatte, mit der Begründung, dass sie Kriminelle, Piraten, Hexen oder *Natives* waren.

In Portsmouth, New Hampshire, etwa fünfzehn Meilen von hier, entdeckten Bauarbeiter in dem Sommer nach Janes Collegeabschluss menschliche Überreste. Sie gehörten acht Afrikanern aus dem 18. Jahrhundert – Männern, Frauen und Kindern. Man hatte sie auf dem einzigen afrikanischen Friedhof in ganz Neuengland beigesetzt. Der Friedhof enthielt die Gebeine von knapp zweihundert weiteren freigelassenen und versklavten Menschen.

Ein Künstler hatte daraufhin ein Bild geschaffen, das Jane nie vergessen würde. Eine Darstellung der heutigen Gebäude entlang der Chestnut Street, allerdings versehen mit einem weißen Rechteck für jeden Holzsarg, der unter der asphaltierten Straße lag, auf der der Verkehr tobte.

Der Stadtrat und die Bürger von Portsmouth hatten einen Erinnerungspark finanziert. Bei dessen Einweihung wurden die exhumierten Körper erneut bestattet. Die ganze Stadt war gekommen, um die Errichtung eines Denkmals zu feiern, das wiederum an ein anderes, früheres Denkmal erinnerte, das fälschlicherweise irgendwann überbaut worden war.

Die Resonanz war wundervoll. Manche Leute verstanden die Bedeutung solcher Dinge. Sie waren nicht wie Genevieve, die solche Angst vor Geistern hatte.

Nein, jetzt erinnerte Jane sich. Es war nicht mal um Angst gegangen. Laut Jason ging es im Grunde genommen um Genevieves Plan, einen Pool bauen zu lassen. Mein Gott, was für ein Monster sie doch war.

Jane verließ den Friedhof, stieg wieder ins Auto und suchte weiter nach Walter. Während sie langsam die Shore Road entlangfuhr, merkte sie, dass sie leicht angetrunken war. Eigentlich hatte sie kein bestimmtes Ziel. Doch diese Wut, dieses Gefühl von Ungerechtigkeit loderte unter ihrer Haut. Als sie an die Abzweigung zu Genevieves Haus kam und die an den Briefkasten gebundenen weißen Ballons sah, die sich im Wind bewegten, fragte Jane sich allerdings, ob es nicht von vorneherein ihr Plan gewesen war herzukommen.

Sie erinnerte sich an Genevieves entsetztes Gesicht, als Jane davon erzählte, dass Leute die sterblichen Überreste von indigenen Menschen ausgegraben hatten. *Leichen aus Gräbern?,* hatte sie so scheinbar unschuldig und beunruhigt nachgefragt.

Jane stieg aus dem Auto und ging zur Haustür. Die stand offen, sodass sie bis zur Rückseite des Gebäudes hindurchsehen konnte. Dort saßen Leute auf der Terrasse.

Sie ging außen herum.

»Hallo«, sagte sie, während sie die Stufen hinaufstieg.

Weil Genevieve ja nicht wusste, was für eine Lawine sie am Vorabend losgetreten hatte, wirkte sie ehrlich erfreut, Jane zu sehen.

»Jane! Was für eine nette Überraschung. Ich möchte Ihnen unsere Freunde, die Davenports, vorstellen. Wir wollen gerade Steaks essen. Haben Sie Appetit? Ich habe ein paar Stück extra gekauft.«

Das Paar am Tisch trug Pink und warf Jane ein fahles Lächeln zu. Beide waren dünn und blass, und Janes einzige Gedanken waren, dass sie wohl viel Geld hatten und ein Eisenpräparat brauchten.

Ein gutaussehender älterer Typ in einem weißen Polohemd und Khaki-Shorts stand am Grill. Auch er sah nach Reichtum aus. Diese geraden weißen Zähne gab es nur für eine Menge Geld.

»Ich bin Paul«, sagte er. »Schön, Sie kennenzulernen. Genevieve spricht in höchsten Tönen von Ihnen.«

»Jane arbeitet in Harvard«, sagte Genevieve zu den Davenports. Die nickten in Zustimmung zur Institution, wenn nicht sogar zu Jane selbst.

Sie hatte vergessen, dass sie furchtbar aussah. Sie war ja überhaupt nicht zu Hause gewesen, um sich umzuziehen oder abzuschminken. Also trug sie die gleichen Sachen wie gestern, in denen sie noch dazu geschlafen hatte.

»Mein Hund ist weggelaufen«, sagte sie.

»Nein!«, rief Genevieve.

»Doch. Deshalb suche ich hier nach ihm.«

»Hier?«, fragte Paul.

»Also, überall. In der ganzen Gegend.«

»Haben Sie schon überlegt, Clementine zu konsultieren?«, meinte Genevieve. Und dann an die Davenports gewandt: »Clementine ist Janes Hellseherin. Wir sind gestern bei ihr gewesen.«

»Wie witzig«, sagte die Frau reserviert.

»Das war es«, bestätigte Genevieve. »Eigentlich ist das nicht mein Ding, aber ich dachte mir – was soll's?«

Jane hätte sie am liebsten geohrfeigt.

»Genevieve, kann ich Sie einen Moment sprechen?«, sagte sie in einem Ton, bei dem alle die Augen aufrissen.

»Äh, klar«, erwiderte Genevieve. »Kommen Sie mit rein. Kann ich irgendjemand noch etwas bringen, wenn ich schon aufstehe?«

Keiner antwortete. Jane folgte ihr durch die Schiebetüren in die grellweiße Küche.

»Jane, ist alles in Ordnung mit Ihnen?«, flüsterte Genevieve. »Haben Sie getrunken?«

»Es kursiert ein Gerücht über Sie«, sagte Jane.

Genevieve wurde knallrot. »Was meinen Sie damit? Ist es was Schlimmes? Finden die Leute den Anbau zu protzig, ist es das?«

»Nein. Es geht das Gerücht, Sie hätten einen alten Friedhof beseitigt, um Platz für Ihren Pool zu schaffen.«

Genevieve erstarrte. Damit war klar, sie hatte absolut nicht damit gerechnet, dass Jane das Thema anschneiden würde.

»Der Junge, den Sie engagiert haben, um die Gräber zu beseitigen, kann seine Klappe nicht halten. Kein Wunder, dass die jetzt hier rumspuken. Nachdem Sie so etwas getan haben.«

Genevieve sah sie mit einem schiefen Lächeln an, als wäre sie sich nicht sicher, ob Jane nur Spaß machte.

»Alle in der Stadt wissen es«, sagte Jane.

Da ließ Genevieve sich auf einen der weißen französischen Bistrostühle sinken, die um den runden weißen Küchentisch standen.

»Oh Gott«, sagte sie.

So sehr sie sich vor Geistern fürchtete, hatte Genevieve noch mehr Angst davor, nicht gemocht zu werden.

»Und Sie haben mich in diesen ganzen Schlamassel mit reingezogen«, sagte Jane. »Sie wissen, dass das eine Straftat ist, oder? Man darf die Totenruhe nicht einfach stören.«

In diesem Punkt war sie sich nicht hundertprozentig sicher, aber es klang zutreffend.

Sie zuckten beide zusammen, als Paul sich zu Wort meldete. Keine von ihnen hatte ihn und Mrs Davenport reinkommen sehen.

»Gen«, sagte er. »Was hast du jetzt wieder angestellt? Was zum Teufel ist los?«

12

Später am selben Abend saß Jane auf der hinteren Terrasse des Hauses ihrer Mutter und weinte. Auslöser war der Anblick von Walters Bio-Trockenfutter. Das und das alberne, mit Filz bezogene Treppchen, das ihre Mutter vor Jahren für ihn gekauft hatte, damit er ohne Hilfe auf die Couch steigen konnte. Von der Trauer um Walter kam sie zu Gedanken über ihre Mutter, ihre Großmutter und David. Sie musste sogar an ihre Chefin – ihre ehemalige Chefin – Melissa denken. Vor ihrem inneren Auge sah sie ein ganzes Tableau ihrer Missgeschicke und falschen Entscheidungen.

Lange blieb Jane in dieser Spirale der Scham und wechselte ziellos von einer lausigen Fehleinschätzung in ihrem Leben zur nächsten. Nach einer Weile überlegte sie, ob sie vielleicht einen Sinn erkennen oder eine gewisse Kontrolle erlangen konnte, wenn sie alles aufschrieb. Also holte sie sich von drinnen ein Notizbuch und einen Stift. Wieder an ihrem Platz, begann sie, die Geschichte in chronologischer Reihenfolge schriftlich festzuhalten.

Sie fing von vorne an, in ihrem ersten Jahr am College, bevor sie auch nur den ersten Schluck Alkohol getrunken hatte. Mit dieser Gewissheit, die nur ganz junge Menschen besitzen, war sie damals überzeugt gewesen, dass sie niemals etwas trinken würde. Jetzt wünschte sie sich, sie könnte die Zeit zurückdrehen und, dem guten Impuls folgend, noch mal neu beginnen.

Ihr bester Freund an der Wesleyan Universität war ein Junge namens Matthew aus Ohio gewesen. Sie hatten sich über ihrer beider

Begeisterung für die Gedichte von Elizabeth Bishop gefunden, und weil sie beide in Jared Leto verknallt waren. Matthews Schrank im Wohnheim war quasi eine gutsortierte Bar gewesen, an der jeder sich bedienen durfte, der ihn fragte.

In der ersten Hälfte des ersten Schuljahrs trank Jane nicht. Obwohl Matthew immer versuchte, sie zu verführen. Sie erzählte ihm die Wahrheit – dass der Alkoholkonsum ihrer Mutter ihr das Zeug für immer vermiest habe.

Im zweiten Semester belegte sie einen Kurs über Chaucer, den sie für ihr Hauptfach brauchte.

Von Beginn an fühlte Jane sich überfordert, was sie nicht gewohnt war. An der Highschool hatte sie jeden Test mit Bestnote bestanden und war der Liebling aller Lehrer gewesen. Am College lag sie je nach Kurs entweder im Mittelfeld oder schaffte es, wie eben bei Chaucer, nicht, mit den anderen mitzuhalten.

Als der Professor die erste Hausarbeit zurückgab, stand auf ihrer keine Note, sondern nur der Hinweis KOMMEN SIE IN MEINE SPRECHSTUNDE in roter Tinte auf der letzten Seite.

Jane suchte ihn noch am selben Nachmittag in seinem Büro auf. Sie musste auf dem Flur warten, während er noch mit einer Senior-Studentin lachte, der er eine überschwängliche Empfehlung für die Grad School geschrieben hatte.

Als Jane endlich an die Reihe kam, änderte sich der Ton des Professors von jovial zu streng.

»Es wirkt, als hätten Sie nicht einmal versucht, sich Mühe zu geben«, sagte er.

Jane protestierte. Sie hatte an dem Aufsatz hart gearbeitet.

»Dann sind Sie der Aufgabe womöglich nicht gewachsen«, erwiderte er. Außer seiner Vermutung, sie hätte es nicht mal versucht, hätte er nichts Schlimmeres sagen können.

Jane blickte sich im Zimmer mit den Deckenschrägen und Bücherstapeln überall um. Dabei fragte sie sich, ob er wohl recht hatte. Ihr Verstand war das Einzige an ihr, das sie noch nie in Frage gestellt oder geringgeschätzt hatte. Doch nun fragte sie sich, ob sie so schlau war, wie sie immer geglaubt hatte.

Jane verließ das Büro des Professors und ging schnurstracks in Matthews Zimmer.

»Ich muss mich betrinken«, sagte sie.

Er jauchzte und grölte, während er ihr einen Wodka Tonic mixte.

»Nicht zu stark«, bat sie.

Die stets umsichtige Jane fand eine Schachtel Salzcracker und füllte eine Trinkflasche mit Wasser. Sie wollte sich betrinken, aber nicht zu sehr.

Matthew präsentierte sie wie einen neuen Welpen.

»Jane trinkt jetzt!«, erklärte er allen.

Ihre Kommilitonen pflegten Alkohol zu horten, weil er teuer und schwierig zu besorgen war. Um zum Laden für alkoholische Getränke zu kommen, brauchte man ein Auto, außerdem waren die meisten von ihnen noch keine einundzwanzig. Aber an jenem Tag ließen sie sich von Matthews Begeisterung anstecken. Jane bekam hier ein Bier und dort einen Shot spendiert. Man hieß sie im Kreis der Trinkenden willkommen.

Sie fühlte sich leicht, unbeschwert wie noch nie. Alles kam ihr saukomisch vor. Sie konnte gar nicht aufhören zu lachen.

Am nächsten Morgen war sie nur leicht verkatert. Ein strahlender Frühling war in diesen kalten, grauen Winkel Neuenglands eingekehrt. Die Bäume setzten frisches Laub an, und die Kirschen blühten. Gelbe Osterglocken säumten die Pfade. Überall auf dem Campus schälten sich junge Leute aus dicken Anoraks und feuchten Wollmützen wie aus Kokons.

Ende April erhielt Matthew von seinem Großvater zum neunzehnten Geburtstag einen Scheck. Er erklärte Jane, dass er den für einen Test benutzen wolle.

Drei Jahre zuvor, also noch vor ihrer Zeit, hatte sich ein Erstsemesterstudent mit gefälschtem Ausweis Zutritt zu einer der Kneipen im Zentrum verschafft und sich in ein Koma gesoffen, aus dem er nie mehr aufgewacht war. Danach hatten die lokalen Bars durchgegriffen. Studierende konnten nirgendwo außerhalb des Campus mehr Alkohol trinken. Matthew vermutete, dass die einzige schicke Cocktailbar im einzigen schicken Hotel der Stadt so teuer war, dass man dort niemand, der sich den Besuch leisten konnte, für einen Studenten halten würde. Bestimmt würde niemand ihre Ausweise kontrollieren.

Natürlich war der Haken an dem Plan, dass sie sich die Bar tatsächlich nicht leisten konnten. Aber nachdem er sein Geburtstagsgeld bekommen hatte, machten sie beide sich an einem Samstagabend schick. Jane musste sich auf die Unterlippe beißen, als Matthew die Dame am Eingang nach einem Tisch für zwei fragte. Die zuckte nicht mit der Wimper. Genauso wenig wie die Kellnerin, als sie Long Island Iced Tea bestellten. Bald orderten sie eine zweite und später eine dritte Runde. Alles war so viel schöner als gewohnt. Die Gläser lagen schwer in der Hand, die Cocktailservietten waren mit einem Goldrand versehen. Ständig füllte die Kellnerin ein Schälchen mit warmen, gesalzenen Nüssen auf. Paranüsse, Cashews und irgendwelche anderen, die keiner von ihnen kannte.

»Eine Erdnuss würde es nicht wagen, in dieses Etablissement zu kommen«, sagte Matthew.

Da fing Jane so heftig an zu lachen, dass der letzte Schluck ihr aus der Nase kam.

Das Nächste, was sie mitkriegte, war, wie sie auf dem Sofa im Aufenthaltsraum eines Wohnheims wieder aufwachte, das nicht ihr eigenes war. Und sie hatte keinen Schimmer, wie sie da hingekommen war.

Sie trug immer noch ihr schwarzes Kleid. Die High Heels lagen auf dem Teppich. Neben ihr schlief Stacy Shields. Die war ganz nett, redete aber ein bisschen viel. Sie besuchten ein paar Kurse zusammen.

Stacys Mund stand offen. Aus einem ihrer Mundwinkel hing ein Spuckefaden.

Jane sehnte sich verzweifelt nach einem Glas Wasser. Als sie die Hand nach ihren Schuhen ausstreckte, schlug Stacy die Augen auf.

»Jane?«, flüsterte sie.

»Stacy. Was war gestern Abend los? Wie bin ich hierhergekommen?«

»Keine Ahnung. Du warst auf der Party.«

»Auf welcher Party? War Matthew mit mir da?«

»Glaub nicht. Du hast mit irgendeiner Geschichte von einer Kellnerin alle zum Lachen gebracht. Erinnerst du dich noch daran, was ich dir über Jonathan Mills erzählt hab? Den Student, der hier den Hausmeisterjob macht?«

»Nein. Ich erinnere mich an gar nichts mehr.«

»Gut«, meinte Stacy nickend. »Gut.«

Sie schloss die Augen und schlief wieder ein.

Jane lief barfuß, mit den Schuhen in der Hand, nach Hause. Zwei Mal musste sie stehenbleiben und sich ins Gras übergeben. Sie konnte ihre Schlüssel nicht finden. Über ihr in den Bäumen zwitscherten die Vögel ununterbrochen fröhlich vor sich hin, als wollten sie Jane verspotten.

Sie versuchte, irgendwelche Erinnerungsfetzen zu fassen zu kriegen. So wie es ihr bisher nach Abenden gelungen war, an denen sie zu viel getrunken hatte. Doch es war, als hätte sie eine Zeitreise direkt von einem zum anderen Ort unternommen. Dazwischen gab es absolut nichts.

Später am selben Morgen tauchte Matthew in ihrem Zimmer auf. Noch in den Sachen, die er am Vorabend getragen hatte. Er ließ sich neben sie aufs Bett fallen.

»Was zur Hölle ist passiert?«, fragte er.

»Ich hab keinen Schimmer!«, sagte Jane.

»Ich bin im Gebüsch vor dem Haus irgendeines Professors aufgewacht«, erzählte er. »Haben wir was Chinesisches gegessen? Meine Haare waren voll mit weißem Reis.«

Da mussten sie schrecklich lachen. Sie lachten einfach und lachten.

Als Jane ihren Abschluss machte, hatte sie einen gewissen Schliff. Sie hatte nicht nur ihren Lehrstoff studiert, sondern auch ihre Kommilitonen. Sie hatte beispielsweise begonnen, National Public Radio zu hören, was die anderen schon seit der Grundschule taten, und den *New Yorker* abonniert. Gereist war sie zwar noch nicht, aber es schockierte sie auch nicht mehr, wenn ihre Mitbewohnerinnen übers Wochenende nach Aspen flogen oder ihren Spring Break auf Capri verbrachten. Es kam ihr vor, als wäre sie ein anderer Mensch geworden, seit sie mit der Hälfte ihrer Sachen in Müllbeuteln zu den Orientierungstagen angekommen war.

Sie trank auch wie ihre Kommilitonen. Um sich charmant, klug, extrovertiert zu fühlen. Sie trank, um sich zugehöriger zu fühlen, als sie wirklich war.

Das ging nach dem College so weiter.

In ihren Zwanzigern trank sie jeden Abend ein Glas Wein oder zwei, wenn sie mit Freunden essen ging, oder ein paar Biere allein zu Hause, während sie ein Buch las oder fernsah. An den Wochenenden gönnte sie sich vielleicht auf einer Party oder in einer Bar ein, zwei Drinks mehr, doch in neun von zehn Fällen wechselte sie zu Wasser, bevor ihr irgendetwas zu Peinliches passierte. Das Problem war, dass sie nie im Voraus wusste, wann es so richtig schlimm würde. Das erwischte sie immer unvorbereitet.

Bei einem Wochenendausflug nach Cape Cod mit Matthew und ein paar anderen Freunden vom College in dem Sommer, als sie dreiundzwanzig war, trank Jane einen Gin Tonic und spielte in ihrem gemieteten Cottage gerade noch Monopoly, bevor sie im nächsten Moment in einer Notaufnahme wieder zu sich kam. Matthew war bei ihr. Ein junger Arzt nähte sie am Handgelenk. Sie mussten ihr mitteilen, dass sie mit der Hand einen gläsernen Beistelltisch zerschlagen hatte.

Matthew war irritiert. Er sagte, sie hätte total in Ordnung gewirkt, wie immer gesprochen. Sie hätte sich zwar viel wiederholt, sei sichtlich betrunken gewesen, aber in Ordnung. Der Arzt erklärte, dass ein Blackout die Folge sei, wenn das Kurzzeitgedächtnis im Gehirn dichtmache. Dann erinnert man von einer Minute zur nächsten nichts mehr. Doch niemand um einen herum würde merken, wenn man in diesen Zustand verfiel.

»Auf Nichteingeweihte wirken Blackouts erfunden«, sagte er. »Wie eine Ausrede. Wir hatten alle schon mal nebulöse Erinnerungen oder Abende, die wir am liebsten vergessen würden. Die Leute denken, es handelte sich um so etwas. Das ist aber nicht der Fall, wie Sie ja wissen, Jane. Deshalb müssen Sie aufpassen.«

Diese Episode machte ihr Angst, aber nicht genug, um sie zum Aufhören zu bringen. Die meisten Leute ihres Alters, die sie kannte, tranken so viel wie sie oder mehr. Sie war nicht wie ihre Mutter. Sie war bloß jung und hatte Spaß. Sie würde einfach nur ein bisschen vorsichtiger sein müssen.

Danach wachte Jane mehrere Male in den Betten irgendwelcher Fremden auf, ohne eine Ahnung davon zu haben, wie sie da hingekommen oder was zwischen ihnen passiert war. Und trotzdem erwartete sie, dass es besser würde. Als wäre das Trinken vergleichbar mit dem Spielen einer Geige und als müsste man zehntausend Stunden üben, um es zu beherrschen. Sie lernte die Trinkgewohnheiten anderer Leute kennen und befreundete sich mit denjenigen, die so viel wie sie selbst oder mehr tranken. Sie wusste, wer meist nach einem Drink aufhören wollte, und traf sich mit solchen Leuten nur dienstags.

Im Lauf der Zeit gewöhnte sie sich an, eine gewisse Morgen-danach-Litanei aus Reue und Bedauern zu absolvieren und sich, falls nötig, zu entschuldigen. Sie wurde zur Detektivin ihres eigenen schlechten Benehmens. Dazu ging sie Textnachrichten und Fotos auf ihrem Handy durch, um sich zusammenzureimen, wo sie gewesen war und was sie gemacht hatte. Sie suchte ihren Körper nach blauen Flecken ab und überlegte, wer oder was sie hinterlassen haben konnte.

An den Morgen nach den schlimmsten Abstürzen, wenn ihr

schlecht war und sie sich schämte, zog Jane kurz in Erwägung, abstinent zu werden. Zu diesem Ritual gehörte es, bestimmte Sachen zu lesen, die Leute – ausschließlich Frauen – geschrieben hatten, nachdem sie Vergleichbares erlebt und dann aufgehört hatten.

Caroline Knapp: *Wenn ich eine Alkoholikerin bin, sollte ich nicht trinken, und wenn ich keine Alkoholikerin bin, brauche ich es nicht zu tun.* Und: *Leute, die keine Alkoholiker sind, liegen nicht um halb drei Uhr morgens wach und fragen sich, ob sie Alkoholiker sind.*

Eine in Cambridge lebende Autorin, die Jane von Veranstaltungen kannte, hatte ein hochgelobtes Buch geschrieben, in dem sie kaum verhohlen von ihren eigenen Eskapaden und letztlich dem Weg in die Abstinenz berichtete. An den düstersten Morgen entwarf Jane E-Mails an sie, in denen sie ihren Wunsch aufzuhören formulierte und um Hilfe bat. Nie schickte sie auch nur eine davon ab. Und schon bald – oft noch am Abend desselben Tages – gönnte sie sich ein Glas Wein, tat die Sache lachend ab und hörte auf jeden, der ihr sagte, sie solle nicht so streng mit sich selbst sein.

Ständig senkte sie die Messlatte. So zog sie strenge, gern auch willkürliche Grenzen, die sie dann überschritt. *Ich werde nie irgendwas tun, das jemand anderem als mir selber schadet. Ich werde nie betrunken Auto fahren. Ich werde mich nie in eine Ehe drängen.*

Jane trank weiter, weil, wie sie sich einredete, die gute Seite so viel Spaß machte. Sie hatte zahllose herrliche Abende in Bars verbracht, flirtend, lachend und Geschichten erzählend. Sie liebte es, beim Abendessen mit Freunden gemeinsam Wein zu trinken oder Allison zu besuchen, mit der sie dann den Strand entlangspazierte, während sie aus Kaffeebechern Rum mit Limonade tranken. Trinkend hatte sie einige ihrer besten Momente überhaupt erlebt. In diesem Zustand verlor sie ihre Hemmungen. Sie konnte nicht aufhören. Sie musste nur einen Weg finden, um an jedem beliebigen Abend aufhören zu können, bevor es schlimm wurde.

Das gelang Jane, mal mehr, mal weniger, durch alle möglichen Abmachungen mit sich selbst. Sie versuchte, nur an Wochenenden zu trinken. Oder nur nachdem sie eine richtige Mahlzeit zu sich genommen hatte. Nicht mehr nach elf Uhr abends. Sie stieg nach dem zweiten Drink auf Mineralwasser um. Oder schwor harten Drinks ab und blieb bei Weißwein. Diese Methoden funktionierten immer nur für eine gewisse Zeit.

Als sie älter wurde und sich von Katern nicht mehr so leicht erholte, verlor Jane ganze Tage an hämmernde Kopfschmerzen und Online-Fragebögen zum Thema »Bin ich Alkoholiker?«.

Haben Sie jemals beschlossen, eine Woche oder länger nichts zu trinken, und dann nur ein paar Tage durchgehalten? Ja.

Sind Sie je von einem alkoholischen Getränk auf ein anderes umgestiegen, in der Hoffnung, dann nicht betrunken zu werden? Ja.

Hatten Sie Blackouts? Ja.

Haben Sie sich schon mal unabsichtlich betrunken? Ja.

Mussten Sie im vergangenen Jahr schon mal morgens zu einem alkoholischen Muntermacher greifen? Das war's. Nein! Nein, das hatte sie noch nie getan. Nicht im vergangenen Jahr. Noch nie. Es bewies, dass es Leute gab, die viel schlechter dran waren als sie. Also machte sie weiter.

Die Kater wurden mit dem Alter schlimmer. Die Folgen ernster. Jane war vor ihrer Mutter und ihrer Schwester, vor Allison bescheuert und oberpeinlich betrunken gewesen. Vor zahllosen Freunden und Männern, die sie nie wiedersah. Eine Auseinandersetzung in betrunkenem Zustand beendete schließlich ihre Freundschaft mit Matthew.

Doch trotz allem glänzte sie beruflich. Am Morgen nach einer ihrer schlimmsten Nächte überhaupt marschierte sie ins Büro und wurde befördert. Ihre Arbeit war der eine heilige Ort, den sie reinhalten konnte.

Melissa kannte diese Seite an ihr nicht. Hätte sie davon gewusst, hätte sie Jane niemals mit David zusammengebracht. Als Jane ihn kennenlernte, bremsten die meisten ihrer Trinkkumpane sich gerade ein. Genau wie sie – oder zumindest dachte sie das. Während Alkohol früher schwer zu kriegen war, floss Wein jetzt in Strömen. Auf Konferenzen, Babypartys, Buchpräsentationen und Vernissagen. Bei jedem Brunch oder Abendessen auswärts. Das Trinken war weniger fieberhaft, weniger intensiv, aber es schien essenzieller Bestandteil zu sein, um dazuzugehören.

David schätzte guten Wein. Er trank auch gelegentlich zwei Bier, wenn sie zu einem Spiel der Red Sox gingen. Aber er hatte kein zwanghaftes Verhältnis zu Alkohol. Er konnte trinken oder es bleiben lassen. So wollte Jane auch sein, es war ihr Herzenswunsch.

In der Anfangszeit ihrer Beziehung gab sie sich große Mühe, ihren Alkoholkonsum im Griff zu haben. Wie sie sich überhaupt sehr bemühte, all die anderen unattraktiven Teile ihrer Persönlichkeit in den Griff zu kriegen. Als könne die Tatsache, sich zu verlieben, einen besseren Menschen aus ihr machen. Wenn sie es sich nur fest genug vornahm.

Ein Blackout nach einem Abend mit irgendeinem Kerl, den sie zufällig kennengelernt hatte und nie wiedersehen würde, war eine Sache, aber David war ihr Partner. Wenn sie in seiner Gegenwart zu viel trank, konnte sie nicht mehr klar denken. Es kam ihr vor, als würde er sie belauern, um ihr den Spaß zu verderben. Denn im Unterschied zu den Typen, die sie zufällig in Bars getroffen hatte, fand David es nicht witzig, wenn Jane anfing, undeutlich zu sprechen oder in einem Taxi einen Madonna-Song zu grölen, bevor sie aus dem Fenster kotzte. Er reagierte besorgt, erschrocken. Verärgert.

Sie entwickelte eine gewisse Heimlichkeit, was Alkohol in ihrer Wohnung anging. Leere Flaschen entsorgte sie in öffentlichen Mülleimern und ersetzte sie sofort durch volle, damit er nicht merkte, wie viel sie trank.

Vier Jahre nachdem sie sich kennengelernt hatten, heirateten sie heimlich. Nur Allison und Davids jüngerer Bruder waren als Trauzeugen dabei. Jane konnte sich nicht vorstellen, dass eine Schar von

Leuten ihr dabei zusah und sie ein weißes Kleid trug. Wie sie David mehrmals versichert hatte, wollte sie durchaus mit ihm verheiratet *sein*, aber sie wollte ihn nicht heiraten. David verstand das. Außerdem hatte er die elegante Hochzeit mit zweihundert geladenen Gästen schon im ersten Durchgang erledigt.

Jane aß an dem Tag keinen Bissen, weil alles so schrecklich aufregend war. Sie tranken eine Menge Champagner. Als David am nächsten Morgen sagte, »das war eine Nacht, die ich nie vergessen werde«, schaute sie ihm in die Augen und meinte: »Ich auch nicht.« Dabei hatte sie keine Erinnerung daran, wie sie geendet hatte.

An ihrem ersten Hochzeitstag gingen sie um sieben Uhr abends zum Essen in ihr Lieblingsrestaurant in Cambridge, und Jane bestellte für sie zusammen eine Flasche Wein. Als die leer war, wusste sie, dass sie weit mehr als die Hälfte davon getrunken hatte. Trotzdem bestellte sie sich noch ein weiteres Glas.

David runzelte die Stirn. »Sicher?«

Sie empfand seinen Ton als herablassend.

»Ja«, sagte sie. »Sicher.«

Um neun aß Jane ihr Dessert und lachte. Das Nächste, woran sie sich erinnerte, war, dass sie um Mitternacht allein zu Hause auf dem Sofa lag. Keine Erinnerung an irgendetwas dazwischen.

Dann kam David mit einem nassen Waschlappen und einer Packung Pflaster ins Zimmer. Erst da bemerkte sie, dass ihre Knie bluteten.

Sie sah ihn verwirrt an.

»Du bist im Restaurant auf dem Weg zurück von der Toilette die Treppe runtergefallen«, sagte er. »Erinnerst du dich nicht?«

Am nächsten Morgen erzählte er ihr den Rest. Dass sie im Eingangsbereich des Restaurants eine Szene gemacht hatte, bei der es darum ging, wer nach Hause fahren würde. Sie hatte geschworen, es ginge ihr gut, und ihn beschimpft. Sie besuchten das Restaurant anschließend nie wieder, obwohl Jane es so sehr mochte. Sie hatte bereits eine ganze Liste von Lokalen, in die sie nicht mehr gehen konnte.

Anschließend trank sie sechs Monate lang nichts. Allerdings outete sie sich nicht oder sagte, sie würde aufhören. Trotzdem war es die längste trockene Phase, seit sie mit dem Alkohol begonnen hatte. Von September bis Februar, bei Weihnachtspartys, an Silvester und an einem langen Wochenende im Haus eines Freundes in den Berkshire Mountains, wo alle anderen Apple Cider mit Whiskey tranken, nahm Jane ihren Cider mit nichts als einer Zimtstange.

Irgendwann in diesem Zeitraum beschloss sie, dass sie beide eine Reise brauchten. Also buchte sie fünf Nächte in einem Luxusresort auf den Turks- und Caicosinseln. Der Preis verursachte ihr eine kleine Panikattacke, die sie zu ignorieren versuchte. Wieder und wieder sah sie sich das Video auf der Webseite des Hotels an, um sich aufzumuntern. Außer dem preisgekrönten Spa, den drei Swimmingpools und dem Yogastudio in einem Baumhaus wurde in dem Video auch ein Willkommensdrink erwähnt. Ein Glas Rumpunsch, das jedem Gast beim Einchecken angeboten wurde. Bis zu ihrer Abreise dachte sie täglich an dieses Glas Rumpunsch. Sie überlegte, ob sie es annehmen würde, obwohl sie irgendwo tief in ihrem Inneren schon wusste, sie würde es tun.

»Ist es okay für dich, wenn ich mir bei der Ankunft einen Drink gönne?«, fragte sie David im Flieger. »Anscheinend gibt es beim Einchecken Rumpunsch als Willkommensgetränk. Aber wenn du nicht möchtest, dass ich was trinke, dann lasse ich es.«

David sah sie an. »Das kann ich nicht entscheiden.«

Hörte sie eine gewisse Enttäuschung aus seiner Stimme? Oder Resignation? Jane konnte es nicht genau sagen.

Den ganzen Urlaub über benahm sie sich gut. Ein Glas Wein zum Abendessen. Nachmittags nur eine einzige Piña Colada am Pool. Sie fühlte sich tugendhaft, aber nie zufrieden. Jede Minute dachte sie daran, wann sie wieder etwas trinken konnte.

David sagte nie irgendetwas dazu.

Es folgten ein paar Monate vernünftigen Alkoholkonsums. Dann traf sie sich mit Tanya, einer Freundin von der Grad School, die sie ewig nicht gesehen hatte. Sie war für einen Abend in Boston. Tanya trank wie ein Fisch. Das hatte auch Jane getan, als sie sich kennenlernten. Um eventuelles schlechtes Benehmen im Keim zu ersticken, sagte Jane, sie könne sich nur einen Drink erlauben, weil sie gerade Antibiotika nähme.

Trotz dieser Vorsichtsmaßnahme betranken sie sich. Am Ende landeten sie in irgendeiner schäbigen Kneipe in der Nähe von Downtown Crossing, wo sie mit ein paar Engländern auf Geschäftsreise flirteten. Jane kam auf der Toilette des Lokals wieder zu sich. Sie saß auf einem Klo, die Jeans bis zu den Knöcheln runtergeschoben. Tanya und die Engländer waren weg.

Auf ihrem Handy entdeckte sie mehrere verpasste Anrufe und Textnachrichten von David, der sich erkundigte, wo sie sei und ob es ihr gutgehe. Sie wollte ihn zurückrufen, doch da war der Akku leer.

Als sie nach Hause kam, lief David in der Wohnung auf und ab.

»Ich wollte gerade die Polizei verständigen«, sagte er.

»Honey!«, rief sie. »Tut mir leid, dass du dir wegen mir Sorgen gemacht hast. Wir waren essen, und ich habe mein Handy im Restaurant liegen lassen. Danach waren wir in ihrem Hotel und haben ewig gequatscht. Als ich es gemerkt habe, musste ich zum Restaurant zurück und die Kellnerin anflehen, mich noch mal reinzulassen, weil sie eigentlich schon zu hatten. Und dann war zu allem Überfluss mein Akku leer.«

Wie leicht ihr die Lügen über die Lippen kamen. Doch Jane merkte, dass er ihr nicht glaubte. Er sah wütend aus und so, als hätte er genug.

»Ich gehe ins Bett«, sagte er nur. »Ich bin froh, dass dir nichts passiert ist.«

Am nächsten Morgen fand Jane ihr Handy an der Steckdose in der Küche. David hatte es für sie angesteckt, was nicht ungewöhnlich war. Doch zu ihrem Entsetzen sah sie, dass Tanya Fotos vom Vorabend geschickt hatte: Auf einem küsste Jane einen der Engländer auf den Mund, auf einem anderen küsste sie Tanya. An beides konnte sie sich nicht erinnern.

Ihr Herz raste. Hektisch löschte sie die Bilder und betete, dass David sie nicht gesehen hatte.

Er verhielt sich, als wäre nichts geschehen.

Zunächst reagierte Jane erleichtert, doch dann fiel ihr ein, wie sie sich einmal, noch ganz am Anfang der Beziehung, gegenseitig ihre größten Befürchtungen gestanden hatten. Ihre: dass sie gar nicht so klug war, wie sie glaubte, und dass alle anderen das bereits wussten. Seine: dass die Untreue seiner Frau und die Scheidung bei anderen Leuten den Eindruck hinterlassen hatten, mit ihm wäre etwas nicht in Ordnung.

»Die Scheidung hat mich fast umgebracht«, sagte er. »Ich würde alles tun, um so was nicht noch mal erleben zu müssen.«

Nach dieser Episode hatte Jane die Dinge im Griff, meistens jedenfalls. Ihr passierten vielleicht ein, zwei schlimme Abende pro Jahr. Dann trank sie mehr, als sie sollte, fing grundlos einen Streit mit David an oder plapperte zu viel mit einem niedlichen Barkeeper, wenn sie zum Essen aus waren. Sie wusste, dass solche Vorfälle David verletzten. Aber er sagte nie etwas, und Jane redete sich ein, es würde nicht noch mal vorkommen.

Manchmal, wenn sie ohne David etwas trank, vertraute sie sich jemand an, bei dem sie das besser nicht getan hätte, oder plauderte unpassenderweise ein Geheimnis aus. Am darauffolgenden Tag quälte sie sich damit, ob sie sich aufrichtig entschuldigen, einen Witz darüber reißen oder es einfach totschweigen sollte. Meist sagte sie etwas, in der Hoffnung auf die Lieblingsberuhigung jedes Betrunkenen: *Mach dir keine Sorgen. Du hast nichts Schlimmes gemacht.*

Nach dem Tod ihrer Mutter trank Jane mehr denn je.

Tatsächlich sogar schon vorher, als ihre Mutter im Sterben lag. Doch das wirkte eher wie Krisenmanagement, nicht so sehr wie ein

Problem. Jane trank bei der Trauerfeier und beim Begräbnis, doch niemand schien darin etwas anderes als eine Überlebensstrategie zu sehen. Als sie anschließend wieder zu Hause waren, trank sie so weiter.

Ihr selbst fiel gar nicht auf, wie schlimm es war, bis David vorschlug, dass sie beide einen Monat lang nichts trinken sollten. Da er selbst kaum einmal etwas trank, begriff Jane gleich, dass es hier um sie ging. Als sie den Vorschlag nicht aufgriff, wurde David deutlich und erklärte, er mache sich Sorgen.

»Du versuchst doch, schwanger zu werden.«

»Ja. Und natürlich werde ich nichts mehr trinken, sobald ich es bin.«

»Dann ist das so eine Art letzte Runde?«

»Nein. Das ist gar nichts. Mit geht's gut.«

Er verschränkte die Arme.

»Du gehst morgens nie mehr joggen, weil du zu verkatert bist«, sagte er.

»Nicht deshalb«, gab sie gekränkt zurück.

»Diesen Monat bist du vier- oder fünfmal nicht zur Arbeit gegangen, weil du verkatert warst«, sagte er. »So hab ich dich noch nie erlebt. Ich denke, du solltest vielleicht mit jemand reden.«

Jane erinnerte ihn daran, dass sie bei der Arbeit gerade unter enormem Stress stand. Sie habe keine Zeit, sich eine Therapeutin zu suchen, und schon gar nicht, regelmäßig zu ihr zu gehen. Aber sie versprach, nach ihrem großen Event im Frühling darüber nachzudenken.

Jedes Detail des Abends hatte sie selbst geplant: das Programm geschrieben, Essen und Getränke des Caterers ausgesucht, ihre Rede eingeübt. Dutzende Male war sie jeden Augenblick in ihrem Kopf durchgegangen.

Das Archiv besaß die Privatsammlung von Arianna Randall, einer forschen Feministin der zweiten Generation. Ein Teil bestand aus detaillierten Notizen für ein angefangenes, aber nie beendetes Buch. Co-Autorin dieses Projekts war Carolyn Molloy, eine Titanin der Immobilienbranche. Die beiden hatten sich dafür 1992 in der Hütte von Molloys Familie am Lake Cranberry in New Jersey getroffen. In ihrem Buch wollten Molloy und Randall brisante Geheimnisse über Frauenfeindlichkeit und Korruption in der Politik enthüllen, doch aus irgendeinem Grund wurde es nie veröffentlicht. Die Notizen dafür waren in Randalls Archiv enthalten, allerdings versehen mit dem Vermerk, sie dürften erst nach ihrem Tod angesehen werden. Das sorgte für reichlich Spekulationen.

Am Abend der Enthüllung war Ariana Randall seit sechs Monaten tot.

Das Event fand im Privathaus eines ihrer reichsten Vorstandsmitglieder statt, einer Villa ganz in der Nähe des Harvard Square. Genau genommen in der atemberaubenden Bibliothek mit Gewölbedecke und von oben bis unten gutgefüllten raumhohen, eingebauten Bücherregalen. Es gab auch eine Galerie mit weiteren Regalen, zu der eine schmiedeeiserne Wendeltreppe hinaufführte.

Noch nie hatten sie so viel Presse bei einer Veranstaltung gehabt und noch nie so viele anwesende Spenderinnen und Spender. Alles lief wie am Schnürchen. Jane war enorm erleichtert.

Nach dem Programm und ihrer Rede, während der alle anderen das Abendessen einnahmen, belohnte sie sich mit einem Glas Champagner an der offenen Bar. Schon nach wenigen Schlucken wurde ihr bewusst, dass sie lieber früher als später auch etwas essen sollte.

Sie kam mit einer Person nach der anderen ins Gespräch, die ihr alle sagten, was für großartige Arbeit sie geleistet hatte. Ungefähr die Hälfte von ihnen schien ihr dabei einen neuen Drink in die Hand zu drücken. Jane entspannte sich. Sie war so glücklich. Sie erinnerte sich noch, dass David sie auf die Wange geküsst und ihr ein Glas mit Tonic und Zitrone gegeben hatte. Das trank sie auch, doch anschließend gab es wieder Champagner und Wein.

Irgendwann meinte David, sie sollten jetzt gehen. Es wäre schon spät. Er musste am nächsten Tag früh raus.

Jane reagierte sauer. Sie hatte gerade Spaß. Und den hatte sie sich verdient. Also sagte sie, er solle ruhig gehen. Sie würde sich später ein Taxi nehmen. Sie begleitete ihn zur Haustür, blieb aber stocksteif, als er sie zum Abschied umarmen wollte.

»Du warst fantastisch heute Abend«, sagte er.

»Ich sollte wieder reingehen«, meinte sie nur.

Jane wusste noch, dass sie ins Foyer zurückgekehrt und dabei auf ihren hohen Absätzen umgeknickt war. Erleichtert stellte sie fest, dass niemand es gesehen hatte. Und dann öffneten sich die Türen, hinter denen die Party stattfand. Tim kam heraus, der Assistenzbibliothekar, mit dem Jane schon bei ein paar Projekten zusammengearbeitet hatte. Er war der einzige Mann im Team. Ein süßer, witziger Fünfundzwanzigjähriger. Seine Verlobte hatte bei ihm das Interesse an Dichterinnen des viktorianischen Zeitalters geweckt.

»Gehst du schon?«, fragte Jane.

»Ja, ich habe nach offiziellen Maßstäben zu tief ins Glas geschaut.«

Sie lachte.

»Ach, komm, die Nacht ist noch jung«, sagte sie und staunte selbst über ihren flirtenden Ton. »Komm wieder mit rein.«

»Wenn du drauf bestehst.«

Sie bestellten sich zwei Glas Champagner, dann noch zwei. Sie lachten miteinander, und Jane kam der betrunkene Gedanke, dass sie ihn küssen wollte, es aber natürlich nicht tun würde.

Danach nichts mehr. Totale Schwärze.

Um sieben Uhr morgens am nächsten Tag wachte sie in ihrem eigenen Bett auf. Nackt unter der Decke und mit einem Kopf, der sich anfühlte, als hätte jemand mit einem Ziegelstein draufgeschlagen. Furcht und Schrecken quälten sie.

Regen prasselte gegen die Fensterscheiben.

Sie war allein, doch es dauerte nicht lange, da hörte sie die Wohnungstür aufgehen und Walters Leine auf den Holzboden fallen. David kam herein und gab ihr einen weißen Pappbecher mit Kaffee.

»Hi. Ich dachte, den könntest du brauchen.«

»Danke.«

»Tut mir leid, dass ich gestern ohne dich gegangen bin«, sagte er. »Ich fühle mich wie ein Mistkerl.«

Sie antwortete nichts darauf.

»Du warst ziemlich betrunken«, meinte er. »Ich hab lange versucht, dich zum Gehen zu bewegen.«

»Tut mir leid«, sagte sie.

»Ich wollte dich nicht vor deinen Freunden und Kolleginnen blamieren. Ganz zu schweigen von meinen Freundinnen und Kollegen.«

Er klang gequält.

»Wie lief der restliche Abend?«

»Gut«, sagte sie. Zuzugeben, dass sie es nicht wusste, wäre so würdelos gewesen, dass sie fürchtete, es nicht zu überleben.

Obwohl sie sich fühlte wie der Tod, stand sie auf, machte sich fertig und ging ins Büro. Dort angekommen, schlich Jane auf die Toilette, kotzte und spülte sich den Mund aus, bevor sie ihren Schreibtisch ansteuerte. Dabei kam sie sich geradezu paranoid vor. Jede Person, der sie begegnete, schien den Blick abzuwenden. Eigentlich hatte sie erwartet, dass man ihr zu dem gelungenen Job gratulieren würde.

Kaum hatte sie sich hinter ihren Schreibtisch gesetzt, kam Melissa aus ihrem eigenen Büro reingerauscht. »Jane, bitte komm mal mit.«

Jane ging auf sie zu, und es fühlte sich an, als wate sie durch Zement.

Sie konnte selber den Alkohol riechen, der aus ihren Poren drang.

Melissa schloss die Tür, was schon ungewöhnlich war.

»Es überrascht mich, dich hier zu sehen«, sagte sie mit eisiger Stimme. Diesen Ton hatte Jane noch nie an ihr gehört. »Ich denke, es wäre das Beste, wenn du wieder gehst.«

»Was? Warum?«

»Das Team ist wirklich aufgebracht über das, was passiert ist, Jane. *Ich* bin wirklich aufgebracht.«

»Es tut mir so leid. Ich kann mich an nichts erinnern.«

Melissa senkte den Kopf. »Du willst mich wohl auf den Arm nehmen.«

»Ich wünschte, es wäre so. Kannst du es mir bitte sagen?«

»Jane, du hast am Ende des Abends total ungeniert mit Tim rumgemacht. Er hatte die Hand unter deiner Bluse.«

Jane erstarrte. »Oh Gott. Hat das jemand gesehen?«

»Alle haben es gesehen. Alle Spenderinnen und Spender, die Gastgeber, die Ehrengäste, der *Globe*. Ihr wart oben auf der Galerie, als ob man euch da nicht gesehen hätte. Eher im Gegenteil. Pearl und ich rannten rauf, als uns klar wurde, was da passierte. Aber wir konnten dich nicht zur Vernunft bringen. Als hättest du eine Art Störung. Du warst richtig aggressiv. Und hast tatsächlich zu uns gesagt, wir sollten uns verpissen. Dann seid ihr beide zusammen verschwunden.«

»Oh mein Gott.«

»Ich konnte den *Globe* dazu bringen, keine Story daraus zu machen.«

»Oh mein Gott.«

»Jemand hat euch mit seinem Handy gefilmt, Jane. Ich glaube, es ist mir gelungen, ihn dazu zu bringen, das Video wieder zu löschen, bevor er es irgendwo gepostet hat. Ich habe die Assistentinnen im Netz suchen lassen, und sie haben es nicht gefunden. Noch nicht jedenfalls. Aber es gab auf Twitter ein paar Erwähnungen deines Verhaltens. Du solltest jetzt nach Hause gehen. Lass uns abwarten, was das Wochenende bringt. Vielleicht geht es einfach vorbei. Keine Ahnung. Ganz ehrlich, ich habe noch nie etwas Derartiges erlebt. Ich muss nachdenken. Ich rufe dich an.«

Jane wurde der Boden unter den Füßen weggezogen, und sie stürzte, tiefer und tiefer.

»Wie konnte das passieren, Jane?«, fragte Melissa. Sie klang so enttäuscht.

Jane versuchte, eine Antwort zu finden, doch ihr fiel nichts ein.

»Hast du es David erzählt?«, war das Letzte, was Jane herausbrachte.

Melissa schüttelte den Kopf.

»Das ist deine Sache, Jane. Ich rate dir, es bald zu tun. Er wird es so oder so erfahren. Da ist es wahrscheinlich besser, er hört es von dir.«

Ihm von dieser Sache erzählen zu müssen, war die schlimmste Erfahrung in Janes bisherigem Leben.

Ihr Mann sah sie völlig entsetzt an. Dann verzog er das Gesicht. Es erschien sinnlos zu erwähnen, dass sie nie das geringste Interesse an Tim gehabt hatte. Aber so war es. Sie hatte keinen Schimmer, warum sie es getan hatte. Hasste sie sich selbst wirklich dermaßen?

»Ich schwöre dir, dass ich nie wieder etwas trinken werde«, sagte sie.

David starrte sie angewidert an. Diesen Blick hatte sie noch nie an ihm gesehen.

»Hast du mit ihm geschlafen?«, fragte er.

»Nein«, sagte sie rasch, auch wenn sie sich nicht hundertprozentig sicher war. Die Vorstellung, Tim anzurufen und zu fragen, war unerträglich und bestimmt keine gute Idee. »Es tut mir so leid«, sagte sie. Und als David nichts antwortete, fügte Jane hinzu: »Soll ich gehen?«

»Ich weiß es nicht«, sagte er. »Nein, nein. Natürlich sollst du das nicht.«

Er klang so flehend, als brauche er Rat. Das war weit schlimmer als Wut.

Jane konnte nicht fassen, was da passierte. Noch vor drei Tagen waren sie händchenhaltend am Charles entlangspaziert und hatten Pläne für den Sommer geschmiedet. Gestern Abend hatten sie sich in diesem Zimmer für die Party fertig gemacht. Jane hatte Davids Krawatte gebunden und er ihr die Halskette zugemacht. Behutsam hatte er ihr das Haar zur Seite gestrichen und sie auf den Nacken geküsst.

Sie versuchten gerade, ein Baby zu machen.

Am nächsten Montag rief Melissa um sechs Uhr morgens an. Sie sagte, Tim habe seiner Verlobten alles gestanden. Die wiederum hatte an den Dekan geschrieben und eine Untersuchung gegen Jane gefordert.

»Wahrscheinlich wird man dir sexuelle Belästigung vorwerfen«, sagte Melissa. »Ich konnte ihnen den Vorwurf sexueller Gewalt ausreden. Das war es nicht. Das hat nicht mal Tim behauptet.«

»*Was?*« Mehr brachte Jane nicht heraus.

»Er hat mir selbst gesagt, dass es einvernehmlich war, einfach eine blöde Entscheidung von euch beiden. Und kein richtiger Sex. Trotzdem. Du bist seine Vorgesetzte.«

Kein richtiger Sex. Immerhin, das war eine Erleichterung.

»Und was passiert jetzt?«, fragte Jane.

»Wir schicken dich für eine Weile in unbezahlten Urlaub. Denn wir können nicht zulassen, dass daraus eine explosive Riesensache wird. Ich will nicht, dass es am Ende in die Presse kommt und unsere ganze harte Arbeit überschattet.«

Jane hatte gegen sexuelle Belästigung am Arbeitsplatz demonstriert. Sie hatte in Komitees gesessen und jeden Kommentar dazu gelesen. Deshalb war das hier eine so unwahrscheinliche, unerwartete Wendung, dass sie wie benommen war. Sie hatte das Gefühl, ihren Körper zu verlassen.

»Harvard ist bereit, dir eine Entziehungskur zu bezahlen«, sagte Melissa. »Ich maile dir die entsprechenden Infos.«

»Danke«, sagte Jane, obwohl sie wusste, dass sie das nicht machen würde.

Entziehungskuren waren etwas für wirklich Gescheiterte. Für

Leute, die morgens Wodka auf ihre Cornflakes kippten. Leute, die ganz unten angekommen waren.

Obwohl, was war das hier, wenn nicht ganz unten?

In den darauffolgenden Wochen vermisste Jane ihr Büro. Sie stellte es sich vor wie Pompeji. Völlig unerwartet verlassen. Ihre Pflanzen auf der Fensterbank, die Wasser brauchten, ihre ordentlich auf dem Schreibtisch gestapelten Papiere. Sie wollte das immer so haben. Ordentlich. Manchmal, nur um sie zu ärgern, hatte Melissa sich reingeschlichen, wenn Jane auf der Toilette oder beim Mittagessen war, und ein, zwei Blätter verrückt.

Noch ein paar Wochen lang quälten Jane und David sich, doch es war nicht mehr wie vorher. Sie bezweifelte, dass es je wieder so werden würde.

Sie bekamen einen Notfalltermin bei einer Paartherapeutin. Die Stimme der Frau war ruhig und freundlich, der Situation völlig unangemessen. Sie bat Jane, zuerst ihre Version zu erzählen.

Da rückte Jane mit der Sprache heraus und erzählte die ganze traurige Geschichte ihres Lebens mit Alkohol und all den schlechten Entscheidungen, die sie getroffen hatte und an die sie sich am nächsten Morgen nicht mehr erinnerte. Vor allem, wenn es um Männer ging.

Als sie damit fertig war, fragte die Therapeutin David, ob er ihr glaube, wenn sie behauptete, sich nicht zu erinnern.

»Ja, größtenteils«, sagte er.

Größtenteils.

»Meine erste Frau ist fremdgegangen«, sagte David. »Ich hätte nie gedacht, dass ich noch mal an diesen Punkt käme. Es ist aber nicht das Gleiche. Jane ist überhaupt nicht wie Angela, und dies war ein einmaliger Fehler mit Alkohol im Spiel. Jane trauert. Das weiß ich. Aber es fühlt sich nicht so an.«

»Meine Mutter ist vor neun Monaten gestorben«, sagte Jane. Eine billige Ausrede, dachte sie damals. Die beiden Dinge hatten nichts miteinander zu tun. Doch David hatte ihr die Tür aufgemacht, als er erwähnte, Jane würde trauern, also nahm sie diesen Ausweg.

»Seither bin ich wie aus der Bahn geworfen«, fuhr sie fort. »Aber ich kann versprechen, dass ich nie wieder so trinken werde. Ich werde aufhören. Glauben Sie mir, es gibt jetzt nichts, was ich weniger will, als Alkohol zu trinken. Damit bin ich durch.«

»Es gab in unserer Ehe schon ein paar Auseinandersetzungen wegen Alkohol. Wegen Jane …«, krächzte David, der sichtlich ein schlechtes Gewissen hatte, das zu erwähnen, obwohl er es so vorsichtig tat. Er war der loyalste Partner, den man sich vorstellen konnte. Sogar jetzt noch wollte er sie vor einer fremden Person nicht schlechtmachen.

»Haben Sie dazu irgendetwas zu sagen?«, fragte die Therapeutin Jane.

Die überlegte, dass es wohl das Beste wäre, sich draußen auf der Mass Ave vor einen Bus zu werfen.

»Waren Sie mal bei einem Treffen der Anonymen Alkoholiker?«, wollte die Therapeutin wissen.

»Nein«, antwortete Jane.

Die Therapeutin schlug ihr vor, das zu tun. Außerdem sollten die beiden künftig wöchentlich zu ihr kommen. Doch nach dem ersten Termin erwähnten weder Jane noch David das Ganze je wieder.

Ihre Wohnung, in der sonst immer viel gescherzt, gelacht und geredet worden war, wurde still. Sie hatten keinen Sex mehr.

Allerdings schliefen sie noch im selben Bett. Als sie eines Abends dalagen und sie auf seinen Rücken starrte, sicher, dass er hellwach war, fragte Jane sich, ob es von nun an immer so sein würde. David würde sie nie verlassen, aber würde er sie jemals wieder lieben? Würde er ihr verzeihen? Würde es für ihn in Ordnung gehen, wenn sie zuließ, dass er so tat, als könnte man ihr Verhalten einfach der Trauer und nichts anderem zuschreiben?

Er war ein so guter Mann. Er hatte so viel für sie getan, und im Gegenzug war sie auf seinem Herzen herumgetrampelt. Jane war am Boden zerstört. Sie dachte, nach allem, was sie ihm zugemutet hatte, wäre vielleicht das Gütigste, was sie für den Mann tun konnte, den sie liebte, zu gehen.

»Ich denke, wir sollten uns eine Auszeit voneinander nehmen«, begann sie. »Das hier funktioniert nicht mehr.«

Sie wünschte sich, er würde protestieren. Die Vorstellung, dass einer von ihnen beiden ging, machte ihr Angst. Doch David widersprach nicht. Er zuckte nur mit den Schultern, ohne sich zu ihr umzudrehen.

»Wenn du das willst«, sagte er.

Am nächsten Tag fuhr Jane nach Maine.

13

Am Mittwoch nach Labour Day wachte Jane um sechs Uhr morgens von einem Kratzen an der Fliegengittertür auf. Der Hund war nach Hause zurückgekehrt. Walter war schmutzig und stank nach Morast, aber ansonsten schien es ihm gutzugehen.

Kaum hatte sie ihn reingelassen, lief er zur Leine, die neben der Tür hing, und stupste sie mit der Schnauze an. Wo auch immer er in den letzten drei Wochen gesteckt hatte, jetzt war er wieder da und erwartete absurderweise seinen Morgenspaziergang.

»Das kann nicht dein Ernst sein«, meinte Jane, nahm ihn auf den Arm und drückte ihn erleichtert an sich. »Gott, was bist du für ein Mistvieh.«

Dann zog sie sich Schuhe an, ging mit ihm raus und schickte allen ein Foto, damit sie wussten, dass er wieder da war. Allison antwortete mit einem Dutzend Herzchen-Emojis. Holly schrieb: »Danke, Jesus!« Jason schickte seinen üblichen hochgereckten Daumen. David antwortete als Einziger nicht. Seit dem Tag, als Walter verschwunden war, hatte Jane nichts mehr von ihm gehört.

Ihr Kopf tat weh. Wie es seit dem Abend in Charlie's Chowder House ihre Gewohnheit war, hatte sie auch gestern auf der hinteren Veranda gesessen und allein eine Flasche Weißwein getrunken, während die Sonne unterging. Jeden Abend schien sie ihre heimliche Cocktailstunde ein bisschen früher zu beginnen als am Vortag. Manchmal folgte auf den Wein noch ein Gin Tonic oder zwei. Nie fühlte sie sich befriedigt. Sie war wie eine alkoholisierte Version der

Raupe Nimmersatt. Das Bilderbuch hatte Jason als Kleinkind geliebt. *Am Dienstag trank sie eine halbe Flasche Tequila, aber sie war IMMER NOCH durstig.*

Das vorangegangene Wochenende war wie das letzte Aufgebot der Urlauber gewesen. Die Stadt wimmelte von Menschen und Autos. Drei Tage lang hatte Jane kaum das Haus verlassen, um die Massen zu vermeiden. Erst um 19 Uhr am Montagabend ging sie weiter als bis ans Ende der Straße. Sie war bis zum Klippenweg spaziert, der fast menschenleer war. Auf dem sandigen Strand in der Ferne hatte sie keinen einzigen Sonnenschirm mehr erblickt. Alle Touristen steckten auf dem Heimweg im Stau auf der 95. Die Menschen von Awadapquit hatten ihren Ort wieder für sich. Das war Janes liebste Zeit des Jahres hier. Ihre Großmutter und ihre Mutter hatten das genauso empfunden.

Der Dienstag war wunderbar und heiß. Ein perfekter Strandtag. Inzwischen waren die Kinder zurück in der Schule, ihre Eltern bei der Arbeit. Nur Sonnenbräune und Sommersprossen belegten, dass sie bis vor Kurzem einem anderen, besseren Leben nachgegangen waren.

Heute Morgen war der Himmel über der Bucht dunkel und sah unheilvoll aus. Kaum waren Jane und Walter von ihrem Spaziergang zurück, begann es zu schütten. Walter sprang aufs Sofa und schlief sofort ein. Jane hätte vor Erleichterung, ihn wiederzuhaben, auf der Stelle losheulen können.

Ob sie jemals dahinterkäme, wo er gewesen war? Es hatte keinen einzigen Hinweis von jemand gegeben, der ihn gesichtet hatte. Nur eine Frau, die etwas Orangefarbenes in ihrem Garten gesehen hatte, das sich dann als ihre eigene Katze herausstellte, und ein Anruf von der Polizei, weil zwei Ortschaften weiter ein kleiner Hund überfahren worden war. Jane war so erleichtert, als sie ihr eine Beschreibung und ein Bild vom Halsband des Hundes durchgaben, sodass klar war, es handelte sich nicht um Walter.

In diesen letzten drei Wochen hatte sie sich angewöhnt, bis zehn oder elf zu schlafen, manchmal sogar bis mittags. Dann fühlte sie sich eklig und hatte ein schlechtes Gewissen, weil sie so viel Zeit verplemperte. Jane hatte dem armen Walter die Schuld daran gegeben, dass sie morgens nicht mehr joggte. Doch wie sich herausstellte, war Walter ihr Grund gewesen, überhaupt aus dem Bett zu steigen.

Während es jetzt draußen goss, sah Jane die letzten paar Kisten im Zimmer ihrer Mutter durch. Sie würden heute Nachmittag abgeholt und zu Goodwill gebracht. Zusammen mit Geschirr und einigen kleineren Küchengeräten. Je weiter es mit dem Ausmisten voranging, desto mühsamer wurde die Sache. So stieß sie auf Plastikbeutel und Keramikschälchen voller Unsinn. Gebrauchte Batterien, eine alte Werbe-Sonnenbrille, eine Handvoll Pennys, eine leere CD-Hülle, Fernbedienungen, zu denen es mit ziemlicher Sicherheit keine Geräte gab, ein Dutzend Plastikflaschen mit jeweils nur noch ein paar Tropfen Putzmittel darin.

Um die Mittagszeit machte sie sich ein Sandwich mit Truthahn-Aufschnitt und goss sich ein Glas Weißwein ein. Damit setzte sie sich auf die Couch und schaltete eine Sendung übers Renovieren ein. Das war so angenehm, dass Jane in der Werbepause, also vor der großen Enthüllung, schnell zum Kühlschrank lief und sich ein zweites Glas nachschenkte.

Genau in dem Moment sah sie durchs Fenster Allisons Auto in die Einfahrt biegen.

Blitzschnell, als hätte sie es schon tausendmal gemacht, öffnete Jane den Schrank unter dem Spülbecken und ließ die Weinflasche hinter den Putzmitteln und Ameisenfallen verschwinden. Beinahe hätte sie das volle Glas in den Abfluss geleert, doch das schien ihr eine zu große Verschwendung. Sie brachte es nicht über sich.

Also stellte sie auch das Glas in den Putzmittelschrank und schloss die Tür.

Nur Augenblicke später klopfte Allison.

Walter sauste von der Couch und begann zu bellen.

»Hi«, sagte Jane, als sie Allison die Tür öffnete. »Es ist so schön ruhig, seit er wieder da ist.«

Allison bückte sich und streichelte dem Hund über den Kopf. »Du hast uns zu Tode erschreckt, junger Mann«, sagte sie und rümpfte dann die Nase. »Muss er mal gebadet werden?«

»Ja.«

»Sollen wir das zusammen erledigen?«

Der Vorschlag ärgerte Jane ein bisschen.

Sie hatte selbst seit drei Tagen nicht mehr gebadet, weil sie sich lahm und erschöpft fühlte. Die einfachsten Aufgaben überforderten sie. Es gelang ihr gerade mal, einen oder zwei Kartons zu füllen, bevor sie sich auf die Couch fallen ließ. Sie hatte sich angewöhnt, alle eingehenden Anrufe und E-Mails zu ignorieren, sogar von Leuten, die sie mochte. Als Naomi Miller, die Expertin, die sie bei der Portland Historical Society kennengelernt hatte, sich meldete, um sie wissen zu lassen, dass sie einen Termin in Portsmouth hatte und anschließend Jane gerne zum Mittagessen treffen würde, reagierte Jane nicht einmal.

Ihr war sehr wohl bewusst, dass sie im Begriff war zusammenzubrechen. Darauf brauchte Allison sie nicht extra hinweisen.

»Das mache ich später«, sagte Jane.

Allison hatte eine Kuchenschachtel unterm Arm. »Ist dieses Wetter zu fassen? Ein guter Tag für Cookies, oder? Ich hab bei Millie's die genommen, die du am liebsten magst. Sie sind noch warm.« Sie streifte sich die Schuhe ab. »Es ist eklig draußen, nicht wahr? Angeblich soll es um drei aufhören, aber da wäre ich mir nicht so sicher. Und morgen soll es Nebel geben. Fürs Wochenende sieht es dafür besser aus, aber du weißt ja so gut wie ich, wie sehr man sich hier auf die Online-Vorhersagen verlassen kann.«

Irgendwas war seltsam. Allison kam nie mitten am Tag einfach so vorbei. Und bestimmt nicht, um sich übers Wetter zu unterhalten.

»Alles in Ordnung?«, fragte Jane.

Sie musste an Betty denken. War sie gestorben? War Allison gekommen, um ihr das zu sagen? Nein, das konnte es nicht sein. Die Vorstellung, Allison käme mit Cookies vorbei, um diese schlechte Nachricht abzumildern, war wohl der Beweis für Janes fürchterlichen Narzissmus.

»Mir geht's prima!«, sagte Allison. »Im Bed and Breakfast kehrt endlich Ruhe ein. Und die Kinder sind seit heute wieder in der Schule. Also dachte ich, ich gehe mal meine beste Freundin besuchen.«

Beste Freundin klang selbst aus Allisons Mund nach aufgesetzter Fröhlichkeit. Obwohl sie im Allgemeinen durchaus ein fröhlicher Mensch war.

»Was hast du heute so vor?«, fragte Allison.

»Ehrlich gesagt bin ich echt beschäftigt«, antwortete Jane.

Allison warf einen Seitenblick auf den Fernseher. »Ach ja?«

Mehr als alles andere wünschte Jane sich, mit dem Sauvignon Blanc allein zu sein. Warum musste sie sich überhaupt dafür rechtfertigen, was sie in der Privatheit ihrer eigenen vier Wände tat?

»Ich bin in der Endphase des Ausmistens. Die Maklerin will das Haus ab morgen anbieten. Ende der Woche werden die ersten Besichtigungen stattfinden.«

»Hast du dich jetzt doch für Lauren Murphy entschieden?«

»Ja. Holly hat darauf bestanden.«

»Prima. Sie ist gut.« Allison sah sich um und ließ die Atmosphäre auf sich wirken. »Wow, Jane, das Haus sieht so anders aus.«

Auf Drängen der Maklerin hatte Jane Jason und dessen Freundin Erika mit den lila Haaren dafür bezahlt, alles weiß zu streichen – Wände, Decken und sogar die grünen Küchenschränke, die angeblich schon ihre Großmutter gestört hatten. Bei dem Möbel-Outlet Crate & Barrel in Kittery hatte sie neue weiße Teppiche gekauft.

Zuerst hatte sie sich gegen den Vorschlag gesträubt. Er erinnerte sie daran, was Genevieve mit ihrem Haus gemacht hatte. Damit hatte sie ihm seine ganze Besonderheit genommen. Doch nun musste Jane zugeben, dass es hier zehnmal heller aussah als je zuvor.

Die Maklerin hatte auch dazu geraten, alle persönlichen Kleinigkeiten – Familienfotos und Ähnliches – zu entfernen. Dann hätten potenzielle Käufer eine leere Leinwand vor sich, auf die sie sich selbst besser projizieren konnten. Sogar das hatte Jane größtenteils erledigt. Doch als Lauren ihr vorschlug, das Schild mit dem Namen FLANAGAN von der Haustür zu nehmen, brachte sie es nicht über sich. Jane ließ es hängen, wo es war.

»Mir ist nach einer Tasse Tee. Dir auch?«, sagte Allison jetzt.

Sie ging zur Spüle und füllte den Wasserkocher, noch bevor Jane antworten konnte. Als Allison dort stand, geriet Jane in Panik. Und das, obwohl es höchst unwahrscheinlich war, dass ihre Freundin sich bücken und den Unterschrank öffnen würde.

»Du benimmst dich seltsam«, sagte Jane.

»Tu ich das?«

Allison öffnete den Kühlschrank, um die Milch rauszunehmen. Sie schraubte den Deckel ab, roch an der Packung und verzog das Gesicht. Als Nächstes besah sie die Flasche genauer.

»Jane, die ist abgelaufen. Und du hast fast nichts im Kühlschrank.« Allison seufzte tief. »Ich mache mir echt Sorgen um dich. Wir müssen reden.«

Oh Gott.

»Wir reden doch«, stellte Jane sich dumm.

Da machte Allison den Wasserkocher wieder aus und setzte sich neben Jane. »Du hast im vergangenen Jahr eine Menge durchgemacht«, sagte sie. »Vor allem in letzter Zeit. Da ist es nachvollziehbar, dass dir vielleicht mal ein Fehler unterläuft.«

»Was meinst du mit Fehler?«, fragte Jane, die genau wusste, was sie meinte.

»Wir sind uns ziemlich sicher, dass du wieder trinkst.«

»Wer ist wir?«

»Chris und ich. Sein Cousin erzählte, dass er dich in einem Spirituosenladen in New Hampshire gesehen hat.«

»Sein Cousin?«

»Ja, derjenige, der in Kittery wohnt, direkt an der Grenze zwischen Maine und New Hampshire. Er heißt auch Chris. Er meinte, es hätte ausgesehen, als würdest du für eine Party einkaufen.«

Der Witz an der Geschichte war, dass sie an dem ersten Abend, als sie vor drei Wochen Wein kaufen ging, zu dem Weinladen im Zentrum von Awadapquit gefahren war. Dort stand sie in der Schlange vor der Kasse, als vor dem Schaufenster Chris mit Amelia und Ollie vorbeilief. Da drehte Jane sich um, stellte den Wein zurück und fuhr vierzig Minuten weiter, über die Grenze in den nächsten Bundesstaat, damit sie niemand sehen sollte, der sie kannte.

Dabei hatte sie vergessen, wie klein dieser Teil der Welt war.

»Außerdem habe ich von Lucy Samuels gehört, dass du in der Nacht, als David in der Stadt auftauchte und Walter weglief, bei irgendeiner Feier im Chowder House warst. Sie meinte, alle hätten ziemlich tief ins Glas geschaut. Du auch.«

Gereizt fragte Jane: »Wer ist Lucy Samuels?«

»Ihr gehört die Töpferei in der Bucht. Du kennst sie. Ich will nicht Big Brother oder so was spielen. Aber ich bin deine beste Freundin, Jane. Ich verstehe nicht, warum du das geheimhältst, außer wenn du tief in deinem Inneren weißt, dass du es nicht tun solltest.«

Janes erster Impuls war zu lügen. Sie könnte einfach behaupten, dass sowohl Chris' Cousin Chris als auch Lucy aus der Töpferei sich geirrt hatten.

Ihr zweiter Impuls war zu sagen, ja, klar, sie hatte ein paar Drinks im Chowder House und an jedem Abend danach gehabt, aber Allison sähe das richtig – es sei eine schreckliche Zeit, die sie gerade durchmache. Sie würde das mit der totalen Abstinenz noch mal in Erwägung ziehen, wenn die Lage wieder besser wäre. Und war totale Abstinenz überhaupt gesund? War es nicht, wenn man es genau bedachte, auch eine Art schlimmer Abhängigkeit? Wie wenn man zu viel trank? Sie hatte aufgehört zu trinken, als sie verhindern wollte, dass ihr Leben in die Brüche ging. Aber es war trotzdem in die Brüche gegangen. Was sprach, so gesehen, gegen einen Drink hier und da?

Natürlich hatte sie ein paar Gläser Wein gebraucht, bevor sie Melissa zurückrief. Flüssigen Mut sozusagen. Das war praktisch Medizin gewesen.

Tagelang konnte Jane sich nicht überwinden, auf Melissas Nachricht zu reagieren. Was gab es da überhaupt zu sagen? Jane verehrte Melissa, und doch hatte sie sie in jeder Hinsicht enttäuscht. Melissa hatte Jane ihren Traumjob gegeben. Melissa hatte sie dem Mann vorgestellt, den sie dann geheiratet hatte. Jane hatte diese beiden Geschenke vergeudet.

Als sie endlich miteinander redeten, war das Gespräch so behutsam und liebenswürdig, dass Jane sich nur noch schlechter fühlte. Sie sagte Melissa, wie leid ihr alles tue, dass es ihr die größte Ehre und das größte Vergnügen gewesen war, für sie zu arbeiten.

»Hast du schon über eine Entziehungskur nachgedacht?«, fragte Melissa. »Ich will dir damit nicht in den Ohren liegen, aber es könnte für künftige Jobs hilfreich sein. Und auch gut hinsichtlich nächster Schritte. Eine Art Reha für deine Karriere.«

Nächste Schritte. Klar. Jane würde sich jetzt einen neuen Job suchen müssen. Und die Branche war klein. Wahrscheinlich wussten schon alle, was sie getan hatte.

Bevor sie auflegten, fragte Jane noch, wie es Pearl ginge.

»Ihr geht's gut«, antwortete Melissa, aber das war auch schon alles.

Jane wünschte sich, sie würde mehr sagen. Vorschlagen, dass sie sich alle bald wieder treffen sollten. Selbst wenn das gelogen wäre.

Und jetzt saß Jane hier mit ihrer besten Freundin und bekäme gleich zu hören, dass sie Hilfe brauche.

Sie wusste, dass sie sich eigentlich dafür entschuldigen sollte, dass sie allen Sorgen machte und es immer wieder verbockte. Doch stattdessen siegte ihr dummer Stolz, und sie sagte zu Allison: »Ich habe nicht geahnt, dass du überall in der Stadt Spione hast, die mich im Auge behalten. Mir war zwar klar, dass du praktisch die Bürgermeisterin von Awadapquit bist, aber das übertrifft alles.«

Allison sah sie erstaunt und verletzt an. »Ich habe dir einen Brief geschrieben. Wäre es okay, wenn ich ihn dir vorlese?«

»Jetzt?«, fragte Jane.

Sie vermutete, dass Jane gegoogelt hatte, wie man in so einem Fall eingriff, und das war dabei rausgekommen.

Jane hatte im Laufe der Jahre selbst sage und schreibe drei solcher Interventionsversuche bei ihrer Mutter und einen bei ihrer Schwester versucht. Wenn irgendwer wusste, wie man jemand vielleicht dazu bringen konnte, mit dem Trinken aufzuhören, dann sie. Jane kannte alle Orte, die dafür in Frage kamen. Andere Familien tauschten Empfehlungen für Restaurants oder Urlaubsziele aus. Ihre Familie kannte die besten Detox-Center und Entzugskliniken Neuenglands.

Allisons Brief war, wie sie selbst, liebevoll und ermutigend. Eine Erinnerung daran, wer Jane in ihrer besten Verfassung war. Sie hielt quasi zunächst eine Lobrede, bevor sie zum tödlichen Schlag ausholte. Jane sei die klügste und witzigste Person, die sie kenne. Sie habe Unglaubliches erreicht. Allisons Kinder würden sie anhimmeln. Allison mache sich Sorgen, solche Sorgen darüber, wie sehr Janes Alkoholkonsum außer Kontrolle geraten sei. Und sie fürchte, Janes schlimmstes Verhalten erst ermöglicht zu haben, weil sie so lange nichts gesagt hatte. Deshalb sage sie jetzt etwas, auch wenn es zu den schlimmsten Dingen gehöre, die sie je habe tun müssen.

Jane konnte sich gerade noch die Frage verkneifen, ob sie dafür einen Orden wolle. Sie wusste, dass Allison es wirklich nur gut meinte. Und dennoch. War es für sie nicht leicht, von angemessenem Verhalten zu reden? Mit ihrer perfekten Familie, ihrem perfekten Leben? Hatte es nicht auch etwas Selbstgefälliges, dass sie Jane zu verstehen gab, sie habe überall Leute, die für sie die Augen offenhielten?

Gerne hätte Jane ihr gesagt, dass Chris' Cousin Chris sie vielleicht beim Einkaufen von Sprit gesehen hatte, aber keiner beobachtet hatte, wie sie vor zwei Tagen nach Mitternacht auf den Gehweg vor dem Eissalon Scoops gefahren war. Betrunken und unterwegs zu einer Walgreens-Filiale, die rund um die Uhr geöffnet hatte, um sich eine Packung Makkaroni mit Käse zu holen. Keiner in Awadapquit wusste, dass Jane letzte Woche auf Twitter einen Streit mit einem Studenten angefangen und ihn am Ende einen Idioten genannt hatte, sodass man ihr für achtundvierzig Stunden den Zugang zu der Webseite verwehrte. Allison mochte ihre Spione haben, aber sie wusste eben nicht alles.

Noch nie hatte Jane sich so über die offene Bauweise dieses Hauses geärgert. Küche, Essplatz und Wohnzimmer, alles in einem. Wären da Wände und Türen gewesen, hätte sie sich kurz entschuldigen und das Glas Weißwein, das unter der Spüle stand, runterstürzen können. Stattdessen kam sie sich vor wie eine Ertrinkende, die das rettende Floß zwar in der Ferne sah, es aber nicht erreichen konnte.

»Ich weiß, dass das alles viel für dich ist. Aber überleg doch mal«, sagte Allison. »Unterm Strich hast du viel zu viel an den Alkohol verloren, und der hat dir dafür nichts zurückgegeben. Ich habe dich das mit deiner Mutter so lange durchmachen sehen, Jane. Du weißt, wie Abhängigkeit funktioniert. Deshalb bringt es mich fast um zu sehen, wie du ihr trotzdem zum Opfer fällst.«

Nachdem sie ihre Rede gehalten hatte, sah Allison aus, als würde sie vor lauter Stress in Ohnmacht fallen.

Es war einfach zu viel. Wie eine Überreaktion.

Jane rechnete mit einem Ultimatum, doch so tickte Allison nicht.

»Hör zu«, sagte Jane, um einen möglichst ruhigen Ton bemüht. »Ich weiß zu schätzen, dass du dir Sorgen machst. Es bedeutet mir viel, dass es dich beschäftigt. Aber mir geht's wirklich gut. Wenn's nicht so wäre, würde ich es dir sagen.«

»Bullshit«, erwiderte Allison.

»Wie bitte?«

»Ich habe sehr lange meinen Mund gehalten, weil ich dich liebhabe und weiß, dass du viel durchgemacht hast. Aber ich kann nicht zuschauen, wie du dein Leben ruinierst und einfach nichts tun. Das würde man nicht mal als gute Freundin machen. Und abgesehen davon, kostet es mich auch viel. Du weißt ja nicht, in wie vielen schlaflosen Nächten ich schon mit Chris geredet habe. Darüber, was für Sorgen ich mir um dich mache, wie traurig ich darüber bin, was du David angetan hast, und was ich tun kann, um alles wieder in Ordnung zu bringen.«

Allison war wütend.

Und da spürte Jane auch in sich Wut aufflammen.

»Tut mir ausgesprochen leid, dass ich dich wachgehalten habe. Es muss echt schwer sein, wenn du dein perfektes Leben damit zubringen musst, dir um deine Versager-Freundin Sorgen zu machen.«

Allison schnaubte. »Jane, mein Leben ist längst nicht perfekt. Manchmal kommt es mir vor, als würdest du nicht mal mitkriegen, wie's mir geht, weil du dermaßen auf dich selbst fokussiert bist.«

»Ich glaube, damit haben wir jetzt festgestellt, dass ich ein Arschloch bin«, sagte Jane. »Ich muss mit meinen Sachen weitermachen. Und du solltest wohl besser gehen.«

Allisons entmutigter Gesichtsausdruck, als sie ging, bereitete Jane ein seltsames Vergnügen. Allison hatte noch nicht einmal aus der Einfahrt zurückgesetzt, als Jane schon bei dem Glas Wein unter der Spüle war. Wie ferngesteuert. Hin zu einem Leuchtturm. Sie trank es in einem triumphierenden Zug aus.

Allisons Schachtel aus der Bäckerei, dieses mit Cookies gefüllte trojanische Pferd, stand noch auf der Küchentheke. Mit roter Schnur zugebunden. Jane aß alle sechs Cookies, die sich darin befanden. Dabei erging sie sich in dieser besonderen privaten Scham, die sie schon gewohnt war. Keiner konnte sie sehen, keiner sie an etwas hindern. Als sie fertig war, brachte sie die Schachtel zur Recyclingtonne nach draußen. Die war schon randvoll mit Flaschen. Anschließend stieg sie in ihr Auto und fuhr nach Portsmouth, um sich Nachschub zu beschaffen.

Die Leute von Goodwill kamen um kurz vor fünf. Es fühlte sich befreiend an zu sehen, wie sie alles in den Transporter luden. Als sie fertig waren, gab es im ganzen Haus nur noch ein paar Möbelstücke. Die Regale, Schränke und Küchenfächer waren leer, alle Kartons verschwunden.

Jane war die einzige Person, von der sich noch Sachen hier befanden. Ihre Kleider hingen im Schrank. Ihr Gesichtswaschgel, ihre Zahnbürste und ein paar Anti-Aging-Produkte, die sie mitgebracht, aber nie benutzt hatte, standen auf der Ablage im Bad. Ihre Bücher über die Geschichte der Native Americans stapelten sich aufgeschlagen und voller Post-its auf dem Küchentisch. Sie stellte sich vor, wie es wäre, hier alleine zu leben. Wie ihre Mutter und Großmutter es getan hatten. Ob dieses Haus, das ihr in jüngeren Jahren klaustrophobische Gefühle verursacht hatte, eine Zuflucht für eine alleinstehende Frau sein konnte?

Drei Tage lang rief Allison nicht an und schrieb auch keine Nachricht. Das war noch nie vorgekommen. Jane überlegte, ob sie das Thema ihres letzten Gesprächs erneut würde anschneiden und sich entschuldigen müssen. Oder vielleicht konnten sie so tun, als wäre es nie passiert. Sie ging gerade einen Stoffbeutel voller wichtiger Papiere ihrer Mutter durch. Es war deren letzte Hinterlassenschaft im Haus.

Im Spirituosenladen hatte sie am Mittwoch eine Werbung für Rum gesehen. LASSEN SIE DEN SOMMER IM SEPTEMBER WEITERGEHEN, stand auf einem Schild. Jane fasste das als Befehl auf.

Jetzt trank sie um zwei Uhr nachmittags ihren zweiten Captain-Rum mit Coke. Ein Lieblingsdrink ihrer Mutter.

Sie war guter Stimmung, denn der Geschmack und Geruch des Rums versetzte sie zurück in diverse Urlaube in der Karibik und an Sommertage am Strand.

Sie schrieb eine Nachricht an ihre Schwester: Unsere Mutter hat ihre wichtigsten Dokumente in einem Stoffbeutel aufgehoben.

Holly antwortete: Na klar.

Jane zerriss alte Medikamentenrechnungen und Versicherungsmitteilungen. Dann stieß sie auf ein kleineres Blatt Papier, das sie auch schon zerreißen wollte. Doch sie entdeckte die Unterschrift ihrer Großmutter und sah es sich genauer an. Es war die Hypothek für das Haus. Jane hatte sie als Teenager schon einmal gesehen, doch nun sagten ihr die Namen auf dem Dokument etwas. Marilyn und Herbert Martinson.

Was um alles in der Welt?

Ohne zu zögern, rief sie Marilyn an.

Jemand meldete sich. Schon das wunderte Jane. Es war allerdings nicht Marilyn, sondern eine jung klingende Frau. Anfang dreißig oder vielleicht sogar erst in den Zwanzigern.

Als Jane ihren Namen nannte und darum bat, mit Marilyn zu sprechen, wurde der Ton der Frau kühl. Sie sagte, Marilyn sei nicht zu sprechen.

»Wenn Sie ihr bitte ausrichten könnten, dass Jane Flanagan angerufen hat«, wiederholte Jane ihren Namen. »Es ist noch nicht lange her, dass wir uns über das Haus in Maine unterhalten haben, das ihr früher gehört hat.«

»Ich weiß, wer Sie sind.«

»Okay. Gut. Ich habe gerade erst erfahren, dass Marilyn und ihr Ex-Mann meiner Großmutter geholfen haben, ihr Haus zu kaufen. Und ich frage mich, warum. Beim letzten Mal hat sie das nicht erwähnt. Vielleicht hat sie den Bezug nicht hergestellt.«

»Doch, sie wusste das.«

»Ich habe gehofft, mehr darüber zu erfahren«, sagte Jane. »Meine Mutter hat nur erzählt, dass dieses nette verheiratete Paar meiner Grandma geholfen hat. Dass sie die Leute waren, deren Haus sie geputzt hat. Aber mir war nie klar, um welches Haus es sich handelte. Und das ist schon seltsam, weil ich eine gewisse Verbindung zu dem Haus habe. Meine Großmutter stand mir sehr nah, aber ich wusste nicht, dass sie die Leute kannte, die dort gelebt haben.«

Als die Frau darauf nichts erwiderte, meinte Jane: »Tut mir leid, wenn das verrückt klingt. Könnten Sie es ihr ausrichten?«

»Marilyn ist im Krankenhaus«, ließ die Frau sie wissen. »Sie hatte einen Schlaganfall und ist nicht bei Bewusstsein.«

»Das tut mir so leid«, sagte Jane. »Sind Sie eine Verwandte?«

»Eine enge Freundin.«

»Ich denke an sie«, meinte Jane. »Es tut mir leid, dass ich Sie ausgerechnet jetzt mit so etwas behelligt habe.«

Wieder keine Antwort.

Jane war klar, dass sie sich eigentlich hätte verabschieden und auflegen sollen. Stattdessen fragte sie: »Habe ich Ihnen irgendetwas getan? Sie wirken sehr feindselig, und ich kann mir nicht vorstellen, warum.«

Ein Seufzen war zu hören.

»Marilyn war – sie ist – eine alte Frau. Warum müssen Sie das alles wieder aufrühren? Reichte es nicht, dass Ihre Großmutter vor so vielen Jahren ihr Leben zerstört hat? Mussten jetzt auch noch Sie kommen und die Sache vollenden?«

»Ich habe keine Ahnung, wovon Sie sprechen«, sagte Jane.

»Ich muss jetzt Schluss machen«, sagte die Frau.

»Bitte, ich bin ganz verwirrt.«

»Nein, das sind Sie nicht.«

Nachdem sie aufgelegt hatte, saß Jane verblüfft da.

Instinktiv setzte sie sich an ihren Laptop. Eine halbe Stunde und einen weiteren Captain mit Coke später hatte sie sich in die Online-Archive vertieft. Sie fand Herbert Martinsons Sterbeurkunde und dann eine Todesanzeige. Darin stand, dass er seine zweite Ehefrau und zwei gemeinsame Kinder hinterließ. Im Tod vorangegangen waren ihm seine Eltern und eine Tochter aus erster Ehe. Daisy.

Laut Daisys Sterbeurkunde war sie 1967 in Maine gestorben. Im Alter von acht Jahren. Als Todesursache stand da nur *Unfall*.

Es war dasselbe Jahr, in dem Marilyn und Herbert die Hypothek für das Haus von Janes Großmutter unterzeichnet hatten.

»*Holy shit*«, sagte Jane laut.

Daisy.

D.

Sie musste diejenige sein, die Clementine auf dem Schoß von Janes Großmutter gesehen hatte und die Jane dazu bringen wollte, ihrer Mutter eine Nachricht zu überbringen. Marilyn war Ds Mutter.

Das alles hätte Jane schon früher erfahren können, wenn sie weiter nach Marilyn geforscht hätte, doch stattdessen hatte Jane sich mit deren Antworten begnügt. Das Zusammenpuzzeln einer Lebensgeschichte war für Jane immer eine Mischung aus trockenen Dokumenten voller Daten, Namen und Adressen, Erkenntnissen aus DNA-Spuren sowie den weit weniger eindeutigen Geschichten, die die Leute über sich selbst erzählten. Im Grunde genommen war es der Inbegriff dessen, was Jane beruflich schon immer gemacht hatte.

Jetzt suchte sie nach Artikeln zu Daisys Tod, doch sie fand nicht einen einzigen. Was für ein Unfall mochte das Leben eines so kleinen Mädchens gekostet haben? Als Marilyn von ihrer Zeit im Lake Grove oder ihrer Scheidung sprach, hatte sie kein Kind erwähnt.

War Daisy in dem Haus gestorben? Hatten sie es deshalb verlassen?

Ohne weiter zu überlegen, stieg Jane ins Auto und fuhr zu ihrer Schwester.

Von unterwegs rief sie Holly an, um sich anzukündigen. Sie wollte ihr gerade den Grund nennen, als Holly meinte: »Jason hat mir eben erzählt, dass du letztens betrunken warst, als er und Erika da waren, um Moms Haus zu streichen.«

Jane merkte, dass sie rot wurde. Es stimmte, sie war betrunken gewesen. Aber sie hätte nicht gedacht, dass Jason es gemerkt hatte. Ein paar Tage vorher war sein Geburtstag gewesen, und er erzählte ihr beiläufig, dass David ihm einen Geschenkgutschein für sein Lieblingslokal in der Stadt gemailt hatte. Jane war erst gerührt gewesen und ein wenig ermutigt, dann tieftraurig.

Sie machte sich darauf gefasst, dass Holly auch das erwähnen und sie darauf ansprechen würde, ihre Gefühle wären total durchschaubar gewesen.

Doch Holly meinte: »Er sagte, du hättest gelallt und Unsinn geredet und ihn ständig wegen Keith gelöchert.«

»Wer ist Keith?«, fragte Jane.

»Der Junge, der den Friedhof beseitigt hat.«

Jane erinnerte sich, nach ihm gefragt zu haben, doch sie dachte, das wäre im Rahmen einer normalen Unterhaltung geschehen.

»Du wolltest sie nicht gehen lassen«, meinte Holly weiter. »Du hast Jason Angst gemacht.«

»Du hast mir keine Angst gemacht«, hörte man Jason im Hintergrund sagen.

»Du bist auf Lautsprecher«, erklärte Holly.

»Tut mir leid, Tante Jane«, meinte Jason.

Seine Stimme verriet, was sie ihm als Kind alles zugemutet hatten und was ihnen selbst alles zugemutet worden war. Der Teufelskreis dieser blöden Abhängigkeit, ihr langweiliger Überdruss.

Jane erinnerte sich, wie verletzlich Jason ausgesehen hatte, als er elf und Holly auf Entzug war. Sie kam, um das Wochenende bei ihm zu verbringen. Ihm erzählten sie, Holly sei »auf Geschäftsreise«. Jane hatte das als Erste gesagt, in der Hoffnung, er würde es glauben. Als hätte er nicht schon die schlimmsten Seiten ihres Alkoholmissbrauchs gesehen, wenn er mit seiner Mutter allein war. Als könne Jane ihn dadurch schützen, obwohl sie ihn doch in Wirklichkeit jedes Mal den Wölfen zum Fraß vorwarf, wenn sie wieder wegfuhr.

»Du hast nichts falschgemacht, Kumpel«, sagte sie jetzt.

»Wolltest du zu uns?«, fragte Holly.

»Nein, vergiss es«, sagte Jane.

Sie legte auf und wendete den Wagen. Es kam ihr alles immer noch verrückt vor, aber sie fragte sich, ob Daisy, die gestorben war, als sie in Lake Grove wohnte, das kleine Mädchen war, das Benjamin in seinem Zimmer gesehen hatte. Einerseits klang es so, als ob sie es gewesen sein musste. Wenn das stimmte, stellte sich jedoch andererseits die Frage, warum Daisy darauf beharrt hatte, nicht mehr in Lake Grove zu sein.

Jane überlegte. Wenn es in Lake Grove wirklich spukte, konnte Benjamins Geist auch das Dienstmädchen Eliza sein, wie Genevieve annahm. Oder vielleicht, wie Clementine im Camp Mira gemutmaßt hatte, Hannah Littleton, die über das Schiff ihres Ehemanns weinte, dessen tragisches Ende sie seinerzeit mitansehen musste. Oder keine von beiden. Denn wer wusste schon, wie viele andere noch in der Erde unter ihren Füßen lagen?

Im Ortszentrum fuhr Jane am Saint Aspinquid vorbei. Drinnen brannten alle Lichter. Der warme Schein des Bed and Breakfasts deprimierte sie. Schon seit der Highschool hatte Jane Allison um alles beneidet, was ihr einfach so zufiel. Eine Familie aus Menschen, die sich mochten und tatsächlich Freude aneinander hatten.

Als Nächstes kam das unvermeidliche schlechte Gewissen, weil sie so empfand. Das große Glück, von Allison und ihrer Familie geliebt zu werden, hatte Jane gar nicht verdient.

Sie schwor sich, die Sache mit Allison wieder in Ordnung zu bringen. Morgen früh würde sie Allisons Mom besuchen gehen, wie sie es sich schon den ganzen Sommer über vorgenommen hatte.

Jane machte den Besuch nicht. In letzter Zeit passierte täglich irgendetwas Unerwartetes, und an jenem Morgen waren es zwei Anrufe. Der erste kam von der Maklerin – sie hatte einen Käufer, ein Paar, das sogar etwas mehr als den angesetzten Preis bot, noch bevor es das Haus überhaupt besichtigt hatte. Die Leute besaßen schon ein paar Immobilien in der Stadt, die sie im Sommer wochenweise vermieteten.

Jane war begeistert, solange sie telefonierten. Kaum hatte sie aufgelegt, brach sie in Tränen aus.

Sie hatte keine Zeit, die Neuigkeit zu verarbeiten, als das Telefon schon wieder klingelte. Davids Name erschien auf dem Display.

Als sie das sah, stieg eine Welle der Hoffnung in Jane auf. Doch kaum war sie rangegangen und hatte er »Hi, Jane« gesagt, löste die Hoffnung sich in nichts auf. Sein Ton erinnerte an einen Arzt in einem Fernsehdrama, der seinem Patienten gleich eröffnen wird, dass er nur noch zwei Tage zu leben hat.

David fragte, wie es ihr ginge, und entschuldigte sich dafür, dass er sich auf die Nachricht von Walters Rückkehr nicht gemeldet hatte. Er war erleichtert zu hören, dass dem Hund nichts fehlte.

»Ich hab gerade erfahren, dass wir einen Käufer für Moms Haus haben«, sagte Jane.

In ihrer Traumvorstellung wäre das sein Stichwort, sie zu fragen, wann sie nach Hause käme. Doch David fragte nicht.

»Das ist toll. Glückwunsch.«

Jane zog es das Herz zusammen. Sie hörte seiner Stimme eine absichtliche Distanz und Förmlichkeit an. Wenn sie jetzt nicht aussprach, was sie sagen musste, bekäme sie vielleicht nie mehr eine Chance dazu.

»David, mir ist klar, dass das wahrscheinlich lächerlich klingt, aber gerade bevor du hergekommen bist, hatte ich entschieden, dir zu sagen, dass ich zurückkommen möchte. Mir tut alles so leid. Bitte, lass es uns noch mal versuchen. Ich weiß, dass es diesmal anders laufen kann.«

Sie verspürte eine tiefe Trauer, weil nichts wirklich anders war. Und weil sie keine Ahnung hatte, wie sie es bewerkstelligen könnte. Aber das hätte Jane nie laut ausgesprochen. Sie würde einfach nach Hause fahren und einen Weg finden, wenn er sie nur zurücknahm.

Einen Augenblick lang schwieg David. Dann sagte er: »Erinnerst du dich an die Kirche auf dem Harvard Square, wo wir auf dem Heimweg von der Arbeit immer das Schild für die Treffen von Al-Anon gesehen haben?«

»Ja.« Jane hatte da immer hingehen wollen. Jetzt würde sie es tun, wenn er wollte.

»Nachdem du weg warst, habe ich angefangen hinzugehen.«

»Oh.«

»Es hat wirklich geholfen. Ich glaube, du könntest viel gewinnen, wenn du auch mal ein Treffen ausprobieren würdest.«

»Eins von Al-Anon oder bin ich inzwischen in die Oberliga von AA aufgestiegen?« Es war ein dummer Versuch zu scherzen.

»Manche Leute machen beides«, sagte er. »Alkoholismus ist eine Familienerkrankung. Das muss ich dir ja nicht erklären. Du weißt, wie er weitervererbt wird.«

»Und ich dachte schon, ich hätte gar nichts geerbt«, sagte Jane.

Sie versuchte abzulenken, doch er lachte nicht, sondern sprach einfach weiter, als würde er aus einem Drehbuch vorlesen. Vielleicht tat er das ja.

»Das Wichtigste, was ich gelernt habe, ist, dass ich mich auf mich selbst konzentrieren muss«, sagte David. »Ich kann nur für mein Verhalten verantwortlich sein, nicht für das von irgendwem anderen. Mir tut es auch leid, Jane. Ich habe bei allem, was passiert ist, ebenfalls eine Rolle gespielt. Ich habe dein Verhalten in all den Jahren ermöglicht. Das bedaure ich.«

Sie machte den Mund auf, um etwas zu sagen, doch ihr fiel nichts ein.

»Ich liebe dich, Jane. Aber ich kann nicht mehr mit dir zusammen sein. Ich möchte es ja und hab versucht, einfach darüber hinwegzugehen, was passiert ist, aber ich kann es nicht.«

Das war's also. Der endgültige Schlag. Jane spürte kurz ihren Verteidigungsreflex. Beinahe hätte sie ihm vorgeworfen, er hätte sowieso nie wirklich mit ihr zusammen sein wollen.

Verzweifelt und mit nervösem Herzklopfen sagte sie: »Ich habe einen Fehler gemacht. Einen Riesenfehler, das ist mir klar. Aber weißt du nicht, wie sehr ich das bedaure, David?«

»Die Tatsache, dass du denkst, es wäre eine einmalige Sache gewesen, ist quasi das eigentliche Problem«, erklärte er. »Wir wissen doch beide, dass du jahrelang versucht hast, die Wahrheit über deinen Alkoholkonsum vor mir zu verstecken.«

»Das lässt es so viel schlimmer klingen, als es ist.«

»Das hast du nicht alleine gemacht. Ich habe die Wahrheit auch vor mir selbst versteckt«, sagte er. »Den Kopf in den Sand gesteckt, weil das einfacher war. Ich will dir das Bild erklären, das du von mir und Angela auf Facebook gesehen hast. Da steckte nichts Romantisches dahinter. Ich habe sie gebeten, mich zum Abendessen zu treffen, weil ich versuche, moralische Inventur bei mir selbst zu machen. Ich will rauskriegen, was da bei mir los ist und wo es an meinem Selbstwertgefühl mangelt, sodass ich es okay finde, mit Frauen zusammen zu sein, die mich belügen.«

Jane fing an zu protestieren, sich zu verteidigen – Angela hatte eine ausgewachsene Affäre gehabt. Janes Verfehlung war nichts im Vergleich.

Doch David ließ sich nicht unterbrechen.

»Ich musste Angela in die Augen schauen und ihr die Fragen stellen, vor denen ich mich bisher zu sehr gefürchtet hatte.«

»Hat es geholfen?«, fragte Jane.

»Ja.«

»Aber warum hat sie dann ein Foto von euch beiden bei Facebook gepostet?«

»Weil sie bescheuert ist«, sagte er.

Sie lachten beide. Es war ein trauriges Lachen und drückte die beiderseitige Erkenntnis aus, dass ihre Verbindung noch nicht weg war, aber auch nicht genügte, um sie zusammenzuhalten.

Jane fing an zu weinen.

»Es tut mir so leid«, sagte sie und meinte es wirklich.

»Mir tut es auch leid. Du hast das nicht verdient.«

»Ich? Nein, du hast das nicht verdient.« Nach einer Pause fügte sie hinzu: »Tja, ich schätze, jetzt wissen wir, wie das ist, wenn höfliche Menschen eine Ehe beenden, was?«

»Wir geben eine ziemlich armselige Fortsetzung von *Der Rosenkrieg* ab«, meinte er.

Jane lächelte.

»Ich sollte dann mal Schluss machen. Bestimmt sprechen wir uns bald wieder«, sagte David. »Pass auf dich auf, ja?«

Jane wechselte rasch von Verzweiflung zu Panik. Das hier passierte tatsächlich. Sie würde nicht nach Hause zu ihm zurückkehren. Dieses Haus würde bald jemand anderem gehören. Sie hatte keinen Ort zum Leben. Keinen Job. Keinen Partner.

Nachdem sie zwei oder drei Jahre zusammen gewesen waren, hatte David einmal von seiner Panik, betrogen zu werden, gesprochen. Jane nahm damals sein Gesicht in ihre Hände und sagte: »Ich würde nie mit jemand anderem als dir zusammen sein wollen. So einfach ist das.«

Und das war es auch.

Und jetzt? Sie würde den Rest ihres Lebens allein verbringen.

Pass auf dich auf. Pass auf dich auf. Hatte Jane das nicht schon immer getan? Aber wie sollte sie das schaffen, nach allem, was passiert war. Wie?

14

Ein paar Tage danach bellte Walter eines Morgens plötzlich so hysterisch, als wäre ein Mörder mit einer Axt ins Haus eingedrungen, was nur eines bedeuten konnte: Der UPS-Mann stand vor der Haustür.

Nachdem Jane auf Walters Drängen hin schon früh mit ihm spazieren gewesen war, lag sie jetzt wieder im Bett und hatte auch nicht die Absicht, es bald zu verlassen.

Seit Davids Anruf konnte sie nicht mehr schlafen. Nacht für Nacht fuhren die Gedanken in ihrem Kopf Karussell, als könnte es irgendeinen Ausweg geben, den sie noch nicht in Erwägung gezogen hatte, eine Art Geheimpfad zurück in das Leben, das sie einmal gehabt hatte.

Es war mit ihr weiter bergab gegangen. Keiner der Wege, die möglicherweise in eine neue Zukunft führen würden, vermochte sie zu locken. Keiner der möglichen Wege erschien ihr überhaupt gangbar. Alle wollten, dass sie mit dem Trinken aufhörte, aber wenn sie es tat, was dann? David würde sich nicht mehr mit ihr einlassen. Ihr Job war weg. Ihre Kollegen auch. Der einzige Freund, den Jane noch hatte, war Weißwein.

Sie brachte es nicht über sich, Allison zu erzählen, was geschehen war, wusste sie doch, dass in deren Reaktion unweigerlich ein »Hab ich's dir nicht gesagt?« mitschwingen würde. Auch wenn sie es nicht ausspräche.

Jane sehnte sich nach ihrer Mutter. Mehr, als sie sich, soweit sie wusste, zu deren Lebzeiten jemals nach ihr gesehnt hatte. Während sie versuchte, diese Sehnsucht zu ergründen, erinnerte sie sich wieder, wie ihre Mutter, nachdem Janes erste feste Beziehung – mit Andre – in die Brüche gegangen war, zu ihr kam, um sie zu trösten.

Sie war aus Maine mit dem Wagen heruntergefahren. Sie hatte Eiscreme und Tequila dabei sowie einen Stapel *People* und *US Weekly*, der für einen ganzen Monat reichte. Nicht nur füllte sie Janes Kühlschrank mit Lebensmitteln, sondern lud sie obendrein zum Abendessen ein, wobei sie ausnahmsweise von ihrer üblichen Diät abwich, um sich zusammen mit Jane den Bauch mit Knoblauchbrot und mit Parmesan überbackenen Hähnchenschnitzeln vollzuschlagen. Sie betranken sich mit Rotwein, und Janes Mutter kniff die Augen zusammen und sagte mit tiefer Stimme: »Denk an meine Worte, Jane. Männer. Sind. *Hunde.*« Woraufhin beide so lachen mussten, dass Jane fürchtete, sich gleich übergeben zu müssen.

Dieser Besuch hatte ihrer Mutter so gar nicht ähnlich gesehen, denn normalerweise spazierte sie nicht einfach in ihr Leben herein. Jane fand es großartig. Dann hatte sie es wieder vergessen. Jetzt würde sie viel darum geben, diese Version ihrer Mutter noch einmal zu erleben.

Ehe Walter ihre Gedanken unterbrach, indem er den UPS-Boten anbellte, hatte Jane über Clementine nachgedacht und war regelrecht wütend geworden. Inzwischen war sie sich ziemlich sicher, dass Clementine genau wie sie eine Begabung fürs Recherchieren haben musste. Sie hatte nur ein bisschen in den örtlichen Archiven herumstöbern müssen, um herauszufinden, dass Janes Großmutter die Martinsons so gut gekannt hatte, dass sie ihr halfen, ein Haus zu kaufen; dass die Martinsons damals Lake Grove besaßen und eine Tochter hatten, die dort starb. Dann hatte Clementine alles zu einer Geschichte verwoben, in der die Tochter der Martinsons als Geist weiter in dem Haus herumspukte und, wie Clementine bei ihrer Session behauptet hatte, auf dem Schoß des Geists von Janes Großmutter gesessen hatte. Es war widerwärtig, dass jemand die Trauer eines fremden Menschen auf derart schamlose Weise ausnutzte, aber jetzt ergab das Ganze Sinn. Jane stellte sich vor, wie Clementine und die anderen Scharlataninnen von Camp Mira dort um einen Tisch herumsaßen und die Geldscheine zählten und sich über gutgläubige Idiotinnen wie sie amüsierten.

Das einzige Puzzlestück, das Jane nicht in dieser Geschichte unterbrachte, war der Geist, der Benjamin immer wieder erschien, ein Mädchen, das zu seiner Mutter Kontakt aufnehmen wollte, genau wie D – davon konnte Clementine bei ihrer ersten Begegnung nichts gewusst haben –, ebenso wie die Tatsache, dass sich Jane seit ihrer Teenagerzeit zu Lake Grove hingezogen gefühlt hatte, ohne zu wissen, dass ihre Großmutter etwas mit diesem Ort zu tun gehabt hatte.

Kurz vor Mittag stand Jane auf, um sich in der Küche Kaffee zu machen. Erst da entdeckte sie den Karton, der in der Einfahrt lag, und sie ging barfuß quer über den Rasen, um ihn hereinzuholen. Der Absender war eine Adresse in Philadelphia.

Wieder im Haus, öffnete sie den Karton.

Der Inhalt war großzügig in weißes Seidenpapier eingeschlagen. Darauf lag eine handgeschriebene Notiz, die mit *Caitlin Rogers* unterschrieben war.

Jane,
hier sind die Sachen aus Marilyns altem Haus in Awadapquit. Sie hatte vor, sie Ihnen zu schicken. Die Sachen sind sehr alt und daher fragil, deswegen habe ich sie so sorgfältig wie möglich verpackt. Darunter ist ein Foto der Littletons, eine antike Haube, die laut Marilyn Mrs Littleton gehört hat, und Briefe, die sie während des Bürgerkriegs von ihrem Bruder erhielt. Marilyn wollte die Unterlagen schon seit Langem der Historical Society des Ortes zukommen lassen, und ich nehme an, sie hofft, dass Sie das nun tun werden. Sie wissen vermutlich, dass ihre Tochter Daisy in dem Haus in Maine starb. Sie ist auch dort begraben.

Deshalb ist Marilyn nie wieder dorthin zurückgekehrt, es wäre für sie einfach zu schmerzvoll gewesen.

Begraben? Jane erstarrte. *Ich bin nicht mehr in Lake Grove.* Waren Daisys sterbliche Überreste zusammen mit denen der Littletons ausgegraben worden? Hatte die ominöse »D« ihr das sagen wollen?

Kaum hatte dieser Gedanke sie gestreift, bemerkte Jane das PS:

PS Während ich dies schreibe, befindet sich Marilyn immer noch in einem kritischen Zustand. Sie sagten, Sie hätten keine Ahnung, welche Verbindung zwischen Ihrer und Marilyns Familie bestand. Ich füge einen Brief bei, den Ihre Großmutter ihr nach dem Tod von Marilyns Tochter geschrieben hat. Da Sie sich so sehr für persönliche Geschichten interessieren, dachte ich, dass dieser Teil Ihrer eigenen Familiengeschichte von ganz besonderem Interesse für Sie sein dürfte.

Janes Herz schlug schneller. Sie spürte ein nervöses Prickeln in der Brust. Sie griff nicht nach der Haube, den Briefen aus der Bürgerkriegszeit und dem Foto in der braunen Hülle, Dinge, die sie unter normalen Umständen verzückt hätten, sondern brachte von weiter unten ein kleines weißes Kuvert zum Vorschein, das an Marilyn Martinson adressiert war, übermittelt von einer Anwaltskanzlei in Albany, New York. Die Absenderadresse war das Haus, in dem Jane gerade stand.

Vorsichtig zog sie die vergilbten Briefpapierseiten aus dem Umschlag. Sofort erkannte sie die vertraute Handschrift ihrer Großmutter. Ehe sie zu lesen begann, fuhr Jane mit der Fingerkuppe darüber.

Dann atmete sie tief durch und begann mit der Lektüre.

Liebe Marilyn,

ich möchte Ihnen aus tiefstem Herzen sagen, wie leid es mir tut, dass Sie Ihre wunderbare Daisy verloren haben. Sie war ein solcher Sonnenschein. In der kurzen Zeit, in der ich sie kennen durfte, habe auch ich sie sehr ins Herz geschlossen. Jetzt, drei Jahre später, denke ich weiterhin tagtäglich an sie. Und ich bin mir sicher, das wird für immer so sein.

Ich bedaure zutiefst alles, was geschehen ist und zu der Nacht geführt hat, in der sie starb. Unter normalen Umständen bin ich nicht der Typ Frau, die sich auf eine Affäre mit einem verheirateten Mann einlässt. Ich hoffe, Sie glauben mir. Dies soll keine Entschuldigung sein, sondern nur der Versuch einer Erklärung: Kurz bevor ich Herbert kennenlernte, verstarb unverhofft mein geliebter Ehemann – ich glaube, Sie wissen das. In meiner Trauer und meinem Kummer suchte ich Trost beim Gin. Dieser ganze Abschnitt meines Lebens ist mir nur wie durch einen Nebelschleier in Erinnerung.

Doch auch wenn ich mich nicht mehr an viel erinnere, weiß ich noch genau, wie Sie am Morgen von Daisys Geburtstag überraschend nach Hause kamen. Sie hat sich so gefreut. An diesem Morgen wurde mir klar, dass Sie eine sehr viel bessere Mutter waren als ich. Meine eigene Tochter hatte Angst vor mir. Shirley, das arme Mädchen, hat am allermeisten unter meiner Trinkerei gelitten. Die Familie meines Mannes sprach nicht mehr mit mir, weil ich viel zu tief in die Alkoholsucht abgerutscht war, und sie konnten es nicht ertragen, zuzusehen, was ich meinem Kind antat. Damals verstand ich es nicht, fühlte mich einfach nur von ihnen im Stich gelassen.

An jenem Morgen, als Sie mit einem Geburtstagskuchen in Lake Grove erschienen, wusste ich, dass ich die Affäre mit Herbert beenden musste. Es war so unfair Ihnen und Daisy gegenüber. Ich versuchte es. Und wünschte, ich hätte mich mehr angestrengt.

Ich dachte, ich könne nicht mehr tiefer sinken als in der Zeit nach dem Tod meines Mannes. Aber nach Daisys Tod sank ich noch tiefer. Ich dachte daran, meinem Leben ein Ende zu bereiten, aber ich konnte meine Tochter nicht gänzlich im Stich lassen. Und doch machte ich ihr das Leben zur Hölle. Wenn ich trank, wurde ich zu einem anderen Menschen. Ich vernachlässigte sie. Ich schrie herum. Jedes Mal, wenn ich meine Tochter ansah, wurde ich daran erinnert, was ich Ihnen angetan hatte und dass ich Shirley nicht verdiente. Ich glaube, das ist der Grund, warum ich sie so behandelt habe. Weil ich damals dachte, es wäre das Beste für uns beide, wenn man sie mir wegnehmen würde.

Und das passierte schließlich auch. Shirley erzählte der Schwester ihres Vaters, was bei uns zu Hause los war. Meine Schwägerin wandte sich nicht an mich. Sie ging zur Polizei. Fast für ein ganzes Jahr lang nahmen mir die Behörden Shirley weg. Als ich sie wiedersah, war sie völlig verändert. Sie war im Grunde kein Kind mehr.

Während der Trennung von ihr war ich in den Schoß der Kirche zurückgekehrt. Die Kirche meiner Jugend. Und die rettete mich.

Vor ein paar Monaten habe ich all das unserem Pfarrer gebeichtet. Er empfahl mir, zu den Treffen der Anonymen Alkoholiker zu gehen, und das tue ich seither drei Mal die Woche. Ich bin eine von zwei Frauen, was meine Scham noch vertieft. Keine andere Frau, die ich kenne, hat versucht, ihre Probleme in Alkohol zu ertränken, so idiotisch sind normalerweise nur Männer. Ein Teil meiner Selbsttherapie besteht darin, Buße zu tun und wenigstens zu versuchen, das Leid, das ich anderen Menschen zugefügt habe, wiedergutzumachen. Niemandem habe ich mehr Leid zugefügt als Ihnen. Bestimmt sind Sie immer noch am Boden zerstört. Wobei ich hoffe, dass die Zeit Ihren Schmerz wenigstens ein wenig gelindert hat. Das, was ich jetzt sage, klingt gewiss lächerlich, aber falls ich je irgendetwas für Sie tun kann, so unbedeutend es auch sein mag, bitte zögern Sie nicht, es mir zu sagen.

Und bitte verzeihen Sie mir, wenn dieser Brief Ihnen weiteren Schmerz zufügt. Nie werde ich in Worten ausdrücken können, wie leid mir alles tut. Ich habe gelobt, von nun an ein ehrenwerteres Leben zu führen. Ich habe Kurse am College belegt, um, wie ich hoffe, eines Tages meine Lehrerinnenausbildung abschließen zu können. Ich möchte so gern etwas Gutes in dieser Welt tun. Die Erinnerung an Daisy und an Sie wird mich stets begleiten.

Ihre

Mary Flanagan

Als sie fertiggelesen hatte, zitterte Jane. Sie hatte Tränen in den Augen.

Deswegen hatte ihre Mutter ihr damals also befohlen, sich von Lake Grove fernzuhalten. Und Holly gegenüber erwähnt, dass ihre Großmutter ihr die ganze Geschichte erzählt haben musste. Denn warum sonst hätte sich Jane so für das Haus interessiert?

Sie rief ihre Schwester an.

»Du hattest recht«, sagte sie.

»Womit?«

»Kann ich zu dir kommen? Ich möchte dir etwas zeigen.«

Kurz darauf fuhr Jane mit dem Brief zu Holly.

Ihre Schwester wartete bereits auf den Eingangsstufen auf sie. Ohne Vorrede drückte Jane ihr den Brief in die Hand.

»Scheiße«, sagte Holly, nachdem sie ihn gelesen hatte.

Doch sie schien nicht annähernd so erschüttert zu sein wie Jane.

»Warum geht dir das nicht so an die Nieren wie mir?«

Holly zuckte mit den Schultern. »Mom hat öfter zu mir gesagt, dass Grandma was mit einem verheirateten Mann hatte und etwas Schreckliches passiert sein muss. Sie war sich ziemlich sicher, dass in dieser Nacht jemand ums Leben kam.«

»Im Ernst? Du lieber Himmel, Holly.«

»Ich habe dir das doch erzählt.«

»Wusstest du auch, dass Grandma ein Alkoholproblem hatte?«

»Ja, klar.«

»Warum hat Mom mir das nie erzählt?«

»Sie wollte dich nicht damit belasten«, erklärte Holly. »Du warst das ›goldene Kind‹. Du warst diejenige, die es spielerisch geschafft hat, die beschissenen Familienmuster zu durchbrechen. Mom wusste, das lag auch daran, dass du dich wenigstens auf einen gesunden stabilen Menschen in unserer Familie verlassen konntest.«

»Also war das Bild, das ich von Mom und Grandma hatte, im Grunde genommen eine einzige große Lüge.«

»Nein«, sagte Holly. »Als wir geboren wurden, war Grandma tatsächlich gesund und stabil.«

»Mom hatte eine noch viel schlimmere Kindheit als wir«, sagte Jane.

Holly nickte. »Das stimmt auf jeden Fall.«

»Wenn ich an die vielen Male denke, die ich mich darüber ausgelassen habe, dass sie eine viel bessere Mutter hatte als wir. Und sie hat es unwidersprochen hingenommen.«

»Sie wollte dich schonen, Jane.«

»Warum finde ich das erst jetzt heraus? Jetzt, wo ich nichts mehr tun kann … wo es zu spät ist?«

Holly trat zu ihr und umarmte sie unbeholfen. In ihrer Familie war man nicht geübt im Austausch von Zärtlichkeiten.

Doch Jane bemühte sich, die Geste ihrer Schwester anzunehmen, sich ihr nicht zu entziehen.

Vierundzwanzig Stunden später fuhr Jane durch den Ortskern von Awadapquit und dann weiter die Küstenstraße entlang. Noch vor einem Monat hätte sie zu dieser Tageszeit zwanzig Minuten länger gebraucht. Aber jetzt herrschte kaum Verkehr. In einem Viertel der Zeit, die sie im Sommer benötigt hätte, schaffte sie es bis zu dem Gemüsestand außerhalb des Ortes und kaufte einen Strauß kurz geschnittener Sonnenblumen, der mit einer lila Schleife zusammengebunden war.

Ein paar Meilen weiter wichen die Häuser, die die Straße säumten – hübsche Motels und Surfbars – gesichtslosen Gewerbegebäuden. Zahnarztpraxen, chemischen Reinigungen, Tankstellen.

Das Sunny Days Memory Care befand sich am Ende einer schmalen Seitenstraße, aber man konnte es von der Route 1 aus sehen. Der Parkplatz war fast leer. Jane parkte in der Nähe des Eingangs, so wollte sie sicherstellen, notfalls schnell fliehen zu können.

Memory Care – Gedächtnispflege. So ein merkwürdiges Wort für das, was an diesem Ort vorging, dachte sie, während sie das Gebäude betrat.

Die Frau hinter dem Empfangstresen trug einen rosa Kittel. Sie starrte blinzelnd auf einen Computerbildschirm und sah erst auf, als

Jane sagte: »Entschuldigung.« Sie erwiderte Janes Blick, blieb aber immer noch stumm.

»Ich würde gern Betty Crowley besuchen. Sie weiß nichts von meinem Besuch.«

Das war eine ziemlich idiotische Aussage, bezogen auf eine Demenzpatientin, doch die Miene der Angestellten blieb unverändert.

»Zweiter Stock. Es ist eine geschlossene Station. Einfach den Türsummer betätigen, dann lässt Sie jemand rein.«

Jane fuhr mit dem Aufzug in den zweiten Stock. Sie war nervös.

Durch das kleine Guckfenster in der abgeschlossenen Tür sah sie eine Frau, die am Tresen telefonierte. Sie war jünger als die am Empfang, schätzungsweise Anfang dreißig, und trug ebenfalls einen rosa Kittel. Jane klingelte. Die Frau drückte auf einen Knopf, und die Tür öffnete sich.

Während Jane auf sie zuging, lächelte sie und hob kurz die Hand. Jane nickte. Die Frau wirkte genervt, während sie dem Menschen am anderen Ende der Leitung erklärte, die Kaffeemaschine sei immer noch kaputt und die beiden letzten Männer, die die Firma geschickt hatte, seien offenbar völlig unfähig gewesen.

Gegenüber dem Empfang befand sich eine Lounge mit zerschlissenen orangefarbenen Sofas und einem großen Aquarium mit Fischen. Ein adretter Herr im Anzug mit silbernen Haaren ging nervös auf und ab.

»Ich kenne ihn überhaupt nicht!«, schrie er eine imaginäre Person an.

In der Ecke eines der Sofas saß eine kleine alte Dame und weinte leise. Jane hatte Mitleid mit ihr. Warum kümmerte sich niemand um sie? Sie hätte sich ihrer gern angenommen, hatte aber keine Ahnung, was sie tun oder sagen sollte.

Auf dem Flur näherte sich eine weitere Frau, einen blauen Ballon in den Händen.

»Ballon«, sagte sie zu Jane, und zwar in einem Ton, als wäre dieses Wort das lustigste, das sie je gehört hatte.

Jane lächelte sie an.

»Kann ich Ihnen helfen?«, fragte die Mitarbeiterin am Tresen, nachdem sie aufgelegt hatte.

»Hallo, ich heiße Jane. Ich möchte gern Betty besuchen. Ich bin die beste Freundin von Allison, ihrer Tochter. Ich hoffe, es ist okay, dass ich einfach so hereinschneie. Vielleicht hätte ich besser vorher anrufen sollen. Ich kann auch ein andermal wiederkommen.«

Sie wünschte, die Frau würde sie wieder wegschicken.

Die Frau tippte auf der Computertastatur und sagte dann: »Jane Flanagan?«

»Ja.«

»Sie stehen auf ihrer Liste mit willkommenen Besuchern.«

»Oh«, sagte Jane, »prima.«

Die Frau lächelte jetzt breit. »Sie sind also diejenige, die Betty jede Woche Blumen schickt. Ich sage jedes Mal zu ihr, ich beneide sie, so schöne Blumen hätte ich auch gern.«

»Das ist doch das Wenigste, was ich tun kann, wenn man bedenkt, wie gut Betty immer zu mir war«, sagte Jane.

»Kommen Sie. Sie hat heute einen guten Tag.«

Jane folgte ihr den Flur entlang.

»Alle hier mögen Allison sehr«, meinte die Frau über die Schulter.

»Ich auch.«

»Sie ist so gut zu ihrer Mom. Wenn Sie wüssten, wie viele Bewohner hier nie Besuch bekommen. Und sie ist auch reizend zu uns, die wir hier arbeiten. Jedes Mal bringt sie irgendwelche Naschereien mit und hält uns auf diese Weise bei guter Laune.«

»Das klingt ganz nach Allison«, sagte Jane.

»Sie war heute Morgen auch schon da. Richard auch. So nette Leute!«

Sie kamen an einem Raum mit einem kleinen hölzernen Altar und zwei Bankreihen davor vorbei. Am Fenster war mit einem Saugnapfhalter ein Stück Buntglas befestigt. Jane nahm an, es sei eine richtige Kapelle, so wie es sie in vielen Krankenhäusern gab. Dann passierten sie einen Raum, der wie ein Klassenzimmer aussah – ausstaffiert mit einer Kreidetafel, drei Reihen Schreibtischen mit Stühlen, Regalen mit Bilderbüchern und einer Weltkarte, die an einer Wand hing.

Als sie sich einem weiteren Raum näherten mit einem linierten Blatt an der Tür, auf dem das Wort »Kinderzimmer« stand, versteifte sie sich. Jane hätte am liebsten kehrtgemacht, zwang sich jedoch weiterzugehen. In dem Zimmer saß eine ältere Frau, die zärtlich eine Babypuppe in den Armen wiegte. Ringsherum gab es weitere Puppen, ein paar davon in Laufställen, wie man sie in den Achtzigern hatte. Andere lagen auf einem Wickeltisch mit richtigen Windeln. Eine saß in einem winzigen Kinderhochstuhl in Puppengröße.

Jane fühlte sich so unwohl, dass sie ihre eigenen Probleme vergaß.

Vor einem Raum, der wie ein Krankenhauszimmer aussah, blieb die Altenpflegerin stehen. Er war ausgestattet mit einem Linoleumboden, Neonröhren, zwei Betten mit verstellbaren Seitengittern, eines davon leer und ordentlich gemacht. Im anderen Bett, dem beim Fenster, lag Betty, den Oberkörper durch mehrere Kissen hochgelagert, und sah sich die Gerichtssendung *Judge Judy* im Fernseher an, der hoch oben an der gegenüberliegenden Wand hing.

»Betty, meine Liebe«, sagte die Pflegerin. »Sie haben Besuch, eine gute Freundin.«

Betty drehte ihnen das Gesicht zu. Sie lächelte höflich und wandte sich dann wieder dem Fernseher zu.

»Gehen Sie ruhig hinein«, sagte die Pflegerin. »Ich komme gleich nach Ihnen beiden sehen!«

Jane trat ins Zimmer. Betty wirkte ängstlich, und Jane wäre am liebsten weggelaufen.

»Hi, Betty«, sagte sie. »Ich bin's, Jane.«

Betty schien ihre Worte gar nicht zu registrieren.

»Ich bin die Freundin von Allison, deiner Tochter. Es ist okay, wenn du dich nicht mehr an mich erinnerst. Schau, ich habe dir Sonnenblumen mitgebracht. Ich weiß, das sind deine Lieblingsblumen.«

Betty sah sie misstrauisch an, als wäre Jane einer dieser Jungen, die an roten Ampeln ungebeten Autoscheiben putzten und erwarteten, dass man sie dafür bezahlte. Sie wandte sich erneut der Fernsehsendung zu.

Die Pflegerin hatte gesagt, Betty habe heute einen guten Tag. Jane fragte sich, woran sie den Unterschied festmachte. Dann erinnerte sie sich wieder an die Geschichten, die Allison ihr erzählt hatte, dass Betty an manchen Tagen ausrastete, mit Sachen um sich warf, Leute anschrie. Sie war noch so jung, hatte kaum graue Haare. Sie sah nicht viel anders aus, als sie sie gekannt hatte, nur dass das Licht in ihren Augen erloschen war. Ihr Ausdruck war nicht mehr der gleiche. Es war, als trüge sie eine Maske, die Betty glich. Jane hätte gern ihre Hand ergriffen, fürchtete jedoch, Betty aufzubringen oder zu erschrecken. Sie zog einen Stuhl an ihr Bett heran und tat so, als würde sie das, was auf dem Fernsehbildschirm passierte, interessieren. Fast eine Stunde lang saßen sie so da.

Es gab verschiedene Versionen des Todes, die im Leben stattfanden, dachte Jane. Ihre Blackouts nach übermäßigem Alkoholgenuss, das unbewusste Vergehen von Zeit. Der Zustand, in dem sich Betty und andere Bewohner dieser Einrichtung befanden, war fast das Gegenteil von geisthaften Wesen – ein Körper ohne Bewusstsein, ohne Erinnerung. Diese Schatten vergangener Leben auf Friedhöfen, in alten Häusern, in Janes Arbeit als Archivarin. In Geschichten.

Allison hatte Jane einmal erzählt, dass die Erinnerungen, die der menschliche Geist am längsten bewahre, die frühesten seien, und ihre Mutter oft mit einer alten Geschichte daherkomme, dass sie zum Beispiel Tetherball spielen oder zum Sadie Hawkins Dance an ihrer Highschool wolle, während sie keinen Schimmer habe, wer der aktuelle Präsident, ja nicht einmal, wer ihr eigener Mann war.

Auf Bettys Nachttisch standen gerahmte Fotos ihrer Kinder und Enkel und ein Hochzeitsfoto von ihr und Richard. Jane fragte sich, ob sie dazu da waren, ihrem Gedächtnis auf die Sprünge zu helfen, und ob sie ihr Trost spendeten oder sie eher verwirrten oder keinerlei Gefühle bei ihr erweckten. Oder waren die Bilder vielleicht gar nicht für Betty da, sondern dazu, die Ärzte und das Pflegepersonal daran zu erinnern, dass Betty einmal ein ebenso erfülltes Leben gehabt hatte, wie sie es führten?

Plötzlich fiel Jane eine Episode ein, an die sie seit Jahren nicht mehr gedacht hatte. Der Fototag an ihrer Schule. Ein qualvolles, jährlich wiederkehrendes Ereignis. Bereits in der Grundschule war sich Jane bewusst, dass der Fotograf von allen Schülern Fotos machte, auch von jenen, deren Eltern es sich nicht leisten konnten, sie ihm abzukaufen. Janes Mutter kaufte nie welche. Jane tat jedoch so, als wäre das Gegenteil der Fall, zog sich genau wie ihre Klassenkameradinnen hübsch an. Das tat sie auch ihre ganze Highschool-Zeit hindurch. Als in ihrem letzten Schuljahr ein Päckchen mit dem Absender des örtlichen Fotostudios im Briefkasten lag, verspürte sie einen Anflug von Dankbarkeit. Ihr Abschlussfoto. Endlich, dachte sie, hatte ihre Mutter begriffen, wie viel es ihr bedeutete.

Jane wusste nicht mehr, wie sie erfahren hatte, dass Betty diese glänzenden Fotos, auf denen Jane steif lächelte, im Format 20 x 30, 10 x 15 und in Passfotogröße bestellt und bezahlt hatte.

Nie hatte Betty ein böses Wort über Janes Mutter verloren. Jane sah sie jetzt eindringlich an und stellte ihr in Gedanken eine Frage, denn es hatte keinen Sinn, sie laut auszusprechen: *Wusstest du es? Wussten es alle?*

Wie konnte sich Betty mit ihrer großen Freundlichkeit nur in dieses Wesen verwandeln? Wie konnte es sein, dass sie hier lag und *Judge Judy* allein im Fernsehen verfolgte, während sie doch mit ihrem Mann hätte die Welt bereisen, die Früchte ihrer harten Arbeit hätte ernten können?

Wieder einmal wurde ihr bewusst, dass Leiden etwas Relatives war. Jane befand sich in der komfortablen Lage zu wissen, dass sie noch einmal von vorn beginnen konnte, auch wenn sie keine Ahnung hatte, was das in ihrem Fall bedeutete. Dieses Unwissen fühlte sich zwar beängstigend an, aber sie war sich sicher, dass alle Bewohner hier alles dafür geben würden, mit ihr zu tauschen.

Sie nahm ihr Handy aus der Tasche und schrieb Allison eine Nachricht. *Es tut mir leid. Du hattest wie immer recht. Ich liebe dich.*

Jane blieb den ganzen Nachmittag lang bei Betty. Manchmal reagierte sie auf etwas, was sich im Fernsehen abspielte – sie wiederholte die Worte aus einer Zahnpasta-Werbung, als stimmte sie ihnen zu: »Pfefferminzfrisch.« Oder sie murmelte höfliche Floskeln: »Schöner Tag heute«, als wollte sie sich in Erinnerung rufen, wie Smalltalk ging.

Jane nickte und sagte lächelnd: »Oh ja.«

Um halb sechs brachte eine Pflegerin Betty ein Tablett mit ihrem Abendessen. Jane fragte sie, ob sie gehen solle, aber die Pflegerin meinte: »Nein, ich glaube, es gefällt ihr, dass Sie da sind, nicht wahr, Betty?«

Also blieb Jane noch eine Stunde. Dann stand sie auf und sagte zu Betty: »Ich muss jetzt gehen. Ich muss woanders hin. Nächstes Mal erzähle ich dir, wie es war.«

Sie küsste Betty auf die Wange.

Betty ließ nicht erkennen, ob und wenn ja welche Gefühle diese Geste bei ihr auslöste, sondern starrte weiter auf den Fernseher.

Die Pflegerin, die ihr das Abendessen gebracht hatte, war auf dem Flur.

»Es ist gut, dass Sie da waren«, sagte sie. »Sie können sich nicht vorstellen, wie wichtig es für Patienten wie Betty ist, Besuch zu bekommen. Auch wenn es nicht den Anschein hat. Neulich habe ich in der Zeitung von einer Frau gelesen, die vier Jahre lang im Koma war. Als sie schließlich aufwachte, sagte sie, sie hätte jedes Wort gehört, das die Leute um sie herum gesprochen hatten, während sie im Koma lag. Können Sie sich das vorstellen?«

Die Worte der Pflegerin gingen Jane noch immer durch den Kopf, als sie in ihren Wagen stieg und losfuhr. Auch als sie an der roten Ampel am Ortseingang anhielt und dann auf die Shore Road abbog und kurz darauf an der langen Auffahrt, die zu Lake Grove führte, vorbeifuhr.

Jane fuhr rechts ran und wählte bei laufendem Motor Marilyns Nummer.

Sie wusste, Caitlin hatte ihr den Brief ihrer Großmutter vermutlich im Groll geschickt, aber sie hatte Jane dennoch auf gewisse Weise das größte Geschenk ihres Lebens gemacht. Eine Botschaft ihres liebsten Menschen, eines Menschen, von dem sie gedacht hatte, nie wieder etwas zu hören. Eine Beichte. Es war gut möglich, dass Caitlin Jane das Leben gerettet hatte.

Genau wie Jane erwartet hatte, schaltete sich Marilyns Mailbox ein. Jane hinterließ eine weitschweifige Nachricht. Darin berichtete sie von ihrer Sitzung mit Clementine, davon, dass Daisy – oder besser gesagt D – ihrer Mutter verzweifelt mitzuteilen versuchte, dass sie ihren Frieden gefunden hatte.

»Halten Sie davon, was Sie wollen«, sagte Jane. »Ich weiß, es klingt für Sie wahrscheinlich verrückt. Für mich auch. Aber ich gebe es einfach weiter, für den Fall, dass es Sie tröstet, oder aber – keine Ahnung. Um abschließen zu können, vielleicht.«

Jane dachte über die schreckliche Sache nach, die Genevieve getan hatte. Sie bezweifelte, dass sie je wieder miteinander reden würden. Der Korb, den Genevieve von Thomas Crosby gekauft hatte, kam ihr in den Sinn, und sie fragte sich, woher er wohl stammte, ob der Mensch, der ihn geflochten hatte, qualvoll gestorben war oder ein langes Leben hatte oder beides zugleich.

Menschen taten einander so viel Leid an, nur indem sie ihr Leben lebten. Den Menschen, die sie am meisten liebten, und anderen, von denen sie so wenig wussten, dass sie sich einreden konnten, dass es gar keine Menschen waren.

Jane fuhr weiter. Am Haus ihrer Mutter vorbei, bis zu der weißen presbyterianischen Kirche an der Ecke Shore und Main Road. Sie fand direkt davor einen Parkplatz. Das Treffen begann um sieben. Die Tür stand weit offen.

ZWEI JAHRE SPÄTER

15

Naomi

Naomi saß in ihrem Büro zu Hause. Sie arbeitete noch, obwohl es schon spät am Abend war, kämpfte sich durch die gefühlt eine Million E-Mails, die eingegangen waren, während sie ihre Flitterwochen an den Niagarafällen verbracht hatte.

Eine Stunde zuvor hatte ein heftiger Regen die Hitze, die den ganzen Tag geherrscht hatte, vertrieben. Jetzt wehte eine starke kühle Brise durch das Moskitonetz vor dem Fenster und rüttelte an den Jalousien. Sie mochte dieses Geräusch. Draußen grillte Gerry Lachs und Maiskolben. Der Geruch wehte zu ihr herein, machte sie hungrig.

Naomi griff nach einem braunen Briefumschlag, erkannte in der oberen linken Absenderecke die vertraute Adresse ihrer Cousine Barbara und spürte einen Anflug von Neugierde. Sie schob alles andere zur Seite. Oben auf dem Stapel, den sie aus dem Umschlag zog, befand sich eine grob gezeichnete Landkarte, die Fotokopie einer Strichzeichnung. Ein Landschaftsausschnitt mit einer sanften Krümmung, die in der Mitte eine Ausbuchtung hatte, wie die Nase in einem Gesichtsprofil. Die Nase deutete auf einen kleinen, nicht ganz ebenmäßigen Kreis, der eine Insel darstellte.

Die Karte war mit Symbolen versehen, die ihr vertraut waren. Pfeile wiesen gen Osten. Eine Sonne mit sieben Strichen darunter, die die Anzahl der dort verbrachten Tage symbolisierten. Das Wort *Sawadapskw'i* stand in Druckbuchstaben oben auf der Seite. Daneben hatte Barbara zwei grellrosa Post-its geklebt, auf die sie geschrieben hatte: *Der Absender behauptet, es handele sich hier um die Nachzeichnung einer auf Birkenrinde geritzten Landkarte, die seit Jahrhunderten in seiner Familie aufbewahrt wurde, aber irgendwann verloren ging. Keine Ahnung, wo sich dieser Ort befindet, falls er überhaupt existiert. Der Absender ist Kanadier, ein Abenaki aus Odanak, glaubt aber (wie du gleich sehen wirst), dass seine Familie ursprünglich aus dem Süden des heutigen Maine stammt. Oder vielleicht dem nördlichen New Hampshire? Doch soweit ich weiß, gibt es im heutigen Maine oder New Hampshire keinen Ort mit diesem Namen.*

Sawadapskw'i. Der Name kam ihr vertraut vor, aber Naomi kam nicht darauf, wo sie ihn schon einmal gehört hatte.

Sie googelte ihn. *Sawadapskw'i,* Maine. Keine Suchergebnisse.

Sawadapskw'i, New Hampshire. Auch nichts.

Ganz unten im Umschlag befand sich eine kleine Schmuckschachtel. Naomi hob den Deckel an und spähte hinein. Zwei polierte Quahog-Muschelschalen auf einem Quadrat aus Baumwolle; in die Spitze war jeweils ein sauberes Loch gebohrt. Auf ein gefaltetes Stück liniertes Papier, das aussah wie die Zettel, die sich Mädchen in der Highschool heimlich zuzuschieben pflegten, hatte Barbara geschrieben: *Der Braut und dem Bräutigam die allerbesten Wünsche.*

Naomi lächelte. Hochzeitsgeschenke für diese Heirat, ihre dritte, zu bekommen, fühlte sich fast ein wenig beschämend an, aber sie versuchte, diese Reaktion zu unterdrücken. Sie war inzwischen älter, weiser. Diese Ehe würde halten. Vielleicht gingen die Leute davon aus, alle frisch Verheirateten dächten so, aber das stimmte nicht: Bei den ersten beiden Malen hatte sie irgendwie gewusst, sogar schon während sie zum Altar schritt, dass sie nicht bis zum Ende durchhalten würde.

Wie auch immer, sie schätzte Barbaras Glückwünsche. Nun, sie schätzte nun mal Barbara. Punkt.

Die beiden Frauen waren Cousinen zweiten Grades. Sie waren einander nur wenige Male begegnet, aber in dem einen Jahr, in dem sie nun zusammen arbeiteten, hatten sie einander mehrmals im Monat Textnachrichten geschickt oder telefoniert.

Ihre Mütter, Cousinen ersten Grades, waren zusammen auf Indian Island in Kanada aufgewachsen. Barbaras Mutter hatte einen Weißen geheiratet, und zwar in den späten Vierzigern, als dies noch zur Folge hatte, dass man damit seine Zugehörigkeit zur Penobscot Nation aufgab und seine künftigen Kinder der Möglichkeit beraubte, sie wiederzuerlangen. Barbaras Mutter zog nach Kalifornien, wo ihr Mann als Soldat in der Army stationiert war. Und seitdem war dieser Zweig der Familie im Westen geblieben.

Barbara hatte Naomi erzählt, dass in ihrem Elternhaus keinerlei Symbole an ihr Penobscot-Erbe erinnerten. Wenn jemand zu ihrer Mutter sagte: »Sie sehen so exotisch aus, woher stammen Sie?«, pflegte ihre Mutter zu antworten: »Aus Maine.« (Eine gebührende Antwort auf eine dumme Frage, fand Naomi.)

Privat hielt Barbaras Mutter jedoch an gewissen Ritualen fest. Täglich sprach sie mit ihren Ahnen, räucherte Zedernholz und Salbei, um sie herbeizulocken. Ihren Kindern erzählte sie Geschichten aus der Wabanaki-Mythologie. Über Gluskabe. Über den durchtriebenen Trickster Asban der Waschbär, der einen Wasserfall zu einem Schreiduell herausforderte und, da er keine Antwort bekam, hineinsprang, um zu beweisen, dass er lauter schreien konnte, und vom Wasser mitgerissen wurde. Jede dieser Geschichten beinhaltete eine Lehre. Die Moral von dieser war: Bloß nicht übermütig werden.

Barbara war erst ein einziges Mal auf Indian Island gewesen, und zwar als ihre Großmutter gestorben war. Naomi erinnerte sich, wie sie sie dort getroffen hatte, ihre Cousine vom anderen Ende des Landes, die zehn Jahre älter war als sie und in ihren Levi's und Cowboystiefeln so lässig wirkte.

Bei dieser Gelegenheit erfuhr Barbara, dass ihr Urgroßvater, der als Touristenführer den Fremden die besten Jagd- und Fischgründe gezeigt hatte, jung und unter mysteriösen Umständen gestorben war, und zwar an einer Gewehrschusswunde am Kopf.

Ihre Urgroßmutter hatte unter schwierigen Lebensbedingungen fünf Kinder großgezogen. Wie die meisten Frauen dieser Insel damals verdiente sie sich ihren Lebensunterhalt mit dem Verkauf von Körben. Sie spezialisierte sich auf Miniaturkörbe aus Mariengras, die nicht größer als ihr Daumennagel waren, aber sie stellte sie auch in allen möglichen anderen Größen und Formen her, zu jeder Tages- und Nachtzeit.

Barbara hatte noch nie zuvor an einer katholischen Totenwache teilgenommen. Sie hatte noch nie gesehen, wie der Verstorbene für jeden sichtbar aufgebahrt wurde. Sie hatte nicht einmal gewusst, dass die Eltern ihrer Mutter Katholiken waren – katholisch getauft, gefirmt, getraut, in die von St. Anne's betriebene Schule gegangen und auf der Südspitze der Insel auf dem zur Kirche gehörigen Friedhof begraben, der ins Jahr 1668 zurückreichte, das Jahr, in dem die französischen Missionare dort angekommen waren.

Barbara hatte Naomi erzählt, sie habe auf dieser Reise erfahren, dass ihre Urgroßeltern fließend Penobscot sprachen, als sie jung waren. Aber inzwischen sei diese Sprache in ihrer Familie ausgestorben. Ihre Mutter habe sie sie nie sprechen hören. Und sie selbst sprach kein Wort dieser Sprache.

Bis dahin sei sie sich nicht ihrer großen, weit verzweigten Verwandtschaft bewusst gewesen, habe zum ersten Mal erlebt, wie sich alle neckten und die gleichen Geschichten kannten, die schon Hunderte Male erzählt worden waren. Als Baseball-Fan habe sie bis dahin nicht gewusst, dass der erste indigene Spieler in der Major League, Louis Sockalexis, auf ebendieser Insel aufgewachsen war und bereits 1897 zu den Cleveland Spiders (die später »Indians« genannt wurden) gestoßen war.

Barbara sagte, sie erinnere sich, wie ihre Mutter auf dem Rückflug nach Kalifornien weinte. Sie reisten nie wieder nach Maine.

Während eines ihrer langen Telefonate in den vergangenen Monaten erzählte Barbara: »Mom hat nie darüber gesprochen, was sie gezwungenermaßen hatte aufgeben müssen, als sie geheiratet hat, aber ich weiß, es hat sie gebrochen. Diese Regel damals, die eigene Herkunft verleugnen zu müssen, wenn man jemanden außerhalb des eigenen Volks heiratete, war eine Art Genozid. Mit den ›blood quantum‹-Regeln, die heutzutage angewandt werden, um zu bestimmen, ob jemand zu einem indigenen Stamm gehört, verfolgt man im Grunde das gleiche Ziel, nur dass es etwas mehr Zeit braucht. Es gibt inzwischen viele Stämme, die allenfalls noch eine oder zwei Generationen überdauern werden. Ich habe viel darüber gelesen. Im Grunde wurzelt alles in der Eugenik, weißt du.«

»Ja«, sagte Naomi, »ich weiß.«

Nachdem Barbaras Mutter zwei Jahre zuvor gestorben war, hatte sie obsessiv begonnen, mehr über die mütterliche Seite ihrer Vorfahren zu erfahren. Dabei hatte sie Naomi auf Facebook gefunden, über ihre Arbeit gelesen und gefragt, ob sie sie dabei unterstützen könne.

Sie hatte die Video-Vorträge verfolgt, die Naomi auf YouTube eingestellt hatte. Barbara meinte, ihr habe auch gefallen, wie Naomi sich ihrem Publikum vorgestellt hatte. Und zwar als »Naomi Miller, Angehörige der Penobscot Nation, Tochter von Lucille, Enkelin von Beatrice, Großenkelin von Rose, Mutter von Wren.«

Sie habe sich ihr Leben lang danach gesehnt, eine solche Verbindung zur eigenen Familie herzustellen, die auf der Vorstellung basiere, dass sie alle Glieder einer intakten Kette waren, sagte Barbara.

Zuerst war Naomi skeptisch in Bezug auf Barbaras Angebot. Sie war es gewohnt, allein zu arbeiten. Aber Barbara war Bibliothekarin gewesen und erst vor Kurzem in den Ruhestand gegangen. Und sie sollte sich als enorme Bereicherung erweisen. Egal, ob es um Personen oder Dinge ging, sie wurde bei ihren Recherchen so gut wie immer fündig. Sie lernte schnell und kannte sich wesentlich besser mit Online-Communities und sozialen Netzwerken aus als Naomi. Dort fand sie Geschichten und stellte Verbindungen her, auf die Naomi nie im Leben gekommen wäre.

Das Internet war in vielerlei Hinsicht ein Fluch, aber hierfür war es ein Segen. Es brachte Menschen zusammen, die einander sonst nie gefunden hätten. Hätte es das Internet dreißig Jahre zuvor schon gegeben, als Naomi diese Arbeit begonnen hatte, hätte sie sich viel Zeit sparen können.

Als sie zweiundzwanzig war, half ihr eine Freundin, die für den Stammesrat arbeitete, eine Stelle in der Bezirksregierung zu ergattern, und zwar als Chefsekretärin. Naomis Telefonnummer war in jeder Veröffentlichung im Zusammenhang mit der Penobscot Nation und im Telefonbuch verzeichnet. Menschen mit allen möglichen Anliegen riefen sie an. Leute, die eine Empfehlung für einen Klempner oder auf Personenschäden spezialisierten Anwalt wollten oder jemanden, der ihren pubertierenden Sohn, einen Schulverweigerer, zur Räson brachte. Leute, die wütend waren, weil der Bambus ihrer Nachbarn in ihren Garten hinüberwucherte, oder die sich Sorgen machten, weil eine auffällig dünne, herrenlose Katze immer wieder bei ihnen herumstreunte. Vier alte Damen, die sich im Turnus bei ihr meldeten, weil sie einsam waren und einfach nur mit jemandem plaudern wollten.

Naomis Elternhaus befand sich zehn Meilen östlich des Penobscot River. Sie war in der Nähe des Reservats aufgewachsen, aber nicht darin. Doch im Zuge ihrer Arbeit erfuhr sie, wie es den Leuten dort erging.

Zwei Jahre, nachdem sie ihre Stelle angetreten hatte, wurde sie unruhig, begann ihren Absprung zu planen, bewarb sich bei der Organisation Teach for America, weil sie nicht wusste, was sie, außer an einer Schule zu unterrichten, sonst tun könnte, doch dann landete ein wattierter Umschlag auf ihrem Schreibtisch. Er enthielt mehrere alte Schwarz-Weiß-Fotos von ein paar nebeneinanderstehenden Männern, die einen Kopfschmuck aus Truthahnfedern trugen und in die Kamera blickten.

In der Begleitnotiz schrieb der Absender, ein Mann namens Trip

Baker, er habe die Fotos gefunden, als er den Speicher seines vor Kurzem verstorbenen Großvaters ausgeräumt habe. Der Großvater sei Anthropologieprofessor und Hobbyfotograf gewesen. Er musste irgendwann in den Zwanzigern oder Dreißigern das Reservat besucht haben. Auf die Rückseiten der Fotos hatte er geschrieben: *Penobscot-Männer in ihrer traditionellen Tracht.*

Der Enkel schrieb, er habe kürzlich den Film *Der mit dem Wolf tanzt* mit Kevin Costner in der Hauptrolle gesehen und er habe ihn sehr berührt. Es fühle sich nicht richtig an, diese Fotos zu besitzen, und er sehe es als seine Pflicht an, sie dem Stamm zurückzugeben.

»Guter Junge, Trip«, sagte Naomi laut. »Du hast dir ein Bonbon verdient.«

Ihr Instinkt sagte ihr, dass es sich bei diesen Fotos um etwas Wichtiges handelte.

Sie musste die Bilder nur ein paar wenigen Ältesten zeigen, um Antworten zu erhalten. Einer erkannte seine beiden Großonkel auf den Fotos. Gemeinsam gelang es ihnen, auch die Identität der meisten anderen Männer zu ermitteln.

Im Stamm der Penobscot kannte man Fotoapparate erst ab den Sechzigern. Fotos, die davor entstanden, mussten von auswärtigen Menschen aufgenommen worden sein, die Apparate besaßen und die Bilder ausstellten, ohne die damit verbundenen Geschichten oder abgebildeten Menschen zu kennen. Die Aufnahmen, die gänzlich aus dem Kontext gerissen waren, sollten eine vage Vorstellung von einer exotisch fremden Welt vermitteln. Das Gleiche traf auf Tonbandaufnahmen zu. Von ihrer Sprache, ihren Gesängen, ihren Bräuchen. Aufgenommen von neugierigen weißen Besuchern und den Menschen, denen sie am meisten bedeutet hätten, vorenthalten.

Diese Forschungsarbeit war nicht nur zu ihrer Arbeit, sondern zu ihrer Lebensaufgabe geworden. Alle möglichen Gegenstände ausfindig zu machen und sie mit den jeweiligen Geschichten und den Nachkommen der betreffenden Menschen wieder zusammenzuführen. Außenstehenden und Stammesangehörigen zu helfen, eine reichhaltigere, vollständigere Version der Ereignisse zu erzählen. Daher bereitete es ihr Genugtuung, dass der Stammesrat beschlossen hatte, Außenstehenden zu untersagen, auf Indian Island ohne ausdrückliche Genehmigung des Chiefs Fotos zu machen.

Naomi hörte Gerrys Schritte auf der Treppe, und ihr Blick fiel erneut auf das Wort *Sawadapskw'i*. Dass ihr nicht einfiel, warum es ihr bekannt vorkam, wurmte sie wie etwas, das sich zwischen den Zähnen verfangen hatte und das sie vergeblich mit der Zungenspitze zu entfernen versuchte.

Sie beschloss, es nachzuschlagen, fand es mühelos im Buch von Henry Lorne Masta, wo sie es sogar unterstrichen hatte, auch wenn sie sich nicht mehr daran erinnerte.

Gerry klopfte sachte an die Tür ihres Büros und kam mit einem kühlen Bier herein.

»Essen in fünfzehn Minuten?«, fragte er.

»Klingt gut.«

Er küsste sie auf den Kopf, und ein Schauder überlief sie.

Oh ja, diesmal würde sie garantiert bis zum Ende durchhalten.

Als er wieder gegangen war, nippte Naomi an dem Bier. Sie stellte die grüne Flasche auf einem Buch auf dem Schreibtisch ab und bat es stumm um Verzeihung, weil sie es als Untersetzer missbrauchte. Es war eines von der langweiligen Sorte, aber trotzdem.

Unter der gezeichneten Landkarte, die Barbara ihr geschickt hatte, befanden sich mehrere zusammengeheftete Seiten, die mit einer altmodischen Schreibmaschinenschrift bedruckt waren. Oder aber jemand hatte den Inhalt auf einer Schreibmaschine abgetippt und die Seiten waren seitdem Dutzende Male fotokopiert worden. Das Dokument war am oberen Rand datiert und unterschrieben: *So wie Francois es von seinem Großvater erzählt bekommen und aus dem Französischen übersetzt hat, 3. Oktober 1987.*

Wer war Francois?, fragte sie sich.

Barbara hatte ein weiteres rosa Post-it auf die oberste Seite geklebt und mit ihrer ausladenden Handschrift versehen: *Bemerkenswert, weil wir sonst nie etwas so Altes bekommen.*

Naomi runzelte die Stirn. So alt? 1987? Doch kaum hatte sie zu lesen begonnen, verstand sie es.

So wie Francois es von seinem Großvater erzählt bekommen und aus dem Französischen übersetzt hat, 3. Oktober 1987.

Dies ist eine Geschichte von unseren Ahnen, von Generation zu Generation weitergereicht, für die, die es wert sind, sie zu erfahren. Über Jahrhunderte hinweg wurde sie im Winter in den Langhäusern des Wabanaki-Lands erzählt, wenn sich die Familien abends um ihre Lagerfeuer versammelten.

Wir wissen es nicht genau, haben aber die starke Vermutung, dass unser Volk im heutigen New Hampshire oder aber im südlichen Maine seine Anfänge hatte und irgendwann gezwungen wurde, nach Norden zu ziehen. Wir wissen nicht, ob wir ursprünglich Abenaki oder Pennacook oder etwas ganz anderes waren. Aber jetzt sind wir Abenaki und leben im Odanak-Reservat. Diese Geschichte handelt davon, wie es uns hierher verschlagen hat.

Es begann eines Sommers, irgendwo an der Küste, an einem Ort namens Sawadapskw'i, auf einer Klippe hoch über dem Meer.

Dort war es, als ein junger Mann namens Manedo – unser Urgroßvater zwölf Generationen vor uns – seine Frau Kanti – unsere Urgroßmutter zwölf Generationen vor uns – zum Abschied küsste und zu ihr sagte: »Warte hier auf mich.«

Das war vor fast vierhundert Jahren, als man, wenn man auf dieser Klippe stand und sich nach rechts, links und wieder zurückdrehte, nichts als Bäume sah. Lange bevor dort ein Haus errichtet wurde, eine Sägemühle, eine Werft, eine Ortschaft, all das kam erst später.

Dieser Fleck auf den Klippen hatte für das Paar eine große Bedeutung. Ihr Volk schlug jeden Sommer am nahegelegenen Fluss ihr Lager auf. Es war Tradition, dass am Abend nach einer Hochzeitszeremonie die Ältesten das zu verheiratende Paar zu diesem Felsvorsprung führte, wo zuvor ein kleines Wigwam errichtet worden war. Die Stelle war jedes Jahr leicht wiederzufinden, weil die sanfte Krümmung der Küste dort jäh unterbrochen wurde und das Land dort wie ein Finger ins Meer hineinragte und zu einer kleinen Insel zeigte. Auch war es Brauch, dass Braut und Bräutigam bereits eine gewisse Zeit vor der Zeremonie dort wohnten, nur sie beide. Erst dann wurden sie richtig verheiratet.

Diese ersten Nächte mit ihrem künftigen Mann waren die glücklichsten in Kantis Leben. Bevor sie die Klippe wieder verlassen würden, um zu ihrem Volk zurückzukehren, schenkte Manedo ihr eine Halskette mit Perlen, die er aus Quahog-Muscheln gemacht hatte; sie waren weiß und schimmerten hie und da violett. Die Frauen in unserer Familie tragen sie heute noch. Sie bekommen sie zur Hochzeit geschenkt.

Ein Jahr, nachdem sie verheiratet worden waren, begaben sich Kanti und Manedo erneut auf diese Klippe. Er verabschiedete sich von ihr und ließ sie dort allein zurück, um an dem nahegelegenen Strand seine Freunde zu treffen. Er wollte nur ein paar Stunden wegbleiben, aber Kanti machte sich trotzdem Sorgen.

Von ihrem Aussichtspunkt aus verfolgte sie, wie die vier Männer in ein Kanu stiegen und über das wellige Wasser zu einem riesigen Schiff hinüberpaddelten, das vor der kleinen Insel ankerte. Sie trugen Hirschfelle. Die Gesichter hatten sie mit rötlichem Ocker bedeckt und über Kinn, Lippen und Nasen blaue Streifen gemalt – um die Ahnen zu ihrem Schutz herbeizurufen.

Als das Schiff zwei Wochen zuvor aufgetaucht war, hatten sie es zunächst ebenfalls für eine Insel gehalten. Eine schwimmende Insel, etwas, das sie noch nie zuvor gesehen hatten. Sie konnten nicht verstehen, warum es nicht unterging. Von ihren Nachbarn hatten sie Geschichten von weißhäutigen Fischern gehört, die hin und wieder erschienen und wieder verschwanden. Aber gesehen hatten sie sie noch nie – vielleicht nie richtig daran geglaubt – bis zu jenem Tag.

Die Männer auf dem Schiff waren merkwürdig angezogen und rochen komisch, und schwarzes Fell bedeckte ihre weißen Wangen. Sie errichteten ein weißes Kreuz auf der felsigen Küste der Insel. Viele Tage lang paddelten sie in Kanus herum, erkundeten den Fluss, die Sümpfe und Bäche in der Nähe. Als sie schließlich an Land kamen, um sich ihnen vorzustellen, lächelten sie. Sie brachten Geschenke mit – Tabakpfeifen, Schmuck und regenbogenfarbene Pfauenfedern. Die Ältesten hatten sich um das Ratsfeuer versammelt und beschlossen, diese Fremden wie Freunde zu empfangen.

Es war Frühsommer, die schönste und süßeste Jahreszeit. Die Aussaat war beendet. Das Wetter angenehm und warm. Die Bäume standen prachtvoll in üppigem Grün. Der Ozean funkelte im Sonnenlicht. Die Besucher schwärmten von diesem Landstrich. Ein Schlaraffenland. Die Erdbeeren, sagten sie, seien doppelt so groß wie alle, die sie zuvor gesehen hätten, und schmeckten doppelt so gut. Sie waren begeistert von einer Muschel mit vierzehn Perlen darin, einem Stör, der so lang war wie zwei Buben, den Lachsen, die aus dem Wasser sprangen, als bäten sie darum, gefangen zu werden.

Für alles wollten sie das einheimische Wort wissen. Zum Beispiel deuteten sie auf einen Baum, auf den Ozean, auf ein Kaninchen und fragten, wie sie es nannten. Einer der Männer schrieb alles in ein Buch. Die weißen Männer fragten sie nach dem Namen ihres Volks, und sie erklärten ihnen, dass sie das Volk der Morgendämmerung hießen, weil die Sonne an dieser Küste aufging, bevor sie sonst irgendwo aufging, und dass sie seit viertausend Jahren schon hier seien und sie jeden Morgen begrüßten.

Abend für Abend luden unsere Ahnen diese Besucher zu ihren Feiern am Strand ein. Kurz vor Sonnenuntergang breiteten sie Hirschfelle auf dem Sand um das Feuer herum aus, über dem Töpfe und Kessel dampften und Wildbret und Enten an einem Spieß brieten. Sie tanzten und sangen und trommelten. Sie brachten genug Tabak mit, damit die Männer ihre Pfeifen stopfen konnten, auch wenn sie ihren eigenen Vorrat fast aufbrauchten.

Die Ahnen konnten diesen Männern nichts geben, ohne dass sie ihnen im Gegenzug ebenfalls etwas schenkten. Die Männer brachten Gebäck und Stoffe mit. Und Glasperlen, die die Frauen begierig beäugten, weil sie so schön waren, auch wenn sie Angst vor den lauten Stimmen der fremden Männer und ihren Feuerwaffen hatten, etwas, das noch kein Mitglied des Stammes je gesehen hatte.

Nach mehreren Tagen sagten die Besucher, sie wollten sich für ihre Gastfreundschaft erkenntlich zeigen. Sie luden vier Männer, darunter Manedo, für den nächsten Tag an Bord ihres Schiffes ein, zu einem Gastmahl und um Geschenke auszutauschen.

Als sich das Kanu dem Schiff näherte, ließ jemand eine Leiter hinab. Einer nach dem anderen kletterten sie hinauf und ergriffen, als sie oben ankamen, die ihnen dargebotene Hand. So wurden sie der Reihe nach vom Bauch des Schiffs verschluckt. Manedo war der Letzte, der an Bord stieg. Oben angekommen, drehte er das Gesicht in Richtung seiner Frau, zu der Stelle auf der Klippe, wo, wie er wusste, sie sich befand, ehe der Fremde ihn über den Rand des Schiffs zog.

Von der Klippe aus beobachtete Kanti weiterhin das Schiff, auch wenn es nichts mehr zu sehen gab. Stundenlang saß sie da und webte einen Korb für ihr Heim. Der Kettfaden bestand aus geplätteter Birkenrinde, der Schussfaden aus Wolle und Maishülse. Faden um Faden verwob sie, bis ein Muster aus in Formation fliegender Vögel entstand. Diese Gabe hatte sie von ihren Vorfahrinnen, und bald würde sie sie an ihr eigenes Kind weiterreichen. Sie hatte ungefähr die Hälfte geschafft, als sie auf dem Ozean eine Bewegung wahrnahm. Erleichterung durchströmte sie. Doch was sie sah, waren nicht die Männer, die wieder hinabkletterten, um zurückzukehren, so wie sie es erwartet hatte.

Das Schiff selbst bewegte sich. Drehte um. Ihre Erleichterung schwand dahin. Machte Grauen Platz. Sie schrie, aber niemand hörte sie. Sie stand schnell auf, musste sich wegen ihrer ungewohnten plumperen Gestalt mit den Händen abstützen. Und dann rannte sie, so schnell sie konnte, zu ihren Leuten.

Nachdem die Fremden Manedo mit fortgenommen hatten, ging sie jeden Morgen zu der Klippe hinauf und setzte sich an die gleiche Stelle, wo sie völlig reglos verharrte. In den Wellen hörte sie die Stimmen der Ahnen. Sie sagten ihr, er werde zurückkommen. Es sei nur eine Frage der Zeit.

Ihre Schwestern schliefen nachts abwechselnd anstelle ihres Mannes neben ihr, bis das Baby kam. Nuna. Ein wunderschönes Mädchen, das mit dickem schwarzen Haar geboren wurde.

Ihr Volk hielt zur Feier seiner Geburt ein Fest ab. Sie sangen und tanzten. Das Trommeln klang wie ein Herzschlag, stetig und dumpf im Hintergrund. Aber Kanti war, als wütete ein Gift in ihr. Sie liebte ihre Tochter nicht so, wie sie sollte. Ihre Angehörigen meinten, die Kleine sehe Manedo ähnlich. Kanti fragte sich, ob sie deswegen das Gefühl hatte, als wäre sie gezwungen worden, ihn gegen sie auszutauschen.

Dieses Gefühl verschwand nicht, so sehr sie es sich auch wünschte.

Egal, was sie tat, immerzu flehte Kanti ihre Ahnen an, ihr zu helfen, ihr Kind zu lieben: Während sie Bohnen erntete und sie für den Winter trocknete und einlagerte und Nuna dabei auf dem Wiegenbrett, das Manedo aus gespaltenem Eschenholz gemacht hatte, mit sich herumtrug. Während sie die Samen der besten Pflanzen aussortierte, um sie im nächsten Jahr auszusäen. Während sie Maiskörner trocknete und mahlte, als Vorrat für die magereren Monate, wenn sie für den Winter ins Landesinnere zogen. Bei all diesen Vorbereitungen für eine Zukunft, die sie sich nicht wünschte.

Entsetzliche Vorstellungen zermarterten sie. Sie konnte an nichts anderes denken. Hatte ihr Mann Schmerzen, war er hungrig? Was taten sie ihm an? Was hatten sie vor? Gerüchte machten die Runde. Dass Manedo und die anderen Männer umgebracht worden seien. Dass die weißen Männer flussaufwärts gezogen seien und fünf weitere Ureinwohner gefangen genommen hätten, um alle neun Männer als Sklaven an die Irokesen zu verkaufen.

Die Ungewissheit trieb sie schier in den Wahnsinn. Nacht für Nacht wanderte sie allein über die Klippen.

Es wurde kalt. Eines Morgens hörte das Volk das Flattern von unzähligen Tauben, die sich auf den großen Zug gen Süden aufmachten. Das bedeutete, dass es auch für sie Zeit wurde aufzubrechen.

Kanti bat ihre Mutter und Schwestern, ihr Kind mitzunehmen und sie zurückzulassen. Sie hatte ihrem Mann versprochen, auf ihn zu warten. Wenn er zurückkäme, würde er sie brauchen.

Die Ältesten meinten, sie könne in ihrem Kummer und ihrem Leid nicht klar denken. Dass sie sterben würde, wenn sie sie allein zurückließen.

Pebonkas, der Mond, der den Winter machte, erschien am Himmel, ein Zeichen, dass sie gehen mussten.

Auf dem Hochzeitskliff hinterließ Kanti für Manedo einen Korb mit Lebensmitteln – getrockneten Fisch und Wild, Kürbis und die süßen Eicheln einer Weißeiche. Sie legte eine Spur aus Quahog-Muscheln, um ihm die Richtung zu weisen, in die sie am nächsten Morgen aufbrechen würden.

Die Lebensmittel wurden von Tieren verschlungen. Die Muscheln wurden bald von Schnee bedeckt.

Von da an begab sich Kanti jedes Jahr im Frühling, sobald ihr Volk in Sawadapskw'i eintraf, als Erstes auf die Klippe. Sie blickte zu der kleinen Insel hinüber, als hoffte sie, ihr Mann könne jeden Augenblick auftauchen. Manchmal nahm sie ihre Tochter mit und erzählte ihr von ihm. Dann wieder ging sie allein, in der Absicht hinunterzuspringen, und stellte sich vor, wie ihr Körper an den Felsen zerschellte und ihre Verzweiflung endete. Aber was, wenn in dem Moment, da sie starb, Manedo zurückkäme?

Zwei der vier Männer kehrten zurück, und Kanti schöpfte erneut Hoffnung. Der Erste erschien ein paar Jahre nach ihrem Verschwinden an Bord eines Schiffs aus England, zusammen mit hundert Männern, Frauen und Kindern, die sich in dieser Gegend ansiedeln wollten. Er ließ sich zwar wieder bei seinem Volk nieder, besuchte die Engländer aber jeden Tag, um für sie Lebensmittel gegen Pelze einzutauschen. Als naher Verwandter zweier Chiefs war er für diese Rolle wie geboren, und er schien stolz zu sein, als Einziger, der beide Sprachen beherrschte und die Absichten aller Beteiligten kannte, auf beiden Seiten seine Macht auszuspielen.

Man kann nur erahnen, wie es Kanti dabei erging. Bestimmt, musste sie gedacht haben, hätte Manedo diesen Menschen, seinen eigenen Entführern, nie im Leben geholfen. Das Verhalten seines Freundes musste sich für sie wie Verrat angefühlt haben, doch vielleicht hatte er einfach nur früher als der Rest von ihnen begriffen, dass dies eine Möglichkeit sein würde, um zu überleben.

Der folgende Winter war grausam. Als Kantis Volk im Frühjahr an die Küste zurückkehrte, waren viele der Engländer an Krankheiten und Hunger gestorben. Ein Feuer hatte ihre Häuser und restlichen Vorräte zerstört. Jene, die überlebt hatten, stiegen wieder an Bord ihres Schiffes und segelten nach Hause zurück.

Drei Sommer später kam der zweite Mann zurück. N'tahanada. Manedos Cousin und guter Freund. Er berichtete Kanti, dass sie zusammen an einem Ort namens London gewesen seien, wo sie im Haus eines sehr wohlhabenden und einflussreichen Mannes gewohnt hätten. Sie waren zugleich dessen Gäste als auch Gefangene. Man habe sie gut genährt und dafür gesorgt, dass sie es warm hatten, und sie hätten eine Unterkunft nur für sich gehabt. Andererseits hätten sie auf Kommando vor Publikum auftreten müssen – man habe sie ausgestellt, mit Tierhäuten bekleidet, die Gesichter bemalt, und sie hätten mit Pfeil und Bogen ihre Fertigkeiten vorführen müssen. Man habe sie herumgereicht, sie wie Wunder aus einem fernen Land vorgezeigt.

Einen Ort wie London, sagte N'tahanada, habe er noch nie zuvor gesehen. Dort gebe es Langhäuser groß wie Berge. Einige Menschen besäßen wunderschönen Schmuck und Pelze, riesige Häuser mit mehr Zimmern, als es Menschen gab, um sie zu füllen. Doch die meisten hätten nichts. Sie bettelten um Essen und schliefen, vor Kälte und Regen ungeschützt, am Straßenrand, wo Fremde achtlos an ihnen vorbeigingen. Die Engländer, sagte er, seien brutal. Er habe Menschen gesehen, die auf öffentlichen Plätzen wegen irgendwelcher Straftaten erhängt wurden. Kurz bevor sie stürben und während sie noch bei Bewusstsein seien, nehme man sie herunter, weide sie aus, enthaupte sie, schneide ihnen den Penis ab und reiße das Herz heraus und zerhacke den Rest ihres Körpers in Stücke. Und die ganze Zeit schaue die versammelte Menschenmenge grölend dabei zu.

Anfangs habe ihr Entführer Manedo und N'tahanada versichert, er werde sie, sobald sie ihren Zweck erfüllt hätten, wieder nach Hause schicken. Aber zunächst wollte er von ihnen jedes noch so kleine Detail über Dawnland, das Land der Morgendämmerung, das Land der Abenaki, erfahren. Ihre Bezeichnung für jeden Vogel und jede Beere wissen. Wo sich Inseln, Flüsse und natürliche Naturhäfen befanden. Listen mit ihren Feinden und ihren Freunden. Wie bei ihnen Entscheidungen getroffen und Anführer ausgewählt würden, wie sie ihre Tage und Jahre gestalteten. All das habe er wissen wollen, sagte N'tahanada, auch wenn ihre einfache, auf das Nötigste beschränkte Lebensweise in den Augen dieser Engländer größtenteils keinen Sinn ergebe.

N'tahanada erzählte Kanti, diese Männer hätten kein Gespür für das, was der Schöpfer ihnen gegeben habe, erkannten es weder noch ehrten sie es. Er und Manedo hätten einen Seemann über die Eichen in Dawnland reden hören, nur dass er sie nicht Bäume nannte, sondern Masten für Schiffe, die vierhundert Tonnen transportieren könnten.

Diese Männer hätten nie vorgehabt, nach Sawadapskw'i zu segeln. Sie hätten einen anderen Ort gesucht. Aber nachdem sie angekommen seien und gesehen hätten, wie üppig dieses Land war, hätten sie geglaubt, ihr toter Gott habe sie hierhergeführt, um es zu entdecken, und wolle, dass sie blieben. Sie hätten nicht verstanden, dass das Land nicht nur ein Ort sei, sondern auch für Sippe und Zugehörigkeit stehe.

Nach einem Jahr habe ihr Entführer beschlossen, dass Manedo und N'tahanada nach Hause zurückkehren konnten. Ihr Schiff habe es bis Puerto Rico geschafft, wo sie von feindlichen Spaniern abgefangen wurden. Die Spanier hätten alle an Bord gefangen genommen und in Ketten auf ihr Schiff gezerrt. N'tahanada und Manedo seien getrennt und in die Sklaverei verkauft worden. Jahre vergingen. N'tahanada habe sich inzwischen mit dem Gedanken abgefunden gehabt, als Sklave in einem Land zu sterben, wo er keine Menschenseele kannte. Doch eines Tages sei jemand gekommen und habe ihn befreit. Als zu guter Letzt allen Sklaven die Freiheit zurückgegeben worden sei, war Manedo nirgendwo zu finden. Niemand habe gewusst, wo er abgeblieben und ob er überhaupt noch am Leben sei.

Bald erblickte Kantis Volk am Horizont neue Schiffe. Von da an hatten sie keinen Frieden mehr. Was dann geschah, ist hinlänglich bekannt. Die Engländer trafen in Scharen ein, fest entschlossen zu bleiben, komme, was wolle. Sie glaubten, ihr Gott habe ihnen Krankheiten geschickt, um damit die einheimischen Menschen in der neuen Welt, die sie für sich erobern wollten, auszulöschen. Die erste Krankheitswelle tötete drei Viertel von ihnen. Und während die Engländer sie nach und nach umbrachten, wurden die Ureinwohner von ihnen abhängig. Aus dem Metall, das die Weißen brachten, konnte man Speerspitzen, Angelhaken, Messer und Nadeln machen, sodass sich die anfallenden Arbeiten in einem Viertel der ursprünglichen Zeit erledigen ließen. Im Tauschhandel erwarben sie Eisentöpfe und Waffen, Dinge, die ihre Lebensweise veränderten.

Am Handelsposten machten die Engländer die Einheimischen mit Rum bekannt. Die Stammesältesten dachten, sie taten es, um ihre Männer zu hintergehen und um das zu prellen, was ihnen zustand. Die Männer taumelten besinnungslos nach Hause, etwas, was sie früher nie getan hatten. Das Vieh der Weißen zog über das Land der Ureinwohner hinweg und zerstörte ihren Mais. Die Geschwindigkeit, mit der die Weißen Bäume fällten, machte viele Aspekte ihres Lebens zunichte. Große Teile der Wälder, in denen ihre Männer seit Tausenden von Jahren gejagt hatten, wurden zerstört. Ebenso die Anpflanzflächen entlang des Flusses. Jetzt wuchs dort kein Mais mehr. Verschmutzt mit dem Abwasser der Sägemühlen, war der Fluss nicht länger eine verlässliche Wasserstraße, so wie er es seit Tausenden Jahren gewesen war.

Als sie im siebenunddreißigsten Frühling nach Manedos Verschwinden wieder an der Küste eintrafen, folgte Kanti wie immer dem Pfad durch den Wald, der zu ihrer Stelle oben auf den Klippen führte. Sie erwartete jetzt nicht mehr, ihren Mann dort zu finden. Aber sie spürte seine Gegenwart an diesem Ort, wo sie sich so berührt hatten, wie sie seitdem niemanden mehr berührt hatte.

Noch ehe der Ozean in Sicht kam, traf sie fast der Schlag. Wo früher ein dichtes Dach aus Baumkronen war, befand sich jetzt eine Lichtung. In deren Mitte ein Haus, aus Baumstämmen erbaut. Sie trat so nahe heran, dass sie einen Ledereimer neben der Tür erkannte und einen Stoß Feuerholz.

Ein Mann kam heraus und zielte mit einem Gewehr auf sie. Er schrie, aber Kanti verstand nicht, was er sagte.

Sie rannte zu ihren Leuten zurück, wie sie es vor so vielen Sommern, an dem Tag, als Manedo entführt worden war, getan hatte, um Hilfe zu holen, wobei sie jetzt das Familienoberhaupt war. Sie traf N'tahanada an, berichtete ihm, was passiert war. Er ging in den Wigwam und kam mit einem Messer in der Hand wieder heraus.

Sie folgte ihm zu dem Haus zurück.

Der Mann stand immer noch vor dem Haus, das Gewehr erhoben, als hätte er auf sie gewartet.

Er und N'tahanada schrien sich auf Englisch an. Als der Mann schließlich wieder hineinging, fragte Kanti, was er gesagt habe.

»Er meint, wir hätten unerlaubt ein Privatgrundstück betreten. Dass er die Genehmigung erhalten hat, hier am Fluss eine Sägemühle zu bauen, und zu dieser Abmachung gehört auch dieses Stück Land, auf dem er das Haus gebaut hat, und er hat vier Pfund Steuern gezahlt, die beweisen, dass alles seins ist.«

All das ergab für sie keinen Sinn. Dieses Haus war auf einer Klippe erbaut worden, die für ihr Volk heilig war. Die ihr heilig war. Wie konnte er glauben, dass sie ihm gehörte?

Kanti sah den Mann nie wieder. Viele, viele Jahre lang setzte sie keinen Fuß mehr auf dieses Land. Als sie es erneut tat, lag das Haus in Schutt und Asche, und der Mann war weg.

Ehe die Engländer aufgetaucht waren, gab es selbst für einen Krieg die richtige Jahreszeit. Jetzt konnten jederzeit Angriffe erfolgen. Beide Seiten durchlebten Perioden blutiger Kämpfe und Perioden, in denen sie friedlich nebeneinander existierten oder es mit Diplomatie versuchten. Gerade wenn es schien, dass sich die Situation verbessert hatte, erfolgte ohne Vorwarnung eine neue Attacke. So ging es jahrzehntelang. Es gab so viele Verluste, dass kein Stammesverband mehr war wie einst. Jetzt bestanden sie nur noch aus Fragmenten, zusammengewürfelten Überlebenden, die zu etwas Neuem wurden.

Squandro, Chief des Sokoki-Stamms am Saco River, war bekannt dafür, dass er und sein Volk in den fünfzig Jahren seit der Ankunft der Weißen in ihrem Land friedlich mit ihnen zusammengelebt hatten. Er war ein gerechter Mann. Als man ihm ein weißes Mädchen als Sklavin schenkte, suchte er ihre Familie und gab sie ihr zurück.

Eines Tages stießen englische Seeleute auf seine Frau, die mit ihrem Baby in einem Kanu fuhr. Einer der Seeleute hatte gehört, dass die Kinder der Ureinwohner von Geburt an schwimmen könnten. Die anderen glaubten es nicht. Also kippten sie das Kanu um, um zu sehen, wer recht hatte. Obwohl seine Mutter alles versuchte, es zu retten, ertrank das Baby.

Squandro blieb keine andere Wahl, als Vergeltung zu üben. Ein Aufstand brach aus, der drei Jahre lang dauerte. Mehrere Stämme verbündeten sich gegen den gemeinsamen Feind. Die Weißen brachten Weetamo um, Anführerin der Pocasset, enthaupteten sie und stellten ihren Kopf auf einem Pfahl aus. Die Weißen spannten Netze in den Flüssen aus, um Fische daran zu hindern, zu ihren Dörfern zu schwimmen. Sie verboten den Handel mit Schrot und Schießpulver, um den Ureinwohnern die Jagd zu erschweren. Sie wollten sie aushungern, während es nicht weit entfernt Lebensmittel in Hülle und Fülle gab. Unzählige Menschen starben.

Wen wundert es da, dass die Männer aus Kantis Volk eines Tages, als sich die Engländer auf den Feldern und in Fischerbooten zu schaffen machten, den Zugang zu ihrem Dorf abschnitten, wo nur Frauen und Kinder waren, von Hütte zu Hütte gingen und sie in blinder Wut niederbrannten?

An diesem Tag kehrte Kanti nach all den Jahren zur Hochzeitsklippe zurück, um aus der Ferne zuzusehen. Sie hatte jetzt keine Angst mehr vor dem Mann in dem Haus. Das Alter hatte sie von der Angst befreit.

Der Mann war nicht mehr da. Das Haus war ebenfalls weg. Es war am selben Morgen völlig niedergebrannt. Die Asche glomm noch. Später erzählte ihr der Mann ihrer Tochter, dass die Sägemühle des Mannes ebenfalls niedergebrannt worden sei, eine Botschaft, dass ihr Volk die Lebensweise der Engländer nicht länger hinnehmen würde, da sie ihre eigene nahezu unmöglich gemacht hatte.

Der Mann ihrer Tochter sprach nicht nur Englisch, sondern konnte auch in dieser Sprache schreiben. Kanti hatte das Gefühl, als stammten sie aus einer Welt, die keinen Platz für sie hatte. Sie waren in all dieses Leid hineingeboren worden. Hätten die Mütter ihrer Generation gewusst, was kommen würde, hätten sie dann Kinder in die Welt gesetzt?

Als schließlich ein Friedensvertrag unterzeichnet wurde, waren sechstausend Engländer getötet oder vertrieben worden. Ein paar, die gefangen genommen worden waren, versuchten zu fliehen. Zur Strafe schnitten sie ihnen Nase und Ohren ab. Dann banden sie sie an Pfähle und verbrannten sie.

Die Ureinwohner waren indes fast alle tot oder als Sklaven nach Barbados, Bermuda oder Jamaica verkauft worden. Oder nach Spanien. Einen Ort, den Kanti sich nicht vorstellen konnte, der ihr aber schon seit Langem vertraut erschien, weil höchstwahrscheinlich ihr Mann dort war, ob tot oder lebendig.

Schon vor langer Zeit hatte sie aufgehört, von Manedo zu sprechen. Sie wusste, niemand verstand, wie sehr sie ihn vermisste. Wie oft sie sich vorstellte, wie anders ihr Leben wäre, wenn er nicht entführt worden wäre. Doch was bedeutete schon ein Menschenleben an einem Ort, wo Mord, Gewalt, Krankheit und Tod grassierten? Außer dass Manedo ihre Welt gewesen war. Sie konnte einfach nicht glauben, dass eine so starke Liebe wie ihre nicht die Macht gehabt hatte, ihn zu retten.

Die wenigen, die diesen Kampf überlebten, zogen nach Norden, nach Kanada, wo es eine Zeit lang hieß, die »blacmonac«, die schwarzen Mönche aus Frankreich, seien Freunde ihres Volkes.

Nuna und ihr Mann und ihre Kinder wollten gehen, konnten aber

Kanti nicht zurücklassen. Sie flehten sie an mitzukommen. Sie hätten gehört, dass die Franzosen sehr viel netter seien als die Engländer. Die Engländer wollten ihr Land. Die Franzosen wollten nur ihre Seelen für Christus. Oben im Norden würden sie von katholischen Missionaren Nahrungsmittel und eine Unterkunft bekommen.

An dem Tag, als Kanti starb, nahm sie ihrer Tochter das Versprechen ab, dass sie weggehen würden. In Kanada würden sie sicherer sein. Ein weiterer Ort, den Kanti nie gesehen hatte und nie mehr sehen würde.

Sie war froh, sterben zu können. Sie hatte länger als die meisten anderen gelebt.

In ihren letzten Sekunden schloss Kanti die Augen und war wieder auf den Klippen, und Nuna war wieder in ihrem Bauch, während Manedo wegging, um sich mit den anderen Männern zu treffen. Sie sah, wie er auf dem Strand erschien und seine Freunde zur Begrüßung umarmte. Gerade, als sie aufbrechen wollten, beschloss Manedo, nicht mit ihnen zu gehen. Er entfernte sich von ihnen, kehrte über den Strand zurück und verschwand im Wald. Kurz darauf kam er aufgeregt zu ihr zurück, um es ihr zu sagen. Als sie später ungläubig zusehen mussten, wie das fremde Schiff ihre Freunde entführte, waren sie wenigstens zusammen.

Ihre Tochter bestattete sie auf der Hochzeitsklippe. In ihrem Grab, das mit Birkenblättern bedeckt war, trug Kanti ihr Hochzeitsgewand und die Quahog-Muschelkette um den Hals. So viel Freundlichkeit von einem Kind, zu dem sie nie sonderlich freundlich gewesen war. Ohne dass man es ihr hätte erklären müssen, hatte Nuna begriffen, wohin ihre Mutter gehörte. Dorthin, wo all ihre Erinnerungen wohnten, als wären sie genau so in die Erde geätzt wie das Quarz, das wie Adern den Fels durchzog.

Dort würde Kanti warten. Manedo hatte gesagt, sie solle warten.

Ein drittes Post-it haftete an der letzten Seite. Darauf hatte Barbara in Großbuchstaben geschrieben: GLAUBST DU, DIESE GESCHICHTE

KANN WAHR SEIN? FALLS JA, SCHEINT ES EIN ECHTER FUND ZU SEIN!

Naomi berührte die Quahog-Muscheln, die auf dem Schreibtisch lagen.

Sie betrachtete die Landkarte. Wieder blieb ihr Blick an dem Wort hängen. *Sawadapskw'i.*

War die Geschichte wahr? Was all die Gewalt und den Genozid betraf, ganz bestimmt. In Bezug auf die Entführung der vier Männer möglicherweise. Solche Dinge waren in diesen schrecklichen frühen Jahren zigmal passiert.

Was die Frauen und vor allem Kanti betraf, wer weiß. Niemand hatte niedergeschrieben, was Frauen getan, geschweige denn, gefühlt hatten. Naomi hatte keine Ahnung, ob es je eine Kanti gegeben hatte und ob auf irgendeiner Klippe eine Hochzeit stattgefunden hatte. Sie würde ein paar Älteste fragen müssen, die derlei Dinge wussten, falls sie je stattgefunden hatten.

Die Geschichte kam ihr jedenfalls vage vertraut vor, wie ein Déjà-vu oder ein Überbleibsel eines Traums.

Am liebsten hätte sie zum Hörer gegriffen und Barbara angerufen, um mit ihr darüber zu reden. Naomi hatte so viele Fragen. Woher stammte die Geschichte? Wo hatte Barbara diese Familie gefunden?

Aber das würde warten müssen. Gerry hatte unten Musik von Lucinda Williams aufgelegt, die sie so liebte. Er rief hoch, das Abendessen sei fertig.

Stunden später, lange nachdem sie ins Bett gegangen waren, wachte Naomi in der Dunkelheit ihres Schlafzimmers auf und wusste es auf einen Schlag. Es war, als hätte es ihr jemand ins Ohr geflüstert. *Sawadapskw'i.* Sie hatte das Wort wiedererkannt, weil sie es für Jane Flanagan unterstrichen hatte, um ihr zu bedeuten, dass das womöglich der ursprüngliche Name des Städtchens war, in dem Jane lebte und das heute Awadapquit hieß. Und hatte Jane nicht eine Geschichte erwähnt, die sich in diesem Gebiet abgespielt haben sollte, von Männern, die von einem der frühen Entdecker entführt worden waren?

Jane hatte an diesem Ort inzwischen ein kleines Museum eröffnet. Sie war sich sicher, dass Jane begeistert sein würde angesichts der Geschichte, die Barbara ihr geschickt hatte. Aber es war vier Uhr in der Früh, also versuchte Naomi, wieder einzuschlafen.

Als das nicht funktionierte, sah sie zu ihrem Mann hinüber. Sie gab sich der Vorstellung hin, dass es wirklich eine Frau gegeben hatte, die irgendwo auf einer Klippe vierhundert Jahre lang auf die Rückkehr ihres Mannes gewartet hatte. Naomi war kein bisschen romantisch veranlagt. Aber in diesem Moment, zu dieser Stunde, angesichts der bald anbrechenden Dämmerung, glaubte sie es.

16

Jane

Das Geräusch von Reifen auf der langen Zufahrt ließ sie am Fenster innehalten. Die ersten Gäste des Tages. Dreißig Minuten vor Öffnung des Museums. Jane würde sie früher hereinlassen, wenn sie wollten. Sie freute sich darauf, die neue Ausstellung über das Leben von Shaker-Frauen in Maine zu präsentieren.

Wie fast täglich war das Baby um fünf wach gewesen. Jetzt, um halb neun, legte die Babysitterin es wahrscheinlich zu Hause gerade für sein Vormittagsschläfchen hin. Jane hätte ihm gern Gesellschaft geleistet. Noch nie in ihrem Leben war sie dermaßen erschöpft gewesen.

In drei Wochen würde Mary ihren ersten Geburtstag feiern. Das Schicksal hatte entschieden, dass er mit dem zweiten Jahrestag von Janes Abstinenz zusammenfiel. Dieses Doppelwunder, dass sie nicht mehr trank und die Geburt ihrer Tochter, hingen miteinander zusammen. Das eine war ohne das andere nicht vorstellbar.

Jane sah, wie der Wagen neben dem Haus parkte. Ein etwa sechzigjähriges Paar stieg aus und spazierte über den Rasen. Jane hatte, ein paar Schritte vom Rand der Klippe entfernt, zwei Picknicktische aufgestellt. Das Paar setzte sich nebeneinander an einen davon.

Sie würden die ersten Besucher der Ausstellung sein. Jane hatte Wochen damit zugebracht, sie zu entwickeln und zu realisieren. Mehrere Male hatte sie Sabbathday Lake besucht, sich in detaillierte Aufzeichnungen über jeden Tag des Dorfes in mehr als zweihundert

Jahren vertieft. Dabei staunte sie über die Schönheit und Eigenart der Farm.

Sie betrachtete Fotos der Zeichnungen, die im 19. Jahrhundert angefertigt worden waren und die man damals einer göttlichen Gabe zugeschrieben hatte. Es waren wundervolle, leuchtend bunte Bilder, die, wie es hieß, die Fähigkeiten der jungen Frauen weit übertrafen. Man sah darin Botschaften von Geistern, die durch junge Mädchen ihren Ausdruck suchten. Eigentlich sollte niemand außerhalb der Gemeinde die Zeichnungen sehen. Die meisten hatte man zerstört. Doch die erhalten gebliebenen wurden jetzt für Zehntausende Dollar verkauft. Sie hingen in Museen und wurden auf eine Weise präsentiert, die die Shaker von damals beschämt hätte.

Auf der ganzen Welt gab es nur noch drei Shaker, und sie lebten alle in Sabbathday Lake. Das älteste Mitglied, eine Frau, war als Waisenkind dorthin gebracht worden und jetzt vierundneunzig Jahre alt. Die anderen beiden, Männer in den Fünfzigern, waren als junge Erwachsene zur Gemeinde gestoßen. Einer von ihnen, Brother Andrew, sprach mit trockener Sachlichkeit. Er war quasi der selbsternannte Sprecher der kleinen Gruppe.

»Die meisten Leute, die tagein, tagaus auftauchen, sind inzwischen Touristen«, erklärte er Jane. »Für sie ist es ein Ort, den sie einmal besuchen, im Urlaub, an dem Tag, wenn es regnet. Die Besucher haben von den Möbeln gehört, die Shaker anfertigten, und sie kennen eines der zehntausend Lieder, die wir gesungen haben. Und sie wissen, dass Shaker zölibatär lebten – leben. Auf dem Rückweg zu ihren Autos scherzen sie darüber, dass das ein schlechter Plan sei, um eine Religion am Laufen zu halten. Jeder glaubt, er wäre der Erste, der diesen Witz reißt.«

Darüber musste Jane lächeln.

»Was dagegen selten vorkommt«, fuhr er fort, »ist, dass irgendwer sich tiefergehende Gedanken über unseren Glauben macht – der zu Beginn revolutionär war und es immer noch ist. Pazifismus. Gleichberechtigung der Geschlechter und Ethnien. Das Ziel war eine Utopie. Stellen Sie sich vor, wie die Welt hätte sein können, wenn man auf uns gehört hätte.«

Stattdessen starben die Dörfer eines nach dem anderen aus. Und dennoch blieb er optimistisch. Mutter Ann Lee, die Gründerin, hatte, wie er sagte, prophezeit, dass die Shaker auf weniger Mitglieder zusammenschrumpfen würden, als ein Kind an einer Hand abzählen kann, und dann würde eine Wiederbelebung folgen.

Jane hatte zuvor nichts über die Shaker gewusst. Sie hatte keine Ahnung davon, dass es in Maine einen solchen Ort gab. Ihre Assistentin Jessie hatte herausgefunden, dass Eliza Green, das Dienstmädchen der Littletons, in Sabbathday Lake als Shakerin aufgewachsen war. Daraus entstand der Plan für die Ausstellung.

Die Idee zu dem Museum selbst hatte sich ein paar Wochen nach Janes erster Teilnahme an einem Treffen der Anonymen Alkoholiker vor zwei Jahren entwickelt. Obwohl ihr selbst das damals gar nicht bewusst war. Lydia hatte sie gerade engagiert, damit sie helfen sollte, all die Papiere zu sichten, die die Historical Society des Ortes besaß. Außerdem wollte sie den Plan wieder aufgreifen, einen dauerhaften Ort für ihre Präsentation zu finden. Das Gehalt betrug nur einen Bruchteil dessen, was Jane in ihrem vorigen Job verdient hatte, doch sie war dankbar dafür. Vorläufig, sagte sie sich.

In letzter Minute hatte Jane Holly eröffnet, dass sie einen Rückzieher vom Verkauf des Hauses ihrer Mutter machen wollte. Sie versprach, einen Weg zu finden, um ihre Schwester irgendwann ordnungsgemäß auszuzahlen. Zu ihrer Erleichterung reagierte Holly erfreut.

Allison war begeistert. »Du bleibst hier!«, sagte sie.

»Vorläufig«, erwiderte Jane. Das wurde sozusagen ihr Mantra.

Im Winter, beim alljährlichen Weihnachtsmarkt, also dem letzten Wochenende, bevor Läden und Lokale bis zum Frühling zumachten, traf Jane zufällig Priscilla Bingham. Die gehörte dem Vorstand Ehemaliger der Schlesinger-Bibliothek an, als Jane noch dort arbeitete.

»Jane! Wie nett, Sie zu sehen.«

Jane unterdrückte den Impuls, wegzulaufen oder vor Scham im Erdboden zu versinken. Sie holte tief Luft.

»Priscilla, wie geht es Ihnen?«

»Gut. Meine Schwestern und ich sind übers Wochenende hier, um ein paar Weihnachtseinkäufe zu machen. Sie auch?«

»Um ehrlich zu sein, wohne ich hier«, sagte Jane, auch wenn es sich noch nicht ganz wahr anfühlte.

»Beneidenswert!«, meinte Priscilla. »Wir haben uns gerade ein Haus angesehen, das die Freundin einer Freundin verkaufen will. Umwerfende Lage. Zu Hause ist es das Tagesgespräch. Die Frau, der es gehört, wollte einen Pool bauen lassen, aber weil dafür nicht genug Platz war, hat sie einen alten Friedhof beseitigen lassen.«

»Genevieve«, sagte Jane.

»Ja. Kennen Sie sie etwa?«

»Ja.«

»Seltsame Frau.« Priscilla schüttelte den Kopf.

Jane erinnerte sich, dass Genevieve einmal gemeint hatte, sie würden einander kennen. Damals hatte sie nett von Priscilla gesprochen.

»Ich wusste gar nicht, dass sie verkauft«, sagte Jane. »Überlegen Sie, das Haus zu kaufen?«

»Nein, nein. Ich wollte es mir nur ansehen. Meine Freundin Leslie Davenport hat die Sache mit dem Friedhof erfahren, als sie Genevieve letzten Sommer besuchte. Sie hat ein paar Leuten davon erzählt. Das Ganze hat dann eine gewisse Eigendynamik entwickelt. Jetzt verkaufen sie es also. Und was ich so höre, will es niemand haben.«

Kaum hatte sie sich von Priscilla verabschiedet, suchte Jane online nach dem Haus. Da war es, Lake Grove, angeboten für drei Millionen Dollar.

Genevieve hatte es nur ein gutes Jahr lang besessen, und die meiste Zeit davon war renoviert worden. Sie hatte kaum dort gewohnt.

Jane ging nicht aus dem Kopf, was Priscilla erzählt hatte. Sie war mit ihrem AA-Programm noch nicht so weit, Schritte zur Wiedergutmachung zu unternehmen. Trotzdem war es ihr ein Bedürfnis, das bei Genevieve zu versuchen. Lieber früher als später.

Es wurde März, bis Jane den Mut aufbrachte, sie anzurufen. Es wunderte sie, dass Genevieve ranging.

Jane erklärte, dass sie jetzt trocken sei und sie sich für den Ärger entschuldigen wolle, den sie ihr bereitet hatte.

»Es war schrecklich, dass ich in Ihr Zuhause geplatzt bin und Sie vor Ihren Freunden wegen dieser Dinge beschuldigt habe«, sagte sie. »Hätte ich damals nicht getrunken, hätte ich so etwas nie gemacht.«

Genevieve schwieg.

»Ich hoffe, das ist nicht der Grund, warum Sie jetzt verkaufen«, meinte Jane.

Da seufzte Genevieve. »Ich möchte die ganze Sache einfach hinter mir lassen. Ich wünschte, ich hätte dieses Haus nie gesehen. Ich bedaure, was ich getan habe, Jane. Aber Sie sollen wissen, dass ich dafür bezahlt habe. Alle denken, ich bin verrückt. Sogar mein eigener Ehemann. Einige meiner engsten Bekannten meiden mich.«

Meiner engsten Bekannten. Darüber würde Allison lachen. Doch dann musste Jane daran denken, wie sie zum Camp Mira gefahren waren und Genevieve meinte, sie wünschte sich, eine Freundin zu haben, wie Jane und Allison es füreinander waren. Trotz allem tat Genevieve ihr ein bisschen leid. Der Vorteil daran, wenn man selbst völlig versagt hatte, war, dass man manchmal anderen ihre Schwächen nachsehen oder zumindest Verständnis dafür aufbringen konnte.

»Wahrscheinlich werden wir teilweise von denselben Leuten gemieden, wenn ich's mir genau überlege«, sagte Jane. »Vielleicht sollten wir bei Gelegenheit unsere Erfahrungen austauschen.«

Jane erzählte Genevieve, warum sie im letzten Sommer nach Awadapquit gekommen war. Dass ihre Ehe offiziell geendet und sie ihren Job verloren hatte.

»Das tut mir leid«, sagte Genevieve und klang aufrichtig. »Was werden Sie jetzt tun?«

Jane berichtete, dass sie versuche, Geld aufzutreiben und einen Standort für die hiesige Historical Society zu finden.

Sie verabschiedeten sich im Guten, wie Jane fand, und versicherten einander, in Verbindung zu bleiben.

Lake Grove blieb bis zum Ende des folgenden Sommers auf dem Markt. Selbst nachdem der Preis zweimal gesenkt worden war. Es gab eben nicht so viele Käufer in dieser Gegend, die sich ein solches Haus leisten konnten. Und eine beträchtliche Anzahl derjenigen, die es konnten, wussten wahrscheinlich, warum Genevieve und Paul verkauften, und wollten nichts damit zu tun haben.

Ein Jahr, nachdem sie das Haus zum Verkauf angeboten hatten, überraschte Genevieve Jane telefonisch mit einem Angebot: Lake Grove könnte der neue Standort der Historical Society werden.

Ihr Ehemann sei damit einverstanden, es zu einem nochmals gesenkten Preis zu verkaufen, wenn die Stadt bald zugriff. Es gab ein paar andere finanzielle Bedingungen, die sich steuertechnisch günstig für Genevieve und Paul auswirken würden. Und dann war da eine weitere Sache: Sie wollten, dass das Museum nach ihnen benannt würde.

Jane verstand, dass dies vermutlich der einzige Weg war, der ihnen eingefallen war, um das Gesicht zu wahren. Das Problem mit viel Geld zudecken, wie solche Leute es immer machten. Zu Genevieve sagte sie, dass sie zurückrufen würde.

Lydia reagierte begeistert auf den Vorschlag. Antike Häuser waren ihre große Leidenschaft. So ein Hintergrund würde die Historical Society neu beleben und gleichzeitig die ausgestellten Objekte mit mehr Bedeutung aufladen.

Der Stadtrat lehnte es allerdings ab, das Anwesen zu kaufen. Nicht einmal zum gesenkten Preis. Doch gleichzeitig hatte Jane sich an die Organisation Historic Homes of New England gewandt, bei der ihr Freund Evan früher gearbeitet hatte. Die kaufte alte Anwesen, Farmen und Häuser genau zu diesem Zweck. Jane verfasste eine leidenschaftliche Präsentation, die sie mit einem Zitat begann, das sie nie vergessen hatte. Es stammte von der Professorin, bei der sie zwei Kurse am Bates College besucht hatte, als sie eigentlich noch die Highschool besuchte: *Die meisten Leben gehen an die Zeit verloren.*

Jane schilderte detailliert, wie der Fokus des Museums auf den Frauen liegen würde, die tatsächlich in dem Haus gewohnt hatten, eingeordnet in den historischen Kontext.

HHNE war hingerissen. Man stellte Jane als Direktorin des Museums ein.

Sie war Lydia und in gewisser Weise auch Genevieve dankbar, weil sie durch sie wieder eine Aufgabe gefunden hatte. Wobei Genevieve ihre Dankbarkeit auf eine wirklich harte Probe stellte. Etwa als Genevieve unangemeldet eines Tages mit einem Filmteam der Sendung *Chronicle* des Lokalfernsehens aufkreuzte. Sie nahmen einen Beitrag auf, den eine bezahlte PR-Frau arrangiert hatte. Darin war die Rede von Genevieves extremer Großzügigkeit und ihrem Engagement bei der Bewahrung der Vergangenheit. Oder als im *Boston Globe* ein Artikel mit folgender Überschrift erschien: HAUSBESITZERIN MACHT SCHLIMMEN FEHLER VON BAUARBEITERN WIEDER GUT. Und schließlich, als wie vereinbart eine Plakette direkt über der zu Ehren von Samuel Littleton angebracht wurde. Darauf die Worte: ERMÖGLICHT VON PAUL UND GENEVIEVE RICHARDS. Das war abstoßend und lächerlich, doch Jane empfand es als zumutbaren Preis für das, was sie im Gegenzug bekamen.

Jane dekorierte das Haus mit Dingen, die an dessen frühere Bewohnerinnen erinnerten. Die Stadt stellte die Mittel zur Verfügung, um den Trauerring von Hannah Littleton zurückzukaufen, in dem eine Locke vom Haar ihres Mannes eingefasst war. In einem Antiquitätenladen an der Route 1 entdeckte Jane das Schild des Lake Grove Inn, von dem Genevieve geschworen hatte, es sei im Müll gelandet.

John Irving, der Entrümpler, den Genevieve engagiert hatte, um das Haus auszuräumen, gab Jane drei Kartons mit zusammengewürfelten Sachen, die er bis dato noch nicht hatte verkaufen können. Darunter ein Porträt der Troy-Schwestern. Das hatte Jane als Jugendliche noch über dem Kamin hängen sehen. Außerdem waren da zwanzig Glasschüsseln und Weinkelche in ungewöhnlichen Farben und Formen, von denen Jane inzwischen wusste, dass sie Markenzeichen von Marilyn Martinsons Arbeiten waren. Jane stellte sie in die sogenannte Butler Pantry, wo sie immer ihren Platz gehabt hatten. In der Mitte platzierte sie eine Kristallvase, in der zur Erinnerung an Daisy immer ein dicker Strauß Margeriten stand.

Jane forschte weiter nach den Kindern von Samuel und Hannah Littleton. James war in New Hampshire Schuldirektor geworden. Frances zog nach Norden an die kanadische Grenze, nachdem sie einen Pelzhändler aus Montreal geheiratet hatte. Sie wurde hundertzwei Jahre alt. In ihrer Todesanzeige waren zehn Kinder, neunzehn Enkel und fünfunddreißig Urenkel aufgezählt. Außerdem hieß es darin, dass niemand sie je Frances genannt hatte. Solange man sich erinnern konnte, war sie Fannie gerufen worden.

Rose Littleton, eine entfernte Verwandte von Samuel, die noch in Awadapquit lebte, stellte für Jane die Verbindung zu einer Urenkelin Fannies her. Sie hieß Mabel, war Ärztin und lebte in Toronto. Mabel spendete dem Museum zwei jadegrüne Teller und eine Schüssel. In einem Brief erklärte sie, es seien die Reste des Services, das Samuel einst von einer Reise nach Europa mitgebracht habe. Mabel berichtete Jane auch, dass Hannah Littletons einzige Schwester eine für ihre Zeit ungewöhnliche Frau gewesen war. Agnes Crosby, Zeitungskolumnistin und eine führende Figur der Temperenzbewegung, war, wie in Kleinstädten so üblich, verschwägert mit Thomas Crosby, dem Sammler indigener Artefakte, der Genevieve ihren Korb verkauft hatte. Agnes' Ehemann Leonard war Thomas Crosbys Urgroßonkel gewesen und hatte diesem beides vererbt, seine eigene, auf zweifelhaftem Weg zustande gekommene Sammlung und eine Leidenschaft für solche Dinge.

Auch Agnes hatte jetzt einen Platz im Museum, und zwar eine Ecke im Esszimmer, das eigentlich Hannah gewidmet war.

Früh beschloss Jane, dass es zusätzlich zur ständigen Sammlung ein bis zwei Wechselausstellungen geben sollte, die jeweils zumindest indirekt mit einer der Frauen von Lake Grove zusammenhängen sollten. Ideen für diese Ausstellungen ergaben sich auf seltsamste Weise. Als sie von der Existenz des Museums erfuhren, meldeten sich ältere Einheimische, Hobbyhistoriker und Amateur-Genealoginnen mit Erinnerungsstücken und Geschichten. Vor allem rund um die Troy-Schwestern kursierten faszinierende Gerüchte. Eine alte Frau, die in Awadapquit aufgewachsen war und inzwischen zwei Orte entfernt wohnte, erzählte Jane, dass Ethels Verlobter sie nicht sitzengelassen oder sich vor dem Kriegsdienst gedrückt hatte, wie es eigentlich hieß. Stattdessen soll er ein gewalttätiger Trunkenbold gewesen sein, den sie und ihre Schwester Honey umgebracht hatten. Die Leiche versteckten sie in der geheimen kleinen Schlafkammer im ersten Stock und warfen sie dann eines Nachts bei Vollmond über die Klippe.

»Noch ein Geist«, meinte Allison, als Jane ihr davon erzählte.

»Ja, dort tummeln sie sich geradezu«, sagte Jane.

Tatsächlich hatte es, nachdem Benjamin weg war, keine weiteren Sichtungen des Geists gegeben, von dem Jane entschieden hatte, dass es Daisy gewesen war. Allerdings lief Walter, wann immer Jane ihn mit zur Arbeit nahm, schnurstracks an den Rand der Klippe und blieb an der äußersten Stelle stehen, die aufs Meer hinausragte. Dort bellte und bellte er und sprang auf den Hinterbeinen im Kreis. Immer am selben Fleck. Als würde er jemanden begrüßen. Walter verbellte zwar alles, aber wenn er es dort tat, musste Jane an etwas denken, was Clementine gesagt hatte: *Tiere spüren die Anwesenheit von Geistern.*

Manchmal fragte sie sich, ob ihre Großmutter noch hier verweilte. Jane stellte sich vor, wie die Frauen, die einst Zeit in diesem Haus verbracht hatten, miteinander redeten. Sie hatten, wenn man es recht überlegte, so vieles gemeinsam. Ihre Großmutter und Eliza Green hatten dieselben Fenster geputzt und Fußböden geschrubbt, wenn auch im Abstand von etwa hundert Jahren.

Bei einem AA-Treffen begegnete Jane einer Frau über achtzig, die ihre Großmutter gekannt hatte.

»Als wir anfingen, gab es noch nicht viele Frauen bei den AA«, meinte sie. »Wir beide waren Pionierinnen.«

Bei den ersten paar Treffen musste Jane den Impuls unterdrücken, gleich wieder zu gehen. Die ganze Zeit dachte sie, dass sie dort nicht hingehörte. Alle anderen waren so viel schlimmer dran als sie. Eine Frau hatte Jahre im Gefängnis gesessen, nachdem sie alkoholisiert einen Unfall verursacht hatte, bei dem drei Menschen gestorben waren. Darunter ihr eigener Bruder.

Doch als Jane der Gruppe ihre Geschichte erzählte, sagte niemand, *ihre Teilnahme an den Treffen der AA sei übertrieben.* Das hatte sie sich so ausgemalt. Stattdessen rief sie das gleiche mitfühlende Nicken und zustimmende Gemurmel hervor wie alle anderen.

Im Moment ging sie viermal pro Woche zu den Treffen. Bei schönem Wetter lief sie hin und zurück zu Fuß, sodass sie schwitzend und mit Herzklopfen ankam. Es gab Augenblicke, in denen Jane daran dachte, dass ihre Mutter und Großmutter im selben Raum gesessen und Geschichten aus ihrem Leben erzählt hatten, die sie nie hören würde. Jane vermisste sie beide. Sie hätte alles dafür gegeben, ihnen ihre Tochter vorstellen zu können.

Um Viertel vor neun hielt Jessies Auto vor dem Museum. Sie kam durch die Küchentür herein, die ihnen als Personaleingang diente.

»Wir haben zwei bereitwillige Opfer da draußen«, sagte Jessie. »Bist du bereit für die erste offizielle Führung? Ich weiß, dass du's kaum erwarten kannst, all dein Wissen über die Shaker rauszulassen.«

Jane lächelte. »Ich bin bereit.«

An den meisten Tagen blieben sie nur zu zweit. Jessie war vierundzwanzig. Kennengelernt hatten sie sich in dem schicken Coffee

Shop in der Bucht. Als sie Jane eines morgens ihren Latte über die Theke reichte, bemerkte diese, dass Jessie einen Satz von Emily Dickinson aufs Handgelenk tätowiert hatte: *Dass es sich nie wiederholen wird, macht das Leben so süß.*

Jessie hatte vor Kurzem ihren College-Abschluss am Emerson gemacht. Mit Gender Studies als Hauptfach und Amerikanischer Geschichte im Nebenfach. Sie wollte Schriftstellerin werden. Ihren neunten, zehnten und elften Geburtstag hatte sie in Louisa May Alcotts Orchard House in Concord, Massachusetts, gefeiert.

Jane war begeistert davon gewesen, dass die Welt immer noch solche Mädchen hervorbrachte. Oder zumindest eines. Als Lydia meinte, das Budget erlaube die Einstellung einer Assistentin, fiel Jane sofort Jessie ein. In Janes eigener beruflicher Laufbahn hatten in jeder Phase Frauen, die etwas in ihr sahen, ihr eine Chance geboten. Oft handelte es sich um Frauen, die es aus eigener Kraft geschafft hatten. Es war praktisch das Gegenteil einer Seilschaft von Old Boys. Frauen unterstützten einander aus Mangel an Beziehungen und Seilschaften und halfen sich so gegenseitig beim Aufstieg.

Anfangs waren Jane und Jessie kreuz und quer durch Neuengland gefahren und hatten verschiedenste Museen als Inspiration besucht.

Eine Ausstellung rührte Jane zu Tränen. Darin ging es um Native Americans und Epigenetik. Dieses neue Studiengebiet besagte, dass die Auswirkungen von Massentraumata – Genozid, Versklavung, Kolonialisierung – auf zellulärer Ebene von einer Generation an die nächste weitervererbt wurden. Native Americans nennen das die Seelenwunde. Einige glauben, dass diese mitverantwortlich ist für die heute so hohen Raten von Suchtkrankheit, seelischen Erkrankungen, Selbstmord und sexueller Gewalt in ihrer Community.

Jane fragte sich Folgendes: Wenn ein Trauma über die Zellen von einem Körper auf den anderen übertragbar war, stellte es dann einen so viel größeren Sprung dar, sich auszumalen, dass Traumata auch den Boden, auf dem sie sich ereigneten, quasi infizierten? War das vielleicht ein ganz eigener Fluch?

Neuengland war voller Tafeln und Denkmäler zur Erinnerung an erste Ereignisse – Amerikas älteste Sternwarte oder Schokoladenfabrik oder Kneipe. Doch wie viele erste Ereignisse hatten vor denen stattgefunden, die dieses Land feierte? Wie viele blieben ungekannt? In dem Museum, das sie hier aufbaute, wollte Jane verdeutlichen, dass die Anfänge amerikanischer Geschichte in der Geschichte der indigenen Bevölkerung wurzelten. So viele Gedanken sie sich auch über die Frauen machte, die im Haus von Lake Grove gewohnt hatten, so präsent waren ihr auch diejenigen, die vor ihnen gelebt hatten.

Von Naomi Miller beraten, entwickelte sie eine Ausstellung über die indigenen Frauen von Awadapquit und darüber, wie deren Leben ausgesehen haben mochte. Jane versuchte, mehr über ihre Sprache zu erfahren, denn mit Naomi hatte sie darüber geredet, wie entscheidend die Sprache war, um zu verstehen, wie ihre Geschichte erzählt wurde. Das Abenaki-Wort für Geschichte lautete *ôjmowô-gan*. Und es bezeichnete nicht so sehr ein Ereignis in der Vergangenheit, sondern eher eine aktive, fortdauernde kollektive Praxis. Etwas sich ewig Wiederholendes, ewig Entwickelndes, das auf sich selbst aufbaute.

Auch hier stellte Jane Überschneidungen fest. Zu ihrer Freude erfuhr sie, dass schon seit ein paar Jahren ein alljährliches Fest mit Handwerk und Musik der Wabanaki in Sabbathday Lake stattfand. Anscheinend hatten die Shaker und die Wabanaki Gemeinsamkeiten entdeckt.

Und offenbar war Jane mit ihrem Wunsch, eine größere, komplexere und nach Vollständigkeit strebende Geschichte Amerikas zu erzählen, nicht allein. In ihrem Forschungsbereich änderten die Dinge sich. Weil sie in Verteilern für verschiedene Newsletter zur Kultur der Native Americans stand, erhielt sie eines Tages die Pressemitteilung über eine Konferenz zum Thema inklusive und wiedergutmachende Sprache an der Schlesinger-Bibliothek.

Es freute sie und überraschte sie nicht zu sehen, dass Melissa versuchte, auf demselben komplizierten Terrain zu navigieren. Die Schlesinger hatte ein Komitee gebildet, das sich mit der deskriptiven Praxis der Bibliothek auseinandersetzen sollte. Es ging darum, Vorurteile aufzuspüren, unzutreffende und unsensible Sprache zu eliminieren und mehr Stimmen einzubringen. Hätte die Konferenz irgendwo anders stattgefunden, wäre Jane wahrscheinlich hingefahren. Doch sie war nicht bereit, Melissa zu begegnen. Noch nicht.

Jane spähte aus dem Fenster zu dem Paar am Picknicktisch. Anscheinend wussten die beiden, dass das Museum erst um neun öffnete, und würden nicht versuchen, früher reinzukommen. Sie hielten sich an Regeln. Jane hatte sie jetzt schon ins Herz geschlossen.

Der Mann ergriff die Hand der Frau. Jane spürte Neid in sich aufflackern und wandte den Blick ab. Sie musste an David denken.

Er kam sie alle paar Wochen besuchen. In letzter Zeit etwas öfter, wie Jane bemerkt hatte. Sie verlor allerdings kein Wort darüber, weil sie ihr empfindliches Gleichgewicht nicht stören wollte.

Kurz nachdem sie offiziell in das Haus ihrer Mutter gezogen war, hatte David ihr ein paar Sachen aus der gemeinsamen Wohnung gebracht. Sie waren freundlich miteinander umgegangen. Schließlich gab es nichts mehr, worüber sie hätten streiten können. Die Scheidung war in Gang gesetzt und würde rasch erledigt sein. Keiner verlangte irgendetwas vom anderen. Es war ein wenig schockierend, wie leicht sich ihre Ehe beenden ließ. Nichts hatte sie aneinander gebunden, bis auf den beiderseitigen Wunsch, zusammen zu sein.

Er wollte, dass sie ihre Sachen zurückbekam, vor allem den Ohrensessel ihrer Großmutter, den Jane immer von einem Wohnsitz zum nächsten mitgeschleppt hatte. David bot an, alles selbst vorbeizubringen. Sie malte sich aus, dass er die Sachen auf die Veranda stellen und davonstürmen würde. Doch zu Janes Überraschung klingelte er. Sie bat ihn herein, und dann saßen sie zusammen im Wohnzimmer und redeten.

Irgendwann meinte David, er müsse los. Doch anstatt zu gehen, küsste er sie. Am Ende schliefen sie auf dem Sofa miteinander. Strenggenommen war ungeschützter Sex mit dem baldigen Ex-Ehemann nicht das empfohlene Verhalten, nachdem man es geschafft hatte, drei Monate lang trocken zu bleiben. Doch Jane würde für immer dankbar dafür sein, wie die Dinge sich ergeben hatten. An jenem Tag wurde Mary gezeugt.

Seither hatten sie und David nicht noch einmal miteinander geschlafen. Er war aber im Kreißsaal dabei gewesen, genau wie Allison. In den ersten Wochen übernachtete er manchmal auf dem Sofa im Kinderzimmer und übernahm das Füttern nachts, damit Jane schlafen konnte. Wegen der verrücktspielenden Hormone und weil sie das Gefühl hatte, eine völlig neue Sprache lernen zu müssen, weinte Jane damals jedes Mal, wenn er wieder wegfuhr. Sie wollte ihn ganz oder gar nicht.

Aber inzwischen hatte sie ihr neues Leben im Griff. Zumindest weitgehend. Sie und Mary hatten sich daran gewöhnt. Es war schwer vorstellbar, dass noch jemand die ganze Zeit bei ihnen sein würde. Wenn David sie jetzt besuchen kam, fühlte es sich gut an. Sie genossen beide die Begeisterung über ihre Tochter. Und wenn sie sie für ein Schläfchen hingelegt hatten, saßen sie zusammen auf der hinteren Veranda und erzählten sich Neuigkeiten. Manchmal küsste er Jane zum Abschied, manchmal nicht. Sie konnte nie vorhersehen, wann es passieren würde.

Sie spürte, dass David noch eine Menge verarbeiten musste. Er versuchte, sich darüber klarzuwerden, was er verzeihen und womit er leben konnte. Sie liebten einander und sagten sich das auch. Sie hatten ein perfektes Baby miteinander gemacht. Selbst wenn das alles wäre, was ihnen je gelang, würde es genügen. Als sie noch verheiratet waren, erschien es unmöglich, dass sie sich mit der konventionellen Familiendynamik zurechtfinden würden – Vater, Mutter, Kind. Das einzig plausible Szenario damals war die Trennung. Jane hätte sich nie vorstellen können, dass sie sich stattdessen an etwas völlig Unerwartetes gewöhnen würden.

Die alte Standuhr im Vorraum schlug neun. Jane öffnete die Haustür.

Das Paar kam auf sie zu, und sie winkte.

In der Küche klingelte ihr Handy. Sie dachte, Jessie hätte es sofort ausgemacht, weil es gleich verstummte. Doch tatsächlich war Jessie rangegangen, als sie den Namen der Anruferin sah.

»Jane!«, rief sie Augenblicke später mit aufgeregter Stimme. »Da ist Naomi am Telefon. Es gibt eine Geschichte, die sie dir unbedingt erzählen will.«

DANK

Am Ende des jahrelangen Prozesses, in dessen Verlauf ich meinen sechsten Roman geschrieben habe, empfinde ich überwältigende Dankbarkeit.

Gegenüber meiner Agentin, Brettne Bloom, und meiner Lektorin, Jenny Jackson: liebe Freundinnen und brillante Mitarbeiterinnen. Was für ein Privileg, dass ich seit eineinhalb Jahrzehnten mit euch zusammen Geschichten erzählen darf.

Ich danke Reagan Arthur, Emily Reardon, Maria Massey, Sara Eagle, Lisa Silverman, Jason Gobble und allen bei Knopf und Vintage. Außerdem der Book Group, Jenny Meyer und Heidi Gall bei der Jenny Meyer Literary Agency und Josie Friedman bei CAA. Ebenso Christie Hinrichs und dem Team von Authors Unbound.

Mein Dank geht an Charlotte Gordon und Christina Baker Kline, deren Liebenswürdigkeit und Hilfsbereitschaft mich nach wie vor verblüfft.

Ich danke meinen frühen Leserinnen, die mir allesamt unschätzbar wertvolles Feedback gegeben haben: Maris Dyer, Tiara Sharma, Louisa Skerry, DJ Kim, Ann Napolitano, Jami Attenberg, Kate Sweeney Regan, Michael Johnson und meinem Ehemann Kevin Johannesen.

Dank geht auch an alle, die mir so großzügig ihr Wissen, ihre Zeit und Expertise geschenkt haben. Donna Loring und Jenn Ashton waren eine unverzichtbare Hilfe, um meine Gedanken und Worte zur indigenen Geschichte und Kultur zu sortieren. Mit großer Sorgfalt trugen sie zum Text bei. Phil Deloria lieferte genau im richtigen Moment zusätzliche Erkenntnis und Ermutigung. Sara Pitman war wie immer meine medizinische Beraterin. Lucie Prinz ist immer mittendrin, was ich ihr nie vergessen werde. Ken McAuliffe von der Old York Historical Society und Bryce Waldrop von der Historical Society of Wells and Ogunquit erwiesen sich als kenntnisreich, hilfsbereit und weise. Sharon Seeligs Seminar über frühe Autorinnen am Smith College vor zwanzig Jahren lieferte mir ebenso Inspiration wie ihr Buch *Autobiography and Gender in Early Modern Literature.* Eine weitere Inspirationsquelle waren die Stunden, die ich bei der Recherche zu meinem dritten Roman, *Die Verlobungen,* 2012 in der Schlesinger-Bibliothek verbrachte. Schon seit damals wollte ich diesen besonderen und wichtigen Ort in einem Buch würdigen. (Gleichzeitig entschuldige ich mich bei den echten Mitarbeiterinnen und Mitarbeitern dort für Janes komplett fiktionales schlechtes Benehmen am Arbeitsplatz.)

Dieses Buch enthält einige historische Kapitel aus der Vergangenheit Maines. Esselyn Gilman Perkins' Buch *History of Ogunquit Village, with Many Interesting Facts of More Recent Interest* war der erste Titel, den ich dazu las und der mich zu erstaunlichen Erkenntnissen führte.

Bei den Abschnitten über Clementine und Camp Mira half mir meine Freundin Mira Ptacin. Ihr atemberaubendes Sachbuch *The In-Betweens* bringt einen lesend zum Camp Etna, einem echten Tummelplatz von Spiritualisten in Maine. Mira und ihr Sohn Theo waren auch so freundlich, mich an einem Sommertag ins Camp Etna mitzunehmen, damit ich es selbst erleben konnte. Die Dokumentation *No One Dies in Lily Dale* half ebenfalls, mir auszumalen, wie es in der Welt des Camp Mira aussehen könnte. Gleiches gilt für die Fotoserie *Spiritualists, psychics, mediums and healers,* die Peter Ross in Lily Dale und Cassadaga aufgenommen hat.

Where Two Worlds Meet von Janet Nohavec war ein faszinierender Blick hinter die Kulissen, um zu verstehen, wie Mediumismus funktioniert. *Boston in the Golden Age of Spiritualism: Seances, Mediums and*

Immortality von Dee Morris lieferte mir großartige Lokalgeschichte. Leslie Keans brillant und umfassend recherchiertes Buch *Surviving Death* war eine wunderbare Quelle, die mich auf die Arbeit der Division of Perceptual Studies an der University of Virginia brachte. (Die Webseite der Gruppe lieferte umfangreiche weitere Informationen.)

Um Elizas Welt zu schaffen, las ich *Women, Family, and Utopia: Communal Experiments of the Shakers, the Oneida Community, and the Mormons* von Lawrence Foster, *The Diaries of Sarah Jane and Emma Ann Foster: A Year in Maine During the Civil War*, herausgegeben von Wayne E. Reilly, *»Dear Friend Anna«: The Civil War Letters of a Common Soldier from Maine*, herausgegeben von Beverly Hayes Kallgren und James L. Crouthamel, *The Pearl of Orr's Island* von Harriet Beecher Stowe und »Harriet Beecher Stowe and the Loss of the *Hanover*: Transforming a Maine Shipwreck in *The Pearl of Orr's Island*«, einen Aufsatz von Susan F. Beegel, erschienen in *American Literary Realism*, Vol. 50, No. 2 (Winter 2018).

Die Online-Quellen des Maine Maritime Museum über die *Hanover* lieferten mir weitere Informationen. Gleiches gilt für Ken Burns Dokumentation *The Shakers: Hands to Work, Hearts to God* sowie Videos und das digitale Archiv des Sabbathday Lake Shaker Village. Ein persönlicher Besuch in Sabbathday Lake half mir, die Größenordnung der Beschreibungen besser zu verstehen.

Die Geschichte von Archibald Pembrokes Reise und der Entführung von vier indigenen Männern im heutigen Maine basiert in etwa auf Berichten der Reise von George Weymouth im Jahr 1605. Sie ist nachzulesen in Henry Sweetser Burrages *The Beginnings of Colonial Maine 1602–1658*, in *Rosier's Relation of Weymouth's Voyage to the Coast of Maine, 1605* von James Rosier und Henry Sweetser Burrage und in *Transatlantic Encounters: American Indians in Britain, 1500–1776* von Alden T. Vaughan.

Plundered Skulls and Stolen Spirits von Chip Coldwell ist eine grundlegende Auseinandersetzung mit Repatriierung und Museumskultur. Das Buch war für mein Verständnis so wichtig, dass ich es in meinen Roman integrieren musste. Allerdings ist es in Wirklichkeit erst zwei Jahre nach den hier geschilderten Ereignissen veröffentlicht worden. Ebenso verlieh die Penobscot Nation dem Penobscot River erst 2019 den Status einer Person und Bürgerrechte. Ich habe dieses Detail trotzdem in meine Geschichte eingefügt, weil es so wunderbar verdeutlicht, welchen Respekt und welche Verwandtschaft indigene Menschen gegenüber ihrer natürlichen Umgebung empfinden.

Mein Lernen zu den Themen indigene Geschichte, Kultur und den Kampf um Souveränität der Stämme in dem Teil der Welt, wo ich aufgewachsen bin, dauert bis heute an. Es ist ein lebenslanges Lernen und Neulernen. Eine immense Hilfe waren mir dabei mehrere unglaubliche Bücher. Unter anderem folgende Titel: Dawnland Voices: *An Anthology of Indigenous Writing from New England*, herausgegeben von Siobhan Senier, *Abenaki Indian Legends, Grammar and Place-Names* von Henry Lorne Masta, *In the Shadow of the Eagle: A Tribal Representative in Maine* von Donna Loring, *Women of the Dawn* von Bunny McBride, *The Life and Traditions of the Red Man* von Joseph Nicolar, *Indians in Eden* von Bunny McBride und Harald Prins, *The Common Pot and Our Beloved Kin* von Lisa Brooks, *Memory Lands* von Christine DeLucia, *The Voice of the Dawn: An Autohistory of the Abenaki Nation* von Frederick Matthew Wiseman, *Notes on a Lost Flute: A Field Guide to the Wabanaki* von Kerry Hardy, *Playing Indian* von Philip Deloria, *Night of the Living Rez* von Morgan Talty, *Notable Native People* von Adrienne Keene und *The Age of Homespun: Objects and Stories in the Creation of an American Myth* von Laurel Thatcher Ulrich (mit Dank an Jenny Gotwals für die Empfehlung des Letzteren).

Donna Lorings Radiosendung *Wabanaki Windows* war mir eine unschätzbar wertvolle Quelle. Gleiches gilt für die folgenden Dokumentationen: Alanis Obomsawins *Waban-Aki: People from Where the Sun Rises*, *This River Is Our Relative* vom Sunlight Media Collective und *Dawnland* von Regisseur Adam Mazo.

Als während der Corona-Epidemie Museumsbesuche unmöglich

waren, betrieb ich eine Menge Recherche bei der Maine Historical Society und dem Abbe Museum. Erst im letzten Monat hatte ich das Glück, das Abbe auch persönlich zu besuchen – eine faszinierende und bewegende Erfahrung.

Larry Ravelson und Erin Curtiss haben uns in den letzten dreizehn Jahren jeden Sommer für eine oder zwei Wochen in ihrem herrlichen Haus in Maine wohnen lassen. Die dort verbrachte Zeit war nun schon Inspiration für zwei meiner Romane. Das Wochenende, an dem der Samen für *Die Frauen von Maine* gelegt wurde, ist inzwischen acht Jahre her. Michael und Melissa Johnson waren dort. Zusammen mit Stuart Nadler und Shamis Beckley. Danke, Melissa, dass du mit mir unbefugt fremdes Gelände betreten hast. Und danke, Shamis, dass du etwas gesagt hast, das du wahrscheinlich schon eine Minute später wieder vergessen hast. Ich habe es mir gemerkt, und es bildete teilweise die Basis dieser Geschichte.

Ein Dankeschön geht an meine Mutter, M. Joyce Gallagher, meinen Vater, Eugene Sullivan, und an meine Schwester, Callie Sullivan. Außerdem danke ich den Familien Joyce, Gallagher, Sullivan, Troy und Hickey sowie Cynthia Biron.

Es gibt da eine Zeile in einem Lied von Jason Isbell, die mir manchmal in den Sinn kommt. Darin singt er über seine Frau, die Sängerin und Songschreiberin Amanda Shires. Sie lautet: »This is how you help her when the muse goes missing / You vanish so she can go drowning in a dream again.« Mein Mann Kevin weiß genau, wann er verschwinden sollte, damit ich mich in einen Traum versenken kann. Und wenn er das tut, nimmt er die Kinder gleich mit. Jede Autorin, die auch Mutter ist, sollte so ein Glück haben.

Der größte Dank geht an unsere Kinder, Leo und Stella, die beim Schreiben dieses Buchs überhaupt keine Hilfe waren, aber unsere Tage mit Freude erfüllen.